Die Sklavin des Wikingers

Die Nonne und der Wikinger

DIE AUTORIN

Megan MacFadden ist das Pseudonym einer Autorin, die bereits viele Erfolge im Bereich der Unterhaltungsliteratur vorweisen kann. Ihr Spektrum reicht von historischen Liebesromanen bis hin zu humorvollen Ratgebern. Sie lebt mit ihrer Familie im Taunus.

Megan MacFadden

Die Sklavin des Wikingers

Die Nonne und der Wikinger

2 Romane in 1 Band

Weltbild

Besuchen Sie uns im Internet:
www.weltbild.de

Genehmigte Lizenzausgabe für Verlagsgruppe Weltbild GmbH,
Steinerne Furt, 86167 Augsburg

Umschlaggestaltung: Atelier Seidel - Verlagsgrafik, Teising
Umschlagmotiv: Illustration Daeni Pino via Agentur Schlück GmbH
Gesamtherstellung: CPI Moravia Books s.r.o., Pohorelice
Printed in the EU
ISBN 978-3-86365-484-9

2016 2015 2014 2013
Die letzte Jahreszahl gibt die aktuelle Lizenzausgabe an.

Megan MacFadden

Die Sklavin des Wikingers

ROMAN

Weltbild

Warten, immer nur warten!

Mechthild zog das grobe Nonnengewand eng um den Körper und drängte sich in die Fensternische des Refektoriums, um aufs Meer zu sehen. Eine frische Brise hatte die grauen Wogen aufgewühlt, man hörte das Donnern und Zischen der Brandung, die gegen die Felsen der Bucht geschleudert wurde. Der Wind trieb die aufspritzende Gischt bis zu den Mauern des kleinen Klosters hinüber und überzog sie mit dunkler Feuchtigkeit. Die junge Frau fröstelte und rieb sich ungeduldig die klammen Finger.

»Er wird kommen«, sagte Mutter Arianas beruhigende Stimme hinter ihr.

Mechthild drehte sich nicht um. Ihr Blick wanderte nach links hinüber, wo der Fluss ins Meer mündete. Auch dort nichts als Wasserwirbel und schäumende Wellen. Wo – zum Teufel – blieb Brian?

»Er ist schon sieben Tage fort, Mutter Ariana!«

Die Äbtissin tat einen unhörbaren Seufzer. Sicher war es Gottes Wille, dass sie ihre junge Herrin hier in St. André verbarg, aber leicht machte sie es ihr nicht gerade. Ungeduldig war die Grafentochter, aufbrausend, fügte sich nicht in den geregelten Tagesablauf der Nonnen ein – nahm nicht einmal an den vorgeschriebenen Stundengebeten teil und redete laut und unbefangen während der Mahlzeiten. Vor allem aber weigerte sie sich, das weiße Stirnband anzulegen, sodass ihr der schwarze Nonnenschleier immer wieder vom Kopf rutschte und ihr langes Haar im Wind flatterte.

»Er wird nur in der Nacht vorankommen, Herrin«, sagte sie. »Die Wege sind unsicher und sein Auftrag ist gefährlich.«

Mechthild hatte den missbilligenden Blick der Klosterfrau gespürt. Sie fasste ihr dunkles, seidiges Haar mit den Händen, drehte es am Hinterkopf zusammen und zog den Schleier darüber. Als sie sich jetzt umwandte, waren ihre Brauen gesenkt und der Blick ihrer wunderschönen grünen Augen mit den fiedrigen Einsprengseln trotzig, wie bei einem getadelten Kind. Graf Konrad hatte seine schöne Tochter sehr geliebt, vielleicht ein wenig zu sehr, dachte die Äbtissin bei sich. Eine Tugend ohne das rechte Maß wurde leicht zum Laster. Zu viel Liebe machte einen jungen Menschen stolz und hochmütig und nahm ihm die Gabe der Demut.

»Was habt Ihr am Horizont erblickt?«, fragte die Äbtissin sanft.

»Nichts«, gab Mechthild ärgerlich zurück. »Nichts außer Wasser und Himmel.«

»So dankt Gott dafür. Er bewahrt uns vor den weiß-roten Segeln der Drachenboote.«

Mechthild zog die Luft tief ein und ihr Gesicht wurde verschlossen. Sie war den Nonnen wirklich dankbar dafür, dass sie ihr Zuflucht gewährten. Aber mit der Denkweise einer Klosterfrau, die alles in diesem Leben dem Willen Gottes unterordnete, würde sie sich niemals anfreunden können. Man musste sein Leben selbst in die Hand nehmen, sich wehren, um sein Recht kämpfen – das war immer die Überzeugung ihres Vaters gewesen. Graf Konrad hatte sein Leben gelassen, um sein Land vor den Wikingern zu schützen, und seine

Tochter war entschlossen, das Gleiche zu wagen. Soweit das für eine Frau möglich war.

»Wir müssen Brian einen Boten nachschicken«, forderte sie. »Es kann ihm etwas geschehen sein. Vielleicht braucht er unsere Hilfe.«

Die Miene der Äbtissin war ungemindert milde und demütig. Aber sie war keinesfalls gewillt, sich von der jungen Herrin etwas befehlen zu lassen. Ganz im Gegenteil.

»Wir sind alle in Gottes Hand, Herrin«, bemerkte sie und blickte zu Boden. »Wir versammeln uns jetzt zur Terz, der dritten Gebetsstunde des Tages. Es wäre schön, wenn auch Ihr daran teilnehmen würdet.«

»Ich danke dir, Mutter«, sagte Mechthild, die ihren Ärger zurückdrängte. »Ich komme später ...«

Die Äbtissin verließ das Refektorium mit trippelnden Schritten, trotz der Holzschuhe hinterließ sie auf dem Steinboden kaum ein Geräusch. Gleich darauf war die dünne, helle Glocke zu hören, die die Nonnen zum Stundengebet rief. Mechthild zuckte bei dem Geräusch unwillkürlich zusammen. Von Kind an war ihr der Glockenklang vertraut gewesen, der sieben Mal am Tag vom Seewind zur Feste ihres Vaters hinübergetragen wurde. Immer hatte die kleine Klosterglocke verkündet, dass das Leben sich in seinen gewohnten, sicheren Bahnen abspielte. Bis zu jenem frühen Morgen, da das Glöckchen zur Unzeit geläutet wurde und sein greller, nicht enden wollender Ton den ahnungslosen Schläfern die Ankunft der Drachenmänner verkündete. Von diesem Morgen an war Mechthilds Leben aus den Fugen geraten.

Ärgerlich riss sie an einem Zipfel ihrer Nonnentracht, der sich in einer Mauernische verfangen hatte. Wie sie dieses kratzige, unbequeme Gewand hasste! Dieses feuchte, enge Kloster, das seit dem Überfall immer noch nach modrigem Brand roch. Es war ihr längst klar geworden, dass Mutter Ariana nicht daran dachte, ihre Forderungen zu erfüllen. Beten und arbeiten und den Kopf in den Sand stecken – das war Klosterfrauenart. Sie würde sich selbst um alles kümmern müssen.

Aus der Kirche waren jetzt die Gesänge der Nonnen zu hören. Mechthild überlegte kurz. Was sie vorhatte, war gefährlich. Es war auch undankbar den Schwestern gegenüber, die sie aufgenommen hatten und ihre kargen Vorräte mit ihr teilten. Aber es gab nur diesen Weg. Sie würde zum nahen Dorf laufen und einen der Bauern beauftragen, nach Brian zu forschen. Entschlossen stieg sie die Treppe hinab und durchquerte den Kreuzgang des Klosters mit hastigen Schritten. Die niedrigen Pfeiler waren noch schwarz vom Feuer, doch die fleißigen Nonnen hatten bereits begonnen, den kleinen Kräutergarten wieder neu anzulegen. Viel schlimmer waren die Schäden in der Bibliothek und Schreibstube, dort waren unersetzliche Bücher und Folianten in Flammen aufgegangen, und nur Gott allein wusste, ob die Nonnen jemals in der Lage sein würden, die kostbaren Schriften zu ersetzen. Nur die silbernen Abendmahlsgeräte und einige Reliquien hatte man vor dem Überfall noch rasch vergraben können.

Mechthild öffnete den hölzernen Riegel der streng verbotenen Nebenpforte und zog an der schweren Tür. Sie war durch den Überfall beschädigt und vom Wasser, mit dem man den Brand gelöscht hatte, aufgequollen. Nur mit viel Mühe gelang es ihr, die Tür einen Spalt zu öffnen und sich hindurchzuschieben.

Sogleich erfasste der Wind ihr Gewand, riss ihr den Schleier vom Kopf und zerzauste ihr Haar. Sie sog die gischtige Seeluft tief in ihre Lungen ein und genoss die rauen Hände der Natur, die ihren Körper massierten. Wind und Wellen waren seit ihrer Kindheit vertraute Freunde und Bundesgenossen, vor ihnen hatte sie keine Furcht.

Es war verlockend, nach den Tagen der strengen Klausur im Kloster, wieder einmal ans Meer zu laufen, den feuchten Sand zwischen den nackten Zehen zu spüren, die schaumigen Ausläufer der Brandung über die Finger lecken zu lassen. Doch es war auch höchst gefährlich. Niemand durfte wissen, dass sie sich hier in St. André versteckte …

Es ist ja keiner da, dachte sie und strich sich das flatternde Haar aus der Stirn. Wer sollte bei solchem Wetter in der Bucht herumlaufen? Und Fischer waren sowieso nicht mehr unterwegs, die Wikinger hatten alle Boote zerschlagen und verbrannt.

Sie raffte das lange Habit und rannte, so schnell sie konnte, zu den braunen Felsen hinüber, erreichte sie atemlos und keuchend vor Glück und begann zu klettern. Jeder Tritt war sicher, nur das dumme Nonnenkleid störte beim Hinaufsteigen, doch sie kannte jeden Absatz und jeden Vorsprung. Da war die kleine Nische im Granitgestein, die die Wellen in jahrtausendelangem Ansturm ausgespült hatten. Als kleines Mädchen hatte sie sich dort hineinkauern können und sich vor den Frauen, die sie beaufsichtigen sollten, verborgen. Ach, hier war alles so vertraut, und doch hatte sich für Mechthild so viel verändert.

Das Tosen und Schlagen der Brecher war an dieser Stelle fast ohrenbetäubend. Möwen strichen in kühnem Flug über die heraneilenden, dunkelgrünen Wellen. In der Mitte der Bucht lagen unzählige große und kleinere Granitbrocken, die das Wasser jetzt langsam freigeben musste, denn die Meereswogen zogen sich zurück, weil der Mond es ihnen so befahl. Mechthild schien es plötzlich, als habe einer der dunklen Steine sich bewegt. Sie schärfte den Blick. Hatte das Meer ein Seetier oder einen großen Fisch an Land gespült? Das wäre ein Segen für den kargen Mittagstisch des Klosters, wo es bisher nur Getreidebrei und verbrannte Zwiebeln gegeben hatte.

Doch als sie sich nun der Stelle mit vorsichtigen Schritten näherte, erkannte sie, dass dort kein Fisch lag, sondern ein Mensch.

Ein Ertrunkener, durchfuhr es sie voller Abscheu. Die Toten des Meeres waren hässlich, aufgequollen und hatten glasige Augen wie Fische. Hatte er sich wirklich gerührt, oder hatte das zurückflutende Wasser nur eines seiner Glieder bewegt? Zögernd ging sie weiter. Wenn jetzt jemand über die Felsen stieg, blieb ihr hier unten in der Bucht kaum eine Möglichkeit, sich zu verbergen. Und den Nonnenschleier hatte der Wind davongetragen. Aber sie wollte Gewissheit. Wenn es Brian war, der dort drüben leblos im Sand ausgestreckt lag, hatten sich ihre schlimmsten Befürchtungen bestätigt. O Gott, lass es nicht Brian sein, flehte sie innerlich.

Er war es nicht. Schon aus der Entfernung erkannte sie, dass der Mann viel größer und kräftiger war als der schmale Brian. Auch trug er keine Mönchskutte, sondern ein zerrissenes Wams und eng anliegende Beinkleider. Dann erschrak sie, denn sie sah, dass das abgebrochene Ende eines Speers aus seinem Rücken ragte.

Er atmete schwer und mühsam, sein Gesicht war bärtig, das nasse Haar klebte an seiner Stirn. Mechthild stutzte, als sie sich über ihn beugte: Der Mann hatte helles Haar. Seine Augenlider zitterten leicht, war er bei Besinnung? Ein Amulett, das er an einer langen Kette um den Hals trug, blinkte neben ihm im Sand. Deutlich war die Form zu erkennen: ein Kreuz, dem der untere Längsbalken fehlte. Mechthild erstarrte. Es gab keinen Zweifel: Dieser Mann war einer jener Drachenkrieger, die ihr Land verwüstet hatten. Ein Wikinger!

Ihr erster Impuls war, das Speerende zu fassen, um es dem Feind tief in den Körper zu stoßen. So tief, dass er auf der Stelle daran sterben würde. Bilder, die sie seit vielen Tagen und Nächten von sich wegschob, stiegen wieder vor ihr auf: sterbende Frankenkrieger, geschändete Frauen, hilflos in die Sklaverei geführt, brennende Dörfer und Klöster.

Doch als sie die Hand hob, drehte der Mann den Kopf und der Blick seiner hellen blauen Augen ließ sie in der Bewegung innehalten. Ich liege hier zu deinen Füßen, sagte dieser Blick, halb ertrunken, tödlich verwundet. Hast du wirklich die Stirn, einen Wehrlosen zu töten?

Sie biss sich auf die Lippen vor Zorn, doch sie war nicht imstande, ihr Vorhaben auszuführen. Er hatte recht: Es war ehrlos, einem hilflosen Mann den Todesstoß zu geben. Niemals hätte ihr Vater so gehandelt. Wütend erhob sie sich und hatte nicht übel Lust, dem vor ihr Liegenden wenigstens einen kräftigen Fußtritt in die Seite zu versetzen. Gar zu aufreizend war dieser große Männerkörper, über dessen Rücken und Arme sich dicke Muskelstränge zogen. Aber er sollte seiner Bestrafung nicht entgehen. Dafür würde sie sorgen.

Sie raffte die lange Ordenstracht bis über die Knie und eilte davon. In größter Hast überstieg sie die Felsen, rannte zum Kloster hinüber und stieß die widerspenstige Pforte mit aller Kraft auf. Die Nonnen standen im Kreuzgang, ängstlich zusammengedrängt wie ein Häuflein schwarzer Hennen, denn man hatte soeben erst die Eigenmächtigkeit der jungen Grafentochter bemerkt.

»Schnell«, keuchte Mechthild. »Ein Wikinger. Drüben in der Bucht.«

»Gott steh uns bei«, stieß die Äbtissin erbleichend hervor. »Schließt die Pforten und sucht Zuflucht in der Kirche. Der Herr wird diese Prüfung an uns vorübergehen lassen.«

Einige der Frauen schlugen die Hände vor die Gesichter, andere fielen auf die Knie, dumpfe Verzweiflung in den Augen.

»Aber nein! Es ist nur ein einzelner Mann«, erklärte Mechthild ärgerlich. »Halb ertrunken und schwer verwundet. Wir müssen ihn zum Kloster tragen und gesund pflegen.«

»Gesund pflegen?«

Die Mutter Äbtissin traute ihren Ohren kaum. Doch als sie die Ernsthaftigkeit der jungen Herrin erkannte, straffte sie sich und hob den Kopf.

»Wenn er unsere Hilfe benötigt, so werden wir helfen. Vor Gott dem Herrn sind alle Menschen gleich.«

Zitternd vor Angst zogen die Nonnen in einer kleinen Prozession hinüber zur Bucht, überstiegen mühsam die Felsen und fanden den großen, hellhaarigen Mann bäuchlings im Sand. Er atmete nur noch schwach – Mutter Ariana mahnte zur Eile. Man hob ihn auf ein mitgebrachtes Tuch und trug den schweren Körper mit viel Jammern und Ächzen zum Kloster hinüber.

»Es ist nicht recht, einen Mann Gottes so zu behandeln«, knurrte die alte Fada leise und blieb am Treppenaufgang des Wohnturms stehen. Aus den oberen Gemächern der Grafenburg drangen laute Männerstimmen und das klatschende Geräusch von Schlägen.

»Halt dein Maul. Der Herr weiß schon, was er tut«, wies ihr Mann Harnid sie zurecht, der ihr mit einem großen Krug Wein in den Händen gefolgt war. »Geh lieber voran und sieh zu, dass du die gläsernen Becher nicht fallen lässt.«

Er schob seine Frau ungeduldig die enge Stiege hinauf, denn es hatte zu regnen begonnen und der kühle Wind trieb die Nässe über den Burghof. Es würde einen frühen Herbst geben in diesem Jahr – ein Unglück kam eben selten allein.

Oben im Gemach des Grafen war jetzt brüllendes Gelächter zu hören, wenigstens schien der Herr guter Dinge zu sein. Fada öffnete die hölzerne Tür zum Saal und trat mit ihren Bechern in den Händen ein.

Graf Arnulf saß in der Mitte des Raumes auf einem Hocker, ein Bein lang ausgestreckt, das andere angewinkelt. Sein breites Gesicht, das ein schwarzer Bart umrahmte, war gerötet und vom Gelächter verzerrt. Doch wussten seine Diener, dass die Stimmung des Grafen blitzartig umschlagen konnte und aus Lachen im Handumdrehen Jähzorn und blinde Wut wurde. Er achtete jedoch wenig auf die beiden Alten, die Becher und Wein schweigend auf einem Tisch abstellten. Stattdessen wandte er sich zu seinen drei Kumpanen um, die hinter ihm standen und ebenfalls grobes Gelächter hören ließen.

»Ist er nicht ein mutiger Held, unser kleiner Mönch?«, rief Arnulf und erntete erneute Lachsalven.

»Schweigt wie ein Grab«, grölte es.

»Worin er sich vermutlich auch bald wiederfinden wird!«

»Auf dem Friedhof von St. André. Falls ihn der Fluss dorthin spült.«

»Nicht bevor er den Mund aufgetan und die Wahrheit ausgespuckt hat!«

Die Drohungen galten einem schmalen jungen Mann mit geschorenem Haupt, der in ein halb zerfetztes Mönchshabit gekleidet war. Er stand dicht gegen die Wand gedrängt vor der Übermacht seiner Peiniger und schwieg. Sein Gesicht war rasiert, seine Züge ebenmäßig – jetzt allerdings waren auf Wangen, Nase und Stirn die Spuren harter Fäuste zu erkennen. Ein Schlag hatte seine Lippe aufgerissen und das Blut lief das Kinn hinab. Dennoch zeigte sein Antlitz den Ausdruck ruhiger Gelassenheit.

Auch Graf Arnulf hatte diesen Gleichmut bemerkt, seine kleinen, dunklen Augen lagen lauernd auf dem Mönch, und was jetzt um seinen Mund aufzuckte, war kein Gelächter mehr. Es war Heimtücke.

»Einen Becher Wein für unseren Gast«, befahl er und winkte Harnid, der sich mit gesenktem Nacken hastig beeilte, den Befehl auszuführen. Arnulf griff den Becher, erhob sich und schritt damit auf den Mönch zu.

»Stärke dich am Wein, lieber Bruder Brian«, sagte er voll Hohn und streckte dem jungen Mönch den Becher hin. »In vino veritas, heißt es. Und die Wahrheit ist es, die wir von dir hören wollen.«

Der junge Mann machte keine Anstalten, den Becher aus der Hand des Grafen zu nehmen. Im Nu war die scheinbare Freundlichkeit seines Peinigers in Wut umgeschlagen. Arnulf packte den Hilflosen beim Genick und zwang ihm den Becher an den Mund. Brian war kaum in der Lage, sich gegen den viel stärkeren Mann zu wehren, und notgedrungen schluckte er etwas Wein. Dann begann er zu husten und der Rest des Bechers rann über sein Kinn in sein Gewand. Die Kumpane des Grafen bogen sich vor Vergnügen und sprachen nun selbst eifrig dem Wein zu.

»Nun siehst du, dass ich auf meinem Recht als Gastgeber bestehe«, stellte Arnulf befriedigt fest und entließ sein Opfer aus seinem Griff. »Jetzt erwarte ich, dass auch du das Gastrecht ehrst und endlich redest.«

Der Mönch wischte sich das Kinn mit dem Handrücken trocken. Seine Hand zitterte.

»Ich habe nichts zu sagen«, entgegnete er.

»Nichts als die Wahrheit«, erwiderte Arnulf. »Gebietet nicht auch die Ordensregel des heiligen Benedikt, die Wahrheit zu sprechen?«

»Ich habe gelobt zu schweigen und werde lieber sterben, als mein Gelübde zu brechen.«

Hohngelächter erhob sich, doch Arnulf brachte seine Gesellen mit einer Handbewegung zur Ruhe.

»Es lohnt nicht, zu sterben, Mönchlein«, sagte er, zu seinem Opfer gewandt. »Zumal ich das meiste sowieso schon weiß. Sie verbirgt sich im Kloster St. André, nicht wahr?«

Brian zeigte keine Bewegung in seinem blassen, von Schlägen verquollenen Gesicht.

Arnulf griff nach einem Becher und trank in langen Zügen. Den Mönch ließ er dabei nicht aus den Augen. Der Starrsinn dieses schmächtigen Kerls ärgerte ihn nicht wenig. Fast nötigte er ihm Achtung ab, dieser aufrechte Gottesmann, der sich lieber schlagen und beleidigen ließ, als seine schöne Herrin zu verraten. Vermutlich würde er für sie auch sterben, dieser Dummkopf.

»Hör zu, Mönch«, sagte er und stellte den geleerten Becher zurück auf den Tisch. »Ich habe nach Sitte und Gesetz um Mechthild angehalten, nachdem ihr Vater im Kampf gefallen war. Wir waren Waffenbrüder, Graf Konrad und ich, und deshalb steht seine Tochter mir zu.«

Immer noch stand der Mönch schweigend, es schien fast, als befände sein Geist sich längst nicht mehr in diesem Raum.

»Was mir zusteht, das nehme ich mir«, fuhr der Graf fort. »Ich werde sie finden und ihr die Launen des verwöhnten Töchterleins rasch austreiben. Ich weiß genau, dass sie dich nach Rouen geschickt hat, um dort Beistand gegen mich zu finden. Also, wo ist sie?«

»Ihr fragt vergeblich«, sagte Brian gefasst. »Ich werde schweigen, auch wenn Ihr mich tötet.«

Der Graf lachte dröhnend und wandte sich zu seinen Kumpanen, die in sein Grölen einfielen.

»Habt ihr das gehört? Dieser fromme Bruder möchte gern den Märtyrertod für seine schöne Herrin erleiden. Nun – die Kleine wäre es durchaus wert. Aber wir werden ihm diesen Gefallen nicht tun, oder?«

Leise Enttäuschung war auf den Gesichtern der Männer abzulesen. Seitdem man vor wenigen Wochen die Wikinger abgewehrt hatte, war bei den Kriegern bereits Langeweile eingekehrt. Es wäre eine nette Abwechslung gewesen, diesen kleinen Mönch ein wenig zu foltern und zu Tode zu bringen. Doch sie kannten ihren Herrn, er hatte ohne Zweifel eine kurzweilige Idee in seinem Schädel.

»Du bist ihr doch treu ergeben, deiner bezaubernd schönen Herrin, nicht wahr?«, fragte Arnulf den Mönch. »Du siehst zwar nicht gerade aus wie ein wackerer Krieger, aber du hast doch trotz all deiner Keuschheitsgelübde gewiss auch einen Blick für die Frauen, Mönchlein.«

Brian hatte seine Gesichtszüge vollkommen in der Gewalt, doch er konnte nicht verhindern, dass er errötete.

»Schaut euch das an!«, rief Arnulf triumphierend. »Er wird rot wie ein Mädchen. Ich glaube, wir müssen dir ein wenig auf die Sprünge helfen, mein Kleiner. Wie wolltest du gegen die Sünde der Wollust predigen, wenn du sie nie am eigenen Leibe verspürt hast?«

Die Brust des Mönches hob und senkte sich nun heftiger. Brian war sich sicher gewesen, weder Tod noch Schmerzen zu fürchten. Doch das, was dieser Teufel im Sinn hatte, war schlimmer als der Tod.

Arnulf sah seinem Opfer an, dass er das Richtige getroffen hatte. Er flüsterte Liutprand etwas ins Ohr, der Diener neigte den Kopf und ging davon, um den Befehl auszuführen. Arnulf nutzte die Zeit, um sein Spiel weiterzutreiben.

»Du hast deine Herrin doch ohne Zweifel mit Wohlgefallen betrachtet, nicht wahr?«, fragte er, während seine Kumpane genüsslich grinsten und mit der Zunge schnalzten.

»Die schöne Mechthild«, fuhr Arnulf fort, »nicht nur ihr Angesicht ist verführerisch, sie hat auch einen ausgesprochen wohlgeformten Körper, die kleine verwöhnte Grafentochter. Rund und voll sind ihre Brüste, die Hüften weich geschwungen, und wenn sie sich umwendet, dann würde ihre doppelt gewölbte Kehrseite genau in meine beiden Hände passen.«

»Schweigt!«, flammte Brian auf, während Arnulfs Kumpane vor Vergnügen zu wiehern begannen. »Wer gibt Euch das Recht, so über sie zu sprechen? Mit dem Leben würdet Ihr diese Worte bezahlen, wenn Mechthilds Vater noch unter uns weilte!«

Arnulf zeigte sich über diesen Ausbruch erfreut, ja geradezu begeistert. Hatte er doch das passende Mittel gefunden, um den starrsinnigen Mönch zum Reden zu bringen.

»Du gibst also zu, dass du in ihrem Auftrag nach Rouen unterwegs warst, um den Erzbischof um Beistand zu bitten?«

Der Mönch schwieg erneut, aber Arnulf störte sich nicht daran.

»Wir werden die Wahrheit gleich aus dir herausgeholt haben, frommes Brüderlein.«

Die Tür wurde geöffnet, und hinter Liutprand erschien eine junge Frau, die den Grafen mit fragendem Lächeln ansah. Sie war in ein bodenlanges dunkelrotes Gewand gekleidet, der weiße Überwurf wurde über der Brust von goldenen Spangen gehalten. Hals und Arme waren mit blinkendem Silberschmuck bedeckt, das offene, dunkle Haar hing ihr bis an die Hüften herab.

»Was wünscht mein Gebieter?«, fragte sie mit schelmischem Blick, denn sie schien recht genau zu wissen, weshalb der Graf nach ihr verlangte.

»Deine Schönheit zu sehen«, erwiderte Arnulf und streckte besitzergreifend die Hand nach ihr aus. »Komm näher, Fastrada, meine Geliebte, und lass dich bewundern.«

Sie gehorchte bereitwillig, war jedoch erstaunt, als sie sah, dass sich ein Mönch unter den Anwesenden befand. Derartiges war bisher nicht üblich gewesen.

»Sollte dieser Klosterbruder nicht besser die Augen schließen?«

Arnulf lachte und zog sie dicht zu sich heran. Er umfasste ihre Taille mit dem Arm, während die freie Hand wohlgefällig über die beiden Rundungen strich, die unter der Tunika hervortraten.

»Extra für ihn habe ich dich hergebeten, meine süße Fastrada. Du sollst ihn lehren, was er seinem Gelübde nach meiden muss.«

Sie kannte Arnulf gut genug, um zu wissen, dass Widerspruch sinnlos, ja tödlich sein würde. So fügte sie sich bereitwillig seiner Order und wandte sich mit verführerischem Lächeln zu dem jungen Mann, der sie mit großen, entsetzten Augen ansah.

»Tanze für ihn!«

Sie summte leise vor sich hin und drehte sich mit wiegenden Hüften im Takt hin und her. Das weite Gewand begann zu schwingen, gab ihre nackten Füße und die Knöchel frei, dann auch ein Stück der Waden. Sie hob die Arme über den Kopf, dass die silbernen Armringe aneinanderklirrten, und bewegte herausfordernd den Oberkörper. Dann begann sie, die goldenen Spangen an ihrer Brust zu lösen, und der weiße Überwurf glitt von ihren Schultern.

Längst starrten die Kumpane des Grafen mit gierigen Blicken auf die schöne junge Frau, unter den knielangen Gewändern und ledernen Beinkleidern begann es sich zu regen, und nur die Angst vor ihrem Herrn hielt sie davon ab, über Fastrada herzufallen.

»Weiter, meine Schöne«, feuerte Arnulf sie an. »Lass uns mehr sehen.«

Sie drehte sich jetzt auf der Stelle und öffnete dabei die Schnüre, die das Kleid im Nacken zusammenhielten. Das flatternde rote Gewand und das wehende Haar schienen sie in ein wirbelndes, tanzendes Elfenwesen zu verwandeln, ihre Beine blitzten bis zu den Oberschenkeln auf, und langsam glitt der rote Stoff über ihre Schultern hinab.

Brian hatte tatsächlich versucht, die Augen zu schließen,

doch es war ihm nicht gelungen, sie geschlossen zu halten. Der Tanz der jungen Frau hatte etwas Unwirkliches, Zauberhaftes, das ihm das Gefühl gab, in eine andere Welt versetzt worden zu sein. Hatte diese Bewegung nicht etwas von einem großen flatternden Vogel, einem mächtigen Dämon der Lüfte oder gar von einem der Engel, die durch den Kosmos fliegen? Starr vor Faszination und mit wild klopfendem Herzen hatte er das Schauspiel verfolgt bis zu dem Moment, als die schöne Tänzerin völlig nackt vor ihm stand, der rosige, erhitzte Körper nur noch von ihrem langen Haar verhüllt.

»Hat es dir gefallen?«, hörte er ihre Stimme, während schon der Boden unter ihm schwankte.

»Du bist schön«, flüsterte er.

Sie lachte hell auf, trat dicht zu ihm heran, und er atmete den warmen, feuchten Duft ihrer Weiblichkeit. Ihr Finger berührte zart sein Gewand an der Brust, glitt hinab über seinen Bauch und kreiste leicht und fast zärtlich über seinem gewölbten Geschlecht.

Er hörte immer noch ihr leises Lachen, als der Abgrund sich unter ihm auftat und bodenlose Schwärze ihn verschlang.

Mechthild kauerte an einem der kleinen Fenster des Dormitoriums und sah neugierig auf das Treiben im Klosterhof hinab. Sie hatte den Nonnenschleier tief ins Gesicht gezogen, um nicht durch einen zufälligen Blick erkannt zu werden, doch die Bauern, die gekommen waren, um den Klosterfrauen die Ernteabgaben zu bringen, waren viel zu beschäftigt, um nach oben zu sehen. Viele Frauen waren darunter, die bunten, bodenlangen Leinenkittel geschürzt, sie schleppten Körbe und Bündel, Kinder sprangen umher, Männer trieben die Zugtiere mit den beladenen Karren in den Hof. Die Nonnen waren dankbar für Getreide, Gemüse und einige Schweine – wussten sie doch nur zu gut, dass die Leute in den Dörfern selbst nicht viel zu beißen hatten. Die Drachenmänner hatten Felder verwüstet und Vieh abgeschlachtet, sie hatten die Hütten niedergebrannt, und es gab keine Familie, die nicht mindestens einen Toten bestattet hatte. Dennoch war auf den Gesichtern der Bauern kein Grimm abzulesen, als sie jetzt ihren Zehnten brachten. Die Angst vor der Gefahr aus dem hohen Norden hatte den Menschen ein Gefühl der Zusammengehörigkeit gegeben, hier in den Klöstern und Burgen, den Hütten und Feldern des christlichen Frankenlandes.

Mechthild war gerührt, während sie beobachtete, wie Säcke und Bündel mit Erntegaben sich im Klosterhof stapelten. Es würde kaum für den Winter reichen, so viel war klar. Aber es war alles, was die Menschen geben konnten. Hatte sie nicht oft genug verächtlich von den dummen Bauern geredet? Jetzt sah sie die Menschen in einem anderen Licht.

Auch in der Äbtissin hatte sie sich getäuscht. Mutter Ariana mochte simplen Geistes sein – doch sie hatte Mut bewiesen. Furchtlos hatte sie den verwundeten Wikinger in ihr Kloster aufgenommen und ihm all ihre Kenntnisse der Heilkunst angedeihen lassen. Das leise Murren ihrer Nonnen, man solle doch einem Feind nicht so viel Pflege zuteilwerden lassen, während in den umliegenden Dörfern genügend Kranke und Sieche ihrer bedurften, hatte sie nicht gelten lassen. Gott hatte ihnen diesen Mann anvertraut – die Wege des Herrn waren unergründlich.

Die Achtung, die Mechthild seitdem für die Äbtissin hegte, hatte die Grafentochter allerdings nicht daran gehindert, einen jungen Bauern mit einem geheimen Auftrag nach Rouen zu schicken und ihn anzuweisen, dabei gleichzeitig nach Brian zu forschen. Jeder an seinem Platz – die Nonne im Kloster und am Krankenbett, die Grafentochter mitten im politischen Ränkespiel.

Niemals würde Mechthild einwilligen, Graf Arnulfs Gemahlin zu werden. Schon immer war dieser Mensch ihr widerwärtig gewesen. Doch jetzt war bewiesen, dass er auch ein hinterhältiger Feigling und Verräter war. Um die eigenen Krieger zu schonen, hatte Arnulf sich im Kampf feige zurückgezogen und seinen Waffenbruder Konrad dem Feind preisgegeben. Graf Konrad hatte mit seinen Kriegern verbissen dem Ansturm der Wikinger standgehalten, er selbst hatte den Wikingerfürsten Harald im Zweikampf erschlagen, nur ihm war es zu verdanken, dass die Normandie in der Hand der Franken geblieben war. Doch zu Mechthilds übergroßem Kummer starb ihr Vater wenige Tage nach der Schlacht an seinen schweren Wunden. Sie hatte kaum Zeit gehabt, den Vater zu bestatten, da trafen schon Arnulfs Brautwerber in der Festung ein. Die Ehe mit der Grafentochter war für den Verräter eine unerwartet günstige Gelegenheit, Konrads Grafschaft der seinen einzuverleiben. Mechthild hatte die Gesandten, die die Brautwerbung vortrugen, ohne viel Federlesens aus der Festung weisen lassen. Doch sie wusste, dass ihre Chancen schlecht standen. Die wenigen Krieger, die aus dem Kampf zurückgekehrt waren, würden sie nicht gegen Graf Arnulfs Werbung verteidigen können. Er würde erneut versuchen, ihrer habhaft zu werden, um sie zu dieser Ehe zu zwingen. Sie brauchte mächtige Hilfe, und die gedachte sie in Rouen zu finden.

Fünf Tage war der junge Bauer nun unterwegs. Noch immer keine Nachricht – sie würde selbst reiten müssen. Als Junge verkleidet auf einem Ochsenkarren vielleicht, das Haar nach Art der Bauern kurz geschnitten. Doch würde man sie in diesem Aufzug in Rouen überhaupt als Konrads Tochter ansehen? Sie ernst nehmen und mit ihr verhandeln?

Aus dem Treppenhaus war jetzt das Schwatzen der Nonnen zu hören, die sich zur Abendmahlzeit im Refektorium versammelten. Die strengen Klosterregeln erlaubten das Sprechen nur wenige Stunden täglich, und die Nonnen nutzten die Möglichkeit, indem sie ausgiebig klatschten und tratschten. Gleich, wenn sie zu Tisch saßen, würde wieder absolute Schweigsamkeit geboten sein, nur von der monotonen Stimme der Vorleserin unterbrochen.

»Er frisst sich an unseren Vorräten voll, und wenn er wieder stark genug ist, wird er uns alle erschlagen.«

»Ein Riese mit Muskeln und Sehnen aus Eisen. Kein normaler Mensch ist so groß. Man könnte glauben, der Antichrist sei gekommen in seiner Gestalt…«

»Splitternackt hat er auf dem Lager gelegen, als die Äbtissin ihm den Speer herausgeschnitten hat.«

»Nicht nur die Äbtissin. Auch die Grafentochter war dabei. Was für eine Schande für eine Jungfrau!«

»Weiß man, ob sie überhaupt noch Jungfrau ist?«

»In diesen Zeiten wirst du sowieso kaum noch eine finden…«

Mechthild biss sich auf die Lippen. Sie wäre gern zwischen die Klatschweiber gefahren, um sie zur Rede zu stellen. Aber sie war hier nicht die Herrin auf ihres Vaters Festung, sondern nur geduldeter Gast. Und sie wusste, dass viele der Nonnen es sehr gern sähen, wenn die Tochter des

Grafen Konrad das Kloster so bald wie möglich wieder verließe.

Sie beschloss, nicht am gemeinsamen Mahl teilzunehmen. Die schweigend vor sich hin kauenden Nonnen und die eintönige Stimme der Vorleserin waren sowieso kein Vergnügen. Stattdessen würde sie dem Kranken eine Mahlzeit bringen. Der Wikinger hatte zwei Tage lang zwischen Leben und Tod geschwebt, denn die Wunde im Rücken war brandig und musste geschnitten werden. Keine der Nonnen war bereit gewesen, die Äbtissin bei dieser Operation zu unterstützen, nur Mechthild hatte eingewilligt, dabei Hilfe zu leisten. Schließlich war der Fremde ihr Gefangener, und sie wollte, dass er überlebte, um später seine Strafe zu erleiden. Wozu hätte man sich sonst die Mühe gemacht, ihn ins Kloster zu schleppen?

Die Operation stellte sich als eine ziemlich scheußliche Prozedur heraus, die Mechthilds Kaltblütigkeit auf eine harte Probe stellte. Mutter Ariana hatte dem Mann ein Stück Holz zwischen die Zähne schieben wollen, doch er weigerte sich. Zu Mechthilds Erstaunen ertrug er die Schmerzen ohne einen einzigen Laut, nicht einmal ein leises Ächzen drang aus seiner Kehle, während die Äbtissin mit einem scharfen Messer in seinem Rücken herumschnitt. Doch Mechthild konnte sehen, wie seine Kieferknochen zuckten und die Arm- und Rückenmuskeln sich anspannten.

Ein mannhafter Krieger, dachte sie mit einer gewissen Anerkennung. Eigentlich schade, dass er ein Wikinger ist.

Nach der Prozedur hatte sie das Blut von seinem Rücken gewischt und die Wunde nach Anweisung von Mutter Ariana mit einer Salbe aus Beifuß und Arnika bestrichen und verbunden. Es war ein merkwürdiges Gefühl, diesen breiten

Rücken zu berühren, der mit geheimnisvollen eintätowierten Zauberzeichen bedeckt war. Über den Nacken des Mannes zog sich ein rötlicher Flaum, sein Haupthaar war jedoch hellblond, weich und ein wenig gelockt.

Während Mechthild sich in der Küche über den dampfenden Gerstenkessel beugte und eine hölzerne Schale mit dem Brei füllte, ärgerte sie sich wieder über das lose Geschwätz der Nonnen. Welche Frechheit, zu behaupten, er habe völlig nackt vor ihnen gelegen! Natürlich hatten sie ihm die ledernen Beinkleider angelassen, nur das zerrissene Wams und das kurze Hemd hatte man ihm ausgezogen. Wie hätten sie sonst die Wunde versorgen können?

Allerdings hatten sich seine geraden, kräftigen Beine unter dem dünnen Leder nur zu deutlich abgezeichnet. Und auch anderes, über das eine Jungfrau besser nicht redete.

Oben war das Stühlerücken der Nonnen zu hören, die sich zu Tisch setzten und nun – was für ein Glück! – wieder das Gebot des Schweigens einhalten mussten.

Mechthild öffnete die Tür zu der kleinen Kammer, in der man den Kranken auf einem niedrigen Strohlager untergebracht hatte, und trat ein. Seitdem er wieder etwas zu Kräften gekommen war, lag der Wikinger auf der Seite, das große Tuch, auf dem man ihn hergetragen hatte, diente ihm als Zudecke. Jetzt hatte er es zurückgeschlagen, sodass sie seine breite, rötlich behaarte Brust sehen konnte. Immer noch hing das Amulett um seinen Hals, das er meist mit der Hand umfasste.

Er fieberte immer noch, doch der Wundschmerz hatte wohl inzwischen etwas nachgelassen. Als sie nähertrat, öffnete er die Augen und sah zu ihr hinauf. Seine bärtigen Züge zeigten keine Bewegung, nur die von hellen Wimpern umgebenen blauen Augen waren lebendig und verfolgten alles, was im Raum geschah, mit großer Aufmerksamkeit. Er hatte bisher noch kein einziges Wort gesprochen, doch sie war sicher, dass er ihre Sprache zumindest teilweise verstand.

»Essen«, sagte sie kurz angebunden und hockte sich unweit von ihm auf den Boden, um den Gerstenbrei noch einmal mit dem Holzlöffel umzurühren, bevor sie ihm die Schale hinüberschob. Bisher hatte man ihm den Brei löffelweise gefüttert, da er wegen der Rückenwunde den Arm kaum bewegen konnte. Mechthild war der Meinung, dass damit jetzt Schluss sein müsse. Wenn er essen wollte, dann sollte er sich auch anstrengen. Er war ein Krieger und kein Kleinkind.

»Da!«, meinte sie und stellte den Napf vor ihm ins Stroh. Der Wikinger sah auf den Gerstenbrei, dann hob er den Blick zu Mechthild. Verblüfft stellte sie fest, dass seine Miene belustigt war. Scheinbar amüsierte es ihn, dass sie ihm den Napf so unter die Nase schob.

Dem scheint es ja schon wieder mächtig gut zu gehen, dachte sie aufgebracht. Dann verfolgte sie gespannt, wie er den Holzlöffel langsam in den Brei tauchte und zum Mund führte. Der Löffel zitterte heftig – die Bewegung musste noch sehr schmerzhaft sein und sie hatte fast ein schlechtes Gewissen. Als er beinahe aufgegessen hatte, nahm sie den Holzteller und fütterte ihn mit dem Rest. Es war schon seltsam, wie bereitwillig dieser wilde Drachenkrieger ihr den Mund hinhielt, damit sie ihm den Brei einlöffelte. Als der Napf leer war, hielt sie ihm einen Becher mit Wasser an die Lippen und beobachtete, wie sein Adamsapfel beim Schlucken auf- und niederstieg.

»Bist du satt?«, fragte sie.

Er gab, wie gewöhnlich, keine Antwort. Vermutlich wollte

er nicht sprechen, denn er hatte die Frage ganz sicher verstanden. Sie ärgerte sich über sein hartnäckiges Schweigen. Sie stellten alles Mögliche an, um ihn zu heilen und zu pflegen, und dieser Kerl hielt es nicht einmal für nötig, das Maul aufzumachen.

Sie kroch ein Stück näher zu ihm heran und griff neugierig nach dem Amulett, das jetzt neben ihm im Stroh lag. Das silberne Schmuckstück glitzerte in ihrer Hand, während sie es hin- und herbewegte, um es zu betrachten.

»Was ist das?«, wollte sie wissen. »Es sieht aus wie ein Kreuz, dem man den unteren Teil abgeschnitten hat.«

Da umfasste der Mann urplötzlich und blitzschnell mit hartem Griff ihr Handgelenk und drückte es so fest zusammen, dass sie vor Schreck und Schmerz aufschrie. Das Amulett glitt ins Stroh und Mechthild fühlte sich im gleichen Moment wieder freigelassen. Hastig rutschte sie in die äußerste Ecke der Kammer, umfasste das schmerzende Handgelenk und blitzte den blonden Mann wütend an.

»Wie kannst du es wagen?«, fauchte sie. »Weißt du nicht, dass du unser Gefangener bist? Du wärst längst tot, wenn wir dir nicht geholfen hätten!«

Wieder zuckte es belustigt um seine Augen – hatte er wirklich die Stirn, sie auszulachen? Ein ungutes Gefühl durchfuhr sie. Wie, wenn er gar nicht so schwach war, wie er tat? Auch wenn er nicht bei vollen Kräften war, wäre es diesem muskulösen Kerl ein Leichtes, in der Nacht alle Frauen im Kloster zu töten und zu fliehen. War er dazu fähig?

Misstrauisch sah sie zu ihm hinüber. Der Blick seiner hellen Augen war klar und ruhig, Befriedigung schien darin zu liegen, doch keine Bosheit.

Dann hörte sie auf einmal seine tiefe Stimme.

»Thors Hammer ist schnell wie ein Pfeil. Trifft immer sein Ziel und kehrt in die Hand des Kriegers zurück.«

Er sprach mit einem seltsamen, harten Akzent, doch man verstand jedes einzelne Wort. Noch starrte sie ihn an, dachte über den Sinn der Worte nach und staunte zugleich, wie gut er die fränkische Sprache beherrschte, da erklang von oben aus dem Refektorium ein lauter Ruf.

»Reiter! Zwanzig, dreißig – eine ganze Schar! Sie halten auf das Kloster zu!«

Mechthild raffte sich erschrocken auf und eilte aus der Kammer.

❖

Die Ruhe und das Schweigen der Mahlzeit waren dahin. Die Nonnen drängten sich an den wenigen Fensterchen des Refektoriums, schoben sich gegenseitig beiseite und flüsterten miteinander. Eine so große Zahl von Kriegern konnte nur eines bedeuten: Graf Arnulf war mit seinen Männern in das Land eingedrungen, um seine Brautwerbung mit Gewalt durchzusetzen.

»Wir sind des Todes«, flüsterten die Frauen voller Entsetzen. »Er wird uns alle strafen, wenn er sie hier findet.«

»Wir stehen in des Herrn Hand.«

Eine der Nonnen lachte hysterisch auf.

»In der Hand des Grafen Arnulf stehen wir.«

»Schweig und lästere nicht!«

Als Mechthild im Refektorium erschien, wichen die Nonnen zurück und gaben ihr den Blick aus dem Fenster frei. Sie war bleich geworden, spürte die vorwurfsvollen, feindseligen Blicke und wusste nur zu gut, dass alles, was nun geschehen würde, in ihrer Verantwortung lag. Sie hatte das Spiel verloren – Graf Arnulf war rascher gewesen als ihre Boten.

»Es sind bewaffnete Krieger – wenn wir ihnen das Kloster nicht öffnen, werden sie sich gewaltsam Zutritt verschaffen.«

Mutter Ariana war neben sie getreten und sprach mit ruhiger Stimme. Mechthild wusste, dass sie recht hatte. Die hölzerne Klosterpforte war beim Angriff der Wikinger schwer beschädigt worden und noch nicht instand gesetzt. Einige kräftige Männer konnten sie ohne Mühe nach innen drücken.

»Ich verlasse das Kloster über die Nebenpforte«, sagte Mechthild hastig. »In den Felsen am Meer werde ich mich verbergen.«

Mutter Ariana sah unbeirrt hinaus auf die sich rasch nähernde Schar. Ihre Augen waren in der Nähe schwach geworden – in der Entfernung erkannte sie jedoch jede Einzelheit klar und deutlich. Die Männer trugen Schwerter und Dolche, einige hatten Lanzen, die in der untergehenden Sonne rötlich aufblinkten.

»Sie werden Euch dort rasch finden, Herrin.«

»Ich will nicht, dass Ihr meinetwegen Strafe erleidet, Mutter«, sagte Mechthild verzweifelt. »Betet für mich!«

Sie wollte davonlaufen, doch die Äbtissin hielt sie zurück.

»Seid nicht töricht, Herrin. Es hilft niemandem, wenn Ihr Euch draußen wie ein wildes Tier von den Kriegern hetzen lasst.«

»Was soll ich denn sonst tun?«

Mechthild starrte auf die Reiterschar. Dunkel und bedrohlich zeichneten sich die Silhouetten der Krieger gegen den Abendhimmel ab, schienen beim Näherkommen in die Höhe zu wachsen, Staubwolken wirbelten unter den Bäuchen der Pferde.

»Es gibt zwei Möglichkeiten«, sagte die Äbtissin. »Entweder Ihr könnt Euch entschließen, die Werbung des Grafen doch noch anzunehmen…«

»Eher stürze ich mich vom Turm der Kirche herab.«

Die Antwort war leise gesprochen, doch die Äbtissin hörte die feste Absicht der jungen Frau heraus. Konrads Tochter war ungestüm und aufbrausend – aber sie besaß den Mut und die Entschlossenheit ihres Vaters.

»Dann gibt es nur noch einen Weg. Folgt mir, rasch!«

Die Äbtissin griff eine der Holzschalen, in der noch ein Rest Gerstenbrei war, und drückte sie Mechthild in die Hand.

»Hol eine Schale mit Asche aus der Küche!«, wies sie eine der Nonnen an. »Und ihr anderen lauft in den Hof hinunter. Öffnet das Tor auf keinen Fall. Und denkt an das Gebot des Schweigens!«

Die Nonnen waren unbedingten Gehorsam gewohnt und eilten davon. Was auch immer geschehen würde, keine von ihnen würde es ändern können.

Mechthild stand mit ihrer Holzschüssel in den Händen und begriff nichts. Was hatte Ariana vor? Es gab in diesem Kloster keinen einzigen Ort, an dem sie sich hätte verstecken können. Nicht im Vorratskeller, nicht in einem der kleinen Nebengebäude, in denen die Schweine gehalten wurden und einige Geräte für den Gartenbau standen. Auch nicht in der Kirche. Oder doch? Wollte die Äbtissin sie etwa unter eine der Grabplatten stecken? Aber wer sollte die schweren Platten heben?

Man hörte jetzt schon das Getrampel der Pferdehufe, Waffen klirrten, raue Männerstimmen schallten vor der Klosterpforte. Mechthild wusste, dass sie in wenigen Minuten Graf Arnulf gegenüberstehen würde. Niemand würde das verhindern können, auch die Äbtissin nicht.

Sie folgte Mutter Ariana die Stufen hinab, dort wartete eine Nonne mit einem kleinen Holzeimer voller Asche, den die Äbtissin hastig ergriff.

»Rasch!«

Sie öffnete die Tür der Krankenkammer und zog Mechthild hinein. Der Wikinger hatte sich auf seinem Lager halb aufgerichtet, er hatte offensichtlich verstanden, dass Gefahr drohte. Mechthild sah auf den blinkenden Thorhammer an seinem Hals und wunderte sich zugleich, dass sie in diesem Augenblick auf solch eine Kleinigkeit achten konnte.

»Dieser Mann ist ein Feind«, sagte die Äbtissin leise. »Doch er wurde dir von Gott gesandt, um dich zu erretten. Wir reiben ihn mit Asche und Gerstenbrei ein und werden dem Grafen sagen, dass er den Aussatz hat.«

Mechthild begriff nichts. Nur dass die Äbtissin die Absicht hatte, den Wikinger vor Graf Arnulf zu retten.

»Und was ist mit mir?«

Mutter Ariana kniete schon neben dem Kranken und rieb sein Haar mit Asche ein. Der Wikinger schien ihre Absicht verstanden zu haben, denn er ließ sich bereitwillig das helle Haar schwärzen.

Harte Schläge donnerten gegen die hölzerne Pforte.

»Im Namen des Grafen Arnulf – öffnet das Tor!«

Mechthild schmierte Arme und Brust des Wikingers mit Gerstenbrei ein, während die Äbtissin sein Gesicht und seinen Bart bearbeitete.

»Und was ist mit mir?«, wiederholte sie. »Soll ich mich vielleicht auch mit dem Zeug beschmieren?«

Mutter Ariana schwärzte den Hals des Wikingers mit großer Sorgfalt. Die Asche war jetzt fast verbraucht.

»Du schlüpfst zu ihm unter die Decke.«

Mechthild fiel vor Schreck fast die Holzschüssel aus der Hand.

»Was?«

Man vernahm dumpfe Schläge von draußen, Graf Arnulf schien keine Lust auf weitere Ankündigungen zu haben, die nur durch Schweigen beantwortet wurden. Das Holz der Pforte splitterte, die Angeln knirschten. Leise Schreckensrufe der Frauen waren zu vernehmen, dann Pferdehufe auf dem steinernen Boden des Klosterhofs.

»Zieh das Kleid aus – es ist zu weit und wird die Decke aufbauschen.«

Es blieb keine Zeit, zu widersprechen. Im Klosterhof drängten sich Reiter und Pferde, Metall klang auf Leder, Männerstimmen lachten und fluchten. Graf Arnulf verlangte nach der Äbtissin. Eine der Nonnen schrie auf, weil sie unter ein Pferd geraten war.

Mechthild zog sich hastig das weite Nonnengewand über den Kopf und stand in dem dünnen Leinenhemd da, das nur knapp über die Waden reichte. Sie blickte zu dem Wikinger, der durch das Einreiben mit der Asche furchterregend entstellt aussah. Doch seine blauen Augen ruhten erstaunt auf ihr, und seine Ruhe flößte ihr Zuversicht ein. Er schien den Plan sehr wohl begriffen zu haben. Mechthild überlegte nicht mehr lange, schon waren Fußtritte und Schwerterklirren aus unmittelbarer Nähe zu vernehmen. Sie kauerte sich zusammen und glitt zu ihm unter die Decke.

Sein Körper war heiß und hart, sie atmete den Geruch der ledernen Beinkleider ein, umfasste seine Taille und presste ihren Kopf an seinen nackten Bauch. Dicht an ihn gedrängt versuchte sie, ihren Körper dem seinen anzupassen, während ihr Herz vor Aufregung raste. Was für eine irrwitzige Idee!

»Durchsucht das Kloster! Schaut in alle Ecken. Wer sie mir bringt, den erwartet reicher Lohn!«

Sie erzitterte, denn sie hatte Arnulfs Stimme erkannt. Lautes Poltern erhob sich, klagende Schreie der Frauen, Stühle und Tische im Refektorium wurden umgestoßen, hölzerne Schalen und Löffel fielen auf den Steinboden. Plötzlich spürte sie in ihrer Hand einen kühlen, kantigen Gegenstand. Der Thorhammer! Um Himmels willen – wenn jemand dieses Amulett sah, war alles verraten. Sie fasste das Metall und zerrte mit aller Kraft. Die Kette sprang, sie hörte einen leisen, ärgerlichen Laut aus seiner Kehle, dann wurde die Kammertür aufgerissen.

»Verflucht! Die Alte hat die Wahrheit gesagt. Nur raus hier!«

»Lass sehen. Teufel noch mal! Nimm den Mantel vors Gesicht, dass dich die Krankheit nicht anfliegt.«

»Was ist los?«

»Ein Leprakranker. Schon fast verfault, das arme Schwein.«

»Sonst nichts in der Kammer?«

»Siehst du etwa was?«

Mechthild lag wie erstarrt. Sie spürte, dass die Blicke der Männer den Raum durchforschten. Die Holzschale, den Eimer, den Mann auf dem Lager… O Gott – wenn sie das Kleid sahen, das auf dem Boden liegen musste! Oder hatte Mutter Ariana es geistesgegenwärtig mitgenommen?

»Nichts. Suchen wir in der Kirche. Zwei Männer bleiben im Hof, einer hier unten an der Treppe. Habt ihr den Stall und die Hütten durchsucht?«

»Dort ist niemand. Vielleicht ist das Vögelchen ausgeflogen?«

»Wir kämmen die Umgebung ab. Sie kommt nicht weit.«

Die Tür wurde zugeschlagen, und Mechthild hatte für einige Sekunden das Gefühl, ohnmächtig zu werden, so groß war die Anspannung gewesen. Es schien ihr glühend heiß unter dieser Decke. Immer noch lag sie an den sehnigen Männerkörper gepresst, ihre Wange spürte die Schweißperlen an seinem Bauch, die kleine Vertiefung seines Nabels. Je weiter die Geräusche der Eindringlinge sich entfernten, desto bewusster wurde ihr das Unschickliche ihrer Lage. Ihre Brüste lagen an seinen Lenden, und was sie zwischen ihren Brüsten noch weiter spürte, darüber wollte sie auf keinen Fall nachdenken. Was mochte er von alldem halten? Hatte er begriffen, dass sie sich vor dem Grafen verbarg? Oder verstand er dies alles ganz anders? Glaubte er am Ende, sie wolle sich ihm anbieten? Er bewegte sich nicht, sein Atem hob ihren Kopf sanft auf und ab. Mechthild lauschte auf die raschen Pulsschläge, die an ihr Ohr drangen, und sie hätte nicht sagen können, ob es ihre eigenen oder die des Wikingers waren.

Minuten dehnten sich zu Ewigkeiten. Man hatte die halb verkohlten Kirchenstühle zertrümmert, den Altar umgestoßen, die Vorräte im Klosterhof ausgeleert. Endlich gab Graf Arnulf den Befehl, das Kloster zu verlassen und die Umgebung abzusuchen. In seiner Stimme lag Wut und Enttäuschung.

Als die Reiter aufgestiegen waren und das Geräusch der Pferdehufe sich entfernte, hob Mechthild vorsichtig den Kopf und schob die Decke zurück. Es war dämmrig geworden, und das verschmierte Gesicht des Wikingers sah im Halbdunkel grotesk aus. Aber es schien ihr, dass er lächelte.

»Thor hat Freude an deiner List«, hörte sie ihn mit tiefer Stimme sagen. »Er hat geholfen.«

»Was?«

Jetzt erst wurde ihr bewusst, dass sie die ganze Zeit über den kleinen Thorhammer mit den Fingern umkrallt gehalten hatte.

❖

Breit und massig ragten die Mauern der steinernen Feste aus der Ebene hervor. Graf Konrad hatte in jungen Jahren die Kaiserpfalz des großen Karl gesehen und begriffen, dass die Zeit der hölzernen Palisaden und Wohntürme vorüber war. Nur wer steinerne Bauten errichtete, würde dem Ansturm der Feinde standhalten und die Zeiten überdauern. So wie das Kloster St. André, das sein Vater noch gegründet und ganz aus Stein hatte erbauen lassen.

Konrad war mit der Ausführung seines Vorhabens nicht zu Ende gekommen, denn der Granit der Normandie war schwer zu bearbeiten und noch schwerer von der Stelle zu bewegen. Die stattliche, mit vier Türmen bewehrte Mauer seiner Festung war in jahrelanger, mühseliger Arbeit vollendet worden – für den großen Wohnturm und die Nebengebäude war es vorerst bei steinernen Sockeln geblieben, auf die man hölzerne Aufbauten gesetzt hatte.

Nach dem Tod des Grafen war es still geworden in der mächtigen Feste. Viele seiner Getreuen waren im Kampf gefallen oder weitergezogen, um an anderen Orten ihr Kriegsglück zu versuchen, ein Teil des Gesindes war in die Dörfer zurückgekehrt. Als auch die junge Grafentochter vor einigen Wochen die Burg verließ, begriffen auch die Letzten, dass die besten Zeiten von Graf Konrads gewaltiger Anlage vorüber waren.

In dieser Nacht leuchteten flackernde Lichter in den Fensternischen des Gesindehauses. Auch in der Feste hatten die Bauern den Zehnten abgeliefert, und die trübe Stimmung der Burgbewohner war beim Anblick der Lebensmittel erheblich gestiegen. Ein Ferkel war geschlachtet und am Spieß gebraten worden, frisches Brot und gebackene Erbsen wurden gereicht, dazu hatte der Burgmann Neidhardt gestattet, das letzte Weinfass anzuzapfen. Man trank auf sein Wohl, wünschte ihm ein langes Leben, und als Neidhardt, der kein geselliger Mann war, den Raum verlassen hatte, amüsierte man sich mit Anekdoten und Witzen, bei denen die wenigen Knaben erröteten und die Mägde laut aufkreischten.

Neidhardt hatte sich mit einem gut gefüllten Becher Wein in den Rittersaal im obersten Stock des Wohnturms zurückgezogen und dort am Tisch niedergelassen. Das wohlige Gefühl der Sattheit hatte ihn schläfrig gemacht, dazu kam die Wirkung des Weines, dem er an diesem Abend nicht übel zugesprochen hatte. Der kräftige, blonde Mann hatte die Arme auf den Tisch gestützt und starrte auf den Becher aus grünlichem Glas, in dem der Wein im Licht der Kerze blinkte.

Neidhardt war unzufrieden mit seinem Los. Er stammte aus adeligem Geschlecht und war nach dem frühen Tod seiner Eltern von Graf Konrad aufgenommen worden. Wie einen eigenen Sohn hatte der Graf ihn erzogen, hatte ihn im Waffengang unterrichtet, war mit ihm zur Jagd geritten, hatte ihm den Platz an seiner Seite bei Tisch zugewiesen. Und doch war es Neidhardt niemals gelungen, die Anerkennung seines Ziehvaters zu erlangen. Er taugte nun einmal nicht für das Schwert und hielt sich nur mittelmäßig gut auf dem Pferd. Auch war er nicht rasch in seinen Entscheidungen und feurig im Kampf, sondern er sann eher darauf, Auseinandersetzungen durch vorsichtige Überlegungen zu meiden.

Neidhardt seufzte tief auf und trank einen Schluck aus dem Becher. Der Wein rann ihm warm durch die Kehle. Er lauschte eine Weile auf das laute Tun im unteren Stockwerk und furchte die Stirn. Die fröhliche Stimmung dort unten zog ihn an und machte ihm zugleich noch deutlicher, wie einsam er hier oben war. Aber er mochte keine zotigen Witze, würde nur ein mühsames Grinsen zustande bringen und die anderen damit gegen sich aufbringen. Da war es noch besser, allein hier oben beim Wein zu hocken. Er tat einen weiteren, tiefen Zug und stierte auf einen der bunt gestickten wollenen Teppiche, die ringsum an den hölzernen Wänden aufgehängt waren. Junge Bäuerinnen in farbigen, langen Kitteln waren darauf dargestellt, von Ähren und Gräsern umrankt gingen sie der Erntearbeit nach. Ein schönes Wunschbild von Frieden und Wohlstand, das die verstorbene Gräfin, Mechthilds Mutter, mit eigener Hand angefertigt hatte.

Sie war gegangen, die schöne Mechthild. Nun, es war eine Dummheit von ihr gewesen und außerdem sehr schade. Er vermisste sie, obgleich er keineswegs in sie verliebt war, wie so viele Männer, denen sie den Kopf verdreht hatte. Als Junge war er regelrecht eifersüchtig auf sie gewesen. Dieses Mädchen, das noch dazu vier Jahre jünger war als er, konnte reiten wie der Teufel und war sogar eine recht passable Bogenschützin. Vor allem aber besaß sie die uneingeschränkte Liebe ihres Vaters, dem sie in ihrer ganzen Art so ähnlich war. Aufbrausend war sie, wagemutig bis zum Leichtsinn, unüberlegt zuweilen und starrsinnig. Wäre sie ein Knabe gewesen, hätte man diese Eigenschaften als feurig, tapfer, rasch entschlossen und von festem Charakter beschrieben.

Neidhardt grinste vor sich hin und leerte den Becher bis auf den Grund. Da hatte Graf Konrad zwei Kinder großgezogen und doch keinen Erben hinterlassen. Wenn diese sture Person wenigstens so vernünftig gewesen wäre, die Werbung des Grafen Arnulf anzunehmen. Es war möglich, dass die Wikinger zurückkehrten, da musste man sich zusammenschließen und dem Feind eine Streitmacht entgegenstellen. Aber nein, sie konnte den Grafen nicht leiden. Als ob das wichtig wäre – sie sollte ihn ja heiraten und nicht lieben. Immer wieder hatte er auf sie eingeredet – natürlich ohne sie umstimmen zu können. Hilfe aus Rouen wollte sie sich holen. Was für eine wahnwitzige Idee! Glaubte sie wirklich, der Erzbischof würde sie von ihrem ungeliebten Bewerber befreien?

Außerdem hatte es Neidhardt verletzt, dass sie bei den Nonnen von St. André Zuflucht gesucht hatte, statt hier in der Feste zu bleiben. Es war der eindeutige Beweis dafür, dass sie ihm nicht zutraute, die Burg zu verteidigen.

Er schüttelte die unguten Gedanken ab und beschloss, sich zur Ruhe zu legen. Gerade wollte er die Kerze ausblasen, da schlugen unten im Burghof die Hunde an. Erst jetzt fiel ihm ein, dass man wegen des Festschmauses keine Turmwachen aufgestellt hatte.

Flackernder, rötlicher Lichtschein war draußen zu sehen, der von jenseits der Mauer herüberschimmerte. Es mussten mehrere Fackeln dort brennen, das bedeutete nichts Gutes.

Er wurde unruhig und wünschte sich Mechthild herbei, die in solchen Situationen immer einen kühlen Kopf behielt und rasche Entscheidungen fällte. So wie ihr Vater es getan hatte.

Er stolperte die Treppe hinunter, musste sich dabei rechts und links an den Wänden abstützen, um das Gleichgewicht zu halten, denn immer noch wirkte der allzu reichlich genossene Wein. Nur die Schläfrigkeit war ganz plötzlich verflogen.

Das Gesinde und die Krieger waren ebenfalls von dem Kläffen der Hunde aufgeschreckt worden, man war auf den Burghof hinausgelaufen und starrte auf den Fackelschein, der von jenseits des dicken, eichenen Burgtores leuchtete.

»Zwei Männer auf den Turm«, rief Neidhardt, doch längst waren mehrere der Leute die engen Treppen hinaufgestürzt. Als er selbst im oberen Turmzimmer anlangte, erwarteten ihn bedenkliche Gesichter und leise Flüche.

Deutlich war von hier oben eine Schar berittener Krieger vor dem Tor zu sehen, Schwertergriffe und Helme blitzten im flackernden Schein, hell schimmerten die schmalen Spitzen der Lanzen über den dunklen Gestalten der Männer.

»Arnulf«, murmelte einer. »Verfluchter Kerl. Will sich seine Braut mit Gewalt holen.«

Neidhardt trat dicht an die Fensterluke und starrte auf die Kriegerschar hinunter. Es waren lauter kampferprobte Männer, bis an die Zähne bewaffnet. Ungeduldig stampften die Pferde, stiegen empor und wurden von ihren Reitern mit Mühe zur Ruhe gebracht. Durch das Hundegebell hindurch waren jetzt dumpfe Schläge hörbar – man donnerte mit Fäusten und Fußtritten gegen das hölzerne Tor.

»Heda, Schlafmützen!«, brüllte eine laute Stimme. »Aufgewacht! Graf Arnulf entbietet seinen Gruß und bittet um Einlass!«

Neidhardt beugte sich aus der schmalen Fensterluke. Es war an ihm, die Verhandlungen zu führen, und er spürte die Blicke seiner Männer erwartungsvoll auf sich gerichtet.

»Wir grüßen unseren Waffenbruder Arnulf«, rief er laut in die Nacht hinein. »Was ist der Grund für diesen nächtlichen Besuch?«

Das Kläffen der Hunde übertönte die Antwort. Aber Neidhardt glaubte, in einigen Gesichtern ein grobes Lachen erkannt zu haben. Oder hatte das Flackern der Fackeln nur die Gestalten und Mienen verzerrt?

»Wir haben uns verspätet und benötigen Unterkunft für die Nacht. Öffnet die Tore, Neidhardt. Wir sind Freunde und kommen in friedlicher Absicht, um unseren Pakt zu erneuern.«

»Der lügt doch, wenn er nur das Maul aufmacht«, knurrte ein alter Krieger neben Neidhardt. »Glaubt ihm kein Wort, Herr. Er will die Feste einnehmen. Wozu würde er sonst mit dieser Schar heranrücken?«

Neidhardt wusste das ebenfalls. Und auch, dass Arnulf seinen Ziehvater Konrad im Ansturm der Wikinger feige im Stich gelassen hatte. Dennoch hatte er wenig Lust auf Streit und stieß einen leisen Fluch aus. Das alles hatte er Mechthild zu verdanken. Anstatt sich gegenseitig zu bekriegen, hätte man ein Bündnis schließen und Hochzeit feiern können. Stattdessen durfte er sich jetzt mit dieser waffenstarrenden Schar herumärgern.

»Wir öffnen unseren Freunden gern die Tore, Arnulf«, rief er hinunter. »Aber nicht einer Schar Krieger, die mit Schwertern und Lanzen gerüstet sind. Legt zuerst die Waffen ab, dann werden wir die Tore aufriegeln.«

Unten entstand aufgeregte Bewegung. Pferde stiegen empor, Lanzen wurden emporgereckt, Schwerter aus der Scheide gezogen. Dennoch klang Arnulfs Stimme fast freundlich, als er seine Antwort zum Turm hinaufrief: »Wir werden die Waffen im Burghof ablegen, Neidhardt. Schwerter und Lanzen werden dort in den Schutz unserer Waffenbrüder gegeben, wie es unter Freunden üblich ist.«

»Das ist eine List«, hörte Neidhardt es flüstern. »Arnulf ist der größte Lügner unter der Sonne. Trau ihm nicht. Wenn sie erst einmal das Tor passieren, haben sie gewonnen.«

»Wir fordern eine Sicherheit«, rief Neidhardt hinab. »Was könnt ihr uns bieten?«

Arnulfs Gesicht war nach oben gerichtet und man sah seine Augen im Licht der Fackeln aufblitzen.

»Ich selbst werde meinen Kriegern vorausgehen, Neidhardt«, sagte Graf Arnulf gelassen. »Allein und ohne Waffen werde ich mich in deine Hände begeben. Bist du nun zufrieden?«

Neidhardt atmete tief ein und aus. Er wäre jetzt wirklich froh gewesen, Mechthild an seiner Seite zu haben. Er seufzte und rieb sich zweifelnd den blonden Schnurrbart.

»Das ist eine Falle«, knurrte der Alte neben ihm leise.

»Was ist jetzt?«, brüllte Arnulf unten zornig. »Wollt ihr uns die ganze Nacht hier stehen lassen? Fürchtet ihr uns sogar dann, wenn ich waffenlos in euren Händen bin?«

Das Gebell der Hunde war endlich verstummt, dafür war das Schnauben der Rösser und Waffengeklirr hörbar geworden. Die Krieger unten vor der Festungsmauer ließen ihrem Unmut freien Lauf. Beleidigungen wurden ausgestoßen, Verhöhnungen ausgesprochen, drohende Fäuste erhoben sich zum Turm hinauf. Neidhardt kniff die Lippen zusammen und fühlte die Blicke seiner Männer auf sich gerichtet. Sie warteten auf seine Entscheidung.

»Wir glauben deinem Wort, Arnulf. Leg deine Waffen ab und gehe deinen Leuten zehn Schritt voran.«

»Wie es dir beliebt, Neidhardt!«

Während Neidhardt die Turmtreppe hinunterstieg, lag ihm noch der Klang von Arnulfs Stimme im Ohr. Hatte er nicht Spott darin gehört? War seine Entscheidung falsch gewesen? Doch sie ließ sich nicht rückgängig machen, seine Krieger hatten schon ihre Waffen angelegt, die Mägde waren in die Kellerräume geflüchtet, und man stand bereit, Arnulf das Tor zu öffnen.

Als man den schweren Riegel gehoben hatte und der Torflügel sich mit leisem Knarren nach außen bewegte, stand die breite Gestalt des Grafen in der Toröffnung. Er trug keine Waffen, ein seltsames, höhnisches Lächeln lag auf seinem Gesicht.

»Umringt ihn«, befahl Neidhardt. »Führt ihn in den …«

Seine Worte gingen im Lärm des Kampfgeschreis und der Pferdehufe unter. Die berittenen Krieger stürmten rechts und links an ihrem Anführer vorbei in den Burghof hinein, trampelten alles nieder, was sich ihnen in den Weg stellte, hieben den hölzernen Ziehbrunnen in Stücke. Der Kampf dauerte nur wenige Minuten, wer sich wehrte, der fiel, wer floh, der wurde in die Enge gedrängt und getötet.

Neidhardt war gegen die Burgmauer gedrückt worden und hatte zunächst versucht, sich seiner Haut zu wehren. Doch bald war er von Arnulfs Männern umringt, sein Schwert wurde ihm mit einem harten Hieb aus der Hand geschlagen, die Spitze einer Lanze setzte sich auf seine Brust. Er schloss die Augen und erwartete das Ende.

»Halt!«, hörte er die Stimme des Grafen. »Ich brauche ihn lebend.«

Am frühen Morgen stand Graf Konrads Feste in Flammen. Man hatte die Vorräte auf Wagen geladen, ebenso einige Kisten mit Silber und Schmuck, dazu Gerätschaften, die den Eroberern gefallen hatten. Die mächtigen eisenbeschlagenen Burgtore waren ausgehebelt worden, dann hatte Arnulf befohlen, Feuer zu legen.

Neidhardt saß mit gefesselten Händen zu Pferd, in seinem Kopf war es leer, als habe man ihm das Hirn herausgesogen. Als hinter ihm der brennende Turm der Feste krachend in sich zusammenstürzte, drehte er sich nicht um.

Mechthild hatte noch nie zuvor solche groben und schmutzigen Arbeiten verrichtet. Es waren Gesindearbeiten, einer Grafentochter unwürdig. Ihr Rücken schmerzte, die Arme taten weh, und doch gönnte sie sich kein Ausruhen. Zu tief spürte sie ihre Verantwortung für das, was dem Kloster und seinen Nonnen an diesem Nachmittag widerfahren war.

Mutter Ariana hatte die Nonnen schon bald nach dem Überfall angewiesen, mit den Aufräumarbeiten zu beginnen. Mechthild hatte zuerst den Kopf geschüttelt, denn die Frauen waren halb ohnmächtig von dem ausgestandenen Schrecken, hockten wie teilnahmslos in kleinen Gruppen auf dem nackten Fußboden, einige weinten leise, andere stierten nur vor sich hin. Wie sollten diese armen Wesen arbeiten? Doch dann hatte sich wieder einmal gezeigt, dass Mutter Ariana eine kluge und erfahrene Menschenführerin war. Kaum hatten die Frauen begonnen, die wenigen noch brauchbaren Gerätschaften zusammenzusuchen, die ausgestreuten Bohnen und Erbsen im Hof zu sammeln, die zerstochenen Säcke zu flicken, da löste sich die starre Verzweiflung und ihre Gesichter belebten sich. Mechthild beteiligte sich ohne Murren an allen Arbeiten. Sie tat sogar noch einiges mehr, denn sie hatte rasch begriffen, dass sie die Nonnen durch ihre jugendliche Zuversicht mitreißen konnte.

Der Altar war umgestürzt und zerschlagen. Das Kirchengestühl lag in Trümmern. Aber die hölzernen Teile des Altars ließen sich mit einigem Geschick wieder zusammenfügen, sodass die Messe wieder gefeiert werden konnte.

»Das Gestühl kann als Brennholz dienen, wir schaffen es hinüber in die Küche«, ordnete sie an und griff selbst zu, um den Nonnen ein Beispiel zu geben.

Sie schien überall zu sein, gab praktischen Rat, teilte die Aufgaben zu und war sich nicht zu schade, im Hof die getrockneten Erbsen aus dem Staub zu lesen. Hin und wieder beriet sie sich mit Mutter Ariana, die ihr schließlich die Leitung der Arbeiten überließ und sich im Refektorium auf einen Schemel setzte. Die alte Frau war erschöpft, nach dem ausgestandenen Schrecken machte das Herz ihr zu schaffen. Und doch erhob sie sich immer wieder, um durch die Fensternische in den Hof hinunterzusehen, wo Mechthilde helle, energische Stimme den Ton angab.

Graf Konrad hatte diese Tochter nicht umsonst geliebt. Sie würde eine gute Herrin werden, auch wenn sie vorerst noch zu rasch und viel zu unüberlegt handelte. Das Leben würde sie Geduld und Weisheit lehren – klug genug war sie, um solche Lehren anzunehmen. Mutter Ariana hatte hin und wieder Visionen, über die sie aber niemals sprach. Doch die Bilder, die sie sah, hatten sich nur allzu oft bewahrheitet. Mutter Ariana glaubte an ihre Visionen.

Es war schon spät in der Nacht, als Mechthild den Nonnen erklärte, das Wichtigste sei nun getan und man könne sich zum Schlafen niederlegen. Es war ihr nicht entgangen, dass die Frauen von der ungewohnten Arbeit erschöpft waren, einige hielten sich nur noch mit Mühe auf den Beinen. Doch die Blicke, mit denen sie die junge Grafentochter ansahen, hatten sich verändert. Kein Vorwurf lag mehr darin, keine verborgene Feindseligkeit. Die Nonnen lächelten ihr zu, einige küssten sogar ihre Hand. Mechthild war gerührt und spürte zugleich, dass die Verantwortung nun umso schwerer auf ihr lastete. Sie musste sich dieses Vertrauens würdig erweisen. In ihrer Lage würde das jedoch nicht ganz einfach werden.

Sie stieg hinauf ins Refektorium zu Mutter Ariana. Die alte Frau hatte den Rücken an die Mauer gelehnt und war eingeschlummert. Der weiße Nonnenschleier, der ihr Gesicht umrahmte, ließ ihre Haut noch blasser und faltiger erscheinen, und Mechthild dachte, dass etwas Brot und einige Schlucke vom heißen, gewürzten Wein ihr sicherlich guttun würden. Doch die Klosterregel ließ nur zwei Mahlzeiten am Tag zu, auch die übrigen Nonnen, die sich inzwischen im Dormitorium zur Ruhe legten, hatten seit dem Nachmittag keinen Bissen mehr zu sich genommen.

Mutter Ariana öffnete die Augen, als Mechthild vor ihr stand, und sie schien ihre Gedanken erraten zu haben.

»Geht in die Küche hinunter und esst, Herrin«, sagte sie und zupfte ihren Schleier zurecht, der im Schlaf verrutscht war.

»Aber …«

»Geht nur«, ordnete die Äbtissin fast energisch an. »Ihr seid nicht an die Klosterregeln gebunden und werdet Eure Kräfte noch brauchen.«

»Ich werde dir einen Becher Wein bringen, Mutter. Auch du benötigst deine Kräfte.«

Die alte Frau machte eine verneinende Geste.

»Einen Schluck Wasser, wenn Ihr unbedingt wollt. Ich habe einen trockenen Mund von all dem Staub, der vom Hof zu mir hinaufstieg, als Ihr dort Erbsen und Bohnen verlesen habt.«

Mechthild sah den heiteren Zug um den Mund der Äbtissin und begriff, dass es Mutter Arianas Art war, ein Lob auszusprechen. Sie lächelte – auch sie selbst war mit sich zufrieden.

»Nun geht endlich. Damit auch Ihr heute Nacht noch etwas Schlaf bekommt. Wer weiß, was der morgige Tag bringen wird.«

Mechthild eilte die Treppe hinab, füllte eine hölzerne Trinkschale mit Wasser und brachte sie der Äbtissin. Mutter Ariana saß immer noch auf dem Schemel, den Kopf an die Mauer gelehnt. Sie schlief. Vorsichtig stellte Mechthild die Schale auf die Brüstung der Fensternische, dann lief sie wieder hinunter in die Küche. Sie hatte jetzt nach all der Anstrengung einen Bärenhunger.

Etwas ratlos stand sie dann in der kleinen Klosterküche vor dem Herd, denn die Kunst des Kochens war ihr völlig fremd. Sie hatte sich zwar als kleines Mädchen gelegentlich in der Küche der väterlichen Burg herumgetrieben, hatte Obst und Teig stibitzt, manchmal auch ein Hühnerbein oder ein Stück vom Braten ergattert. Aber über die Zubereitung all dieser Köstlichkeiten hatte sie sich niemals Gedanken gemacht. Das war Gesindearbeit.

Ärgerlich stellte sie fest, dass das Feuer erloschen war und sich nicht die kleinste Glut mehr zeigen wollte, sosehr sie auch mit dem Schürhaken darin herumstocherte. Feuermachen war ebenfalls eine Kunst, die sie nicht beherrschte.

Sie seufzte. Vermutlich würde sie sich mit einigen der kleinen, leckeren Äpfelchen und Birnen zufriedengeben müssen, die die Bauern gebracht hatten. Nun ja – besser, als hungrig schlafen zu gehen. Satt wurde man davon nicht gerade, aber angesichts des ewigen Getreidebreis hier im Kloster war es eine nette Abwechslung. Wenn sie wenigstens einen Becher heißen Wein zubereiten könnte. Früher hatte sie gemeinsam mit ihrem Vater und Neidhardt immer noch einen Schlaftrunk genommen. Allein der Duft der fremdländischen Gewürze, die der Vater den Händlern abkaufte, hatte ihre Fantasie angeregt und ihr aufregende Träume in den Nächten beschert. Ach – diese schönen Zeiten waren nur noch Erinnerung.

Immerhin könnte sie ja das Feuer wieder anmachen. Kalt war es hier auf dem Steinboden, selbst wenn man das weite Nonnenkleid eng um den Körper wickelte. Feuermachen war eine Kleinigkeit – wenn man es konnte. Man benötigte dazu nichts weiter als einen Feuerstahl und einen Stein. Und ein wenig Zunder, um den Funken aufzufangen.

Suchend leuchtete sie mit der Kerze in alle Winkel der Küche. Aha – und in einer Nische lag alles, was sie brauchte. Wie kostbar solche Kleinigkeiten doch sein konnten.

Der gebogene schwarze Feuerstahl ließ einen hellen Klang ertönen, als sie mit dem Feuerstein daraufschlug. Sie erschrak etwas, denn sie wollte die Nonnen keinesfalls aus dem Schlaf wecken. Aber nichts regte sich, und so fuhr sie in ihren Bemühungen fort. Warum wollte denn dieser dumme Funken im Zunder nicht brennen? Aha, man musste darauf blasen und dann vorsichtig etwas Stroh bereithalten, um ihn zu nähren. Richtig gehätschelt wollte er werden, dieser kostbare, kleine Feuerfunke, der solch eine große Wirkung haben konnte.

Wachsen sollte er, zu einem lodernden Herdfeuer werden, ihren Wein im Topf erhitzen und dann langsam verglühen, während er wohlige Wärme in der Küche verbreitete.

Nach etlichen Fehlversuchen hatte sie endlich Erfolg. Erleichtert schob sie die Holzstücke zurecht, stellte das Dreibein auf und goss Wein in den Topf. Gewürze wie in der Burgküche waren hier im Kloster leider nicht zu finden – aber ein heißer Trunk wäre für heute schon ein Segen. Sie rieb sich die klammen Finger über den Flammen, gähnte und gönnte sich noch ein Äpfelchen.

Während der Wein im Topf zu brodeln begann, dachte sie über ihre schwierige Lage nach. Arnulf war ohne Zweifel zur Burg ihres Vaters gezogen, um sie dort zu suchen. Neidhardt war nicht der Mann, eine Festung zu verteidigen – er würde Arnulf hineinlassen und vermutlich sogar versuchen, mit ihm zu verhandeln. Natürlich würde nichts dabei herauskommen, mit einem Betrüger wie Arnulf konnte man keinen Bund schließen. Aber Arnulf würde feststellen, dass sie, Mechthild, nicht in der Feste war. Das würde seinen Zorn nicht gerade mindern.

Was würde er dann tun? Sicher mit seiner Suche nach ihr fortfahren. Es war höchste Zeit, dass sie etwas unternahm. Brian war nicht zurückgekehrt und sie machte sich große Sorgen um ihn. Er war ein ganz rührender Mensch, dieser kleine Priestermönch, der ihr von Anfang an von ganzem Herzen zugetan gewesen war. Klug war er, konnte Latein lesen und schreiben, kannte unzählige Bücher und Schriften, und es war spannend, seinen Vorträgen zuzuhören. Er wusste auf so viele wichtige Fragen eine Antwort und doch war er im alltäglichen Leben schrecklich ungeschickt. Bestimmt war ihm etwas zugestoßen, und das nur, weil sie ihm leichtfertig diesen gefährlichen Auftrag erteilt hatte. Sie seufzte noch einmal und stand auf, um den heißen Wein in einen Tonbecher zu gießen. Es würde ihr nichts anderes übrig bleiben, als selbst nach Rouen zu reisen. Unterwegs würde sie versuchen, etwas über Brian zu erfahren. Ach, hätte sie ihn doch niemals in die Stadt geschickt!

Sie nippte an dem heißen Getränk und verzog das Gesicht. Wie sauer! Sie stand auf und suchte herum, bis sie in einem Topf einen Rest Honig entdeckte, davon rührte sie etwas in ihren Becher. Schon viel besser. Genießerisch trank sie in kleinen Schlucken und spürte, wie die prickelnde Wärme ihren Körper durchströmte. Sie lehnte sich an die Mauer und schloss die Augen. Auf einmal war sie wieder in dem Rittersaal ihres Vaters, sah die Wandbehänge vor sich, den hohen, runden Herd in der Mitte des Raumes, die Truhen aus Eiche mit den glänzenden Beschlägen. Das Gesicht ihres Vaters, seine buschigen Augenbrauen, die schon ein wenig grau waren. Wenn er sprach, bekamen seine blauen Augen einen ganz besonderen Glanz und niemand konnte sich der Kraft seiner Rede entziehen. Neidhardt, der große, kräftige Bursche, der doch so sanft und friedfertig war und immer ein wenig bedrückt wirkte. Sie selbst, die übermütige Scherze machte und die beiden Männer zum Schmunzeln brachte. Ach, es war hart, zu wissen, dass sie den Vater niemals wiedersehen würde und jetzt ganz allein und ohne seinen Schutz ihr Schicksal in die Hand nehmen musste.

Ganz plötzlich fiel ihr aus irgendeinem Grund der Wikinger wieder ein. Richtig, sie musste sich überlegen, was aus ihm werden sollte. Sie war nach den Geschehnissen des Nachmittags ohne ein Wort aus seiner Kammer geflüchtet und hatte seitdem versucht, nicht mehr an ihn zu denken. Mutter Arianas List war zwar erfolgreich gewesen, aber Mechthild stieg immer noch die Schamröte ins Gesicht, wenn sie sich daran erinnerte, wie eng sie sich an den großen Körper dieses fremden Mannes angeschmiegt hatte, um nicht entdeckt zu werden. Was mochte er dabei empfunden haben? Sie wollte es sich besser nicht vorstellen. Wenigstens hatte er die Lage nicht ausgenutzt. Wenn sie es sich richtig bewusst machte, dann war er sogar amüsiert gewesen. Thor hat geholfen – was für eine Frechheit!

Er soll hier im Kloster bleiben, dachte sie und kippte den Rest des Weins hinunter. Es ist immer gut, eine Geisel zu haben. Falls die Wikinger wieder auftauchen, kann man sie damit vielleicht zum Abzug zwingen oder wenigstens einen der Unsrigen gegen ihn austauschen.

Sie war jetzt sehr schläfrig geworden und kuschelte sich eng an die glimmende Feuerstelle. Morgen würde sie sich Männerkleidung besorgen und zur Feste ihres Vaters hinübergehen. Dann würde sie nach Rouen reiten. Morgen…

Tiefer, lösender Schlaf nahm sie in die Arme. Sie hörte nicht einmal die Klosterglocken, die die Nonnen noch vor Tagesanbruch zum ersten Stundengebet riefen. Und schon gar nicht die trippelnden Schritte der Frauen, die schlaftrunken aus dem Dormitorium in die Kirche strebten, um die Morgenandacht zu halten. Erst ein gellender Schrei im Klosterhof schreckte sie aus ihren Träumen.

»Feuer! Gott im Himmel! Die Feste brennt!«

Sie fuhr empor. Die Küche lag im schwachen morgendlichen Dämmerlicht, das Herdfeuer glomm noch ein wenig, es roch nach Rauch und Brand. Hatte sie einen bösen Traum gehabt?

»Herrin! Wo ist die Herrin?«

Im Hof standen die Nonnen eng zusammengedrängt, einige gestikulierten aufgeregt, andere liefen verzweifelt hin und her. Feuerschein leuchtete zum Kloster hinüber, der Morgenwind wehte von Westen her und brachte einen stechenden Brandgeruch mit sich.

Als Mechthild in den Hof trat, musste sie sich an die Mauer anlehnen. Starr vor Entsetzen blickte sie auf den flackernden Schein, bis sie glaubte, der gleißende Lichtfleck habe sich in ihre Augen eingebrannt. Was dort hinten am Horizont in Flammen aufging, war die Feste ihres Vaters, darüber gab es keinen Zweifel.

»O Gott«, flüsterte sie, und sie spürte, dass ihr schwarz vor Augen werden wollte. »Nicht das. Tu mir das nicht an.«

Mit einem Schlag wurde ihr klar, wie sehr sie Graf Arnulf unterschätzt hatte. Er brauchte nicht weiter nach ihr zu suchen, um sein Ziel zu erreichen. Er brauchte sie, Mechthild, überhaupt nicht. Er nahm sich ihr Land mit Gewalt, brannte die Festung ihres Vaters nieder und war damit Herr beider Grafschaften.

Hilflose Wut stieg in ihr hoch über diesen gemeinen Verbrecher, der vor nichts Ehrfurcht hatte. Den Altar in der Kirche hatte er umgestürzt, ihren Vater feige im Kampf verlassen. Und jetzt zerstörte er Konrads Burg und trat ihre Rechte mit Füßen.

»Herrin – setzt Euch nieder. Ihr seid ganz bleich. Trinkt einen Schluck Wasser«, flüsterten die Nonnen neben ihr.

Man hielt ihr einen Becher an die Lippen, aber sie schob ihn fort. An allen Gliedern zitternd, schleppte sie sich zum Eingang und musste sich an der Tür festhalten, um nicht zu stürzen.

»Es ist nicht zu ändern, Herrin. Gottes Wege sind unergründlich, er wird den Missetäter strafen und den Gerechten in sein Reich einlassen ...«

»Lasst mich«, stammelte sie. »Ich will allein sein.«

Sie spürte eine seltsame Starre in allen Gliedern und stieg steif und mühsam die Stufen zum Keller hinunter. Sie riss die Tür der Vorratskammer auf und zog sie hinter sich zu. Irgendetwas musste sie tun, sonst würden Wut und Verzweiflung sie zerreißen. Impulsiv ließ sie sich auf einen der Getreidesäcke fallen und begann zu schreien. Sie trommelte mit den Fäusten auf dem prall gefüllten Hanfsack herum, stieß mit den Füßen, zappelte, kreischte. Ihre Stimme klang ihr selbst fremd und unheimlich. Mehr, mehr. Das Toben in ihrem Inneren war noch längst nicht gebändigt. Sie fuhr empor, fasste ein tönernes Gefäß und schleuderte es gegen die Wand, dass es zerschellte. Sie langte nach einem hölzernen Krug und schwang ihn in der Hand ...

Da umschlossen sie plötzlich von hinten zwei feste Arme und pressten ihr die Hände an den Körper. Sie stand keuchend und hilflos, versuchte sich wütend aus der Umklammerung zu befreien und begriff nicht, was geschah.

»Ruhig, Frankentochter«, hörte sie eine tiefe Stimme dicht an ihrem Ohr. »Du tobst wie ein Berserker.«

Der Wikinger. Wie war er aus seiner Kammer entkommen? O Gott – war denn heute alles aus den Fugen?

»Lass mich los!«, keuchte sie, immer noch außer Atem. »Wage es nicht, mich anzufassen.«

»Zapple nicht«, sagte er, und sie spürte seinen warmen Atem in ihrem Haar. »Es nutzt dir nichts, du Wilde.«

Sie fühlte eine leise Erschütterung an ihrem Rücken. Lachte er sie aus? Neue Wut erfasste sie und sie bäumte sich gegen die harten Arme auf. Doch vergeblich, sie umschlossen ihren Körper nur umso fester. Erneut befiel sie ein Zittern. Es war nicht schwer, zu begreifen, was er vorhatte.

»Ich werde dir nicht zu Willen sein, Wikinger«, sagte sie schwer atmend. »Lieber töte ich mich.«

Jetzt lachte er tatsächlich. Deutlich spürte sie, wie sein Körper dabei bebte und zuckte. Das Lachen kam seltsam tief aus seiner Kehle, kein Mann, den sie kannte, lachte auf diese Weise.

»Ruhig, Fränkin«, sagte er. »Ich will dir danken. Dein Gerstenbrei war klebrig, aber deine List war klug. Es war süß mit dir unter der Decke, Fränkin, Thor ist mit dir. Wir sehen uns wieder.«

Urplötzlich gab er sie frei, und bevor sie begriffen hatte, was geschah, schlug hinter ihr die Tür zu. Sie stand einen Augenblick wie gebannt, dann wandte sie sich um und rüttelte aufgeregt am Riegel. Erst nach einigen Minuten wurde sie von einer verschreckten Nonne herausgelassen.

Er war fort. Die Schwestern erzählten ihr, er sei urplötzlich wie ein Geist im Hof aufgetaucht und, ohne sich um die verstörten Frauen zu kümmern, zum Tor gegangen. Keine hatte gewagt, ihn anzureden, man war in den Schutz der Gebäude geflüchtet und froh gewesen, dass er das Kloster einfach so verließ. Jetzt waren die Nonnen dabei, das Tor sorgfältig zu verbarrikadieren.

❖

Brian hatte wundervolle Dinge gesehen: gleißende Lichter; Männer und Frauen, die in wallenden Gewändern in einer endlosen Prozession vorüberzogen; das Haupt eines grauhaarigen Mannes, das sich mit funkensprühenden Augen vor ihm erhob. Dann streiften zarte Flügel seine Schultern, flaumige Federn strichen sanft über seine Arme, berührten seine Brust und kitzelten seinen Bauch. Er kicherte und versuchte, die Berührung abzuwehren, da erstand vor seinen Augen ein großer, weißer Vogel mit dem Kopf eines Menschen. Es waren ihre Züge, ihre wunderschönen grünen Augen mit den fiedrigen Einsprengseln, ihr Mund, der einem pulsierenden, roten Herzen glich.

»Du warst mutig, Brian«, sagte Mechthild zärtlich. »Ich bin dir zu großem Dank verpflichtet, weil du mich geschützt hast.«

»Es war nichts, Herrin«, stammelte er beglückt.

»Ich will dir danken, Brian, und ich bitte dich inständig, meinen Dank anzunehmen. Schließ die Augen.«

Er versuchte, ihrem Willen nachzukommen, doch seine Augenlider gehorchten nicht. Er sah, wie ihr Gesicht sich dem seinen näherte, atmete wieder jenen warmen, betörenden Geruch, der von jener Frau zu ihm aufgestiegen war, spürte ihre zarten Lippen, die seine Oberlippe umschlossen, und sein Herz schlug mit solcher Macht, als hämmere ein Schmied auf einem glühenden Eisen herum. Ein heißer Strom schoss von seinem Herzen in seinen Unterleib, wühlte schmerzhaft in seinen Lenden und schwoll sein Geschlecht in süßer, sündiger Wollust. Bilder von nie geahnter Lüsternheit erstanden vor ihm: Frauen, von allen Kleidern entblößt; Hände, die seinen Unterleib streichelnd erregten; geflüsterte Worte, die sein Mund nie zu sagen gewagt hätte. Dann zuckte sein Leib in köstlicher Lust, sein Geschlecht schien zu bersten und der Strom trat wie ein Feuerfluss über die Ufer. In diesem Moment begriff er, dass es der Teufel war, der ihm diese Bilder eingab.

»Hinweg, Satan!«, schrie er, verzweifelt um sich schlagend. »Wage es nicht, sie zu beschmutzen. Hebe dich von mir!«

Ein bohrender Schmerz am rechten Ellenbogen weckte ihn aus seinen Träumen. Die Augen aufschlagend, sah er milchiges Licht, das durch ein schmales Fensterchen in den dämmrigen, kahlen Raum drang. Er lag zusammengekauert auf einem Häuflein Stroh, man hatte ihm alle Kleider genommen, seine Glieder waren fast gefühllos vor Kälte. Nur die frische Wunde am Arm, die er sich soeben zugezogen hatte, als er gegen die Steinwand schlug, blutete heftig, und der Schmerz strömte wie ein heißes Rinnsal durch seinen Körper.

Er zog den verletzten Arm an sich und tastete vorsichtig nach der Wunde. Sie war unbedeutend, doch durch den Aufprall seines Ellenbogenknochens gegen den harten Stein sehr schmerzhaft. Er biss die Zähne zusammen und verbot sich zu stöhnen. Körperlicher Schmerz war nichts, er gehörte der Erde an, kam und verging.

Er versuchte sich zu besinnen, wie lange er schon in diesem Gefängnis eingeschlossen war, doch sein Gedächtnis setzte aus. Zu viele Traumgesichte hatten ihn befallen, er konnte einen Tag hier sein oder auch eine Woche. Wollten sie ihn hier verschmachten lassen? Man hatte ihn geschlagen und geschmäht, aber er hatte standgehalten. Kein Wort war über seine Lippen gedrungen, das Geheimnis von Mechthilds Aufenthaltsort war bewahrt geblieben.

Wieso aber hatte nun der Teufel doch solche Macht über ihn bekommen?

Ein Windhauch fuhr durch die Kammer und Brian erbebte. Hörte er da ein leises Knarren? Er sah hinauf zu dem kleinen Fenster, das inzwischen nur noch einen matten Schein in den Raum einließ. Das Tageslicht erstarb, es wurde Nacht, das bedeutete noch strengere Kälte. Vielleicht hatte der Herr beschlossen, ihn bald von dieser Erdenfahrt zu erlösen.

Eine große Unruhe ergriff ihn. Nicht jetzt, noch nicht. Er wollte dieses Verhängnis zuerst ergründen, er musste verstehen, wann er in die Netze Satans geraten war. War es jener Moment gewesen, als Arnulf ihn zwang, dieser Frau bei ihrem unzüchtigen Tanz zuzusehen?

Er bemühte sich, die Szene noch einmal zu durchleben, um die teuflische Macht in all ihrer Abscheulichkeit zu erkennen. Das lange, wehende Haar der Frau. Das flatternde Gewand, in dem sie einem fliegenden Engel zu gleichen schien. Wie verblendet er schon gewesen war, solches zu denken. Die bloßen Schenkel, die weißen Schultern, von denen das Kleid hinabglitt, ihre rosigen Brüste, die beim Tanz auf und ab wogten. Der Geruch süßer Verderbtheit, der von ihr aufgestiegen war und den er so bereitwillig eingeatmet hatte. Und dann – dies war die schlimmste und beschämendste seiner Erinnerungen – die leichte, streichelnde Berührung ihrer Hand an seinem Geschlecht. In diesem Moment hatte irdische Wollust ihn durchzuckt, und der Höllenschlund tat sich vor ihm auf, um ihn zu verschlingen.

Ein Geräusch ließ ihn aufhorchen. Ein Riegel wurde zurückgeschoben, langsam und bedächtig, so wie jemand es tut, der keinen Lärm machen will. Dann bewegte sich die hölzerne Tür mit leisem Knarren und eine dunkel gekleidete Gestalt trat in den Raum.

»Ich bin es nur, ehrwürdiger Vater. Erschreckt nicht, ich komme, um Euch zu helfen.«

Sein Haar sträubte sich, denn er hatte die Stimme wiedererkannt, obgleich sie nur geflüstert hatte. Da war sie, die teuflische Versuchung. Das höllische Blendwerk. Der Raum war so klein, dass sie nur wenige Schritte tun musste, um zu ihm zu gelangen. Sie hatte sich in einen langen Umhang aus dunklem Stoff gewickelt, auch das Haar und ein Teil des Gesichts waren bedeckt. Doch ohne Zweifel würde sie diese Verhüllungen gleich von sich werfen, um ihn mit ihrem biegsamen weißen Körper zu verführen.

»Geh!«, flüsterte er, während sein Herz hämmerte. »Weiche von mir. Ich habe mit dir nichts zu schaffen, Weib.«

Er wurde sich bewusst, dass er keine Kleider am Leib hatte, und ein Gefühl der Hilflosigkeit erfüllte ihn. Was würde geschehen, wenn er ihr nicht zu Willen war? Selbst wenn es ihm gelänge, aus diesem Raum zu entfliehen, so würde man ihn bald wieder eingefangen haben. Nackt würde man ihn über den Burghof zerren, zum Gespött der Knechte und Mägde, zum Gaudium der Kinder. O Himmel, er war bereit, jegliche Schmerzen zu erdulden und zum Märtyrer zu werden. Aber schlimmer als alles andere war die Lächerlichkeit.

Sie war zur Tür zurückgegangen und hatte einen vorsichtigen Blick nach draußen geworfen. Dann zog sie die schwere Holztür hinter sich zu.

»Seid ruhig«, flüsterte sie. »Ich bitte Euch. Kein Wort.«

Sie zog das Tuch von ihrem Haar und wickelte sich aus dem Umhang. Brian starrte sie an, seine Brust hob und senkte sich heftig.

»Es ist Satan, der dir dieses eingibt«, stöhnte er. »Besinne dich!«

Unter ihrem Mantel trug sie ein helles Gewand, das bis zu ihren Füßen reichte.

»Nimm!«, hauchte sie und warf ihm mit einer raschen Bewegung den Umhang zu.

Er saß unbeweglich, der Stoff war über seine Knie gefallen,

breitete sich vor ihm im Stroh aus, doch er war zu verblüfft, um zuzugreifen. Erst als sie eine ungeduldige Geste machte, begriff er langsam. Er sollte den Mantel anlegen. Sie war tatsächlich gekommen, um ihm zu helfen.

Konnte er das glauben, oder waren es erneute Schliche des Teufels? Seine vor Kälte steifen Hände versagten ihm fast den Dienst.

»Rasch«, flüsterte sie. »Wir haben nur wenig Zeit, Vater. Erlaubt, dass ich Euch helfe.«

Sie kniete neben ihm nieder, zog den schweren Stoff um seine Schultern und befestigte ihn mit einer Fibel. Dann rieb sie seine kalten Arme und Beine mit beiden Händen, bis das Blut wieder pulsierte, stützte ihn, als er sich schwerfällig erhob, und bekleidete seine Füße mit weichen Schuhen aus Kalbsleder, die sie unter ihrem Gewand verborgen hatte.

Brian ließ alles mit sich geschehen. Die Kammer schien sich um ihn herum zu drehen, Lichter erschienen vor seinen Augen und ein mächtiges Summen übertönte alle anderen Geräusche. Er musste sich an die Wand lehnen, um nicht zu stürzen. Dann spürte er, dass sie seine Hände gefasst hatte und sie küsste.

»Vergebt mir, Vater«, erklang ihre Stimme aus dem lauten Summen heraus. »Ich habe mich der Sünde der Schamlosigkeit und der Wollust schuldig gemacht. Rettet meine Seele vor der Hölle, ich bitte Euch.«

Er konnte ihre Worte nur mit Mühe verstehen und war unfähig zu antworten.

»Ich flehe Euch an, Vater. Ich habe keine Nacht mehr ruhig geschlafen seit jenem Abend …«

Er sah sie vor sich knien, das Gesicht zu ihm gehoben, Tränen der Verzweiflung in ihren Augen. Plötzlich erinnerte er sich daran, dass er Priester war, und sprach mechanisch die Worte, auf die sie hoffte.

»Ego te absolvo«, sagte er leise und legte die rechte Hand auf ihren Scheitel.

Sie stieß einen tiefen Seufzer der Erleichterung aus und erhob sich. Ihre Miene war jetzt ruhig und sie lächelte ihn an.

»Folgt mir, Vater. Seit der Graf mit den Kriegern fortgezogen ist, sind die Wachen nachlässig geworden. Dennoch müssen wir auf der Hut sein.«

Vertraulich und ohne Scheu fasste sie seine Hand und zog ihn hinter sich her. Sie erstiegen die hölzerne Leiter, die aus dem Kerker in die Eingangshalle des Wohnturms führte. Der Burghof lag in der Abenddämmerung, in einigen Fensternischen des Gesindehauses war Lichtschein zu sehen. Dort saß man am Feuer, um sich zu wärmen, denn die Nacht war kühl. Als sie hastig den Hof überquerten, hoben die Hunde, die um den Brunnen lagen, die Köpfe. Doch keiner schlug an. Das breite Burgtor besaß ein schmales Seitentürchen, das Fastrada für Brian öffnete.

»Nehmt dies«, hauchte sie, und er spürte einen ledernen Beutel in seiner Hand. »Gott sei mit Euch, Vater.«

Während er über die hölzerne Zugbrücke davoneilte, hielt er den Beutel fest umklammert. Brot war darin, Käse und einige reife Birnen. Brian rannte, so schnell seine steifen Beine ihn tragen konnten. Erst später, wenn er in Sicherheit war, wollte er versuchen, dieses Wunder zu begreifen, das ihm soeben widerfahren war.

Mutter Ariana hatte lange vor dem zerbrochenen Altar auf den Knien gelegen und gebetet. Ob ihre Gebete jedoch erhört werden würden, das wusste sie nicht, denn schon seit Wochen hatten die Nonnen nicht mehr die Messe feiern und die Sakramente empfangen können. Schließlich war Brian, der Klosterpropst, noch immer nicht zurückgekehrt.

Mühsam stützte sich die alte Frau auf ihre Hände und richtete sich auf. Ihre Knie schmerzten und wollten den Dienst versagen, sodass sie erst eine kleine Weile warten musste, bis der Körper ihr wieder gehorchte. Sie konnte nur beten – vielleicht war das schon viel, möglicherweise aber zu wenig. Der Plan der jungen Grafentochter war waghalsig und verstieß zudem gegen alle Gebote des Anstands.

Mit vorsichtigen Schritten überquerte die Äbtissin den steinernen Boden des Kirchenraums und betrat den Vorhof. Nach den kalten, stürmischen Tagen war das Wetter noch einmal umgeschlagen und eine milde Herbstsonne wärmte die Mauern des Klosters. Der Wind blies nur schwach vom Meer her, setzte den Wellen schmale Schaumkämme auf und brachte den vertrauten Geruch der See mit sich.

Sie kam ins Refektorium, wo zwei Nonnen dicht an der Fensternische mit Näharbeiten saßen. Sie wirkten bedrückt.

»Es ist gut«, sagte Mutter Ariana ruhig. »Zeigt mir die Kappe. Wird sie auch nicht zu eng sein?«

»Wir haben genau gemessen, ehrwürdige Mutter.«

»Wann wird alles fertig sein?«

»Wir sind gleich zu Ende damit. Nur die Schuhe…«

»Die Schuhe fertigt sie selbst.«

Die beiden Frauen wandten sich wieder ihrer Arbeit zu und tauschten hinter dem Rücken der Äbtissin hilflose Blicke. Was für ein Frevel! Schlimm genug, dass diese junge

Frau so schamlos war, Männerkleidung anzulegen. Sie forderte sogar von den Nonnen, ihr diese zu nähen. Eine Männerhose, ein loser Kittel, der bis über die Hüften reichte, ein Gürtel und dazu auch noch Schuhe aus Leder. Die sollte sie nur selbst herstellen – die Nonnen von St. André gingen sommers barfuß und im Winter trugen sie wollene Socken und feste, harte Holzschuhe.

Mechthild saß währenddessen in der Küche auf dem Steinboden und plagte sich mit dem widerspenstigen Leder herum. Ihre Laune war ausgesprochen schlecht, denn sie hatte während der Nacht kaum ein Auge zugetan. Immer wieder war sie von einem lästigen Traum heimgesucht worden, so oft sie auch versucht hatte, ihn zu verscheuchen.

»Verfluchter Kerl«, murmelte sie zwischen den Zähnen und schrie dann leise auf, weil die Nadel abgeglitten war. Ärgerlich steckte sie den blutenden Mittelfinger in den Mund und hielt in der Arbeit inne. Erneut kam diese beschämende Vision über sie.

Sie stand am Strand, hörte die Wellen toben und sah vor sich eine kreisrunde Insel mit einem hohen, kegelförmigen Berg, dessen Fuß in weißem Dunst lag. Etwas unglaublich Süßes, Verlockendes ging von dieser Erhebung aus, und im Traum hätte sie ihr Leben und ihre Seligkeit darum gegeben, seinen Gipfel zu erklimmen. Sie tauchte ins Wasser und schwamm durch die kühlen hellgrünen Wogen bis zum Inselstrand, stieg dort an Land und wollte den ersehnten Aufstieg beginnen. Doch im Nebel war der Berg nicht mehr zu finden, stattdessen hörte sie das raue, kehlige Lachen des Wikingers, das von irgendwoher zu ihr drang. Er musste ganz dicht bei ihr sein, sie fast berühren, und doch konnte sie ihn nicht sehen. Jedes Mal lief sie wie eine Verrückte durch den weißen

Dunst, von einer unwiderstehlichen Sehnsucht erfüllt, ihn zu finden, seine harten Arme zu spüren und von ihnen umschlungen zu werden. Zum Glück erwachte sie regelmäßig, ohne ihr Ziel erreicht zu haben, und sie musste sich die Tränen abwischen, denn – Himmel, wie beschämend! – sie hatte geweint vor Enttäuschung.

Warum träumte man solch peinliches Zeug? Bei klarem Verstand wären ihr niemals solche Wünsche gekommen. Wütend stach sie so auf das Leder ein, dass ihr wieder einmal die Nadel abbrach.

Es war schon ziemlich vertrackt mit diesen Klosterfrauen. Gestern noch hatten sie unter ihrer Leitung willig alle Arbeiten geleistet und sich sogar noch dafür bedankt. Aber kaum sollten sie etwas tun, was ihnen verwerflich erschien, da stellten sie sich an, als wolle sie ihnen die ewige Seligkeit rauben. Hatte sie etwa verlangt, dass auch nur eine einzige der Nonnen sie auf ihrem gefahrvollen Weg begleiten solle? Mitnichten. Eine Männerhose sollten sie ihr nähen – was war da schon dabei?

Entmutigt hielt sie den fertigen Schuh ins Licht. Er glich eher einem seltsam geformten Lederbeutel als einer Fußbekleidung. Warum nur hatte sie auch niemals Freude am Sticken oder Nähen gehabt? Die schönen Wandteppiche in der Festung hatte alle ihre Mutter gefertigt, aber Mechthild hatte kaum noch eine Erinnerung an sie, denn sie war nur wenige Jahre nach ihrer Geburt gestorben.

Und der Vater hatte nie von ihr verlangt, sich im Handarbeiten zu üben. Stattdessen hatte sie das Reiten und Bogenschießen gelernt – wobei sie immer Männerkleidung angelegt hatte.

Sie griff zum Messer, um das Leder für den zweiten Schuh

zu schneiden, doch ein Ruf aus dem Refektorium ließ sie innehalten.

»Brian! Es ist Brian. Öffnet das Tor. Brian ist zurück!«

Mechthild ließ Messer und Leder fallen und eilte in den Hof. Gott sei gedankt – er lebte. Ob er Erfolg gehabt hatte oder nicht, war jetzt völlig gleichgültig. Wichtig war nur, dass Brian, den sie solcher Gefahr ausgesetzt hatte, unversehrt wieder im Kloster angekommen war.

Als sich die schwerfälligen Torflügel öffneten und er in den Hof trat, wäre sie ihm vor Freude fast um den Hals gefallen. Nur sein erschrockenes Gesicht und die abwehrende Geste der rechten Hand hielten sie davon ab. So blieb sie dicht vor ihm stehen und strahlte ihn an.

»Brian. Ich hatte solche Sorge um dich. Bist du gesund? Was hast du da für einen seltsamen Umhang an? Ist das etwa ein Pelz?«

Sie sah, dass er tief errötete, und biss sich auf die Lippen. Da war sie wieder einmal viel zu rasch mit den Worten gewesen. Er war empfindlich, der kleine Brian. Ein unbedachtes Wort, ein dummer Scherz und er zog sich in sich zurück. Warum auch immer er sich jetzt in diesen merkwürdigen Mantel wickelte, es musste ihm sehr peinlich sein.

»Ich kehre unverrichteter Dinge zu Euch zurück, Herrin«, sagte er leise. »Es ist mir nicht gelungen, Rouen zu erreichen.«

Sie schüttelte den Kopf und lachte.

»Das ist nicht wichtig, Brian. Wichtig ist nur, dass dir nichts geschehen ist. Oder etwa doch?«

Sie betrachtete sein Gesicht. Kinn und Wangen, die er gewöhnlich rasierte, waren jetzt von einem durchsichtigen Bartflaum bedeckt. Darunter konnte sie deutlich die kaum verheilten Verletzungen sehen. Auch seine Lippe war geschwollen.

»Ich war ungeschickt genug, den Häschern des Grafen in die Hände zu fallen«, gestand er zerknirscht. »Doch seid ohne Sorge, Herrin. Ich habe Euer Versteck nicht verraten.«

Sie glaubte ihm aufs Wort und war tief gerührt. Er hatte sich schlagen und quälen lassen und dabei geschwiegen wie ein Grab. Schade nur, dass sich Arnulf inzwischen auch ohne Heirat zum Herrn beider Grafschaften gemacht hatte.

»Ihr werdet erschöpft sein, Vater«, sagte Mutter Ariana, die inmitten ihrer Nonnen stand und bisher nicht gewagt hatte, die Unterhaltung zu stören. »Stärkt Euch mit Speis und Trank und begebt Euch zur Ruhe.«

Doch Brian wehrte ab. Er sei nicht müde und werde seine Mahlzeit zur üblichen Zeit gemeinsam mit den Nonnen im Refektorium einnehmen.

»Dann werden wir Euch Tunika und Skapulier bringen, damit Ihr die Reisekleidung ablegen könnt.«

Mechthild sah ihm nach, wie er inmitten der Nonnen zum Eingang des Klosters ging, den schweren, pelzverbrämten Mantel eng um den Körper gezogen. Wenn ihr Blick sie nicht täuschte, dann war dies ein Frauenmantel. Wie um alles in der Welt war er dazu gekommen? Brian, der keusche, schüchterne Priestermönch, in den Armen einer schönen Frau? Was für eine Vorstellung! Und doch: Eine Bauerndirne hatte diesen kostbaren Mantel nicht getragen. Schon eher eine Herzogin.

Mechthild nahm sich vor, ihn nicht nach diesem Rätsel zu fragen, vermutlich würde er es früher oder später selbst lösen. Sie kehrte in die Küche zurück, wo sich jetzt einige Nonnen an der Feuerstelle zu schaffen machten, und betrachtete missmutig das Ergebnis ihrer Schusterarbeit. Der sackförmige Lederschuh war nicht nur unbequem, er sah auch lächerlich aus. Ärgerlich warf sie ihn in eine Ecke, schreckte dabei eine dicke graue Katze aus dem Schlummer und überließ ihr das unförmige Leder als Spielzeug. Wozu brauchte sie überhaupt Schuhwerk bei diesem schönen Sonnenschein? Ein Bauernknabe lief barfuß bis tief in den Herbst hinein!

Die Nonnen hatten ihre Kleidung inzwischen fertiggestellt und im Refektorium liegen gelassen. Erleichtert streifte sie das dunkle Nonnengewand ab und zog die Hosen an. Sie waren ein wenig zu weit, aber mit den angenähten Bändern ließen sie sich gut in der Taille befestigen. Der Kittel war aus grobem Sackleinen und kratzte an den Armen. Kein Vergleich zu den schönen seidenen Gewändern, die der Vater für sie bei den fahrenden Händlern erworben hatte. Leicht wie Schmetterlingsflügel waren sie auf der Haut gewesen, bunt bestickt mit ineinander verschlungenen Pflanzen und zierlichen Vögeln. Alles das war nun von Arnulfs gierigen Kriegern geraubt oder vom Feuer vernichtet worden. Sie band sich den Stoffgürtel um die Taille und drehte dann das Haar zusammen, um es unter der engen braunen Kappe zu verbergen. Sie hatte sich nicht entschließen können, das seidige lange Haar, das ihr Vater so sehr an ihr geliebt hatte, der Schere zu opfern.

Die Stunde der Mahlzeit näherte sich, und die Nonnen erschienen eine nach der anderen im Refektorium, um sich an ihre Plätze zu begeben. Nur wenige Schemel hatten den Überfall des Grafen überstanden, und man überließ sie den älteren Nonnen, während die jüngeren ihre Mahlzeit im Stehen zu sich nahmen. Die Vorleserin setzte sich der Einfachheit halber auf den Sims einer Fensternische und hielt das Buch, aus dem sie lesen würde, auf dem Schoß, denn auch das Lesepult war zertrümmert worden. Als Brian, in ein neues Habit gekleidet, im Refektorium erschienen war, teilte man den Getreidebrei und einiges Obst aus. Schweigen herrschte im Raum, nur von der eintönigen Stimme der Vorleserin unterbrochen, in die sich das Gekratze der Löffel und das Schmatzen der älteren Nonnen mischte.

Mechthild hatte sich ein wenig abseits auf den Boden gesetzt und spürte, während sie aß, die entsetzten Blicke der Schwestern auf sich gerichtet. Auch Brian musterte sie mit erstaunten Augen, konzentrierte sich dann jedoch gleich wieder, wie vorgeschrieben, ganz auf seinen Psalmentext. Mechthild verbiss sich ein Grinsen – was mochte er jetzt von ihr denken?

Gleich nach dem Schlussgebet erhob sie sich und eilte die Treppe hinunter. Die schrägen Strahlen der Herbstsonne lagen immer noch warm und kraftvoll auf den alten Mauern und ließen hie und da einen glitzernden Einschluss im Gestein aufblitzen. Mechthild blinzelte in die Sonne, zog das kurze Hemd unter dem Gürtel glatt und ging entschlossen zur Nebenpforte. Sie hatte nicht vor, lange und umständlich von Mutter Ariana Abschied zu nehmen, denn sie wusste, dass die Äbtissin ihren Plan zutiefst missbilligte.

Doch als sie an der schmalen Tür zerrte, die wieder einmal klemmte, hörte sie hinter sich Brians aufgeregte Stimme.

»Herrin! Wie könnt Ihr so leichtsinnig sein. Wartet auf mich.«

Verärgert wandte sie sich um. Er hatte ihre Absicht wohl erraten, denn seine Züge drückten Erschrecken und Angst aus.

»Sei unbesorgt, Brian«, sagte sie abweisend. »Ich gehe nur

zur Festung hinüber, um zu sehen, ob noch etwas zu retten ist.«

»Dann werde ich Euch begleiten, Herrin«, gab er zu ihrem Entsetzen mit Entschlossenheit zurück.

»Das ist unnötig«, wehrte sie ab. »Die Nonnen warten darauf, dass du ihnen die Messe liest, Brian. Dein Platz ist hier.«

Er schüttelte den Kopf, und sie konnte ihm ansehen, dass er sich auf keinen Fall umstimmen lassen würde. Brian mochte schwach und schüchtern wirken, doch er hatte einen harten Willen.

»Ich werde Euch wie ein Hündlein folgen, Herrin. Nie werde ich zulassen, dass Ihr ohne Schutz geht. Noch dazu in diesen Kleidern.«

Sie sprachen wenig miteinander, als sie den Weg zum Fluss hinuntergingen, um die Furt zu suchen. Brian war barfuß, genau wie sie, mit hochgezogenem Habit watete er durch das seichte Wasser, während sie sich nasse Hosenränder einhandelte. Als sie das andere Ufer erreichten, stieg er als Erster die Böschung empor und reichte ihr die Hand. Sie fasste zu und sprang geschickt zu ihm hinauf.

»Wenn man glauben soll, dass ich ein Knabe bin, musst du mit so etwas aufhören«, sagte sie lachend.

»Verzeiht«, sagte er errötend. »Es war sehr unbedacht von mir.«

Sie stand dicht vor ihm, noch ein wenig außer Atem von dem raschen Sprung, und er musste wider Willen auf die beiden schön geformten Hügel starren, die sich unter dem groben Hemd abzeichneten. O Himmel – wenn der Wind ihr den Kittel an den Körper drückte, würde niemand übersehen können, dass sie ein Weib war.

Mechthild hatte seinen Blick bemerkt. Wie dumm – sie hätte unter dem Gewand eine Binde fest um ihre Brüste wickeln müssen, um sie zu verbergen.

»Gehen wir, Herrin«, sagte er hastig und eilte voran.

Möwen kreisten über der Festung. Einige wagten sich in die noch glimmenden Trümmer hinab und wurden von ihren Kameraden kreischend angegriffen, wenn sie mit der Beute im Schnabel wieder emporflatterten. Mechthild spürte, dass der Brandgeruch ihr Übelkeit verursachte. Sie kniff die Lippen zusammen und sah starr geradeaus zum Meer hinüber, um sich nichts anmerken zu lassen. Brian hatte ihren Gesichtsausdruck jedoch längst bemerkt und richtig gedeutet. Das Herz wurde ihm schwer, wenn er daran dachte, was seine Herrin dort drüben erwartete. Sie war noch so jung, hatte noch nie zuvor solches Elend erlebt. Er war ungeheuer froh, in dieser Not an ihrer Seite sein zu können.

Vorsichtig begann er zu erzählen, um sie auf das Kommende vorzubereiten. Die beschämenden Umstände seiner Gefangenschaft verschwieg er, doch er berichtete, dass er nach seiner Flucht von einem Schiffer mitgenommen worden war, der seine Waren zur Flussmündung hinunterschiffte, um dort nach England überzusetzen.

»Die Nachricht von der gewissenlosen Tat des Grafen geht schon wie ein Lauffeuer durch das Land«, sagte er. »Alle sind empört. Niemand versteht, weshalb er die Feste abbrennen ließ. Hätte es nicht genügt, sie einzunehmen? Warum musste er sie zerstören?«

»Aus Neid«, sagte Mechthild leise. »Er will meinen Vater auch nach seinem Tod noch vernichten. Oh, wie ich ihn hasse!«

»Hass ist eine Sünde, Herrin«, gab Brian sanft zurück.

»Ihr solltet Euch davon frei machen und besser Mitleid mit ihm haben, denn seine Seele gehört der Hölle.«

»Ich wünschte, er säße schon drin«, knurrte Mechthild wütend. »In einem glühenden Eisenkessel würde ich ihn gern schmoren sehen. Die schwarzen Teufel sollen ihn mit ihren Spießen und Zangen plagen, und ein dreiköpfiger Drache soll ihn mit seinem Feueratem anhauchen, dass ihm Haar und Bart verbrennen.«

»Versündigt Euch nicht, Herrin«, warnte Brian. Aber er musste über ihre lebhafte Schilderung des höllischen Feuers doch lächeln, denn sie gefiel ihm.

Sie standen vor der leeren Maueröffnung, die früher durch das eisenbeschlagene Tor verschlossen gewesen war. Rauch erhob sich aus dem Inneren der Feste, verkohlte Balken ragten aus der grauen Asche empor, der Brandgeruch war so stark, dass jetzt auch Brian von Übelkeit geplagt wurde. Sie blieben zögernd stehen.

»Wartet hier auf mich, Herrin«, sagte Brian und ergriff ein Holzstück. »Ich werde nachsehen, ob noch etwas zu retten ist.«

Er ging auf bloßen Füßen in die Asche hinein, schob ein paar schwarz verbrannte Hölzer beiseite und zog den Fuß dann rasch zurück, denn er hatte sich an einem noch glimmenden Holz verbrannt.

»Die Flammen haben ganze Arbeit geleistet«, sagte er beklommen. »Es ist alles vernichtet.«

Mechthild näherte sich dem steinernen Sockel des Wohnturms, der mit Schutt und verkohltem Holz angefüllt war. Diese Asche war alles, was von dem schönen Rittersaal, in dem sie ihre Kindheit verbracht hatte, übrig geblieben war. All die kostbaren Wandbehänge, die hölzernen Truhen, ihre seidenen Gewänder, alles, was ihnen lieb und teuer gewesen war – es war für immer verloren. Der Rauch, der immer noch in dünnen Fäden zum Himmel aufstieg, trug es davon.

Ihr Fuß stieß an einen kleinen, harten Gegenstand, und sie hob ihn auf, um ihn von der anhaftenden, schwarzen Asche zu befreien. Es war eines jener kostbaren, grünlichen Trinkgläser vom Tisch ihres Vaters – jetzt zu einem unförmigen Klumpen zusammengeschmolzen.

»Es hat wenig Sinn, Herrin«, sagte Brian bekümmert. »Lasst uns die Feste verlassen. Alles Vergängliche wird zu Staub, um neu daraus zu erstehen, wenn der Herr es will.«

Schweigend folgte sie ihm zum Ausgang der Anlage, ging eine Weile hinter ihm her und wandte sich dann um. Wie unüberwindlich hoch waren diese Mauern. Wie stark und gewaltig die achteckigen Mauertürme, die völlig unversehrt von den Flammen in den Himmel ragten. Kein Angreifer hätte diese Feste von außen einnehmen können – Arnulf konnte nur durch eine List ans Ziel gelangt sein.

»Er soll es büßen«, flüsterte sie leise und ballte die Fäuste. »Eines Tages wird er mir dafür bezahlen, ich schwöre es bei meinem Leben und bei meiner Seligkeit.«

Brian seufzte, denn er wollte sie in diesem Moment der Verzweiflung nicht tadeln. Doch fand er, dass einem Weib Demut eher zustand als Rache.

Die Sonne lag schon wie eine rote Kugel auf den Hügeln im Westen. Die schwelenden Hölzer schwängerten selbst hier, in einiger Entfernung zur Feste, noch die Luft, nur der Wind, der jetzt auffrischend vom Meer herüberblies, brachte Erleichterung.

»Lass uns zum Meer hinuntergehen«, sagte sie. »Ich brauche jetzt Wellen und Wind, um mich von diesem Anblick zu befreien.«

Er nickte, sah aber ein wenig bedenklich mit zusammengekniffenen Augen nach Westen hin, denn die Sonne würde in Kürze untergehen. Es war nicht ratsam, in die Dunkelheit zu geraten.

Je näher sie der Brandung kamen, desto lebhafter wurde Mechthild. Tief sog sie die feuchte Meeresbrise ein, spürte, wie der vertraute Geruch nach salzigem Wasser, nach sprühender Gischt und unendlicher Weite den scheußlichen Brandgestank aus ihrem Gedächtnis vertrieb. Sie lief in die kleinen Wellen hinein, ließ sie über ihre Füße streicheln, bückte sich und benetzte Beine, Hände und Gesicht mit Meerwasser.

Brian war währenddessen am Strand stehen geblieben, um den Saum seines Mönchsgewandes sorgfältig von den grauen Ascheflecken rein zu waschen. Als er sich wieder zu Mechthild umwandte, um sie zur Eile zu mahnen, traute er seinen Augen nicht.

Dort im Meer stand Eva in paradiesischer Unschuld, aus Lehm geschaffen und im Licht der sinkenden Sonnenkugel rosig schimmernd. Die nasse Kleidung schmiegte sich eng an Mechthilds Körper, zeigte alle seine verführerischen Rundungen, die braune Kappe war ihr vom Kopf geglitten und das lange Haar wehte weich im Meereswind. Brian spürte, wie sein Herz zu springen begann. War das der Teufel, der nach seiner Seele griff? Oder war es nicht doch eher eine himmlische Erscheinung?

Er stand wie festgebannt, unfähig, einen Gedanken aufzunehmen, vollständig gefesselt von dem schönen Bild.

»Brian! So hör doch, verdammt! Dreh dich um!«

Er begriff erst, als sie heftig mit den Armen zu gestikulieren begann und auf etwas hinwies, was sich hinter ihm abspielen musste. Als er sich endlich umwandte, konnte er gerade noch vor dem herangaloppierenden Pferd zur Seite springen. Das Wasser spritzte unter den Hufen auf, er hörte Mechthilds hellen Schrei und nahm nur am Rande wahr, dass zwei weitere Reiter ins Wasser stürmen wollten.

»Was für eine hübsche kleine Wassernixe! Komm, lass dich einfangen, Nixlein. Lauf nicht davon, du entkommst uns ja doch nicht.«

Es waren bewaffnete Krieger mit struppigen Bärten und ledernen Beinkleidern. Ihr Lachen klang wild und voll gierigem Vergnügen, ein widerstrebendes Weib vor sich herzujagen, bis es stürzte und ihnen zu Willen sein musste.

Brians Fuß stieß an einen Stein, der vor ihm auf dem Boden lag, er bückte sich, wog den Steinbrocken in der Hand und warf, so fest er vermochte.

Ein wütender Schrei war die Antwort. Brian spürte, wie ein Rausch ihn überkam. Wie einst David den Goliath besiegte, so würde er diese Männer in die Flucht treiben. Er lief hin und her, griff einen Stein nach dem anderen und schleuderte sie auf Reiter und Pferde. Die Tiere wieherten und bäumten sich auf, einer der Reiter verlor das Gleichgewicht und stürzte ins Wasser, ein anderer war am Kopf getroffen worden und brüllte vor Wut. Brian ließ nicht nach, warf mit all seiner Kraft, bisher seinen Arm kaum noch fühlen konnte und kein Geschoss mehr zu finden war.

Die Männer liefen im Wasser herum, hatten Mühe, die aufgeregten Pferde zu beruhigen, fluchten gotteslästerlich, weil ihre Schwerter nass geworden waren, und kehrten schließlich an den Strand zurück.

»Dreckiger Mönch! Das hast du dafür!«

Ein harter Schlag mit der Faust traf ihn vor die Brust, er taumelte und stürzte in den Sand. Es wurde dunkel um ihn, das Meer rauschte in riesigen, meterhohen Wogen über ihn hinweg und spülte ihn davon. Trug ihn mit sich fort und schwemmte ihn in den großen Strom hinein, der sich am Rand der Weltenscheibe mit dem Gewässer der Ewigkeit vereinigt.

Eine zärtliche Stimme rief seinen Namen. Eine weiche Hand berührte seine Stirn, rieb seine Wangen, seine Schläfen. Ein warmer, feuchter Mund legte sich auf den seinen und hauchte ihm Leben ein.

»Brian«, schluchzte Mechthild. »Brian, du bist ein Held. Du bist mutig wie kein anderer. Brian, lieber Brian. Bitte wach auf!«

Die Nonnen von St. André bekreuzigten sich und zogen die Köpfe ein. Ach, wenn ihre junge Herrin doch nur ein wenig frömmer und demütiger wäre – am Ende wären die schlimmen Prüfungen, die der Herr über das Kloster und das ganze Land verhängt hatte, dann weniger hart ausgefallen. Mechthild war außer sich vor Zorn. Wie ein gefangenes Tier lief sie im Refektorium hin und her, blieb unvermittelt stehen, ballte die Fäuste und fluchte so gotteslästerlich, dass die armen Nonnen angstvoll zur Decke blickten.

»Dieser bocksfüßige Teufel in Menschengestalt. Warum tut sich nicht die Hölle auf, um diesen schleimigen Verräter zu verschlingen? Die ewige Verdammnis ist noch viel zu harmlos für diesen Lumpen!«

Unten im Klosterhof standen mehrere Bauern, der gerade

erlebte Schrecken lag noch auf ihren Gesichtern. Sie hatten zwei junge Frauen ins Kloster gebracht, die von Arnulfs Kriegern übel zugerichtet worden waren. Aufgeregt berichteten die Männer von den Geschehnissen der letzten Tage. Im ganzen Land seien berittene Boten unterwegs, raue Kerle, die in die Höfe eindrangen und sich nahmen, was ihnen gefiel. Ihre Botschaft wurde überall mit Entsetzen aufgenommen, doch hatte sich rasch gezeigt, dass es ratsam war, gute Miene zum bösen Spiel zu machen. Graf Arnulf habe in seiner großen Güte und Sorge beschlossen – so hieß es –, sich des verwaisten Landes seines Waffenbruders Konrad anzunehmen und die Untertanen unter seinen Schutz zu stellen. Dafür habe jeder Unfreie dem Grafen unverzüglich den Zehnten zu entrichten. Außerdem forderte Arnulf eine zusätzliche Abgabe als Sold für seine Krieger, die von Freien und Unfreien, Kaufleuten und Geistlichen zu zahlen sei.

»Er hat alle Güter und Vorräte aus der Feste meines Vaters weggeschleppt und will von den Bauern jetzt noch einmal den Zins einziehen«, tobte Mechthild. »Er brennt die Feste meines Vaters nieder und wir dürfen seinen Kriegern den Sold dafür bezahlen. Was für ein dreckiger Lump! Warum findet sich denn weit und breit niemand, der ihn in seine Schranken weist? Verdammt noch einmal – hat dieses Land keine Männer mehr? Ist denn mein Vater der Letzte gewesen mit Mut und Entschlossenheit?«

Mutter Ariana hatte wie immer zur Besonnenheit gemahnt. Man könne den Lauf der Dinge nicht ändern – dafür aber das Unglück der Menschen lindern, Kranke pflegen und Hungernde speisen, solange das Kloster selbst noch Vorräte hatte.

»Wäre ich ein Mann – ich würde zu Arnulfs Burg reiten

und ihn zum Kampf fordern«, schimpfte Mechthild und stampfte mit dem Fuß auf.

Oh, warum musste sie in diesem lächerlichen Nonnenkleid herumlaufen? Warum hatte sie sich überhaupt hier im Kloster verborgen, anstatt auf der Feste ihres Vaters zu warten? Sie, Mechthild, hätte Arnulf ganz gewiss nicht in die Burg eingelassen. Lieber wäre sie unter seiner Belagerung verhungert, als ihm freiwillig ihres Vaters Burg zu geben. Ach, sie hatte alles falsch gemacht.

»Es gibt Zeiten, in denen Gott uns Prüfungen auferlegt«, sagte Mutter Ariana leise. »Betet um Geduld, Herrin. Die Zeiten sind dunkel, aber ich weiß, dass Euer Licht eines Tages leuchten wird. Ich weiß es ganz gewiss.«

Mechthild hatte wenig Sinn für solch fragwürdigen Trost. Die Hände in den Schoß legen und auf bessere Zeiten hoffen war ihre Sache nicht. Und doch war ihr Plan, sich in Rouen Hilfe zu holen, gerade jetzt fast unmöglich geworden. Überall im Land ritten die Häscher des Grafen umher, schnüffelten in jedem Gasthof, zählten das Vieh auf den Weiden und – so hörte man – kontrollierten sogar jedes Schiff, das mit Waren beladen den Fluss befuhr. Wer ihnen in die Hände fiel, dem konnte es übel ergehen.

Mechthild hatte guten Grund, dies zu glauben, wäre sie doch selbst vor einigen Tagen fast ein Opfer dieser Leute geworden. Brian, der kleine und doch so mutige Priestermönch, hatte sie gerettet und dabei fast sein Leben gelassen. Mit viel Mühe hatte sie den halb Bewusstlosen zurück ins Kloster geschafft, wo Mutter Ariana sich seiner annahm. Brian atmete unter Schmerzen und hatte die ganze Nacht über stöhnend auf dem Lager gelegen. Der Mönch musste Schlimmes gesehen und erlebt haben, denn Mutter Ariana, die bei ihm wachte, hörte in seinen wirren Traumreden, dass er mit aller Kraft wider den Versucher kämpfte und große Furcht hatte, den Verlockungen des Bösen zu erliegen.

Am Morgen war Brian jedoch aufgestanden, um trotz aller Schmerzen die Messe zu lesen und den Nonnen die Sakramente auszuteilen. Danach hatte er sich tagelang in eines der Nebengebäude zurückgezogen, weder Speise noch Trank, nur Wasser zu sich genommen und mit niemandem gesprochen. Selbst Mechthild, die sich um ihn sorgte und mit ihm reden wollte, hatte unverrichteter Dinge wieder umkehren müssen. Erst als die verzweifelten Bauern das Kloster aufsuchten, um bei den Nonnen Schutz und Hilfe vor Arnulfs Gewalt zu finden, war Brian im Hof erschienen. Geduldig saß er dort auf einem Stein und hörte den Menschen zu, stellte Fragen, gab Trost und bat die Nonnen, die Hungrigen mit einer Mahlzeit zu versorgen. Mechthild, die aus der Fensternische des Refektoriums immer wieder einen Blick in den Hof hinunter tat, musste schließlich zugeben, dass die Äbtissin und Brian in diesem Augenblick das einzig Richtige taten. Sie leisteten Hilfe in der Not.

Für einen Ordensmann und eine Nonne mag das genug sein, dachte sie bitter. Nicht aber für eine Herrin, die für ihr Land Verantwortung trägt.

Aber war sie überhaupt noch die Herrin ihres Landes? War sie es jemals gewesen? Beklommen sah sie hinunter in den Hof, wo Brian eine der Bäuerinnen segnete und die Nonnen Schüsseln mit Hirsebrei herumreichten. Plötzlich beneidete sie die Klosterfrauen und auch Brian, den Priestermönch. Sie konnten die Aufgaben erfüllen, die sie sich in dieser Welt gestellt hatten. Sie waren trotz allem Unglück mit sich selbst im Reinen. Sie, Mechthild, war dazu nicht in der

Lage. Nichts von dem, was ihr Vater sie gelehrt hatte, würde sie in die Tat umsetzen können. Die Feste war zerstört, Konrads Krieger hatten sich in alle Winde zerstreut und sie selbst war machtlos. Und warum? Weil sie keine Burg verteidigen, nicht ihrem Heer in den Kampf vorausreiten, ja nicht einmal eine Waffe führen konnte. Weil sie eben nur eine Frau war.

Sie war dazu verdammt, hier oben ziellos umherzulaufen und nutzlose Pläne zu schmieden. Mutlos wandte sie sich vom Fenster ab und lehnte sich mit dem Rücken gegen die Mauer. Sollte es wirklich keinen Ausweg geben? Das durfte nicht sein. Sie spürte doch die Kraft in sich, dieses Land zu verteidigen. Es war ihr Land, das Erbe ihres Vaters, und sie würde es diesem elenden Verräter eines Tages wieder abnehmen. Sie musste nur nachdenken und auf eine kluge Lösung sinnen.

Die Lage war schlecht, wenn nicht gar aussichtslos. Sie war tief unten im Tal angekommen, dort, wo die Bäche im Morast versickerten und finsteres, undurchdringliches Gehölz den Boden bedeckte. Aber von hier aus konnten alle Wege nur noch hügelan führen.

Sie straffte sich und hob die Schultern. Auf der gegenüberliegenden Seite des Raumes blitzte helles Licht durch die beiden schmalen Fenster und zog sie auf geheimnisvolle Weise an. Dahinter erstreckte sich das Meer, in dem sich die Sonne spiegelte. Immer hatte sie Sturm und Wellen geliebt, sie waren ihre Freunde und Bundesgenossen, machtvoller und gewaltiger als alle feindlichen Krieger. Vielleicht brauchte sie nur auf das Meer hinauszusehen, um neuen Mut zu schöpfen.

Langsam durchquerte sie den Raum und drängte sich in die enge Fensternische. Das Mittagslicht lag gleißend auf der ruhigen Wasseroberfläche, ließ die kleinen Wellen aufblitzen wie silbrige Scherben und malte seltsam geformte Schattengebilde neben die Granitfelsen in den Sand. Viereckige rote und braune Fetzen schienen dicht über der glatten Wasserfläche zu schweben, dunkle, langgezogene Linien zielten auf die Küste. Sie fuhr zusammen.

Spielten ihre Augen ihr einen Streich? Aber dann, als sie den Blick geschärft und die viereckige Form der Segel erfasst hatte, durchfuhr sie kaltes Entsetzen. Drachenboote! Fünf schmale Schiffe näherten sich der Küste gleich einem Bündel heranfliegender Pfeile. Sie starrte reglos auf die nahende Streitmacht, sah die runden, bunt bemalten Schilder längs der Reling aufgereiht, dahinter die gebückten Körper der Ruderer, die die Boote mit kräftigen Armen vorantrieben. Erst als sie die rauen Befehlsrufe und das Geklirr ihrer Schwerter und Äxte zu hören glaubte, begriff sie, dass die ersten Boote bereits den Strand erreicht hatten. Mit einem gellenden Schrei stieß sie sich von der Brüstung der Fensternische ab, taumelte durch den Raum und stolperte die Treppe hinunter in den Hof.

»Wikinger!«, keuchte sie heiser. »Eine ganze Flotte. Sie sind schon gelandet!«

Die Menschen im Hof fuhren auseinander, hölzerne Schüsseln fielen in den Staub, Entsetzen verbreitete sich. Jeder wusste, was ein Überfall der Wikinger bedeutete, war man ihnen doch erst vor wenigen Monaten ausgeliefert gewesen. Brians Augen waren groß und schreckensweit auf Mechthild gerichtet.

»Das Tor!«, rief er. »Wir müssen das Tor schließen!«

Hilfloses Getümmel entstand. Brian und Mechthild stürzten mit einigen der Nonnen zum Klostertor, um die schweren Torflügel zu bewegen, doch die Bauern wollten hinaus zu ihren Höfen eilen, um ihre Familien zu schützen. Sie stießen die Nonnen beiseite und verhinderten das Schließen des Tores. Kaum hatten sie jedoch das Kloster verlassen, da sahen sie sich den ersten wild heranstürmenden Nordmännern gegenüber und sie strebten verzweifelt wieder zurück in den Schutz der Klostermauern.

Ungehindert brandete die Streitmacht der Wikinger in das kleine Kloster hinein. Wildes Kriegsgeschrei übertönte das Jammern der Frauen, blinkende Äxte wurden von sehnigen Armen geschwungen, schon sanken zwei der Bauern mit klaffenden Schädelwunden in den Staub. Die Angreifer waren hünenhaft gewachsene Burschen, das lange blonde Haar umwehte ihre bärtigen Gesichter, aus ihren hellen Augen sprühte die Eroberungslust. Kopflos stoben die Frauen in alle Richtungen auseinander, versuchten sich in den Nebengebäuden zwischen Geräten und Schweinen zu verbergen, krochen in die Asche der Feuerstelle oder suchten Schutz in der Kirche hinter dem Altar. Es war umsonst, die wilden Kämpfer traten die Türen mit donnernden Tritten ein und zogen die Frauen wie Beutegut aus ihren Verstecken.

Mechthild hatte der heranstürmenden Flut im Hof standgehalten. Schützend stellte sie sich vor Mutter Ariana, die ebenfalls ausharrte, Brian war an ihrer Seite geblieben, entschlossen, seine Herrin bis zum letzten Blutstropfen zu verteidigen. Sein blasses Gesicht hatte sich belebt, es leuchtete in einer Art von Verzückung, die Mechthild ganz und gar unbegreiflich war. Sehnte er sich gar danach, im Kampf zu sterben?

Es blieb ihr keine Zeit, zu staunen. Einige der blonden Krieger hatten sie umringt, eine Hand riss ihr den Schleier herunter und ihr langes Haar löste sich auf. Die Männer schnalzten mit den Zungen und riefen sich Worte zu, die sie nicht verstehen konnte. Brian, der sich schützend vor sie warf, stieß man beiseite wie einen leichten Strohsack. Ein rotbärtiger Krieger packte ihren Arm und zerrte an ihrem Gewand, ein anderer fasste sie um die Taille und wollte sie davonschleppen. Sie schrie und schlug wild um sich, sah Brian, der sich aufbäumte und wieder beiseitegestoßen wurde. Eine Axt blinkte über ihr, der Arm, der um ihre Mitte lag, löste sich und gab sie frei, dafür fasste die Hand des Rotbärtigen den Stoff ihres Nonnenkleides, und sie spürte, wie es an der Schulter auseinanderriss. Sie begriff, dass man um sie stritt, dass jeder dieser Räuber die schöne Beute für sich haben wollte, und sie wusste in diesem Augenblick plötzlich, dass es für Konrads Tochter nur diesen einen Weg gab: Sie würde kämpfen.

Wie eine Furie stürzte sie sich auf den großen Mann, krallte sich in seinen Bart und versuchte, die Finger in seine Augenhöhlen zu drücken. Der Angriff kam für den Wikinger so überraschend, dass er vor Schmerz aufbrüllte und zunächst keine Bewegung machte, um sich zu wehren. Dann jedoch packte er ihre Arme mit wütenden Fäusten, kümmerte sich wenig um ihre Fußtritte und stieß ihren Körper grob gegen die Klostermauer. Mechthild schlug mit dem Hinterkopf gegen den Stein, spürte aber keinen Schmerz, sondern nur eine dumpfe Taubheit, die ihr den Atem nehmen wollte.

Wie in einem bösen Traum sah sie die Gestalten der wilden Krieger im Klosterhof, hörte die Schreie der Nonnen, das Lachen und Stöhnen der Männer, das Krachen der eingedrückten Türen. Erneut drangen mehrere Krieger auf sie ein, stießen sich gegenseitig beiseite, brüllten unverständliche Flüche, packten sie, um ihr das Gewand vom Körper zu reißen.

Doch in diesem Augenblick durchfuhr eine laute Stimme den Hof, übertönte mühelos alle anderen Geräusche, und die Männer hielten inne. Einer der Ihren war am Tor erschienen, ein großer, kräftiger Mann, in ein rotes Wams und enge, lederne Hosen gekleidet, sein Kupferhelm mit dem nach vorn gezogenen Nasenschutz blinkte im Sonnenlicht. Unwillig sahen die Männer zu ihm hinüber, und doch wagten sie nicht, sich seinen Befehlen zu widersetzen. Widerstrebend lösten sich die Hände aus Mechthilds halb zerrissenem Kleid, die wilden Krieger traten zurück und gaben ihrem Anführer den Weg frei.

Sie erkannte ihn erst auf den zweiten Blick, denn der Helm, unter dem sein blondes, leicht gelocktes Haar hervorquoll, bedeckte Stirn und Wangen. Dieser fränkische Helm war so kostbar gearbeitet, dass sogar ihr Vater stolz gewesen wäre, ihn zu besitzen. Der Wikinger hatte ihn ohne Zweifel auf einem seiner Raubzüge erbeutet.

Plötzlich war ihr Mut wieder zurückgekehrt und mit ihm der Zorn. Sie hatte diesen Kerl, der jetzt so prächtig daherkam, mit Brei gefüttert und seine Wunden verbunden.

»So lohnst du mir, dass ich dein Leben gerettet habe!«, fauchte sie ihn an, während sie gleichzeitig versuchte, ihre Blöße zu bedecken.

Er blieb ernst, verzog keine Miene. Nur seine Augen glänzten hell unter dem Rand des Helms.

»Ragnar zahlt immer seine Schuld«, gab er ruhig zurück. »Mein Leben gegen das deine. Es wird dir von meinen Kriegern nichts geschehen.«

Sie hätte fast gelacht. Nachdem man sie geschlagen, gegen

die Wand gestoßen und fast vergewaltigt hatte, würde ihr nun nichts geschehen. Großmut der Wikinger!

»Ich fordere, dass auch den Klosterfrauen nichts mehr angetan und dass der Schaden im Kloster bezahlt wird«, rief sie. »Du bist unter unserem Schutz gewesen und hast kein Recht, uns jetzt auszuplündern!«

Er ließ seinen Blick an ihr hinabgleiten, und sie zitterte, denn die rechte Hälfte des Gewandes war ihr vom Körper gerissen worden. Dennoch hob sie trotzig das Kinn und stellte eine weitere Forderung.

»Und auch die erschlagenen Bauern wirst du bezahlen und ihre Familien entschädigen!«

Jetzt überzog ein heiterer Zug sein Gesicht, ihre Frechheit schien ihn zu amüsieren.

»Die Knechte der Franken sind jetzt meine Knechte«, gab er zurück, und seine Miene wurde hart. »Und du, hochmütige Fränkin, kommst mit uns.«

»Was fällt dir ein?«, schimpfte sie, außer sich vor Wut. »Ich denke gar nicht daran. Hältst du so dein Wort, Wikinger? Gerade eben noch hast du erklärt, dass mir nichts geschehen wird.«

»Ich halte mein Wort«, sagte er. »Du gehörst mir.«

Sie begriff, was er meinte, und erblasste. Neidvolle Blicke der Männer trafen sie – doch keiner wagte es, Hand an sie zu legen. Sie war Eigentum des Anführers.

Ragnar riss einem seiner Krieger den Umhang von der Schulter und warf ihn ihr zu.

»Bedecke dich, Sklavin. Ich mag nicht, wenn fremde Augen dich anstarren. Ab jetzt wirst du mir gehorchen.«

Sie stand wie erstarrt, hielt den roten Umhang in den Händen und hätte ihn dem unverschämten Kerl gern vor die

Füße geworfen. Doch Ragnar wusste ihr Aufbegehren rasch zu ersticken.

»Meine Krieger können das Kloster niederbrennen und die Nonnen erschlagen. Wir können auch im Frieden gehen. Wähle, Fränkin, was dir lieber ist.«

Sie sollte sich ihm ohne Widerspruch ergeben, sonst würde er seinen Zorn an den unschuldigen Nonnen auslassen. Oh, er war ein Teufel, dieser Ragnar. Er stand Arnulf an Bosheit in nichts nach.

Sie biss sich wütend auf die Lippen und senkte den Kopf zum Einverständnis. Schon bald darauf saß sie, eingehüllt in den roten Umhang, am Bug eines der fünf schmalen Wikingerschiffe und sah zu, wie sehnige Arme und Schultern die Ruder bewegten. Unter dem Zelt aus Häuten hinter dem Segelmast befanden sich die silbernen Geräte und Reliquien des Klosters, wohlverwahrt in eisenbeschlagenen Kisten. Dieses Mal waren die Eroberer fündig geworden, und sie dachten gar nicht daran, diese Schätze liegen zu lassen. Dafür hatten sie darauf verzichtet, noch einmal Feuer in den Gebäuden zu setzen und die Vorräte vollständig zu plündern. Großmut der Wikinger, dachte Mechthild bitter. Der Sieger bestimmte, was Recht ist und wie die Abmachungen eingehalten werden. Und das nannte dieser Kerl nun »sein Wort halten«. Wenn sie jemals etwas in ihrem Leben bedauert hatte, dann war es ihre zögerliche Hand damals am Meeresufer. Hätte sie ihm doch dieses Speerende in den Rücken gerammt, anstatt es herauszuschneiden und ihm heilende Salbe aufzulegen.

Dicht vor ihr stand Ragnar, breitbeinig, seinen Körper mühelos den Bewegungen des Schiffes anpassend. Er trieb seine Männer mit knappen Befehlen voran, ließ dabei aber die Flussufer nicht aus den Augen. Irgendwo weit hinten, in einem der schmalen Boote, die wie schlanke Fischwesen mit den Köpfen magischer Fabeltiere das Wasser durchschnitten, saß Brian, an Händen und Füßen gefesselt. Ragnar hatte befohlen, ihn mitzunehmen.

Das Ziel der Fahrt war Graf Arnulfs Feste.

Der Himmel war düster geworden, von See her schoben sich graue Regenwolken heran, die ersten Tropfen klatschten den Ruderern auf die breiten Rücken und Schultern. Mechthild wickelte sich fröstelnd so eng wie möglich in den Umhang, das lange Haar hatte sie zusammengedreht, damit der Wind nicht sein Spiel damit trieb. Trotz der Anstrengung des Ruderns drehten die Männer immer wieder die Köpfe, um über die Schultern hinweg begehrliche Blicke auf die schöne, junge Frau am Bug des Schiffes zu werfen.

Wider Willen musste sie die Wikinger bewundern. Wo die fränkischen Händler ihre Boote langsam flussaufwärts treidelten, da ruderten die schmalen Schiffe der Nordmänner scheinbar mühelos in rascher Fahrt gegen den Strom. Freilich half ihnen jetzt der vom Meer landeinwärts blasende Wind, die viereckigen Segel, auf denen seltsame, magische Zeichen aufgestickt waren, blähten sich und verliehen den ohnehin schnellen Booten noch zusätzliche Fahrt.

Kein Wunder, dachte sie, dass diese Kerle überall einfallen, wo es Wasser und Küsten gibt. Auf See sind sie ganz sicher allen anderen Schiffern überlegen.

Ragnar wechselte ständig seinen Standort, unablässig damit beschäftigt, die Umgebung zu erspähen und Anordnungen zu treffen. Immer wieder sprang er auf, rief Steuermann und Ruderern knappe Befehle zu, die auf der Stelle befolgt wurden. Scheinbar herrschte unter den wilden Gesellen eine strenge Rangordnung, ähnlich, wie es unter den Kriegern ihres Vaters der Fall gewesen war. Trotz ihrer Gefangenschaft machte es ihr fast Vergnügen, den Wikinger bei seinem Tun zu beobachten.

Ragnar war hochgewachsen, doch nicht größer als seine Kumpane, unter denen es etliche gab, die ihn an Gewicht und Muskelkraft übertrafen. Dennoch wurde er von allen als Anführer respektiert. Nicht nur die Besatzung dieses Schiffes gehorchte ihm aufs Wort, auch die übrigen Boote richteten sich nach seinem Willen. Gebannt sah Mechthild zu, wie leichtfüßig und geschickt er sich auf dem vollbesetzten Schiff bewegte, wie er ein Tau ergriff und sich über das Zelt in der Mitte des Bootes hinwegschwang, um ans Heck zu gelangen, oder wie er auf der Reling balancierend mit den Armen Zeichen gab, die drüben auf den übrigen Schiffen sofort verstanden und befolgt wurden.

Großartig, dachte sie verbittert. Ich habe einem Wikingerfürsten das Leben gerettet. Ein Unglück kommt selten allein.

Der Regen war stärker geworden, durchweichte Haare und Kleider und ließ die nackten Arme der Männer vor Nässe glänzen. Auch Ragnars Kleidung war durchnässt, die ledernen Beinkleider umschlossen seine sehnigen Oberschenkel, und sie konnte das Spiel seiner Muskeln beobachten, wenn er sich auf dem schmalen Schiffsdeck bewegte. Unwillkürlich erinnerte sie sich daran, wie er bäuchlings vor ihr im Stroh gelegen hatte und sie seinen Körper bewundert hatte. Oh, wie sträflich dumm sie gewesen war! Ein Raubtier hatte sie genährt, sich an seiner wilden, kraftvollen Schönheit berauscht, um anschließend von ihm gefressen zu werden.

Der starke Regenguss kräuselte die Wellen des Flusses, in

den Booten wurde mit schaufelartigen Eimern Wasser aus dem Kielraum geschöpft, das dort hineingesickert war. Die Flussufer waren in graue Nebel gehüllt, nur hin und wieder gab ein Windstoß Ausblick auf die dichten Wälder, an denen die Flotte vorüberglitt. Mechthilds Herz begann, unruhig zu schlagen, denn man würde Arnulfs Feste in Kürze erreichen, sie im Nebel jedoch nicht erkennen können. Wusste Ragnar, wo er sich befand? Oder würde er ahnungslos am Ziel seiner Fahrt vorüberziehen? Vielleicht gäbe dies den Franken eine Chance, den Feind rechtzeitig zu bemerken und den Angreifern zuvorzukommen? Sie wusste plötzlich nicht mehr, ob sie Arnulf oder Ragnar den Sieg wünschte. Das eine war so schlimm wie das andere.

Doch wenige Minuten später begriff sie, dass Ragnar die Gegend sehr genau kannte. Die Wikingerflotte steuerte eine kleine Bucht an: Sobald sie auf den Flusssand aufgelaufen waren, sprangen die Männer aus den leichten Booten und zogen die Schiffe ans Ufer. Das ganze Manöver lief rasch und leise ab, jeder Handgriff saß, jeder wusste, wo sein Platz war und was er zu tun hatte. Die wilde Meute, die brüllend und Äxte schwingend ins Kloster eingebrochen war, bewährte sich hier als eine hervorragend eingespielte Mannschaft unter ihrem jungen, umsichtigen Anführer.

Man zog die Schiffe unter den Schutz der Bäume, ohne die Gefangenen dabei weiter zu beachten. Zweige schlugen Mechthild ins Gesicht, und als ein dicker Ast sie an der Schulter traf, schrie sie leise auf. Blitzschnell wandte Ragnar sich zu ihr um.

»Schweig, sonst stopfe ich dir den Mund«, zischte er ihr zu. »Runter mit dir. Leg dich hin und rühr dich nicht.«

Sie folgte dieser Anweisung, kochte innerlich jedoch vor

Zorn. Was für eine Frechheit, sie so herumzukommandieren! Aber was erwartete sie auch anderes von diesen ungehobelten Heiden? Voller Unruhe lag sie zusammengekauert auf den Bootsplanken, spürte die harten Hölzer unter sich und fragte sich, ob sie die ganze Nacht in dieser unbequemen Lage würde verbringen müssen. Wie mochte es Brian ergehen?, dachte sie sorgenvoll. Sie hatten ihm Hände und Füße gebunden, sodass seine Lage noch viel schlimmer war als die ihre.

Sie lauschte dem Knistern der Äste, den dumpfen, schweren Tritten auf dem Waldboden, hörte leise, unverständliche Befehle und Geflüster in einer fremden Sprache. Über allem rauschte der Regen auf das Blätterdach des Waldes, das der Herbst bereits gelichtet hatte. Dicke Tropfen perlten aus einer Baumkrone auf ihre Schulter herunter, doch da sie sowieso schon völlig durchweicht war, nahm sie es kaum wahr.

Erst als harte Tritte das Boot erschütterten, fuhr sie erschrocken hoch. Die Männer sprangen ins Schiff und machten sich dort unter den zeltartig aufgespannten Häuten zu schaffen, die die Ladung vor Nässe schützten. Es war dämmrig geworden, doch Mechthild nahm die gierigen Blicke nur allzu deutlich wahr und sie krümmte sich zusammen. Wenn die Wikinger die Absicht hatten, jetzt über sie herzufallen, dann würde sie dem ersten das kurze Schwert von der Seite reißen und sich damit töten. Niemand sollte Konrads Tochter Gewalt antun, lieber wählte sie den Tod, als diese Schmach zu ertragen.

Doch die nassen, nach Leder und Schweiß stinkenden Männer krochen unter die Zeltdächer, holten trockene Kleidung hervor und zogen sich ohne Scham direkt vor ihren Augen um. Was für eine Respektlosigkeit! Man behandelte sie wie eine Sklavin, vor der man sich ohne Bedenken entkleidete, denn sie galt nicht mehr als das Vieh auf der Weide. Genauso gleichgültig und willkürlich würden diese Heiden sie vergewaltigen oder umbringen, wie es ihnen gerade in den Sinn kam.

Immerhin legte keiner Hand an sie, die Männer holten Speck, Fleisch, Weinschläuche und allerlei Früchte hervor, um damit das Boot zu verlassen. Offensichtlich wollte man die Mahlzeit nicht hier im Schiff, sondern im Schutz der hohen Bäume einnehmen.

Der Anblick der Lebensmittel erinnerte sie daran, dass sie trotz des ausgestandenen Schreckens hungrig war. Es waren hauptsächlich Speisen, die man aus dem Kloster mitgenommen hatte – die Nonnen würden den Winter über hungern müssen, während diese Heiden sich die Bäuche vollschlugen.

Vorsichtig hob sie den Kopf, um über die niedrige Bootsreling zu spähen. Richtig – unweit des Bootes hockte eine Gruppe der langhaarigen Kerle unter einer hohen Eiche, der Speck wurde herumgereicht und mit langen Messern geschnitten, sie kauten mit offenen Mündern und flüsterten miteinander. Dann drängte sich ein Mann durchs Gebüsch, trat zu der Gruppe und ergriff einen der Weinschläuche. Mechthild erkannte Ragnar. Er hatte den glänzenden Helm abgelegt, und das nasse, blonde Haar ringelte sich im Nacken und an der Stirn. Er füllte eine Schale mit Wein und hielt sie empor, während die Blicke der Männer ihm aufmerksam, ja fast andächtig folgten. Mechthild konnte seine leisen Worte nicht verstehen, doch sie begriff, dass es sich um ein Ritual handelte, denn nachdem er geendet hatte, goss er den Wein auf die Wurzeln der Eiche, die wie ein knotiges Spinnennetz aus dem Waldboden hervortraten. Dann wandte er sich ab, ohne an der Mahlzeit teilgenommen zu haben, und lenkte seine Schritte zum Schiff hinüber.

Mechthild erschrak und verbarg sich wieder hinter der Reling. Was würde er jetzt tun? Auch seine nasse Kleidung vor ihren Augen ablegen, um sich trockene Sachen anzuziehen? Sie zitterte plötzlich vor Angst, denn dieser scheußliche Traum war ihr wieder in den Sinn gekommen. Bei den Männern vorhin war sie nur empört gewesen. Vor diesem aber hatte sie panische Furcht. Hatte er sie nicht seinen Besitz, seine Sklavin genannt? Dann würde er sich jetzt ohne Zweifel nehmen, was er als das Seine betrachtete. Und anschließend würde er sich seelenruhig zu seinen Kumpanen unter die Eiche hocken, um sich an Speck und Wein zu erfreuen.

Das Boot schwankte kaum, als er über die Reling stieg, denn trotz seiner kräftigen Gestalt war er gewandt und bewegte sich mit großer Leichtigkeit. Mechthild hatte sich zum Sitzen aufgerichtet und die Beine eng an den Körper gezogen. Wie eine lauernde Katze hockte sie am Bug des Bootes, bereit, den Gegner anzuspringen und ihm das Gesicht zu zerkratzen.

Er warf nur einen kurzen Blick auf sie, dann wandte auch er sich den Kisten unter dem Zeltdach zu und zog schließlich ein dickes Bündel heraus, das er unter den Arm klemmte. Langsam ging er damit auf sie zu, die Augen wachsam auf sie gerichtet, so wie man sich einer gefangenen Füchsin nähert, die drohend die Zähne fletscht.

Als er nur noch drei Schritte entfernt war, machte sie eine ruckartige Bewegung, stand blitzschnell auf den Füßen und fasste die Reling, um darüberzuspringen. Noch schneller jedoch war er bei ihr und hatte die Hand gepackt, mit der sie sich auf dem Holz der Reling abstützte.

»Es geschieht dir nichts«, sagte er leise mit dunkler Stimme und diesem seltsamen, harten Klang, den die fränkischen Worte in seinem Mund annahmen. »Nur wenn du Lärm machst, werde ich dich töten, Sklavin.«

Sie zwang sich zur Ruhe, er sollte nicht merken, wie sehr sie vor ihm zitterte.

»Wage es nicht, mich so zu nennen«, zischte sie zurück. »Nie im Leben werde ich deine Sklavin sein, Wikinger. Merke dir das gut!«

Seine Augen funkelten zornig dicht vor ihrem Gesicht, dann hörte sie sein leises Lachen. Dieses unverschämte, geringschätzige Gelächter brachte sie mehr in Wut als die Schamlosigkeiten seiner Gesellen.

»Dir wird das Lachen noch vergehen, Wikinger«, fauchte sie.

Er hörte tatsächlich damit auf und warf ihr stattdessen das Bündel vor die Füße.

»Ein Kleid und eine wollene Decke. Die Nacht ist kalt, Sklavin.«

Sie war verblüfft und starrte ungläubig auf den Stoff. War das eine Hinterlist? Eine arglistige Falle, um sie in Sicherheit zu wiegen?

»Mach schon, Frankentochter. Zieh das nasse Zeug aus. Das Kleid ist aus Wolle und wird dich wärmen. Danach werde ich dich binden. Du wirst nicht davonlaufen und uns verraten.«

Großartige Aussichten! Er hatte vergessen zu sagen, dass er sie ohne Zweifel auch knebeln und vergewaltigen würde.

»Dreh dich um, Wikinger«, sagte sie wütend. »Ich bin es nicht gewohnt, dass fremde Männer mir beim Umkleiden zusehen.«

Es war nur eine schwache Hoffnung gewesen, aber er nickte und wandte ihr den Rücken zu.

»Nein«, sagte sie. »Nicht so. Steig aus dem Boot und stell dich davor. Damit auch keiner von deinen Männern mich beobachtet.«

»Zier dich nicht, Sklavin«, sagte er mürrisch. »Meine Männer sind satt und müde und werden bald schlafen.«

»Du wirst sie am besten kennen«, gab sie spitz zurück. »Wirst du meine Bitte jetzt erfüllen oder nicht?«

Er murmelte etwas, was sie nicht verstehen konnte, was aber nicht sehr freundlich klang. Dann sprang er über die Reling und stellte sich vor das Boot mit dem Rücken zu ihr.

Das war eine Chance. Die einzige, die ihr blieb, wenn sie sich retten wollte. Sie musste nur die Waldmitte erreichen und sich dort unter den vielen umgestürzten und vermodernden Bäumen verbergen. In der Nacht würde sie dort gewiss kein Wikinger finden. Nicht einmal einem Einheimischen würde das gelingen, dazu war das Sumpfgebiet zu unsicher.

Sie bemühte sich, leise aus dem Boot zu steigen, doch als sie ihre bloßen Füße in das feuchte Laub setzte, knackte ein Zweiglein, und sie wusste, dass er ihre List jetzt erkannt hatte. Ein Fluch erklang hinter ihr, wütend und leise zwischen den Zähnen gezischt. Dann hörte sie seine Sprünge auf dem dumpfen Waldboden, und sie hastete voran, so schnell sie konnte.

Es war fast dunkel, und sie nutzte den Vorteil, dass ihre Gestalt im dichten Gebüsch nur schwer zu sehen war. Er musste stehen bleiben, um zu horchen, in welche Richtung sie entfloh, was ihr einen Vorsprung verschaffte. Immer wieder schob sie sich zwischen den dicht stehenden Bäumen hindurch, schlüpfte geschickt durch das Buschwerk, hielt kurz inne, um auf seine Schritte zu hören, und floh dann weiter, indem sie die Richtung änderte. Sie kannte diesen Wald, hatte hier oft genug mit ihrem Vater gejagt oder war mit ihm gemeinsam auf Arnulfs Feste zu Gast gewesen. Damals, als man noch glaubte, in ihm einen freundlich gesinnten Nachbarn und Verbündeten zu haben.

Sie vernahm einen dumpfen Aufprall, Ragnars Schritte verstummten. Sie grinste zufrieden. Der Held war offenbar gegen einen der dicken Baumstämme gelaufen. Nun hatte er wenigstens guten Grund, zu fluchen. Sie beeilte sich, weiter voranzukommen, und spürte bald, dass der Boden unter ihren Füßen nachgab. Sie hatte den Sumpf erreicht und konnte mit den ausgestreckten Händen schon die ersten liegenden Stämme ertasten.

Ein heftiger Sturm hatte hier vor vielen Jahren gewütet und eine große Zahl der Waldriesen entwurzelt. Seitdem lagen die gewaltigen Stämme modernd im Sumpf, ein undurchdringliches Hindernis für jeden Reiter, und auch zu Fuß war kaum ein Durchkommen. Es ging sogar das Gerücht, dass hier die alten heidnischen Götter noch zu Hause seien: In den toten Zweigen der alten Bäume herrsche Badh, die Totengöttin, und die großäugige Eulengöttin Rigani habe in den hohlen Stämmen Zuflucht gesucht.

Mechthild war zwar Christin, doch sie wusste auch, dass mit den alten Göttern nicht zu spaßen war. Sie waren zornig, weil sie dem Christengott hatten weichen müssen, und trieben allerlei Schabernack mit den Menschen, die in ihre Gewalt gerieten.

Ihr Fuß versank bis zum Knöchel im Schlamm, und sie hielt sich rasch an einem knorrigen Ast, um nicht weiter einzusinken. Da – wieder hörte sie ein Knacken, Blattwerk raschelte, dann war es still. Ihr Herz schlug heftig, sie mühte sich, den Fuß so leise wie möglich aus dem Sumpf zu befreien. War das Ragnar gewesen? Oder ein Tier, das sie aufgestört hatte? Ein Luchs am Ende?

Vorsichtig kletterte sie über einen der umgestürzten Bäume, riss sich die Knie an der rauen Rinde auf und rutschte auf der anderen Seite hinab. Hier war ein gutes Versteck – hinter diesem Stamm würde Ragnar sie so leicht nicht finden.

Sie hatte gehofft, mit den Füßen auf einen breiten Ast zu treffen, doch stattdessen spürte sie nur kühle, sumpfige Erde, die ihre Beine bis zu den Knien umschloss. Ihre Hände tasteten über den dicken Stamm, um einen Halt zu finden, krallten sich in die Rinde, während sie weiter in den Sumpf hineinrutschte.

Ruhig, befahl sie sich selbst. Bleib ganz ruhig. Auf keinen Fall darf er mich hören.

Vorsichtig suchte sie nach einem Astknoten, einen Zweig – irgendetwas, woran sie sich aus diesem Loch herausziehen konnte. Doch es gab nichts, nur die rissige Borke, an der ihre Hände immer wieder abrutschten.

Schon spürte sie den kalten Morast an ihren Oberschenkeln, er umfing ihre Hüften, umschloss ihre Taille, zog sie mit unwiderstehlicher Kraft hinab in den eisigen Schlamm. Hatte man nicht in grauer Vorzeit Verbrecher damit gestraft, dass man sie mit gebundenen Gliedern ins Moor warf? Ihr Vater hatte einmal davon erzählt, als sie hier in der Nähe auf der Jagd gewesen waren. Zu manchen Zeiten seien diese Toten wieder aus dem Moor aufgestiegen, braun, die Haare gebleicht, Fleisch und Haut so gut erhalten, als habe man sie gerade eben in ihr nasses Grab versenkt. Sie schauderte und sammelte alle Kraft, um sich an dem Stamm emporzuziehen. Die Rinde, an der sie sich festklammerte, löste sich mit einem Ruck, blieb ihr in den Händen und sie sackte bis zu den Schultern in die gierige, nasse Erde. Verzweifelt ruderte sie mit den Armen, suchte Halt an Gräsern, die sich sofort von der Oberfläche lösten und mit ihr versanken. Je mehr sie kämpfte, desto rascher zog der Schlamm sie in die Tiefe. Sie roch das faulige Wasser dicht an ihrem Mund, spürte den faden Geschmack der moorigen Erde, und Todesangst packte sie.

»Hilfe! Zu Hilfe!«

Sie hustete, weil der Schlamm über ihren Mund geschwappt war. Hatte er sie gehört? Oder war er längst unverrichteter Dinge umgekehrt?

»Hilfe! Ragnar! Ich versinke! So hilf mir doch!«

Der Morast drang ihr in Mund und Nase, mit jedem Ruf sank sie ein Stück tiefer. Ihre Hand fand einen kleinen Zweig, hielt sich daran für wenige Augenblicke, bis er brach. Sie ruderte mit letzter Kraft, wehrte sich gegen das Unvermeidliche und schloss die Augen, als der brackige Schlamm sie weiter hinabzog.

Sie hörte nichts mehr, spürte nur, dass jemand ihr Handgelenk umfasste, und sie stöhnte auf, weil der Ruck, mit dem sie nach oben gezogen wurde, ihr fast den Arm ausrenkte. Der Schlamm gab ein schmatzendes Geräusch von sich, jemand fasste ihren anderen Arm, packte sie um die Hüften, hob sie hoch und ließ sie auf dem harten Stamm niederfallen. Sie hustete, spuckte Schlamm und Wasser aus, wischte sich den Morast aus den brennenden Augen.

»Du verdammte, hinterhältige Lügnerin«, hörte sie Ragnars zornige Stimme. »Lohnst du so mein Vertrauen?«

Sie bekam kein Wort heraus, der Matsch steckte ihr noch

in der Kehle, sie spuckte das widerliche Zeug aus und hustete ohne Unterlass. Sie konnte ihre Augen nur einen Spalt weit öffnen, doch sie spürte, dass er dicht neben ihr kniete. Es war ihr in diesem Moment völlig gleich. Es war wundervoll, frei atmen zu können, diesem grauenvollen Sog in die Tiefe entkommen zu sein. Einfach am Leben zu sein.

»Gott sei gedankt«, murmelte sie.

Dann musste sie wieder husten. Plötzlich spürte sie, wie er den Arm um ihre Taille schob, mit der anderen Hand ihre Füße fasste, wie er sie mit raschem Schwung hochhob und sie sich über die Schulter warf.

»Lass mich los. Ich kann selber laufen...«

Ein Hustenanfall unterbrach ihr Schreien. Er hielt immer noch einen Arm um ihre Taille, während ihr Oberkörper über seine Schulter nach vorn hing.

»Schweig, oder ich stecke dich in den Sumpf zurück, Fränkin«, drohte er wütend.

Sie ergab sich und ließ sich ohne Widerstand von ihm durch den Wald tragen. Woher kannte er die Richtung zum Lagerplatz in dieser Dunkelheit? Er schien einen sechsten Sinn zu haben, denn es dauerte nicht lang, da stieß sie mit dem Kopf gegen die Planken des Wikingerschiffes.

Sie hörte das Geräusch von Äxten, die in das Holz eines Baumes getrieben wurden, doch sie war nicht mehr in der Lage, sich darüber weiter Gedanken zu machen.

Ragnar kippte sie unsanft ins Boot hinein. Sie spürte es kaum, fühlte sich am ganzen Körper steif und wie taub vor Erschöpfung und Kälte. Undeutlich nahm sie wahr, dass er ihr den nassen Umhang vom Körper zog, und begriff, dass das zerrissene Nonnengewand ein Opfer des Schlamms geworden war. Ein kratziges Kleid wurde ihr über den Kopf gestülpt und bis zu den Füßen herabgezogen. Jemand band ihr Hände und Füße mit einem Strick zusammen und umschlang sie dann sorgfältig mit einer stinkenden Wolldecke, sodass sie sich wie ein hilfloses Wickelkind vorkam. Es war ihr alles gleich. Wärme umschloss sie, breitete sich über ihren Körper aus, das Blut begann wieder durch ihre Adern zu fließen. Dann sank sie in den tiefen Schlaf äußerster Erschöpfung.

Neidhardt drückte seinen Rücken gegen die Holzwand des Gesindehauses, um Schutz vor dem Regen zu finden, und starrte hinüber zum Burgturm. In den schmalen Fensternischen des Rittersaales flackerte immer noch ein schwacher Lichtschein und ließ die Konturen des viereckigen Turmes gegen den schwarzen Nachthimmel erahnen. Dort oben war der Wohn- und Schlafplatz des Burgherrn und seiner engsten Umgebung, dort würde Arnulf jetzt hinter einer Zwischenwand auf der breiten Lagerstatt liegen. Neben ihm die dunkelhaarige Fastrada, die Tänzerin, die einen solch biegsamen Körper und so sanfte braune Augen hatte. Neidhardt hatte ihren anmutigen und zugleich aufreizenden Bewegungen einige Male mit Staunen und einem gewissen Unbehagen zugesehen.

Vor einigen Jahren hatte der Graf sie als Leibeigene von einem Ausritt mitgebracht. Ein halbes Kind war sie damals noch gewesen, und doch hatte er sie noch am gleichen Abend zu seiner Geliebten gemacht. Seitdem lebte sie hier in der Burg, hatte ihrem Herrn jederzeit dienstbar zu sein und verstand es mit zahlreichen Künsten, die Begehrlichkeit des Grafen immer wieder anzustacheln.

Neidhardt bemitleidete sie und fühlte sich zugleich auf seltsame Weise mit ihrem Schicksal verbunden. Auch er war in den Händen dieses Mannes, abhängig von seiner Gnade, weil er nicht stark genug war, sich seiner zu erwehren. Die Demütigungen, die Arnulf ihm bei der Siegesfeier im Rittersaal zugefügt hatte, steckten Neidhardt noch in allen Knochen. Und dann hatte Graf Arnulf plötzlich sein Verhalten von einem zum anderen Tag geändert.

Heute Nachmittag hatte er ihn in den Rittersaal rufen lassen und hatte ihn mit jovialer Freundlichkeit an den gedeckten Tisch geladen und ihm Wein eingeschenkt. Neidhardt hatte sich nur zögerlich auf einem der Schemel niedergelassen und auf eine weitere Bosheit gewartet, doch Arnulf blieb freundlich. Er plane den Bau einer neuen Festung im Norden, von der aus das Land, das einst Konrad gehört habe, verwaltet werden solle. Dazu habe er ihn, Neidhardt, zu seinem Vasallen bestimmt. Er schilderte den neuen Festungsbau und erklärte Neidhardt, welche Aufgaben ihm als seinem Vasallen zukämen, wie groß seine vermuteten Einnahmen wären und was an ihn, den Landesherrn Arnulf, davon abzuführen sei. Auch eine Schar Krieger solle ihm anvertraut werden, denn er habe selbstverständlich auch die Aufgabe, das Land vor den Überfällen der Wikinger zu schützen.

Da hatte Neidhardt endlich begriffen: Er, Neidhardt, der Konrad wie einen Vater geliebt und verehrt hatte, sollte Vasall seines schlimmsten Feindes werden und das eroberte Land für Arnulf verwalten. Was für ein Ansinnen! Mechthild hätte diesem Mann ins Gesicht gespuckt, denn sie war stolz und mutig wie ihr Vater.

Neidhardt seufzte tief und zog die Beine an, denn der Regen spritzte von den Steinen der Hofpflasterung zu ihm hinüber und durchnässte seine Fußlappen. Dennoch fühlte er sich hier in dem dunklen, nassen Burghof wohler als im rauchigen Gesindehaus, wo Mensch und Tier im selben Raum um die Feuerstelle lagen und man mit den Schweinen um die Wette schnarchte.

Nein, er hatte Arnulf nicht angespuckt, obgleich er große Lust dazu gehabt hatte. Stattdessen hatte er gelächelt und dem Grafen erklärt, er sei sich der großen Ehre bewusst.

Neidhardt sah wieder zum Burgturm hinüber und stellte fest, dass das Licht in den Fensternischen nun erloschen war. Arnulf schlief an der Seite seiner Geliebten den Schlaf des Gerechten – obgleich er schlimmer als ein Teufel war.

Einer der Hunde, die neben Neidhardt unter dem Schutz des vorgezogenen Schindeldaches lagen, hob den Kopf und knurrte leise. Neidhardt sah zum Burgtor hinüber, dessen Umrisse nun langsam aus der Dunkelheit der Nacht sichtbar wurden. Ein Hahn krähte irgendwo draußen in einem Gehöft, einer der Hähne im Gesindehaus antwortete eifersüchtig, ein dritter mischte sich ein. Der Hund wollte sich nicht besänftigen lassen und begann zu kläffen, auch die übrigen Hunde schlugen an, ein allgemeines Gebell und Gejaule entstand am Hoftor.

»Still, verfluchte Tölen!«, grunzte eine Magd, die mit verschlafenen Schritten am Tor des Gesindehauses erschien, eine brennende Fackel in der einen Hand, in der anderen einen hölzernen Wassereimer. Gemächlich machte sie sich daran, die Fackel in eine eiserne Hülse zu stecken, die an der Wand des Hauses angebracht war, denn es war noch nicht hell genug, um sicheren Schrittes zum Brunnen zu gehen.

In diesem Augenblick sah Neidhardt über dem hohen, eisenbeschlagenen Burgtor etwas blinken. Es war der spitz zulaufende Helm eines Kriegers. Er starrte auf die Erscheinung, sah dessen schmalen Nasenschutz und begriff in Sekundenschnelle: Gott im Himmel! Kein fränkischer Kämpfer trug solch einen Kopfschutz.

»Wikinger!«, brüllte er, während die Hunde wütend kläfften und die Burg sich belebte. »Wikinger vor dem Tor!«

Ein ungeheures Getümmel entstand.

Knechte und Mägde stürzten aus dem Gesindehaus, einige nur halb angekleidet, andere hatten schon Knüppel und Messer in den Händen. Krieger, die in der Eile nur Schwert und Lanze gegriffen hatten, stolperten die Turmtreppen hinunter. Eine Lanze flog gut gezielt auf den Eindringling, der bereits im Begriff war, das Tor zu übersteigen. Das spitze Eisen bohrte sich in seine Brust und er stürzte in den Burghof hinunter.

»Drei Männer auf jeden Turm«, erschallte Arnulfs Stimme im Hof. »Fackeln her! Holt Wasser aus dem Brunnen!«

Die meterhohe Umfriedung der Burg, aus dicken Eichenstämmen errichtet, besaß vier kleine Türme, die nun in aller Hast bestiegen wurden. Arnulfs Befehle brachten Ordnung in das Chaos, jeder lief an seinen Platz, bereit, die Feste mit dem Einsatz seines Lebens zu verteidigen. Kettenhemden, die in der Eile nicht angelegt worden waren, wurden herbeigeschafft, Helme aufgestülpt, die Waffen aus der Waffenkammer hervorgeholt und verteilt. Mägde standen um den Ziehbrunnen und füllten hastig die Holzeimer, um für einen Angriff mit brennenden Pfeilen gerüstet zu sein. Dazwischen brüllte das Vieh, Hühner rannten gackernd über den Hof, Pferde wieherten und schlugen aufgeregt mit den Hufen gegen die Stallwände.

»Sie kommen von allen Seiten!«

»Die verfluchten Heiden haben Bäume gefällt und über den Burggraben gelegt.«

»Einen eingekerbten Baum hat er als Leiter benutzt.«

Arnulf stand in voller Rüstung. Das Panzerhemd, aus viereckigen, einander überlappenden Metallplatten gearbeitet, ging ihm bis über die Hüften, der Bronzehelm mit den schmalen Wangenklappen war mit vergoldeten Eisenbügeln geschmückt. Sein Gesicht war dunkelrot vor Wut.

»Bäume haben sie gefällt! Und niemand hat es gehört!«, tobte er. »Seid ihr alle taub oder besoffen gewesen? Schafft Leitern herbei! Empfangt die Heiden mit euren Schwertern. Bogenschützen auf den Turm.«

Ein unheimliches Geheul, das aus den Kehlen eines hungrigen Wolfsrudels zu dringen schien, erhob sich jenseits der schützenden Palisade, eine Lure wurde mit langgezogenem, schaurigem Ton geblasen, eine zweite fiel ein und ließ die fränkischen Krieger erzittern. Nachdem die List der Wikinger nicht geglückt war, stürmten sie jetzt die Feste im offenen Kampf von allen Seiten. Pfeile mit eisernen Spitzen bohrten sich in die Dächer. Eine der Mägde mit einem gefüllten Wassereimer sank getroffen zu Boden, eine andere, die sich über sie beugte, entkam einem Geschoss nur knapp. Die Krieger verbargen sich hinter ihren Schilden und stellten Leitern gegen die Palisade, um ihrerseits Pfeile zu schießen.

Neidhardt war ein ständiges Hindernis in dem Gewimmel, wurde von vorübereilenden Kämpfern weggestoßen, stand den wasserschleppenden Frauen im Weg und wäre um ein Haar von einem Krieger mit einer Leiter zu Boden geschlagen worden.

»Was stehst du?«, brüllte Arnulf ihn an, der schließlich auf ihn aufmerksam geworden war. »Bist du ein Mann oder ein Wickelkind? Bewaffne dich und kämpfe!«

Das erschien Neidhardt nur vernünftig. Er drängte sich durch die Menge der Knechte, die den Kriegern Köcher mit Pfeilen brachten, und eilte die Turmtreppe hinauf zur Waffenkammer. Es war wenig Brauchbares in der Kammer zurückgeblieben, nur einige mannsgroße Wurfspeere, deren Spitzen schadhaft waren, und einige schartige Äxte, die man auf dem Boden liegen gelassen hatte. Unentschlossen nahm er einen der Speere zur Hand, ergriff eine Axt und wollte damit aus der Kammer laufen, da stand ihm plötzlich Fastrada gegenüber.

»Damit wirst du wohl kaum einen Feind besiegen«, sagte sie lächelnd.

Es war das erste Mal, dass sie das Wort an ihn richtete, und er spürte, dass er errötete. Er musste sehr albern aussehen mit diesen lächerlichen Waffen in den Händen.

»Es ist nichts anderes da«, sagte er betreten und fügte unwillkürlich hinzu: »Es ist gleich – ich bin sowieso nicht der Mann, der seine Feinde besiegt.«

»Komm mit!«

Mit ungewohnt entschlossenem Schritt ging sie ihm voraus in den Rittersaal, öffnete eine schwere Truhe und zog ein glänzendes Kettenhemd hervor.

»Leg das an.«

Noch stand er verblüfft und starrte auf die kostbare Wehr, da hob sie einen silberbesetzten Helm aus der Truhe, dazu Gürtel und Scheide, in der ein zweischneidiges Schwert mit kunstvoll gearbeitetem Griff steckte.

»Worauf wartest du?«, fuhr sie ihn ungeduldig an. »Beeile dich!«

Sie half ihm, das Kettenhemd anzulegen, und er spürte, wie es sich kühl und schwer an seinen Körper schmiegte. Der Helm war mit rotem Leder gefüttert und saß knapp, das Schwert aber wog fast leicht in seiner Hand, und er sah jetzt, dass es eine jener teuren und seltenen Damaszener Klingen war, die unten im Süden des Reiches hergestellt wurden.

Diese Truhe enthielt vermutlich Arnulfs persönliche Kriegsbeute.

»Nun geh!«, sagte sie und trat einen Schritt zurück, um ihn zufrieden zu betrachten. »Geh und zeige, dass du es verdienst, eine solche Waffe zu führen.«

Er sah an sich herab und schluckte. Ausgerechnet er sollte diese kostbare Waffe führen – da wäre ihm ja der schartige Speer noch lieber gewesen.

Er wandte sich wortlos um und stolperte die Treppe hinunter in den Hof. Inzwischen war es heller geworden, die Wikinger versuchten verbissen, die Feste von allen vier Seiten her zu erklettern. Dicht neben Neidhardt stürzte ein fränkischer Krieger blutend von einer Leiter, über der Palisade tauchte das verzerrte Gesicht eines rothaarigen Wikingers auf, Augen und Mund im Rausch des Kampfes weit geöffnet. Neidhardt handelte, ohne zu überlegen, getrieben von etwas, was er kaum selbst verstand. Er erklomm die Leiter mit wenigen Sprüngen und hieb wütend auf den Eindringling ein, schlug ihm den Helm vom Kopf und spürte kaum, dass eine Speerspitze seine Schulter traf. Der Angreifer stürzte rücklings von seinem Halt und sein Körper schlug jenseits der Palisade auf den Boden auf.

Ein lauter Kommandoruf war plötzlich zu hören – Neidhardt konnte sehen, wie die Feinde von der Feste abließen und scharenweise in den Wald eintauchten.

»Aufgepasst!«, hörte er Arnulfs Stimme von einem der Palisadentürme. »Das kann eine Falle sein. Jeder bleibt auf seinem Posten.«

Neidhardt verharrte auf der Leiter, suchte mit den Augen den Waldrand ab. Nichts war zu sehen. So rasch, wie die Kämpfer gekommen waren, so blitzschnell hatten sie sich wieder zurückgezogen. Atemlose Stille entstand, nur von dem Stöhnen der Verwundeten zu beiden Seiten der Palisade unterbrochen. Keuchend standen die Krieger, suchten vergeblich mit den Augen nach dem verborgenen Gegner, zuckten bei jeder leisen Bewegung eines Grashalms, eines Zweiges zusammen, warteten. Die Wikinger blieben verschwunden.

Erst nach einer Weile stieg Neidhardt langsam von der Leiter herunter, um sich an der Versorgung der verletzten Franken zu beteiligen. Man trug sie in das Gesindehaus, damit die Frauen die Wunden waschen und verbinden konnten. Als er gerade neben einem blutenden Mann kniete, fühlte er sich plötzlich heftig am Arm gefasst und emporgerissen.

»Wer hat dir dieses Kettenhemd gegeben? Dieses Schwert?«, raunzte Arnulf ihn zornig an.

»Die Waffenkammer war so gut wie leer – ich habe überall herumgewühlt und die Sachen in einer Truhe gefunden«, sagte er ruhig.

Er begegnete Arnulfs kleinen, dunklen Augen, die voller Misstrauen waren, doch es gelang ihm, gleichmütig zu bleiben.

»Leg die Sachen zurück«, knurrte der Graf und ließ seinen Arm fahren. »Du bekommst von mir ein anderes Schwert, Vasall.«

Neidhardt wandte sich wieder dem verletzten Krieger zu, der eine klaffende Wunde am Hals hatte. Mitleidig schob er ihm ein Bündel Stroh unter den Kopf und reichte ihm eine Schale mit Wasser. Er hatte nur einen einzigen Grund, auf das, was er heute getan hatte, stolz zu sein: Mit seiner Antwort hatte er Fastrada geschützt.

❖

Ragnar war unzufrieden. Odin hatte sein Opfer nicht angenommen, seine List war nicht geglückt. Fast hatte der erste Krieger schon im Schutz der Dunkelheit das Tor erstiegen, um Querbaum und Riegel von innen zu öffnen. Nur wenige Augenblicke hätte Odin ihm noch geben müssen – aber er hatte ihm diesen schnellen Sieg nicht gewährt.

Ragnar kannte seinen Feind nur zu genau, denn er hatte an der Seite seines Vaters gegen Konrad und Arnulf gekämpft. Die Franken waren harte Krieger, ein Sieg über sie musste teuer erkauft werden. Doch nicht alle Franken waren gleich. Arnulf war hinterhältig, voller List und Tücke – seinem Wort war nicht zu trauen. Konrad dagegen, der seinen Vater Harald erschlagen hatte, war ein starker und ehrlicher Kämpfer gewesen. Ihn hätte Ragnar zum Zweikampf gefordert, um den Tod des Vaters zu rächen. Doch als ihre Schiffe sich gestern dem Strand näherten, hatte man die zerstörte Feste sehen können, und Ragnar hatte begriffen, dass Konrad besiegt oder tot sein musste. Hatte Arnulf, der Listenreiche, seinen Waffenbruder besiegt und getötet, um sich seines Landes zu bemächtigen? Ragnar bedauerte, nun nicht mehr Rache an Konrad nehmen zu können, wie es seine Sohnespflicht forderte. Gleichzeitig eröffnete sich allerdings die Möglichkeit, mit dem Sieg über Arnulf gleich zwei Länder an sich zu bringen. Ragnar wollte dieses Land – nicht, um es zu erobern und dann wieder aufzugeben, wie so viele Wikinger es vor ihm getan hatten. Er wollte es, um zu bleiben.

Allzu hart war die Gegenwehr der Franken an diesem Morgen gewesen, zu viele seiner Männer hatten bei dem wütenden Kampf ihr Leben gelassen. Auf diese Weise war die Feste nicht einzunehmen. Er würde die Burg belagern müssen und auf eine neue List sinnen.

Er hatte einige Mühe gehabt, den Unmut seiner Krieger über den raschen Rückzug einzudämmen. Es waren junge Burschen dabei, die zum ersten Mal an einem Kriegszug teilnahmen, Bauernsöhne voller Tatendrang mit starken Armen und hohlen Köpfen. Der Überfall auf das Frauenkloster war ganz nach ihrem Geschmack gewesen, und sie waren daher der Meinung, dass man nur die Streitaxt zu schwingen brauchte, um sich im Frankenland Truhen und Kisten voller Gold zu erobern. Heute waren sie zum ersten Mal auf fränkische Krieger gestoßen, und mancher der jungen Dummköpfe war jetzt schon auf dem Weg nach Walhall, ohne auch nur ein einziges Goldstück gesehen zu haben.

Ragnar war froh, dass sich die Älteren unter seinen Leuten, jene, die bereits unter seinem Vater Harald ins Frankenland gefahren waren, bereitwillig seiner Entscheidung fügten. Es lohnte nicht, so viele Männer zu opfern, solange die Franken sich noch so erbittert wehrten. Viel klüger war es, Geduld zu haben, die Gegner auszuhungern, durch stetige Scheinangriffe zu zermürben und dann im günstigen Augenblick zuzuschlagen. Viel Zeit würde dafür allerdings nicht bleiben. Es war Herbst, die Nächte wurden kalt, und wenn es nicht bald gelang, die Feste zu nehmen, würde man ein Winterlager einrichten und bis zum Frühjahr warten müssen. Kein Krieger hatte Lust, zu kämpfen, wenn die kältestarren

Finger kaum die Waffe halten konnten und im Schnee jeder Fußtritt sichtbar war.

Er befahl, unten am Fluss bei den Schiffen Zelte aufzustellen, man würde ein Lager errichten und abwarten, während Kundschafter die Feste unter steter Beobachtung hielten. Die Pfeile seiner Bogenschützen würden jeden in Hels Reich senden, der sich am Burgtor zeigte oder die Palisade überstieg, um auf die Jagd zu gehen.

Als er seine Anordnungen getroffen hatte, fiel ihm die Fränkin wieder ein, die hoffentlich immer noch mit gebundenen Gliedern im Schiff lag. Ein Zauber ging von ihr aus, auf den er sich vielleicht schon viel zu sehr eingelassen hatte. Eine schöne Fränkin im Kampf zu gewinnen und sich an ihr zu erfreuen war keine Schande. Gefahr drohte nur demjenigen, der mehr Gedanken als nötig auf ein Weib verschwendete. Hatte er das getan? Ließ Odin aus diesem Grunde seine Eroberungspläne scheitern?

Wenn er ehrlich zu sich war, dann hatte er, Ragnar, sogar noch größere Fehler gemacht. Nicht nur, dass er seit Wochen darüber nachsann, wer sie wohl sein möge, diese Nonne, die sich so stolz und hochfahrend verhielt – ganz anders als die übrigen Klosterfrauen. Nein, er hatte sich gestern Nacht sogar von ihr überlisten lassen. Allerdings war ihre List beinahe tödlich für sie selbst ausgegangen. Er grinste zufrieden, während er auf das Schiff zuschritt, um nach ihr zu sehen. Sie würde vermutlich einen guten Teil ihres Stolzes eingebüßt haben, die schöne Fränkin. Gar zu jämmerlich hatte sie in dieser Nacht um ihr Leben gefleht.

Sie lag zusammengekrümmt auf den Schiffsplanken, fest in die wollene Decke eingewickelt, das Gesicht noch braun von Erde, das Haar zu Strähnen verklebt. Als sie ihn aber aus rotgeränderten Augen wütend anblitzte, begriff er jedoch sofort, dass sie trotz der nächtlichen Niederlage kein bisschen von ihrem Mut und Starrsinn verloren hatte. Wider Willen gefiel es ihm. Vielleicht war es gerade ihre hochfahrende Art, ihr Trotz, der ihn so herausforderte, der sie von allen anderen Frauen, die er kannte, unterschied.

»Du hast gut und sicher geschlafen?«, begrüßte er sie ironisch.

»So sicher wie im Grab«, knurrte sie und machte einen missglückten Versuch, sich aufzusetzen, fiel jedoch auf die Schiffsplanken zurück, denn sie war fest in die Decke eingewickelt.

»Wolltest du lieber in dem Schlammloch bleiben, aus dem ich dich gezogen habe?«, gab er zurück und kniete neben ihr nieder, um sie aus der Decke zu wickeln.

Sie ließ ihn gewähren, wehrte sich auch nicht, als er das bis über die Knie hochgerutschte Gewand wieder herabzog, so dass es ihre schmutzigen Waden verdeckte.

»Ich schulde dir mein Leben, Ragnar«, sagte sie schlicht. »Wärest du nicht gekommen, dann hätte die Erde mich verschlungen.«

Überrascht sah er sie an. Er hatte nicht erwartet, dass sie trotz dieser peinlichen Niederlage die Größe haben würde, ihm für ihre Rettung zu danken. Ihr Dank klang keineswegs unterwürfig, er kam aus ehrlichem Herzen und zeigte gleichzeitig, dass sie genau wusste, was ihm zukam. Er wollte nicht nachstehen.

»Du bist mir nichts schuldig, Fränkin. Du hast mich aus dem Meer gerettet.«

»So ist es, Wikinger«, sagte sie zufrieden, warf den Kopf zurück und fuhr in verändertem Tonfall fort:

»Und jetzt würde ich mich gern waschen und noch einige Dinge unternehmen, die ein Mensch hin und wieder tun muss. Und dann möchte ich den Mönch sehen, den ihr aus dem Kloster mitgeschleppt habt. Er ist krank und ich muss mich um ihn kümmern.«

Ihre Stimme war jetzt wieder hochmütig, und er ärgerte sich über ihre anmaßenden Forderungen. Sie würde sich gern waschen, die schöne Frau. Sollte er ihr vielleicht noch das Wasser dazu bringen?

»Drüben ist der Fluss – du kannst dich waschen, so viel du magst«, gab er kühl zurück.

Sie kniff böse die Augen zusammen und zerrte an den Fesseln.

»Mit gebundenen Gliedern? Unter den Augen deiner Krieger?«

Er hatte keine Lust, auf ihr Gezeter einzugehen. Er hatte seine Lektion in dieser Nacht gründlich gelernt.

»Hör zu, Fränkin«, grollte er. »Ich binde dich los, damit du dich waschen und etwas essen kannst. Danach wirst du wieder gefesselt hier im Schiff sitzen.«

Sie öffnete zornig den Mund, um eine Antwort zu geben, doch er fuhr lautstark dazwischen.

»Vergiss nie, Fränkin, dass du meine Sklavin bist. Lerne gehorchen, oder du wirst bereuen, in Ragnars Hände gefallen zu sein!«

Er hatte die Stricke an ihren Händen und Füßen mit dem Messer durchtrennt, und sie erhob sich mühsam mit steifen Gliedern. Vorsichtig kletterte sie über die Reling, stieg auf den Waldboden und ging hocherhobenen Hauptes an den Männern vorüber, die damit beschäftigt waren, am Flussufer Zelte zu errichten. Offensichtlich hatte sie sehr gut begriffen, dass keiner sie anrühren würde, solange sie Ragnars Eigentum war.

Er folgte ihr langsam und machte es sich auf einem Baumstumpf bequem, während sie – von zahlreichen neugierigen Blicken seiner Männer verfolgt – ihre Füße im seichten Uferwasser wusch. Falls sie auf die Idee kommen sollte, in den Fluss zu springen, würde er sie rasch eingeholt haben. Schmunzelnd sah er zu, wie sie die wollene Kleidung anhob, um sich Waden und Knie zu reinigen. Weitere Regionen ihres schönen Körpers gab sie nicht preis, stattdessen wusch sie Gesicht und Hals und tauchte das lange Haar ins Wasser, um den Schlamm herauszuspülen.

Ihre Bewegungen waren selbstverständlich und ruhig, sie schien sich der vielen Männerblicke vollkommen bewusst zu sein, doch zeigte sie keine Furcht. Wer war sie? Sicher keine gewöhnliche Klosterfrau! Er hatte auf mehreren Kriegszügen durch das Land der Franken Bauern, Freie, Mönche und Nonnen erlebt. Diese da ging viel zu aufrecht für eine Klosterfrau, ihre Rede war zu hochmütig, und noch niemals hatte er gesehen, dass sie zu ihrem Christengott betete. Während seiner Krankheit im Kloster hatte er einige Male ihren Namen gehört. Mechthild. Hieß so eine Klosterfrau? Möglich, er kannte die fränkischen Gewohnheiten zu schlecht, doch glaubte er fast, dass der Name eher zu einer Freien passte.

Er gab Anweisung, ihr Trockenfleisch und Obst zu bringen, und sie setzte sich zum Essen ins Ufergras. Langsam führte sie die Bissen zum Mund, obgleich sie seit gestern Nachmittag nichts mehr zu sich genommen hatte. Stolz vermied sie es, vor den Männern wie eine Hungerleiderin zu wirken, und tat eher, als sei es eine Gnade, dass sie die dargebotenen Speisen annahm.

Er musste eine gewisse Hochachtung eingestehen. Sie war eine kostbare Beute, eines Anführers würdig. Er würde nicht einfach über sie herfallen, wie er es bei einer Bauerndirne getan hätte, auch wenn er immer noch ihren weichen, aufreizend geformten Körper in seinen Händen spürte. Viel größer war die Verlockung, diesen Stolz durch Klugheit zu brechen, diesen Hochmut mit List zu besiegen und sie schließlich ganz und gar zu besitzen. Sie würde es ihm nicht leicht machen, aber er brannte darauf, den Kampf aufzunehmen. Gar zu verlockend war der Preis.

Er würde damit beginnen, ihr Geheimnis zu lüften. Wenn er erst wusste, wer sie war und woher sie kam, würde er sie besser einschätzen können.

Man hatte den Mönch im Schiff liegen gelassen, es waren wichtigere Dinge zu verrichten, als sich um diesen Gefangenen zu kümmern. Ragnar hatte ihn mitgenommen, weil er ihn ausfragen und von ihm lernen wollte. Er hatte gesehen, dass die Franken viele gute und wertvolle Dinge besaßen und kannten. Harte Schwertklingen, aus vielen Schichten zusammengeschmiedet, die nicht schartig wurden. Feine, durchsichtige Gläser für den Wein, kostbar gearbeitete Schmuckstücke, schöne Sättel und feurige Pferde. Die Mönche jedoch waren die Magier der Christen – sie trugen das Geheimwissen des Christengottes in sich und konnten es sogar in merkwürdigen Zeichen mit brauner Tinte auf Pergament aufschreiben. Die Krieger seines Vaters hatten nicht wenige Klöster in Brand gesteckt und besonders viel Vergnügen daran gefunden, wenn die Räume, in denen die Christen ihre Bücher aufbewahrten, in hellen Flammen standen. Sie brannten gut, diese seltsamen Gebinde aus vielen Pergamentblättern, die mit winzigen, aneinandergereihten Zeichen wie Scharen von dunklen Käfern bemalt waren. Ragnar hatte selbst erlebt, dass ein Mönch beim Versuch, einige dieser Bücher zu retten, vom Feuer ergriffen wurde und noch im Tod die dicken Folianten an seinen Körper gepresst hielt. Da wusste er, dass diese Bücher für die Mönche einen großen, ja magischen Wert besaßen und dass es gut wäre, mehr über die Magie der Franken und ihren merkwürdigen Christengott zu erfahren.

Ragnar überließ die schöne Fränkin den ersten Sonnenstrahlen des Tages, die ihr Haar trockneten – weglaufen würde sie kaum, zu viele Augen waren auf sie gerichtet. Er sprang in das Schiff, das dem Flussufer am nächsten lag, stieg über den nach rückwärts geklappten Mast und drängte sich an einigen seiner Männer vorbei, die auf den Ruderbänken hockten, um sich gegenseitig ihre Wunden zu verbinden.

Der Mönch lag zusammengekauert am Bug, sein Gesicht war bleich, die Umgebung der Augen dunkel und eingesunken. Ragnar war sofort klar, dass seine Gefangene die Wahrheit gesprochen hatte. Der Mann war krank und brauchte Fürsorge. Vielleicht wäre es tatsächlich gut, wenn sie sich um ihn kümmern würde, allerdings nicht sofort, damit die beiden sich nicht miteinander absprechen konnten. Zuerst wollte er ihm einige Fragen stellen.

Er zog das Messer und durchtrennte die Fesseln des Mönchs. Der Mann war klein und schmächtig, dennoch hatte er bei dem Angriff im Kloster Mut bewiesen. Statt zu fliehen, hatte er alles versucht, um die schöne Fränkin zu schützen. Warum hatte er das wohl getan? Gefiel sie ihm? Oder gab es einen anderen Grund dafür?

Der Mönch verfolgte Ragnars Bewegungen mit den Augen, sein Gesicht verriet jedoch nicht, ob die Befreiung von den Fesseln ihm Erleichterung verschaffte. Seine Miene war ruhig und seltsam in sich zurückgezogen, jedoch nicht feindselig.

»Kannst du dich aufsetzen?«, fragte Ragnar.

Der Mönch schien einen Moment erstaunt, er hatte nicht gewusst, dass Ragnar die fränkische Sprache kannte. Dann mühte er sich, den Oberkörper zu heben, doch die Arme waren durch die Fesseln gefühllos geworden und versagten ihm den Dienst. Er sank wieder zurück und schloss die Augen.

Ragnar goss eine Schale voll Wasser, hob dem Mönch den Kopf und flößte ihm die Flüssigkeit ein. Er trank in kleinen Schlucken, bis die Schale leer war.

»Besser?«

»Danke.«

Ragnar betrachtete das schmale, rasierte Gesicht des Mönchs, und er erschien ihm sehr jung. Vielleicht noch zu jung, um die Magie der Bücher zu kennen, die sicher nur Eingeweihten offenbart wurde. Doch immerhin konnte er ihm in anderen Dingen Auskunft geben.

»Wie ist dein Name?«

»Brian.«

Er sprach sehr leise, vielleicht aus Erschöpfung, vielleicht aber auch, weil er nicht ausgehorcht werden wollte und sich kränker stellte, als er war.

»Dir wird vorerst nichts geschehen, Brian«, sagte Ragnar, um ihn zu beruhigen. »Es sei denn, du versuchst zu fliehen. Willst du essen?«

Der Mönch schüttelte den Kopf. Hatte er vor, freiwillig zu verhungern? Hin und wieder gab es Gefangene, die diesen Ausweg wählten, wenn sie keine Rettung mehr für sich sahen. Das waren Dummköpfe, dieser hier jedoch hatte das

Gesicht eines Mannes, der denken konnte. Er gefiel ihm. Wenn es ihm gelingen würde, diesen Menschen am Leben zu halten, würde dieser ihn vermutlich vieles lehren können. Er würde es nicht bereuen.

»Du wirst versuchen zu essen, Brian«, ordnete er an. »Ich will, dass du wieder zu Kräften kommst.«

Ein kleines Lächeln erschien für einen Augenblick auf dem blassen Gesicht des Mönches. Es verschwand schnell, und Ragnar fragte sich, was er wohl lächerlich gefunden hatte.

»Ich habe eine Frage an dich, Brian.«

»Welche?«

Sein Ton war erstaunlich freundlich, sodass Ragnar davon überzeugt war, dass er ihn täuschen wollte. Dennoch stellte er seine Frage.

»Die Fränkin, die sich Mechthild nennt – du weißt, von wem ich rede?«

Brian belebte sich ein wenig und seine Augen betrachteten forschend Ragnars Züge.

»Die du als Gefangene mitgenommen hast, ich weiß es. Wo ist sie?«

»Sie sitzt drüben am Ufer und isst. Daran siehst du, dass sie klüger ist als du.«

»Sie ist wohlauf?«

Ragnar war jetzt vollkommen davon überzeugt, dass der Mann, der sich Brian nannte, eine besondere Verbindung zu der schönen Fränkin hatte.

»Es geht ihr gut, weil ich sie unter meinen Schutz genommen habe, Brian«, sagte er, nach einem Vorwand suchend, um an sein Ziel zu gelangen. »Sie war mutig und rannte nicht davon wie die anderen Frauen. Fast schien mir, dass sie wenig mit einer Klosterfrau gemein hat.«

Das Gesicht des Mönches war sanft und verriet nichts über das, was er dachte.

»Schwester Mechthild ist nicht wie die anderen«, sagte er. »Sie war noch ein Kind, als ihre Eltern sie ins Kloster gaben, und mag sich bis jetzt nur ungern mit der strengen Klosterzucht abfinden. Doch ich glaube, dass sie eines Tages den Platz einnehmen wird, der ihr zukommt.«

Ragnar war fast sicher, dass er log, zumal er ihm beim Reden nicht in die Augen sah. Doch seine Aufmerksamkeit wurde in diesem Moment von anderen Dingen in Anspruch genommen.

Zwei Krieger waren am Flussufer erschienen, sie gehörten zu den Spähern, die die Festung beobachteten. Offensichtlich gab es eine überraschende Entwicklung, denn die umstehenden Männer machten erstaunte Gesichter und flüsterten miteinander.

»Ein Bote, Herr«, meldete der eine der beiden Späher. »Graf Arnulf schickt einen Boten. Er will mit uns verhandeln.«

Man hatte Mechthild wieder ins Schiff gestoßen und ihr Hände und Füße gebunden. Die beiden Wikinger, die diesen Dienst versahen, waren junge Kerle und nutzten die Gelegenheit weidlich aus. Sie schrie und trat wütend um sich, als der eine ihr grinsend das Kleid bis über die Knie hochschob und das Seil um ihre Fesseln schlang, während der andere ihre Brüste umfasste. Gleich darauf trat jedoch ein dritter Mann hinzu, ein Hüne, die haarige Brust mit einer Vielzahl silberner Amulette behängt. Was er zu den beiden jungen Kerlen sagte, verstand sie nicht, sie ließen jedoch sofort von ihr ab und verschwanden.

Schwer atmend saß sie auf dem Schiffsboden, wütend über die grobe Behandlung und zugleich voller Angst. Was mit ihr geschehen würde, wenn Ragnar sie nicht schützte, war leicht zu erraten. Warum tat er das überhaupt? Wieso war er nicht längst über sie hergefallen? Es wurde ihr plötzlich klar, dass Ragnar, so gewalttätig und kaltblütig er auch war, im Vergleich zu seinen Kumpanen doch gewisse Vorzüge hatte. Er war weder brutal noch grausam und hatte bis jetzt keinen Versuch gemacht, sie mit Gewalt zu nehmen. Wenn man davon absah, dass er sie als seine Gefangene, ja seine Sklavin betrachtete, so behandelte er sie doch einigermaßen anständig. Er hatte ihr sogar das Leben gerettet.

Was geschieht, wenn er im Kampf fällt und ein anderer an seine Stelle tritt?, dachte sie angstvoll. Arnulf ist hinterhältig – er wird ihn möglicherweise betrügen und töten.

Sie hatte nur einen kurzen Blick auf den Boten werfen können, bevor man sie wegschleppte. Er war sehr jung, fast noch ein Knabe, dabei jedoch von kräftigem Körperbau und gedrungenem Wuchs. Ohne Zweifel ein Knecht, den man in Hemd und Lederwams eines Kriegers gesteckt und mit einem breiten, silberbesetzten Gürtel geschmückt hatte. Arnulf wollte die Wikinger glauben machen, einen jungen Adeligen aus seiner engsten Umgebung gesendet zu haben. In Wirklichkeit war der arme Kerl ein Todgeweihter – jeder wusste, dass die Wikinger mit Boten, die unliebsame Nachrichten überbrachten, kurzen Prozess machten.

Sie rollte sich auf die Seite und versuchte, trotz der auf den Rücken gebundenen Hände in eine kniende Stellung zu gelangen. Es gelang mit einiger Mühe. Langsam rutschte sie weiter zur Mitte des Schiffes, wo die Reling niedriger war und sie darüber hinwegsehen konnte. Viel war nicht zu erkennen. Ragnar stand mit dem Rücken an eine Eiche gelehnt, vor ihm der Bote, in einigem Abstand warteten mehrere Krieger, bereit, die Befehle ihres Anführers augenblicklich auszuführen. Die Wikinger hatten die Köpfe zusammengesteckt, murmelten leise, warfen misstrauische Blicke auf den Boten und versuchten, die Lage einzuschätzen.

Mit welchem Trick würde Arnulf wohl versuchen, Ragnar zu überlisten? Sie versuchte aus der Ferne, die Gesichtszüge des Wikingers zu deuten, und fand darin weder Freude noch Zorn noch Hohn. Er stand aufrecht, die Arme vor der Brust verschränkt, und hörte dem Boten zu, warf kurze Fragen ein und vernahm die Antworten mit unbeweglicher Miene.

Wenigstens ist er vorsichtig, dachte sie.

Sie konnte das Gesicht des jungen Boten nicht erkennen, da er mit dem Rücken zu ihr stand. Doch sie ahnte, dass er unerfahren und aufgeregt war. Vermutlich hatte Arnulf ihm allerlei Versprechungen gemacht, wenn er seinen Auftrag gut ausführte. Ob der arme Kerl wusste, welches Los ihm möglicherweise beschieden war?

Plötzlich entstand Bewegung, zornige Ausrufe wurden laut, die Krieger in Ragnars Umgebung hoben die Äxte und drangen auf den Boten ein. Also doch. Sie schloss die Augen, wollte nicht zusehen, wie dem armen Kerl der Schädel zerspalten wurde. Doch als sie die Augen wieder öffnete, erkannte sie, dass der Bote unverletzt vor Ragnar stand, während die aufgeregten Krieger wieder zurückgewichen waren, die Waffen noch kampfbereit in den Fäusten. Dann stieß Ragnar sich mit dem Rücken vom Stamm ab und ging seelenruhig davon, während der Bote steif und mit eingezogenen Schultern zum Waldrand schlich. Immer wieder sah er sich nach den kampflustigen Kriegern um, setzte die Schritte zögernd, als bewege er sich auf dünnem Eis. Erst als er den Waldrand erreicht hatte, begann er zu laufen, stolperte und wäre um ein Haar gestürzt, tauchte ins Dickicht ein und rannte um sein Leben. Grobes Gelächter schallte hinter ihm her, niemand verfolgte ihn.

Er hatte ihn also unbehelligt zur Feste zurückkehren lassen. Warum? Es konnte nur bedeuten, dass Ragnar bereit war, mit Arnulf zu verhandeln. Worüber? Was auch immer Arnulf ihm angeboten hatte – es konnte nur eine List sein, ein Lockmittel, um die Wikinger in Sicherheit zu wiegen. Hatte er Ragnar am Ende gar in die Feste eingeladen, um dort mit ihm Friedensverhandlungen zu führen? Ihm freies Geleit versprochen? Bei Gott dem Herrn und seiner Mannesehre geschworen, ihm kein Haar zu krümmen? Wenn Ragnar darauf einging, würde es seinen Tod bedeuten.

Während sie noch grübelte, wurde das Schiff plötzlich hin und her bewegt, sodass sie das Gleichgewicht verlor und seitlich auf die harten Bootsplanken kippte. Es tat weh und sie stieß einen ärgerlichen Ruf aus.

»Du bist neugierig, Fränkin«, sagte seine tiefe Stimme.

Er stand breitbeinig über ihr und grinste auf sie herab.

»Wenn du willst, dass ich nichts sehe, musst du mir die Augen verbinden«, sagte sie trotzig und verzog das Gesicht, weil ihre Schulter schmerzte.

»Ich werde darüber nachdenken«, gab er gleichmütig zurück und bückte sich, um ihr die Stricke zu lösen.

Sie setzte sich auf, zupfte das hochgerutschte Kleid zurecht und rieb sich die schmerzende Schulter. Dann sah sie mit finsterem Blick zu ihm hinüber. Was mochte er jetzt vorhaben?

Ragnar hatte sich auf die vorderste Ruderbank gesetzt und betrachtete sie ebenfalls aufmerksam. Ihr Gesicht war jetzt vom Schmutz gereinigt, und er verlor sich für einige Augenblicke im Anblick ihrer hohen Stirn, den gewölbten Augenbrauen und jener wunderschönen grünen Augen mit den fiedrigen Einsprengseln, die er seit ihrem verhängnisvollen Zusammentreffen am Strand nicht mehr vergessen hatte. Schon damals war ihr nicht zu trauen gewesen, und dennoch hatte sie ihm letztlich das Leben gerettet. Warum hatte sie das getan?

»Warst du zufrieden mit dem, was du gesehen hast?«, fragte er schließlich.

»Du hast den Boten unverletzt ziehen lassen«, sagte sie, ohne sich dabei anmerken zu lassen, ob sie das nun gut oder schlimm fand.

»Er hat uns ein Angebot gemacht. Es klingt gut«, meinte er, griff ein Segeltau und drehte es in seinen Händen. »Fünftausend Pfund Silber will er zahlen, wenn wir die Festung verschonen und weiterziehen.«

Sie bemühte sich, ihre Gesichtszüge zu beherrschen. Fünftausend Pfund Silber! So viel war vielleicht in Paris oder Rouen aufzutreiben, nicht aber in den kleinen Ländern hier oben im Norden. Auch wenn sie wusste, dass Arnulf sich allerlei Kriegsbeute zusammengeraubt hatte – eine solche Summe würde auch er nicht besitzen.

»Und du willst darauf eingehen?«, fragte sie mit harmlosem Gesicht.

Seine Miene war nach wie vor undurchdringlich, während seine Hände verschiedene Knoten in das Tau knüpften.

»Der Bote sagt, Arnulf ist im Kampf verwundet worden. Deshalb will er für den Frieden zahlen«, meinte er scheinbar nachdenklich. »Er will auch Pferde und Lebensmittel geben.«

»Aha«, sagte sie einsilbig.

Arnulf verletzt im Kampf? Normalerweise ließ er andere kämpfen und hielt sich selbst lieber im Hintergrund. Aber es konnte natürlich ein verirrter Pfeil gewesen sein. Fast zu schön, um wahr zu sein...

Sie riss sich zusammen und dachte nach. Wieso erzählte der Wikinger ihr das eigentlich alles? War sie seine Vertraute? Seine Beraterin? Sie war seine Sklavin. Eine Fränkin in seiner Gefangenschaft. Er wollte sie sicher nur aushorchen. Aber da sollte er sich gründlich in ihr getäuscht haben, dieser schlaue Fuchs.

»Was für ein Mann ist Arnulf? Ist er mächtig?«, fragte er und sah ihr ins Gesicht. »Was geschah mit der Feste aus Stein oben am Meer? Wer hat sie zerstört? War es Arnulf?«

Sie spürte, wie das Blut ihr in die Wangen schoss, und senkte rasch den Kopf. Es war schwer, ihren Hass gegen Arnulf zu verbergen, doch es war besser so. Auf keinen Fall würde sie diesem Wikinger Anlass geben, sie zu seiner Verbündeten zu machen. Ja, sie hasste Arnulf aus tiefstem Herzen. Sie wünschte ihm tausendfach den Tod. Aber deshalb würde sie sich niemals mit einem Feind verbünden. So etwas wäre ehrlos, ihr Vater hätte sie dafür verachtet.

»Die Feste fiel, weil Konrad starb«, sagte sie mit erzwungener Ruhe. »Arnulf hat Konrads Land unter seinen Schutz genommen.«

Er schien keineswegs überrascht. Hatte er es schon gewusst? Oder sich die Dinge zusammengereimt? Vorsichtig schielte sie hinter dem Vorhang ihres langen Haares zu ihm hinüber. Er saß mit übereinandergeschlagenen Beinen und schien ganz und gar mit dem Tau in seinen Händen beschäftigt. Schweigen trat ein, er knüpfte seine Knoten und hatte ihre Gegenwart offensichtlich völlig vergessen. Mechthild rutschte unruhig auf dem Boden hin und her, sie wusste nicht, ob sie reden sollte oder besser schweigen. Sollte sie ihn vor Arnulfs List warnen? Nein, damit hätte sie einen Franken an einen Wikinger verraten. Aber wer schützte sie vor Arnulf, wenn Ragnar von ihm besiegt wurde? War es besser, Arnulfs Ehefrau zu werden oder Ragnars Sklavin zu sein? Sie spürte, dass ihre Gedanken sich verwirrten, und sah hilflos zu Ragnar hinüber. Wenn er wenigstens sprechen würde, doch er schwieg noch immer und sah sie nicht einmal an. Dafür ließ ein Sonnenstrahl, der durch die Zweige fiel, sein helles Haar aufleuchten, und für einen kleinen Augenblick spürte sie das seltsame Bedürfnis, mit den Händen seine Wangen zu berühren und im Gewirr seiner kurzen Barthaare die Form seiner Lippen nachzutasten.

Ich muss verrückt geworden sein, dachte sie erschrocken.

Er trug kein Hemd unter dem ärmellosen Lederwams und sie konnte im hellen Flaum seiner Brustbehaarung den Thorhammer schimmern sehen.

»Kann ein Wikinger zu Arnulf Vertrauen haben? Seinem Wort glauben?«, fragte er unvermittelt, während er seine hellen Augen auf sie richtete.

Sie straffte sich.

»Er wird ebenso aufrichtig zu dir sein, wie du es zu ihm bist, Wikinger«, sagte sie.

So, jetzt konnte er sich seine Antwort selber zusammenreimen.

»Gut zu wissen«, gab er zurück, warf das Tau zur Seite und erhob sich. »Folge mir, Sklavin. Ich habe ein Zelt für uns aufstellen lassen.«

Sie erschrak. Natürlich hatte sie gewusst, dass es mit seiner Zurückhaltung irgendwann zu Ende sein würde. Aber doch nicht jetzt sofort. Sie hatte gehofft, noch Zeit gewinnen zu können. Sie musste sich etwas einfallen lassen, um ihn hinzuhalten.

»Ich will ein Zelt für mich allein«, forderte sie dreist.

Er brach in Lachen aus, dieses verdammte Gelächter, das tief aus seiner Kehle kam und sie jedes Mal in äußerste Wut versetzte.

»Ein Zelt für dich allein?«, lachte er. »Warum nicht eine ganze Festung? Eine Pfalz, wie euer König sie gebaut hat? Ein ganzes Königreich für die schöne, hochmütige Frankentochter? Nun – eines nach dem anderen. Jetzt hast du ein Zelt – mein Zelt!«

Sie war blitzschnell auf die Füße gesprungen und wich vor ihm zurück. Langsam näherte er sich ihr, drängte sie immer weiter zum Bug des Schiffes, bis sie mit dem Rücken an die Planken stieß und wusste, dass es jetzt kein Entrinnen mehr gab.

»Nein!«, rief sie in gebieterischem Ton. »Wage es nicht. Fass mich nicht an, wenn dir deine Augen lieb sind!«

Er stand dicht vor ihr, grinsend, die Arme leicht seitlich erhoben, und sie spürte erschauernd, wie machtlos sie gegen diesen kräftigen Körper war. Sein Gesicht zuckte, dann hatte er einen Arm unter ihre Knie geschoben, mit dem anderen umfasste er ihre Schultern. Als sei sie leicht wie eine Feder, hob er sie auf, setzte einen Fuß auf die Reling und sprang mit ihr darüber hinweg. Sie schrie auf vor Schreck und legte instinktiv die Arme um seinen Hals, denn sie glaubte, sie würden unweigerlich beide stürzen. Doch er landete sicher auf beiden Füßen und trug sie zwischen den grölenden und feixenden Kriegern hindurch in eines der Zelte.

»Hier ist jetzt dein Platz, Sklavin«, sagte er zufrieden und setzte sie auf einem Lager aus Fellen ab. »Du wirst mir die Mahlzeiten kochen. Meine Kleider flicken. Mein Lager bereiten. Und mir in allem gehorchen.«

»Da kannst du lange warten, Wikinger«, fauchte sie und versuchte aufzustehen.

Doch er hatte den Fuß auf ihr Gewand gesetzt und hielt sie auf diese Weise am Boden fest.

»Bleibe ruhig, Fränkin. Es hilft nichts, wenn du aufbegehrst. Du wirst dieses Zelt sauber halten und dich nur daraus entfernen, wenn ich es erlaube.«

Sie packte wütend sein Fußgelenk und grub ihre Nägel in seine Haut. Er zuckte nicht einmal zusammen, sondern schüttelte sie einfach ab, sodass sie rückwärts auf das Lager fiel.

»Schade, dass du nicht klug wirst, Sklavin. Es tut mir leid, dir die Hände zu binden«, meinte er scheinbar bedauernd und kniete sich neben sie, um ihre Hände zu fassen.

Sie wehrte sich verzweifelt, sodass er sich über sie werfen musste und ihren Körper mit seinem Gewicht am Boden hielt. Zitternd und in Erwartung des Schlimmsten lag sie unter ihm, spürte seinen schweren, harten Brustkorb und seine sehnigen Schenkel, während er ihre Hände packte und sie zusammenband.

»Ich hasse dich, Wikinger«, zischte sie. »Ich wünsche dich in den tiefsten Abgrund der Hölle.«

Er strich langsam und mit großem Bedacht eine Haarsträhne aus ihrer Stirn und erhob sich dann unvermittelt, um ihr auch die Füße zu binden.

»Du musst viel lernen, Sklavin«, sagte er grinsend. »Vor allem eines: Es gibt keine Hölle. Es gibt Hel, die Unterwelt, wo die Toten hausen. Krieger, die im Kampf gestorben sind, tragen die Walküren nach Walhall. Dort leben sie gut, sie jagen, kämpfen und haben schöne Weiber. Dorthin kannst du mich wünschen – allerdings noch nicht sofort.«

Er zog ihr sorgfältig das hochgerutschte Kleid bis an die Füße herunter und verließ das Zelt.

Stundenlang lag sie auf dem Lager, horchte auf die Geräusche um sie herum und grübelte verzweifelt über ihre Lage nach. Spätestens in dieser Nacht würde er sie nehmen, und nichts und niemand konnte ihn davon abhalten. Er brauchte sie nicht einmal zu fesseln, sie hätte gegen diesen mächtigen Kerl nicht die geringste Chance. Ihr Herz schlug wild, wenn sie sich seinen harten Körper und seine Hände auf ihrer bloßen Haut vorstellte. Er hatte große Hände mit harten Fingerkuppen, er konnte so fest zupacken, dass es wehtat. Und doch war die Bewegung, mit der er ihr das Haar aus der Stirn geschoben hatte, unendlich sanft gewesen.

Konrads Tochter wird eher sterben, als sich entehren zu lassen. So hatte sie es sich geschworen. Lieber wäre sie vom Turm der kleinen Klosterkirche gesprungen, als in Arnulfs Hände zu fallen. Ihr Hass und Abscheu vor diesem Mann waren so groß, dass sie diese Entscheidung kühlen Herzens getroffen hätte. Jetzt aber musste sie sich eingestehen, dass ihr Herz alles andere als kühl war. Sie empfand Zorn gegen diesen Wikinger, weil er sie ihrer Freiheit beraubte, sich ihres Landes bemächtigte und noch dazu die Frechheit besaß, sie auszulachen. Aber zugleich spürte sie tief in sich das irrwitzige Verlangen, diesen starken Körper herauszufordern, seine Kraft und seine Wildheit zu spüren. Und seine Hände zu fühlen, die so rau waren und doch so zart sein konnten.

Ich bin verrückt, dachte sie. Dieser Kerl ist mein Feind. Ein Heide, der Thor und Odin anbetet. Er riecht nach Schweiß und Leder und fällt über jede Frau her, die ihm über den Weg läuft.

Diese Vorstellung ernüchterte sie. Würde er so etwas tun? Natürlich – er hatte es im Laufe seiner Raubzüge vermutlich schon tausendfach getan. Es war Zeit, dass sie zur Besinnung kam und sich Gedanken über ihre Flucht machte.

Die Geräusche um sie herum hatten sich verändert. Eben noch war das Knistern eines Feuers zu hören gewesen, sie hatte das Reden und Schmatzen der essenden Männer vernommen und den Geruch von gebratenem Fleisch gerochen. Jetzt hörte sie Ragnars tiefe, befehlsgewohnte Stimme, leises Geklirr, als ob Metall an Metall stieß, die Wikinger liefen auf und ab, und sie meinte, das schleifende Geräusch zu vernehmen, das entsteht, wenn jemand ein Kettenhemd überzieht. Stand etwa ein neuer Angriff bevor? Aber hatte Ragnar nicht auf Arnulfs Friedensangebot eingehen wollen?

Mechthild wurde plötzlich klar, dass dieser Wikinger sie gründlich getäuscht hatte. Er hatte Arnulfs Lügen keinen Augenblick geglaubt. Ragnar war sehr viel schlauer, als sie gedacht hatte.

Nicht schlau genug, dachte sie grimmig. Wenn die Wikinger sich für einen Kampf rüsten, dann ist das meine Chance. Ganz sicher wird das Lager gleich leer sein, und niemand wird mich sehen, wenn ich entwische.

Ragnar hatte ihr die Hände nicht auf den Rücken, sondern

vor dem Bauch zusammengebunden. Das war ein Fehler gewesen. Sie setzte sich auf und tastete mit den zusammengebundenen Händen über den Riemen, der um ihre Fußknöchel geschlungen war. Es war nicht einfach, denn ihre Finger waren fast taub, aber schließlich fühlte sie den fest angezogenen Knoten. Leise stöhnend bewegte sie die Finger. Sie hatte geschickte Hände, aber dieser verfluchte Knoten war so fest, dass sie regelrecht ins Schwitzen geriet, während sie sich beharrlich abmühte. Endlich klappte es, die Fesseln lockerten sich, gleich würde sie es geschafft haben. Da bewegte sich plötzlich die Tierhaut am Zelteingang, und sie fuhr wie der Blitz wieder in ihre alte Lage zurück.

Ragnar trug ein dunkles Kettenhemd, das ihm bis über die Hüften reichte, der breite Ledergürtel war mit silbernen Beschlägen geschmückt, zwei Löwen, die ineinander verbissen waren, bildeten die Gürtelschnalle. Das kurze, zweischneidige Schwert hing wie immer an seiner Seite. Er wirkte in dieser Rüstung noch größer und kraftvoller als sonst, eine Aura von Kampf und Todesgefahr umgab ihn, und Mechthild spürte einen leichten Schauder, der ihr über den Rücken lief.

Sein Blick glitt prüfend über sie hinweg, und sie war froh, dass er ihr Herzklopfen nicht hören konnte. Fest hielt sie die Fußknöchel aneinandergepresst, damit er die aufgeknüpften Riemen nicht bemerkte.

»Du wirst kämpfen?«, fragte sie harmlos, um ihn abzulenken. »Ich glaubte, du wolltest mit Graf Arnulf einen Vertrag schließen.«

Er gab keine Antwort, sondern kniete neben ihrem Lager nieder und drückte ihr mit beiden Händen die Schultern auf den Boden. Sie schrie leise auf vor Schreck, wagte jedoch nicht, sich zu wehren, damit er die gelockerten Fußfesseln nicht bemerkte.

»Du gehörst mir, Mechthild«, hörte sie seine dunkle Stimme leise murmeln. »Wo auch immer ich hingehe, ich nehme dich mit mir.«

Die Sätze klangen merkwürdig ernst, so als spräche er eine Beschwörungsformel an seine fremden Götter. Sie starrte erschrocken in seine hellen Augen, die jetzt seltsam schmal wurden, dann spürte sie plötzlich seine Lippen auf den ihren. Heiß und fordernd umschlossen sie ihren Mund, sie spürte seine Zunge, und es war ihr, als ob Feuer ihren Körper durchströmte. Sie glaubte, vor Angst und Schrecken zu vergehen, und doch fühlte sie zugleich die unglaublich süße, brennende Sehnsucht, ihn zu umschlingen. Als er sich von ihr gelöst hatte, lag sie bewegungslos und schwer atmend auf dem Lager, unfähig, auch nur ein einziges Wort zu sprechen.

Sie sah ihn lächeln, Triumph in den Augen, und sie hatte das schreckliche Gefühl, besiegt worden zu sein. Er hatte ohne Zweifel bemerkt, wie sehr dieser unverschämte Kuss sie aufwühlte. Doch nicht er hatte sie überwunden, sie selbst hatte sich ihm unterworfen. Warum, zum Teufel, spürte sie ein solches Verlangen nach diesem groben Kerl? Sie riss sich zusammen und versuchte, wenigstens im Nachhinein den Kopf oben zu behalten.

»Was für ein mutiger Held!«, sagte sie spöttisch. »Eine Frau zu fesseln und ihr dann Gewalt anzutun. Lehrt euch das dieser Thor oder wie er heißt?«

»Schweig, Sklavin«, sagte er kaum hörbar und beugte sich erneut zu ihr herab. »Es ist jetzt keine Zeit für Worte.«

Er näherte sein Gesicht dem ihren, und sie erwartete erschauernd, dass sie erneut seine heißen Lippen spüren würde. Doch er setzte nur rasch einen kleinen, frechen Kuss auf ihre Nasenspitze, grinste befriedigt und erhob sich dann, um das Zelt zu verlassen.

Wie betäubt blieb sie einen Moment lang liegen, enttäuscht und erleichtert zugleich, dann spürte sie, wie der Zorn in ihr hochstieg. Dieser unverschämte Kerl wagte es, sie zu verhöhnen. Oh, warum hatte sie ihn nicht gebissen, ihn angespuckt, mit den Füßen nach ihm getreten! Warum hatte sie dumm und blöde wie ein Schaf auf der Schlachtbank gelegen und es geduldet, dass er sie mit seinen Küssen erniedrigte?

Tränen der Wut und der Scham schossen ihr in die Augen und sie schluchzte hilflos vor sich hin. Erst nach einer Weile bemerkte sie, dass es um sie herum still geworden war. Die Wikinger hatten das Lager verlassen.

Ihr Augenblick war gekommen. Konrads Tochter würde diesem Wikinger jetzt beweisen, dass sie nicht die Frau war, die ungestraft mit sich spielen ließ. Sie setzte sich auf und zog die Füße an, um die gelösten Riemen abzustreifen. Die Hauptsache war, dass sie laufen konnte, die Handfesseln würde sie unterwegs schon irgendwie loswerden.

Vorsichtig kroch sie zum Eingang des Zeltes und schob die Tierhaut beiseite. Niemand war zu sehen. Man hatte das Feuer gelöscht, einige Mäntel und Tierfelle, die die Männer als Sitzunterlage benutzt hatten, waren auf dem Boden verstreut, lederne Trinkschläuche und Essensreste lagen umher. Die Wikinger hatten keine Wache zurückgelassen, alle waren in den Kampf gezogen.

Die Stille im Lager war unheimlich, es war die Ruhe vor dem unweigerlich ausbrechenden Sturm. Mechthild blickte suchend umher, schaute in einige der Boote, doch sie konnte

Brian nirgendwo entdecken. Schließlich gab sie die Suche auf und beschloss, die Flucht allein anzutreten.

Sie musste das Moor meiden, in dem sie fast umgekommen war. Das bedeutete jedoch, dass sie im Schutz des Waldes dicht an Arnulfs Feste vorbeikam, wo die Kämpfe stattfinden würden. Es war also große Vorsicht geboten. Langsam schritt sie in den Wald hinein, blieb immer wieder lauschend stehen, spähte zwischen den Stämmen hindurch, blinzelte in die hellen Sonnenflecken, die durch das herbstliche Laub bis auf den Waldboden hinabdrangen. Sie musste sich nach Westen halten, der Nachmittagssonne entgegen, und dann, wenn sie Arnulfs Feste passiert hatte, nach Norden weitergehen.

Plötzlich entstand Bewegung im Gehölz und Zweige knackten unter leichten, federnden Tritten. Ein Rudel Rehe kam ihr entgegen und lief an ihr vorüber, ohne sie überhaupt wahrzunehmen. Irgendetwas musste die Tiere erschreckt haben. Langsam ging sie ein paar Schritte, dann sah sie Licht, das zwischen Stämmen und Buschwerk hindurchschimmerte und den Waldrand ankündigte. Jetzt war sie ganz in der Nähe der Festung. Im gleichen Augenblick schien eine Unzahl von dumpfen Fußtritten den Wald erbeben zu lassen, wildes Kampfgeschrei erhob sich, Schwerter klangen aufeinander.

Sie stand unbeweglich und spürte ihr Herz wild klopfen. Der Kampf war entbrannt, Wikinger und Franken drangen aufeinander ein, und Gott allein wusste, wer den Sieg davontrug. Vielleicht würde Ragnar sein Ziel erreichen und die Feste stürmen. Vielleicht würde er aber auch sterben.

Sie musste die Gelegenheit nutzen und in nördlicher Richtung davoneilen. Wenn sie schnell genug lief, konnte sie noch vor der Abenddämmerung eines der Gehöfte erreichen, die zum Besitz ihres Vaters gehört hatten. Dort könnte sie sicher für eine Nacht bleiben und auch ein Pferd bekommen. Dann würde sie auf Umwegen nach Rouen reiten und veranlassen, dass man Boten in den Süden des Reichs sandte und den König bat, Truppen zu schicken. Karl der Kahle würde sich ohne Zweifel ihrer Sache annehmen, warum war sie nicht früher auf diese Idee gekommen? Alles hing jetzt davon ab, dass sie glücklich entkam.

Doch sie rührte keinen Fuß. Stattdessen hörte sie auf die Geräusche, die von Arnulfs Festung her zu ihr herüberdrangen, und ihre Gedanken verwirrten sich. War es nicht besser, den Ausgang des Kampfes abzuwarten? Wenn Arnulf besiegt würde, dann war Ragnar der Herr ihres Landes geworden. Wenn Ragnar jedoch in diesem Kampf unterlag…

Sie ging weiter nach Westen auf die Feste zu, als würde sie von unsichtbaren Fäden gezogen. Das Dämmerlicht des Waldes wurde heller, das Geräusch der Kämpfer lauter, doch sie hielt nicht an, bis sie den Waldrand erreicht hatte. Dort verbarg sie sich hinter dem Stamm einer Eiche und starrte atemlos auf das Geschehen.

Sie war gefährlich nahe an die kämpfenden Männer herangekommen. Zu ihrer Überraschung befanden sich eine Menge Franken außerhalb der Festung, vermutlich hatte Arnulf einen Ausfall versucht in der Hoffnung, die Wikinger fühlten sich durch sein Friedensangebot sicher. Doch Ragnar hatte seine Absicht erraten und die fränkischen Krieger mit seinen Wikingern empfangen.

Sie sah seinen goldfarbenen Helm in der Sonne aufblitzen – er befand sich mitten im Kampfgetümmel, von mehreren fränkischen Kriegern umringt. Aufgeregt reckte sie den Hals, verfolgte jede seiner Bewegungen, beobachtete, wie kraftvoll er das Schwert führte, wie geschickt er den Hieben seiner Gegner auswich und gleich darauf wieder angriff. O Himmel – bemerkte er den Mann nicht, der von der Seite auf ihn einstürmte? Doch da hatte Ragnar sich auch schon blitzschnell umgewandt und den Gegner abgewehrt. Mechthild presste sich dicht an den rauen Stamm der Eiche, ohne den Blick von den Kämpfenden wenden zu können. Ein verirrter Pfeil schwirrte dicht an ihr vorüber und bohrte sich in einen Baumstamm – sie nahm es kaum wahr. Ihr Herz hämmerte so laut, dass sie davon fast betäubt wurde. Wo war Ragnar? Wieso konnte sie auf einmal seinen golden schimmernden Helm nicht mehr sehen? War er zur anderen Seite der Festung hinübergelaufen? Oder bereits verwundet zu Boden gesunken? Eine schreckliche Angst erfasste sie.

»Lieber Gott, lass ihn nicht sterben. Auch wenn er ein Heide ist, bitte lass ihn am Leben«, flüsterte sie vor sich hin, während sie verzweifelt auf die kämpfenden Männer starrte.

Da tauchte plötzlich eine große Gestalt vor ihr auf, jemand packte sie bei den Schultern, riss sie nach vorn und stieß sie dann mit dem Rücken fest gegen den Stamm der Eiche. Helle Augen blitzten sie an, zwei harte Fäuste pressten ihre Schultern gegen den Baum. Sie war viel zu verblüfft, um sich zu wehren, und sah voller Entsetzen in Ragnars wutverzerrte Züge.

»Ich habe dich gewarnt, Sklavin«, zischte er sie an. »Jetzt wirst du die Folgen spüren.«

Sie schrie auf, als das Messer in seiner Hand aufblitzte. Er fasste ihr weites Gewand über der Brust und zog es nach vorn, dann bohrte sich das Eisen durch den Wollstoff hindurch tief in den Stamm der Eiche hinein.

»Wenn du davonlaufen willst, dann nur ohne dieses Kleid, meine Schöne«, sagte er boshaft und ging davon.

Von dem weiteren Verlauf der Kämpfe sah Mechthild nicht viel. Sie war damit beschäftigt, das verdammte Messer aus dem Stamm zu ziehen, was mit gefesselten Händen jedoch so gut wie unmöglich war. Hilflos hing sie an der Eiche fest, sie hätte sich zwar losreißen können, dabei jedoch den größten Teil ihres Kleides eingebüßt.

Sie schäumte vor Wut. Gerade eben noch hatte sie um sein Leben gebangt, hatte sogar gebetet, Gott möge ihn schützen. Wie unsagbar dumm sie doch war! Statt ihre Chance zu nutzen und davonzulaufen, stand sie hier und zitterte um sein Leben. Und wie lohnte er es ihr? Indem er sie auf diese lächerliche Weise an einen Eichenstamm nagelte und sie hier so lange hängen ließ, wie es ihm beliebte. Warum hatte sie Gott nicht gebeten, diesen Wikinger durch einen gut gezielten, fränkischen Schwerthieb aus der Welt zu schaffen? Sollte er nach Walhall wandern oder in die Hölle – ganz egal. Die Hauptsache war, dass sie endlich sicher vor ihm sein konnte.

Nach und nach wurde es ruhig, der Kampf um die Feste war beendet, die Drachenkrieger hatten sich wieder zurückgezogen. Niemand kümmerte sich um sie. Als es dämmerte, begann sie zu fürchten, dass Ragnar sie die ganze Nacht über hier an diesem Stamm hängen lassen wollte. Wütend stellte sie sich vor, wie er diesen Streich seinen Kameraden erzählte und sich alle vor Lachen die Bäuche hielten. Vielleicht warteten alle ja nur darauf, dass sie sich mit Gewalt losriss, um sie dann halbnackt durch den Wald zu hetzen?

Es wurde dunkel, um sich herum vernahm sie nur die Geräusche der Nachttiere, die den Wald auf der Suche nach Beute durchstreiften. Bodennebel stiegen auf und hüllten sie in feuchten, kühlen Dunst, die Kälte kroch unter ihr Gewand und ließ sie frösteln. Sie war todmüde und ihre Beine wollten unter ihr nachgeben, einmal rutschte sie vor Erschöpfung aus, spürte, wie der Stoff einriss, und beeilte sich, wieder gerade zu stehen. Sie steckte in der Falle – irgendwann in dieser Nacht würde sie vor Müdigkeit in sich zusammensinken und zum Gespött der Wikinger werden. Hilflos begann sie zu schluchzen, rüttelte zum wohl hundertsten Mal an dem Messer, das ihr Gewand am Stamm festhielt und das Ragnar so tief und fest in das Holz gerammt hatte, dass sie es nicht lockern konnte.

Erst spät in der Nacht, als schon die Eulen und Käuzchen ausflogen, spürte sie, wie sie jemand befreite und wie die kühle Schneide eines Messers ihre Handfesseln durchtrennte. Eine wärmende Decke legte sich um ihre Schultern, jemand murmelte ihr leise Worte ins Ohr, die sie nicht verstand, die jedoch sanft und zärtlich klangen. Sie wurde hochgehoben und davongetragen. Wohin, das konnte sie nicht erkennen, es war ihr auch vor Müdigkeit vollkommen gleichgültig.

Neidhardt lag ausgestreckt auf dem Strohlager und erwartete den Tod. Eine Lanze hatte seine Schulter oberhalb des Schulterblattes durchbohrt, er hatte zuerst wenig auf die Wunde geachtet und erst nach dem Kampf bemerkt, dass sein Hemd bis hinunter zum Bauch mit Blut getränkt war. Zugleich begann es, in der Wunde zu pochen, und ein heftiger Schmerz zog durch Arm und Schulter bis zum Herzen hinüber. Es wurde so schlimm, dass er bald nicht mehr imstande war, den Arm zu heben.

Er würde an dieser Wunde vermutlich sterben. Wie unsinnig das war: Gerade er, der den Kampf verabscheute, musste daran zugrunde gehen. Ja, er war ein miserabler Krieger und hasste es, sich mit anderen schlagen zu müssen. Was war großartig daran, seine Brust dem Feind hinzuhalten oder gar selbst jemanden zu töten? Konrad, sein Ziehvater, hatte ihn nur zu gut gekannt und ihn während der Wikingerkämpfe auf der Burg zurückgelassen. Arnulf hingegen hatte Neidhardt mit den Kriegern hinausgeschickt, um die Wikinger zu überfallen. Was für eine wahnwitzige Idee, dieser Ausfall aus der sicheren Feste! Warum hatte Arnulf nicht abgewartet, wahrscheinlich wären die Wikinger doch auf sein Friedensangebot eingegangen und man hätte alles kampflos regeln können.

Das Gesindehaus war voll mit Verwundeten, die man auf Stroh- oder Torflager gebettet hatte und notdürftig versorgte. Frauen eilten zwischen den Kranken hin und her, reichten ihnen Wasser, richteten die Verbände, flößten ihnen Brei oder einen Kräutersud ein. Um Neidhardt hatte sich bisher niemand gekümmert, denn für die Bewohner der Feste war er immer noch ein Fremder. Zudem hatte er sich während des Kampfes keineswegs durch besonderen Mut ausgezeichnet.

Er wandte den Kopf zur Seite, wo ein Gefäß mit Wasser stand, und versuchte sich mühsam aufzurichten. Brennender Durst quälte ihn seit Stunden, doch je mehr er trank, desto trockener schien seine Kehle zu werden. Während er die Trinkschale in das Gefäß tauchte, um sie mit Wasser zu füllen, wurde er vom Fieber geschüttelt. Vielleicht würde er nicht einmal diese Nacht überleben. Er ließ sich wieder ins Stroh zurücksinken und schloss erschöpft die Augen. Was für ein jämmerliches Ende!

Er hatte die Schritte der Frau nicht gehört, doch er spürte den leisen Lufthauch, den ihr weites Gewand beim Gehen verursachte. Gleich darauf legte sich eine kühle Hand auf seine Stirn.

»Du glühst ja«, sagte Fastrada. »Zeig deine Verwundung. Hat jemand sie gereinigt und verbunden?«

Er schlug die Augen auf und erblickte das zarte Oval ihres Gesichts, das sich über ihn beugte. Sie hatte das Haar mit einem blauen Tuch umwickelt, der Ausdruck ihrer dunklen Augen war streng und ein wenig vorwurfsvoll.

»Es ist zu spät«, murmelte er. »Ich wünschte, es gäbe einen Priester hier. Ich möchte beichten…«

»Hör auf zu jammern«, sagte sie unfreundlich. »Zieh das Wams aus. Hier an der Schulter ist die Wunde, nicht wahr?«

Ihre Hand tastete über seine Brust. Als sie die Schulter berührte, zuckte er vor Schmerz zusammen und griff nach ihrer Hand, um sie festzuhalten. Sie ließ es für einen Augenblick geschehen.

»Ein Pfeil?«

»Eine Lanze«, flüsterte er. »Nur gestreift…«

»Setz dich auf«, befahl sie und entzog ihm ihre Hand mit einem Ruck. »Jetzt mach schon. Es gibt hier Männer, die sehr viel schlimmer verletzt sind.«

Er hörte den Vorwurf deutlich heraus und biss die Zähne zusammen, um keinen Schmerzenslaut von sich zu geben, während er sich zum Sitzen aufrichtete. Sie zog ihm das Lederwams so geschickt vom Körper, dass es kaum wehtat. Dann fasste sie sein Hemd, um es ihm über den Kopf zu streifen.

»Nein«, wehrte er sich schwach, nicht nur, weil er den rechten Arm kaum bewegen konnte, sondern weil sie auch seinen wenig mannhaften Bauchansatz lieber nicht sehen sollte. Angesichts des nahen Todes erschien ihm diese Eitelkeit zwar albern, doch unterdrücken konnte er sie nicht.

»Du stehst gut im Futter«, sagte sie prompt, als sie ihn von dem Hemd befreit hatte. »Du wirst schon durchkommen.«

Er sah nicht hin, während sie an der Wunde herumtastete. Ihre Berührungen schmerzten sehr, und er musste sich heftig zusammennehmen, um nicht zu stöhnen.

»Ich lege jetzt etwas auf, was das Fieber herauszieht. Es ist nicht angenehm, aber es hilft«, verkündete sie.

Vorsichtig schielte er nach rechts, erblickte ein Bündel getrockneter Kräuter, und als der Schmerz durch seinen Arm schoss, biss er die Zähne zusammen, dass es knirschte. Dann wurde alles um ihn herum von einer wohltuenden, kühlen Dunkelheit verschlungen, in der auch er selbst sich verlor.

Als er wieder zu sich kam, blinkte vor ihm Wasser in einer Schale. Sie kniete neben ihm, stützte seinen Kopf mit ihrem Arm und hielt ihm die Schale an die Lippen.

»Du fällst aber rasch in Ohnmacht«, neckte sie ihn.

Er trank das kühle, frische Wasser langsam und in kleinen Schlucken, spürte, wie seine Schulterwunde pochte, und dachte darüber nach, dass es schön sein müsste, in ihren Armen zu sterben. Man fühlte sich dort so geborgen, fast so, als sei sie ein fliegender Engel, der ihn direkt ins Paradies trug.

Doch leider zog sie ihren Arm gerade in diesem Augenblick hastig unter seinem Kopf hervor, und auch die Wasserschale verschwand. Ein Schatten legte sich über Neidhardt, zwei kleine schwarze Augen musterten ihn prüfend und glitten dann hinüber zu Fastrada.

»Was ist mit ihm?«

»Eine Wunde an der Schulter, Herr.«

»Wird sie heilen?«

»Ganz sicher, Herr.«

Arnulf nickte zufrieden und wandte sich ab, um andere Verwundete anzusehen und zu befragen. Ein rascher, misstrauischer Blick zurück bewies Fastrada jedoch, dass sie auf der Hut sein musste. Auch wenn Arnulf nicht wusste, dass Neidhardt die kostbare Rüstung von Fastrada erhalten hatte, so erahnte er es doch mit der Intuition des eifersüchtigen Liebhabers. Böse hatte er über sie und ihren »täppischen Tanzbären« gespottet, sie geschlagen und den armen Neidhardt in den Kampf geschickt. Arnulf hätte es wenig bedauert, wenn der ungeschickte Kämpfer bei dem Ausfall gegen die Wikinger sein Leben gelassen hätte.

»Was treibst du dich hier noch herum?«, schnauzte er Fastrada an. »Es sind genug Mägde für diese Arbeiten da. Scher dich in den Turm, bevor ich auf die Idee komme, dich für immer hier unten beim Gesinde zu lassen.«

Fastrada hielt den Blick gesenkt und schwieg. Doch Neidhardt, der am Boden lag, sah, wie ein zorniges Feuer in ihren dunklen Augen aufblitzte, und er begriff, dass sie Arnulf nicht liebte. Diese Erkenntnis wirkte auf ihn wie ein Heilmittel. Seine Wunde hörte auf zu pochen und das Fieber schien weniger heiß in seinem Körper zu glühen. Hatte Fastrada nicht gesagt, er würde gesund werden? Hatte sie sich nicht rührend um ihn gekümmert, seine Wunde versorgt, ihn ermutigt und ihm frisches Wasser gereicht? Er würde es schaffen, er musste es schaffen. Verflucht, er wollte leben!

Arnulf hatte alle Verwundeten in Augenschein genommen, die Küche und Vorratskammern überprüft und Anweisungen gegeben, die Waffen und Rüstungen wieder instand zu setzen. Seine kleinen, dunklen Augen glitten flink und misstrauisch über die Männer und Frauen hinweg, erfassten den kleinsten Gegenstand, die winzigste Veränderung in ihren Mienen. Er wusste wohl, dass die Gespräche seiner Männer erstarben, sobald er vorüberging. Sie fürchteten ihn und wagten in seiner Nähe kein offenes Wort, denn nicht nur ein Mal hatte er wegen eines unbedachten Satzes oder eines unpassenden Gelächters harte Strafen verhängt. Niemand würde wagen, seine Entscheidungen öffentlich zu kritisieren. Was er jedoch fürchtete, war das Geflüster unter dem Gesinde, das leise Gemurmel, wenn seine Leute abends am Feuer beieinandersaßen und mit zusammengekniffenen Augen zum oberen Stockwerk des Turmes hinaufsahen, wo sich die Wohnräume des Grafen befanden. Arnulf lebte beständig in der Furcht, man könne sich gegen ihn verbünden und versuchen, ihn zu vergiften oder im Schlaf zu ermorden.

Nachdem er seinen Rundgang beendet hatte, stieg er wieder in den Wohnturm hinauf, um nach Fastrada zu sehen. Auch sie musste überwacht werden, denn sie gefiel den Männern. Daran war er selbst nicht unschuldig, denn er liebte es, sie vor seinen Kriegern tanzen zu lassen, und weidete sich an ihren gierigen Blicken. Umso mehr genoss er die Nächte und Liebesspiele mit ihr, besaß er doch mit dieser verführerischen Frau etwas, worum ihn alle glühend beneideten.

Sie hatte das blaue Tuch von ihren Haaren genommen und ein seidenes Gewand übergestreift, das bis zum Boden hinabfloss. Er hatte diese Kleider in Konrads Feste gefunden und für Fastrada mitgenommen. Sie waren aus feinster, glänzender Seide, bemalt mit bunten Blüten und zierlichen, langhalsigen Vögeln, dünn wie ein Hauch nur, jeder Luftzug schmiegte das Tuch eng an Fastradas Körper und ließ all die köstlichen Formen darunter erkennen. Es lag ein doppelter Reiz darin, sie gerade in diesen Gewändern zu sehen, denn er wusste nur zu gut, dass sie der schönen, spröden Mechthild gehört hatten. Eines Tages, das hatte er sich geschworen, würde die hochmütige Grafentochter ihm in ebendiesen verlockenden Kleidern gegenübertreten müssen, und er würde sich an diesem Anblick ergötzen. Er hatte sie genau betrachtet, wenn sie mit ihrem Vater bei ihm zu Gast gewesen war, dieses Mädchen, das die Frechheit besaß, in Männerkleidung auf die Jagd zu gehen. Ihre Brüste waren nicht so üppig wie Fastradas Busen, sie waren hoch angewachsen, fest und köstlich gerundet. Ihr Schoß war sanft geschwungen und ihre Kehrseite schön gewölbt, wie er es an den Weibern liebte. In den engen Hosen hatte er ihre schlanken Beine bewundern können und sich ausgemalt, wie die Oberschenkel in weicher Linie hinaufführten, um sich mit ihren Hüften zu vereinigen. Er wollte diese hochfahrende Person, die sich ihm verweigert hatte, in seinem Bett haben, sie unter sich spüren und ihr beweisen, dass man ihn nicht ungestraft abwies.

Einstweilen war es nur Fastrada, die ihm gegenüberstand und ihn mit ihrem schönen Körper verlockte. Sie hatte das Haar geöffnet, es hing bis zu ihren Hüften herab, ein verführerischer Schleier, der sie auch dann noch aufreizend verhüllte, wenn sie völlig unbekleidet war.

»Bring mir Wein«, knurrte er und sah zu, wie sie durch den Raum ging, sich in den Hüften wiegend, das Haar mit einer raschen Kopfbewegung zurückwerfend. Sie trug eine silberne Kanne herbei und stellte zwei grünlich gefärbte Trinkgläser auf den Tisch. Während sie den Wein in die Gläser goss, ließ er die Hand über ihre Hüften gleiten und sah befriedigt, dass sie für einen Augenblick die Augen schloss.

»Wer hat gesagt, dass du dir auch einschenken sollst?«, fragte er boshaft und stieß das zweite Glas um, sodass der Wein über den Tisch lief. »Scher dich hinüber auf die Schlafstelle und warte dort auf mich.«

Sie nahm die Beleidigung scheinbar gelassen entgegen, hob das umgestürzte Glas auf und stellte es beiseite. Dann fasste sie das lange Haar mit beiden Händen am Hinterkopf zusammen und beugte den Oberkörper ein wenig zurück. Der zarte Stoff zeichnete die Form ihrer Brüste nur zu deutlich ab, und Arnulf bekam Lust, ihr das seidene Gewand vom Leibe zu reißen. Doch das wäre schade gewesen, denn er würde es noch brauchen.

»Scher dich weg!«, fuhr er sie an.

»Wie mein Herr befiehlt!«

»Und wage es nicht, dich jemals einem anderen in diesem Kleid zu zeigen«, drohte er, von plötzlicher Eifersucht erfasst. »Es wäre deine letzte Tat in diesem Leben!«

»Ich gehöre nur dir, mein Gebieter«, gab sie sanft zurück. »Das weißt du doch.«

Mit wiegenden Schritten entfernte sie sich und verschwand hinter der Holzwand, die die Bettstelle vom übrigen Raum abtrennte. Er horchte einen Augenblick, vernahm das leise Knistern der Seide, einen kleinen Seufzer, dann das Rascheln und Gleiten der wollenen Decken und Felle, unter die sie geschlüpft war.

Er trank einen Schluck Wein und bemühte sich, seine Gedanken in eine andere Richtung zu lenken. Er brauchte einen Plan, der so ausgeklügelt war, dass selbst Ragnar ihn nicht durchschauen konnte. Ragnar. Haralds Sohn!

Erst durch den Boten hatte er erfahren, wer sein Gegner war. Er hatte Ragnar für tot gehalten, denn man hatte berichtet, dass eine Lanze ihn durchbohrt habe. Nun war er also doch am Leben geblieben, und es war klar, warum er hier aufgetaucht war: Er wollte seinen Vater rächen, der durch Konrads Hand gefallen war. Und da Konrad tot war, würde er seine Rache an ihm, als Konrads Bundesgenossen, nehmen.

Arnulf war Ragnar nur ein einziges Mal begegnet. Damals hatte er mit dem Wikingerfürsten Harald verhandelt, um sich mit ihm gegen seinen Waffenbruder Konrad zu verbünden. Harald war zwar darauf eingegangen, doch der Dummkopf büßte später im Kampf gegen Konrad sein Leben ein. Immerhin hatte dieser Schachzug Arnulf weiteren Ärger mit den Wikingern erspart, denn es war Konrads Kriegern gelungen, die Feinde zu besiegen. Und Konrad war er auf diese Weise auch noch losgeworden.

Bei den Verhandlungen war Ragnar, dieser hünenhaft gewachsene blonde Kerl, als Übersetzer dabei gewesen. Er kannte die fränkische Sprache überraschend gut – eine fränkische Sklavin hatte ihn großgezogen und ihm ihre Muttersprache beigebracht. Arnulf hatte die Verachtung in den hellen Augen des Wikingers gesehen, während er die Gespräche übersetzte. Er hatte auch bemerkt, dass Ragnar seinem Vater von diesem Bündnis abriet und Arnulf offensichtlich nicht traute. Und tatsächlich: Hätten die Wikinger den Sieg über Konrad errungen, dann hätte er, Arnulf, seine Bündnispartner anschließend überfallen, um ihnen das errungene Land wieder abzunehmen.

Ragnar war klug, damit musste er rechnen. Doch er war nicht der Mann, der rücksichtslos und kaltblütig taktierte, der Freund und Feind gegeneinander ausspielte. Ragnar glaubte an Ehre und Recht, er konnte großmütig sein, denn er hatte seinen Unterhändler, ohne ihm ein Leid zu tun, wieder zurückgeschickt. Da war seine Schwäche, hier würde er ihn packen und zu Boden zwingen, den starken Wikingerfürsten.

Ragnar Haraldssohn würde bald vor ihm im Staub knien und um sein Leben flehen.

Mechthild drängte sich dicht an den warmen Ofen, denn es war merkwürdig kühl im Rittersaal. Neidhardt hockte neben ihr auf einem kleinen Schemel und drehte einen leeren Krug in den Händen, während Brian mit lauter Stimme einen lateinischen Text vortrug. Seltsamerweise konnte sie zwar die Worte verstehen, nicht jedoch den Sinn. Ihr Vater stand in Waffen und Rüstung vor dem Wandbehang, auf dem die Bäuerinnen ihre Korngarben banden, und nickte ihr zu.

»Du bist meine tapfere kleine Tochter«, sagte er lächelnd. »Wenn ich zurück bin, werden wir wieder gemeinsam auf die Jagd reiten. Alles wird so sein, wie es immer war.«

Diese Worte hatte er gesagt, bevor er in den Kampf gegen die Wikinger zog. Unsägliche Verzweiflung stieg in ihr hoch, sie streckte voller Sehnsucht die Arme nach ihm aus.

»Nein, Vater«, flehte sie schluchzend. »Bitte geh nicht!«

Doch er stieß nur einen seltsam knurrenden Ton aus, wandte sich um und ging mitten in den Wandbehang hinein. Sie konnte sehen, wie er zwischen den Frauen hindurchlief, dabei auf die gebündelten Ähren trat und langsam, ohne sich noch einmal zu ihr umzudrehen, in der Ferne verschwand.

Sie wollte ihm nachlaufen, ihn festhalten, doch ihre Füße waren schwer wie Blei. Sie würde ihn nicht einholen können, niemals wieder. Er war fort, für immer verloren. Er ließ sie allein zurück. Mechthild weinte heiße Tränen und klammerte sich dabei an den wärmenden Ofen, die einzige Zuflucht, die ihr geblieben war.

»Geh doch nicht fort. Bitte lass mich nicht allein!«

Ein Arm umschlang sie, jemand wischte ihr mit einem kratzigen Tuch die Wange ab, eine tiefe Stimme murmelte leise Worte.

»Wach auf, Frankentochter. Nun wach schon auf.«

Sie erschrak zutiefst, öffnete die Augen und blickte in Ragnars Gesicht. Es war so dicht vor ihr, dass sein Bart sie an der tränenfeuchten Wange kitzelte.

Sie schrie auf und wollte von ihrem Lager aufspringen, dann merkte sie erst, dass er neben ihr lag und sie mit beiden Armen umschlungen hielt.

»Lass mich sofort los!«, fuhr sie ihn heftig an und versuchte sich aus seiner Umarmung zu befreien. »Fass mich nicht an, du bärtiger Wikinger!«

Zu ihrer Überraschung gab er nach, und es gelang ihr, sich aufzusetzen.

»Du bist merkwürdig, Fränkin«, meinte er schmunzelnd. »Hast du nicht eben gerufen, ich soll nicht fortgehen? Jetzt schreist du, ich soll dich loslassen. Was willst du nun wirklich?«

Er lag lang ausgestreckt auf dem Rücken, die Arme hinter dem Kopf verschränkt, und sah grinsend zu ihr auf. Ihr fiel die Bosheit ein, die er ihr in der letzten Nacht angetan hatte, und es schien ihr, als koste er jetzt hämisch seinen Triumph aus. Oh, wie gemein er gewesen war! Hasserfüllt sah sie auf ihn herab.

»Was ich will?«, fauchte sie. »Dass du zum Teufel fährst,

Wikinger. Ich wünschte bei Gott, dass sich ein fränkischer Krieger fände, der dir den Schädel spaltet. Wenn ich doch nur ein Mann wäre!«

»Was würdest du dann tun, Fränkin?«, fragte er, während das Grinsen aus seinem Gesicht entschwand.

Sie biss sich wütend auf die Lippen. Es war so lächerlich, mit Worten zu kämpfen. Aber sie hatte nichts als Worte, um ihn zu verletzen. Wenigstens das wollte sie ausgiebig tun.

»Ich würde dich lehren, was es heißt, eine Fränkin zu demütigen«, sagte sie zornig. »Ich würde dich zum Kampf auf Leben und Tod fordern, Wikinger. Und glaube nicht, dass meine Hand dieses Mal zittern würde, bevor ich dir den Todesstoß gebe.«

Sie hatte erwartet, dass er in Gelächter ausbrechen würde. Doch er nahm ihren Zorn ruhig hin, blieb unbeweglich auf dem Rücken liegen und schwieg. Sie war unsicher geworden, schluckte hinunter, was sie noch hatte sagen wollen, und betrachtete ihn verstört. Was war los mit ihm? Warum lachte er nicht? Geriet nicht in Wut? Fiel über sie her? Sie bemerkte, dass er heute seltsam blass wirkte und dunkle Schatten unter seinen Augen lagen.

»So sehr hasst du mich, Fränkin?«, fragte er nach einer Weile und sah zu ihr auf.

Sie begegnete seinen hellen Augen. Es lagen weder Zorn noch Häme in seinem Blick, nur Ernst und Nachdenklichkeit. Sie riss sich zusammen, erinnerte sich an den Augenblick am Meer, als sie zum ersten Mal dem Blick seiner hellen Augen verfallen war und getan hatte, was sie später schwer bereute.

»Was hast du erwartet, Wikinger? Soll ich dich dafür lieben, dass du mich meiner Freiheit beraubst und dein boshaftes Spiel mit mir treibst?«, stieß sie wütend hervor.

Er blieb auch jetzt gleichmütig.

»Du willst dich also mit mir schlagen, Fränkin? Nun gut – dann schlag zu.«

Ragnar zog die Arme hinter dem Kopf hervor und richtete sich langsam zum Sitzen auf. Auch im Leinenhemd wirkte sein Oberkörper aus dieser Nähe erschreckend breit und mächtig auf sie.

»Was?«, fragte sie verwirrt.

»Schlag zu, Fränkin. Ich habe deine Ehre verletzt. Räche dich an mir. Ich werde mich nicht wehren.«

Sie starrte ihm ins Gesicht, um herauszufinden, welche Ränke er jetzt wieder plante, doch seine Züge waren ernst, er hatte den Kopf ein wenig gesenkt und sah an ihr vorbei zu Boden.

Die Versuchung war zu groß. Ihre rechte Hand fuhr empor und sie klatschte ihm mit aller Kraft eine Ohrfeige auf die linke Wange. Sie war darauf gefasst, jetzt von ihm gepackt und auf das Lager geworfen zu werden. Doch nichts dergleichen geschah.

»Weiter«, sagte er ruhig. »Oder bist du schon zufrieden?«

Er hatte sich nicht einmal bewegt, dieser Koloss. Wütend dachte sie an die Stunden, die sie an dem Baum gehangen hatte, ständig in Angst, zu stürzen und ihr Kleid dabei einzubüßen. Sie schlug noch einmal zu und ein weiteres Mal, dann musste sie die linke Hand benutzen, denn die rechte schmerzte zu sehr von der Wucht ihrer eigenen Schläge.

»Du gemeiner Mistkerl«, keuchte sie. »Ich hasse dich. Oh, wie ich dich hasse!«

Er ließ sie gewähren, ertrug ihre Schläge ohne einen Laut, bis sie keine Kraft mehr hatte und atemlos vor ihm saß, das Gesicht gerötet, das Haar aufgelöst, das Gewand in Unordnung.

»Ist es nun gut?«, fragte er und hob den Kopf.

»Nichts ist gut«, schimpfte sie wütend und hielt sich das schmerzende Handgelenk.

»Du hast dich gerächt und mich geschlagen. Was willst du noch?«

»Glaubst du, die paar Schläge könnten das aufwiegen, was ich in dieser Nacht durchlitten habe?«, stieß sie hervor. »Lächerlich. Außerdem hält dein hässlicher Bart das meiste ab!«

Er verzog das Gesicht zu einem belustigten Grinsen.

»Kommt dir mein Bart hässlich vor? Das ist schade, Frankentochter. Du zeigst mir viel Schönes, wenn du so aufgeregt bist.«

Erschrocken raffte sie ihr Gewand am Hals zusammen. Sie hatte nicht bemerkt, dass der Halsausschnitt während der Nacht weit eingerissen war. Das Kleid war vorn herabgerutscht, sodass ihre bloße rechte Schulter und der Ansatz ihrer Brüste zu sehen waren.

»Du bist ein Teufel, Ragnar«, schimpfte sie und rutschte von ihm fort zur anderen Seite des Zelts. »Ich fordere, dass du mich endlich freigibst.«

Er hatte wenig Lust, sich weiter mit ihr herumzustreiten. Schon seit der Nacht hatte er furchtbare Kopfschmerzen, ein Übel, das ihn nur selten, dann aber für einen ganzen Tag überfiel. Ihre Schläge hatten die Schmerzen noch schlimmer gemacht. Dennoch war er zufrieden, denn sein Gewissen hatte ihn geplagt. Er war zu weit gegangen. Er hatte ihr einen Denkzettel verpassen wollen, deshalb hatte er sie bis in die Nacht dort am Baum hängen lassen. Erst als er ihr verzweifeltes Schluchzen hörte und spürte, dass sie vor Kälte fast erstarrt war, hatte ihn die Reue gepackt, und er hatte sie wie ein Kind auf seinen Armen zum Lager zurückgetragen.

»Was willst du?«, sagte er müde und ließ sich wieder auf das Lager sinken. »Du bist frei. Ich habe deine Hände und Füße nicht gebunden.«

Tatsächlich. Erst jetzt fiel ihr auf, dass sie keine Fesseln trug. Allerdings war es kaum möglich, unbemerkt aus diesem Zelt zu entkommen, denn es stand inmitten des Wikingerlagers.

»Wohin willst du laufen?«, fuhr er fort. »Ganz allein. Mit bloßen Füßen und zerrissenem Kleid. Soll ich dich auslachen für deine Dummheit? Jeder Sklave am Wegrand, jeder Bauer wird dich nehmen. Du bist schön, Fränkin. Du weckst Begierde in jedem Mann. Nie und nimmer kommst du ungeschoren bis zu deinem Kloster.«

Sie musste einsehen, dass er nicht ganz unrecht hatte. Vor allem waren Arnulfs Krieger noch überall im Land ihres Vaters unterwegs. Es wäre kein Spaß gewesen, ihnen in die Hände zu fallen. Nachdenklich sah sie zu ihm hinüber. Seine Wangen – soweit der blonde Bart sie nicht bedeckte – waren jetzt gerötet, doch die dunklen Schatten unter seinen Augen traten umso deutlicher hervor. Einen Moment fragte sie sich, ob er vielleicht im Kampf verwundet worden war. Benahm er sich deshalb heute so erstaunlich friedfertig? Er hatte sich ohne Gegenwehr von ihr ohrfeigen lassen. Hatte ihr bereitwillig gestattet, »Rache« zu üben, wie er es nannte. War das ein Eingeständnis, dass ihm die Vorgänge der Nacht leidtaten?

»Hör zu, Fränkin«, sagte er und schloss für einen Moment die Augen, während er sich wieder zum Sitzen aufrichtete. »Wir schließen einen Vertrag.«

»Was für einen Vertrag?«

»Du gibst mir dein Wort, dass du nicht fliehst. Dafür

werde ich dich nicht mehr fesseln und du kannst frei im Lager umhergehen.«

»Du würdest meinem Wort vertrauen?«, fragte sie zweifelnd.

Seine hellen, blauen Augen sahen sie eindringlich an und sie spürte wieder das leise Zittern tief in ihrem Inneren.

»Ich glaube deinem Wort, Mechthild«, sagte seine tiefe Stimme.

War es eine Finte? Wenn sie ihn doch nur einschätzen könnte. Wollte er sie zu einer weiteren Flucht herausfordern, um sie einzufangen und noch boshafter zu demütigen? Konnte er so hinterhältig sein?

Oder meinte er es tatsächlich ernst? Plötzlich spürte sie, dass sie nichts anderes als das erhoffte. Sie wünschte, ihm vertrauen zu können. Auch wenn er ein Feind und ein Heide war – konnte er nicht dennoch ein Mann sein, dem Ehre und Recht etwas bedeuteten?

»Ich gebe dir mein Wort, Ragnar«, sagte sie leise. »Ich werde nicht mehr versuchen zu fliehen. Solange du mich mit Respekt behandelst.«

»Deine Hand darauf, Fränkin«, gab er zurück und streckte ihr die Rechte entgegen.

»Außerdem will ich, dass du Brian gut behandelst«, forderte sie weiter.

Er grinste. Hatte er sich doch gedacht, dass sie die Lage gleich wieder ausnutzen würde.

»Keine Sorge. Deinem kleinen Freund wird nichts geschehen. Er ist ein gelehrter Mann, und ich will, dass er uns begleitet.«

Sie war aufgestanden und zu ihm getreten. Zögernd und mit ernster Miene legte sie ihre Hand in die seine und spürte, wie seine Finger sie eng umschlossen. Er hielt sie eine kleine Weile fest, erst als sie ungeduldig an ihrer Hand zog, gab er sie wieder frei.

»Vertrauen gegen Vertrauen«, sagte er. »Du kannst jetzt hier im Lager tun, was immer du willst. Keiner meiner Krieger wird dich berühren, denn du gehörst mir.«

Inzwischen war es hell geworden, und man hatte das Feuer wieder angefacht, um die Morgenmahlzeit zu braten. Leises Lachen und verschlafene Stimmen wurden hörbar, die Wikinger waren guter Dinge, denn sie hatten am gestrigen Tag etliche Waffen und Rüstungen erbeutet. Ragnar wollte sich erheben, um nach draußen zu gehen, doch er hielt mitten in der Bewegung inne und sank wieder auf das Lager zurück.

»Was ist los mit dir?«, fragte sie erschrocken. »Bist du verwundet?«

Er murmelte Unverständliches vor sich hin und hielt sich den Kopf mit beiden Händen.

»Es ist nichts«, knurrte er ärgerlich. »Nur ein Kopfschmerz.«

»Schau an. Dann hat meine Rache ja doch Spuren hinterlassen«, frohlockte sie mitleidslos.

»Kaum«, murmelte er und erhob sich mit einem entschlossenen Ruck, wobei ihm fast schwarz vor Augen wurde. »Ich habe das seit meiner Kindheit. Es kommt immer wieder. Es geht aber auch vorbei.«

Er schwankte ein wenig, als er zum Zelteingang trat. Sie sah auf seinen Nacken, in dem sich die rötlichen Härchen kräuselten, und auf die breiten Muskeln, die sich unter dem Stoff des Hemdes abzeichneten.

»Warte«, rief sie, ohne zu überlegen. »Ich weiß ein Mittel dagegen.«

»Es gibt kein Mittel«, brummte er, ohne sich umzusehen.

»Setz dich hin und zieh das Hemd aus. Es dauert nicht lang.«

Er blieb unschlüssig stehen, atmete tief ein und aus, dann entschied er sich, ihrer Aufforderung zu folgen.

»Was willst du tun?«

Sie half ihm dabei, das Hemd vom Körper zu streifen, und ließ dann die Hände prüfend über seine Schultern und seinen Nacken gleiten. Es war ein ungeheuer erregendes Gefühl, diese harten Muskeln unter ihren Händen zu spüren, und sie begriff, dass sie sich die ganze Zeit danach gesehnt hatte.

»Mutter Ariana konnte auf diese Weise den Kopfschmerz vertreiben«, erklärte sie. »Ich könnte versuchen, ob ich es auch schaffe.«

Er hielt zwar nicht viel davon, aber es gefiel ihm, dass sie bereit war, ihm zu helfen. Außerdem war es angenehm, ihre geschmeidigen Finger auf der Haut zu spüren. Sie strich ihm mit weichen Händen über Schultern und Genick, massierte seinen Rücken mit kreisförmigen Bewegungen, glitt langsam an der Wirbelsäule hinauf bis zu seinem Hinterkopf. Es tat gut, er überließ sich ihren Händen, lehnte sich ein wenig zurück und schloss entspannt die Augen. Wie zart ihre Finger durch sein Haar strichen, kleine Kreise darin zeichneten, sanft über die schmerzenden Schläfen rieben und dann wieder den Nacken hinabfuhren, um die Muskelpartien seiner Schultern zu bearbeiten.

»Du machst das gut, Fränkin«, murmelte er. »Hör nicht auf damit.«

Sie grub die Finger in sein Haar und massierte langsam und vorsichtig seine Kopfhaut. Der bohrende Schmerz verwandelte sich in eine dumpfe Müdigkeit, dann in einen leichten Schwindel, der voller angenehmer Vorstellungen und Bilder war. Sein Herz begann, schneller zu schlagen, er gab sich der wohligen Stimmung hin, spürte ihren Bewegungen nach und merkte, wie sein Blut in den Adern pulsierte. Er konnte jeden einzelnen ihrer Finger spüren, auch die Berührung ihres Gewandes, gegen das er sich lehnte, und der süßen Wölbungen, die sich darunter befanden. Es war ohne Zweifel gefährlich, sich den kundigen Händen dieser fränkischen Hexe hinzugeben, denn sie weckte die Lust in ihm, die er so mühsam beherrschte. Wenn er ihr nicht rechtzeitig Einhalt gebot, würde er gleich einen großen Fehler begehen und noch dazu sein Wort brechen.

»Jetzt tun mir schon die Hände weh«, verkündete sie. »Wird es besser?«

Der Schmerz hatte tatsächlich nachgelassen. Ob es Mutter Arianas Heilwissen gewesen war oder der heftige Aufruhr in seinem Inneren – wer wollte das so genau wissen?

»Du bist eine gute Heilerin«, gab er zu und griff zu seinem Hemd, um es so rasch wie möglich überzustreifen. »Halte dich bereit – vielleicht werde ich dich bald wieder brauchen.«

Er zog das Hemd glatt und erhob sich rasch, denn draußen im Lager waren überraschte Rufe laut geworden. Etwas Unvorhergesehenes war geschehen.

»Arnulf lässt um freies Geleit bitten«, rief ihm ein Krieger zu, als er vor das Zelt trat. »Er will selbst mit dir verhandeln.«

Ragnar hatte Arnulf bisher verachtet. Ein Fürst, der sich mit seinen Feinden gegen die eigenen Landsleute verbindet, war für ihn nichts anderes als ein Verräter. Doch diese Aktion des fränkischen Fürsten war mutig, fast schon tollkühn, und nötigte Ragnar einen gewissen Respekt ab. Arnulf war bereit, nur von wenigen Kriegern begleitet, ins Lager des Feindes zu gehen, um mit ihm Verhandlungen aufzunehmen. Das bedeutete, dass er sich in Ragnars Hände begab mit der einzigen Sicherheit, dass der Wikinger zu seinem Wort stand.

Es war klar, dass Arnulf versuchen würde, die Wikinger zu betrügen. Man musste vorsichtig sein und sich auf nichts einlassen. Die Verhandlungen ganz und gar abzulehnen war sicher nicht klug – zumal Arnulf verkünden ließ, dass er eine erste Tributzahlung leisten wolle. Ragnars Krieger waren gierig nach Beute.

Arnulf hatte doch immerhin einige Sicherheitsvorkehrungen getroffen. Als er, von seiner Eskorte begleitet, vor dem Tor der Festung erschien, sah man, dass rechts und links auf den Türmen der Palisade gefangene Wikinger als Geiseln standen. Arnulfs Krieger hatten ihnen die Hände gebunden, die Lanzen ihrer Bewacher waren auf ihre nackten Oberkörper gerichtet. Eine kleine Warnung an Ragnar: Sollte Arnulf trotz aller Versprechen doch etwas zustoßen, dann würde man die Gefangenen auf der Stelle töten.

Arnulf schritt ruhig und scheinbar selbstsicher ins Lager, seine Krieger dicht an der Seite. Hinter ihnen schleppten zwei Knechte eine Eichentruhe, in der sich die Tributzahlung befand. Kaum war die kleine Delegation im Lager angekommen, da schlossen die Wikinger einen Ring um die Franken, und Ragnar sah, dass einige Männer aus Arnulfs Begleitung bedenkliche Gesichter bekamen. Die Übermacht der hünenhaft gewachsenen, waffenstarrenden Nordmänner war gewaltig, ein falsches Wort nur, ein unbedachtes Zucken der Hand zum Schwertgriff konnte den Tod bedeuten. Arnulf war der Einzige, der seine Gesichtszüge vollkommen in der Gewalt hatte.

Ragnar erwartete Arnulf auf einem gefällten Baumstamm, er hatte ein Lederwams über das Hemd gezogen, das zweischneidige Kurzschwert hing an seinem Gürtel. Man stellte die Truhe vor ihm ab und öffnete den Deckel. Silber blitzte den Wikingern entgegen und entfachte erfreutes Gemurmel und begierige Blicke. Ragnar kannte die Gebräuche der Franken genug, um zu wissen, dass diese Gefäße aus Kirchen und Klöstern stammten und bei den Kulten der Christen gebraucht wurden.

»Der Kampf ist Aufgabe der Krieger«, sagte Arnulf, während er Ragnar aufmerksam mit kleinen, dunklen Augen musterte. »Ein Reich zu gewinnen ist jedoch Sache der Herrscher. Ich bin gekommen, um dir ein Land zu bieten, Ragnar.«

Ragnar ließ sich von der großspurigen Einleitung nicht täuschen.

»Du willst dich mir unterwerfen?«, fragte er.

Arnulf schien die Ironie zu überhören.

»Du kannst meine Feste noch einige Wochen belagern, doch es wird dir nicht gelingen, sie einzunehmen. Dann wird es Winter sein und ihr müsst ein Lager errichten.«

Ragnar wusste, dass Arnulf recht hatte. Die Zeit für den Überfall war nicht gut gewählt und die Verteidigung der Festung stabiler, als die Wikinger es sich vorgestellt hatten.

»Wir werden die Festung erobern. Noch lange vor dem Winter«, gab er selbstbewusst zurück.

Arnulf beugte sich vor und ergriff einen großen silbernen Kelch, der mit reicher Schmiedearbeit geschmückt war.

»Diese Schätze sind nur ein Vorgeschmack auf das, was ich dir biete, Ragnar«, sagte er und hielt den Kelch in die Höhe, damit alle Wikinger ihn sehen konnten.

»Deinen Tribut will ich nicht, Arnulf«, gab Ragnar ungerührt zurück, obgleich seine Krieger den Kelch fast mit den Blicken verschlangen. »Harald, mein Vater, starb für dieses Land. Ich bin gekommen, um seinen Tod zu rächen. Und dafür nehme ich mir das Land, das mein Vater einst begehrte.«

Arnulf stellte den Kelch zurück in die Truhe und zog die Augenbrauen in die Höhe.

»Hör zu, was ich dir biete: Ich gebe dir das Land des Mannes, der deinen Vater erschlug. Konrads Land wird dir und deinen Erben gehören.«

Ragnar hätte fast gegrinst. Arnulf wollte das Wildbret verschenken, das bereits in Ragnars Falle saß.

»Du willst mir Konrads Land geben? Soll ich lachen? Ich nehme mir sein Land und deines dazu, Arnulf.«

Gemurmel erhob sich unter den Wikingern. Dieses Angebot war eine Dreistigkeit. Finstere Blicke richteten sich auf den Frankenfürsten, Schwerter wurden aus den Scheiden gezogen. Arnulf wusste, dass dies ein kritischer Augenblick war. Wenn Ragnar seine Männer nicht im Griff hatte, würde es gefährlich werden. Doch der Wikinger gebot mit einer einzigen Handbewegung Ruhe und gespanntes Schweigen trat ein.

»Wenn du nicht mehr zu bieten hast, Arnulf«, sagte Ragnar geringschätzig. »Dann bist du umsonst gekommen. Bis du das Tor deiner Festung durchschritten hast, wird dir nichts geschehen. Danach werden meine Krieger den Kampf beginnen.

Wir nehmen deine Festung, und du kannst uns nicht daran hindern.«

»Du irrst, Ragnar«, sagte Arnulf ruhig, doch mit gehobener Stimme. »Mein Angebot ist sehr viel besser, als du glaubst. Viele Lande sind schon von Wikingerfürsten erobert worden, doch immer nur für kurze Zeit, dann mussten sie wieder fränkischen Heeren weichen. Wer dauerhaft im Land der Franken regieren will, der muss von ihrem König ein Lehen erhalten. Und ein solches kann ich dir verschaffen.«

Ragnar wusste wohl, dass ein königliches Lehen für ihn eine große Sicherheit bedeuten würde. Selten waren solche Lehen bisher jedoch an Wikingerfürsten gegeben worden.

»Wenn du bereit wärest, dich und deine Männer taufen zu lassen, kannst du Lehensmann des Königs werden«, erklärte Arnulf eifrig. »Konrads Land ist seit seinem Tod unter meinem Schutz, es ist ein reiches, fruchtbares Land. Die Bauern müssen dir den Zehnten bringen, Klöster und Kirchen werden dein, Handelswege ziehen sich hindurch, die dir Zoll einbringen. Du wirst viel gewinnen, ohne kämpfen zu müssen, wenn du auf meinen Vorschlag eingehst.«

Ragnar wusste, dass seine Männer den Vorschlag mit zwiespältigen Gefühlen erwogen. Die Jungen wollten kämpfen und Beute machen – ihnen war dieses Angebot zu gering. Die Älteren jedoch waren nicht abgeneigt, sich Häuser zu bauen und sesshaft zu werden, denn viele von ihnen hatten daheim in Norwegen weder Heim noch Hof.

»Wie kannst du behaupten, dass der König mir ein Lehen gibt?«, fragte Ragnar misstrauisch. »Warum sollte Karl der Kahle das tun? Glaubst du, er wird gerade auf dich hören?«

Arnulf hatte selbst keine Ahnung, wie er das hätte bewerkstelligen sollen. Er hatte es auch nicht vor. Aber um den Wikinger zu überzeugen, erklärte er, der König sei nicht abgeneigt, einige Wikingerfürsten mit fränkischen Küstenländern zu belehnen, um vor weiteren Einfällen der Nordmänner sicher zu sein. So würden die kampferprobten Wikinger ihr Land selbst gegen ihre Landsleute verteidigen müssen, und der König konnte sich den Feinden im Osten und im Süden des Reiches zuwenden.

»Ich gebe dir sieben Tage, Arnulf«, sagte Ragnar. »Bringe mir bis dahin den Beweis, dass deine Worte wahr sind. Wenn du mir ein Lehen beschaffen kannst, werden wir Bundesgenossen. Wenn du gelogen hast, wird deine Feste fallen und du wirst sterben.«

»Sieben Tage ist nicht lang«, wandte Arnulf ein, der hochzufrieden war, so viel herausgehandelt zu haben. »Bedenke, dass wir Boten in den Süden des Reichs aussenden müssen …«

»Das ist deine Sache, Franke«, gab Ragnar ungerührt zurück und erhob sich von seinem Sitz. »Und denke nicht, dass du mich betrügen kannst. Auch wir Wikinger haben Geiseln genommen. Sie müssen sterben, wenn du dein Wort nicht hältst.«

Er gab zweien seiner Krieger kurze Anweisungen und gleich darauf schleppten sie den kleinen Mönch und die schöne Fränkin herbei. Der Mönch verhielt sich gefasst und ließ alles mit sich geschehen, er schien immer noch krank zu sein. Mechthild hatte sich gewehrt, das sah er an ihrem zerzausten Haar und den fest zusammengepressten Lippen. Er hätte ihr diese Vorführung gern erspart, doch es gab einen Grund dafür, dass er sie Arnulf gegenüberstellte. Nach wie vor hatte er die Vermutung, dass sie keine Nonne war, sondern ihn über ihre tatsächliche Herkunft und ihren Stand belogen hatte. Er wollte wissen, ob sie und Arnulf sich kannten.

Er hatte richtig vermutet. Zum ersten Mal gerieten Arnulfs beherrschte Gesichtszüge in Bewegung, unverhohlene Verblüffung war darin zu lesen. Und nicht nur dies. Die entblößte Schulter der schönen Fränkin weckte in Arnulfs Augen ein gar zu deutliches begieriges Feuer. Er kannte sie nicht nur, er begehrte sie auch.

Mechthilds Gesicht war sehr bleich und starr, nur ein einziges Mal hob sie den Blick zu Arnulf, und Ragnar glaubte für einen Augenblick, ein seltsames Lächeln über ihre Züge huschen zu sehen. War dies ein geheimes Einverständnis?

»Du kennst diese Frau. Du wirst ihren Tod nicht wollen«, sagte er zu Arnulf und beobachtete ihn gespannt.

»Ich habe sie noch nie zuvor gesehen«, gab Arnulf zurück. Er hatte sein Mienenspiel inzwischen wieder vollkommen in der Gewalt. »Doch stimme ich dir zu, dass es schade wäre, sie zu töten. Man könnte sie zu besseren Zwecken gebrauchen.«

Ragnar hätte diesem widerlichen Heuchler gern mit dem Schwert geantwortet. Doch sein Wort band ihn.

»Führt sie zurück ins Zelt«, wies er die Krieger an. »Die Verhandlung ist zu Ende. Du hast sieben Tage, Arnulf. Nutze sie gut.«

Arnulf versicherte ihm, dass er genau dies tun würde, und trat mit seiner Begleitung den Rückzug an. Er war in der Tat fest entschlossen, die Zeit zu nutzen. Allerdings auf andere Weise, als der Wikinger es sich vorstellte.

Ragnar sah ihm missmutig nach und hatte ein ungutes Gefühl. Er würde die Festung gut bewachen lassen, damit Arnulf nicht auf dumme Gedanken kam. Verärgert sah er zu, wie seine Krieger den Inhalt der Truhe unter sich aufteilten und die ersten Streitigkeiten um die Beute aufkamen. Mit harten Befehlen fuhr er dazwischen und sorgte dafür, dass das Silber nach dem Rang der Krieger gerecht verteilt wurde. Er selbst beanspruchte nichts für sich.

Mechthild war wieder im Zelt verschwunden, und es verlockte ihn, mit ihr über Arnulf zu reden. Vielleicht würde ihr Gesicht ihm ja verraten, in welchem Verhältnis die beiden zueinander standen. Er bereute jetzt seine Entscheidung, sie Arnulf zu zeigen. Was hatte er erreicht? Er wusste immer noch nicht, wer sie war. Dafür hatte er sie Arnulfs gierigen Blicken ausgeliefert. Nagende Eifersucht stieg in ihm auf. Warum hatte sie gelächelt? Gefiel ihr etwa dieser hinterhältige Verräter? Nach allem, was er von ihr wusste, konnte er das nicht glauben.

Aber Arnulf war ein Franke und damit ein Landsmann von ihr. Auch wenn er ein widerlicher Betrüger war – er stand Mechthild immer noch näher als er, Ragnar, der Wikinger. Was wusste er schon über fränkische Sitten und Gewohnheiten? Vielleicht war sie ja längst Arnulfs Geliebte? Vielleicht hatte er sie nur ins Kloster verbannt, weil sie ihm den Gehorsam verweigert hatte? Es sähe ihr ähnlich, dieser widerspenstigen Person.

Er schüttelte die lästigen Gedanken ab und stellte gleichzeitig fest, dass die bohrenden Kopfschmerzen sich wieder einstellen wollten. Vermutlich war sie jetzt jedoch nicht mehr bereit, ihre heilenden Finger auf ihn zu legen. Bitten würde er sie jedenfalls nicht darum. Lieber wollte er versuchen, sie auszuhorchen.

Seine Krieger saßen um das Feuer und waren beschäftigt, die erbeuteten Silberschätze blank zu polieren und sich damit zu brüsten. Er drängte sich zwischen ihnen hindurch, um zum Zelt zu gelangen, doch da sah er, dass die Tierhaut, die den Eingang abdeckte, zurückgeschlagen wurde. Mechthild trat aus dem Zelt, eine der Decken über dem Arm tragend.

»Was hast du vor?«, fragte er und griff sie am Arm.

Sie blitzte ihn mit zornigen Augen an und riss sich los.

»Hier im Lager kann ich mich frei bewegen, oder?«

»Wie ich es dir gesagt habe. Und wozu die Decke?«

»Ich will ein Bad im Fluss nehmen. Möchtest du, dass deine Männer mich dabei beobachten?«

Er kniff unmutig die Augen zusammen. War das wieder einer ihrer Tricks? Sie hatte versprochen, nicht zu fliehen, solange er sie mit Respekt behandelte. Dass sie Arnulf als fränkische Geisel vorgeführt worden war, schien ihr wenig gefallen zu haben. Vermutlich fühlte sie sich jetzt nicht mehr an ihr Versprechen gebunden?

»Baden willst du? Das ist Unsinn. Glaubst du, diese Decke wird dich vor Blicken schützen? Meine Männer haben seit Tagen keine Weiber mehr gehabt. Sie werden in Scharen über dich herfallen.«

Sie senkte verärgert die Augenbrauen und verzog den Mund.

»Ich dachte, du seiest der Anführer und sie hätten dir zu gehorchen.«

Er grinste. Sie war schlau, diese Fränkin.

»Es gibt Momente, da weiß ein Mann nicht mehr, was er tut«, sagte er achselzuckend. »Wenn du vor den Augen meiner Krieger nackt im Fluss schwimmst, werden sie dich nehmen.«

Sie wurde ein wenig blass, denn die Vorstellung machte ihr Angst. Doch sie ließ sich nicht abwimmeln.

»Dann werde ich ein Stück flussabwärts gehen und an einer geschützten Stelle baden.«

Er schien einen Moment zu überlegen, dann nickte er.

»Gehen wir.«

Damit hatte sie nicht gerechnet. Verblüfft und ärgerlich blieb sie stehen, vermutlich war sie enttäuscht, dass er ihre List durchschaut hatte.

»Du willst mich doch wohl nicht dabei bewachen?«

»Du bist mein Besitz, Sklavin, und ich wahre mein Eigentum. Also vorwärts.«

Sie stand unschlüssig auf der Stelle, kurz davor, mit ihrer Decke wieder ins Zelt zurückzukriechen. Doch dann wandte sie sich entschlossen um und steuerte das Flussufer an. Ragnar folgte ihr.

Eine Weile wanderten sie im Ufersand flussaufwärts, um dem direkten Bereich des Lagers zu entkommen, stiegen über umgestürzte Bäume, sprangen von Stein zu Stein und gelangten schließlich zu einer kleinen Bucht, in der das Wasser klar und ruhig mit nur geringer Strömung floss. Hohe Bäume und herbstlich gefärbtes Buschwerk säumten die Bucht, spiegelten sich leise schwankend im Wasser, schmale Sonnenstrahlen fielen durch das Laub und ließen die Wellen hier und dort gleißend aufblitzen.

Mechthild suchte eine junge Weide aus, die ihre schlanken Zweige bis ins Wasser hinunterhängen ließ und knüpfte ihre Decke daran fest.

»Was soll das sein?«, fragte er grinsend. »Es ist niemand hier.«

»Niemand außer dir, Wikinger«, gab sie zurück und hob das Kinn. »Du bleibst auf dieser Seite der Decke, während ich bade.«

Er fand das Spiel sehr erheiternd und begann zu lachen. Erst als sie zornig die Arme in die Seiten stemmte und ihn mit ihren Blicken anfunkelte, hielt er inne.

»Und wenn ich es nicht tue, Fränkin?«

»Dann gehen wir unverrichteter Dinge wieder zurück.«

Er zuckte die Schultern und tat, als sei ihm die Sache völlig gleichgültig.

»Du bist es, die baden will«, sagte er.

»Nicht wenn du mir dabei zusiehst.«

Er knurrte unwillig. Wie stur sie war! Es war ihm im Grund ja recht, wenn sie sich schamhaft gebärdete. Er hasste die Weiber, die sich jedem an den Hals warfen und ungefragt ihre Brüste entblößten. Aber diese hier trieb es wahrlich zu weit.

»Glaubst du, ich hätte noch nie ein Weib im Bad gesehen?«, fragte er verärgert. »In meiner Heimat hocken Männer wie Frauen in Hütten beim heißen Ofen zum Schwitzen. Dann legen sie sich nackt in den Schnee.«

Sie war entsetzt. Es schien ja zu stimmen, was man den Wikingern nachsagte. Sie fraßen kleine Kinder, opferten lebendige Menschen und feierten wüste Gelage mit Weibern und Sklavinnen.

»Was du in deiner Heimat tust, geht mich nichts an, Wikinger«, entgegnete sie energisch. »Ich will dein Wort, dass du hinter dieser Decke bleibst, oder wir gehen sofort wieder zurück.«

»Deine Launen wirst du dir noch abgewöhnen, Fränkin«, raunzte er sie an. »Also gut. Für diesmal hast du mein Wort. Aber beeile dich, ich habe nicht den ganzen Tag Zeit.«

Sie schenkte ihm ein Lächeln und begab sich hoheitsvoll erhobenen Hauptes auf die andere Seite der Decke. Es ärgerte ihn, dass sie ihren Willen durchgesetzt hatte. Andererseits war die Aussicht, sie beim Bad zu betrachten, allzu verführerisch, und diese alberne Decke würde ihn ganz gewiss nicht daran hindern.

Doch als er sich hinter den wollenen Sichtschutz gehockt und ihn an der Unterseite leicht angehoben hatte, um hindurchzuspähen, saß sie bereits ausgekleidet im seichten Wasser, eifrig beschäftigt, das lange Haar zu spülen. Sie kehrte ihm dabei den Rücken zu, von der Taille ab war ihr Körper im spiegelnden Flusswasser nur schemenhaft zu erkennen. Immerhin war ihr Rücken allein schon ein verlockender Anblick, schlank und fest, zur Taille hin in weichem Schwung sich verengend. Ganz sicher waren ihre Hüften ähnlich schön geformt. Jetzt streckte sie einen Fuß aus dem Wasser und wusch ihn hingebungsvoll mit beiden Händen, dann bearbeitete sie den anderen mit gleicher Aufmerksamkeit. Ragnar spürte seine Begierde fast schmerzhaft, und er zwang sich, den Blick für einen Moment von ihr abzuwenden. Noch nie hatte er ein Weib so sehr begehrt, noch nie bei einer Frau so lange gezögert und gewartet. Doch diese schöne Fränkin war anders als alle Frauen, die er bisher gekannt hatte. Sie gegen ihren Willen zu nehmen, wäre ein Leichtes gewesen. Aber das war es nicht, was er wollte. Er wollte spüren, wie sie ihn begehrte, hören, wie sie sehnsuchtsvoll seinen Namen flüsterte, sehen, wie ihr schöner Körper sich ihm entgegenwölbte. Nur dies und nichts anderes würde ihn befriedigen.

Plötzlich wurde die Decke vor ihm weggerissen, sie hatte sich blitzschnell in den Wollstoff eingewickelt und stand vor ihm, von Kopf bis Fuß verhüllt, Triumph in den Augen.

»Ich hoffe, du hast dich nicht allzu sehr gelangweilt«, sagte sie schnippisch. »Wir können jetzt gehen.«

Drei Tage waren verflossen, ohne dass die Lage sich geändert hätte. Nur das Wetter war umgeschlagen, düstere Wolken lagen über der Landschaft und ein dünner Nieselregen durchfeuchtete Kleider und Zelte. Welkes Laub fiel regenschwer von den Bäumen, sammelte sich in den Booten und trieb mit dem Fluss davon. Ragnars Männer hatten die erste Begeisterung über die leichte Beute längst wieder vergessen, die silbernen Schätze lagen wohlverpackt in den Booten und die Männer saßen gelangweilt und missmutig herum. Das Feuer wollte nicht brennen, die Jagd war mühsam und wenig ertragreich, einige der jungen Krieger begehrten auf und forderten, die Feste zu stürmen. Sie wollten Beute erwerben und damit nach Norden heimkehren, um mit ihren Schätzen anzugeben und die Frauen zu beeindrucken. Wer wollte schon bei Eis und Schnee im Feindesland bleiben, mühsam ein Winterlager errichten, Bäume fällen, Hütten zimmern und Zäune errichten.

»Wir sind Krieger und keine Bauern«, murrten sie.

Ragnar musste den Wortführer der jungen Kerle energisch zurechtweisen, fast wäre es zum Kampf gekommen, doch der junge Mann wagte schließlich doch nicht, sich dem kampferprobten Anführer entgegenzustellen. Ragnar wollte dieses Land zum Lehen. Und die meisten seiner Krieger waren damit einverstanden.

Mechthild hatte sich um Brian gekümmert, der in einem der Boote unter einem Zeltdach lag und immer noch Schmerzen in der Brust hatte. Sie versorgte ihn mit Nahrung und stützte ihn, wenn er mühsam versuchte, einige Schritte zu gehen. Das Angebot, nach seiner Verletzung zu sehen, hatte er strikt abgelehnt. Sie verstand: Er war ein Geistlicher und würde sich niemals vor einer Frau entblößen.

Mit leiser Stimme berieten sie, was zu tun war. Beide wussten, dass Arnulfs Angebot an Ragnar eine Falle war. Arnulf hatte auf die Vergabe der Lehen keinerlei Einfluss. Warum log er?

»Es kann nur eines bedeuten«, sagte Brian. »Die Boten, die er aussendet, gehen nicht in den Süden des Reiches zu Karl dem Kahlen, sondern nach Rouen. Dort wird er um Hilfe bitten.«

»Aber wird er die finden?«, meinte Mechthild zweifelnd.

»Möglich. Er hat zwar wenig Freunde dort, nachdem er Euer Land gewaltsam an sich gebracht hat. Aber dem Erzbischof von Rouen kann es nicht gefallen, dass es an diesen heidnischen Strauchdieb fällt.«

Mechthild seufzte tief. Sie hätte Ragnar gern gewarnt. Ihm erklärt, dass Arnulfs Angebot nur eine Lüge sein konnte. Aber damit hätte sie die Sache der Franken verraten. So groß ihr Hass auf Arnulf war – er war ein Franke und ein Christ. Ragnar dagegen war ein Feind. Ein Heide. Und noch dazu hatte er sie zu seiner Sklavin gemacht.

»Wenn der Erzbischof von Rouen tatsächlich mit seinen Kriegern kommt, um uns von Ragnar zu befreien, dann könntet Ihr ihm Euer Anliegen vortragen, Herrin«, meinte Brian eifrig. »Er wird Euch Euer Land zurückgeben.«

»Vielleicht«, murmelte sie nachdenklich.

Brians energisches Eintreten für Arnulf und die Sache der Christen widerstrebte ihr. Auch sein ständiges Bemühen, Ragnar als einen brutalen, gewissenlosen Barbaren hinzustellen, gefiel ihr nicht. Zwar hatte Ragnar Brian gefangen und verschleppt, doch versuchte er immerhin, dem Mönch seine Lage, so gut es ging, zu erleichtern, und hatte ihr, Mechthild, sogar gestattet, für ihn zu sorgen. Ragnar war neugierig auf die Religion der Christen und hatte dem Mönch hin und wieder Fragen gestellt. Doch Brian, der sonst ein eifriger Missionar war, machte keinerlei Anstalten, Ragnars Wissensdurst zu stillen. Er schien den Wikinger abgrundtief zu hassen.

Endlos dehnten sich die Stunden. Nebelschwaden verhüllten den Fluss, unablässig tropfte das Regenwasser von den Bäumen herab auf die Zelte. Der Geruch nach feuchtem Laub und Moder mischte sich mit dem dunklen, stickigen Rauch des Feuers. Mechthild hatte die Unzufriedenheit der Wikinger gespürt, und als es zum Streit zwischen Ragnar und dem jungen Aufrührer kam, war sie voller Angst aus dem Zelt gekrochen. Ragnar hatte die Lage gemeistert – doch wie lange würde ihm dies noch gelingen? Und was würde sein, wenn Arnulf tatsächlich Hilfe erhielt? Dann müsste Ragnar vermutlich im Kampf sterben.

Er hat den Tod tausendfach verdient, dachte sie und zählte sich auf, was er ihr und ihrem Land alles angetan hatte. Und doch sagte ihr Herz etwas anderes.

Ragnars Miene war düster, als er am Abend zu ihr kam. Er brachte eine kleine Öllampe mit ins Zelt, die er auf dem Boden abstellte und brennen ließ. Dann streckte er sich auf dem Lager neben ihr aus, wie es seine Gewohnheit war. Die Abende vorher hatte er weiter versucht, sie über Arnulf auszufragen und herauszufinden, ob sie ihn kannte.

Sie hatte ausweichend geantwortet und sich dabei scheußlich gefühlt. So waren die Gespräche bald erstorben, und sie spürte voller Unbehagen, dass er sie mied. Den ganzen Tag über hatte er sich nicht im Zelt blicken lassen, sondern war mit einigen seiner Krieger auf die Jagd gegangen.

Nun wickelte sie sich fröstelnd in ihre Decke und kehrte ihm den Rücken zu. Eigentlich hätte sie es jetzt schön gefunden, wenn er wieder die Arme um sie gelegt hätte, um sie zu wärmen. Aber er machte keinerlei Anstalten dazu.

Stattdessen hörte sie ein Knistern und drehte sich neugierig um. Ragnar hatte eine Pergamentrolle unter seinem Wams hervorgezogen und betrachtete die Schrift darauf mit zusammengezogenen Augenbrauen. Ein Blick zeigte ihr, dass die Sätze in fränkischer Sprache abgefasst waren. Unten auf dem Pergament prangte ein breites braunes Siegel.

»Lies mir vor«, bat er und reichte ihr das Blatt.

Sie nahm es mit spitzen Fingern. Es konnte nur eine von Arnulfs Bosheiten sein. Das Siegel war tatsächlich ein königliches, es zeigte jedoch Ludwig den Frommen, der längst tot war.

»Was soll das sein?«

Er verzog den Mund zu einem abfälligen Lächeln.

»Eine Lehensurkunde, von eurem König ausgestellt. Siehst du nicht das Siegel?«

Durchschaute er den Schwindel? Der Blick, mit dem er sie ansah, war prüfend und voller Misstrauen. Und doch glaubte sie, eine unausgesprochene Bitte darin zu lesen. Sie musste sich zusammennehmen, um ihr schlechtes Gewissen zu verbergen. Ragnar konnte die fränkische Sprache zwar sprechen, doch lesen konnte der Wikinger nicht.

»Das ging sehr rasch«, sagte sie und schluckte. »Sind die Boten schon zurückgekehrt?«

»Als heute die Sonne sank, kamen sie in der Festung an.«

Hatte Arnulf Hilfe erhalten? Sie hätte viel darum gegeben, dies zu wissen. Oder hatte er nur vage Versprechungen bekommen und versuchte jetzt, mehr Zeit zu gewinnen?

»Lies es mir vor«, bat er zum zweiten Mal. »Ich will wissen, ob Arnulf die Wahrheit gesagt hat.«

Sie hatte nur einige wenige Worte entziffert, da begriff sie, was Arnulf plante. Dieses Schreiben war keine Lebensurkunde – es war eine Botschaft. Oh, er war ein Teufel, dieser Mensch! Es fiel ihr unendlich schwer, ihre Gefühle vor Ragnars aufmerksamem Blick zu verbergen.

»Warte«, murmelte sie, während sie weiterlas. »Ich kann nicht so rasch lesen, wie du glaubst.«

»*Am Flussufer unter der großen Eiche liegt ein kreisrunder Stein. Wenn du ihn aufhebst, wirst du ein Messer finden …*«, stand auf dem Pergament geschrieben.

Die Schriftzeichen begannen, vor ihren Augen zu tanzen. Doch sie durfte sich nichts anmerken lassen, denn Ragnar blickte sie unablässig an. Fragend und voller Ungeduld. Sie spürte, wie ihre Hand, die das Pergament hielt, erzitterte.

»Im Jahr des Herrn achthundertfünfzig …«, sagte sie langsam und tat dabei, als müsse sie die Worte mühsam entziffern.

»Weiter«, forderte Ragnar, ohne sie aus den Augen zu lassen.

»Warte, ich muss erst den Satz zu Ende lesen, er ist sehr lang und schwierig …«

Er geduldete sich und sie überflog Arnulfs Sätze in größter Hast. Mit jedem Wort stiegen ihr Entsetzen und ihre Empörung.

»*Du wirst einen Weg finden, Ragnar mit diesem Messer zu töten. Bedenke, dass er Haralds Sohn ist. Dein Vater war es, der Harald erschlug. Ich habe Ragnar nicht verraten, wer du bist. Sollte er es jedoch erfahren, so ist der Tod dir sicher …*«

Ragnar war Haralds Sohn! Das hätte sie sich eigentlich längst denken können. O Gott – dann hatten ihre beiden Väter sich gegenseitig im Kampf getötet.

»Nun?«, fragte Ragnar unwillig. »Ich glaubte, eine Nonne sei des Lesens kundig. Oder bist du vielleicht gar keine Klosterfrau?«

Sie fuhr zusammen. Was, um Gottes willen, sollte sie tun? Arnulfs teuflischen Plan verraten? Dann würde Ragnar erfahren, wer sie war. Konrads Tochter. Sie schluckte und begann, langsam und tonlos zu sprechen.

»Im Jahr des Herrn achthundertfünfzig gebe ich, Karolus, König von Westfranzien, das Land im Norden meines Reiches an Ragnar, Haralds Sohn, zum Lehen«, sagte sie, die Augen fest auf die Schriftzeichen gerichtet, während sie die Worte erfand.

»Dafür hast du so lange gebraucht?«, fragte er mit hochgezogenen Brauen und nahm ihr das Pergament aus der Hand, um das Siegel genau zu betrachten. Mechthild zog die Decke fester um sich, damit er nicht merkte, dass sie am ganzen Körper zitterte.

»Ist dies das Zeichen eures Königs?«

»Ja«, sagte sie leise.

Es war nur halb gelogen, denn es war ja tatsächlich ein königliches Siegel. Arnulf musste es von seiner eigenen Lehensurkunde abgenommen und auf dieses Pergament geklebt haben. Was für ein lächerlicher Mummenschanz! Eine geheime Botschaft an sie, die der Wikinger ihr ahnungslos selbst überbrachte. So etwas Hinterhältiges konnte nur Arnulf einfallen. Oh, dieser Satan! Wenn er doch zur Hölle führe.

»Du bist nicht erfreut, Mechthild«, sagte Ragnar mit seiner tiefen Stimme. »Stört es dich, dass ein Wikinger Konrads Land zum Lehen erhält?«

Sie war froh, dass er ihr unwissentlich eine Brücke baute. Natürlich konnte sie als Fränkin nicht glücklich sein, wenn fränkisches Land an einen Wikinger gegeben wurde. Ihre Aufregung musste ihm also ganz natürlich erscheinen.

»Es ist eine Schande«, rief sie. »Du wirst die Franken zu deinen Sklaven machen und unseren Frauen Gewalt antun. Deine Krieger werden unsere Klöster zerstören und unsere Schriften verbrennen. Stattdessen werdet ihr Opferstätten für den Hammerwerfer Thor errichten und ihm kleine Kinder zum Fraß vorwerfen.«

Jetzt traten ihr die Tränen in die Augen. Oh, wie gemein sie ihn betrog! Als er jetzt zu lachen begann, brachte sie es nicht einmal fertig, zornig zu werden. Er glaubte sich seinem Ziel nahe und triumphierte bereits, ohne zu wissen, dass Arnulf seinen Tod plante. Und sie, Mechthild, Konrads Tochter, hatte nicht den Mut, ihm die Wahrheit zu gestehen.

»Um die Klöster und Schriften brauchst du dich nicht zu sorgen, schöne Klosterfrau. Ich habe große Achtung vor den beschriebenen Pergamenten und werde sie nicht zerstören. Auch muss ich euren Glauben annehmen, wenn ich das Lehen erhalten will. Wird dir das nicht gefallen?«

»Das würdest du tun?«, fragte sie erstaunt.

»Thor und Odin werden mir nicht zürnen«, sagte er grinsend. »Auf Asgard ist auch ein Platz für euren Christengott. Was für ein seltsamer Gott ist das. Er ließ sich freiwillig auf schändliche Weise töten und an ein Kreuz hängen.«

»Er ist nicht tot – niemand kann ihn töten, denn er ist ewig«, gab sie zurück. »Er stand aus dem Grab wieder auf und fuhr in den Himmel.«

»Das ist gut. Vielleicht kann er Baldur dieses Kunststück lehren. Ich denke, wir werden uns mit dem Christengott gut vertragen.«

Er lachte tief und kehlig, und es schien ihr, als klänge es

anders als sonst. Hart und hämisch war sein Gelächter, und es tat ihr weh.

»Ich verstehe. Du willst den christlichen Glauben nur zum Schein annehmen, damit du dein Lehen bekommst«, meinte sie und dachte dabei unglücklich: Wir reden über Dinge, die niemals sein werden. Warum tue ich das?

»Du bist klug, Klosterfrau. Aber du irrst dich dennoch«, sagte er und schlug die Decke über seine Beine, um zu schlafen. »Morgen werde ich meine Entscheidung fällen. Wir werden sehen, was dann geschieht.«

Schweigend lag sie auf dem Rücken und sah im unruhigen Licht des Lämpchens nach oben, wo das Regenwasser einen Weg gefunden hatte, zwischen den Häuten des Zeltes durchzusickern. Sie sah den Wassertropfen anschwellen, bis er dick und schwer wurde, dann fiel er herab. Als er auf dem Fell des Lagers landete, rollte er zwischen den Tierhaaren hindurch wie ein glitzernder Edelstein und verschwand. Doch schon während er versickerte, bildete sich der nächste Tropfen, um den gleichen Weg zu nehmen.

Sie schloss die Augen. Wie viele Tropfen mussten fallen, bis das Fell vollkommen von Wasser durchtränkt war? Wie viele Lügen konnte man aussprechen, bis man ganz und gar zur Verräterin geworden war? Ach – vielleicht genügte dazu nur eine einzige.

Ragnar lag ruhig neben ihr auf dem Rücken, die Arme seitlich neben dem Körper. Seine rechte Hand fasste den Griff des kurzen Schwertes, das er auch im Schlaf nicht ablegte. Mechthild wandte den Kopf und betrachtete ihn. Seine breite Brust unter dem Leinenhemd hob und senkte sich regelmäßig, der Thorhammer schimmerte darauf an silberner Kette. Schlief er? Seine Augen unter den buschigen Brauen waren geschlossen, rötlich goldene Wimpern säumten die Lider in gezacktem Halbrund. Sie betrachtete die zarte, helle Haut der Augenlider und die feine, blaue Ader, die an seiner Schläfe schimmerte, und er schien ihr plötzlich trotz all seiner Körperkraft sehr verletzlich.

Leise richtete sie sich auf und streckte die Hand aus. Vorsichtig berührte sie die Stirn des Schlafenden, glitt mit leichtem Finger über seine Nase zu seinem Mund, spürte sanft der Form seiner Lippen nach und strich zu seinem Kinn hinab, das im dichten Barthaar verborgen war. Die Berührung war voller Zärtlichkeit, schon so lange hatte sie das tun wollen. Es war, als nähme sie damit Besitz von diesem großen Mann, der ihr schlafend wie ein Kind ausgeliefert war. Niemals würde ich ihm ein Leid antun, dachte sie. Soll Arnulf doch warten, bis das Messer unter dem Stein verrostet.

Leise legte sie sich wieder hin und kuschelte sich in ihre Decke ein. Bald darauf war sie beim gleichmäßigen Geräusch seiner Atemzüge und des tropfenden Regenwassers eingeschlafen.

Als sie am Morgen erwachte, war Ragnar nicht mehr an ihrer Seite. Benommen richtete sie sich auf und lauschte nach draußen. Unruhe herrschte im Lager, die Krieger liefen aufgeregt umher, riefen sich mit überschnappender Stimme kurze Sätze zu, schnalzten mit den Zungen, und in ihrem Gelächter lag etwas Grobes, Gieriges, das Mechthild das Blut in den Adern gefrieren ließ.

Hatte es vielleicht gar in der Nacht eine Revolte gegeben und sich jener junge Aufrührer durchgesetzt, der sich schon vor ein paar Tagen lautstark und prahlerisch zum Stimmführer der Unzufriedenen gemacht hatte? Sie spürte, wie ihr

Herz hämmerte – was sollte sie tun? Wenn Ragnar sie nicht mehr schützen konnte, gab es für sie keine Chance, der Geilheit dieser Kerle zu entkommen.

Sie wickelte die Decke um sich wie einen Mantel und beschloss, dem Feind ins Auge zu sehen. Doch als sie die Tierhaut zurückschob, war das Lager um sie herum fast leer. Nur Brian war aus dem Boot geklettert und näherte sich ihr mit langsamen Schritten. An Kinn und Wangen war ihm inzwischen ein kurzer, dunkler Bart gewachsen, der ihm das Aussehen eines jungen Bauern verlieh. In seinen Augen las sie Entsetzen und tiefen Kummer.

»Was ist los?«, rief sie ihm zu. »Wo sind sie alle?«

Er blieb stehen und musste erst nach Luft ringen, denn seine Brust schmerzte immer noch bei jedem Atemzug. Dann faltete er die Hände.

»Der Herr wird ihnen die schwere Sünde vergeben. Sie tun es, weil sie ihr Land vor dem Feind schützen wollen.«

»Wovon redest du?«, fuhr sie ihn ungeduldig an.

Dann folgte sie seinem Blick, der starr auf den Waldrand gerichtet war. Wikinger waren dort zu sehen, junge Krieger in Leinenhemden und Kniehosen, einige trugen nur das lederne Wams und ließen die kräftigen Armmuskeln sehen. Sie stießen sich gegenseitig zur Seite und rangelten miteinander. Dann erblickte Mechthild dicht am Waldrand einige von ihnen in voller Bewaffnung und mitten unter ihnen – fränkische Frauen! Gut zwanzig junge Mägde und Bäuerinnen in braunen, bodenlangen Kitteln, einige hatten helle Tücher um die Köpfe geschlungen, andere trugen das lange Haar offen. Die bewaffneten Krieger führten sie zum Lager, wo die übrigen Wikinger sie schon ungeduldig erwarteten.

»Er ist wirklich ein Teufel«, entfuhr es Mechthild. »Was

für ein Einfall! Er schickt den Wikingern Frauen, damit sie beschäftigt sind.«

»Er gewinnt Zeit damit«, sagte Brian beklommen. »Die Wikinger werden heute nicht daran denken, die Feste anzugreifen. Arnulf ist ein Bösewicht, aber er ist klug.«

Mechthild presste die Lippen zusammen und ließ kein Auge von den Fränkinnen, die inzwischen schon im Lager angekommen waren. Rasch waren sie von den ausgehungerten Wikingern umringt, Gekreisch erhob sich, Männer begannen, miteinander zu streiten.

Dann war Ragnars laute, tiefe Stimme zu hören und die Aufregung legte sich. Auch jetzt zeigte sich eine feste Rangordnung unter den Kriegern, die selbst in solchen Momenten Bestand hatte. Die jungen Raufbolde mussten zurücktreten und die ranghöheren, älteren Krieger machten von ihren Rechten Gebrauch.

Zu ihrer Überraschung lag auf den Gesichtern der Frauen kaum Schrecken oder gar Verzweiflung. Stattdessen betrachteten nicht wenige ihre kräftig gebauten Freier wohlgefällig und ohne Scheu. Gekicher war zu hören, kleine spitze Schreie, die nicht nach Panik, sondern eher vergnügt klangen.

»Wenn Arnulf diese Frauen gezwungen hat, dann kostete es ihn nicht viel Mühe«, knurrte sie. »Was für eine Schande! Sie geben sich nicht nur freiwillig hin, sie haben noch ihren Spaß dabei.«

Auch Brian hatte dies inzwischen bemerken müssen und er sah bekümmert aus.

»Das Weib ist schwach«, murmelte er. »Eva war es, die den Einflüsterungen der Schlange nachgab und die Sünde in die Welt trug. Darum wird der Teufel es stets leicht haben, ein Weib zur Sünde zu verführen.«

Mechthild wusste darauf nichts zu antworten – der Beweis seiner Worte spielte sich gerade vor ihren Augen ab. Diejenigen Männer, die eine der Frauen ergattert hatten, waren bestrebt, einen Platz zu finden, wo sie ungestört waren. Die übrigen standen neidisch und eifersüchtig umher und ließen ihrer Enttäuschung freien Lauf, indem sie sich gegenseitig beschimpften und verhöhnten. Ragnar, der in der Mitte des Lagers neben dem Feuer stand, war offensichtlich bestrebt, die Lage unter Kontrolle zu halten, indem er seinen Männern Aufträge gab. Erlegtes Wildbret wurde zerteilt und gebraten, Regenwasser aus den Booten geschöpft und Teer erhitzt, um die Boote damit zu bestreichen.

»Es ist besser, wenn Ihr wieder ins Zelt geht, Herrin«, meinte Brian besorgt. »Die Frauen könnten Euch erkennen und Ragnar verraten, wer Ihr seid.«

Mechthild sah das ein. Widerwillig kroch sie in das Zelt zurück und hockte sich auf das Lager. Sie war zornig auf Brian, der Arnulfs Gemeinheiten auch noch Anerkennung zollte. Dieser kleine Mönch mochte sehr gelehrt und mutig sein – sein Urteil über andere Menschen war dennoch einfältig. Niemand konnte bezweifeln, dass Eva auf die Verführung der Schlange gehört hatte. Trotzdem ärgerte es sie, dass Brian ihr diese Tatsache gerade jetzt so vehement unter die Nase rieb. Er hatte niemals gefragt, was im Zelt geschah, das sie mit Ragnar bewohnte, und sie hatte es nicht für nötig befunden, ihm darüber Auskunft zu geben. Vermutlich hätte er ihr nicht einmal geglaubt, dass Ragnar ihr keine Gewalt angetan hatte. Brian hatte seine eigene Vorstellung über ihr Verhältnis zu Ragnar und machte ihr dies unausgesprochen zum Vorwurf.

Leises Gelächter einer Frau war zu hören, irgendwo stöhnte

ein Wikinger in wohliger Ekstase, von einer anderen Seite vernahm man Geflüster, Zweige knackten, Boote schaukelten auf dem Sand des Flussufers.

Sie dachte wütend daran, wie sie solche Weiber strafen würde, wenn sie erst wieder Herrin ihres Landes wäre. Genügten ihnen ihre fränkischen Männer nicht mehr? Wie war es möglich, dass sie alle Zucht und allen Anstand vergaßen und sich diesen blonden, zerzausten Nordmännern an den Hals warfen?

Sie hielt es nicht mehr aus und begann, die aufgespannten Tierhäute des Zelts zu untersuchen, ob nicht irgendwo eine Lücke sei, durch die sie hinausspähen konnte. Eine Weile bemühte sie sich vergebens, doch dann gelang es ihr, zwei der Häute auseinanderzuschieben, und sie sah neugierig durch den Spalt.

Viel war leider nicht zu erkennen. Rötlich behaarte Männerbeine liefen vorüber, ein rauchender, stinkender Eimer mit flüssigem Teer wurde am Zelt vorbeigetragen. Weiter hinten saßen drei Krieger, die Gesichter aufgedunsen, ein lederner Trinkschlauch wurde von Hand zu Hand gereicht. Hatte Arnulf die Wikinger auch mit Wein versorgt? Himmel, wie konnte Ragnar nur so dumm sein und solche Geschenke annehmen?

In diesem Moment kam jemand zum Zelteingang und sie rutschte rasch hinüber auf ihr Lager. Ragnar war eingetreten. Hatte er bemerkt, dass sie sich einen Ausblick nach draußen verschafft hatte? Jedenfalls huschte ein Lächeln über sein Gesicht, das jedoch gleich wieder verschwand.

»Du wunderst dich?«, fragte er ein wenig höhnisch. »Deine Landsmänninnen finden Gefallen an meinen Kriegern.«

»Es sind Huren«, gab sie giftig zurück. »Keine ehrbare Fränkin würde sich freiwillig einem Wikinger hingeben!«

Er blickte sie kurz und unfreundlich an, dann setzte er sich auf das Lager und kreuzte die Beine.

»Was gefällt euch Fränkinnen nicht an uns?«, wollte er wissen. »Stört es euch, dass ein Wikinger stark und tapfer im Kampf ist?«

Sie zuckte die Achseln. Was sollte dieses Gerede? »Auch die Franken sind tapfere Krieger«, gab sie ungeduldig zurück. »Aber sie kämmen ihr Haar und rasieren das Kinn. Sie wissen sich schön zu kleiden und sie waschen sich. Deine Männer haben zottiges Haar und struppige Bärte, ihre Körper stinken nach Schweiß und an den Hosen und Mänteln kleben die fettigen Reste ihrer Mahlzeiten.«

»Für eine Klosterfrau hast du einen scharfen Blick«, bemerkte er scheinbar gleichmütig, während er mit der Hand über sein bärtiges Kinn strich.

»Ich war nicht immer im Kloster«, sagte sie rasch. »Meine Eltern gaben mich dorthin, als ich vierzehn Jahre alt war.«

Hatte sie doch geahnt, dass er sie aufs Glatteis führen wollte. Zum Glück schien er nicht weiter nachbohren zu wollen, stattdessen zog er das Pergament aus seinem Wams und glättete es auf den Knien.

»Dieses Lehen gefällt mir«, meinte er, ohne sie anzusehen. »Konrads Land ist reich und es liegt an der Küste. Das Meer ist mir immer ein guter Freund gewesen. Es ist mein Bruder und mein Verbündeter.«

Sie schwieg überrascht, denn genau wie er fühlte sie sich auch eng und innig mit dem großen Ozean verbunden. Ihr Herz klopfte heftig und zugleich spürte sie Schmerz. Wie konnte es sein, dass sich zwei Feinde doch so nahe waren?

»Wenn ich als Kind nicht schlafen konnte, habe ich auf die Geräusche der Brandung gelauscht«, sagte sie leise. »Und dann glaubte ich, dass das Meer mich in den Schlaf singt.«

Er blickte erstaunt zu ihr auf.

»Ja«, sagte er ernst. »So ging es mir auch.«

Sie lächelte ihn an und stellte sich vor, wie er wohl als Junge ausgesehen hatte. Sicher war er damals schon ein kleiner Raufbold und Tunichtgut gewesen.

»Und wenn es stürmte, bin ich hinausgelaufen, um die großen Brecher zu sehen und das Sausen des Windes in den Ohren zu spüren«, fuhr sie fort. Er nickte vor sich hin, als höre er eine längst bekannte Geschichte.

»Einmal hatte mich eine riesige Welle gepackt. Ich war zu mutig und bin zu weit ins Meer hineingelaufen«, erzählte er grinsend. »Mein Vater sprang mir nach und riss mich aus Ägirs nassen Händen.«

Für einen Moment hingen ihre Augen aneinander. Er war mächtig, dieser Blick aus seinen hellen Augen, der sie bis ins Innerste durchdringen wollte. Mechthild spürte, wie sie zu versinken drohte, und riss sich gewaltsam wieder los. Wenn sie sich nicht zusammennahm, würde sie gleich mehr eingestehen, als gut für sie war.

»Du willst Arnulfs Angebot also annehmen?«, meinte sie, rasch das Thema wechselnd.

»Rätst du mir dazu?«, wollte er wissen. »Du hast dieses Pergament gelesen. Wird es mir wirklich Konrads Land verschaffen?«

Es schien mehr hinter dieser Frage zu stecken. Wollte er tatsächlich ihren Rat? Oder wollte er sie nur prüfen? Sie wich aus.

»Eine Lehensurkunde bedeutet, dass der König dir dieses Land zur Verwaltung übergibt, solange du lebst«, sagte sie belehrend, während ihr Herz unruhig klopfte. »Wenn du stirbst, geht das Land an den König zurück und er kann es neu vergeben.«

Er nickte düster vor sich hin und rollte das Pergament zusammen, um es wieder einzustecken.

»Konrads Feste gefällt mir«, meinte er und erhob sich. »Ich werde sie wieder aufbauen. Und zwar ganz und gar aus Stein. So wie die Pfalzen eurer Könige.«

»Ein guter Gedanke«, lobte sie. »Dann wirst du die Anstürme deiner raubgierigen Landsleute leichter überstehen.«

Er stand jetzt dicht vor ihr, mehr als einen Kopf größer als sie, Schultern und Arme von breiten Muskeln durchzogen, der Thorhammer funkelte über seiner Brust.

»Du kannst diese Nacht ruhig schlafen«, sagte er mit tiefer Stimme, die einen boshaften Unterton hatte. »Ich werde nicht im Zelt sein, Sklavin.«

Sie starrte ihn verblüfft an, verkniff sich aber eine Antwort. Er würde nicht im Zelt sein. Also hatte er vor, sich mit einer der Fränkinnen zu vergnügen. Vielleicht sogar mit mehreren. Er war schließlich der Anführer und konnte tun und lassen, was er für richtig hielt.

»Ich danke dir«, meinte sie boshaft. »Das wird mir guttun.«

Wortlos wandte er sich ab, um hinauszugehen. Doch kurz bevor er das Leder am Zelteingang zurückschlug, hielt er inne.

»Du hast recht, Fränkin«, sagte er und grinste sie an. »Ich werde mir den Bart scheren.«

Sie hatte große Lust, ihm die kleine Öllampe an den Kopf zu werfen, die vor ihren Füßen stand. Aber sie beherrschte sich und blickte ihn nur aus schmalen Augen wütend an. Er wollte es also wirklich mit diesen Frauen treiben. Nun – was hatte sie anderes erwartet? Er war ein schmutziger, ungehobelter Heidenbock. Ein geiler Barbar aus dem Norden, der jede Frau überfällt, die ihm über den Weg läuft.

Wieso hatte er sie eigentlich bisher verschont? Gefiel sie ihm etwa nicht? Liebte er mehr die Mägde und Bäuerinnen, die den Wikingern Blicke zuwarfen und mit ihnen scherzten?

Wütend ging sie in dem engen Zelt hin und her, hockte sich auf den Boden, um nach draußen zu sehen, sprang aber gleich wieder auf, verärgert über die eigene Neugier.

Was rege ich mich auf, dachte sie. Soll er sich doch an diesen Weibern austoben, wenn es ihm Spaß macht. Die Hauptsache ist, dass er mich in Ruhe lässt. Schön für ihn, wenn er noch ein paar fröhliche Stunden hat. Bald wird Arnulf die Wikinger angreifen und dann werden andere Zeiten für dich anbrechen, Ragnar Haraldssohn.

Aber es gelang ihr nicht, ihrer Aufregung Herr zu werden. Immer wieder blickte sie durch die kleine Lücke nach draußen, um dann zornig die Fäuste zu ballen.

Stunden verrannen, das bunte Treiben im Lager schien nicht enden zu wollen. Gebratenes Fleisch, Obst und Wein wurden herumgereicht und vertilgt, später hörte sie, dass Männer und Frauen zum Baden in den Fluss stiegen und sich lachend und kreischend mit dem kalten Wasser bespritzten. Sie stellte sich vor, dass Ragnar mitten unter ihnen war, und zog die Wolldecke über den Kopf, um nichts hören zu müssen.

Als es Abend wurde, nahm der Lärm noch zu. Das Feuer loderte hoch auf, die Männer waren im Weinrausch und grölten wilde Gesänge, die Frauen gackerten und kicherten.

Immer wieder gingen Paare am Zelt vorüber, schon halb entkleidet und voller Gier, sich endlich zu vereinigen. Mechthild mochte sich die Ohren verstopfen und die Augen zukneifen – sie konnte weder den Geräuschen noch ihrer eigenen Fantasie entkommen.

Sie konnte Ragnar durch ihr Guckloch kein einziges Mal sehen. Hatte er sich mit einer der Frauen in ein Boot zurückgezogen? Oder lag er am Flussufer, vom Wein berauscht, und ließ sich von den Fränkinnen mit süßen Liebesspielen verwöhnen?

Sie durchlitt Höllenqualen und mochte sich doch auf keinen Fall eingestehen, dass sie vor Eifersucht verging. Stattdessen beschimpfte sie Ragnar heftig und wünschte ihm alles erdenklich Schlechte.

Als der Lärm spät in der Nacht endlich endete und sie das Schnarchen der Krieger am Feuer vernahm, dachte sie plötzlich wieder an das Messer. Warum sollte sie es eigentlich im feuchten Sand verrosten lassen? Ein Messer zur Verteidigung konnte man immer brauchen. Ragnar oder Arnulf – es war keiner besser als der andere. Vielleicht würde ihr dieses Messer dazu verhelfen, allen beiden zu entkommen.

Leise schlich sie aus dem Zelt und ging hinunter zum Fluss. Auf den Wellen spiegelte sich der rötliche Schein des verlöschenden Feuers. Ein paar schlafende Wikinger lagen am Ufer, die Arme ausgestreckt, die Bäuche voller Wein. Sie rührten sich nicht, als sie leise über sie hinwegstieg und sich mühte, den schweren, runden Stein anzuheben. Darunter lag, in ein Tuch eingewickelt, ein kurzes Messer mit blitzender, scharfer Klinge. Sie steckte es in den Ärmel und ging zufrieden wieder ins Zelt zurück.

Erst als sie die Tierhaut wieder hinter sich zugezogen

hatte, löste sich hinter einem der Eichenstämme ein Schatten aus der Dunkelheit. Ragnar ging nicht zum Lager zurück, er setzte sich am Fluss auf einen umgestürzten Baumstamm und blickte grübelnd in die vorübereilenden Wellen. Unter seinem Wams knisterte die Pergamentrolle, von der er wusste, dass sie wertlos war.

Mädchenreden vertraue kein Mann noch der Weiber Worten. Auf geschwungener Scheibe geschaffen ward ihr Herz, Trug in der Brust verborgen.

Woher kannte er diese Verse? Rolf, der Sänger, hatte sie vorgetragen, wenn die Männer am Abend um das Feuer saßen und sich am Met berauschten. Es war ein Lied gewesen, das von Odins Abenteuern erzählte. Wie wahr doch diese Worte waren! Die schöne, verführerische Fränkin war eine Verräterin, die seinen Tod plante.

Er hatte das Messer recht deutlich aufblitzen sehen, als sie es aus dem Tuch wickelte und im Ärmel verbarg. Wer hatte es unter dem Stein versteckt? Es konnte nur Arnulf gewesen sein. Während die Wikinger sich dem Wein und den Frauen hingaben, hatte Arnulf einen Knecht geschickt, der ungesehen die Waffe am Flussufer eingrub.

Die Urkunde war falsch – er hatte es gleich vermutet. In drei Tagen konnte kein Bote in den Süden des Reiches und wieder zurückgeritten sein. Sie hatte ihm einen falschen Text vorgetragen, während sie in Wirklichkeit Arnulfs Botschaft entzifferte.

Voll Bitterkeit starrte er in den Fluss. Die Wolken hatten sich verzogen und ein sichelförmiger, heller Mond stand am

Himmel. In seinem blassen Licht sah er das Gewimmel der kleinen Wellen, die eilig flussabwärts dem Meer zuströmten. Er spürte auf einmal den Wunsch, ihnen zu folgen, seine Schiffe zu Wasser zu lassen, die Männer an die Ruder zu verteilen und dorthin zurückzukehren, wo sie und ihre Boote zu Hause waren. In den Weiten des Meeres.

Doch er würde nicht heimkehren. Er würde bleiben und kämpfen, solange er die Kraft dazu hatte. Er konnte weder von diesem Land lassen noch diese Frau vergessen, die alle seine Sinne beherrschte und dabei auf Verrat sann.

In dieser Nacht würde sich ihr Schicksal entscheiden. Langsam erhob er sich und ging zum Lager zurück. Die Frauen waren zur Festung und in ihre Dörfer zurückgekehrt. Fast alle Männer lagen in tiefem Schlaf, erschöpft von den Genüssen, die der Tag und die lange Nacht ihnen geboten hatten. Er rüttelte die schläfrigen Wächter auf, ermahnte sie und trat dann ins Zelt.

Mechthild hatte auf dem Lager geruht und fuhr empor, als er überraschend hereinkam. Ihr dunkles Haar hing wirr über Schultern und Rücken herab, die Lippen waren leicht geöffnet, ihre grünen Augen mit den fiedrigen Einsprengseln glänzten im Mondschein.

»Schlaf weiter«, sagte er, ohne sie anzusehen. »Ich bin müde und werde mich ausruhen.«

Sie sah verblüfft zu, wie er einige der Felle auf die andere Seite des Zelts trug und dann trotz der Kühle der Nacht Wams und Hemd ablegte. Danach streckte er sich aus, wandte ihr seinen breiten, nackten Rücken zu und schien einzuschlafen. Mechthild starrte auf die Tätowierungen, die sich wie ineinander verbissene Fabeltiere über seinen Rücken und die Schultern zogen. Zwischen den Schulterblättern waren die schmalen, rötlichen Ränder der frischen Narbe zu sehen, die von der Wunde in seinem Rücken zurückgeblieben war.

Warum zeigte er ihr diese Narbe? Warum legte er sich nicht neben sie, wie er es sonst tat? Aller Zorn, den sie den Tag und fast die ganze Nacht über angesammelt hatte, fiel in sich zusammen. Sie drehte sich auf den Rücken und spürte eine unerklärliche Traurigkeit in sich aufsteigen. Morgen würde sie ihn zur Rede stellen. Ihm Antwort geben. Vielleicht sogar ihn warnen. Morgen …

Ragnar lag bewegungslos auf dem Lager, stellte sich schlafend, während gleichzeitig alle Sinne bis zum Äußersten geschärft waren. Das Rauschen des Windes in den Bäumen, das Schnarchen der Kameraden am Lagerfeuer, das Rascheln einer Maus, die auf der Suche nach Nahrung ins Zelt eingedrungen war. Dann eine Bewegung drüben auf ihrem Lager, ein leiser Seufzer, das Geräusch von aneinanderreibendem Stoff. Hatte sie sich im Schlaf umgewendet? Oder tastete ihre Hand nach dem Messer, das ohne Zweifel unter dem Fell verborgen lag?

Lautlos drehte er sich um, hob die Lider ein winziges Stückchen an und zwang sich zur Ruhe. Durch eine Fellritze am Eingang war das blasse Mondlicht ins Zelt gedrungen und ließ ihn Mechthild auf ihrem Lager deutlich erkennen. Sie lag auf dem Rücken, der rechte Arm war nach oben angewinkelt, die Hand von ihrem dichten offenen Haar verdeckt. Hatte sie dort das Messer verborgen? Sie rührte sich nicht.

Die Zeit schlich auf trägen Sohlen dahin. Das Mondlicht wurde schwächer, verglomm schließlich ganz. Langsam, unendlich zögerlich drang weißlicher Morgenschein ins Zelt. Der erste Hahnenschrei war zu hören, noch verschlafen irgendwo weit in der Ferne. Ein zweiter Hahn antwortete. Ein Hund kläffte drüben in der Festung kurz auf und schwieg.

Wenn sie es jetzt nicht tat, war die Gelegenheit vorbei. Würde sie es morgen Nacht tun? Oder in einer der folgenden Nächte? Er hatte jetzt die Augen weit geöffnet und sah zu ihr hinüber. Sie hatte die Decke im Schlaf zurückgeschoben und ihr atmender Körper zeichnete sich unter ihrer Kleidung ab. Sanft und regelmäßig hoben sich verlockend ihre Brüste, das Gewand kräuselte sich auf ihrem Bauch und lag in schweren Falten über den Oberschenkeln. Wieder spürte er das unbändige Verlangen nach dieser Frau, die seine Sinne erregte, wie es nie eine andere getan hatte. Die ihn mit einem Zauberbann umgab und zugleich auf Verrat sann.

Die Grenze seiner Geduld war überschritten, er musste Klarheit haben. Wenn sie das Messer in der rechten Hand hielt, zum Stoß bereit, dann war sie eine Verräterin und er würde sie töten müssen. Er erhob sich geräuschlos von seinem Lager und kroch langsam auf sie zu. Sie schlief mit ruhigen Atemzügen. Oder tat sie nur so?

Als er sich über sie beugte und schon den warmen Duft ihrer Haut einsog, krümmte sie sich plötzlich zusammen und schrie leise auf.

»Was willst du?«

Ihre Stimme klang heiser, wie aus tiefem Schlaf gerissen. Hatte er sich doch getäuscht? Sie hatte die Decke mit einer raschen Bewegung bis über die Brust hochgezogen, ihre Augen waren zusammengekniffen und blickten feindselig. »Ich glaubte, du wärest wach, Mechthild.«

Er war so tief über sie gebeugt, dass sie seinen warmen Atem spüren konnte. Sie fühlte sich überrumpelt und ausgeliefert – wie lange kniete er schon neben ihr? Hatte er sie im

Schlaf betrachtet? Vielleicht gar berührt? Die Decke zurückgeschoben? Eine heiße Welle überflutete sie, Erschrecken mit Süße gemischt, die sie nicht wahrhaben wollte.

»Ich habe geschlafen!«, sagte sie unfreundlich.

Trotz des schwachen Morgenlichts sah er, dass ihre Wangen glühten, und deutete es auf seine Weise. War sie zornig, dass er ihren Plan durchkreuzt hatte? Wenn er doch in ihr Herz sehen könnte. Odin hatte eines seiner Augen dafür gegeben, um die Wahrheit zu ergründen. Er war jetzt fast so weit, das Gleiche zu tun.

»Du hast geschlafen? Lagst du nicht sehr hart auf diesem Lager?«

Sie fuhr zusammen bei der Frage und begegnete seinen kühlen, forschenden Augen. Innerhalb einer Sekunde begriff sie, dass er von dem Messer wusste. Deshalb hatte er sich trotz der Kälte mit bloßem Oberkörper aufs Lager gelegt. Hatte ihr seinen breiten Rücken geboten, wie eine Einladung zum Töten.

»Was meinst du?«, flüsterte sie.

Blitzschnell fuhr seine Hand unter das Fell. Das Messer blinkte dicht vor ihrem Gesicht auf, er hielt es ihr vor die Augen und setzte es dann wie spielerisch an ihre Kehle.

»Das meine ich. Das Messer, mit dem du mich töten solltest. Das dein Freund und Verbündeter Arnulf dir heimlich unter einen Stein gelegt hat. Warum hast du es noch nicht getan, Mechthild? Hattest du solche Furcht, deinen Feind zu erstechen?«

Sie war einen Augenblick wie erstarrt. Dann aber fuhr sie zu seiner größten Verblüffung von ihrem Lager hoch und blitzte ihn wütend an.

»Das glaubst du also von mir?«, rief sie zornbebend.

»Dass ich dich heimtückisch im Schlaf erdolchen würde? Hinterlistig in den Rücken stechen wie ein feiger Knecht?«

Er war so überrascht, dass er das Messer gerade noch zurückziehen konnte, sonst hätte er sie damit verletzt. Ihr Zorn war echt, darüber gab es keinen Zweifel. Bei Odin, er hatte ihr Unrecht getan. Wie schön sie war, wie sie so heftig atmend vor ihm kniete, das lange Haar wirr über die Schultern fließend, den flammenden Blick auf ihn gerichtet, die Lippen noch halb geöffnet.

»Du hättest wohl Grund, mich zu töten, Mechthild«, sagte er zurückweichend. »Ich wollte dich prüfen.«

Doch damit fachte er ihren Zorn nur weiter an.

»Prüfen wolltest du mich?«, rief sie. »Großartig. Hast dich schön einladend neben mich gelegt und die ganze Nacht darauf gelauert, dass ich mich anschleiche und dir in den Rücken steche! Und was hättest du getan, wenn ich wirklich auf die Idee gekommen wäre, das Messer zu gebrauchen?«

Er spürte namenlose Erleichterung. Sie war keine Verräterin. Wie er sie liebte, wenn sie so in Zorn geriet! Lächelnd hob er die Hand, um ihr das wirre Haar aus der Stirn zu streichen, doch sie verstand seine Bewegung falsch.

»Fass mich nicht an, du!«, fauchte sie und packte sein Handgelenk, um ihn fortzustoßen. Doch stattdessen hielt sie ihn fest und rang mit ihm, fasste mit der freien Hand in sein Haar und riss daran, sodass er das Messer fortwerfen musste, um sich ihrer zu erwehren.

»Verdammter Mistkerl! Du hast darauf gewartet, um über mich herzufallen und mich zu töten. Die ganze Nacht hast du dich darauf gefreut, du hinterhältiger, rothaariger Schläger. Du Meerestölpel, du lächerlicher Drachensegler, du bärtiges Walross...«

Er lachte, was sie noch mehr in Wut versetzte. Gegen seine eisenharten Arme hatte sie keine Chance, er hatte ihre Hand gepackt und versuchte, wenigstens sein Gesicht zu schützen, ohne ihr dabei wehzutun.

»Nicht bärtig«, widersprach er. »Ich werde den Bart abnehmen. Damit ich den schönen Fränkinnen gefallen kann.«

»Deine Eitelkeit ist kaum zu überbieten …«

»Ich tue es, weil ich dir gefallen will, du eitle, verwöhnte Frankentochter!«

»Du willst den Bäuerinnen gefallen, mit denen du dich vergnügt hast, du geiler Sohn des Thor!«

Sie kämpfte mit verbissenem Zorn gegen ihn an, wütend über sein Gelächter, besessen von einem unbändigen Verlangen, diesen großen, kraftvollen Körper herauszufordern. Im Gerangel war ihr das aufgerissene Kleid auseinandergeglitten und über ihre rechte Schulter gerutscht. Sie merkte es nicht einmal. Langsam und bedächtig bog Ragnar ihre Arme zurück, bemüht, sie nicht zu verletzen, ihren Stolz nicht mit Gewalt zu brechen. Keuchend lag sie schließlich an seiner Brust, unfähig, sich weiter zu wehren, und scheinbar erschöpft. Er löste den Griff und umschloss ihren Körper mit beiden Armen.

»Ruhig, Mechthild«, raunte er ihr ins Ohr. »Ich habe nur immer dich im Sinn. Seitdem ich dich das erste Mal sah. Doch auch damals am Strand von St. André hättest du mich fast getötet.«

Sie presste den Kopf gegen seine Brust und er spürte ihre kitzelnden Haare und ihren warmen Atem.

»Nie hätte ich das getan, Ragnar«, sagte sie leise. »Niemals würde ich dir etwas zuleide tun. Bitte glaube mir das.«

Seine heißen Lippen berührten ihre entblößte Schulter, und

sie hatte das Gefühl, als fahre ein glühender Strom durch sie hindurch. Sie warf den Kopf in den Nacken vor Lust. Im gleichen Moment umschloss sein Mund ihre Lippen, und sie spürte, vor Wonne erzitternd, wie seine Zunge in ihren Mund eindrang. Seine Hände glitten sanft über ihren Rücken, gruben sich unter ihr dichtes Haar und streichelten ihren Nacken.

»Vom Anfang der Welt warst du für mich bestimmt«, murmelte er zärtlich. »Meine süße Zauberin, die mich in ihre Netze verstrickt und auf Ränke sinnt.«

Sie wollte widersprechen und fand keine Worte mehr. Wie zart diese Hände sein konnten, die doch so hart zuzuschlagen und das Schwert zu führen verstanden. Unendlich langsam und vorsichtig strichen sie über ihr Haar, berührten wie tastend ihre Stirn, ihre Wangen, umkreisten ihren Mund. Sanft hob er ihr Kinn mit einem Finger, näherte seinen Mund ihren feuchten, sehnsüchtigen Lippen so dicht, dass er sie fast berührte, und tat es doch nicht. Sie atmete seinen warmen Geruch ein, spürte sein Verlangen fast schmerzhaft und konnte ihre Sehnsucht kaum noch bezwingen. Zitternd verharrte sie, die Augen geschlossen, und zuckte zusammen, als seine heiße Zunge ihre Lippen liebkosend betupfte, dem herzförmigen Lauf der Oberlippe folgte, zart über die Unterlippe leckte und sich dann spielerisch ein kleines Stückchen in ihren Mund schob. Sie stöhnte leise auf und umschlang seinen Nacken. Wie eine Besessene bedeckte sie sein Gesicht mit ungeduldigen Küssen, griff in sein lockiges Haar, folgte mit ihren kosenden Fingern dem Spiel seiner Schultermuskeln. Sein Atem ging rasch und heftig, ein leises, tiefes Stöhnen entrang sich seiner Brust. Wie oft hatte sie dies in seinen Träumen getan, wie lange und geduldig hatte er diesen Moment herbeigesehnt und zuletzt schon alle Hoffnung aufgegeben.

»Ragnar«, flüsterte sie, völlig außer sich. »Ragnar, was tun wir?«

Er zwang sich gewaltsam zur Beherrschung. Jeden Augenblick dieser Liebesbegegnung auszukosten, diesen berauschenden Göttertrank bis zum letzten Tropfen zu schlürfen. Seine Hände glitten über ihre bloßen Arme, strichen über ihre Schulter, suchten unter ihrem langen Haar die Fibel in ihrem Nacken und öffnete sie. Mechthild spürte seine Bewegungen, doch sie wehrte sich nicht. Zitternd ließ sie geschehen, dass er ihr Kleid langsam herabschob und ihre Brüste entblößte.

»Solche Schönheit hast du so lange vor mir versteckt, stolze Mechthild«, murmelte er.

Sie war hin- und hergerissen zwischen Scham und Verlangen, schrie leise auf, als er ihren Busen mit den Händen umfasste, und strebte ihm doch entgegen. Stöhnend genoss sie sein Streicheln, spürte den heißen Strom, der sie durchzuckte, wenn seine Finger über die Spitzen ihrer Brüste strichen.

»Hör auf«, jammerte sie leise. »Ich verbrenne. Ich sterbe.«

»Wir brennen beide, süße Frankentochter. Gleich wirst du das Feuer noch viel heißer spüren.«

Er stöhnte tief und kehlig, seine Finger gruben sich in den Stoff des Gewandes und zerrten daran. Es fiel ihm jetzt unendlich schwer, seine Ungeduld zu bezwingen. Der Stoff riss ein Stück auf, er erblickte die helle, sanfte Wölbung ihres Bauches, ihren kleinen, dunklen Nabel, der sich unter ihrem Atem stoßweise hob und senkte, und er grub seine Zunge hinein. Voller Entzücken spürte er, wie sie sich ihm entgegenbäumte, wie gewaltig sie seine Liebkosungen begehrte.

Er drückte sie sanft nach rückwärts auf das Lager, kniete

sich über sie und beugte sich herab, um sie zu küssen, während seine Hände beschäftigt waren, das Kleid vollends herabzuschieben. Der Rausch wollte ihn fast betäuben, schon spürte er die weiche Haut ihrer Oberschenkel, glitt mit den Fingern über ihre Hüften, suchte das flaumige Dreieck ihrer Scham. Sie ließ ein kleines, helles Stöhnen hören, als er sacht mit zwei Fingern über den kleinen, lockig behaarten Hügel streichelte und zwischen die weichen, feuchten Lippen drang. Nie hatte sie solche Lust empfunden, sie bäumte sich auf, ihre Hände krallten sich in einen Stoff, und ohne zu wissen, was sie tat, begann sie, an der Schnur zu nesteln, die etwas vor ihr verschloss, was sie unendlich begehrte. Er bewegte sich nicht, überrascht von ihren ungeduldigen Händen, die ihm den Stoff von den Lenden zerrten, und er hätte fast aufgeschrien vor Lust, als sie sein Geschlecht mit neugierigen Fingern berührte.

»Was tust du, Freche«, keuchte er. »Du spielst mit einer großen Gefahr.«

»Ich liebe die Gefahr«, flüsterte sie. »Ich will dich berühren, überall. An allen Stellen deines Körpers. Du gehörst mir allein, Wikinger.«

Sie tastete durch das lockige Gewölk des Haares, fand die prallen Rundungen seiner Männlichkeit und umschloss sie besitzergreifend mit beiden Händen. Er stöhnte tief und heiser, wand sich unter ihren Fingern, und sie begriff entzückt, wie sehr sie ihn mit ihren Berührungen erregte. Sie wollte diesen mächtigen Männerkörper herausfordern, hatte es schon immer gewollt, sie musste ihn spüren, und wenn es das Letzte war, was sie tat.

Er konnte sich nicht mehr beherrschen. Wütend warf er sich über sie, ließ sie das ganze Gewicht seines Körpers fühlen, umfasste ihren Oberkörper mit sehnigen Armen und drängte ihre Schenkel auseinander. Dann verspürte sie die mächtige Kraft seiner Männlichkeit und schrie auf in einem Taumel von Schmerz und höchster Lust. Nie hatte sie geahnt, wie weh es tun würde, wie heftig er im Liebesrausch in sie eindringen würde, und doch war es das Größte und Wunderbarste, was sie je erlebt hatte.

Als der Rausch von ihnen wich und sie ermattet beieinanderlagen, umfasste er sie zärtlich und strich ihr das Haar aus der feuchten Stirn.

»Ich habe dir wehgetan«, sagte er beklommen. »Ich wollte es nicht so. Es kam über mich.«

Sie lächelte und küsste seine streichelnde Hand.

»Aber ich wollte es so, Ragnar. So und nicht anders, Liebster.«

Er erhob sich und streifte ihr sorgfältig das Kleid über, hüllte sie dazu in die Decke und legte sich dann wieder zu ihr. Keiner seiner Kameraden sollte sie unbekleidet sehen. Sie gehörte nur ihm, sie war seine Frau.

❖

Das Schicksal gönnte ihnen nur noch wenige Minuten miteinander. Mechthild erwachte von einem rauen Schrei, und sie spürte, wie Ragnar seinen Arm unter ihrem Nacken hervorzog und hastig nach seinem Schwert griff.

»Was ist das?«, flüsterte sie.

Es klang, als sei ein großer Nachtvogel von einem Raubtier gerissen worden. Unheimlich und voller Todesangst.

»Bleib im Zelt und rühre dich nicht«, befahl er hastig. »Wenn ich dich nicht mehr schützen kann – nimm das.«

Er warf ihr das Messer zu, das in einer Ecke des Zelts gelegen hatte, und war im gleichen Moment hinausgesprungen. Mechthild begriff endlich: Arnulf hatte das Wikingerlager angegriffen.

Was dann geschah, übertraf ihre schlimmsten Fantasien. Ein Pfeilhagel traf das Zelt, eiserne Spitzen bohrten sich durch die Häute, und während sie aufschreiend unter die Felle des Lagers kroch, um dort Schutz zu finden, spürte sie, wie der Boden unter zahllosen Pferdehufen erbebte. Der Erzbischof von Rouen hatte seine berittenen Krieger geschickt, um Arnulfs Feste zu entsetzen.

Zitternd lag sie unter den Fellen, versuchte zu beten und gab es doch wieder auf, denn wie konnte Gott der Herr ein Gebet erhören, das um das Leben eines Heiden flehte? Rings um das Zelt war das metallische Geräusch von aufeinandertreffenden Schwertern zu hören, Männer keuchten und brüllten, eine Lanze durchschlug das Zelt und blieb in einer der Außenhäute stecken. Sie glaubte, Ragnars tiefe, laute Stimme zu hören, der seine Männer zum Kampf ermunterte, dann wieder erkannte sie Arnulfs wütendes Gebrüll.

»Sie wollen die Boote ins Wasser schieben. Haltet sie auf! Keiner darf entkommen!«

Sie fliehen, dachte sie tief verzweifelt. Die Wikinger fliehen. Ragnar ließ sie hier allein zurück.

Das schleifende Geräusch von Holz, das durch den Sand gezogen wird, bewies, dass es den Wikingern geglückt war, wenigstens eines der Boote bis zum Ufer zu schleppen. War Ragnar unter ihnen?

»Wenn ich dich nicht mehr schützen kann – nimm das.«

Sie zitterte, als sie sich an diese Worte erinnerte. Nein – Ragnar würde nicht davonlaufen – er würde bis zum letzten Atemzug um sie kämpfen. Wenn seine Krieger jetzt die Flucht antraten, dann konnte es nur einen Grund dafür geben: Ragnar war gefallen und damit hatte die Wikinger der Mut verlassen.

Plötzlich riss jemand die Tierhaut zurück, die den Zelteingang verschloss – Krieger drangen ein, packten sie an den Armen und zogen sie unter den Fellen hervor. Es geschah so rasch und gewaltsam, dass sie nicht einmal dazu kam, das Messer aus ihrem Ärmel zu ziehen. Man schleifte sie aus dem Zelt und führte sie zum Flussufer.

Das Lager der Wikinger war vollkommen verwüstet, nur eines der Schiffe hatte den Angreifern entkommen können. Mechthild sah das schlanke Boot weit hinten auf dem Fluss in unerreichbarer Ferne, von starken Armen gerudert. Am Ufer kämpften die zurückgebliebenen Wikinger wütend um ihr Leben – gegen die zahlenmäßig weit überlegenen Franken hatten sie keine Chance. In den Wikingerschiffen, die noch an Ufer lagen, schwelte das Feuer. Arnulf stand in voller Rüstung inmitten seiner Krieger und genoss die Stunde seines Sieges.

»Edle Frau Mechthild«, sagte er voller Hohn, als man sie vor ihn zerrte. »Welche Freude, Euch unversehrt zu sehen.«

Sie sah sich verloren und schwieg.

Arnulf gab den Kriegern einen Wink und sie ließen ihre Arme los. Der Graf trat mit schweren Schritten auf Mechthild zu und blieb dicht vor ihr stehen.

»Wollt Ihr Eurem Befreier nicht danken?«, fragte er und musterte sie voller Befriedigung von oben bis unten.

Mechthild hatte wenig Lust dazu. Sie begegnete seinem Blick mit trotzigen, schmalen Augen.

Arnulf kostete seinen Triumph bis zur Neige aus. Sie gehörte ihm, diese hochmütige Person, die es gewagt hatte, sich seiner Werbung zu widersetzen. Noch gab sie sich widerspenstig, doch das würde bald vorüber sein.

»Seid unbesorgt, schöne Mechthild«, meinte er gönnerhaft. »In Kürze werdet Ihr in meiner Feste in Sicherheit sein. Ein heißes Bad und frische, seidene Gewänder sind für Euch bereit. Und in wenigen Tagen werdet Ihr an meiner Seite sitzen, wenn Ragnar, der Wikinger, seine gerechte Strafe erhält.«

Bei den letzten Worten fuhr sie zusammen. Ragnar lebte!

»Du hast ihn gefangen genommen?«, entfuhr es ihr.

»Wende dich um, Mechthild.«

Dort, wo vorher das Lager der Wikinger gewesen war, befand sich jetzt eine Anzahl fränkischer Krieger, die gefangene Wikinger mit harten Stricken banden. Mechthild erblickte Ragnar mitten unter ihnen, verletzt, aus mehreren Wunden blutend – vier Männer waren nötig, den Waffenlosen zu bändigen, denn der starke Wikinger versuchte immer noch, seine Gegner abzuschütteln. Sie spürte seinen verzweifelten Blick und hatte nur einen einzigen Gedanken: Er lebte. Es gab noch einen Rest Hoffnung.

»Er schien unüberwindlich, der stolze Wikinger. Aber wie du siehst, war das nur ein Gerücht. In wenigen Stunden wird er am Galgen hängen.«

Sie konnte ihren Hass nur mühsam unterdrücken. Hängen wollte er Ragnar. Eine Todesart, die Verbrechern und Dieben vorbehalten war. Oh, er war ein Teufel. Noch bis zuletzt wollte er seinen Feind demütigen.

Sie spürte, wie der Zorn heiß in ihr aufstieg. Niemals würde sie zulassen, dass Ragnar diesen schmählichen Tod erlitt. Mit aller Kraft würde sie für ihn kämpfen. Nicht mit

Schwert und Lanze wie ein Krieger – wohl aber mit List und den Waffen einer Frau.

»Ich habe die schlimmsten Stunden meines Lebens hier verbracht«, sagte sie zu Arnulf gewendet. »Wenn du Ragnar bestrafst, wirst du auch mich rächen.«

Arnulf nickte und ein böses Lächeln überzog sein Gesicht. »Du wirst zufrieden sein, schöne Mechthild.«

Sein Lächeln erschien ihr wie eine lebensgefährliche Drohung – sie lächelte tapfer zurück.

Fastrada hatte das drohende Unheil gespürt. Seit drei Tagen hatte Arnulf sie nicht beachtet, welche Verführungskünste sie auch versuchte – es ließ ihn gleichgültig. Zuletzt hatte er sie sogar grob zurückgestoßen und ihr verboten, die seidenen Gewänder anzulegen, die er ihr doch eigentlich geschenkt hatte. Jetzt, da er mit dieser Frau in den Rittersaal trat, wurde ihr klar, dass sie seine Gunst endgültig verloren hatte.

»Was glotzt du?«, herrschte er sie an. »Schaff warmes Wasser herbei und lege saubere Gewänder zurecht. Ab jetzt wirst du Mechthild bedienen.«

»Ja, Herr ...«

»Und pack dein Zeug zusammen. Du wohnst jetzt im Gesindehaus.«

»Aber Herr ...«

Er hob drohend die Hand, und Fastrada gelang es nur durch eine geschickte Wendung, seinem Schlag auszuweichen. Während sie die engen, hölzernen Turmtreppen hinunterrannte, überstürzten sich ihre Gedanken. Diese Frau war Mechthild, Konrads Tochter, um die Arnulf vergeblich angehalten hatte. Wie war sie jetzt hierher gelangt? Sie sah überhaupt nicht wie eine Grafentochter aus, mit wirrem Haar, in ein zerrissenes Gewand aus brauner Wolle gekleidet, wie es die Bäuerinnen trugen. Auch die Lippen waren trocken und zerbissen und ihr Gesicht leichenblass.

Wie konnte solch ein zerzaustes Geschöpf Arnulf überhaupt gefallen? Vielleicht reizte sie ihn ja nur deshalb, weil sie sich ihm verweigerte? Vielleicht würde Arnulf sich ja rasch mit ihr langweilen, wenn er sie nur erst besessen hatte? Ganz sicher verstand diese Mechthild sich wenig auf die Künste der Liebe und der Leidenschaften.

Im Gesindehaus empfingen Fastrada hämische Blicke und Geflüster. Es hatte sich schon herumgesprochen, dass Arnulf Konrads Tochter aus der Gefangenschaft der Wikinger befreit hatte. Die Mägde waren sehr zufrieden – Fastradas Sonderstellung hatte bei ihnen viel Neid erregt. Auch die Krieger und Knechte warfen ihr freche und begehrliche Blicke zu, was sie zuvor nicht im Traum gewagt hätten. Gar zu oft hatte Graf Arnulf die verführerische Fastrada in Gegenwart seiner Krieger tanzen und ihre Reize zeigen lassen. Jetzt schien das Blatt sich zu wenden.

»Einen Kessel Wasser aufs Feuer?«, keifte die alte Dorthe und stemmte beide Arme in die Hüften. »Will der Graf mit seiner neuen Liebe vielleicht ein Bad nehmen? Oder wird jetzt zu dritt gebadet?«

Brüllendes Gelächter erfüllte das Gesindehaus, die Männer klopften sich auf die Schenkel, die Mägde stießen sich mit den Ellenbogen an. Das geschah ihr nur recht, dieser hochnäsigen Person. Wer war sie denn, dass sie in seidenen Gewändern an der Seite des Grafen sitzen durfte? Sie war eine Bäuerin und eine Hure dazu.

»Beeile dich«, sagte Fastrada scheinbar ungerührt von all dem Tumult. »Graf Arnulf wartet nicht gern.«

»Das braucht alles seine Zeit«, sagte die alte Dorthe und goss umständlich Brunnenwasser in den eisernen Kessel, um ihn aufs Feuer zu setzen. Zischend leckten die Flammen die Tropfen ab, die auf der Außenseite des Kessels hängen geblieben waren.

Fastrada blieb nichts anderes übrig, als zu warten. Schweigend stand sie, sah, wie die Männer sich zublinzelten und eindeutige Handbewegungen machten. Sie begann, vor Angst zu zittern. Wenn der Graf sie im Gesindehaus lassen sollte, war ihr Schicksal besiegelt.

Da erhob sich hinten in einer Ecke ein Mann und bewegte sich mit langsamen Schritten zum Feuer. Niemand dachte daran, ihm Platz zu machen, doch er stieg über die ausgestreckten Beine der Männer und stand endlich neben Fastrada.

Neidhardt grüßte sie zwar nur mit einem schüchternen Lächeln, aber er blieb beharrlich bei ihr stehen. Die Knechte grinsten, die Weiber flüsterten und kicherten, doch niemand wagte mehr, Fastrada zu beleidigen.

Neidhardt war zum Vasallen des Grafen aufgestiegen – da musste man immerhin vorsichtig sein.

Arnulf hatte sich auf einem der kleinen Hocker niedergelassen. Genüsslich streckte er die Beine von sich und betrachtete seine Gefangene, die in der Nähe des runden Ofens stehen geblieben war und sich in dem Rittersaal umsah. Wie öde es hier war – nichts als ein viereckiger, kahler Raum, in dessen Mitte sich der Ofen befand, und eine niedrige Holztür führte auf den Söller. Die schmalen Fensteröffnungen hatte man als Schutz gegen Wind und Regen fast überall mit Brettern verschlossen, nur wenige dünne Pergamenthäute ließen ein wenig Tageslicht durchscheinen. Kein Wandbehang, keine Stickerei von Frauenhand zierte den Saal, nur einige Truhen standen entlang der Mauern, und an einer Seite war eine hölzerne Wand errichtet, hinter der sich Arnulfs Bettstatt befand.

»Sieh dir alles genau an«, sagte er grinsend, als er den Abscheu in ihren Augen erkannte. »Du wirst viele Jahre hier verbringen, schöne Mechthild. Ich bin ein Krieger und lege wenig Wert auf Schmuckwerk und Tand. Als meine Frau wirst du dich daran gewöhnen müssen.«

Das Spiel war eröffnet. Mechthild wusste, dass sie nur wenige Trümpfe gegen ihn in der Hand hatte. Die aber wollte sie ausspielen. Er wollte sie also immer noch heiraten – das bedeutete, dass er Konrads Tochter zur Legitimierung seiner Herrschaft brauchte. Hier lag ihre Chance.

Sie musste vorsichtig und langsam vorgehen. Er erwartete Widerstand – alles andere hätte ihn misstrauisch gemacht.

»Du glaubst tatsächlich, ich sei bereit, deine Frau zu werden?«, sagte sie und reckte das Kinn. »Das schlage dir nur aus dem Kopf. Niemals werde ich den Mann heiraten, der sich gegen meinen Vater mit seinen schlimmsten Feinden verbündet hat.«

Er blinzelte sie missmutig an, denn sie hatte seinen wunden Punkt getroffen. Er hatte Ärger mit Konrads widerspenstigen Bauern gehabt, die ihn hinter dem Rücken seiner Krieger als Verräter beschimpft hatten. Auch hatte der Erzbischof von Rouen ihm zwar Hilfe geleistet, jedoch gleichzeitig in einem Schreiben erklärt, dass ihm Gerüchte zu Ohren gekommen seien, er habe Konrad verraten, um sich seines Landes zu bemächtigen. Die Geschichte musste aus der Welt geschafft werden, denn sie konnte dem Erzbischof möglicherweise als Vorwand dienen, seinerseits Ansprüche auf Konrads Land zu erheben.

»Warum glaubst du solch boshaften Verleumdungen?«, knurrte er. »Es waren die Wikinger, die dieses Gerücht aufbrachten, um deinen Vater und mich zu entzweien. Sogar Konrad ist darauf hereingefallen. Es schmerzt, wenn ein Waffenbruder den Feinden mehr glaubt als seinen eigenen Landsleuten.«

Mechthild kochte innerlich vor Zorn. Er wollte seinen Verrat vertuschen, die Wahrheit verdrehen und ihrem Vater noch nachträglich einen Treubruch anhängen, den er selbst, Arnulf, begangen hatte. Sie hätte große Lust gehabt, ihm die Augen auszukratzen.

»Das kann ich nicht glauben«, sagte sie empört. »Wenn du an der Seite meines Vaters gekämpft hättest, wäre ihm der Tod erspart geblieben. Warum warst du nicht bei ihm im Kampf?«

Arnulf sah sie mit seinen kleinen, dunklen Augen von unten herauf an. Sie war ungekämmt, schmutzig und trug nur ein einfaches Wollhemd. Dennoch stand sie hocherhobenen Hauptes vor ihm und sah ihm wütend in die Augen. Sie hatte Mut, die Kleine, und die Haltung einer Grafentochter. Er würde sie schon dahin bringen, dass sie sich ihm fügte. Wenn nicht freiwillig, dann eben mit Gewalt. Die Aussicht, sie noch heute Abend in eines ihrer dünnen Seidenkleider gehüllt vor sich zu sehen, nahm ihm fast den Atem.

»Was versteht ein Weib von Krieg und Kampf«, meinte er mit wegwerfender Handbewegung. »Wir hatten ausgemacht, dass Konrad zuerst angreift und ich ihm aus dem Hinterhalt folge. Genau das ist geschehen, und wir haben die Wikinger gemeinsam besiegt. Dass Konrad an seinen Wunden starb, war auch für mich ein schwerer Schlag.«

Mechthild gelang es, ihre Gesichtszüge in der Gewalt zu halten, obgleich es ihr bei seinen dreisten Lügen schwerfiel. Doch sie durfte nicht zu rasch nachgeben, um ihn nicht misstrauisch werden zu lassen.

»Ich habe meinen Vater sehr geliebt«, sagte sie und sah zu Boden. »Sein Verlust war unendlich schwer für mich. Wie konntest du es wagen, noch vor Ablauf des Trauerjahres um meine Hand anzuhalten?«

Er wusste, dass dies ein Fehler gewesen war. Aber er hatte es sehr eilig gehabt, das Land an sich zu bringen, bevor dies möglicherweise ein anderer getan hätte. Immerhin hatte sie ihren anmaßenden Ton jetzt etwas zurückgenommen, und er bekam langsam den Eindruck, dass Konrads Tochter nicht mehr ganz so widerspenstig war wie noch vor einigen Wochen. Der Wikinger hatte ihr übel mitgespielt und ihm, Arnulf, damit unwissentlich einen großen Gefallen getan. Ragnar hatte die hochmütige Mechthild gezähmt – zum Dank dafür würde er in Kürze am Galgen hängen.

»Ich sehe ein, dass meine Werbung zu rasch war«, meinte er, um ihr Grund zu geben, einzulenken. »Dennoch wäre es besser gewesen, du hättest sie angenommen. In meinem Schutz wäre dir manches erspart geblieben.«

Mechthild ließ sich nicht anmerken, was sie darüber dachte. Stattdessen versuchte sie, ihm einen Köder hinzuwerfen, um Zeit zu gewinnen.

»Ich verlange, dass Ragnar, der Wikinger, in aller Öffentlichkeit in einem Gottesgericht um sein Leben kämpfen soll«, rief sie. »Jeder soll sehen, wie die Feinde unseres Landes von uns überwunden und gerecht bestraft werden.«

Arnulf sah sie unwillig an. Ihm war es lieber, Ragnar so rasch und so unwürdig wie möglich zu beseitigen. Aber wenn er es recht bedachte, dann war dieser Schaukampf gar keine so dumme Idee. Wenn Ragnar in einem Gottesgericht vor aller Augen unterlag, würde das nicht nur ein großartiges Schauspiel abgeben, sondern auch seinen, Arnulfs, Ruhm als Verteidiger des Landes weithin verbreiten. Das würde dem Erzbischof in Rouen bald das Maul stopfen. Vor allem, wenn noch ein weiterer Schachzug dazukam.

»Ich bin einverstanden, schöne Frau«, sagte er und erhob sich, denn Fastrada war mit einem Eimer in jeder Hand eingetreten.

»Allerdings unter einer Bedingung.«

»Welche Bedingung?«, fragte Mechthild, obgleich sie ahnte, was er fordern würde.

»Du wirst an diesem Tag als meine angetraute Ehefrau neben mir sitzen.«

Es war ein gewagtes Spiel und sie konnte alles dabei verlieren. Ragnars Leben und dazu ihre Freiheit. Aber es war die einzige Möglichkeit, Zeit zu gewinnen.

»Als deine Braut«, sagte sie mit fester Stimme. »Zuerst will ich Ragnar sterben sehen und meine Rache genießen. Dann erst bin ich bereit, deine Frau zu werden.«

Es war ein Kuhhandel, und er begriff, dass sie eine hartnäckige Händlerin war. Es gefiel ihm wenig, dass sie sich ihm gegenüber so durchsetzte. Auf der anderen Seite: Braut oder Ehefrau – was machte das jetzt noch für einen Unterschied?

»Dann werden wir die Reihefolge eben ändern«, meinte er grinsend. »Zuerst Ragnars Tod und danach unsere Hochzeit. Ich hoffe, du bist damit endlich zufrieden, stolze Mechthild.«

Sie nickte Einverständnis und war froh, wenigstens diesen

kurzen Aufschub erreicht zu haben. Alles war besser, als dass man Ragnar noch heute am Galgen aufknüpfte.

Aber auch der Kampf in einem solchen Gottesgericht war für ihn der sichere Tod. Dafür würde Arnulf ohne Zweifel sorgen.

»Nehmt ihm dieses Teufelsding ab!«

Die drei Männer keuchten vor Anstrengung und stießen üble Flüche aus. Ein vierter hockte verletzt in einer Ecke des Verlieses und hielt stöhnend die Hände vors Gesicht. Graf Arnulf tat ohne Zweifel gut daran, den Wikinger im Turmverlies anschmieden zu lassen. Allerdings war die Sache nicht ganz so einfach, denn der Heide wehrte sich mit verzweifelter Kraft.

»Nimm es ihm doch selber ab, wenn du dich traust!«

Der kleine, gedrungene Schmied glaubte, dass das Geheimnis von Ragnars Kraft in dem blinkenden Amulett lag, das er um den Hals trug. Ein Thorhammer, das Zeichen ihres wütenden Heidengottes, Herr über Donner und Blitz.

Man musste Verstärkung holen – zu sechst hielten sie den Gefangenen am Boden fest, während der Schmied das bereits zurechtgebogene, noch heiße Eisen um Ragnars Fußgelenk drückte und es mit hellen, weithin schallenden Hammerschlägen zu einem Ring formte.

»Jetzt kommt er hier nur weg, wenn er uns seinen Fuß zurücklässt«, meinte der Schmied zufrieden, wischte sich den Schweiß ab und packte sein Werkzeug zusammen. Die Männer sprangen auf, versetzten dem am Boden liegenden noch einige gut gezielte Fußtritte und verließen dann eilig das Turmverlies.

Ragnar lag eine Weile wie betäubt, ohne seinen Körper zu spüren, ohne Bewegung. Nach der übermenschlichen Anstrengung war eine ungeheure Mattigkeit über ihn gekommen. Nur in seinem Kopf kreisten unablässig die Gedanken wie eine Schar schwarzgeflügelter Raben, die der Sturm umhertrieb.

Er hatte nicht damit gerechnet, dass man ihn anschmieden würde. Mit dieser Eisenkette am Fuß, deren Ende tief in die Mauer eingelassen war, schien es fast unmöglich, aus dem elenden Kerker zu entkommen. Man hätte das Ende der Kette aus der Mauer reißen müssen – doch dazu war die Kraft mehrerer Männer nötig.

Er hatte sich überlisten lassen wie ein Dummkopf. Warum hatte er so lange gewartet? Er wusste doch, dass Arnulf ihn betrog. Warum hatte er nicht längst Befehl gegeben, die Festung zu stürmen?

Es war diese Frau, Mechthild, die alle seine Sinne umgarnt hatte. Er hatte gehandelt wie ein Narr. Anstatt rechtzeitig Entscheidungen zu treffen, hatte er nur an sie gedacht, hatte wissen wollen, ob sie ihn verriet oder ob sie ihn liebte. Er hatte sein Herz an ein Weib gehängt und dafür straften ihn jetzt die Götter.

Langsam richtete er sich auf und untersuchte seine Wunden. Sie waren unbedeutend, bis auf eine tiefe Fleischwunde im Oberschenkel, die von einem Schwerthieb herrührte. Er riss sich das Hemd herunter, um die Wunde damit zu verbinden, zog den Knoten so fest wie möglich an und lehnte sich erschöpft an die kalte Mauer. Er hatte viel Blut verloren und fühlte sich erschöpft und durstig. Doch jetzt war nicht die Zeit, auszuruhen, jede Minute war kostbar, denn sie konnte seine letzte sein.

Arnulf sollte nicht die Genugtuung haben, ihn am Galgen sterben zu sehen. Er würde um seine Freiheit kämpfen, und wenn Odin ihm beistand, würde es ihm auch jetzt noch gelingen, die Niederlage in einen Sieg umzumünzen. Er rutschte hinüber zur Mauer und untersuchte die Steine, in die die Eisenkette eingelassen war. Sie waren zwar schon etwas abgebröckelt, die Kette saß jedoch tief und fest im Gestein. Man hatte ihm alle Waffen genommen und es gab nichts um ihn herum als den blanken Lehmboden. Keinen Stein, kein Werkzeug, nicht einmal einen hölzernen Stock.

Es blieb nur eine Chance: Er musste darauf hoffen, dass jemand einen Fehler machte. Ein Knecht, der ihm Wasser brachte. Ein neugieriger Krieger, der kam, um ihn zu verhöhnen. Schlimmstenfalls der Moment, wenn sie ihn zum Galgen führten und ihn dafür von der Kette losschmiedeten.

Der schwere Riegel an der Kerkertür wurde verschoben, knarrend öffnete sich die Pforte und ein Mann trat ein, mittelgroß, doch breit gebaut, mit Kniehosen und Lederwams bekleidet, das lange Schwert an der Seite. Er blieb am Eingang stehen und blickte seinen Gefangenen aus kleinen, dunklen Augen lauernd an. Graf Arnulf gönnte sich den Triumph, seinen Feind persönlich im Kerker schmachten zu sehen.

Er war sehr zufrieden, dass der Wikinger fest angeschmiedet am Boden saß und aus mehreren Wunden blutete. Er würde niedergeschlagen sein – nach allem, was geschehen war, musste Ragnar wissen, was ihm bevorstand: ein schmerzhafter, schändlicher Tod. Doch als Arnulfs Augen sich etwas mehr an die Dämmerung des Kerkers gewöhnt hatten, sah er zu seiner Enttäuschung, dass der Wikinger ihn feindselig, doch ohne ein Zeichen von Angst musterte. Arnulf ärgerte sich – man wusste ja, dass diese Nordmänner dem sicheren Tod mit erstaunlichem Gleichmut entgegenblickten. Aber es gab immerhin Möglichkeiten, Ragnars Fassung zu erschüttern. Arnulf reichte es nicht, seinen Gefangenen zu töten – er wollte ihn leiden sehen.

»Willkommen in meiner Feste«, sagte Arnulf ironisch. »Du hast so viel Mühe und Kraft darauf verwendet, in meine Burg einzudringen. Nun ist es dir also gelungen. Leider anders, als du es dir erhofft hast, Wikinger.«

Ragnar ließ ihn spotten. Arnulfs Erscheinen hier im Kerker konnte die Chance sein, auf die er gewartet hatte. Wenn der Feigling nur ein wenig näher herankäme, wäre es ein Leichtes, ihn mit einem raschen Sprung zu fassen und ihm das Schwert an seiner Seite zu entreißen. Mit einem Schwert ließ sich eine Menge anfangen.

Doch Arnulf hütete sich wohl, dem Wikinger zu nahe zu kommen. Stattdessen ließ er sich in sicherer Entfernung auf den Stufen vor der Pforte nieder und schien zum Reden aufgelegt. Man konnte einen Gefangenen auf unterschiedliche Art quälen. Man konnte ihn foltern oder verstümmeln, ihn verhungern oder verdursten lassen, ihn den Ratten zum Fraß geben. Am schlimmsten aber waren die Einsicht der eigenen Fehler und die Ungewissheit über das kommende Schicksal. Ragnar sollte beides durchleben.

»Es ist mir eine große Freude, den Sohn des berühmten Harald in meinem Kerker zu wissen«, fuhr er hämisch fort. »Dein Vater zog es vor, im Kampf zu sterben – dir wird leider nicht solch ein ehrenvoller Tod beschieden sein.«

»Ich fürchte den Tod nicht«, gab Ragnar gelassen zurück. »Es ist nur schade, ihn durch einen Feigling zu empfangen.«

Arnulf grinste. Solch hilflose Beleidigungen ließen ihn kalt.

»Sei unbesorgt, Ragnar«, meinte er. »Wir haben es nicht eilig, dich zur Hölle zu schicken. Ein so wichtiger Gefangener wie du kann uns Vorteile verschaffen. Wer weiß, wann die nächste Rotte deiner Landsleute vor unseren Toren steht? Mit dir haben wir eine treffliche Geisel in der Hand.«

Ragnar schwieg voller Zorn. Falls Arnulf das tatsächlich plante, würde er zwar mit dem Leben davonkommen, seine Ehre und sein Ansehen wären jedoch dahin. Es war besser, zu sterben, als so verhandelt zu werden.

Erfreut sah Arnulf, dass seine Worte einen gewissen Eindruck hinterlassen hatten.

»Eine solch lange Gefangenschaft würde dich natürlich ein wenig verändern, großer Ragnar. Bedenke, wie ungesund es ist, jahrelang von Wasser und Brei zu leben und in diesem dunklen Kerker angeschmiedet zu sein. Du würdest schon nach wenigen Monaten schwach und hinfällig, und auch deine Lust auf schöne Weiber würde dir vergehen.«

Ragnar schluckte die Bosheit hinunter und wartete ungeduldig darauf, dass Arnulf wenigstens eines seiner Beine ausstrecken würde und er ihn irgendwie zu fassen bekam.

»Weißt du eigentlich, wer die schöne Fränkin war, mit der du einige lustvolle Tage dein Zelt geteilt hast?«, fuhr Arnulf hinterhältig fort.

Ragnar spürte, dass ihm das Blut heiß zu Kopfe stieg. Er war davon überzeugt gewesen, dass Mechthild ihn trotz allem nicht verraten hatte. Sie liebte ihn, hatte es ihm gestanden und mit dieser Liebesnacht bewiesen. Es war nicht ihre Schuld, dass er leichtsinnig gehandelt hatte. Es war seine eigene Dummheit gewesen.

Und doch! Während die fränkischen Krieger scharenweise

auf ihn eindrangen, hatte er einen kurzen Blick zu ihr hinüberwerfen können. Es war ein Blick der Verzweiflung und des schmerzlichen Abschieds gewesen, denn er würde sie nicht mehr schützen können. Aber brauchte sie überhaupt seinen Schutz?

Er erinnerte sich jetzt daran, dass sie frei und unbehelligt vor Arnulf gestanden hatte. In einer Haltung, die nichts von der Demut einer Klosterfrau hatte.

»Du hast mit Konrads Tochter geschlafen«, sagte Arnulf in seine Gedanken hinein. »Die schöne Mechthild ist die Tochter des Mannes, der deinen Vater erschlug. Wie schade, dass du diese Gelegenheit zur Rache nicht vollenden konntest.«

Es traf ihn wie ein Schlag. Härter als alle Verwundungen und Hiebe, die er während des Kampfes empfangen hatte.

Sie war Konrads Tochter. Natürlich – wo hatte er seine Gedanken gehabt? Er hatte geahnt, dass sie keine gewöhnliche Klosterfrau war. Alles an ihr zeigte, dass sie eine Grafentochter war, gewohnt zu befehlen und zu herrschen. Ihr Hochmut, ihre Anmaßung, ihr Gang, die Art, wie sie die Augenbrauen hochzog und das lange Haar zurückwarf...

Sie hatte ihm nichts davon gesagt. Nicht einmal, nachdem sie sich ihm hingegeben hatte. Fürchtete sie auch in diesem Augenblick noch seine Rache?

Arnulf ärgerte sich jetzt schon über das lange Schweigen seines Gefangenen. Er war bestürzt, das konnte man deutlich sehen. Doch Arnulf wollte mehr, er wollte sehen, wie der Wikinger verzweifelte. Er würde die Sache mit Mechthild noch ein wenig weiterspinnen.

»Die Grafentochter ist ein kluges Mädchen«, sagte er. »Sie hat mir große Dienste geleistet, während du meine Feste belagert hast.«

Er sah, wie der Blick seines Gefangenen starr wurde, und er begriff, dass er hier ins Schwarze getroffen hatte. Durch die List einer Sklavin besiegt worden zu sein, war eine Schande für einen Krieger.

»Sie hat … dir Dienste geleistet ?«, fragte der Wikinger mit rauer Stimme.

Arnulf lächelte sein boshaftestes Lächeln. Schau an, dachte er, könnte es gar sein, dass der starke Ragnar in Mechthilds Liebesgarn gegangen war?

»Du wunderst dich?«, sagte er in harmlosem Ton. »Nun – sie ist eine Fränkin und zudem meine Verlobte.«

Ragnar wusste nichts darauf zu sagen. Erzählte Arnulf ihm Lügen, um sich an ihm zu rächen? Doch so vieles passte zusammen. Sie hatte die Botschaft von Arnulf gelesen, ohne ein Wort darüber zu verlieren, sie hatte den Schwindel mit der gefälschten Lehensurkunde nicht aufgedeckt. Auch hatte sie das Messer aus dem Versteck genommen – allerdings ohne es zu gebrauchen. Aber was bewies das schon? Er hatte sie ja in dieser Nacht selbst daran gehindert. Hätte er ahnungslos neben ihr geschlafen, dann wäre er jetzt vielleicht längst in Hels Reich.

Zufrieden betrachtete Arnulf Ragnars gerötete Stirn und seine unwillkürlich im Zorn geballten Fäuste.

»Konrads Tochter fordert übrigens deinen Tod am Galgen als Rache für die Schmach, die du ihr angetan hast. Da ich sie in Kürze zu meiner Frau machen werde, muss ich mir wohl etwas einfallen lassen, um ihren Zorn zu besänftigen. Ich möchte auf keinen Fall, dass sie mich im Brautbett mit Unwillen empfängt. Unter uns gesagt: Sie hat ganz bezaubernde Brüste und ihr weicher Schoß verspricht köstliche Liebeswonnen. Aber du weißt ja, wovon ich rede.«

Ragnar saß unbeweglich und schien kaum noch zuzuhören, dennoch war Arnulf fest davon überzeugt, dass seine Worte die erhoffte Wirkung gezeitigt hatten. Befriedigt erhob er sich, wobei er sehr darauf achtete, dicht bei der Pforte zu bleiben. Auf sein Klopfen erschien ein Knecht mit einer Öllampe. Der Mann warf einen scheuen Blick auf den am Boden sitzenden Wikinger, dann schloss er hastig die Tür hinter dem Grafen.

Ohne Regung blieb der Wikinger zurück, erfüllt von einem einzigen niederschmetternden Gedanken: Sie war eine Verräterin. Hatte ihn die ganze Zeit über belogen und betrogen. All ihre Hingabe und Zärtlichkeit in dieser Nacht waren nur Trug und Berechnung gewesen. Er spürte, wie der Zorn in ihm aufwallte und heiß durch alle Glieder strömte. Bei Thor – sie würde es bereuen. Wenn es ihm gelingen sollte, aus diesem verfluchten Kerker zu entkommen, dann würde es seine erste Tat sein, an ihr Rache zu nehmen.

Fastrada beugte sich über den dampfenden Bottich und fuhr mit dem nassen Tuch in sanften Kreisen über Mechthilds Rücken. Sie hatte wohlriechende Kräuter in das Bad gestreut, so wie sie selbst es liebte, und für einen Augenblick hing sie ihren Erinnerungen nach. Arnulf hatte sie beim Baden gern betrachtet und war nicht selten zu ihr in den Bottich gestiegen, um sie dort zu nehmen.

»Ist das Wasser so recht, Herrin?«

»Es ist gut so.«

Schweigend fuhr Fastrada fort, die Grafentochter zu waschen und ihr das lange Haar zu spülen. Sie hatte sich getäuscht, die Nebenbuhlerin war schön, viel schöner, als es zuerst den Anschein gehabt hatte. Ihr Körper war fest und schlank, ihre Brüste standen hoch, und das volle, dunkle Haar würde sie vortrefflich schmücken, wenn es erst getrocknet und gekämmt war. Ihre Haut war durch das heiße Bad rosig geworden und schimmerte verlockend. Arnulf würde diese Frau so rasch nicht verstoßen.

Mechthild saß zusammengekauert im warmen Wasser, ließ sich bedienen, wie sie es von Kind an gewohnt war, und war dennoch weit davon entfernt, dieses Bad zu genießen. Arnulf schien zwar sehr damit beschäftigt, das bevorstehende Gottesgericht und die anschließende Hochzeit zu richten. Außerdem lagerten die bischöflichen Krieger vor der Festung und stellten ihre Ansprüche, denn nur aus reiner Freundschaft hatte der Erzbischof seine Truppe nicht entsendet. Arnulf würde ihnen Sold zahlen müssen. Aber dennoch war es durchaus möglich, dass er für kurze Zeit hier im Rittersaal auftauchte, um ihr beim Bad zuzusehen. Darauf legte sie wenig Wert.

»Trockne mich ab«, befahl sie Fastrada und erhob sich aus dem Bottich.

»Aber das Wasser ist noch warm«, wunderte sich die Dienerin.

»Tu, was ich dir sage. Rasch!«

Mechthild war froh, als sie in eines ihrer Seidenkleider schlüpfen konnte. Was für ein Genuss, diesen weichen, kühlen Stoff statt der kratzigen Wolle am Körper zu spüren! Sie wählte ein helles Überkleid aus Leinen, das an den Schultern mit zwei silbernen Schmuckfibeln zusammengesteckt wurde, und schob die Füße in zierliche Schuhe aus weichem Leder. Alle diese Kleidungsstücke stammten aus ihrem Besitz – dieser elende Strauchdieb hatte sie aus der Feste ihres Vaters mitgenommen und tat sich hier damit groß.

Während Fastrada ihr das Haar mit einem Tuch trocknete und dann mit dem Kamm hindurchfuhr, grübelte Mechthild darüber nach, wie es ihr gelingen könnte, Ragnar aus dem Kerker zu befreien. Sorgenvoll dachte sie daran, dass er verwundet war. Würde er überhaupt in der Lage sein zu fliehen? Auf ein Pferd zu steigen und davonzureiten? Oder waren seine Verletzungen so schwer, dass er jetzt in diesem Augenblick schon mit dem Tode rang?

Lieber Gott, lass ihn nicht sterben, flehte sie innerlich. Jedes Wagnis würde sie eingehen, jede Not erleiden – wenn sie ihm nur das Leben retten konnte. Wenn es nicht anders möglich war, würde sie Arnulf sogar heiraten.

Sie brauchte Helfer. Brian war der Richtige, irgendwie musste es ihr gelingen, mit ihm zu sprechen. Neidhardt, der sich vermutlich auch hier aufhielt, würde ihr wenig zur Seite stehen, schließlich war er immer der Meinung gewesen, sie solle Arnulf um des lieben Friedens willen so rasch wie möglich heiraten.

Aber wie sollte sie Brian erreichen? Vielleicht könnte ihr ja diese Frau hier, die sie immer wieder mit einer Mischung aus Hass und Bewunderung betrachtete, dabei nützlich sein. Sie war ungewöhnlich schön, vermutlich war sie Arnulfs Geliebte gewesen und er hatte sie jetzt verstoßen.

»Du heißt Fastrada?«

»Ja, Herrin …«

Sie war nicht gerade gesprächig.

Wahrscheinlich hasst sie mich, weil sie durch mich ihren Platz an Arnulfs Seite verloren hat, dachte Mechthild. Wenn sie ahnte, wie gern ich ihr dieses Vorrecht überlassen würde!

Stumm bearbeitete Fastrada Mechthilds Haar, löste die ineinander verwirrten Strähnen und strich vorsichtig und sorgfältig mit dem Kamm hindurch. Sie hatte schöne Hände mit wohlgepflegten Fingernägeln, an ihrem Handgelenk blitzte ein silbernes Armband, sicher ein Geschenk Arnulfs.

»Du machst das sehr gut, Fastrada«, lobte Mechthild. »Ich glaube, wir werden uns miteinander vertragen.«

»Ich stehe zu Euren Diensten, Herrin …«

»Ich möchte, dass du hier oben bei mir wohnst und mich bedienst. Würde dir das gefallen?«

Ein Blick in Fastradas Gesicht zeigte ihr, dass sie das Richtige gesagt hatte.

»Das würde mir sehr gefallen, Herrin«, sagte Fastrada erleichtert. »Nur weiß ich nicht, ob der Graf es erlauben wird.«

»Das lass nur meine Sorge sein, Fastrada.«

Mechthild spürte Mitleid mit dieser jungen Frau. Wie grässlich, diesem Kerl Tag und Nacht ausgeliefert und das Opfer seiner Launen und Bosheiten zu sein.

Fastrada hatte Mechthilds Haar jetzt ausgiebig geglättet, sie hängte die feuchten Tücher zum Trocknen auf und machte Anstalten, das Badewasser wieder aus dem Bottich zu schöpfen.

»Lass das jetzt sein. Ich habe einen Auftrag für dich.«

Gehorsam trat Fastrada vor ihre neue Herrin hin.

»Arnulf hat auch einen Mönch aus der Gefangenschaft der Wikinger befreit. Sein Name ist Brian. Finde ihn und schicke ihn zu mir, ich will mit ihm sprechen.«

Fastrada nickte ein wenig verwundert, denn sie hatte erwartet, dass die neue Herrin ganz andere Wünsche äußern würde: die Kleider ansehen, die Arnulf für sie hatte zurechtlegen lassen, die zierlichen Schuhe und die silbernen Fibeln, die die Gewänder zusammenhielten.

Doch sie war entschlossen, der neuen Herrin zu gehorchen. Wenn diese Frau durchsetzte, dass Arnulf sie im Rittersaal duldete, dann war das allemal besser, als ins Gesindehaus umziehen zu müssen. Auch wenn Neidhardt sie dort beschützte, auf die Dauer war kein Verlass auf ihn. Neidhardt war ein lieber Kerl, tausendmal mehr wert als Arnulf, aber er war schwach.

Im Burghof herrschte jetzt dichtes Gedränge, denn die Krieger des Erzbischofs verlangten ihren Sold und hatten außerdem Lust bekommen, nach den Mägden des Grafen zu schauen. Fränkische Raufbolde in eng anliegenden Kniehosen und kurzen Überwürfen, die wollenen Strümpfe mit farbigen Bändern umwunden, benahmen sich wie die Herren der Festung, schoben Arnulfs Krieger beiseite, füllten sich die Becher mit Wein und stellten den Frauen nach. Hie und da gab es schon kleine Rangeleien, Weiber schimpften, getretene Hühner gackerten, Knechte stießen leise Flüche aus und wünschten die fremden Krieger zum Teufel.

Fastrada war froh, dass sie den Mönch gleich neben dem Eingang des gräflichen Wohnturms fand, und stellte voller Erstaunen fest, dass sie ihn kannte. Es war der junge Priestermönch, den sie vor einigen Wochen aus dem Kerker befreit hatte und der ihr ihre Sünden vergeben hatte. Sie war sehr glücklich darüber gewesen, denn sie wusste, dass ihre Sünden schwer wogen.

»Kommt rasch mit mir«, sagte sie und zupfte ihn am Ärmel. »Meine Herrin will Euch sehen.«

Auch Brian hatte Fastrada wiedererkannt, und er folgte ihr hastig und ohne ein Wort die enge Treppe hinauf ins obere Geschoss des hölzernen Wohnturmes. Seit man ihn in die Festung gebracht hatte, war er nur von einem einzigen Gedanken beherrscht: Jetzt, da der Wikinger mit Gottes Beistand seiner gerechten Strafe zugeführt wurde, musste er, Brian, seine Herrin vor Arnulf bewahren. Brian spürte vor Aufregung keinen Schmerz mehr, obgleich die gebrochene Rippe noch längst nicht ausgeheilt war. Mechthild durfte nicht zu einer Heirat gezwungen werden – insgeheim war Brian davon überzeugt, dass seiner Herrin ein gottgewolltes Leben als Äbtissin von St. André bestimmt war. Und er würde ihr dort als Klosterpropst zur Seite stehen bis ans Ende seiner Tage.

Ein Duft nach Kräutern und Blüten lag in dem schmucklosen Raum, feuchte Wärme stieg von einem hölzernen Badebottich auf, Tücher lagen zum Trocknen über niedrigen Klappschemeln. Brian spürte Verwirrung und Unbehagen, als er Mechthild in dem seidenen Kleid erblickte, die Wangen vom Bad gerötet, das Haar noch feucht. Viel lieber hätte er sie in ihrem Nonnengewand gesehen oder wenigstens in Männerkleidern. Doch er ließ sich nichts anmerken und verneigte sich vor ihr, um sie zu grüßen.

»Herrin«, sagte er. »Ich bin bereit, mein Leben zu geben, um Euch zu dienen. Was auch immer Ihr befehlt – ich werde es mit Gottes Hilfe verrichten.«

Mechthild hatte zwar auf seine Unterstützung gehofft – dass er dabei so übereifrig sein würde, erstaunte sie jedoch. Noch gestern hatte er ihr Vorträge über die Schwäche des weiblichen Geschlechts gehalten und heute war er schon wieder ihr untertänigster Diener.

Verstehe einer so einen Mönch, dachte sie bei sich.

»Ich brauche tatsächlich deine Hilfe, Brian«, sagte sie

leise, während Fastrada geräuschvoll das Badewasser aus dem Bottich schöpfte und dann mit einem Eimer in jeder Hand aus dem Rittersaal ging.

»Was soll ich tun, Herrin?«

»Ich habe zwei Aufträge für dich, Brian. Der eine ist recht einfach. Du musst in den Wald gehen und mir Teufelskirschen besorgen.«

Brians Gesichtsfarbe veränderte sich.

»Ihr wollt Arnulf töten? O Herrin, nehmt nicht solche Sünde auf Euer Gewissen. Lasst mich es für Euch tun, dass Ihr vor der ewigen Verdammnis verschont bleibt.«

Sie musste sich das Lachen verbeißen. Der kleine Brian wollte sie nicht nur in diesem Leben vor Schaden bewahren – nein, er war sogar bereit, für sie in der Hölle zu schmoren.

»Unsinn, Brian«, sagte sie lächelnd. »Ich will Arnulf nicht töten. Ich will ihn nur betäuben, damit er mich heute Nacht in Ruhe lässt und ich aus der Feste fliehen kann.«

Brian atmete auf, beruhigt war er keineswegs. »Ich werde in Eurer Nähe sein, um Euch beizustehen«, sagte er entschlossen. »Und dann werde ich Pferde für unsere Flucht bereithalten. Neidhardt ist ganz sicher hier in der Feste – er wird uns helfen.«

Aber Mechthild schüttelte energisch den Kopf.

»Lass Neidhardt aus dem Spiel, der ist viel zu ungeschickt und wird uns noch aus Versehen verraten. Tu einfach, was ich dir gesagt habe, Brian.«

Gehorsam senkte der Mönch den Kopf. Mechthild hatte ungeduldig nach draußen gelauscht. Waren das schon wieder Fastradas Schritte auf der Treppe? Oder war es nur einer der Turmwächter, der hinaufstieg, um seinen Genossen dort oben abzulösen?

»Der zweite Auftrag ist sehr viel schwieriger und gefährlicher«, sagte sie rasch. »Du wirst in dieser Nacht in den Kerker schleichen und den Wikinger befreien.«

Brian fuhr zusammen. Er glaubte, sich verhört zu haben.

»Das… das verlangt Ihr nicht im Ernst, Herrin«, stammelte er.

»In vollstem Ernst, Brian. Ich will nicht, dass Arnulf ihn tötet, das hat er nicht verdient. Du wirst ihn losschneiden und ihm zur Flucht verhelfen.«

Brian taumelte und spürte plötzlich wieder heftige Schmerzen in der Brust.

Er stöhnte leise.

»Das kann ich nicht tun, Herrin. Verlangt von mir, was Ihr wollt, mein Leben, meine Seligkeit – alles will ich für Euch hingeben. Aber ich werde diesen Heiden nicht seiner gerechten Strafe entziehen.«

Wütend herrschte sie ihn an: »Hast du mir nicht eben noch versichert, dass du alles für mich tun willst, was nur immer in deiner Macht steht?«

»Aber Herrin – was Ihr verlangt, ist ganz und gar unmöglich«, jammerte er verzweifelt. »Er ist ein Heide, ein Räuber und Mörder. Er hat unsere Klöster geschändet und…«

»Ich weiß selbst sehr gut, wer er ist«, fuhr sie ihn wütend an. »Und ich befehle dir, ihn zu befreien, Brian.«

Der Mönch zitterte am ganzen Leib, nie zuvor hatte er gewagt, Mechthild einen Wunsch zu versagen.

»Ich kann es nicht, Herrin«, sagte er entschlossen, wenn auch mit bebender Stimme. »Vergebt mir.«

Ärgerlich und enttäuscht wandte sie sich ab. Dann hörte sie jedoch, wie Fastrada draußen vor der Eingangstür einen hölzernen Eimer abstellte, und zischte ihm noch wütend zu:

»Dann erfülle wenigstens meinen ersten Auftrag. Oder willst du das jetzt auch nicht mehr?«

»Ich bringe Euch, was Ihr verlangt habt, Herrin«, gab Brian zurück und verneigte sich tief vor ihr.

Er drückte sich scheu an der eintretenden Fastrada vorbei und eilte die Treppe hinunter. Es würde bei diesem Getümmel draußen nicht schwer sein, ungesehen aus der Feste in den Wald zu gelangen. Es achtete ohnehin niemand auf ihn.

Mechthild stand an einer der schmalen, mit Pergament verklebten Fensternischen und schlug vor Zorn die Faust auf den Stein der Mauerbrüstung. Dieser starrsinnige, kleine Kerl!

Sie würde es selbst tun müssen. Aber vielleicht war es ja besser so.

❖

Arnulf war es gelungen, die aufdringlichen Krieger des Erzbischofs vorerst zufrieden zu stellen. Man würde ihnen noch heute gebratenes Fleisch, Gerste und Gemüse zur Siegesfeier vor die Tore der Festung bringen, dazu Wein und Bier in genügender Menge. Für den morgigen Tag kündigte er ein besonderes Fest an – Ragnar, der Wikinger, solle um sein Leben kämpfen, mutige Krieger seien aufgefordert, gegen ihn anzutreten. Doch der Anführer der erzbischöflichen Truppen bereitete ihm Ärger, denn er verlangte zusätzlich dreihundert Pfund Silber und erbeutete Waffen, Rüstungen, Schmuck und Geräte für seine Krieger.

Man hatte mehrere Feuer auf dem Burghof entzündet, Rauch und Bratenduft erfüllten die Luft. Das Fleisch wurde an langen Spießen gedreht, große Kessel, gefüllt mit Wasser und Getreide, brodelten auf dem Feuer, die Mägde rührten schwitzend mit langen Holzstangen darin herum, umringt von Kindern, die die Feuer mit Holz versorgten. Die Krieger des Grafen sahen ihnen missmutig dabei zu. Es war der Wintervorrat, der an die Fremden verteilt wurde, wer weiß, ob genügend zurückbleiben würde, um später in der Feste alle ausreichend zu versorgen.

Mechthild hatte die niedrige Tür zum Söller geöffnet und stand nun auf dem schmalen, von hölzernen Säulen abgestützten Altan, der den Turm von allen Seiten umgab. Ihre Hoffnung, sich in der Nacht durch einen kühnen Sprung von hier herunter zu retten, erwies sich als aussichtslos. Wer von hier aus sprang, der konnte nur mit zerbrochenen Gliedern im Burghof gefunden werden.

Ungeduldig suchte sie in dem Menschengewimmel zu ihren Füßen nach Brian. Warum brauchte er so lange? Sorgenvoll dachte sie darüber nach, dass die Teufelskirschen im Spätherbst schon von den Vögeln abgefressen sein könnten.

Sie hatte Fastrada befohlen, Wasser, Wein und Honig herbeizuschaffen, und war erleichtert, als sie mit einem großen Korb zurückkehrte, in dem sich neben Gläsern und Bechern auch verschiedene Schalen mit Fleisch, Gemüse und Gerstenbrei fanden. Mechthild machte sich erst einmal hungrig über die Speisen her. Eine der kleinen Schalen ließ sie unauffällig in einer Truhe verschwinden – sie würde sie später zur Herstellung des Giftes benötigen. Wenn doch Brian endlich käme!

Ungeduldig lief sie wieder auf den Söller hinaus. Es dämmerte bereits – immer noch war der kleine Mönch nicht zu entdecken. Die Knechte hatten inzwischen die Speisen und eine neue Ladung Wein zum Tor hinausgetragen, wo die Krieger aus Rouen lagerten. Im Schein eines Feuers konnte sie sehen, wie die Männer die Knochen abnagten und den Wein in sich hineinschütteten, weithin schallten die Stimmen der Zecher, die den Grafen Arnulf und den Bischof von Rouen ein ums andere Mal hochleben ließen.

Unten im Burghof waren die Feuer inzwischen fast verglommen, die Burgbewohner saßen in kleinen Grüppchen beisammen und verzehrten das, was sie von der Mahlzeit übrig behalten hatten. Trotz des Weines war die Stimmung eher gedämpft – man würde heilfroh sein, wenn die hilfreichen Helden endlich wieder nach Rouen abgezogen waren. Mechthild entdeckte Neidhardt, der ein wenig abseits beim Gesindehaus hockte und gemächlich seinen Wein trank. An seiner Seite saß zu ihrer Überraschung – Fastrada. Die beiden schienen in ein langes Gespräch vertieft, und die Art, wie sie miteinander umgingen, zeigte, dass sie recht vertraut miteinander waren.

Fast hätte sie jetzt Brian übersehen, der in diesem Augenblick an den Wächtern vorbei durch das Tor der Feste ging und den Turm ansteuerte. Endlich – es war höchste Zeit!

Brian hatte gut zehn der kleinen, schwarzen Beeren gesammelt und in seinem Ärmel verborgen. Sie waren überreif, der purpurfarbige Saft, den Mechthild aus ihnen in die kleine Schale presste, war dickflüssig und roch angenehm süß. Sie riss eines der Leinenhemden auseinander und drückte den Saft durch den Stoff, um die kleinen Kerne herauszufiltern. Giftmischer waren Feiglinge, ihr Vater hatte solches Tun zutiefst verabscheut. Sie hatte Arnulf oft den Tod gewünscht, doch ihn auf solche Weise hinterhältig zu morden, das würde sie nicht zustande bringen. Er sollte nicht zu viel von diesem Saft schlucken. Gerade so viel, dass er einschlief.

»Er wird es an der Farbe erkennen«, meinte Brian, der ihr angstvoll zusah.

»Ich mische es ihm ja nicht gleich in den Wein – erst nachdem er schon einige Becher getrunken hat.«

»Wenn er sich Euch nähert, oder Euch gar berührt, töte ich ihn.«

Mechthild zog lange Fäden aus dem Leinenstoff und legte sie in die Schale mit dem gefilterten Saft. Langsam sogen die Fäden die dicke, purpurfarbige Flüssigkeit auf. Mechthild half mit dem Finger nach, tunkte die Fäden immer wieder ein und verging fast vor Ungeduld. Wenn Arnulf jetzt auf die Idee kam, in den Rittersaal zu kommen, war alles verloren.

»Rede keinen Unsinn, Brian«, sagte sie nervös. »Geh lieber vor die Tür und sieh nach, ob jemand die Treppe hinaufkommt.«

Vorsichtig schüttete sie die vollgesogenen Fäden auf ein Tuch und band es zu einem kleinen Beutel. Er färbte sich sofort violett, der Saft tropfte jedoch nicht heraus. Sie schob den langen, weiten Ärmel hoch und befestigte den Beutel mit einem Stoffstreifen an ihrem Arm. Dann wischte sie die kleine Schale sorgfältig mit einem Stück Leinen sauber, zerbrach sie und legte sie zwischen die übrigen leeren Schüsseln in den Korb. Niemand sollte mehr daraus essen, denn das Gift war in den Ton eingedrungen.

Die Tür wurde geöffnet, doch es war nur Brian, der meldete, dass Fastrada die Treppe hinaufkäme. Rasch wickelte Mechthild die Reste des zerrissenen Hemdes zusammen und verbarg sie in einer Truhe unter den seidenen Gewändern.

Fastrada sah müde aus, ihre Miene war sorgenvoll, denn Neidhardt hatte ihr Vorwürfe gemacht und von ihr verlangt, dass sie sich unter seinen Schutz stellte.

»Hat die Herrin noch einen Auftrag für mich?«

»Nein. Du kannst dich schlafen legen.«

Fastrada nahm sich eine Decke und legte sich in einer Ecke des Saales auf den Fußboden. Unruhig wendete sie sich einige Male auf den harten Ziegeln hin und her, zog die Decke zurecht und schlief dann endlich ein.

Kurz darauf brachte Brian eine brennende Öllampe. Seine Lippen waren blass.

»Er kommt«, meldete er. »Er ist schon im Hof. O Herrin, ich werde …«

»Du wirst tun, was ich gesagt habe«, flüsterte sie zornig. »Hinaus mit dir.«

Es gelang Brian im letzten Moment, sich die Treppe hinauf in das Obergeschoss des Turmes zu flüchten. Dann vernahm man Arnulfs schwere Schritte im Eingang des Turmes, er fuhr zwei Knechte an, die sich dort zum Schlafen niedergelegt hatten, und stampfte die Treppe hinauf. Seine Laune war denkbar schlecht, denn man hatte das Silber nachgewogen und für zu wenig befunden. Der Anführer der Truppen hatte daraufhin gedroht, sich den Sold mit Gewalt zu nehmen, und Arnulf hatte weitere Zahlungen versprechen müssen.

Mechthild empfing ihn am Tisch sitzend, zwei Becher und eine Kanne Wein vor sich, die Öllampe verbreitete einen sanften rötlichen Schein, der sich in ihrem Gesicht widerspiegelte. Er stellte erfreut fest, dass sie tatsächlich eines der seidenen Gewänder angelegt hatte, nur dieser alberne Überwurf aus Leinen störte ihn, denn er verbarg ihre süßen Formen. Arnulf hatte zu dieser späten Stunde wenig Lust auf lange Geschichten – sie hatte ihren Kopf schon viel zu sehr durchgesetzt.

»Was sitzt du da noch?«, knurrte er. »Scher dich hinüber aufs Lager. Es ist Zeit, zu schlafen.«

Sie lächelte nachsichtig und legte dabei den Kopf ein wenig schräg, um ihn aus ihren unergründlichen schönen Augen mit den grünfiedrigen Einsprengseln anzusehen.

»Ich bin nicht müde«, meinte sie. »Ich habe auf dich gewartet, um auf den Sieg der Franken über die Wikinger zu trinken.«

Er grunzte unwillig, denn er war momentan auf die siegreichen Franken nicht gut zu sprechen. Doch die selbstverständliche Geste, mit der sie jetzt Wein in die Becher goss und ihm einen Platz am Tisch neben ihr zuwies, verunsicherte ihn. Sie war keine Bauerndirne, sie war ihm ebenbürtig und das hatte seinen Reiz. Er beschloss, sich trotz der späten Stunde Zeit zu lassen und ihre Unterwerfung in vollen Zügen zu genießen.

»Du scheinst zu glauben, dass es hier zugeht wie am Hof deines Vaters«, meinte er und ließ sich auf einem Schemel neben ihr nieder. »Wir lesen hier keine Gedichte und gehen mit den Hühnern zu Bett.«

Sie lachte fröhlich auf.

»Dann trink wenigstens mit mir auf den morgigen Kampf. Es wird ein großer Tag sein.«

Er nahm sich einen der Becher und schnupperte misstrauisch daran, sie hatte den Wein mit Honig gesüßt, eine Gewohnheit, die er nicht besonders liebte.

»Du kannst es wohl nicht erwarten, deinen Wikinger sterben zu sehen«, meinte er grinsend und trank ihr zu.

Sie nahm ebenfalls einen Schluck und setzte den Becher dann ab. Gut so – er trank ohne Arg Wein mit ihr. Noch ein paar Becher und er würde die kleine Beigabe, die sie in seinen Wein mischen würde, nicht herausschmecken.

»Er ist ein Satan«, sagte sie mit gut gespieltem Abscheu.

»Was er mir angetan hat, kann nicht einmal der Tod sühnen.«

Arnulf trank den Wein in langen Zügen, sah dabei auf ihr dunkles Haar und die schimmernde, zarte Haut an ihrem Hals, und in seinem Kopf tauchten erregende Bilder auf.

»Was hat er denn getan, schöne Mechthild?«, wollte er wissen und goss sich neuen Wein ein.

Sie spürte, wie ihre Hände zuckten, denn sie hätte ihm jetzt gern den Inhalt ihres Bechers ins Gesicht geschüttet.

»Das… das kann ich nicht sagen.«

Er verzog das Gesicht genüsslich. Es war ein nettes Spiel, mit dem er sie quälen konnte.

»Deinem künftigen Ehemann solltest du alles erzählen, Mechthild«, meinte er und schielte auf die silbernen Fibeln, die den Leinenüberwurf hielten. »Zier dich nicht, meine Schöne. Ich will es ganz genau wissen. Hat er dir deine Kleider zerrissen? Dich nackt vor ihm knien lassen? Dich mit seinen groben Händen bearbeitet? Sag mir, ob es dir Spaß gemacht hat!«

»Es hat mir keinen Spaß gemacht«, log Mechthild. »Es war das Schrecklichste, was ich je erlebt habe.«

Er kippte einen weiteren Becher hinunter und wischte sich den Mund mit dem Ärmel ab.

»Dann wirst du jetzt entzückt sein, meine schöne Braut. Ich bin kein Heide, ich liebe es feinsinnig. Zieh diesen Überwurf aus und tanze für mich.«

Er packte sie blitzschnell am Arm und riss ihr die Fibeln herunter, der Überwurf sank herab. Entsetzt spürte sie seinen Griff und fürchtete schon, er würde den kleinen Beutel an ihrem Arm entdecken. Doch er ließ sie wieder los und lehnte den Oberkörper zurück, um die Arme erwartungsvoll vor der Brust zu kreuzen.

»Tanze jetzt vor mir«, befahl er lauernd und goss neuen Wein ein. »Ich will sehen, ob du dein Brautgeld wert bist, schöne Mechthild.«

Sie erhob sich rasch, um aus seiner Reichweite zu gelangen, und überlegte fieberhaft, wie sie ihn für wenige Sekunden vom Tisch weglocken könnte. Sollte sie behaupten, vor der Tür Geräusche gehört zu haben?

Da kam ihr der Zufall zu Hilfe.

Fastrada war erwacht und bewegte sich auf ihrem Lager. Arnulf hatte nicht gewusst, dass noch jemand im Raum war, und hob die Lampe vom Tisch, um nachzusehen, was sich dort in der dunklen Ecke regte.

»Verdammte Hure!«, brüllte er, als er sie erkannte, und trat mit dem Fuß nach ihr. »Raus mit dir! Was hast du hier zu suchen?«

Mechthild hatte rasch den weiten Ärmel über seinen Becher gehalten und mit den Fingern zugleich kräftig den kleinen Beutel gepresst. Dicke Tropfen sanken in den Wein, einer, zwei, viele.

»Lass Fastrada in Ruhe«, schimpfte sie. »Sie schläft hier, weil sie mich bedienen soll.«

»Und ich sage, dass ich sie nicht brauchen kann«, tobte er und stieß die unglückliche Fastrada zur Tür hinaus.

Mechthild musste ihren Zorn unterdrücken. Ruhig setzte sie sich wieder an den Tisch und wartete, bis er zu ihr zurückgekehrt war. Jetzt war der Moment der Entscheidung gekommen.

»Trink«, sagte sie und hielt ihm den Becher hin, »Lass uns trinken, dann werde ich für dich tanzen.«

Er nahm den Becher aus ihrer Hand und trank in langen Zügen. Danach stierte er einen Moment vor sich hin und hob dann den Blick zu ihr. Seine Augen waren seltsam starr und fast schwarz.

»Tanze!«, sagte er heiser.

Sie erhob sich, unsicher, ob die Wirkung sofort oder später eintreten würde. Langsam ging sie durch den Raum, wiegte sich in den Hüften und stellte fest, dass er, anstatt gierig auf sie zu starren, nach dem Weinkrug griff. Er füllte sich den Becher und stürzte den Wein durstig hinunter.

»Wasser«, keuchte er. »Ich verdurste…«

Sie hielt sich vorsichtig im Hintergrund und wartete ab. Arnulf setzte den Wasserkrug an die Lippen, hustete und spuckte das Wasser wieder aus. Er konnte nicht mehr schlucken.

»Was… was hast du… in den Wein getan?«

Entsetzt sah sie zu, wie er taumelnd vom Schemel aufstand, sich um sich selbst drehte und dann einen wilden Schrei ausstieß. Sein Gesicht war stark gerötet, die Augen weit geöffnet.

»Konrad!«, brüllte er. »Ich habe dich nicht verraten! Ich schwöre es!«

Er begann, durch den Raum zu schwanken, stieß die Schemel um und ruderte wild mit beiden Armen, als kämpfe er gegen unsichtbare Gegner. Dann versuchte er in einem wütenden Anfall, den Tisch aufzuheben, und sank plötzlich in sich zusammen, den schweren Holztisch mit sich umreißend.

Mechthild starrte auf den bewegungslos am Boden Liegenden und zitterte vor Angst. Sie hatte nicht gewusst, wie stark die Wirkung der Teufelskirsche sein würde. Hatte sie ihn jetzt vielleicht doch umgebracht?

Es war aber nicht die Zeit, lange darüber nachzusinnen. Sie riss sich den Giftbeutel vom Arm und warf ihn in den

Ofen, legte sich über ihr Kleid ein Tuch um und öffnete vorsichtig die Tür. Niemand war auf der Treppe zu sehen – sie musste es wagen.

Mit leisen Schritten schlich sie die Stufen des Turms hinunter, hielt an jeder Biegung inne, lauschte in die Dunkelheit und sah endlich schwachen rötlichen Lichtschein. Rechts und links des Turmeingangs hatte man zwei Fackeln in eiserne Wandhülsen gesteckt, um den Eingangsbereich zu beleuchten. Von hier führte eine enge, steinerne Treppe hinab ins Turmverlies. Vorsichtig lugte sie um die Ecke der Treppenbiegung – im unteren Turmzimmer war es ruhig. Doch das leise Schnarchen bewies, dass dort einige Krieger lagerten, die jetzt Nachtruhe hielten. Die Treppe zum Verlies war unbewacht – wie merkwürdig! Nur draußen im Burghof ging hin und wieder ein Mann vorbei, der einen prüfenden Blick in den erleuchteten Turmeingang warf und dann seinen Wachgang fortsetzte.

Mechthilds Herz schlug wild und aufgeregt. Sie war darauf vorbereitet gewesen, die Wächter zu überlisten. Aber das Verlies wurde nicht bewacht. Warum nicht? Entweder hatte man Ragnar an einer anderen Stelle verwahrt, oder … Sie wollte diesen Gedanken nicht zu Ende denken. Ragnar durfte nicht tot sein.

Sie stieg auf leisen Sohlen die Treppe bis in den kleinen Eingangsflur hinab und verbarg sich rasch hinter einem breiten Stützpfeiler. Von hier aus konnte sie auf die eisenbeschlagene Tür zum Verlies sehen. Der Fackelschein ließ auf ihrem dunklen Holz rote und gelbe Flämmchen tanzen, so als brenne hinter dieser Tür ein geisterhaftes Feuer.

Sie huschte über den Flur und stieg hastig die Stufen zur Tür hinab, dann begann sie langsam und sehr vorsichtig, den breiten, eisernen Riegel zurückzuschieben. Das verdammte Ding war schlecht geölt und gab immer wieder knarrende Geräusche von sich. Als sie ihn vollständig gelöst hatte, hielt sie einen Moment inne und lauschte. Nichts war zu hören außer dem Schnarchen der Männer und ihrem eigenen, wild klopfenden Herzen.

Sie zog an der schweren Holztür, voller Sorge, dass sie laut knarren oder knacken würde, doch nichts dergleichen geschah. Der Raum dahinter war fast völlig dunkel, nur ein winziges Fensterchen schimmerte hoch oben in mattrötlichem Licht, das vom immer noch glimmenden Feuer draußen auf dem Burghof stammte. Mechthild schlüpfte durch die halb geöffnete Tür und versuchte, etwas zu erkennen.

»Ragnar?«, flüsterte sie. »Ragnar – bist du hier?«

Keine Antwort. Keine Bewegung. Und doch spürte sie ganz sicher, dass sich jemand in diesem Raum befand. Ihr Fuß ertastete eine Stufe, doch sie zögerte.

»Ragnar?«, wisperte sie noch einmal, unschlüssig, ob sie es wagen sollte, in das Verlies hinabzusteigen, oder ob sie besser an der Tür stehen blieb.

Sie vernahm ein leises metallisches Rasseln, das nur von einer eisernen Kette herrühren konnte. Wer auch immer dort unten gefangen war – man hatte ihn in Ketten gelegt.

»Ich bin hier«, hörte sie da seine tiefe Stimme.

Er hatte leise gesprochen, doch es klang warm und voll, seine Verwundungen hatten ihm weder die Sinne geraubt noch schien er stark geschwächt zu sein. Sie spürte ungeheure Erleichterung und tastete sich die Stufen hinab in die Dunkelheit hinein.

»Wo bist du?«, fragte sie. »Ich kann dich nicht sehen, Ragnar. Bist du gefesselt?«

»Gehe drei Schritte geradeaus, Mechthild.«

Sie hörte die Kette leise rasseln und erkannte nun eine große Gestalt, die sich dicht vor ihr aufrichtete. Dann konnte sie seine hellen Augen schimmern sehen und hätte fast aufgeschluchzt vor Glück.

»Ragnar – ich bin so froh, dass ich dich gefunden habe«, hauchte sie. »Ich komme, um dich …«

Zwei starke Fäuste umfassten ihre Oberarme, rissen ihren Körper nach vorn und drückten sie mit dem Rücken hart gegen die Mauer. Sie stieß vor Schreck einen leisen Schrei aus und spürte gleich darauf, wie eine Hand ihr den Mund verschloss.

»Verräterin«, zischte er, dicht an ihrem Gesicht. »Elende Frankenhure. Glaube nicht, dass ich noch einmal auf deine Lügen hereinfalle.«

Sie war vollkommen überrascht, begriff kaum, was mit ihr geschah. Mit raschem Griff fasste er ihre beiden Hände, schob sie hinter ihren Rücken und presste sie fest zusammen. Seine linke Hand lag noch immer auf ihrem Mund, sodass sie nicht einmal vor Schmerz aufstöhnen konnte.

»Betrogen hast du mich, Fränkin«, flüsterte er keuchend. »Dafür wirst du deinen Lohn bekommen. Dein Bräutigam wird keine Freude mehr an dir haben, schöne Mechthild.«

Sie versuchte, seine Hand abzuschütteln, um endlich sprechen und ihm seinen Irrtum erklären zu können. Das alles konnte nur Arnulfs Werk sein – dieser hinterhältige Verleumder hatte Ragnar Lügen erzählt. Doch der war nicht gewillt, sie reden zu lassen. Je mehr sie sich wehrte, desto fester und schmerzhafter wurde sein Griff. Schließlich gab sie es auf, blieb reglos und erschöpft stehen, während sie spürte, wie sein harter Körper sich gegen sie presste.

»Bete noch einmal zu deinem Christengott, Fränkin«, hörte sie ihn dicht an ihrem Ohr wispern. »Vielleicht wird er dich vor der Hölle bewahren. Vor der Hölle der Lügner und Verräter.«

Sie spürte seinen heißen Mund an ihrem bloßen Hals und sie regte sich nicht. Nur ihre Brust hob und senkte sich atemlos und ihre Pulse schienen zu fliegen. Ragnars Lippen waren trocken und fiebrig, sie spürte seine Zunge, die wie ein glühendes Eisen über ihre Haut kroch. Mit einem Ruck löste er seine Hand von ihrem Mund und griff ihr Haar im Nacken, bog ihren Kopf zurück und küsste ihren Mund mit wahnsinniger, unbändiger Gier. Sie hörte ihn leise stöhnen und schmeckte seine salzigen Lippen, spürte seine Arme, die sich jetzt um ihren Körper schlangen. Er presste sie an sich, als wolle er sie erdrücken, und schien doch selbst dabei unendliche Qualen zu leiden.

»Warum sollte ich zu dir in den Kerker gekommen sein, wenn ich eine Verräterin wäre«, flüsterte sie verzweifelt. »Ich liebe dich, Ragnar. Ich will dich befreien. Ich will, dass wir zusammen fliehen …«

»Schweig!«, keuchte er und verschloss ihr den Mund, indem er sie wie ein Besinnungsloser küsste. »Schweig – du lügst mit jedem Wort.«

Seine Hände glitten über ihren Körper und nahmen ihn in Besitz, wie ein lange ersehntes, verlorenes Eigentum. Der dünne Seidenstoff ließ ihn jede der köstlichen Erhebungen spüren, er umschloss ihre Brüste mit beiden Händen, massierte ihren Bauch, legte beide Hände auf ihre Schenkel und sank langsam vor ihr auf die Knie.

»Ragnar – ich flehe dich an… wir haben nur wenig Zeit…«

Erschauernd spürte sie, wie er sie umfasste, seinen Kopf in ihren Schoß grub und die kleine Wölbung zwischen ihren Beinen durch den Stoff hindurch mit Küssen bedeckte. Jede seiner heißen, zärtlichen Berührungen schien ihren Körper wie eine Flamme zu durchzucken und sie verlor alle Beherrschung.

»Ragnar… Liebster… bitte nicht… nicht jetzt…«

Sie griff mit den Händen in sein Haar, streichelte seine Wangen, wollte zu ihm herabsinken und ihn umschlingen. Doch abrupt richtete er sich wieder vor ihr auf, packte ihre Handgelenke mit hartem Griff und stieß sie zurück.

»Geh«, keuchte er heiser. »Geh und rette dich, Mechthild. Rasch, weil ich sonst nicht mehr weiß, was ich tue.«

»Ragnar, bitte…«, schluchzte sie verzweifelt.

Da spürte sie, wie seine harten Hände sich um ihren Hals legten und ihn so fest umschlossen, dass sie Mühe hatte zu atmen.

»Ich wünschte, ich hätte dich nie gesehen, Verräterin«, flüsterte er. »Geh endlich oder ich töte dich.«

Schritte hallten plötzlich auf dem Ziegelboden des Eingangs und sie wandte erschrocken den Kopf. Auch Ragnar hatte die Geräusche gehört, er nahm die Hände von ihrem Hals und stieß sie von sich. Mechthild stolperte voran, blieb ratlos stehen und wandte sich wieder zu ihm um. Ihre Augen waren jetzt genügend an den dämmrigen Raum gewöhnt, so dass sie seine Gestalt genau erfassen konnte. Er stand vornübergebeugt, beide Arme gegen die Mauer gestützt, als halte er sie dort noch fest, sie konnte im Halbschatten die Anspannung der breiten Schultern erkennen. Dann, als er den Fuß bewegte, erblickte sie daran die eiserne Kette, die zur Wand führte. O Himmel – man hatte ihn angeschmiedet!

Hilflos sah sie ihn an – dann begriff sie, dass die Geräusche oben im Eingang von den Frauen herrührten, die frisches Brunnenwasser in den Wohnturm trugen. Gleich würde man drüben im Gesindehaus das Feuer neu entzünden, Männer liefen über den Hof, um sich irgendwo in einer Ecke zu erleichtern, Mägde sahen nach dem Vieh und schleppten Futtereimer. Schon bald würde das erste Morgenlicht hereinbrechen, und der Schutz, den die Nacht bot, war dahin.

Es war zu spät. Sie würde ihn nicht mehr retten können.

Tiefe Verzweiflung erfasste sie. Sie hatte alle ihre Hoffnungen auf diese Nacht gesetzt und nun war alles zerstört. Hastig stieg sie die Stufen hinauf und sah sich im Turmeingang um. Die Frauen hatten ihre Eimer abgestellt und waren wieder hinausgelaufen, dafür regte es sich jetzt im Turmzimmer des Erdgeschosses, denn die Schläfer waren erwacht. Eilig zog sie die Tür des Kerkers hinter sich zu und verriegelte sie. Dann huschte sie die Treppe hinauf und stand mit wild klopfendem Herzen vor der Pforte des Rittersaales. Sie war nur angelehnt.

Was war hier inzwischen geschehen?

Langsam ging sie einige Schritte in den Raum hinein und hockte sich dann neben der Tür an die Wand. Es war dunkel im Saal, denn die kleinen, mit Pergament verschlossenen Fensterchen ließen das schwache Morgengrauen noch nicht hindurchschimmern. Bewegungslos saß sie, grübelte verzweifelt darüber nach, wie sie Ragnar trotz allem noch retten könnte. Erst nach einer Weile erhellte der Morgenschein den Raum ein wenig, und sie konnte sehen, dass der große Tisch immer noch umgestürzt lag, die Scherben von Kannen und

Bechern waren ringsum auf dem Boden verteilt. Von Arnulf keine Spur.

Konnte er davongegangen sein? Aber dann hätte er vermutlich Lärm geschlagen und nach ihr suchen lassen. Oder würde er Stillschweigen bewahren, um die Hochzeit nicht zu gefährden, und sie später mit gewohnter Grausamkeit strafen?

Sie stieg über die Scherben und lugte hinter die hölzerne Trennwand, wo sich Arnulfs Lager befand. Deutlich konnte sie die Umrisse zweier Schläfer unter den Fellen ausmachen. Der eine war Arnulf, das erkannte sie an seinen hellen Schuhen aus weichem Kalbsleder. Er lag auf dem Rücken, das Gesicht war noch gerötet und seine Brust hob und senkte sich regelmäßig. Neben ihm lag eine Frau mit langem schwarzem Haar, ein bloßer Fuß und eine nackte Schulter waren alles, was von ihrem Körper sichtbar war.

»Fastrada?«

Sie erwachte und glitt unter dem Fell hervor. Erschrocken erkannte sie ihre Herrin und versuchte, sich mit einem Zipfel des Felles zu bedecken.

»Herrin, ich konnte nichts tun. Er hat mich gezwungen…«, flehte sie verzweifelt. »Wie ein wildes Tier ist er über mich gekommen…«

Jetzt erkannte Mechthild auch eines ihrer Seidenkleider, das direkt vor ihr auf dem Boden lag. Jemand hatte es in zwei Teile gerissen.

»Es ist gut, Fastrada«, gab Mechthild leise zurück. »Ich bin nicht zornig. Nur eines musst du mir versprechen: Du erzählst niemandem davon!«

Fastrada nickte gehorsam. Sie begriff den Sinn dieses Gebotes – für die Braut musste dies alles sehr peinlich sein.

»Nicht einmal Arnulf!«

Auch jetzt nickte Fastrada willig. Allerdings war ihr der Sinn dieses Befehls verschlossen. Nicht einmal Arnulf? Aber der wusste es doch sowieso.

Mechthild ließ ihn schlafen und befahl Fastrada, ihr das Frühmahl zu bringen. Sie hatte wieder Hoffnung geschöpft.

Vielleicht hatte sie ja Glück und Arnulf hatte im Rausch gar nicht bemerkt, mit wem er die Nacht verbracht hatte?

❖

Ragnar starrte auf das winzige Fensterchen seines Kerkers, durch das jetzt ein mattes, bläuliches Morgenlicht einfiel. Stimmen und Geräusche drangen zu ihm hinunter, die Nacht war vorüber, auf der Burg regte sich das Leben. Bald würden seine Henker erscheinen, um ihn auf den Hof zu schleppen, wo Arnulf ohne Zweifel dem schimpflichen Tod seines Feindes voller Genuss beiwohnen würde.

Er hatte sich auf den Boden gesetzt und den Rücken an die Mauer gelehnt. Warum, beim Thor, war sie zu ihm gekommen? Sie war eine Verräterin, sie hatte für Arnulf gearbeitet und würde in Kürze sogar dessen Frau werden. Sie hatte strengste Bestrafung für ihn, Ragnar, gefordert. Was hatte sie dazu getrieben, in dieser Nacht zu ihm zu kommen?

Er fluchte leise vor sich hin. So verführerisch war ihr Körper unter seinen Händen gewesen, so willig war sie ihm erschienen – wer konnte aus dieser Hexe klug werden?

Hammerschläge klangen vom Hof her zu ihm hinunter. Man trieb Nägel in hölzerne Stäbe hinein – das konnte nur bedeuten, dass sein Galgen gezimmert wurde. Langsam richtete er sich auf, zog die Stofffetzen fester um seine Wunde am

Oberschenkel und reckte die Glieder. Er würde nicht unvorbereitet sein, wenn man ihn von dieser Kette losschmiedete, um ihn zum Galgen zu führen. Der kurze Weg vom Kerker bis zum Hof würde darüber entscheiden, ob er sein Leben rettete oder beim Versuch, zu fliehen, der Übermacht der Feinde erlag.

Man ließ ihn lange warten. Die Hammerschläge wollten nicht aufhören, der Geruch von Gerste und gebratenem Fleisch schlich sich in den Kerker, draußen auf dem Hof schien sich allerlei Volk zu versammeln. Hatte Arnulf vor, die Hinrichtung seines Feindes mit einem Fest zu feiern? Wenn Arnulf die Krieger aus Rouen in seinen Burghof eingeladen hatte, war die Chance, zu entkommen, winzig klein.

Dann, endlich, hörte er harte Fußtritte vor der Kerkertür, der eiserne Riegel wurde beiseitegeschoben und ein blonder Mann trat ein. Er war hochgewachsen und breit gebaut, trug ein langes Schwert an der Seite, doch wirkte er nicht wie ein Krieger. Hinter ihm folgte eine Schar von Knechten, die Stricke und Knüppel mit sich führten.

»Graf Arnulf will dir eine besondere Gnade erweisen, Wikinger«, sagte Neidhardt feierlich. »Aus Anlass der bevorstehenden Hochzeit und auf besonderen Wunsch der jungen Braut wirst du heute vor allen Kriegern und Frauen um dein Leben kämpfen.«

Ragnar runzelte ungläubig die Stirn. Auf Wunsch der Braut? War das eine neue Bosheit, die sie sich ausgedacht hatte? So wie er Arnulf einschätzte, konnte von einem ehrlichen Kampf sicher keine Rede sein.

»Bist du bereit, dich dem Kampf zu stellen, Wikinger?«

Ragnar überlegte nicht lange. Es war eine Falle – aber es war die einzige Chance, die ihm blieb.

»Ein Wikinger ist immer bereit für den Kampf«, sagte er mit unbeweglicher Miene. »Schmiedet mich los und gebt mir meine Waffen.«

Neidhardt winkte dem kleinen Schmied, der sich zögernd und mit ängstlicher Miene zwischen den Knechten hindurchschob.

»Aber haltet den Kerl fest«, verlangte er, während er Hammer und eiserne Keile aus seinem Lederbeutel packte. »Vier Mann an jeder Seite – sonst rühre ich keinen Finger.«

Mechthild hörte die hellen Hammerschläge bis in den Rittersaal hinauf, und sie wusste, was unten im Kerker geschah. Jeder der Schläge ging ihr durch Mark und Bein. Es würde weder den Schmied noch Arnulf kümmern, wenn Ragnars Fuß durch einen der Hammerschläge zerschmettert würde.

Arnulf hatte sich am Morgen vom Lager erhoben und den Rittersaal verlassen, ohne ein einziges Wort an sie zu richten. Sein Schritt war fest gewesen, wenn auch etwas schwer, aber es war offensichtlich, dass er den berauschenden Trunk gut verkraftet hatte. Was auch immer in seiner Erinnerung an den gestrigen Abend geblieben war – er würde ihr ab jetzt mit tiefstem Misstrauen begegnen, wenn er nicht noch Schlimmeres im Schilde führte. Mechthild verfluchte in Gedanken ihre allzu edle Gesinnung. Ihr Vater hatte alle Giftmischer verachtet – aber er hatte seine Gegner mit dem Schwert herausfordern können. Sie war nur eine Frau – warum hatte sie Arnulf nicht die ganze Dosis verabreicht, anstatt ihm nur einige Tropfen in den Wein zu mischen? Sie hätte Ragnar damit das Leben gerettet und sich selbst eine Menge erspart. Aber nun war es dafür zu spät.

Fastrada hatte ihr geholfen, eines ihrer schönsten Seidenkleider anzulegen, dazu einen Überwurf aus rot gefärbter Wolle und zierliche Schuhe aus dünnem Leder, die mit silbernen Schnallen verziert waren. Man habe ein Podest vor dem Wohnturm errichtet, schwatzte sie, während sie Mechthild den ledernen, goldverzierten Gürtel um die Taille band. Bunte Tücher und grüne Zweige habe man auf die Bretter ausgebreitet und zwei Stühle mit Lehnen daraufgestellt. Von diesem Thron aus würde Mechthild an der Seite ihres Bräutigams dem Kampf beiwohnen.

Auch das noch, dachte Mechthild entsetzt, während Fastrada ihr langes Haar bearbeitete und bunte Bänder hineinflocht. Neben Arnulf zu sitzen war schon schlimm genug. Aber als glückliche Braut allen Blicken ausgeliefert zu sein, während Ragnar vor ihren Augen um sein Leben kämpfte – das würde ein ungeheures Maß an Selbstbeherrschung erfordern.

Arnulf kam nicht selbst, um sie abzuholen, er schickte Brian zu ihr. Der kleine Mönch sah blass und übernächtigt aus, er verbeugte sich fast bis auf den Boden vor seiner Herrin und bat mit leiser Stimme um Vergebung. Welches Vergehen Mechthild ihm verzeihen sollte, sagte er nicht, denn Fastrada war immer noch im Rittersaal.

»Gehen wir«, sagte Mechthild kurz angebunden. Sie winkte Fastrada, ihr zu folgen, und stieg, ohne weiter auf den Mönch zu achten, die Treppen hinab. Brian war einen Augenblick wie versteinert, dann ging er still und verzweifelt hinter den beiden Frauen her. Sie hasste ihn, mehr noch – sie verachtete ihn.

Der weite Hof war voller Menschen, denn auch aus den umliegenden Dörfern kamen neugierige Bauern und Mägde. Die Krieger des Erzbischofs hatten sich an Fleisch und Wein gütlich getan, hie und da gesellte sich eine der Mägde zu ihnen, um mit ihnen zu scherzen, denn man wusste, dass die tapferen Befreier inzwischen von Arnulf ihren Sold erhalten hatten. Arnulfs Leute lagerten in der Nähe des Gesindehauses und betrachteten die fremden Krieger mit finsteren Gesichtern.

Man hatte in der Mitte des Hofs einen freien Raum geschaffen und mit hölzernen Gattern von den Zuschauern abgetrennt. Bisher rangelten dort nur einige halbwüchsige Knaben miteinander und versuchten unter dem Beifall der lachenden Knechte und dem zornigen Gebell der Hunde, einander in den Staub zu werfen. Als der scharfe Ton einer Glocke erklang, trieb man die Buben davon und die allgemeine Aufmerksamkeit richtete sich auf den Wohnturm. Dort war Arnulf erschienen, der nun seine junge Braut feierlich auf das geschmückte Podest führte und sich dann an ihrer Seite niederließ.

Leises Gemurmel erhob sich unter den Kriegern des Erzbischofs, während man die schöne, junge Braut mit neugierigen Blicken musterte. Konrads Tochter war ja ein wahres Juwel! Wie jammerschade, dass ein Kerl wie Arnulf sie heiraten würde, sie hätte ohne Zweifel einen besseren verdient.

Während Arnulf sich nun erhob, um die Bedingungen des Kampfes anzukündigen, betrachtete Mechthild voller Bitterkeit die Reihen der fremden Krieger. Dies also waren die Herren aus Rouen, auf deren Hilfe sie einmal gehofft hatte. Es waren kräftige, im Kampf erprobte Männer in guter Rüstung: Warum zum Teufel war es ihr nicht rechtzeitig gelungen, mit ihnen gemeinsam gegen Arnulf zu reiten?

Es war müßig, darüber nachzudenken. Stattdessen hörte sie zu, wie Arnulf großspurig erklärte, der Wikinger habe drei Gegner zu besiegen. Gelänge ihm dies, so sei ihm das Leben geschenkt. Fiele er jedoch bei diesem Kampf, so würden auch alle übrigen gefangenen Wikinger hingerichtet.

Wieder erklang die kleine Glocke, deren schriller Ton Mechthild schmerzte. Aus dem Kerker wurde der gefangene Wikinger in den Kreis geführt und aller Augen richteten sich auf den bärtigen Hünen. Mechthild spürte Arnulfs prüfenden Blick auf ihrem Gesicht und ihre Züge versteinerten. Niemand durfte bemerken, wie sehr Ragnars Anblick sie in Aufruhr versetzte. Welches Glück sie empfand, ihn zu sehen! Welche unendliche Furcht sie hatte, ihn heute für immer zu verlieren!

Der Wikinger betrat den Kreis, in dem sich sein Schicksal entscheiden sollte, mit langsamen Schritten und vorgeneigtem Oberkörper. Mechthild stellte voller Schrecken fest, dass er das rechte Bein nachzog. Ein Verband war um den Oberschenkel geschlungen – er war also doch verwundet. Gleich darauf jedoch bemerkte sie, dass seine hellen Augen den Kreis der Zuschauer überflogen und für einen kleinen Moment an ihr hängen blieben. Es war ein Blick voller Hass und Verachtung, der ihr bis ins Innerste drang. Er würde in dem Glauben sterben, sie sei eine Verräterin.

Leises Gemurmel hatte sich unter den Zuschauern erhoben. Die Krieger und Knechte schätzten den Kämpfer mit fachkundigen Bemerkungen ein – er war kräftig, aber immerhin durch seine Verwundung behindert. Doch da er um sein Leben kämpfen sollte, würde es ganz sicher spannend werden.

Der erste Gegner war ein junger Krieger aus den Reihen der Kämpfer aus Rouen, ein mittelgroßer, kräftiger Kerl mit breiten Rückenmuskeln und stämmigen Beinen. Man hatte auf den Sieg über den Wikinger einen Helm mit silbernem Besatz ausgesetzt, und der junge Mann war entschlossen, dieses kostbare Stück zu gewinnen. Selbstbewusst trat er in den Kreis, legte sein Wams und das Leinenhemd ab und stand mit dem langen Schwert in den Händen zum Kampf bereit.

Mechthild war froh, dass sie jetzt wenigstens ihre Aufregung zeigen durfte, denn alles starrte wie gebannt in den Kreis, wo die beiden Gegner langsam und vorsichtig aufeinander zugingen. Man hatte Ragnar sein eigenes Schwert gegeben, das kurze Schwert der Wikinger, das zwar handlicher war und auch als Stichwaffe dienen konnte, jedoch zugleich eine geringere Reichweite hatte.

Der Kampf begann überraschend mit einem heftigen Angriff des Franken, der mit erhobenem Schwert auf seinen Gegner eindrang. Doch Ragnar wich dem Schlag durch einen raschen Sprung aus, und sein kurzes Schwert bohrte sich in den Oberschenkel des Franken, der zu Boden stürzte und sich nicht mehr erheben konnte.

Überraschung machte sich breit. Der Wikinger hatte alle getäuscht, denn seine Verletzung behinderte seine Beweglichkeit keineswegs. Breitbeinig stand Ragnar auf dem Platz und sah zu, wie zwei Knechte den besiegten Franken davontrugen.

»Der Erste hat versagt«, rief Ragnar in die Runde. »Schick mir den zweiten Kämpfer, Arnulf. Es wird ihm nicht besser ergehen!«

Mechthild kämpfte tapfer gegen den Impuls, vor Freude aufzuspringen und zu jubeln. Während ihr Herz vor Begeisterung hüpfte, machte sie ein düsteres Gesicht und stieß einen leisen Fluch aus.

»Dieser Teufel hat uns glauben lassen, er sei verwundet«, schimpfte sie. »Jetzt muss der nächste Kämpfer die Scharte des ersten auswetzen.«

Arnulfs Züge waren vor Ärger dunkelrot, er hatte die geballten Fäuste auf die Knie gestützt und schien langsam zu begreifen, dass er ein Narr gewesen war, auf Mechthilds Vorschlag einzugehen.

»Lass den nächsten Kämpfer antreten«, brüllte er und winkte seinen Knechten.

Ein wohl dreißigjähriger Franke trat in den Kreis. Mechthild sah ihm sofort an, dass er kein junger Draufgänger, sondern ein kluger, seinen Gegner nüchtern einschätzender Krieger war, und ihre Sorge um Ragnar wuchs erneut. Dieses Mal konnte er niemanden mehr täuschen, sein Gegner würde mit Ragnars Beweglichkeit rechnen.

Oh, wie sie diese verdammte Glocke hasste! Schrill und gellend verkündete sie einen neuen Waffengang.

Der Franke setzte auf Geduld – langsam umkreiste er seinen Gegner, das lange Schwert in beiden Händen, unablässig wartend, dass Ragnar einen Angriff starten und sich damit eine Blöße geben würde. Mechthild konnte die Spannung kaum ertragen. Ihre Blicke wanderten unstet hin und her, erfassten plötzlich Brian, der auf einem Hackklotz saß und vor sich hin starrte, wanderten weiter zum Gesindehaus, wo sie einen Moment lag auf Neidhardt und Fastrada verweilten. Dann erklang ein vielstimmiger Schrei, die gaffenden Zuschauer sprangen auf und drängten sich um die Kreismitte, die Mägde kreischten laut, die Knechte brüllten.

»Was ist geschehen?«, fragte sie Arnulf, den es ebenso vom Sitz gerissen hatte.

Er wandte den Kopf, und seine kleinen, dunklen Augen

blitzten sie so drohend an, dass sie Furcht bekam. Gleichzeitig stellte sie fest, dass seine Pupillen immer noch leicht vergrößert waren.

»Das hast du gewusst, du dreckige Hure!«, fuhr er sie an.

Ragnar hatte seinen Gegner mit einem einzigen blitzschnellen Angriff zu Fall gebracht und kampfunfähig gemacht. Als die aufgeregten Zuschauer von einigen Knechten zurückgedrängt worden waren, sah man Ragnar hoch aufgerichtet in der Kreismitte stehen, seine Feinde mit höhnischen Blicken messend.

»Deine Krieger werden mich nicht besiegen, Arnulf«, rief er laut in die Runde. »Es ist Zeit, dass du selbst ihnen zeigst, wie ein Franke gegen einen Wikinger bestehen kann. Komm von deinem Thron herab und tritt gegen mich an!«

Mechthild gelang es nur mit Mühe, Bestürzung zu mimen, während sie Ragnar für diese Worte am liebsten um den Hals gefallen wäre. Wie mutig und gewandt er kämpfte! Wie schlau er seine Chance nutzte! Wenn er Arnulf jetzt noch im Kampf tötete, wären sie von allen Sorgen befreit.

Doch Arnulf war weit davon entfernt, so viel aufs Spiel zu setzen. Er wusste nur zu gut, dass er bei diesem Kampf nicht siegen konnte, und zog seinen verborgenen Trumpf aus dem Ärmel.

»Ich habe andere Pläne«, gab er ruhig zurück und begegnete dem unzufriedenen Gemurmel der Zuschauer mit Gleichmut.

»Feigling«, erklang es in den Reihen der Krieger. »Hasenfuß. Lässt andere antreten und bleibt selber vor Angst schlotternd hinterm Ofen hocken.«

»Ein viel besserer Gegner wartet auf dich, Ragnar«, rief

Arnulf hämisch. »Einer, der dir gut gefallen wird – ich bin sicher, ihr beide werdet euch mögen.«

Er gab seinen Knechten einen Wink und aus einem Nebengebäude wurde ein junger Mann durch die Menge der Zuschauer geführt. Mechthild sah sein rötliches Haar in der Sonne aufblitzen, und noch bevor er im Kreis vor Ragnar stand, wusste sie, welchen Kämpfer der perfide Arnulf ausgewählt hatte. Ein Wikinger sollte den Wikinger töten.

Knut, der junge Aufrührer, war nur wenig kleiner als Ragnar, er trug ein ledernes Wams, das seine breiten, tätowierten Armmuskeln sehen ließ. Arnulf hatte ihm Leben und Freiheit versprochen, wenn er Ragnar besiegen könne. Knut war ohne Zögern auf den Handel eingegangen, denn er hasste Ragnar seit Langem.

Mechthild sah die Verblüffung und den Zorn in Ragnars Zügen und wusste recht gut, was in ihm vorging. Es war schimpflich, hier vor den fränkischen Feinden einen Wikinger zu töten, um sich die Freiheit zu erkämpfen. Ein hasserfüllter Blick aus Ragnars hellen Augen traf sie, und sie begriff voller Schrecken, dass er sie für diese hinterhältige Idee verantwortlich machte. Oh, warum konnte sie jetzt nicht von diesem Podest springen und zu ihm laufen? Ihm sagen, dass auf seiner Seite war, dass sie die ganze Zeit über um sein Leben gebangt und gekämpft hatte?

Man reichte Knut ein Schwert, und die widerliche Glocke verkündete schrill den Beginn des Kampfes. Mechthild krallte die Finger in ihren roten Überwurf, was würde Ragnar tun? Würde er tatsächlich versuchen, seinen jungen Landsmann zu töten? Ein vielstimmiger Aufschrei erklang – Ragnar hatte sein Schwert von sich geworfen und erwartete den Gegner mit bloßen Händen.

Knut stieß einen Schrei aus, der dem zornigen Gebrüll eines jungen Stieres glich. Was er Ragnar zurief, konnte keiner der Franken verstehen, doch auch Knut warf jetzt die Waffe weg und stürzte sich mit erhobenen Fäusten auf seinen Gegner. Als die beiden aufeinanderprallten, gingen sie gemeinsam zu Boden und ein gewaltiges, zähes Ringen begann. Mal hatte Knut die Oberhand und drückte seinen Gegner in den Staub, dann entwand sich Ragnar mit gewandter, kraftvoller Bewegung und fiel über den Jüngeren her. Mechthild wollte das Herz stehen bleiben, denn Ragnar schien immer wieder zu unterliegen. Wollte er Knut schonen? Ihm einfach nur eine Tracht Prügel verabreichen, wie es der ältere Bruder mit dem jüngeren tut?

Ärgerliche Stimmen und sogar Gelächter wurden laut. Das war kein Kampf, sondern eine Prügelei – wer wollte das sehen? Mechthild hörte voller Vergnügen, dass die fränkischen Krieger leise über Arnulf lästerten: Was für ein Feigling! Wagt es nicht, sich zum Kampf zu stellen, und bietet uns dafür dieses alberne Schauspiel. Lauter Beifall erscholl, als Ragnar seinem Gegner eine handfeste Ohrfeige verpasste, die ihn zu Boden warf. Knut versuchte noch einmal, sich zu erheben, taumelte jedoch zurück und blieb vor Ragnar liegen.

Der Lärm der Zuschauer hatte sich jetzt zu einem wilden Tumult gesteigert. Die einen lachten und johlten, die anderen schimpften lauthals und wollten den Burghof verlassen. Ein paar Knaben sahen den Moment gekommen, auch eine kleine Prügelei anzufangen, die von den Mägden jedoch gleich wieder unterbunden wurde.

Arnulf nutzte die Unruhe, um seine Lage zu retten.

»Bringt ihn wieder in den Kerker«, rief er den Knechten zu. »Nun macht schon – rasch!«

Entsetzt sah Mechthild, wie die Knechte ausschwärmten, um den Befehl des Grafen im allgemeinen Getümmel auszuführen. Wenn sie Ragnar jetzt wieder in den Kerker schleppten, war seine Chance vertan.

»Halt!«, rief sie, so laut sie konnte. »Der Wikinger hat seine Gegner besiegt. Er ist frei!«

Der Lärm war ohrenbetäubend, doch einige der Krieger aus Rouen hatten ihren Ruf gehört.

»Sie hat recht!«, rief ihr Anführer Arnulf zu. »Du hast versprochen, ihn freizugeben, wenn er drei Gegner besiegt. Nun steh zu deinem Wort, Graf.«

Mechthild spürte, dass Arnulf sie am liebsten erwürgt hätte, doch hier in aller Öffentlichkeit musste er den Schein wahren.

»Ich werde ihn morgen freisetzen«, verkündete er. »Steckt ihn jetzt wieder in den Kerker!«

Ragnar hatte die Lage mit raschem Blick erfasst. Der Streit konnte die einzige Chance sein, die ihm blieb. Sie war nicht groß, denn er war nach dem Kampf erschöpft, doch er musste es wagen. Er griff sein Schwert und eilte in Richtung des Burgtors davon.

»Haltet ihn!«

Der Ruf war unnötig, denn die fränkischen Krieger hatten sich bereits auf den Flüchtenden geworfen und ihn zu Boden gedrückt. Mechthild musste mit ansehen, wie man ihn über den Hof schleppte und zurück in den Kerker stieß.

Gleich darauf fasste Arnulf sie mit hartem Griff am Arm und riss sie von dem Podest herunter.

»Morgen wirst du meine Frau«, zischte er ihr zu, geifernd vor Wut. »Dann wirst du mich anders kennenlernen, Giftmischerin.«

Er übergab sie seinen Knechten, die sie die Treppe des Wohnturms hinaufstießen.

»Mit euren Köpfen haftet ihr dafür, dass sie bis morgen den Rittersaal nicht verlässt!«

Seine Stimme schnappte über vor Zorn, was ihr sehr lächerlich vorkam. Dann schlug die Tür hinter ihr zu, und die Lust, zu lachen, verging ihr. Sie war seine Gefangene.

Brian hatte sich im Gesindehaus an die Feuerstelle gesetzt und starrte düster auf die glimmenden Holzscheite. Draußen auf dem Burghof lärmten die fremden Krieger, man füllte die Becher und Krüge mit frischem Bier, das die Mägde zur Feier des morgigen Hochzeitstages gebraut hatten, und redete laut und ungezwungen über die Ereignisse des Vormittags.

»Mit dem Schwert drauf zu und losgeschlagen«, grölte einer. »Bevor er sich auch nur bewegt hätte, wäre er schon dahin gewesen.«

Geringschätziges Gelächter folgte auf diese Behauptung.

»Großmaul! Der hätte dich umgelegt, bevor du nur das Schwert gehoben hättest.«

»Gisbert ist ein guter Mann – jetzt liegt er drüben und lässt seine Wunden pflegen.«

»Der Wikinger hat ihn überrascht«, wehrte sich der junge Angeber. »Ein zweites Mal würde er das nicht schaffen.«

»Es wird kein zweites Mal geben.«

Eine kleine Pause entstand, dann hörte man die ruhige Stimme eines älteren Kriegers.

»Verdammt, es fällt mir nicht leicht, das zu sagen: Ich glaube, dass es keinen unter uns gibt, der diesen Wikinger besiegen könnte. Es war feige und ehrlos von Arnulf, dass er ihm nicht die Freiheit gab, wie er es versprochen hat.«

Ein kurzes Schweigen folgte auf seine Worte, und Brian begriff, dass viele seine Meinung teilten.

»Er wird ihn hängen, sobald wir wieder im Lager sind – darauf kannst du Gift nehmen!«, sagte einer. »Was für ein Lump!«

»Heda, Dorthe, bring den Krug! Wir wollen auf deine Schönheit trinken!«, grölte der junge Kerl und schlug mit seinem Becher gegen die hölzerne Wand des Gesindehauses.

Das Gelächter brandete wieder auf und Brian spürte das Blut in seinen Schläfen. Sie hatte nur zu recht gehabt, seine schöne Herrin. Der Wikinger hatte es nicht verdient, bei Nacht und Nebel aufgehängt zu werden. Er hatte ehrenhaft gekämpft und Arnulf hatte ihn feige betrogen.

Viel schlimmer aber war für Brian, dass Mechthild ihm ganz offensichtlich zürnte. Wie kühl sie am Morgen zu ihm gewesen war, wie verachtungsvoll sie ihn angesehen hatte! Ja, sie zeigte ihm deutlich, was sie von ihm dachte: Er war ein Feigling.

Dabei musste sie doch wissen, dass er jederzeit bereit war, sein Leben für sie hinzugeben. Sogar seine Seligkeit hätte er für sie geopfert. Bei Gott, er hatte ihren Befehl nicht aus feiger Angst verweigert. Nein – Brian seufzte –, es war einzig und allein deshalb geschehen, weil der Wikinger die Nächte mit Brians geliebter Herrin in seinem Zelt verbracht hatte, während er selbst krank vor Sorge und Eifersucht in einem der Boote hocken musste.

War es nicht höchst edelmütig von seiner Herrin, diesem Mann zu vergeben und seine Befreiung zu erwirken? Wenn sie dem Wikinger verzeihen konnte, dann musste auch er, Brian, dazu in der Lage sein. Dies war der einzige Weg, Mechthilds Herz zurückzuerobern.

Erleichtert über diese Erkenntnis, hob er den Kopf und wäre dabei fast gegen den großen Bierkrug in der Hand der alten Grete gestoßen.

»Gebt Obacht, Euer Heiligkeit«, scherzte sie gutmütig. »Wär schade, das gute Bier zu verschütten. Stärkt Euch mit einem guten Trunk, solange die fremden Krieger draußen noch nicht alles weggesoffen haben.«

Sie drückte ihm den gefüllten Bierkrug in die Hand und lief davon, um die durstigen Zecher auf dem Hof zu versorgen. Brian stemmte den schweren Krug und tauchte die Lippen in die braune Flüssigkeit. Er hatte den ganzen Tag über nichts zu sich genommen und trank durstig in langen Zügen. Sie hatte recht, die gute Frau, er musste sich stärken.

Ein leichter Schwindel befiel ihn, als er den Krug abstellte, doch er fühlte sich frisch und wohl, so als sei er eben gerade aus einem langen, schweren Schlaf erwacht. Er würde seiner Herrin beweisen, dass er kein Feigling war. Sein Körper war schwach, doch in seiner Brust schlummerte der Mut eines Löwen.

Seine Füße schienen Flügel zu haben, denn er spürte sie kaum, als er sich zwischen den Männern und Frauen im Gesindehaus hindurchdrängte und in den Hof trat. Es war Abend geworden, zwei Knechte hatten einige Pferde zum Brunnen geführt, um sie zu tränken. Durch das weit offene Burgtor sah man den roten Sonnenball, der bereits die Wipfel der Eichen berührte und ihre Zweige rot färbte, als stünden sie in Flammen.

Brian trat in den Wohnturm, ohne dass jemand sich um ihn kümmerte. Der kleine Mönch in der halb zerrissenen

Kutte war für viele höchstens ein Anlass für raue Spötteleien, Frömmigkeit oder Ehrfurcht vor einem Priester hatte auf Arnulfs Burg keinen Platz.

Unbeachtet ging er an den Knechten vorbei, die im Erdgeschoss vor der Treppe zum Verlies Wache hielten. Sie lagerten auf dem Boden, Becher und Krüge standen umher, dazwischen rollten die Würfel. Man spielte um einige Silbermünzen und behielt einander scharf im Auge, um jeden, der betrügen wollte, sofort zu erwischen.

Brian murmelte einige missbilligende Worte über die Verwerflichkeit des Würfelspiels, mit dem ehedem sogar um den Mantel Jesu Christi gespielt worden war, erntete aber nur höhnisches Grinsen und wegwerfende Handbewegungen.

»Pack dich, Mönchlein. Predige woanders«, knurrte einer.

»Kannst ja dem Wikinger drunten eine fromme Predigt halten«, witzelte einer.

Brian wandte sich ab, er war es gewohnt, verlacht zu werden, es berührte ihn nur noch wenig. Das untere Turmzimmer war menschenleer, nur einige Schwerter, die die Krieger hier abgestellt hatten, um unbeschwerter essen und trinken zu können, lagen auf den Seitenbänken. Brian suchte das schönste davon heraus, zog es aus der bemalten, hölzernen Scheide und verbarg es unter seinem Gewand.

»Öffnet mir die Tür zum Verlies«, forderte er dann von den überraschten Knechten. »Der Graf hat befohlen, dass ich dem Wikinger vor seinem Tod die christliche Botschaft verkünde.«

Man sah sich ungläubig an. War der Kerl etwa betrunken? Sein sonst so blasses Gesicht war recht rosig, auch schwankte er ein wenig und stand seltsam verkrümmt auf seinen dünnen Beinen.

»Du spinnst wohl«, knurrte einer der Knechte. »Der Wikinger verspeist so einen Hänfling wie dich quer zum Abendbrot. Hau ab, Mönchlein.«

Doch Brian ließ sich nicht aus der Ruhe bringen. Das lange Schwert unter seinem Gewand berührte kühl seine Haut und verlieh ihm Zuversicht.

»Macht schon – der Graf mag nicht, wenn seine Befehle missachtet werden.«

Sie zuckten die Schultern, rieben sich die Bärte, und schließlich meinte einer, dies könne eigentlich recht vergnüglich werden. Brian müsse sich nur nicht hinterher beschweren, wenn er als armer Krüppel wieder aus dem Loch kröche.

»Ich bin bereit, mein Leben für die Sache des Herrn zu geben«, versicherte der kleine Mönch.

Damit war es ihm ernst, das konnte jeder sehen. Man erhob sich, einer ging voraus, die Treppe hinab, schob vorsichtig den schweren, eisernen Riegel zurück und winkte Brian zu sich heran. Der hatte Mühe, beim Hinabsteigen nicht mit der Spitze des unter seinem Gewand verborgenen Schwertes an die steinernen Stufen zu stoßen.

»Hinein mit dir, Mönchlein«, flüsterte der Knecht grinsend und zog vorsichtig die Kerkertür auf. »Ich hoffe, deine Predigt ist gut – sonst ist es deine letzte gewesen.«

Brian schlüpfte durch den Türspalt und hörte, dass die Tür hinter ihm gleich wieder verschlossen und verriegelt wurde. Er blieb reglos stehen, um seine Augen an die Dämmerung zu gewöhnen.

Langsam tauchte die hohe Gestalt des Wikingers vor ihm auf. Ragnar stand links von ihm, unbeweglich, den Rücken an die Mauer gelehnt. Seine hellen Augen blickten aufmerksam wie ein Raubtier auf den Mönch.

»Ich bringe dir eine Waffe«, sagte er leise und zog das Schwert unter der Kutte hervor. »Führe sie gut und rette dich.«

Ragnar zeigte seine Überraschung mit keiner Miene. Langsam streckte er dem Mönch die Hand entgegen und legte die Finger um den Griff des Schwertes. Ein fränkisches Langschwert mit gut gearbeiteter Klinge – ohne Zweifel kam es aus Ulfberths Werkstatt. Er hob es an und wog es in der Hand. Es war ungewohnt schwer und scharf geschliffen – eine Waffe, die ihm den Weg in die Freiheit oder in Hels Reich weisen konnte.

»Warum tust du das?«

Brian schüttelte den Kopf. Die Dinge waren viel zu kompliziert, als dass er sie in einen kurzen Satz hätte fassen können. Stattdessen winkte er den Wikinger zur Tür.

»Ich werde jetzt rufen, damit sie die Tür öffnen. Gott sei mit dir, Ragnar.«

Er sah den Wikinger lächeln und staunte über dessen Kaltblütigkeit.

»Gott oder Odin – einer von beiden wird mir zur Seite stehen. Hab Dank, Freund.«

Brian schluckte den Ärger über die Antwort hinunter und tat, was er sich vorgenommen hatte.

»Hilfe!«, rief er mit jämmerlicher Stimme. »Helft mir hier heraus. Dieser Teufel will sich nicht bekehren lassen!«

Gelächter erklang, Tritte auf der steinernen Treppe, dann wurde der Riegel zurückgeschoben. Drei Knechte standen mit gezückten Schwertern bereit, den waffenlosen Gefangenen notfalls abzuwehren.

»Haben wir dir nicht gleich gesagt …«

Brian sah das Licht der Lampen im Türspalt, sah die gezückten Schwerter der Knechte aufblitzen, dann schoss der Wikinger mit mächtigem Sprung an ihm vorbei und warf ihn dabei zu Boden. Metall stieß auf Metall, überraschte Rufe waren zu hören, ein Körper stürzte auf die Treppe, eine Waffe fiel klirrend auf die Steinstufen.

»Zu Hilfe! Der Wikinger ist davon!«

Brian rappelte sich auf, der Schrecken über den Lärm hatte ihn auf einen Schlag ernüchtert. Panik erfasste ihn. Was hatte er getan? Welcher Teufel hatte ihn geritten, solches Unheil anzurichten?

❖

Mechthild hatte den ganzen Nachmittag über vor sich hin gegrübelt. Sie war entschlossen, Hilfe bei dem Anführer der Truppen des Erzbischofs zu suchen. Irgendwie musste es ihr gelingen, aus diesem verfluchten Rittersaal zu entwischen und hinunter ins Truppenlager zu gelangen. Keine Kleinigkeit – aber sie würde es wagen. Die Krieger aus Rouen schätzten Arnulf nicht, das hatte sie deutlich bemerkt. Vielleicht waren sie ja bereit, für sie zu kämpfen, wenn sie ihnen die Schätze versprach, die Arnulf aus der steinernen Feste ihres Vaters geraubt hatte?

Sie hatte ein wollenes Gewand über das Seidenkleid gezogen, dazu feste Lederschuhe und leinene Strümpfe angelegt, die mit kreuzförmig gebundenen Riemen an den Waden befestigt wurden. Alle ihre ledernen Gürtel hatte sie zusammengebunden, um sie im Schutz der Nacht am Söller des Turms herabzulassen. Sie würde daran hinunterklettern – ganz gleich wie das ausging. Nur so konnte sie Ragnar vielleicht noch vor dem sicheren Tod retten.

Doch alles kam wieder einmal völlig anders als geplant.

Lärm erhob sich im unteren Turmgeschoss – Männer riefen um Hilfe, Schwerter klirrten. Mechthild stürzte auf den Söller hinaus und starrte in die Tiefe.

Nur noch wenige der fremden Krieger waren auf dem Burghof am Feuer geblieben, die meisten schliefen draußen im Lager. Jetzt eilte man aufgeregt herbei, Waffen wurden gezückt, Pferde, die an der Tränke standen, wieherten, die Hofhunde kläfften.

»Der Wikinger ist davon!«

Sie klammerte sich fest an die hölzerne Brüstung des Söllers. Er hatte sich befreien können. Ragnar lebte und er war frei!

»Lieber Gott, hilf ihm«, flüsterte sie und schlang die Finger ineinander.

Da wurde sie jäh von harter Faust gepackt und die Schneide eines scharfen Schwertes legte sich an ihren Hals.

»Rühr dich nicht, Fränkin«, hörte sie seine tiefe Stimme dicht hinter sich. »Wenn du leben willst, dann tu, was ich dir sage.«

Er fasste sie um die Taille und zog sie zum rückwärtigen Teil des Söllers, dort schwang er ihren Körper mit einer einzigen, kraftvollen Bewegung über die Brüstung.

»Halte dich an mir fest, wenn du nicht stürzen willst!«

Sie war vor Schrecken halb betäubt, doch sie klammerte sich an seinen sehnigen Rücken. Ragnar stieg, das Schwert zwischen den Zähnen haltend, gewandt wie eine Katze am Turm hinab, nutzte jeden kleinen Vorsprung im Holz, jedes Fensterchen, jeden Astknoten in den Balken. Mechthild schauderte, während sie an seinem Rücken festgekrallt über der Tiefe schwebte und sich bemühte, so unbeweglich wie möglich zu bleiben, um ihm die Kletterpartie zu erleichtern.

Er landete mit einem Sprung auf der Erde, wandte sich blitzschnell zu ihr und packte sie wieder mit festem Griff um die Taille.

»Du wirst mein Schild sein, Verräterin«, zischte er ihr zu. »Vorwärts. Drüben beim Brunnen stehen Pferde.«

Man hatte den entflohenen Wikinger voller Aufregung und mit aller Vorsicht auf dem Hof gesucht, niemand war auf die Idee gekommen, dass Ragnar am Turm emporklettern würde. Als er jetzt, Mechthild dicht vor sich herschiebend, auf dem Hof auftauchte, war die Verwirrung umso größer, denn niemand wagte ihn anzurühren aus Furcht, die Grafentochter dabei in Gefahr zu bringen.

»Schließt das Tor!«, hörte man Arnulfs wütende Stimme. »Zu den Waffen, ihr Memmen. Kümmert euch nicht um die Frau – stoßt zu!«

Ragnar hatte eines der Pferde am Halfter gepackt, und Mechthild, die wusste, dass jede Sekunde entscheiden konnte, schwang sich ohne seine Aufforderung auf den Rücken des Tieres. Kaum saß sie oben, so spürte sie, wie er mit einem raschen Sprung hinter ihr aufsaß, sie mit dem linken Arm umfasste und das Tier mit den Fersen anspornte.

Sie sprengten zwischen den sich schließenden Torflügeln hindurch, die Hufe des Pferdes donnerten über die hölzerne Zugbrücke, und sie ritten in die Nacht hinaus.

❖

Ragnar trieb das Pferd unbarmherzig an und nutzte die Dunkelheit, um einen Vorsprung zu gewinnen. Immer noch hielt er seinen Arm fest um Mechthilds Taille geschlossen, nicht ahnend, dass sie alles tat, um die Flucht zu befördern. Ihr war himmelangst, denn obgleich Ragnars Wahl auf eine kräftige Stute gefallen war, so war doch abzusehen, dass das Tier von der Last zweier Reiter bald ermüdet sein würde. Hinter ihnen hörte man die Rufe der Verfolger, den metallischen Klang ihrer Waffen, das dumpfe Schlagen der Pferdehufe auf dem weichen Wiesenboden.

Pfeile zischten an ihnen vorüber, eine Lanze verfehlte Ragnars Rücken nur knapp. Mechthild beugte sich weit nach vorn, um Ragnar die Möglichkeit zu bieten, sich vor den anfliegenden Geschossen zu ducken. Während er sich über sie lehnte und seinen Körper dabei fest an sie presste, spürte sie, dass ein kleiner, harter Gegenstand sich schmerzhaft in ihren Rücken grub. Der Thorhammer. Trotz des gefahrvollen Rittes musste sie grinsen. Dass er dieses verdammte Heidenzeug immer noch um den Hals trug, schien ihr ein gutes Omen zu sein.

Da riss der dunkle Himmel auf und der Mond schob sich durch die Wolkendecke. Ragnar fluchte, denn nun waren sie für die Verfolger deutlich zu sehen. Er lenkte die Stute zum Wald hinüber, sie war schweißgebadet, Schaumfetzen hingen an ihrem Maul. Als sie in den Wald hineinritten, stolperte das ermüdete Tier, Zweige peitschten links und rechts auf sie ein, und Äste schlugen Mechthild ins Gesicht, sodass sie die Arme schützend vor sich halten musste.

»Runter!«

Der Wikinger riss sie vom Pferd, fasste sie mit festem Griff am Arm und schob sie vor sich her, ins Dickicht hinein. Mechthild spürte, wie ihr Gewand sich im Gezweig verfing, doch sie achtete nicht darauf, sondern kämpfte sich voran. Der Waldboden war feucht und schwankte unter ihnen, es roch nach moderndem Holz und nasser Erde – sie waren nicht weit vom Moor entfernt. Sie spürte jetzt, wie Ragnar sich an ihr vorbeischob, um vorauszugehen und vorsichtig den Boden zu erproben, gleichzeitig vernahmen sie die Rufe und Tritte ihrer Verfolger, die ihnen dicht auf den Fersen waren.

Dicke Stämme umgestürzter Baumriesen verschlossen ihnen plötzlich den Weg. Ragnar drückte Mechthild zu Boden und zog sie in einen schmalen Spalt zwischen zwei der großen, modernden Hölzer. Kaum hatte sie dort Platz gefunden, schob er sich über sie und verschloss ihr den Mund mit der Hand.

Er ahnte immer noch nicht, dass sie nicht die Absicht hatte, zu schreien. Ihr Kleid sog sich durstig mit dem stinkenden, brackigen Sumpfwasser voll, und die Kühle zog ihr durch alle Glieder.

Die Stimmen ihrer Verfolger näherten sich – deutlich konnte sie Arnulfs heisere, zornige Befehle und Flüche hören. Sie zitterte vor Kälte und Aufregung. Wie viele Franken konnte Ragnar besiegen, bevor er von der Übermacht der Feinde überwunden wurde? Zehn? Zwanzig? Wenn es Arnulf gelingen sollte, Ragnar zu besiegen, würde sie diesem elenden Betrüger höchstpersönlich die Augen auskratzen. Kampflos würde sie sich auf keinen Fall in seine Hände begeben. Ragnar sollte selbst erleben, auf wessen Seite sie stand.

Ein lautes Knacken erschreckte sie, Mechthild spürte, wie Ragnars Faust sich um den Griff des Schwertes schloss. Dann waren Geplätscher zu hören und schrille, jämmerliche Hilferufe. Ganz offensichtlich war jemand in eines der Sumpflöcher gestolpert und drohte nun dort zu versinken. Mechthild konnte dem Mann die Angst vor dem kalten Tod im Moor lebhaft nachfühlen, und sie hoffte inständig, dass man ihn finden und retten würde.

Dicht aneinandergedrängt lagen sie zwischen den fauligen Stämmen und warteten. Mechthild konnte nicht verhindern, dass sie immer wieder vor Kälte zitterte, denn inzwischen war ihr Kleid vollständig durchweicht. Ragnars Körper lastete schwer auf ihr und drückte sie zusätzlich in den morastigen Boden, seine linke Hand lag immer noch auf ihrem Mund. Wann würden sie endlich aus diesem elenden Dreckloch erlöst werden? Warum stürzte Arnulf nicht selber in den Sumpf? Er war der einzige Mensch, dem sie dies von Herzen gönnte.

Nur langsam zogen Arnulfs Krieger sich zurück, nachdem sie ihren Kameraden aus dem Morast befreit hatten. Ragnar verfügte über eine – so erschien es Mechthild – geradezu übermenschliche Geduld, er wartete ruhig ab, bis auch der letzte Franke die Suche aufgegeben und das Sumpfgelände verlassen hatte. Dann erst bewegte er sich, nahm die Hand von ihrem Mund und richtete sich langsam und vorsichtig auf.

»Tu, was ich sage, oder du bist des Todes«, zischte er ihr zu. »Geh voraus!«

Sie hatte Mühe, ihre steifen Glieder zu bewegen und sich aus dem Matsch zu ziehen. Langsam fand sie sein Misstrauen übertrieben – glaubte er wirklich, sie würde hier mitten im dunklen Wald, in klatschnassen Kleidern und schlotternd vor Kälte davonlaufen? Missmutig ließ sie sich von ihm vorwärtsschieben, stapfte mit nassen Schuhen über Wurzeln und fauliges Laubwerk, musste immer wieder anhalten, weil er gebieterisch ihren Mund verschloss und stehen blieb, um in den Wald hineinzulauschen.

Endlich vernahm sie das ferne Rauschen des Flusses und begriff, dass sie die ganze Zeit über im Schutz des Waldes flussabwärts gelaufen waren. Er wollte sich wohl irgendwo ein Fischerboot beschaffen und damit das Meer erreichen. Keine dumme Idee, daran hatte sie ebenfalls schon gedacht.

Sie blieben beide zur gleichen Zeit stehen, denn im Mondlicht war ein kleines Gehöft am Flussufer deutlich geworden. Ein ärmliches, halb zerfallenes Häuschen, daneben ein niedriger Stall, von Buschwerk halb überwachsen, das Ganze von einem Palisadenzaun eingefriedet, der Schutz gegen wilde Tiere bieten sollte. Am Ufer lag ein kleines Boot, flach und kiellos gearbeitet und ohne Segel, wie die Fischer es hier in der Gegend bauten.

Mechthild sah, wie Ragnar das Boot mit düsterem Blick einschätzte, und sie wusste, dass es keinen Vergleich zwischen diesem armseligen Kahn und den stolzen Wikinger- schiffen gab, die Ragnar aus seiner Heimat kannte. Aber sie hatten keine Wahl.

»Keinen Laut«, flüsterte er und stieß sie so heftig zum Ufer hinüber, dass sie fast über einen dicken Findling gestürzt wäre.

Während Ragnar den Kahn in den Fluss schob, bellte ein Hund, der neben dem Stall geschlafen hatte, und Mechthild beeilte sich, einzusteigen. Ragnar stieß das Gefährt mit einer langen Stange vom Ufer ab, bis die Strömung es erfasst hatte, dann zog er die Stange ein und überließ das Boot den Wellen des Flusses, die dem Meer zuströmten.

Ein kühler Wind fegte über das Wasser, und Mechthild legte sich, vor Kälte bibbernd, auf den Schiffsboden, um wenigstens etwas geschützt zu sein. Dabei stellte sie fest, dass irgendwo ein Leck sein musste, denn es war Wasser eingedrungen. Trotzdem war es immer noch angenehmer, hier in der Feuchtigkeit zu liegen, als sich der kalten Brise auszusetzen.

Ragnar streckte sich neben ihr auf dem Rücken aus, verwahrte sein Schwert griffbereit am Bootsrand und hob nur hin und wieder den Kopf, um rechts und links die Ufer zu überwachen. Viel war nicht zu erkennen, denn der Mond wurde jetzt immer wieder von rasch vorübertreibenden Wolken verdeckt, sodass die Flusslandschaft nur ab und zu als dunkler Schattenriss auftauchte und gleich darauf wieder in der Nacht versank. Nur das Rauschen des dahineilenden Wassers, das Glucksen und Schwappen der Wellen gegen den Bootsrumpf und das Rufen der Nachtvögel begleiteten ihre Fahrt, und diese Geräusche gaben Mechthild trotz der eisigen Kälte ein Gefühl von Ruhe und Zuversicht. Ragnar war bei ihr, er lag heil und unversehrt neben ihr im Boot. Was auch immer jetzt geschehen mochte, sie würde ihn nicht mehr von ihrer Seite lassen.

Vorsichtig blickte sie zu ihm hinüber, versuchte, seine Gesichtszüge zu erkennen. Er sah scheinbar gleichmütig zum schwarzen Himmel hinauf und würdigte sie keines Blickes.

»Ragnar, ich muss dir erklären …«

»Schweig!«, fuhr er sie an.

»Aber ich …«

Er wandte sich blitzschnell zur Seite und packte ihre Handgelenke so fest, dass sie aufschrie. Hätte er nicht fürchten müssen, das kleine Boot zum Kentern zu bringen, er hätte sie jetzt wütend hin- und hergeschüttelt.

»Kein Wort will ich hören, Frankenhure! Schweig oder ich töte dich!«

Sie ließ sich erschrocken zurückfallen und gab ihre Erklärungsversuche auf. Schweigend blieb sie neben ihm liegen, starrte ihrerseits in die Schwärze der über ihnen hängenden Wolken und ärgerte sich über ihn. Wie dumm musste einer sein, der seinem schlimmsten Feind mehr Glauben schenkte als der Frau, die ihn liebte? Wie konnte er nur Arnulfs Verleumdungen für bare Münze nehmen?

Wütend kniff sie die Lippen zusammen und zwang sich, keinen Blick zur Seite zu tun. Ohne Zweifel würde er jetzt ebenfalls in die Luft starren und so tun, als sei sie gar nicht da. Wieso hatte er sie überhaupt aus Arnulfs Feste entführt? Um hier neben ihr zu liegen und ihr den Mund zu verbieten?

Doch bald sank ihr Zorn wieder in sich zusammen, und sie spürte nur noch die Kälte der Nacht und die Trauer darüber, keinen Weg zu ihm zu finden. Vorsichtig wagte sie einen Blick hinüber – er lag immer noch starr und unbeweglich auf dem Rücken, die Augen halb geschlossen, nur seine Lider zitterten ein wenig. Sie konnte die Konturen seiner breiten Armmuskeln erkennen, die Wölbung des Brustkorbes, die Form seines Oberschenkels, den er ein wenig angewinkelt hatte. Wie sehnte sie sich jetzt nach diesem warmen, pulsierenden Körper, wie schön wäre es, sich ganz dicht an ihn schmiegen zu dürfen und von seinen Armen umfangen zu werden! Doch sosehr sie ihn auch begehrte – sie hätte sich jetzt eher die Zunge abgebissen, als auch nur ein einziges Wort zu sagen oder ihn gar zu bitten. O nein – Konrads Tochter wusste ihre Sehnsüchte im Zaum zu halten.

Stattdessen spürte sie eine tiefe Müdigkeit, und sie überließ sich dem schwankenden Boot, das sie ins Reich der Träume hinübertrug. Kleine, glucksende Wellen schaukelten sie über ein weites, tiefblaues Meer, in dem glitzernde Eisberge wie riesige, durchsichtige Bergkristalle schwammen.

Sie streckte die Hand aus, um eines dieser wundervollen Gebilde zu berühren, doch es glitt wie von Zauberhand unter die Wasseroberfläche und schwamm dort wie ein gewaltiger, schimmernder Edelstein. Dann tauchte es mit gewaltigem Getöse wieder aus der Flut auf und hob sie mit in die Höhe. Es wurde ihr schwindelig, sie rutschte an dem kalten Kristall hinab und stürzte ins eisblaue Meer …

Ein Schwall kalten Flusswassers schwappte über sie und brachte sie wieder in die Wirklichkeit zurück. Das Boot drehte sich um sich selbst und schaukelte bedenklich, ein mattgraues Morgenlicht beleuchtete eine scheinbar unendliche, aufgewühlte Wasserfläche, die sie von allen Seiten umgab. Von rechts hörte man das Tosen der Wellen, die gegen die Klippen geschleudert wurden, Sturmmöwen schwärmten dort drüben über der schäumenden Brandung. Undeutlich sah sie im diesigen Licht die dunklen Mauern des Klosters St. André.

»Ragnar! Wir sind an der Mündung. Wir treiben ins Meer!«

Er war ebenfalls eingeschlafen und fuhr jetzt erschrocken hoch. Mit raschem Blick erfasste er die Lage – sie mussten das Ufer erreichen, das Meer war viel zu stürmisch, um sich ihm in dieser Nussschale anzuvertrauen.

Er erhob sich und maß die Entfernung zum linken Uferstrand. Es würde nicht leicht werden, aber es war zu schaffen.

»Zieh dieses Kleid aus!«, brüllte er ihr zu, gegen Wind und Wellen ankämpfend.

Sie wehrte sich verzweifelt, als er ihr das wollene Überkleid vom Körper zog. Dann riss er auch ihr seidenes Unterkleid von oben bis unten ein, stieß sie ins Wasser, band sich ihr Wollkleid als Gürtel um die Hüften, steckte das Schwert hinein und sprang ihr nach. Sie hatte behauptet, das Meer über alles zu lieben. Er hoffte sehr, dass sie auch schwimmen konnte.

❖

»Wo ist dieser dreckige Mönch? Schleppt ihn herbei!«

Die Knechte standen mit schlotternden Gliedern vor ihrem wutschnaubenden Herrn – sie wussten, dass ihr Leben an einem seidenen Faden hing. Arnulf hatte schon aus weit geringerem Anlass grausame Strafen über sein Gesinde verhängt. Man wusste von Prügelstrafen, die die Opfer nicht überlebt hatten, von Folterungen, einige Unglückliche waren sogar mit gefesselten Gliedern im Moor versenkt worden.

»Und keiner von euch kam auf die Idee, unter seine Kutte zu greifen? Ihr elenden Dummköpfe! Wäre ein Weibsbild an seiner Stelle gekommen – da hättet ihr zugefasst, was?«

Einer der Beschuldigten wagte es, zu grinsen, und erhielt dafür einen Schlag ins Gesicht, sodass er rücklings zu Boden stürzte. Arnulf war nicht zum Spaßen aufgelegt. Die Geschichte war zu ernst. Vor allem musste er Konrads Tochter so schnell wie möglich wieder in seine Gewalt bringen und sie heiraten. Die Krieger aus Rouen würden bald wieder abziehen und dem Erzbischof sicher wenig Schmeichelhaftes über Arnulf berichten.

»Schleppt mir diesen Mönch herbei. Tot oder lebendig!«

Arnulf tobte seinen Zorn noch eine Weile an dem unschuldigen Gesinde aus, hetzte die Frauen umher, brüllte die Knechte an, die sich um die abgekämpften, schlammbedeckten Pferde der Krieger kümmern mussten. Dann stieg er die Treppe zum Rittersaal hinauf, wo Fastrada auf ihn wartete, voller Angst, weil sie in der vergangenen Nacht die Stelle ihrer Herrin eingenommen hatte. Dass er wie ein Wilder über sie hergefallen war, spielte dabei keine Rolle, denn er war betrunken gewesen. Ohne Zweifel würde er ihr die Schuld für alles geben.

Doch Arnulf beachtete Fastrada nicht mehr als eine Fliege an der Wand. Er warf den Mantel ab, der während der Verfolgungsjagd Risse und Flecke bekommen hatte, und ging auf den Söller hinaus, um zu sehen, ob man den Mönch endlich aufgetrieben hatte. Die Fackeln, die man in der Nacht entzündet hatte, brannten aus, während sich im Osten das erste schwache Morgenlicht über den Himmel ausbreitete. Im diffusen Zwielicht rannten die Knechte kopflos umher, schauten hinter den Büschen nach, drehten alle Fässer um und krochen unter das Podest, das – wie zum Hohn – immer noch auf dem Burghof aufgebaut war. Angewidert wandte Arnulf sich ab und setzte sich auf einen Hocker, um nachzudenken.

Wahrscheinlich hatte sich der schlaue Bruder beizeiten aus dem Staub gemacht. Schwer war es ihm im allgemeinen Getümmel nicht geworden, es hatte sowieso keiner auf ihn geachtet. Ganz sicher saß er jetzt irgendwo dort draußen im Wald und lachte sich ins Fäustchen. Oder er hatte Unterschlupf in einem der Gehöfte gefunden, wo man glaubte, sich die ewige Seligkeit damit zu verdienen, einen Mönch vor dem Zorn des Grafen zu schützen. Arnulf schnaubte verärgert. Er hatte diesen Schwächling unterschätzt. Vermutlich hatte Brian die ganze Zeit über mit seiner Herrin zusammengearbeitet.

Der Gedanke an Mechthild ließ seine Wut wieder aufflammen. Er fuhr von seinem Sitz hoch und ging im Raum auf und ab wie ein gefangenes Tier. Er hatte geahnt, dass Konrads Tochter sich dagegen wehren würde, seine Frau zu werden, nicht aber, dass diese Hexe sich mit den Wikingern gegen ihn verbündet hatte. Doch anders konnte es gar nicht sein. Sie war es, die ihn zu diesem unglückseligen Wettkampf überredet hatte. Sie hatte dafür gesorgt, dass die Krieger aus Rouen Ragnars Freilassung von ihm forderten. Und zu allem Überfluss hatte sie ihm Gift in den Wein gemischt. Nur seiner eisernen Gesundheit war es zu verdanken, dass er noch lebte. Der Wikinger hatte Mechthild nicht gegen ihren Willen entführt – wer das glaubte, war ein Narr. Ragnar hatte seine Bündnispartnerin mitgenommen – wer weiß, was die beiden noch vorhatten!

Einen Moment lang ergab er sich der Eifersucht, denn er hatte genügend Fantasie, um sich Ragnar als Mechthilds Liebhaber vorstellen zu können. Diesem Wikinger gab sie also freiwillig ihren süßen, verführerischen Leib hin. Nun – wenn er sie erst wieder in seiner Macht hatte, würde er dafür sorgen, dass niemand mehr an den Reizen von Konrads Tochter Genuss finden würde.

Sie würde ihn heiraten müssen, seine Herrschaft damit legitimieren und ihm einen Erben gebären. Danach würde er dafür sorgen, dass sie für immer verschwand.

Er lehnte sich an die Wand und überflog den Raum mit zusammengekniffenen Augen. Immer noch war sein Blick von ihrem Hexentrank leicht getrübt. Narrte ihn ein Spuk oder hockte die Teufelin dort in der Ecke des Rittersaales und starrte ihn an? Doch nein – es war nur Fastrada, die ihn voller Angst beobachtete und vermutlich darauf wartete, dass er ihr aufs Maul schlug.

»Komm her!«

Sie stand zögernd auf und näherte sich ihm mit langsamen Schritten. Wie sie die Hüften wiegte, die kleine Verführerin. Es war ihm zu Ohren gekommen, dass sie seit einiger Zeit einen Beschützer gefunden hatte – eine Tatsache, die seine Leidenschaft für seine Sklavin neu entfachte. Neidhardt sollte sich bloß nicht einbilden, ungestraft auf fremden Wiesen grasen zu dürfen.

»Was wünscht mein Herr?«

»Bring Neidhardt zu mir!«, forderte er, einer plötzlichen Eingebung folgend.

»Neidhardt?«

Sie war erschrocken. Dachte sie, er wolle Neidhardt für seine Beschützerrolle strafen? Ihre Sorge amüsierte ihn köstlich.

»Pack dich!«

Neidhardts Hosen waren noch voller Schlamm – er hatte nach der wilden Verfolgungsjagd im Gesindehaus nach Brian gesucht, natürlich in der Hoffnung, ihn nicht zu finden. Er mochte Brian, bewunderte ihn für seine Bildung, seine Fähigkeit, zu schreiben, und vor allem für seinen Mut. Der kleine Mönch war zum Glück entkommen – jetzt würde Arnulf dafür wohl ihn, Neidhardt, büßen lassen. Doch Arnulf empfing ihn unerwartet freundlich, er geleitete ihn zu einem Hocker und befahl Fastrada, Wein und Speisen zu bringen.

»In diesen Zeiten der Not brauche ich tapfere Männer, die zu mir stehen«, sagte er und blickte Neidhardt aus kleinen, dunklen Augen durchdringend an. »Du bist mein Vasall und ich zähle auf dich, Neidhardt.«

Neidhardt senkte den Blick, denn er war nur ungern Arnulfs Vasall. Dennoch war es auf jeden Fall besser, Zustimmung zu äußern.

»Ich bin dir treu ergeben«, murmelte er. »Das weißt du.«

»Eben darum ließ ich dich kommen«, fuhr Arnulf fort und winkte Fastrada, den Wein einzugießen. »Die Wikinger haben viel Unheil über unser Land gebracht – deshalb ist es wichtig, dass ein starker Fürst das Land vereint und es gegen alle Feinde verteidigt.«

Neidhardt spürte Fastradas besorgten Blick und er tat ihm wohl. Andererseits war es ihm eigentlich nicht recht, dass sie diesem Gespräch beiwohnte, denn er ahnte, dass Arnulf sich wieder eine Demütigung für ihn ausgedacht hatte.

»Die Heirat zwischen mir und Konrads Tochter hätte die beiden Teile des Landes vereint und solch eine starke Herrschaft gegründet«, erzählte Arnulf weiter, während er den Becher ins Licht hielt, um seinen Inhalt zu prüfen. Man konnte nicht vorsichtig genug sein.

»Das ist wahr«, sagte Neidhardt, dieses Mal ohne lügen zu müssen, denn es war seine ehrliche Meinung. »Es ist schade, dass diese Heirat nicht zustande kam.«

Arnulf sah ihm scharf ins Gesicht, dann ging er geradewegs auf sein Ziel los.

»Leider hat der Wikinger Konrads Tochter entführt«, sagte er, und seine Miene zeigte Bekümmernis. »Deshalb benötige ich einen mutigen und klugen Mann, der mir meine Braut zurückbringt.«

Er hielt einen Moment inne und sah in Neidhardts Zügen offenes Staunen. Fastrada hielt die Kanne, aus der sie eben einschenken wollte, unbeweglich in der Luft.

»Ich denke, du wärest der rechte Mann dafür, Neidhardt«, sagte Arnulf und lehnte sich auf seinem Hocker zurück. »Ich gebe dir den Auftrag, Konrads Tochter zu finden, sie dem Wikinger zu entreißen und hierher zu mir zu bringen.«

»Mir?«, stammelte Neidhardt und ließ den Becher sinken. »Ich weiß nicht, ob ich der richtige…«

Arnulf schlug ihm jovial auf die Schulter, sodass Neidhardts Becher überschwappte und der Wein auf den Tisch tropfte.

»Du sollst es nicht umsonst getan haben, Vasall und Waffenbruder«, meinte Arnulf grinsend. »Wenn du deinen Auftrag zu meiner Zufriedenheit erfüllst, dann winkt dir reicher Lohn.«

Er fasste die erschrockene Fastrada um die Hüften und zog sie dicht an den Tisch heran. So dicht, dass ihr warmer Körper Neidhardts rechten Arm berührte. Voller Vergnügen stellte Arnulf fest, dass Neidhardt zusammenzuckte und errötete.

»Dies ist der Preis für deine Mühe«, rief er und strich Fastrada mit Besitzermiene über Bauch und Hüften. »Die schöne Sklavin Fastrada soll dir gehören, wenn ich mit dir zufrieden bin.«

Neidhardt war jetzt über und über rot geworden und brachte kein Wort heraus. Fastrada stand wie erstarrt und wusste nicht, ob sie sich Arnulf entziehen oder bei Neidhardt stehen bleiben sollte.

»Aber… wie soll ich sie finden?«, brachte Neidhardt endlich hilflos heraus. »Woher soll ich wissen, wohin sie geflohen sind?«

»Dir wird schon etwas einfallen, Waffenbruder. Lass dir ein Pferd satteln und dich mit Waffen ausrüsten. Ich werde dir einige meiner besten Krieger mit auf die Fahrt geben. Ihr werdet heute noch aufbrechen.«

Neidhardt begriff, dass Arnulf im vollsten Ernst redete, und er erhob sich langsam und unsicher.

»Nun geht schon!«, sagte Arnulf gönnerhaft. »Nehmt Abschied voneinander. Je schmerzhafter der Abschied, desto froher das Wiedersehen.«

Zufrieden sah er den beiden nach, während sie den Rittersaal verließen. Es war ein guter Schachzug gewesen – wenn jemand Mechthilds Versteck finden würde, dann war es ihr Milchbruder Neidhardt, der sie von Kind an kannte. Man brauchte nur zwei Späher hinter ihm herzuschicken, die rechtzeitig Nachricht gaben, wenn das Vögelchen gefunden war. Denn Neidhardt war nicht der Mann, der den Wikinger besiegen würde.

Er hörte leises Geflüster auf der Treppe, dann das Geräusch eines Kusses. Boshaft lächelte er vor sich hin. Fastrada nahm Abschied von ihrem Geliebten. Wahrscheinlich würde sie ihn sogar warnen, denn sie war klüger als dieser einfältige, große Kerl. Doch er würde nicht auf sie hören. Arnulf stellte sich voller Vergnügen vor, wie Fastrada dem Mann, den sie liebte, ihren verführerischen Körper bot. Was für ein nettes Liebespaar die beiden doch waren. Und wie reizvoll es für ihn, Arnulf, sein würde, die trauernde Schönheit in dieser Nacht ganz ohne Kleider vor sich tanzen zu lassen und sie dann aufs Lager zu werfen. Auf einmal erschien ihm Fastrada wieder außerordentlich verlockend.

❖

Ragnar ließ Mechthild nicht aus den Augen, während er sich durch das aufgewühlte Wasser zur Küste hinüberkämpfte. Sie hielt sich gut, die schlanke Fränkin, sie schwamm wie ein junger Seehund, nutzte die Kraft der Wellenkämme, die dem Land zutrieben, und nur selten sah er sie für einen Moment unter das Wasser tauchen. Fast hatte er den Eindruck, dass sie rascher durch die Wellen glitt, als er selbst es vermochte. Doch als sie in Ufernähe kamen und der Sog sie wieder ins offene Meer hinausziehen wollte, merkte er, dass ihre Kräfte nachließen.

Er teilte das Wasser mit starken Armstößen und fasste sie bei ihrem langen Haar. Es tat ihr weh, sie paddelte herum und beschimpfte ihn zornig, doch reichte ihre Kraft nicht mehr aus, sich von ihm loszureißen.

Als sie den feinen Sand des Meeresbodens unter den Füßen spürten, ließ er sie los und sah zu, wie sie durch die Brandung zum Ufer hinstrebte. Er biss die Zähne zusammen und spürte heißen Zorn in sich aufsteigen. Bei Thor, sie war schön, diese fränkische Hexe, die ihn mit ihrem Liebesspiel betört hatte, während sie in Wirklichkeit Arnulfs Braut und Geliebte war. Wider Willen konnte er den Blick nicht von ihrem nackten Körper wenden, den hoch stehenden, runden Brüsten, den weich geschwungenen Hüften und dem aufreizend gewölbten Po, den das nasse Seidenkleid, das daran klebte, mehr enthüllte als verbarg. Trotz ihrer Erschöpfung bemerkte sie seinen Blick und versuchte, den triefenden dünnen Stoff besser um ihren bloßen Körper zu wickeln. Das machte die Sache keinesfalls besser.

Als sie trockenen Sand erreicht hatten, sank sie neben einem der braunen, unförmigen Felsbrocken zu Boden und kauerte sich zusammen. Er setzte sich in einigem Abstand nieder, beobachtete ihren heftigen Atem, versuchte, unter dem herabhängenden, nassen Haar etwas von ihrem Gesicht zu erkennen, und wartete geduldig, bis sie sich erholt hatte. Währenddessen band er sich das wollene Überkleid von den Hüften und versuchte, es auszuwringen. Es war keine leichte Aufgabe, denn er kannte sich in solchen Dingen nicht aus.

»Gib her!«, sagte sie plötzlich und streckte den Arm aus.

Er erhob sich und reichte es ihr. Doch sie drückte ihm einen Zipfel des Kleides wieder in die Hände.

»Halt fest.«

Sie drehte den Stoff in sich zusammen, sodass er bald einem Seil glich, und er begriff, dass man auf diese Art das Wasser aus dem Stoff pressen konnte. Als das Seil hart und fest war, löste sie es wieder auf und schüttelte das Kleid auseinander. Es war immer noch sehr nass, doch sie zog es über.

»Gehen wir«, sagte sie kurz angebunden.

Sie wussten beide, dass es nur einen einzigen Ort gab, an dem sie sich hier verbergen konnten. Zumindest vorläufig. Konrads zerstörte Feste lag wie ein unförmiger steinerner Koloss im blassen Morgenlicht, schwarz ragten die verkohlten Balken in den Himmel, der Wind wirbelte immer wieder kleine Aschewolken aus dem Inneren der Ruine auf und trug sie über das Meer davon.

Der Weg zur Feste war mühsam, denn der Wind blies ihnen mit Macht entgegen. Mechthilds nasses Kleid flatterte, sie hatte ihre Schuhe im Wasser verloren und musste mit bloßen Füßen durch Stranddisteln und dorniges Gebüsch laufen. Trotz seines Zorns verspürte er Mitleid mit ihr. Hätte sie ihn jetzt darum gebeten, er wäre bereit gewesen, sie auf seine Arme zu nehmen und sie zu tragen. Aber sie kämpfte sich schweigend und verbissen durch das Gestrüpp, würdigte ihn keines Blickes und schien entschlossen, eher mit blutenden Füßen an der Burg anzukommen, als ihn um Hilfe zu bitten.

Je näher sie der steinernen Festung kamen, desto mehr faszinierte ihn das mächtige Bauwerk. Ein tiefer Graben umschloss die Anlage, dahinter erhob sich die Mauer, aus hartem Granit – uneinnehmbar für jeden Feind. Welche Arbeit es gekostet haben mochte, diese Steinbrocken ineinanderzupassen und in dieser Höhe aufzuschichten. Welch ein harter Wille eines klugen Herrschers dahintergestanden hatte – Ragnar verspürte Bewunderung für Graf Konrad. Diese Feste war ein genialer Wurf und hätte es verdient, nach seinem Plan vollendet zu werden.

Auch Mechthilds Blicke waren auf das hohe Bauwerk gerichtet. Mit schmalen Augen starrte sie auf das, was von dem hohen Bauwerk ihres Vaters geblieben war, und sie erinnerte sich schaudernd an den Tag, als sie in den verbrannten Trümmern stand, um zu erkennen, dass nichts von dem, was ihr ans Herz gewachsen war, die Feuersbrunst überlebt hatte. Dennoch schien dieser Ort der Zerstörung sie wie magisch anzuziehen, und sie schritt voran, wie von einer unbekannten Kraft dorthin getrieben.

Erst als sie die hölzerne Zugbrücke überquert hatten und vor der klaffenden Mauerlücke anlangten, die einstmals von schweren, eisenbeschlagenen Torflügeln verschlossen gewesen war, blieb Mechthild stehen. Nackt starrten ihnen die verkohlten Hölzer der Wohngebäude entgegen, der Regen hatte sie ausgewaschen, der Wind trug die lose Asche davon. Zwischen den schwarzen Trümmern war jetzt der steinerne Brunnen sichtbar, die hölzerne Ziehvorrichtung war verbrannt, doch der lederne Eimer war wie durch ein Wunder dem Feuer entkommen.

Ragnar ließ Mechthild am Eingang stehen, zog das Schwert aus dem Gürtel und machte vorsichtig die Runde in der Anlage. Es konnte sich hier leicht jemand verborgen halten, um aus dem Hinterhalt über sie herzufallen. Sorgsam untersuchte er alle Trümmer und Gebäudereste, schob die Balken beiseite und stach mit dem Schwert in die Asche. Die Feste war weitläufiger als jede andere Burg, die er bisher kennengelernt hatte. Auch schien es tiefe Kellerräume zu geben, deren Zugänge jetzt allerdings verschüttet waren. Die Anlage gefiel ihm immer mehr.

Als er zurückkehrte, fand er Mechthild im Inneren des Wohnturms, der bis zur Höhe eines erwachsenen Mannes aus Stein gebaut war. Die darüberliegenden hölzernen Aufbauten waren verbrannt, die Reste in das steinerne Erdgeschoss hineingestürzt. Dort stand Konrads Tochter, schob Hölzer beiseite und zog halb verbrannte Gegenstände aus der Asche.

Es war nichts Großartiges, was sie dort fand – aber es waren immerhin Dinge, die man brauchen konnte. Ragnar musste wider Willen anerkennen, dass die schöne Fränkin alles andere als eine stolze, verwöhnte Grafentochter war. Sie war auch jetzt, in dieser elenden Lage, weit davon entfernt, zu jammern oder zu verzweifeln, sondern packte energisch zu wie eine Bäuerin. Er betrachtete die verbeulten Töpfe, die sie aus der Asche gezogen hatte, die verkohlten Teppiche und Stoffe, die Krüge und Becher, Eimer, Teller, ja sogar Messer und Beilklingen. Je tiefer sie sich in die Trümmer hinabarbeitete, desto besser waren die Gegenstände erhalten.

Schweigend machte er sich daran, ihr zu helfen, hob die schweren Hölzer auf und trug sie aus dem Turm, schleppte andere Balken herbei, die ihm von ihrer Länge her brauchbar erschienen, und begann, sie über die steinernen Grundmauern des Turms zu legen, um ein Dach zu errichten. Er versah eine der Beilklingen mit einem Stiel und zimmerte sich die

Hölzer zurecht, vernietete sie miteinander, beschwerte das Dach mit Steinen, damit es dem Wind standhalten würde.

Sie sprachen kein einziges Wort miteinander, während sie Hand in Hand arbeiteten, jeder erriet die Absicht des anderen und unterstützte sie so gut wie möglich. Nur selten sahen sie einander an, und wenn es doch geschah, dann wandten beide die Augen rasch wieder ab. Ragnar spürte, wie sein Zorn mehr und mehr verging, und er musste sich immer wieder ins Gedächtnis rufen, dass sie Arnulf liebte und ihn, Ragnar, verraten hatte. Warum aber hatte sie bisher keinen einzigen Versuch gemacht, zu fliehen? Warum war sie stattdessen bemüht, in dem zerstörten Turm eine Wohnstätte einzurichten? Sie hatte aus Fell- und Stoffresten zwei Lager aufgebaut, eine Feuerstelle angelegt, den ledernen Eimer an einer Kette in den Brunnen gelassen und Wasser zutage gefördert.

Er schüttelte die Zweifel von sich ab und redete sich ein, ein Narr zu sein. Was blieb ihr denn anderes übrig, wenn sie nicht erfrieren wollte?

Dennoch lastete das Schweigen schwer auf ihm. Er würde bis zur Nacht warten und dann das Wort an sie richten. Auf schmeichelnde Reden und erlogene Erklärungen würde er nicht eingehen, sondern ihr klar und deutlich sagen, was er vorhatte, denn er war ihr Herr und sie hatte sich zu fügen.

Am späten Nachmittag war das provisorische Dach fertig und er verließ die Feste, die Axt am Gürtel, um sich im nahen Wald Bogen und Pfeile herzustellen. Er hatte einige Schnüre gefunden, härtete sie mit Baumharz und drehte sie zusammen. Der Bogen wurde kein Meisterstück, ebenso wenig die beiden Pfeile – aber um ein paar Kaninchen zu erlegen, würde es schon reichen.

Als die Sonne sank, legte er sich auf die Lauer, doch das

Jagdglück war ihm nicht hold. Zweimal schoss er dicht an einem Tier vorbei, beim dritten Mal prallte der Pfeil auf einen Stein und zerbrach. Als es zu dunkel wurde, gab er missmutig auf und kehrte ohne Beute zurück.

Mechthild hatte ein Feuer gemacht, er roch den Rauch schon aus der Ferne und überlegte, wie sie es wohl angestellt hatte, die Hölzer zu entzünden. Es ärgerte ihn, mit leeren Händen zurückzukehren, denn sein Magen knurrte und Mechthild würde es ähnlich gehen. Morgen würde er sein Jagdglück mit einem besseren Bogen versuchen, und wenn er erst ein Schiff gezimmert hätte, würde die Not sowieso bald ein Ende haben.

Zu seiner Überraschung duftete es nach Gerstenbrei, als er durch die Mauerlücke in die Festung ging. Sie musste in einem der verschütteten Vorratskeller noch einen Rest Lebensmittel gefunden haben. Nun – umso besser, so würden sie heute nicht hungern müssen. Obgleich es ihm nicht passte, dass sie es war, die ihn ernährte.

Mechthild hatte mit einigen Steinen einen Herd errichtet und einen Topf daraufgesetzt, aus dem die leckeren Düfte aufstiegen. Sie selbst hockte neben dem Feuer, das lange Haar im Nacken zusammengebunden, das Gesicht gerötet im Widerschein der Flammen. Er zwang sich, rasch beiseitezusehen, denn der Blick ihrer unergründlichen Augen mit den grünfiedrigen Einsprengseln verwirrte ihn. Es war eine Mischung aus Erleichterung und Zorn, die er nicht deuten konnte. War sie froh, dass er zurückkehrte? Oder hatte sie gehofft, ihm möge ein Unglück zustoßen, damit sie ihn für immer los war?

Hungrig aß er aus der Tonschale, die sie ihm reichte, und dachte dabei befriedigt, dass sie nun doch für ihn kochte.

Genau so, wie er es einmal von ihr verlangt hatte. Sie würde sich auch weiterhin fügen müssen, die stolze Fränkin, Arnulfs Braut. Wenn sie ihn auch nicht liebte, so würde sie ihm doch gehören, denn er wusste wohl, dass er nicht von ihr lassen konnte.

Sie hatte sich auf eines der Lager verzogen, wo sie mit angewinkelten Beinen hockte und vor sich hin starrte. Er trank den Becher leer, den sie ihm bereitgestellt hatte, und schmeckte, dass sie dem Wasser etwas Wein beigemischt hatte. Anscheinend hatte sie einen gut gefüllten Vorratskeller geöffnet – morgen würde er sich darum kümmern.

Er trank langsam in kleinen Zügen und spürte die angenehme Wärme des Feuers. Immer wieder musste er hinübersehen, wo sie unbeweglich saß, die Arme um die angezogenen Knie geschlungen. Eine Strähne ihres seidigen Haares hatte sich gelöst und hing wie ein schmaler Schatten über ihre Wange, ihr Mund schimmerte tiefrot, er schien ihm weich und verlockend. Wieder fühlte er, wie sehr sie ihn in ihren Bann zog, und er musste sich gegen sein eigenes Begehren zur Wehr setzen. Dieses Mal würde er sich nicht von ihr verwirren lassen, mochte sie noch so schön und verführerisch vor ihm sitzen und die Erinnerung an ihre Gestalt heute früh am Strand ihn auch noch so erregen. Erst wenn sie sich ihm unterworfen hatte und keine Ränke mehr plante, würde er sie nehmen.

Ein lang gezogener Ton riss ihn aus seinen Betrachtungen. Auch Mechthild hatte den Kopf gehoben und für einen Augenblick trafen sich ihre Augen. Der unheimliche Klang, der aus keiner menschlichen Kehle kam, sank in sich zusammen und verhallte, dafür stieg von anderer Stelle ein Heulen auf, ein dritter, hellerer Ton mischte sich ein. Wölfe schlichen um die Feste. Verflucht noch mal. Vermutlich würden sie auch Besuch von Luchsen und Bären erhalten. Morgen würde er einen Versuch machen, die Lücke in der Burgmauer mit Steinen und Hölzern zu verbarrikadieren. Für heute Nacht musste es reichen, wenn er den Eingang des Wohnturmes gut mit Brettern verschloss und das Feuer in Gang hielt.

Er schob ein paar Hölzer in die Flammen und machte sich am Eingang zu schaffen. Die Nacht würde unruhig werden, sie würden nur abwechselnd schlafen können, denn einer von ihnen musste ständig Wache halten. Er verkeilte das Holz sorgfältig und näherte sich dann Mechthild mit zögernden Schritten. Sie hatte sich in einen Stoff eingewickelt, der vermutlich einmal ein Wandbehang gewesen war, denn er konnte ein halb verbranntes gesticktes Bild darauf erkennen. Eine Bäuerin, die eine gebundene Garbe oder etwas Ähnliches in den Händen hielt. Trotz der Wärme, die das Feuer ausgestrahlt hatte, zitterte Mechthild am ganzen Körper.

»Hör zu«, sagte er leise. »Wir werden hier eine Weile bleiben müssen. Wenn du dich vernünftig benimmst, wird dir nichts geschehen. Wenn du jedoch ein falsches Spiel treibst und auf Verrat sinnst, geht es dir schlecht, das schwöre ich.«

Sie gab keine Antwort, sondern drehte sich auf die Seite. Immer noch zitterte sie heftig, und er konnte sich jetzt nicht mehr beherrschen, sondern kniete neben ihr nieder.

»Bekomme ich keine Antwort?«

»Lass mich in Ruhe.«

Er sah ratlos auf sie herab und stellte dabei fest, dass dieses Tuch tatsächlich kunstvoll gestickt war. Es musste ein prächtiger, großer Wandbehang gewesen sein, voller schöner Bilder, aus vielen bunten Fäden gearbeitet. Ein Tuch, das ganz sicher im Rittersaal ihres Vaters seinen Platz gehabt hatte. Dem Ort ihrer Kindheit, von dem nichts als schwarze Trümmer geblieben waren …

Plötzlich brach die Erkenntnis in ihm auf.

Was war er für ein Tor! Wie konnte sie Arnulf lieben, der diese Feste und alles, was darin gewesen war, zerstört hatte? Sie hasste Arnulf – warum hätte sie sich sonst damals im Kloster vor ihm verborgen gehalten?

Er hob vorsichtig die Hand, um ihr Haar beiseitezustreichen, und fühlte erschrocken, dass ihre Wange vor Hitze glühte. Sie zitterte nicht vor Kälte – es waren Fieberschauer, die sie schüttelten.

Gegen Mitternacht war das Fieber so hoch gestiegen, dass sie fantasierte. Sie redete mit ihrem Vater, erzählte wirre Jagdgeschichten, dazwischen sprach sie Verse in einer Ragnar unbekannten Sprache und sang Lieder, über die sie schrecklich lachen musste. Ihr Atem ging rasch, und die fiebrig glänzenden, Augen irrten in der kleinen, rauchigen Unterkunft umher, ohne etwas zu erfassen. Auch Ragnar erkannte sie nicht mehr.

Er flößte ihr Wasser ein, das sie zuerst begierig schluckte, dann aber lachte sie irr und wollte nur noch Wein trinken. Sie erklärte, vor Hitze verbrennen zu müssen, warf den Stoff des Wandbehangs von sich, zog den wollenen Umhang aus und wollte – nur mit dem dünnen Seidenstoff bekleidet – in die Nacht hinauslaufen. Ragnar musste sie mit Gewalt daran hindern, er trug sie auf ihr Lager zurück, hüllte sie in die Stoffe, legte sich neben sie und hielt sie fest, bis sie allen Widerstand aufgab.

Als das graue Morgenlicht durch den Eingang schien, lag sie kraftlos und immer noch fiebernd in seinen Armen. Ihre Augen waren halb geschlossen, die Lippen heiß und trocken.

Draußen heulte ein eisiger Nordwind, der winzige Schneeflöckchen mit sich trug. Er rüttelte am Dach der Unterkunft, fuhr durch die kleinsten Ritzen in den Raum hinein und wirbelte die Asche der Feuerstätte auf.

❖

Die kleine Klosterkirche von St. André war voller Menschen. Männer in braunen Bauernkitteln und halblangen Hosen aus Wolle; Frauen, die sich gegen die Kälte in Tücher gewickelt hatten; Kinder mit frostroten Gesichtern und weiten Augen, in denen sich die Lichter der beiden Altarkerzen spiegelten – alle knieten am Boden, um die Messe zu hören. Brian, der Priestermönch, den die Wikinger fortgeschleppt hatten, war heil und gesund zurückgekehrt.

Die Nachricht hatte sich in aller Eile herumgesprochen, man hatte Nachbarn und Verwandte benachrichtigt und von einem Wunder Gottes geredet, denn es war bekannt, dass die Wikinger jeden Priester erschlugen, dessen sie habhaft werden konnten.

Brian war verwirrt und überwältigt von der Menge der andächtigen Kirchenbesucher und hatte Mühe, die lateinischen Texte zu sprechen, ohne sich dabei zu verhaspeln. Verdiente er solche Achtung? In seinem Inneren kämpften Reue und Zorn über die Geschehnisse auf Arnulfs Feste. Am schlimmsten jedoch war die Verzweiflung darüber, dass er unabsichtlich die Entführung seiner Herrin verschuldet hatte. Sie war wieder in der Gewalt des Wikingers, und Gott allein wusste, was in diesem Augenblick mit ihr geschah. Brian sprach die lateinischen Worte mit salbungsvoller Stimme, ohne sich bewusst zu sein, was er redete, während die Bauern an seinen

Lippen hingen und ihnen der weiße Kältehauch aus seinem Mund wie die Offenbarung des Heiligen Geistes erschien.

Die Nonnen knieten abgesondert von den übrigen Kirchenbesuchern in der Apsis hinter dem Altar, Mutter Ariana mitten unter ihnen. Die Äbtissin schien während der vergangenen Wochen noch kleiner geworden zu sein, ihr blasses, faltiges Gesicht verschwand fast völlig unter dem Schleier, den sie doch schon so eng wie möglich gesteckt hatte. Nur ihre Augen hatten noch den gleichen klugen, durchdringenden Ausdruck, und wenn sie sprach, war ihre Stimme kräftiger, als man es ihrem schwachen Körper zugetraut hätte. Während Brian die Messe las, wanderten ihre Blicke über die Schar der Bauern und Knechte im Kirchenschiff, und manchmal glitt ganz kurz ein schwaches Lächeln über ihr Gesicht. Brian hatte ihr noch in der Nacht seiner Ankunft eine lange und verworrene Beichte abgelegt, und Mutter Ariana hatte in seinen verwickelten Berichten die Bestätigung dessen gefunden, was ihre Visionen ihr schon vor längerer Zeit offenbart hatten. Es waren unglaubliche Dinge, die sich ihr da in fantastischen Traumbildern, manchmal sogar mitten am Tag, auftaten – aber Mutter Ariana war fest davon überzeugt, dass diese Geschehnisse tatsächlich eintreten würden. Auch der arme Brian würde sich damit abfinden müssen.

Der Priestermönch hatte die Messe zu Ende gelesen und hob die Arme, um den Gläubigen seinen Segen zu spenden, doch plötzlich wurden seine Augen groß und starr und die Segensworte blieben ihm im Halse stecken. Die dicht zusammengedrängt am Boden knienden Menschen wandten die Köpfe, denn hinter ihnen war die Tür der Kirche geöffnet worden und der eisige Wind trieb die Schneeflocken in den Kirchenraum hinein. Ein Mann war in die Kirche getreten, ein großer Kerl, das blonde, halblange Haar voller Schnee, den nackten Oberkörper mit einem schmutzigen Fell notdürftig bekleidet. Er blieb am Eingang stehen, und seine hellen Augen überflogen den dämmrigen, nur von wenigen Kerzen erleuchteten Innenraum, bis sie die Nonnen fanden.

»Ich komme im Frieden«, sagte er mit tiefer Stimme, die laut und schwer in dem kleinen Kirchenraum dröhnte.

»Der Wikinger!«, kreischte eine Bäuerin und raffte sich auf, um hinter den Altar zu flüchten. Andere Frauen folgten ihr, Kinder begannen, vor Angst zu schreien, ohne begriffen zu haben, was geschehen war. Die Männer drängten sich zusammen und griffen an ihre Gürtel, wo sie die Messer stecken hatten. Andere Waffen hatte man nicht mit zur Kirche nehmen wollen.

»Schlagt ihn tot!«, brüllte eine junge Frau hysterisch.

Die Nonnen waren schreckensbleich zu dem kleinen Türchen gelaufen, das ins Nebengebäude führte, es entstand ein Gedränge, denn jede wollte sich zuerst retten, und in der Eile ließ sich die Tür nicht öffnen.

Einer der Bauern, ein älterer Mann mit fast kahlem Kopf und grauem Bart, hob entschlossen das kurze Messer, um Weib und Kinder zu verteidigen.

»Gott ist mit uns«, brüllte er seinen Gefährten zu. »Kein Wikinger soll ungestraft diese Kirche schänden. Wehrt euch, Männer! Auf ihn!«

Die Bauern rückten gegen den Eindringling vor, zögernd noch, doch mit gezogenen Messern. Wut und Entschlossenheit lag in ihren Gesichtern, es gab keinen von ihnen, der nicht unter den Überfällen der Wikinger schwer gelitten hatte.

Ragnar war einen Schritt zurückgewichen und hatte eine kurze Axt vom Gürtel gelöst, um sich verteidigen zu können.

»Ich komme nicht, um zu kämpfen«, rief er laut in den Kirchenraum hinein. »Ich komme, weil ich eure Hilfe brauche.«

Die Bauern drangen weiter gegen ihn vor, ermutigt von seinem Rückzug. Einer der jungen Kerle machte einen waghalsigen Vorstoß, wich aber gleich wieder zurück, als Ragnar die Axt zur Abwehr erhob.

»Lügner!«, tönte es ihm entgegen. »Glaubt ihm kein Wort. Gebt ihm seinen Mörderlohn, Männer. Auf ihn!«

Da erklang mitten in den Aufruhr hinein die Stimme der Äbtissin.

»Haltet ein!«

Mutter Ariana war als einzige der Nonnen an ihrem Platz geblieben, denn die Steifheit des Alters hatte ihr erst jetzt erlaubt, sich aus der knienden Haltung zu erheben und die Altarstufen hinab ins Kirchenschiff zu steigen.

»Niemand wird den Kirchenfrieden brechen«, sagte die Äbtissin zornig und drängte sich zwischen den kampfbereiten Männern hindurch. Nur unwillig machte man ihr Platz, doch die Ehrfurcht vor der alten Frau siegte. Mutter Ariana war während der vergangenen Wochen die einzige Hoffnung der hart gebeutelten Menschen gewesen.

Als die Äbtissin vor Ragnar stand, wirkte sie gegen den hünenhaften Wikinger wie ein kleines, leichtes Vögelchen.

»Wenn du im Frieden kommst, so bist du mir willkommen, Ragnar«, sagte sie. »Sag mir, was du von uns willst.«

Sie musste den Kopf steil anheben, um sein Gesicht sehen zu können, doch was sie erblickte, stellte sie zufrieden. Auf Ragnars Zügen lag ein erstauntes und zugleich ehrfurchtsvolles Lächeln.

»Ich brauche Hilfe für Konrads Tochter«, sagte er. »Sie liegt im Fieber.«

Gemurmel erhob sich. Konrads Tochter, die der Wikinger entführt hatte.

Die Tochter des verstorbenen Grafen, dem man so bitter nachtrauerte, seit Arnulf seine harte Hand auf das Land gelegt hatte.

Auch Mutter Ariana war erschrocken. »Wo ist sie?«

»Ich führe dich zu ihr«, gab er zurück, die Menge der kampfbereiten Bauern nicht aus den Augen lassend.

Mutter Ariana nickte und wandte sich entschlossen zum Altar, hinter dem die zitternden Nonnen jetzt vorsichtig hervorlugten.

»Rasch – Kräuter und Tränke gegen das Fieber. Warme Tücher und Felle. Packt das Beste zusammen, das noch in unserer Vorratskammer ist. Was hockt ihr da hinter dem Altar und klappert mit den Zähnen? Beeilt euch!«

Die Nonnen liefen dienstfertig davon. Brian hatte den Geschehnissen mit offenem Mund zugesehen, unentschlossen, auf wessen Seite er sich stellen sollte. Jetzt trat er zu Mutter Ariana, bebend vor Aufregung. Seine Herrin, seine schöne Herrin lag im Sterben!

»Wer von euch kann uns ein Pferd geben? Einen Wagen?«, rief er den Bauern zu. »Es geht um unsere Herrin, Konrads Tochter.«

Die Bauern zögerten, der Umschwung war zu rasch gekommen, auch wenn Mutter Ariana dem Wikinger offenbar Glauben schenkte: Wer konnte sagen, ob das alles nicht ein hinterlistiger Betrug war?

Misstrauisch musterten sie den blonden Mann, der sie alle fast um Haupteslänge überragte. Sein Haar war vom Sturm verwildert, der Bart vereist, seine Augen vom Frost entzündet. Das Fell, das er um den Oberkörper gewickelt hatte, war schmutzig und wies Brandspuren auf – wie ein Eroberer sah er nicht gerade aus.

»Nehmt mein Pferd«, sagte der ältere Mann, der eben noch zum Kampf aufgerufen hatte. »Es ist das einzige, das ich besitze, Mutter Ariana. Aber für Konrads Tochter soll es mir nicht zu schade sein.«

»Du wirst es nicht bereuen«, sagte Ragnar zu ihm. »Ich stehe in deiner Schuld und ich begleiche meine Schulden.«

Mechthild hatte den Eindruck, aus einer fremden Welt zurückzukehren. Ein langer, wilder Traum hatte sie gefangen gehalten, voller erschreckender und schöner Bilder, voller schwankender Nebelgestalten und lodernder Flammen. Dazwischen war immer wieder Ragnars bärtiges Gesicht aufgetaucht, das sich über sie beugte, sie hatte seine Hände auf ihrer Stirn gespürt, leise Worte vernommen, deren Sinn sie nicht erfasste und die doch so zärtlich klangen.

»Ragnar!«, flüsterte sie. »Geh nicht fort.«

Als sie jetzt die Augen aufschlug, saß Mutter Ariana neben ihrem Lager, hielt ein Gefäß mit einer dampfenden Flüssigkeit in den Händen und rührte darin mit einem hölzernen Löffel.

»Wo bin ich? Wo ist Ragnar?«

Mechthild richtete sich mit gewohnter Schnelligkeit zum Sitzen auf und spürte sogleich, dass ihr schwindelig wurde. Vorsichtig legte sie sich wieder zurück und versuchte sich zu erinnern, wo sie sich befand und was geschehen war.

»Sieh an«, meinte Mutter Ariana mit einem Lächeln. »Meine Herrin hat endlich ausgeschlafen. Wie geht es Euch?«

Mechthild runzelte die Stirn und besah die halb verkohlten Holzbalken, die über ihr zu einem Dach zusammengefügt waren. Richtig – sie befand sich in der zerstörten Feste ihres Vaters. Wo aber war Ragnar?

»Gut, glaube ich«, meinte sie zögernd. »Ich war wohl krank, oder?«

Mutter Ariana reichte ihr die Schale, deren heißer Inhalt nach Salbei, Eibisch und Kamille roch und den sie mit Honig gesüßt hatte.

»Ihr habt drei Tage gefiebert – aber nun werdet Ihr gesund werden, Herrin.«

Mechthild richtete sich jetzt langsam und vorsichtig auf, nahm die Schale und trank in kleinen Schlucken. Es ging ihr schon viel besser. Erstaunt stellte sie fest, dass sie eines der Ordensgewänder aus dem Bestand des Klosters trug. Was war in diesen drei Tagen geschehen?

»Wieso bist du hier, Mutter Ariana? Und wo ist der Wikinger?«

Die alte Frau zog den verrutschten Schleier zurecht und schmunzelte. Da war sie wieder, die ungeduldige, junge Herrin.

»Er kam und bat um Hilfe für Euch. Er hatte große Sorge, denn Euer Fieber war hoch.«

»Er kam ins Kloster ?«, fragte Mechthild ungläubig, während ihr Herz rascher klopfte. Er hatte Sorge um sie gehabt!

Dann fiel ihr ein, wie gefährlich diese Aktion gewesen war, und sie schüttelte ärgerlich den Kopf.

»Hat ihn außer dir jemand gesehen?«

»Viele haben ihn gesehen«, gab die Äbtissin gleichmütig zurück. »Aber seid beruhigt, Herrin. Keiner der Bauern wird Euch verraten, denn niemand ist in diesem Land so verhasst wie Graf Arnulf. Dreimal schon hat er seine Krieger ausgeschickt, neue Abgaben von den Bauern einzutreiben. Sie nehmen alle Lebensmittel mit, sie tragen das Feuerholz davon und führen den Bauern die Tiere aus den Ställen.«

Mechthild flammte auf. Arnulf hatte die Krieger aus Rouen entschädigen müssen, jetzt saugte er ihr Land aus und schonte sein eigenes. Es musste etwas geschehen, um diesem Unrecht ein Ende zu bereiten.

»Und wo ist Ragnar?«, wollte sie beharrlich wissen.

Auch jetzt behielt Mutter Ariana ihre Ruhe und Gelassenheit. Sie nahm Mechthild die geleerte Trinkschale aus den Händen und reichte ihr einen hölzernen Teller mit gekochtem Fleisch und Gerstenbrei.

»Esst, Herrin. Ihr müsst wieder zu Kräften kommen.«

»Wo ist Ragnar?«, wiederholte Mechthild eigensinnig.

»Sorgt Ihr Euch um ihn?«, wollte die Äbtissin mit einem kleinen Lächeln wissen.

Mechthild schlug die Augen nieder.

»Ich möchte wissen, wo er ist. Das ist alles.«

»Der Wikinger ist am Strand und zimmert mit den Bauern Fischerboote.«

»Er zimmert… was?«, fragte sie verblüfft.

»Fischerboote, die Wellen und Sturm besser standhalten als das, was bei uns bisher gebaut wurde. Er ist ein guter Lehrmeister, der Wikinger.«

Großartig! Arnulfs Krieger ritten überall im Land herum, und Ragnar zimmerte in aller Gemütsruhe Fischerboote. Am Strand. Weithin sichtbar für jeden zufällig dort herumstreifenden Reiter. Ja war er denn von allen guten Geistern verlassen?

»Ihr braucht keine Sorge zu haben, Herrin«, meinte Mutter Ariana, die ihre Gedanken erraten hatte. »Die Bauern geben sofort Nachricht, sobald Arnulfs Krieger sich in der Gegend blicken lassen.«

Mechthild machte sich hungrig über die Speisen her und grübelte vor sich hin. Wenn Ragnar sich weiterhin so leichtsinnig verhielt, würde Arnulf sie bald entdeckt haben. Was dachte er sich eigentlich dabei? Wollte er sich absichtlich in Gefahr begeben?

Nach der Mahlzeit überkam sie eine angenehme Müdigkeit und sie fiel in einen tiefen, erfrischenden Schlaf. Als sie daraus erwachte, war es bereits Abend. Mutter Ariana, die neben dem fast erloschenen Feuer saß, hatte die Augen geschlossen und dämmerte vor sich hin. Von Ragnar immer noch keine Spur. Leise erhob Mechthild sich von ihrem Lager, schob einige Scheite ins Feuer und hockte sich daneben, um sich zu wärmen. Wo blieb er nur? Hatten Arnulfs Krieger ihn entdeckt und gefangen genommen? War er vielleicht schon tot? Sie nahm eine der wollenen Decken von ihrem Lager und legte sie sich um die Schultern. Auf keinen Fall würde sie länger hier auf ihn warten – sie musste Gewissheit haben.

In diesem Augenblick bewegten sich die Bretter, mit denen der Eingang verschlossen war. Ragnar stand vor ihr, Gesicht und Arme waren von der Kälte gerötet, sein Atem dampfte, seine Augen leuchteten, als er sie erblickte.

»Du bist gesund!«, sagte er glücklich. »Ich wusste, dass Mutter Ariana eine Zauberin ist.«

Mechthild wäre ihm fast um den Hals gefallen, so froh war sie. Dann aber wandte sie sich ab und hockte sich neben das Feuer.

»Es geht mir gut«, sagte sie kühl. »Und dir wohl auch – was denkst du dir dabei, uns in solche Gefahr zu bringen?«

Seine Miene verfinsterte sich. Wusste sie nicht, welche Angst er um ihr Leben ausgestanden hatte? War er nicht einzig und allein ins Kloster gelaufen, weil er fürchtete, sie würde am Fieber sterben?

»Ich habe ein Versprechen gegeben«, gab er mürrisch zurück. »Und ich halte mein Wort.«

Beleidigt stocherte sie im Feuer herum. Was meinte er mit diesen Sätzen?

Mutter Ariana war aus ihrem Schlummer gefahren, als Ragnar eintrat, und erhob sich nun mühsam. Ihre Knie waren vom langen Sitzen steif und zitterten, deshalb griff sie nach Ragnars Hand.

»Geleite mich auf mein Pferd, mein Sohn, denn ich will nun zum Kloster zurückkehren«, bat sie.

Mechthild sah zu, wie der Wikinger die kleine alte Frau so sorgsam stützte und führte, als sei sie seine eigene Mutter. Es nahm ihr Herz wieder für ihn ein, doch sie schwieg.

Ragnar führte das Pferd der Äbtissin bis zum Eingang der Burganlage, von hier aus führte der Weg zur Furt auf die andere Seite des Flusses. Mutter Ariana beugte sich ein wenig hinab und fasste den Wikinger bei der Schulter.

»Glaube nicht, was du siehst«, sagte sie leise zu ihm. »Sie war noch nicht ganz erwacht am Morgen, da rief sie schon deinen Namen. Und sie hat nicht aufgehört, nach dir zu fragen.«

Er hob überrascht den Kopf und sah ein heiteres Lächeln auf dem Gesicht der alten Frau. Sie nickte ihm zu, trieb ihr Pferd an und ritt langsam in die kalte, mondbeschienene Nacht hinaus.

Ragnar stand unbeweglich und sah ihr nach, bis die Silhouette von Pferd und Reiterin zu einem kleinen Punkt auf der schneebedeckten Fläche verschmolzen war. Er spürte weder die Kälte noch den eisigen Wind, der an seinen Kleidern riss, denn aus seinem Inneren war eine große Wärme aufgestiegen, die ihn ganz und gar erfüllte. Sie hatte nach ihm gefragt.

Als er die Bretter beiseite schob und die Unterkunft betrat, brannte dort ein helles Feuer und ein Kessel stand auf dem Herd. Sie hockte am Boden und rührte mit ernster Miene im Kessel herum. Er musste sich das Lachen verbeißen.

»Hast du Hunger?«, fragte sie, ohne ihn anzusehen.

»Nein.«

Sie war enttäuscht und stellte den Kessel vom Feuer.

»Haben die Bauern dir zu essen gegeben?«

»Ja«, gab er kurz angebunden zurück und setzte sich auf sein Lager.

Die Bauern waren ihm für seine Hilfe dankbar gewesen, er hatte sie sogar ein wenig in die Kunst der Kriegsführung eingewiesen und den erstaunten und begeisterten jungen Burschen gezeigt, wie man ein Beil warf und sich im Kampf gegen einen Reiter verteidigt. Dafür hatte man ihn auf einem der Gehöfte zur Mahlzeit geladen.

Sie zuckte die Schultern und tat gleichgültig, doch er sah ihr an, dass sie ärgerlich war. Schmunzelnd beobachtete er unter halb geschlossenen Lidern, wie sie die hölzernen Teller reinigte und die Trinkschalen mit Wasser auswusch.

»Du machst das sehr gut, Sklavin«, lobte er boshaft.

Sie fuhr hoch und blitzte ihn wütend an.

»Sklavin?«, fauchte sie. »Ich bin die Herrin dieser Burg. Vergiss das nicht, Wikinger!«

Er hätte gern gelacht, aber er bezwang sich und blieb ernst.

»Richtig, das hätte ich fast vergessen«, gab er in harmlosem Ton zurück. »Du bist Arnulfs Braut und somit natürlich auch Herrin dieser Burg. Wie schade, dass die Hochzeit nicht stattfinden konnte, sonst wäret ihr beiden hier ganz gewiss schon eingezogen.«

Er sah an ihrem heftigen Atem, dass sie kurz davor war, vor Zorn zu platzen, und hatte großes Vergnügen daran.

»Ich bin nicht seine Braut und ich werde es niemals sein«, rief sie aus. »Nur jemand, der so dumm und so leichtgläubig ist wie du, kann so etwas denken. Aber was will ich von einem Wikinger auch anderes erwarten.«

Jetzt konnte er seine Gesichtszüge nicht mehr beherrschen und grinste breit.

»Du hast recht, Frankentochter. Wir Männer aus dem Norden tragen kratzige Bärte und kämmen unser Haar nicht. Wir haben starke Muskeln, doch in unseren hohlen Schädeln ist nichts als Stroh.«

»Das habe ich nicht gesagt!«, meinte sie mürrisch und wandte sich ab.

»Ach ja?«, meinte er und erhob sich langsam wieder von seinem Lager. »Ich erinnere mich gut daran, was du über meinen Bart und meine Haartracht gesagt hast, schöne Grafentochter.«

Sie sah ihn grinsen und begriff augenblicklich sein Spiel. Zornig warf sie ihm den Becher vor die Füße.

»Was kümmert dich die Meinung einer Verräterin, Wikinger?«

Jetzt lachte er tief und kehlig und packte sie bei den Schultern, um sie an sich zu ziehen. Doch sie wehrte sich mit aller Kraft. Er ließ sie eine kleine Weile toben und verteidigte sich erst, als sie mit den Händen an seinem Bart zerrte.

»Mit einer Verräterin mache ich kurzen Prozess, Mechthild«, rief er und fasste ihre beiden Handgelenke mit der Rechten, während sein linker Arm sie fest umschlungen hielt. »Aber du bist keine Verräterin, das weiß ich.«

Sie keuchte vor Anstrengung und gab ihren Widerstand noch längst nicht auf. Ihr Haar hatte sich im Kampf aufgelöst, das Band, das ihr Nonnenkleid im Rücken zusammenhielt, war gerissen und der Stoff glitt über ihre rechte Schulter.

»Lügner«, fauchte sie. »Eben noch hast du mich Arnulfs Braut genannt.«

»Eine süße Braut bist du, meine stolze Fränkin«, murmelte er und versuchte, sie zu küssen. »Verlockender als jede andere, ganz besonders wenn du so zornig bist.«

Er hatte ihre Hände losgelassen und ihr Haar im Nacken gegriffen, um ihren Kopf nach hinten zu biegen, doch sie nutzte die Freiheit, um ihm eine schallende Ohrfeige zu verpassen. Er lachte auf, legte blitzschnell den Arm in ihre Kniekehlen und hob sie hoch. Ohne sich um ihr wütendes Zappeln zu kümmern, legte er sie sanft auf ihr Lager und kniete sich über sie.

»Damit kannst du einen bartlosen Franken erschrecken, meine Schöne«, grinste er. »Für einen Wikinger ist so etwas nur eine Liebkosung.«

»Ich hasse dich, zottiges Seeungeheuer!«, fauchte sie.

Er hielt ihr beide Arme fest, neigte sich zu ihr hinab und fand ihre Lippen. Sacht und vorsichtig berührte er sie mit seiner Zunge und spürte ihren weichen Linien nach. Sie erbebte unter seiner zärtlichen Berührung, die sie so lange herbeigesehnt hatte, doch sie wollte sich noch nicht ergeben.

»Ungekämmter Meeresdrache«, schimpfte sie.

Er verschloss ihr sanft den Mund mit seinen Lippen und

sie fühlte seine Zunge. Sie stöhnte leise auf und wand sich unter ihm hin und her, dann spürte sie, wie seine Hand ihr Gewand am Halsausschnitt fasste und es langsam hinunterzog. Die Naht am Rücken riss und ihre Schultern entblößten sich.

»Ragnar«, flehte sie. »Ragnar, wir sind weiterhin in großer Gefahr …«

»Für das, was ich jetzt sehen werde, gebe ich sogar mein Leben, meine süße, widerspenstige Braut«, flüsterte er und bedeckte ihren Hals mit gierigen Küssen. »Komm, zeige dich, meine schöne Sklavin. Ich habe lange, sehr lange darauf warten müssen.«

Langsam, fast feierlich zog er den Stoff von ihrem Körper, bis sie ganz nackt vor ihm lag, dann kniete er neben ihr und verschlang sie mit seinen Blicken. Sie lag auf dem Rücken, das lange Haar über den Boden ausgebreitet, eine Strähne zwischen ihren bloßen Brüsten wies schlangengleich auf das dunkle, lockende Dreieck ihrer Scham. Er merkte, wie sein Blut in den Adern pulsierte, sah, wie sie unter seinem brennenden Blick sehnsuchtsvoll erbebte, wie ihr Atem die verführerischen Rundungen ihrer Brüste immer rascher hob und senkte. Die Eifersucht, die er so lange zurückgehalten hatte, wollte ihn übermannen, denn er stellte sich vor, dass sie ebenso vor Arnulf gelegen haben könnte, dass er diesen warmen, zauberhaft verlockenden Körper besessen hatte. Doch er zwang sich zur Ruhe. Sie gehörte ihm, ganz und gar, sie war sein Schicksal und er ihres, und er würde sie jetzt so nehmen, dass ihr niemals mehr der Sinn nach einem anderen stand.

Bedächtig hob er die Hand und ließ sie über die schwellenden Hügel ihrer Brüste gleiten, spürte die harte Spitze, die sich ihm entgegenhob wie eine kleine, glatte Haselnuss.

Er umkreiste sie spielerisch mit den Fingern und genoss den Moment, als Mechthild sich ihm wimmernd vor Lust unwillkürlich entgegenstreckte. Er beugte sich über sie, umschloss das kleine, harte Früchtchen mit heißen Lippen, und sie schrie auf, als seine Zähne vorsichtig daran knabberten.

Sie hörte sein tiefes kehliges Lachen, das sie so sehr liebte, und wusste, dass sie dem Rausch seines großen Körpers nun nichts mehr entgegensetzen konnte. Sie fasste zärtlich in sein Haar, fuhr mit den Fingern durch die verwirrten Locken, strich über seinen harten Nacken und fühlte die breiten Muskeln seiner Schultern und Arme. Dann spürte sie, wie sein Körper sich wieder über sie schob und seine sehnigen Schenkel sich gegen ihre Hüften pressten. Aufstöhnend fuhr sie empor. Kaum wissend, was sie tat, zerrte sie an dem Riemen seines Gürtels, befühlte wie im Rausch die harte Wölbung unter dem Leder und riss die Schnur entzwei, die vor ihr verschloss, was sie so heiß begehrte. Er ließ sie gewähren, und sie spürte seinen raschen Atem und sein tiefes, leises Keuchen, während ihre Finger tastend über die glatte, zarte Haut seiner Männlichkeit strichen und die feste, gewölbte Spitze berührten.

»Ziemt es einer Frau, das Schwert in die Hand zu nehmen?«, flüsterte er, während er unter ihren Händen vor Lust erbebte.

»Eine fränkische Zauberin fragt nicht danach, was sich ziemt.«

Sie spürte dem krausen Flaum nach, der zwischen seinen Beinen wuchs, glitt voller Begierde zu der prallen Rundung, die dazwischen prangte, und streichelte sie sehnsüchtig. Nie würde sie zugeben, wie sehr sie diesen Augenblick herbeigewünscht hatte, wie oft sie in ihren Träumen seinen Körper berührt und liebkost hatte. Er sollte nicht erfahren, wie sehr sie ihm ausgeliefert war.

Er hatte den Kopf zurückgeworfen und sich stöhnend ihren Liebkosungen hingegeben, jetzt spürte er, dass er sich nicht mehr beherrschen konnte, und entzog sich ihren Händen mit einer sanften Bewegung.

»Geduld, meine gierige Liebste«, raunte er ihr ins Ohr. »Wir werden das Schwert gemeinsam führen, damit es sein Ziel erreicht.«

Er strich mit zärtlichen Händen über ihre Hüften, folgte den weichen Schwüngen und Rundungen und näherte sich mit kreisenden Bewegungen dem kleinen Hügel, in dessen lockigem Flaum der dunkle Spalt schimmerte. Sie erwartete bebend seine Berührung und schrie leise auf vor Lust, als er kosend durch das weiche Vlies ihres Liebeshügels strich und dann mit frechem Finger zwischen die feuchten Lippen ihrer Scham glitt. Heiße, wollüstige Glut durchzuckte ihren Körper, sie wand sich, rief seinen Namen, bat ihn wimmernd, damit aufzuhören, und meinte doch das Gegenteil.

»Komm, meine süße Herrin«, flüsterte er und nahm ihre Hände, um sie dorthin zu führen, wohin er sie haben wollte. »Nimm diese Waffe und weise ihr den Weg.«

Sie zögerte, denn sie wollte die Lust, die ihr dieses Spiel bereitete, bis ins Unendliche auskosten. Zärtlich rieb sie die harte Spitze zwischen ihren Händen, fühlte die seidige, feine Haut, beugte sich vor und betupfte die dunkle Wölbung mit kleinen Küssen. Er ließ einen tiefen Laut hören, und sie genoss es, wie er über ihr erbebte und seine Lenden vor Lust zuckten.

»Du boshafte Zauberin«, keuchte er und wand sich. »Willst du, dass ich vor Sehnsucht sterbe und in Hels Reich eingehe?«

»Geduld, mein Liebster«, flüsterte sie, während ihr Atem flog und ihr Schoß vor Hitze glühte. »Ohne mich wirst du nirgendwo hingehen, denn ich gehöre zu dir.«

Sie lenkte seine Liebeswaffe bedächtig durch das dichte weiche Haar, das ihren Schoß beschützte, ließ ihn für einen Moment die feuchte Tiefe darin spüren und wollte ihn sacht wieder von seinem Ziel ablenken. Doch Ragnar war am Ende seiner Beherrschung. Mit einem lauten, heiseren Schrei warf er sich auf sie, zwang sie mit mächtigem Schenkeldruck, ihm endlich zu Willen zu sein, und zeigte ihr die Kraft seiner stolzen Männlichkeit. Der Rausch erfasste sie, sie umklammerte ihn, krallte die Hände in seinen Rücken und kam seinen harten Stößen mit aufgewölbtem Körper entgegen. Ragnar liebte sie mit der ganzen Glut seiner lang zurückgehaltenen wilden Begierde, ließ sie schreien und stöhnen, bedeckte sie mit heißen Küssen, und als ihr Ritt durch glühende Lavaströme und schäumende Meereswogen sein Ziel erreicht hatte, glaubte sie, von ihrem eigenen Schreien zerrissen zu werden.

Er sank erschöpft über sie, und sie genoss die Last seines schweren Körpers, hielt ihn fest an sich gepresst, als fürchtete sie, er könne sie wieder verlassen. Sie wurde von einer tiefen, glückseligen Ruhe erfüllt. Vorbei all die Ängste, der Zwist, die Eifersucht, nicht einmal die Sorge um die ungewisse Zukunft bewegte sie mehr. Er lag hier in ihren Armen, als sei er ein Teil von ihr. Ragnar, der Wikinger, war ihr Schutz und ihr Helfer, ihr Geliebter und zugleich ihr Kind.

Er streichelte ihr mit der Hand über die erhitzte Wange und strich ihr eine Haarsträhne aus ihrer feuchten Stirn. Dann küsste er sie auf die Nasenspitze und brummte:

»Eine Sklavin wie dich muss man lange suchen, meine leidenschaftliche Frankentochter. Ich glaube fast, dass ich noch nie zuvor so glücklich war.«

Er wollte zur Seite rücken, doch sie hielt ihn fest.

»Ich bin zu schwer für dich, zierliche Fränkin.«

»Bilde dir nur nichts ein, Wikinger«, kicherte sie. »Konrads Tochter ist zäh und kann so manchen Wikinger tragen.«

Jetzt rollte er sich doch herum und nahm ihren Körper mit sich, dass sie auf ihm zu liegen kam.

»Hüte deine Zunge, Mechthild«, warnte er halb scherzhaft, halb ärgerlich. »Du wirst es nur mit einem einzigen Wikinger zu tun haben, solange ich lebe. Das schwöre ich dir bei Thor, dem Hammerwerfer, der mit seinem Bocksgespann durch die Wolken fährt.«

Sie beugte sich über ihn, und ihr langes Haar umhüllte sein Gesicht wie ein dunkler, seidiger Schleier. Wunderschöne grüne Augen mit fiedrigen Einsprengseln blickten auf ihn herab, so ernst und zärtlich, wie sie ihn noch nie zuvor angesehen hatte.

»Ich werde nur dir allein gehören, solange du mich liebst«, sagte sie leise. »Und solange ich die einzige Frau bin, die in deinem Herzen wohnt.«

»So soll es sein«, sagte er mit seiner tiefen Stimme, nahm den Thorhammer vom Hals und hängte ihr den Schmuck um. »Du bist meine Braut. Wir werden in meine Heimat reisen, damit du dort mein Weib werden kannst.«

Sie befühlte den kleinen Hammer, der aus reinem Silber gegossen war, und musste lächeln. Sie, eine Fränkin und Christin, trug einen heidnischen Schmuck, spürte ihn auf ihrer nackten Haut und empfand dabei kein Entsetzen, sondern Stolz und Glück. Gott hatte zugelassen, dass der wilde Hammerwerfer Thor sie beide bis zu diesem Tag beschützte – er würde es auch weiterhin tun.

»Wir werden zuvor Brian bitten, uns nach christlichem Brauch zu segnen«, sagte sie dann. »Meinetwegen heiraten wir dann in deiner Heimat nach dem Willen deiner Götter.«

Er sah ihr an, dass sie auf diese Bedingung nicht verzichten würde, und nickte ein wenig grimmig.

»Dann müssen wir dies bald tun, denn in wenigen Tagen wird unsere Reise beginnen«, erklärte er. »Ich habe den Bauern gezeigt, wie sie gute Fischerboote zimmern – dafür werden sie mir beim Bau eines seetüchtigen Schiffes helfen.«

Sie runzelte die Stirn, denn der Plan gefiel ihr nicht.

»Du willst mich mit in den Norden nehmen? Was soll ich dort? Ich bin eine Fränkin und werde mein Land nicht verlassen. Konrads Tochter wird hier gebraucht, wo Arnulfs Krieger meine Bauern unterdrücken und aussaugen.«

Er kniff ärgerlich die Augen zusammen.

»Ich werde in meiner Heimat Krieger sammeln und dein Land zurückerobern, Mechthild. Ich werde dir Arnulfs und Konrads Land zu Füßen legen, meine schöne Herrin. Bist du damit zufrieden?«

»Nein!«, empörte sie sich. »Ich will nicht, dass deine grausamen Wikinger ein weiteres Mal über mein Land herfallen. Wir haben schon genug unter euren Überfällen gelitten...«

»So versteh doch, du törichte Person«, wehrte er sich. »Ich will das Land nicht zerstören – ich will, dass Frieden herrscht.«

Sie rutschte von ihm herab und setzte sich erbost neben ihn auf das Lager. In ihrem Zorn dachte sie gar nicht daran, eine Decke oder ein Kleidungsstück über ihren bloßen Körper zu ziehen.

»Wenn du das tust, Ragnar, dann werden wir beide zu Feinden werden«, rief sie aufgeregt. »Ich werde meine Heimat mit Zähnen und Klauen verteidigen und alle mutigen Frankenkrieger werden mir dabei helfen. Der Erzbischof von Rouen …«

Er wollte aufbrausen, doch in diesem Augenblick riss jemand die Bretter am Eingang auseinander und ein Mann im schwarzen Mönchsgewand drängte sich in die Unterkunft.

Als Brian seine Herrin völlig unbekleidet vor sich sitzen sah, daneben den nackten, muskelbepackten Körper des Wikingers, stand er einen Augenblick entsetzt mit weit aufgerissenen Augen da und brachte kein Wort heraus.

»Brian«, sagte Mechthild unwillig und hielt sich den Zipfel einer wollenen Decke vor. »Warum stürmst du hier herein, als sei der Teufel hinter dir her?«

Brian schluckte mehrfach, tiefes Rot überflutete seine Züge, dann stammelte er mit leiser, heiserer Stimme:

»Reiter. Wohl zehn an der Zahl. Sie halten direkt auf die Feste zu.«

»Verflucht!«, sagte Ragnar und zog seine ledernen Beinkleider über. »Lauf in die Gehöfte und sag den Bauern Bescheid. Sie sollen kommen mit Knüppeln, Beilen und Messern. Zehn Reiter können uns nicht schrecken. Rasch!«

Brian stand immer noch unbeweglich mit wild klopfendem Herzen und starrte auf Mechthild, die jetzt ihr Nonnenkleid über den Kopf streifte. Es war deutlich zu sehen, dass es am Halsausschnitt aufgerissen war.

»Der Anführer der Krieger ist – Neidhardt«, verkündete Brian düster.

»Neidhardt!«, rief Mechthild überrascht.

Ragnar sah erstaunt, dass ihre Miene sich erhellt hatte. Neidhardt – diesen Namen hatte er noch nie zuvor gehört.

Neidhardt hatte seinen kleinen Trupp tagelang durch das Land geführt, sie hatten sich durch Wälder gekämpft, Gehöfte aufgesucht, zuletzt auch einige Händler befragt, die ihre Waren auf schwer beladenen Kähnen zum Meer schifften. Niemand hatte ihnen Auskunft über die Flüchtigen geben können. Je weiter sie in Konrads Land hineinritten, desto deutlicher spürten sie eine eisige Mauer des Schweigens, ihre Fragen blieben ohne Antwort, stattdessen ernteten sie misstrauische Blicke.

Neidhardt gab nicht auf, denn zum ersten Mal in seinem Leben folgte er einem Stern. Es war die Liebe zu Fastrada, die ihn antrieb, schier Unmögliches zu wagen.

Diese jedoch war entsetzt gewesen, als er ihr von Arnulfs Auftrag berichtete.

»Tu es nicht«, hatte sie gefleht. »Er wird dich betrügen, wie er es immer tut.«

»Aber ich will dich gewinnen, Fastrada«, hatte er gestammelt. »Ich bin kein Held und kein Krieger – aber ich will es wagen. Ganz gleich wie es ausgeht.«

Sie hatte den Kopf geschüttelt, doch er sah ihr an, dass sie beeindruckt war.

»Der Wikinger wird dich töten«, sagte sie leise. »Ich habe Angst um dich, Neidhardt.«

Da hatte er endlich gewagt, die Arme um sie zu legen und sie an sich zu ziehen.

»Nicht hier«, hatte sie zärtlich gemurmelt. »Komm mit mir.«

Was sie dann unten in einer kleinen Vorratskammer zwischen Getreidesäcken und Weinfässern mit ihm getan hatte, war so überwältigend gewesen, dass er noch am gleichen Nachmittag mit seinen Kriegern davonritt, nichts anderes mehr vor Augen als den festen Entschluss, für Fastrada zu kämpfen.

Doch seine Zuversicht währte nicht allzu lange. Die Bauern und Fischer in Konrads Land litten bittere Not, Arnulf hörte nicht auf, Abgaben von ihnen zu fordern, und so manche Familie war jetzt schon, da der Winter kaum begonnen hatte, mit ihren Vorräten zu Ende. Nur zu bald wurde Neidhardt klar, dass Arnulfs Herrschaft diesem Land Hunger und Not brachte. Auch seine Begleiter waren bedrückt, denn einige von ihnen hatten unter Graf Konrad gekämpft und mussten nun mit ansehen, wie Arnulf das einst blühende Land endgültig zugrunde richtete.

Unsicher und unschlüssig zog er mit seinen Männern umher, auch seine Furcht vor dem Wikinger war wieder gewachsen.

Endlich, nach langem Zögern, hatte er den Entschluss gefasst, im Kloster St. André vorzusprechen und nach Mechthild zu fragen. Doch Mutter Arianas strenger, missbilligender Blick und Brians verächtliche Miene hatten ihm nur zu deutlich gemacht, dass sein Anliegen hier auf wenig Gegenliebe stieß. Niemand wünschte sich hier eine Ehe zwischen Konrads Tochter und Graf Arnulf, denn sie würde die Herrschaft dieses Tyrannen endgültig befestigen.

Im frühen Morgenlicht konnte man vom Kloster her die zerstörte Feste auf der anderen Seite des Flusses sehen. Neidhardt vermied es zuerst, den Blick dorthin zu richten, denn er wusste, dass diese stattliche Burg durch seine Schuld eingenommen und in Brand gesetzt worden war. Dann jedoch spürte er, dass ihn dieser Ort wie magisch anzog, und er gab den Befehl, aufzubrechen.

Während sie langsam durch die Furt zur steinernen Feste

hinüberritten, erblickte er den kleinen Mönch auf einem Bauerngaul, der schnurstracks auf die Feste zuhielt. Neidhardt wurde unruhig: Brian hatte offensichtlich die Absicht, seine Ankunft dort anzukündigen. Es schien fast, als sei er dieses Mal auf der richtigen Spur.

Unschlüssig ließ er seine Krieger vor der klaffenden Maueröffnung halten, die einstmals die große Toreinfahrt gewesen war. Eine feine Rauchfahne wehte aus dem eingefallenen Turm, jemand hatte die verkohlten Balken dazu benutzt, den steinernen Sockel mit einem Dach zu versehen. Hier also war er am Ziel.

Langsam ritt er durch Schutt und Brandreste auf den Turm zu, gefolgt von seinen Männern, die die Trümmer mit misstrauischen Blicken musterten.

Es gefiel ihnen nicht, dass ihr Anführer so unvorsichtig handelte, mit dem Wikinger war schließlich nicht zu spaßen.

»Neidhardt!«

Er fuhr zusammen, seine Krieger zogen ihre Schwerter. Eine Frau, mit einem Nonnengewand bekleidet, jedoch ohne Schleier, lief mit wehendem Haar auf ihn zu.

»Was für eine Überraschung!«, rief Mechthild und fasste den Zaum seines Pferdes. »Ich habe schon gefürchtet, du wärest Arnulfs Vasall geworden.«

Die Spannung fiel von ihm ab. Wie auch immer sie den Wikinger losgeworden war – sie war nicht mehr seine Gefangene. Jetzt würde alles viel einfacher gehen.

»Ich bin froh, dass ich dich endlich gefunden habe, Mechthild«, sagte er erleichtert. »Wir haben lange gesucht.«

»Du hast nach mir gesucht?«

Er schluckte und wusste nicht recht, was er sagen sollte.

»Steig ab und sei uns willkommen«, sagte sie lächelnd und hielt ihm den Steigbügel, während er vom Pferd absaß.

Sie fiel ihm um den Hals und küsste seine Wangen, was ihm vor seinen Kriegern etwas peinlich war, doch ihre ehrliche Freude rührte ihn, sodass auch er sie an sich drückte. Sie war ihm immer wie eine kleine Schwester gewesen, ja er merkte deutlich, dass er sie während der vergangenen Wochen sehr vermisst hatte. Als er sich jedoch umwandte, um seinen Kriegern den Befehl zum Absteigen zu geben, umfasste ihn plötzlich ein kräftiger Arm von hinten und er spürte die scharfe Schneide eines Schwertes dicht an seiner Kehle.

»Was tust du, Ragnar?«, rief Mechthild erschrocken. »Neidhardt ist kein Feind – er ist mein Milchbruder.«

»Ich kenne diesen Mann gut«, gab Ragnar unbeirrt zurück. »Er kam in meinen Kerker, um mir zu verkünden, dass ich um mein Leben kämpfen darf. – Was hast du hier zu suchen, Neidhardt?«

»Ich komme in Arnulfs Auftrag«, stotterte Neidhardt und hätte sich gleich darauf am liebsten die Zunge abgebissen.

»Dachte ich es doch«, knurrte Ragnar. »Solltest du ihm etwa seine Braut zurückholen?«

Neidhardt spürte, dass die kühle Schwertklinge bereits seine Haut einritzte, und er gab sich augenblicklich verloren.

»Fastrada«, hauchte er. »Er hat sie mir versprochen.«

Mechthild hatte zornig die Lippen zusammengekniffen. Wie hatte sie sich nur so täuschen können. Neidhardt würde sich niemals ändern, sie hätte es besser wissen müssen.

»Du Dummkopf«, schimpfte sie ihn. »Wie kannst du einem Lügner wie Arnulf vertrauen?«

»Befiehl deinen Männern, die Waffen abzulegen«, forderte

Ragnar unerbittlich. »Sonst stirbst du auf der Stelle den Tod des Verräters.«

Die Krieger fluchten – hatten sie doch gewusst, dass sie in eine Falle gelaufen waren. Es war jämmerlich, dass sich zehn bewaffnete Krieger hoch zu Ross einem einzelnen Mann ergaben. Doch sie alle hatten den Wikinger im Kampf gesehen und fürchteten ihn. Man hatte während der vergangenen Tage seine Taten überall gerühmt, und es ging bereits die Sage, Ragnar, der Wikinger, sei vom Donnergott Thor selbst gezeugt worden und deshalb könne ihn kein normaler Sterblicher überwinden.

»Tu ihm nichts«, sagte Mechthild bittend zu Ragnar. »Ich bin sicher, dass Neidhardt sich auf unsere Seite stellen wird.«

»Es wird ihm nichts anderes übrig bleiben«, knurrte Ragnar und nahm sein Schwert von Neidhardts Hals.

Jetzt erst begriff Neidhardt: Der Wikinger hatte Mechthild nicht gegen ihren Willen entführt – und Mechthild hatte nie die Absicht gehabt, Arnulfs Frau zu werden.

»Ich bin Mechthilds Milchbruder«, sagte er ergeben. »Verfügt über mich und meine Krieger.«

Mechthild warf dem Wikinger einen triumphierenden Blick zu.

»Wir werden von dieser Feste aus den Widerstand gegen Arnulf aufbauen«, rief sie entschlossen. »Wir werden Bauern zu Kämpfern ausbilden, und Gnade diesem dreckigen Feigling, wenn er es wagen sollte, weiterhin seine Eintreiber durch das Land zu schicken.« Neidhardt wagte keinen Widerspruch.

Ragnar jedoch schüttelte unwillig den Kopf, doch er schwieg. Er würde sein Schiff bauen und tun, was er sich vorgenommen hatte. Wenn nötig, würde er Mechthild mit

Gewalt in seine Heimat entführen, denn nur so würde er sie vor Arnulf schützen können.

Dieses Land würde ihm gehören – ihm und der Frau, die er liebte.

Man errichtete notdürftige Unterkünfte für Neidhardts Begleiter, denn es war zu kalt, um im Freien zu übernachten. Zu Ragnars Überraschung erklärten sich alle neun Krieger freiwillig bereit, in der Feste zu bleiben und von nun an für Konrads Tochter zu kämpfen. Mechthild glaubte ihnen und erklärte stolz, dass von diesem Tag an der Kampfgeist ihres Vaters in der Feste neu erwacht sei.

Ragnar schwieg dazu und blieb misstrauisch. Er überließ die Bewachung der Männer einigen jungen Bauern und kümmerte sich stattdessen um den Bau seines Schiffes, den er so schnell wie möglich vorantreiben wollte. Mechthild hörte den Vormittag über die Schläge seiner Axt weithin schallen und erklärte Neidhardt, Ragnar helfe den Bauern dabei, neue und bessere Fischerboote herzustellen. Insgeheim jedoch ahnte sie, dass er nicht von seinem Plan abgewichen war, und ärgerte sich darüber. Dieser starrköpfige Wikinger glaubte tatsächlich, sie würde ihre Heimat verlassen und ihm nach Norden folgen. Nun – da würde er auf Granit beißen. Auf harten, fränkischen Granit.

Es war schon spät am Nachmittag, ein eisiger Wind wehte vom Norden her über das Meer und das Tageslicht drang nur noch schwach durch die dichte Wolkendecke. Mechthild hatte vor dem Turm ein Feuer entfacht und aus einigen Vorräten, die Brian in Mutter Arianas Auftrag gebracht hatte, eine Mahlzeit gekocht, die für alle reichen musste. Als sie den Männern hölzerne Schalen in die Hände drückte und begann, den Brei aus Erbsen und Gerste auszuteilen, fasste einer der Krieger sie bei einem Zipfel ihres Gewandes. Es war ein Mann im mittleren Alter, ein vierschrötiger Kerl mit langem, dunklem Schnurrbart und stumpfem Kinn.

»Herrin«, sagte er in gedämpftem Ton. »Ich bin kein Verräter – ich habe schon unter Eurem Vater gekämpft und ich will auch seiner Tochter nun die Treue halten.«

»Ich danke dir dafür. Du sollst es nicht bereuen.«

Sie lächelte ihn an und wollte ihm die Schale reichen, doch er schüttelte den Kopf.

»Arnulf hat zwei Späher hinter uns hergesandt, Herrin. Sie werden inzwischen zu seiner Burg zurückgekehrt sein und Euer Versteck verraten haben.«

Mechthild starrte ihn an und hätte fast die gefüllte Schale in den Schnee fallen lassen.

Auch Neidhardts Augen waren riesengroß vor Entsetzen. Jetzt endlich begriff er Arnulfs Hinterlist. Er hatte niemals geglaubt, er, Neidhardt, würde seinen Auftrag ausführen können. Arnulf hatte ihn nur als Lockvogel benutzt. Nie hatte Arnulf ernsthaft beabsichtigt, ihm die schöne Fastrada zu geben.

»Brian«, rief Mechthild, die sich bereits von ihrem Schrecken erholt hatte. »Lauf ins Kloster und sage Mutter Ariana Bescheid. Sie soll Boten ins ganze Land aussenden. Jeder Mann, der kämpfen kann, soll herbeieilen.«

»Herrin – ich weiche nicht von Eurer Seite«, stöhnte der Mönch. »Ich werde Euch schützen, wenn Arnulf hierherkommt.«

»Rede keinen Unsinn, Brian«, regte sie sich auf und warf die Schöpfkelle in den Kessel. »Die Späher sind heute Morgen losgeritten, als Neidhardt in der Feste eintraf. Vor morgen früh kann Arnulf nicht hier sein, es sei denn, er und seine Krieger könnten fliegen.«

Ragnar hob unwillig den Kopf, als er Mechthilds flatterndes, dunkles Gewand von Weitem am Strand erblickte, dann fuhr er fort, den Steven seines neuen Schiffes mit dem Beil zurechtzuschlagen. Scheinbar war sie misstrauisch geworden, seine schöne fränkische Braut. Nun würde sie also sehen, woran er arbeitete, und erkennen, dass dies kein Fischerboot war. Er würde mit ihr streiten müssen – das war schade und unnötig, denn es würde nichts an seiner Entscheidung ändern.

Als sie jedoch näher kam und er sah, wie sie mit weit aufgerissenen Augen keuchend gegen den Wind ankämpfte, begriff er, dass etwas geschehen sein musste.

»Ragnar! Ragnar!«

Sie warf sich in seine Arme, mühsam nach Luft ringend, und er hielt sie für einen Augenblick fest an seiner Brust.

»Ruhig, meine süße Frankentochter«, murmelte er. »Ganz ruhig, Mechthild.«

»Arnulf hat Späher … hinter Neidhardt her …«, stammelte sie, da das heftige Atmen sie am Sprechen hinderte.

Doch er hatte sie auch so verstanden. Arnulf würde kommen, um sie zu holen, und das sehr bald.

Sanft strich er ihr über das vom Wind zerzauste Haar und küsste zärtlich ihre Stirn, ihre Wangen und ihre weichen, zitternden Lippen.

»Wir werden ihn empfangen, Mechthild«, sagte er mit tiefer Stimme. »Sei ohne Sorge – ich bin bei dir und werde dich zu verteidigen wissen.«

Sie spürte seine Stärke und Zuversicht, und obgleich tausend Ängste in ihr tobten, schmiegte sie sich dankbar an ihn.

Wie sollte sie ihm erklären, dass sie nicht für sich, sondern nur für ihn fürchtete?

»Er kann schon morgen hier sein, Ragnar. Es wäre vielleicht klüger, sich zu verstecken …«

Er schob sie ein Stück von sich, um ihr in die Augen zu sehen, und zog unmutig die Brauen zusammen.

»Höre ich da Konrads mutige Tochter?«, fragte er. »Kann es sein, dass du mir rätst, feige davonzulaufen? Nein – das ist nicht Ragnars Art. Arnulf fordert uns zum Kampf – jetzt und hier. Also werden wir kämpfen und das Land von ihm befreien.«

Ihre Augen leuchteten. Die gleichen Worte hätte jetzt ihr Vater zu ihr gesprochen. Wenn sie jemals Zweifel gehabt hatte, dass Ragnar der einzig würdige Nachfolger ihres Vaters war – jetzt waren sie endgültig zerstreut.

»Wir werden das Schwert gemeinsam führen, Frankentochter«, sagte er lächelnd und küsste ihren Mund. »Mag Arnulf auch eine ganze Armee in den Kampf schicken – Konrads Feste wird ihm zum Verhängnis werden. Das schwöre ich dir.«

Sie nickte und lehnte sich an ihn. Inmitten des heulenden Seewindes und der rauschenden Wellen hielt sie ihn für einen Augenblick eng umschlungen und schloss die Augen. Was auch immer der morgige Tag bringen würde – ihr Schicksal war miteinander verbunden. Im Leben wie im Tod.

Arnulf versammelte noch am Nachmittag alle Krieger und befahl den Aufbruch. Die Waffenkammer war geleert worden, man führte Packpferde mit für die Kettenhemden, Helme und Panzer, die den Männern während des eiligen Rittes nur hinderlich gewesen wären. Man würde sich während der Nacht kaum eine Rast erlauben, um Konrads Feste noch im ersten Morgengrauen zu überfallen.

Arnulf war hocherfreut über die Nachricht seiner Späher gewesen und hatte die beiden jungen Männer mit silbernen Gerätschaften aus dem Klosterschatz belohnt. Auch das Gesinde und die Krieger waren erleichtert über den Stimmungsumschwung des Grafen, denn Arnulf hatte während der vergangenen Tage grausam und ungerecht unter ihnen gewütet. Alle kannten den Grund: An dem Tag, als Neidhardt mit seinen Männern davongeritten war, hatte die schöne Fastrada es gewagt, die Burg still und heimlich zu verlassen. Niemand wusste, wohin sie geflohen war, man hatte einige Gehöfte und Dörfer durchgekämmt und nach ihr gesucht, jedoch ohne Erfolg.

Nun hetzte Arnulf seine Krieger auf ihrem nächtlichen Ritt durch verschneite Wiesen und froststarrende Wälder, nur ein einziges Mal gönnte er ihnen eine kurze Rast am Fluss, um die Pferde zu tränken. Bei dieser Gelegenheit fanden sie Fastrada, verborgen in einer Fischerhütte. Sie wehrte sich verzweifelt, als die Männer auf sie einstürzten, stand jedoch einer solchen Menge von Kriegern gegenüber, dass an eine Flucht nicht mehr zu denken war.

»Schau an«, höhnte Arnulf erfreut, als sie vor ihn gezerrt wurde. »Welch große Sehnsucht musst du nach deinem blonden, dickwanstigen Liebsten haben, meine Schöne. Nun – du sollst ihn zu sehen bekommen. Vielleicht nicht mehr lebend – aber was bedeutet das schon, bei solch einer großen Liebe!«

Arnulf ließ sie binden und auf eines der Packpferde setzen. Dann brach die Schar wieder auf, um noch vor Morgengrauen ihr Ziel zu erreichen. Arnulf war sehr zufrieden: Dass man das Mädchen gefasst hatte, war ein gutes Omen für das Gelingen seiner Pläne. Schon morgen früh würde er die andere widerspenstige Weibsperson in seine Gewalt bringen, und dann stand seiner Herrschaft über Konrads Land nichts mehr im Wege. Auch die aufmuckenden Bauern würden sich fügen müssen, schließlich waren sie Leibeigene, die zu arbeiten und ihre Abgaben zu leisten hatten.

Im Eilritt durchquerte die Kriegerschar Konrads Land und fand ihren Weg auf mondhellen Pfaden gen Norden. Hie und da ritt man an kleinen und größeren Gehöften vorbei, die, von niedrigen Holzzäunen umfriedet, wie unförmige Schatten in der Monddämmerung schliefen. Hunde schlugen an, als die Männer vorüberritten, einmal schien es ihnen, als erblickten sie Reiter in der Nähe eines Wäldchens, doch als man sich der Stelle näherte, war niemand mehr zu sehen. Nur die frischen Hufspuren im Schnee bewiesen, dass ihre Augen sich nicht getäuscht hatten.

»Elende Wilderer«, grollte Arnulf. »Denen werde ich bald einbläuen, dass das Wild hier der Herrschaft und nicht den gefräßigen Bauern gehört.«

Als die Nacht sich neigte und der volle Mond seine Bahn geendet hatte, wurde das Dunkel nahezu undurchdringlich, und Arnulf befahl, einen kurzen Moment zu rasten, um die Pferde ausruhen zu lassen. Die Reiter waren durchgefroren und müde, die Tiere erschöpft. Ein schwacher Feuerschein wies ihnen den Weg zu einem kleinen Gehöft, ein Glücksfall in dieser Finsternis, und man drang ohne Umschweife in den umfriedeten Hof ein. Erschrockene Gesichter empfingen die Reiterschar, Kinder plärrten, alte Frauen beeilten sich, Heu für die Pferde und Nahrung für die Krieger herbeizuschleppen. Arnulf hielt seine Männer davon ab, die Nebengebäude nach den jungen Weibern zu durchsuchen, die sich ohne Zweifel dort versteckt hielten. Man hatte Besseres zu tun, als sich mit ein paar Bauernmägden zu amüsieren.

»Wo sind eure Männer?«, fragte er eine Alte misstrauisch.

»Sie sind an der Küste, Herr. Zum Fischen«, sagte die alte Frau, die vor Angst am ganzen Körper zitterte. Ein halbwüchsiger Junge kauerte in einer Ecke der Hütte und starrte mit feindseligen Blicken auf die fremden Krieger, die sich mit Speck und Brot vollstopften und dann Rüstungen und Helme anlegten.

Man war kurz vor der steinernen Feste, die jetzt in einem schmalen Lichtstreifen am Horizont als schwarze Silhouette erschien. Arnulf trieb die Krieger an, man ließ die Pferde auf der dünnen, glitzernden Schneedecke traben und war schon nach kurzem Ritt dicht vor dem Ziel.

Der scharfe Wind hatte den Schnee rings um die Festung verweht, doch schien es, als führten Spuren in das Innere der von hohen Granitmauern umgebenen Anlage hinein. Ein Feuer war zu riechen, wer gute Augen hatte, konnte die schmale graue Rauchfahne gegen den tiefhängenden, noch düsteren Morgenhimmel erkennen.

Arnulf war vorsichtig. Er schickte zwei Späher in die Anlage, die übrigen Krieger warteten schweigend, hielten ihre Waffen bereit und suchten die Pferde ruhig zu halten. Schon bald kehrten die beiden zurück. Ein Feuer glimme vor dem Turm, dort lägen Männer, in wollene Decken gehüllt, in tiefem Schlaf. Auch im Turm selbst brenne ein schwaches Feuer, dort müsse jemand untergeschlüpft sein.

»Dann wollen wir die Schläfer wecken«, sagte Arnulf grinsend. »Macht sie ohne viel Federlesens nieder und umringt den Turm. Wer mir Konrads Tochter lebend bringt, erhält reichen Lohn.«

Die Krieger trieben ihre Pferde an, sodass ein Gedränge am Eingang der Feste entstand – jeder wollte der Erste sein, der die kostbare Beute errang. Halb verbrannte Balken und Bretter waren rechts und links der Mauerlücke aufgeschichtet, sodass mancher Krieger fluchend sein Tier wenden musste, damit es sich nicht im Gewirr der Hölzer die Beine brach. Als auch die Letzten in die Feste eingeritten waren, hörte man bereits die zornigen Flüche des Grafen.

»Ihr hirnlosen Dummköpfe! Wo habt ihr eure Augen? Seid ihr schon so blind, dass ihr Männer nicht mehr von Steinbrocken unterscheiden könnt?«

Einige Krieger hatten ihre Speere und Schwerter in die vermeintlichen Schläfer gestoßen und waren dabei auf harten Granit gestoßen, der unter den wollenen Decken verborgen lag.

»Das ist eine Falle!«, brüllte Arnulf. »Raus hier!«

Verwirrung entstand unter den Reitern. Während die letzten noch zum Turm hinüberstrebten, um die schöne Fränkin zu fangen, hatten die ersten bereits ihre Tiere wieder zum Ausgang gelenkt. Zornige und aufgeregte Rufe erklangen, Reiter prallten zusammen, Pferde schnaubten und stiegen empor. Dann übertönte ein wütender Aufschrei das Getöse.

»Fackeln! Vor dem Eingang sind Krieger. Wir sind in einen Hinterhalt geritten.«

In der breiten, torlosen Mauerlücke standen bewaffnete Kämpfer, die hohen Schilde vor sich haltend, die Schwerter in den Fäusten. Hinter ihnen wurden Fackeln emporgestreckt, die die Männer in ein flackerndes rötliches Licht tauchten.

»Ergib dich, Arnulf«, hörte man die laute, tiefe Stimme des Wikingers, der mitten unter den Männern stand, sie fast um einen ganzen Kopf überragend. »Wir empfangen jeden, der die Feste verlassen will, mit dem Schwert.«

Arnulf stieß einen langen, gotteslästerlichen Fluch aus. Seine kleinen, dunklen Augen überflogen die Feinde mit raschem Blick und er grinste höhnisch.

»Gib Konrads Tochter heraus, Wikinger, dann werden wir dir das Leben schenken«, rief er laut. »Denkst du, dass über sechzig Reiter deine paar Krieger und Bauernlümmel fürchten? Wenn ich befehle, dann brechen wir durch den Eingang und begraben euch unter den Hufen unserer Pferde.«

»Eure Pferde werden euch nicht gehorchen, Arnulf!«

Die Fackeln flogen in das aufgeschichtete Holz. Man hatte trockenes Geäst und harzige Rinde daruntergemischt, sodass die Flammen im Nu reiche Nahrung fanden. Die Pferde scheuten und strebten angstvoll rückwärts, man hatte Mühe, sie zu bändigen.

»Es gibt weder Wasser noch Nahrung in der Feste«, verkündete Ragnar, den Lärm der Männer und das Knacken der brennenden Äste mühelos übertönend. »Konrads steinerne Burg wird euer Grab werden.«

Die Unruhe unter Arnulfs Kriegern war größer geworden, Zorn und Ratlosigkeit machten sich breit. Die Mauern waren zu hoch, um darüberzusteigen, der Wikinger hatte recht. Konrads Festung war ihnen zur tödlichen Falle geworden.

Auf der anderen Seite der Mauern warteten die Bauern, notdürftig mit Knüppeln und Äxten ausgerüstet, doch voller Zuversicht, denn Ragnar hatte jedem seine Aufgabe zugewiesen. Zahllose Männer jeden Alters waren Mutter Arianas Aufruf gefolgt, noch in der Nacht waren sie eingetroffen und hatten sich an den Arbeiten beteiligt. Ragnar ließ den Brunnen mit Steinen verschütten, die vier Mauertürme wurden mit Granitbrocken verschlossen, sodass es niemandem mehr gelingen konnte, auf die Mauern zu steigen. Dann hatte man sich verborgen und auf die anrückende Kriegerschar gewartet.

Nur einmal wäre Ragnars Plan fast gescheitert: Als Neidhardt Fastrada auf einem der Packpferde entdeckte, wollte er wie ein Besinnungsloser vorwärtsstürmen, um sie zu befreien. Doch Ragnar fasste ihn mit sehnigen Armen und presste ihm die Hand auf den Mund. Neidhardt wehrte sich verzweifelt und entwickelte dabei solche Bärenkräfte, dass sogar Ragnar Mühe hatte, ihn festzuhalten.

Mechthild hatte Männerkleidung angelegt und ein Messer in den Gürtel gesteckt – sie würde an Ragnars Seite bleiben und notfalls mit ihm kämpfen, das hatte sie sich geschworen. Jetzt redete sie leise und beruhigend auf Neidhardt ein, der verzweifelt an der Mauer lehnte.

Einige von Arnulfs Kriegern versuchten, ihre Pferde gegen das Feuer und die dahinter wartenden Männer zu lenken, doch die Tiere scheuten vor den Flammen und stiegen wild empor. Stille war in den Mauern der Feste – Arnulf beriet sich mit seinen Kriegern.

»Sie werden trotz allem den Durchbruch versuchen«, raunte Ragnar seinen Helfern zu. »Haltet euch dicht zusammen. Es darf keiner entkommen.«

Mechthilds Pulse flogen vor Aufregung. Ragnar hatte sie auf eines der Bauernpferde gesetzt und ihr befohlen, in sicherer Entfernung von der brennenden Maueröffnung zu bleiben. Sie war unzufrieden. Warum durfte sie nicht wie ein Mann neben ihm kämpfen?

Ragnar hatte richtig vermutet. Plötzlich waren laute Rufe aus dem Inneren der Feste zu hören, das helle Wiehern der Pferde, die sich aufbäumten und von ihren Reitern mit aller Macht in die Flammen gezwungen wurden. Dann stürmte der erste Krieger todesmutig durch das Feuer, der zweite folgte, nach ihm ein drittes Pferd, auf dem zwei Reiter saßen. Jetzt erst gelang es Ragnars Helfern, den Ansturm der Feinde zurückzuwerfen, alle weiteren Versuche, die Feste zu verlassen, scheiterten.

»Es ist Arnulf«, brüllten die Bauern. »Lasst das Schwein nicht entkommen!«

»Fastrada!«, schrie Neidhardt mit überschnappender Stimme.

Arnulf hatte Fastrada vor sich auf den Sattel gesetzt, als Schutzschild vor den Flammen und den Speeren seiner Angreifer. Jetzt, da ihm die Flucht gelungen war, stieß er das Mädchen vom Pferd und ritt in wildem Galopp zum Fluss hinüber, um sich durch die Furt auf die andere Seite zu retten.

»Ihr bewacht die Feste!«, brüllte Ragnar den Bauern zu, die bereits Anstalten machten, hinter Arnulf herzulaufen. »Er gehört mir!«

Er schwang sich auf eines der Bauernpferde und setzte dem Fliehenden nach. Keiner wagte sich zu widersetzen, nur Mechthild wendete ihr Pferd und folgte Ragnar, während Neidhardt wie ein Besessener auf die am Boden liegende Fastrada zurannte und sie auf seine Arme hob.

Arnulf hatte bereits die Furt erreicht, das Wasser spritzte hoch auf, und er trieb das erschreckte Tier so wütend an, dass es fast ausgeglitten wäre, als es die Böschung hinaufkletterte. Er wandte den Kopf und erblickte seine Verfolger, dann hielt er auf das Kloster zu.

Will er gar bei Mutter Ariana um Hilfe bitten?, dachte Mechthild erbost.

Doch Arnulf fand die Tore des Klosters fest verschlossen, es blieb keine Zeit, dort anzuklopfen und auf Antwort zu warten, denn der Wikinger war ihm hart auf den Fersen.

Es gab nur eine einzige Rettung: Er musste Ragnar in die Klippen locken und dort durch eine List besiegen. Der kalte Wind hatte das feuchte Gestein hie und da mit dünnem Eis bedeckt, ein falscher Tritt konnte den Tod bedeuten. Arnulf warf Panzer und Helm ab, zügelte sein Pferd dicht vor den ersten, unförmigen Steinbrocken und begann vorsichtig den Aufstieg.

Mechthilds Pferd war weit zurückgeblieben, denn die brave Stute war wohl gewohnt, einen Wagen zu ziehen, für einen raschen Ritt taugte sie jedoch wenig. Verzweifelt trieb Mechthild das Tier an, das aber nur wenig Lust zeigte, seiner Reiterin zu gehorchen.

In diesem Augenblick übergoss der rote Sonnenball die anstürmenden Wellen mit feurigem Licht. Schwarz und unförmig, wie von der Hand eines Riesen ans Ufer geworfen, ragten die Klippen vor Mechthild auf, nur an ihrem oberen Rand schienen sie im Schein der roten Sonne zu glühen. Dort erblickte Mechthild jetzt die Silhouetten zweier Männer, die dicht am Abgrund auf Leben und Tod miteinander rangen. Sie starrte mit wild klopfendem Herzen auf die kämpfenden Gestalten, und das gleißende, rote Sonnenlicht schien ihre Augen verbrennen zu wollen.

»Hilf ihm, Herr«, flehte sie leise vor sich hin.

Ihre Hand suchte die Kette, die um ihren Hals hing, und sie umfasste den silbernen Thorhammer.

»Schütze ihn. Lass ihn nicht sterben …«

Sie schrie auf, denn einer der beiden Kämpfer hatte das Gleichgewicht verloren, sie hörte seinen heiseren, überschnappenden Schrei, sah, wie er wild mit den Armen ruderte und dann rücklings von der Klippe stürzte.

Einen Moment lang saß sie wie erstarrt, ihr Herzschlag stockte. Welcher der beiden war in die schäumenden Brecher gestürzt?

»Lauf, blödes Vieh!«, schrie sie und stieß der überraschten Stute die Fersen in die Seite. Schwerfällig machte sich das Tier auf den Weg, ließ sich schließlich sogar zu einem kleinen Trab hinreißen und war sehr zufrieden, als Mechthild nahe der braunen Steinbrocken von seinem Rücken hinunterglitt.

Sie hatte kaum die ersten Felsen erklommen, da tauchte er vor ihr auf, kam ihr mit raschen Sprüngen entgegen, das blonde Haar vom Wind zerzaust.

»Ragnar!«

Sie wäre gestürzt, hätte er sie nicht in seinen Armen aufgefangen.

»Was treibst du hier, Frankentochter?«, schalt er sie. »Hatte ich nicht befohlen, dass niemand mir folgen soll?«

Sie schwieg und presste sich an ihn, versuchte vergeblich, zu verbergen, dass sie vor Glück und Erleichterung schluchzte. Sanft legte er seine Hand unter ihr Kinn und hob ihr Gesicht zu sich empor.

»Weint Konrads Tochter gar?«, fragte er leise und berührte ihre Wange mit dem Finger.

»Weinen?«, schluchzte sie. »Aber nein. Ich weiß doch, dass Thor dich beschützt.«

Er lachte sein tiefes, kehliges Lachen. Dann spürte sie seine Lippen, die ihre Wangen küssten, die salzigen Tränen schmeckten und schließlich ihren Mund umschlossen.

»Du bist meine Herrin und ich bin dein Beschützer, Mechthild«, sagte er langsam und feierlich, und es klang seltsam, weil er die Worte mit seinem fremdartigen, harten Klang sprach. »Ich lege dir Arnulfs und Konrads Land zu deinen Füßen, tu damit, was dir beliebt.«

Sie löste sich sanft aus seinen Armen und trat einen Schritt zurück, um wie eine Herrin vor ihm zu stehen. Der Wind riss an ihrem Haar, noch waren Spuren von Tränen an ihren Wangen, doch ihre Augen blitzten siegesgewiss.

»Ich danke dir, mein Beschützer«, gab sie ebenso feierlich zurück. »Doch um über mein Land zu herrschen, benötige ich einen weiteren Dienst von dir.«

»Welchen?«, fragte er.

»Ich brauche dich an meiner Seite, Ragnar. Bleibe bei mir und sei Herr dieses Landes. Und der meinige.«

Er sah sie ernst an, dann fasste er ihre Hände und zog sie langsam zu sich heran.

»Ich liebe dich für diese Worte, Mechthild. Doch ein Wikinger wird niemals ein Lehen im Lande der Franken erhalten. Das weißt du.«

Sie warf trotzig den Kopf zurück und lachte.

»Du wirst dich wundern, Wikinger! Lass mich nur machen.«

Er schüttelte lächelnd den Kopf und hob sie auf ihr Pferd, um mit ihr zurück zur Feste zu reiten. Die gefangenen Krieger würden ohne ihren Anführer wenig Widerstand leisten und sich bald ergeben. Ragnar würde ihnen einen ehrenvollen Frieden gewähren.

Während sie langsam dahinritten, hielten sie sich für eine Weile an den Händen. Beide sahen zu den Felsen hinüber, die in der gleißenden Morgensonne jetzt für eine kurze Zeit silbrig schimmerten. Dort in der Bucht hinter den Klippen, wo jetzt die Flut wilde Brecher gegen den Stein schleuderte, hatten sie sich das erste Mal in die Augen gesehen. Der Blick war tief gewesen und hatte sie beide nicht mehr losgelassen. Ragnar, der Wikinger, war ihr zum Schicksal geworden. Der Feind und der Heide, der gekommen war, um ihr Land zu erobern, und der es heute errungen hatte.

Brian tauchte den Gänsekiel in die dunkelbraune Tinte und strich ihn sorgfältig am Rand des kleinen Näpfchens ab. Durch die schmale Fensternische des Refektoriums fiel helles Sommerlicht auf das neu gezimmerte Schreibpult, vor dem er stand. Liebevoll malte er die Buchstaben auf das Pergament, hielt wieder inne, um das Geschriebene mit schrägem Blick zu mustern, und tauchte die Feder aufs Neue ein.

»Im Jahr des Herrn 851 schwor der Wikinger Ragnar Haraldssohn allen heidnischen Göttern ab und bekehrte sich zum allein selig machenden christlichen Glauben. Darauf empfing er Arnulfs und Konrads Land zum Lehen aus der Hand des Königs und nahm Konrads Tochter Mechthild zur Frau...«

Brian musste die Feder beiseitelegen und die rechte Hand ausschütteln, die ein Krampf befallen hatte. Die feierliche Zeremonie der Hochzeit in der kleinen Klosterkirche kurz vor dem Christtag war ihm noch in schmerzlicher Erinnerung. Es war ihm selbst erspart geblieben, diesen Bund zu segnen, da Hugo, der Erzbischof von Rouen, zu diesem Zweck angereist kam. Brian hatte den Ministrantendienst versehen und mit brennenden Augen auf das Paar geblickt, das vor dem Bischof stand. Nie war ihm seine Herrin strahlender erschienen, nie war sie schöner gewesen als dort an der Seite dieses blonden Riesen, der sich zur Feier seines Hochzeitstages den Bart hatte scheren lassen.

Er dachte kurz darüber nach, ob er Mutter Arianas Verdienste um diese Lehensvergabe erwähnen sollte, unterließ es dann aber, denn es würde ihr ohne Zweifel wenig gefallen. Doch sie hatte den Erzbischof, der ein entfernter Neffe von ihr war, in einem langen Gespräch davon überzeugt, sich bei König Karl für Ragnar einzusetzen. Die Erinnerung an die feierliche Lehensübergabe in Rouen erheiterte Brian außerordentlich, denn der stolze Wikinger war entsetzt darüber gewesen, dass er das Lehen – nach altem Brauch – kniend und mit ausgestreckten, ineinandergelegten Händen vom fränkischen König empfangen sollte. Nur der Überredungskraft seiner klugen Herrin war es zu danken gewesen, dass Ragnar sich schließlich zähneknirschend in die Zeremonie ergab.

Brian lockerte seine Schultern und griff wieder zur Feder.

»Im gleichen Jahr bestimmte Graf Ragnar den Neidhardt zu seinem Vasallen und zum Herrn von Arnulfs Burg im Süden des Landes. Neidhardt nahm die Sklavin Fastrada zur Frau…«

Brian verkniff es sich, zu erwähnen, dass selbige Fastrada zuvor die Geliebte des Grafen Arnulf gewesen war. Immerhin war sie eine gute Christin und hatte ihn, Brian, einmal aus einer misslichen Lage befreit. Dennoch hing an ihr – nach seinem Empfinden – immer noch der Geruch der sündigen Lust, und er verspürte große Verlegenheit, wenn er ihr begegnete. Neidhardt jedoch schien mit seiner Frau vollkommen zufrieden zu sein.

Der kleine Mönch blickte nachdenklich durch die Mauernische auf das Meer und genoss den seidigen Glanz des Sonnenlichtes auf den Wellen. Scharen von hungrigen Seevögeln kreisten über einigen Fischerbooten, die mit ihrem Fang zurück an den Strand ruderten. Der Mönch runzelte ärgerlich die Stirn, als er unter den Fischern einige der blonden und rothaarigen Einwanderer erblickte. Ragnar hatte Landsleute in sein Land geholt, nicht gerade viele, doch war es zu einigen Streitigkeiten mit den fränkischen Bauern und Fischern gekommen, die um ihre alten Rechte fürchteten. Der Wikinger hatte zwar den Unmut durch kluge Verhandlungen und strenge Gesetze besänftigen können, Brian aber war dennoch zornig auf die blonden Zuwanderer. Mit eigenen Augen hatte er im Wald die Opferstätte der Heiden gesehen und sich bei seiner Herrin mit bitteren Worten darüber beklagt, dass die Fremden – obgleich er selbst sie getauft hatte – doch immer noch die alten Götter anbeteten. Mechthild hatte jedoch über seine Entdeckung nur herzlich gelacht und behauptet, dass Gott, der Herr, auch Thor und Odin geschaffen habe.

Brian wischte sich den Schweiß von der Stirn, denn selbst im Refektorium des Klosters war es heiß und stickig. Der Sommer lag schwer über dem Land, auf den Feldern reiften die Kornähren und die Bauern schnitten das Heu schon zum zweiten Mal. Drüben in Konrads Feste war den Winter über ein steinerner Wohnturm entstanden, den Ragnar und Mechthild bezogen hatten. Nach der Erntezeit würden die Arbeiten an der Feste fortgesetzt werden, denn Ragnar hatte geschworen, sie so zu vollenden, wie sein Schwiegervater Konrad sie einst geplant hatte.

Brian kaute gedankenverloren eine Weile an seinem Federkiel, dann entschloss er sich, der Wahrheit ihr Recht zu geben.

»Am Christtag des vergangenen Jahres gab Graf Ragnar dem Mönch Brian den Auftrag, eine Chronik des Landes anzufertigen, wozu er ihm Tinte, Feder und Pergament zur Verfügung stellte, auch ein neues Schreibpult zimmern ließ und dem Kloster eine reiche Spende gab. Der Mönch Brian machte sich mit großem Eifer an sein Werk, welches er bis zum Ende des laufenden Jahres zu vollenden gedenkt, um es seiner Herrin zu Füßen zu legen…«

Er gab es nur ungern zu, aber der Wikinger war auf dem besten Weg, sich in sein Herz einzuschleichen. Nicht nur, dass er dem Kloster Gelder aus Arnulfs Truhen geschenkt hatte, auch die Kirche ließ er ausschmücken, und im Refektorium standen neu gezimmerte Schemel und Tische. Geradezu rührend fand Brian jedoch die beharrliche Mühe, die der Wikinger auf sich nahm, um das Lesen und Schreiben zu erlernen. Fast täglich ritt er zum Kloster hinüber, um die neue Kunst zu proben und zu verbessern, auch hatte er Brian den Auftrag gegeben, einige Bücher für eine neue Klosterbibliothek zu erwerben.

Brian seufzte und schob sein Pergament ein wenig höher, um besser schreiben zu können. Er war zwar immer noch der Meinung, dass seine schöne Herrin besser Äbtissin des Klosters geworden wäre – aber er musste zugeben, dass Konrads Tochter einen guten Eheherrn gewählt hatte.

Ragnar hatte schon vor Monaten einen besonderen Auftrag an die Nonnen von St. André gegeben. In mühevoller Arbeit entstand der verbrannte Wandteppich neu, der einst Graf Konrads Rittersaal geschmückt hatte. Neidhardt hatte die Zeichnungen dafür gemacht und Fastrada hatte in Rouen die bunten Wollfäden gekauft. Die Nonnen stickten mit fliegenden Fingern, denn Ragnar wollte den Teppich zum Geschenk für seine Frau. Am Tag der Geburt ihres ersten Kindes wolle er ihn ihr überreichen.

Ja, seine schöne Herrin trug ein Kind unterm Herzen, und Brian verbot es sich, nachzurechnen, dass seit der Hochzeit erst sechs Monate vergangen waren, denn die Hebamme hatte erklärt, dass der Tag der Geburt unmittelbar bevorstünde. Auch Mutter Ariana hatte sich wenig Gedanken um diesen Punkt gemacht, sie war während der vergangenen Monate immer stiller geworden, und oft traf er sie schlafend an, ein glückliches Lächeln auf ihrem runzligen, kleinen Gesicht.

Brian wusste, dass der Wikinger sich einen Sohn wünschte, und seine schöne Herrin hatte behauptet, nur ein kleiner Wikinger könne solche Tritte und Püffe gegen ihren Leib vollführen. Doch Brian träumte von einer Grafentochter, die ihrer Mutter glich. Einem Mädchen mit hochgeschwungenen Brauen und dunklem Haar, das wie Seide glänzte, wenn das Licht darauf fiel. Er, Brian, würde ihr Lehrer sein, ihr Lesen und Schreiben und die Kenntnis der christlichen Schriften vermitteln und dabei täglich in ihre wunderschönen Augen mit den grünfiedrigen Einsprengseln blicken dürfen…

Megan MacFadden

Die Nonne und der Wikinger

ROMAN

Weltbild

Reina klammerte sich mit beiden Händen an den Sattel ihres Pferdes und blickte mit leuchtenden Augen auf das bunte Gewimmel. Himmel – dieser Markt zu Füßen der bischöflichen Kirche war der reinste Hexenkessel und ganz gewiss nicht der rechte Ort für eine Klosterfrau. Männer, Weiber und Kinder drängten sich um die Stände, Leibeigene in kurzen, zerrissenen Kitteln feilschten um Hühner und Schweine, Herren in teuren Tuchmänteln besahen kostbare Hermelinkragen, heißblütige Langobarden brüllten ihre Angebote in die Menge, schlitzäugige Waräger priesen ihre Rauchwaren. Zwischen den Ständen sprangen bunt gekleidete Gaukler umher und trieben grobe Scherze mit Händlern und Käufern, und unter einer Buche standen drei junge Männer und grölten Lieder, die von den Umstehenden mit Feixen und Lachsalven bedacht wurden.

»Ich habe dich gewarnt, meine Liebe«, hörte sie die Stimme ihres Schwagers Robert, der dicht neben ihr ritt. »Aber du wolltest mich ja unbedingt hierher begleiten.«

»Und ich bin sehr froh darüber«, gab sie zurück und hob das Kinn, um ihre Verwirrung zu verbergen. »Ich will für alle Belange meines Klosters selbst sorgen – das habe ich mir vorgenommen.«

Sie reckte sich im Sattel, strich den Nonnenschleier zurück und konnte sich kaum sattsehen. Welche Vielfalt kostbarer Güter hier auf Tischen und Tüchern ausgebreitet war! Dunkler Zobel und rötlicher Fuchspelz aus dem Osten lagen neben dicken gelben Wachskugeln und schimmernden Seidenstoffen, Düfte von süßem Honig und gebratenem Fleisch mischten sich mit den feinen Aromen der Gewürze aus dem Orient, glänzend polierte Schwerter und Dolche blinkten im Sonnenlicht. Die junge Nonne wusste kaum, wohin sie zuerst schauen sollte, und sie spürte, wie ihr schwindlig wurde. Das also war das Leben, das aufregende, wilde, sündige Leben der weltlichen Menschen, von dem sie bisher nur gehört, das sie aber in der Abgeschiedenheit ihres Klosters niemals zu sehen bekommen hatte. Es war angsteinflößend, zugleich aber auch wundervoll.

Dicht neben ihr züngelte eine helle Flamme auf, sodass ihr Pferd einen angstvollen Satz machte und sie fast aus dem Sattel gestürzt wäre. Doch schon im nächsten Augenblick fasste eine kräftige, schwarzbehaarte Hand die Zügel ihres Pferdes und bändigte das Tier.

»Das ist ein Feuerspucker aus dem Land der Sarazenen«, hörte sie die belustigte Stimme ihres Schwagers. »Sollen wir zu den fremden Gauklern hinüberreiten, damit du ihre Künste bewundern kannst?«

Reina hätte dies um ihr Leben gern getan, doch sie nahm sich zusammen, denn es schickte sich nicht für eine Klosterfrau, Freude an solch zweifelhaften Späßen zu haben.

»Dazu haben wir keine Zeit«, erwiderte sie und rückte ihren Schleier wieder zurecht. »Lass uns zügig unsere Einkäufe erledigen.«

Graf Robert schmunzelte, denn er hatte die Begeisterung in ihren Augen sehr wohl bemerkt. Es gefiel ihm, dass seine junge Schwägerin Freude an dieser prallen Weltlichkeit hatte, die so manche Klosterfrau in Angst und Schrecken versetzt hätte. Nein, eine prüde, weltfeindliche Büßerin war Reina keineswegs. Es wäre auch schade gewesen, denn sie war schön. Viel zu schön für eine Nonne.

Er behielt die Zügel ihres Pferdes vorsichtshalber in der Hand und wies seine Knechte an, die Bauern und herumwimmelnden Kinder aus dem Weg zu treiben, damit sie ohne Belästigung zwischen den Ständen umherreiten konnten. Einen vorwitzigen Bettler, der sich der Nonne näherte und ihr seinen knochigen Arm entgegenstreckte, beförderte der Graf höchstpersönlich mit einem kräftigen Fußtritt in einen Stapel Trockenfisch. Hämisches Gelächter, Wehklagen und zorniges Schelten des Händlers waren die Folgen, die Robert jedoch wenig kümmerten. Die Späße des »Schwarzen Grafen« waren auf dem Markt von Rouen bereits bekannt, und jeder, ob Händler oder Käufer, hätte sich wohl gehütet, den Unwillen des hohen Herrn zu erregen.

»Warum tust du das?«, fragte Reina unwillig. »Ich hätte ihm einige Deniers gegeben.«

»Eben darum«, gab er grinsend zurück. »Wenn du jeden Bettler hier auf dem Markt mit einem Almosen beschenken willst, so wird für unseren Handel kein einziger Denier mehr übrig bleiben.«

Das leuchtete der jungen Nonne zwar ein, dennoch gefiel es ihr wenig. Eigentlich bedeutete das ja, dass sie ihren Einkauf auf Kosten der Armen tun würde – dabei hatte sie doch nur im Sinn, ihr Werk zum Ruhme Gottes und der heiligen Kirche zu befördern. Unsicher betrachtete sie die Menge der Krüppel und Bettler, die neben dem Eingang der Kirche kauerten, und sie stellte fest, dass es nicht immer leicht war, draußen in der Welt den rechten Weg zu finden.

Robert hatte den beklommenen Ausdruck auf Reinas Gesicht wahrgenommen und war bemüht, sie abzulenken. Er hielt die Pferde vor dem Stand eines jüdischen Stoffhändlers an und gab ihm einen Wink. Der alte Mann eilte mit einem Stapel bunter, glänzender Seidenstoffe herbei, die er dem Grafen zum Prüfen der Qualität emporhielt.

»Was hältst du davon?«, meinte Robert und beobachtete gespannt den Gesichtsausdruck seiner jungen Schwägerin. Zu seiner Enttäuschung blickte Reina recht gleichgültig auf die verführerisch schöne Ware.

»Wenn du Gisela davon etwas mitbringen möchtest …«, sagte sie und zuckte die Schultern.

»Genau das habe ich vor, meine Liebe. Fühle doch einmal, welcher dieser Stoffe deiner Schwester am besten gefallen würde.«

Sie tat ihm den Gefallen und ließ die Finger über einige der Stoffe gleiten, die der alte Mann zu ihr hinaufhielt. Sie spürte eine seltsame, sehr angenehme Zartheit und Kühle, ein kleines Prickeln auf der Haut wie bei einem leichten Windhauch oder der kitzelnden Berührung einer weichen Feder. Für einen Augenblick beneidete sie ihre arme Schwester, die sich in solch duftige Gewänder hüllen durfte.

»Nun?«, fragte Robert, der sie nicht aus den Augen gelassen hatte. Und Reina hatte auch im Kloster nicht gelernt, ihre Gefühle zu verbergen. Deutlich hatte er ihr ansehen können, was sie bei der Berührung der Seide empfand. Es war Sinnlichkeit gewesen, da war er sich fast sicher.

»Nimm von der blauen Seide, diese Farbe liebt Gisela ganz besonders«, gab Reina zurück und setzte sich wieder im Sattel zurecht. »Und dann sollten wir zu den Sklavenhändlern hinüberreiten, bevor es Mittag wird.«

Sie ließ sich nicht von ihrem eigentlichen Vorhaben ablenken – das gefiel ihm. Er hatte während der vergangenen Monate die Erfahrung gemacht, dass Reina trotz ihres jugendlichen Liebreizes außerordentlich zielstrebig und hartnäckig war. Das widerspenstige kleine Mädchen, das er damals ins Kloster geschickt hatte, weil sie ihm lästig war, steckte noch tief in ihr drin.

Er erwarb zwei Ballen Tuche, ließ sie auf den Lastpferden verstauen und lenkte die Pferde dann durch das lärmende Markttreiben hinunter zum Fluss, wo die Sklaven feilgeboten wurden. Der Erzbischof hatte in seinen Predigten den Handel mit Sklaven zwar oft genug angeprangert – da die Waräger und Sarazenen ihm jedoch einen kräftigen Marktzoll zahlten, war der Sklavenhandel in Rouen weder eingeschränkt noch gar verboten worden. Nur allzu dicht beim Bischofssitz und der Kirche durfte er nicht stattfinden, weshalb man sich mit der menschlichen Ware in die Flussaue begeben hatte.

Trotz aller Entschlossenheit spürte Reina banges Herzklopfen, als sie sich dem Handelsplatz näherten, der von einem festen Gatter umgeben war. Man hatte die Sklaven, die zum Verkauf standen, auf hölzernen Podesten ausgestellt, damit die Käufer sie von allen Seiten betrachten konnten. Bewaffnete Knechte standen neben den Podesten, lange Lederpeitschen in den Händen, deren Schnüre in einem Knoten oder einem kleinen, eisernen Haken endeten. Sie hatten nicht nur die Aufgabe, die Sklaven zu bewachen, sondern sie sorgten auch dafür, dass diese sich den Kunden in gehöriger Weise zeigten und ihre Vorzüge darboten.

Reina war den Anblick von leibeigenen Bauern gewohnt, auch hatte sie gesehen, wie ihr Vater ungehorsame Knechte mit eigener Hand züchtigte – dennoch war dieses Zurschaustellen und der Handel mit Menschen ihr fremd, und sie empfand einen tiefen Abscheu dagegen. Robert hatte ihr Pferd wohlweislich auf jene Seite des Marktes geführt, wo man die männlichen Sklaven, die für schwere Arbeiten gebraucht wurden, feilbot, doch ihren scharfen Augen war nicht verborgen geblieben, dass drüben, zum Fluss hin, eine Reihe junger Frauen ausgestellt war, die von kauf- und schaulustigen Männern mit begierigen Blicken taxiert wurden. Schwarzhaarige, zierliche Sarazeninnen waren darunter, blonde Frauen aus Sachsen sowie Muselmaninnen mit breiten Gesichtern und schräg stehenden Augen aus dem Land der Waräger. Auch sehr junge Knaben standen dort zum Verkauf, und obgleich Reina im Kloster erzogen worden war, so wusste sie doch recht gut, wozu manche Männer sich ihrer bedienten.

Robert sah die Röte, die ihre Wangen überzogen hatte, und er beeilte sich, den geplanten Kauf so rasch wie möglich über die Bühne zu bringen. Für den Bau der Klosterkirche fehlte es an Knechten, vor allem solchen, die schwere und schwerste Arbeiten bewältigen konnten. Deshalb hatte man sich entschlossen, einige Sklaven für das Kloster zu erwerben, die später sesshaft und zu Leibeigenen werden konnten.

»Es wird besser sein, wenn du die Auswahl mir überlässt«, meinte Robert beiläufig und hielt die Pferde vor einem breiten Podest an, auf dem Männer unterschiedlichen Alters hockten und darauf warteten, dass man um sie feilschte.

Reina war sich ihrer eigenen Unerfahrenheit bewusst, dennoch fühlte sie sich als Äbtissin für diesen Kauf mitverantwortlich und musterte daher die Männer mit kritischem Blick, um zumindest ihre Meinung beisteuern zu können. Zwei Sarazenen saßen mit gekreuzten Beinen auf dem Brettergestell, das dunkle Haar kurzgeschoren, ein gleichmütiges Lächeln auf den Lippen, als ginge sie das ganze Geschehen nichts an. Neben ihnen hockten drei kräftige junge Männer in kurzen braunen Kitteln, die wohl aus dem Süden des Frankenreiches stammten – vermutlich von Wikingern erbeutete und in die Sklaverei verkaufte Christen. Ein grausames Los, das sie diesen Männern erleichtern konnte, indem sie sie bei sich aufnahm und ihnen später ein Stück Land gab. Schon wollte Reina sich für diese drei entscheiden, da fiel ihr Blick auf einen weiteren Sklaven, der ein wenig abseits von den anderen saß, als wolle er nichts mit ihnen zu tun haben.

Der Mann hatte helles, kurz geschnittenes Haar, das in der Sonne leuchtete. Als Einziger der Sklaven war er mit einer Kette am Fuß gefesselt, die an einem dicken, in den Boden getriebenen Pflock befestigt war. Das war ungewöhnlich – fürchtete man, er würde davonlaufen? Noch ungewöhnlicher waren die Muskelpakete, die sich über seinen breiten Oberkörper zogen und von dem halb zerfetzten Kittel nur unzureichend bedeckt wurden. Reina hatte noch nie zuvor einen Menschen von solcher Körperkraft gesehen, und sie spürte, dass sie bei seinem Anblick ein leises Zittern befiel. Sie konnte das Gesicht des blonden Mannes nicht erkennen, denn er saß mit vorgebeugtem Oberkörper und geneigtem Kopf da, den Blick zu Boden gerichtet.

»Ich denke, die drei Franken würden uns gut passen«, sagte Robert. »Sie sind kräftig und werden sich später als Leibeigene gut einfügen.«

»Und was ist mit diesem da?«, fragte Reina, ohne die Augen von dem blonden Riesen wenden zu können. »Er hat Kraft für drei, denke ich.«

Robert lächelte. Sie war wie alle Frauen, seine schöne Schwägerin. Starke Muskeln und blondes Haar verfehlten selten ihre Wirkung.

»Mit diesem da wirst du dir nur Ärger einhandeln, Reina«, gab er in väterlich belehrendem Ton zurück. »Der Kerl ist bockig, sonst wäre er nicht angebunden.«

In diesem Augenblick hob der Mann den Kopf und sah zu der Frau im schwarzen Ordensgewand hinüber, die ihn vom Rücken ihres Pferdes herab so neugierig musterte. Seine hellen blauen Augen begegneten den ihren mit durchdringender Kühle, und Reina hatte alle Mühe, diesem Blick standzuhalten. Was für Augen dieser Kerl hatte! Das kalte Meer des Nordens schien darin zu liegen, eisblau und von fremder, unergründlicher Tiefe. Nimm dich in Acht, sagte dieser Blick, denn ich bin kein Spielzeug für Frauenhände.

Sie spürte wieder dieses seltsame Zittern, zugleich aber überkam sie ein unerklärliches Mitgefühl. Dieser Mann hatte nichts von einem Sklaven an sich, viel eher erschien er ihr wie ein besiegter Kämpfer, ein gestürzter Riese. Die Geschichte von Goliath kam ihr in den Sinn. Simson, in Ketten gelegt.

»Du hast sicher recht«, sagte sie scheinbar gleichmütig zu Robert. »Dennoch finde ich, dass wir nachdenken sollten. Immerhin erwerben wir mit ihm die Kraft von drei Männern, müssen aber nur einen füttern.«

Robert wusste nicht, ob er lachen oder sich ärgern sollte. Sie wollte mit ihm handeln, und wie er sie kannte, würde sie hartnäckig sein. Was zum Teufel trieb sie nur dazu, sich auf diesen Kerl zu versteifen?

»Was haben wir von einem Sklaven, der vermutlich kein Wort fränkisch versteht?«

Sie ließ sich nicht so rasch entmutigen.

»Er braucht nicht viel zu verstehen, um Steine zurechtzuhämmern.«

Ärgerlich schlug er mit der flachen Hand auf den Sattel seines Pferdes, sodass das Tier einen kleinen Satz machte und er es erst wieder beruhigen musste. Da war sie wieder, diese kleine, sture Person, die ihn damals bis aufs Blut gereizt hatte. Er hätte sie seinerzeit gern geprügelt, wenn ihre Schwester Gisela sich nicht vor sie gestellt hätte, um sie zu schützen.

»Willst du, dass ein Heide dein Kloster baut?«, knurrte er. »Was soll der Unsinn, Reina? Ich werde diesen Sklaven ganz bestimmt nicht kaufen.«

Sie sah den dunklen Keil zwischen seinen Augen und seinen harten Mund – aber dennoch gab sie nicht auf. Sie wusste selbst nicht genau, was sie dazu trieb, aber sie spürte, dass sie nicht anders konnte. Sie wollte diesen unbekannten großen Mann mit dem kühlen, abweisenden Blick unbedingt aus seiner kläglichen Lage befreien.

»Wer mein Kloster erbaut, das wird Gott der Herr selbst entscheiden«, sagte sie ruhig, als habe sie Roberts zornige Aufwallung nicht bemerkt. »Lass uns in eine Herberge einkehren und ein Mittagsmahl einnehmen. Ist der Sklave noch auf dem Markt, wenn wir zurückkehren, dann werden wir ihn kaufen. Ist er aber bereits verkauft, so erwerben wir fränkische Sklaven. Was hältst du von diesem Vorschlag?«

Robert hielt gar nichts davon. Auf der anderen Seite würde er während des Mittagsmahls Gelegenheit haben, auf sie einzuwirken. Das war auf jeden Fall besser, als einfach über ihren Kopf hinweg zu entscheiden. So etwas konnte man mit der sanften Gisela, seiner Frau, tun. Nicht aber mit ihrer kleinen Schwester. Wobei er sich längst hatte eingestehen müssen, dass ein Weib, das sich allzu leicht fügte, auf Dauer langweilig war. Ein wenig Widerstand konnte auch anregend sein.

»Also gut«, lenkte er ein. »Lass uns reiten.«

Der Sklave hatte ihr Gespräch aufmerksam verfolgt, und obgleich Reina sich nicht sicher war, ob er ihre Worte verstehen konnte, so spürte sie doch den Blick seiner blauen Augen auf ihrem Rücken, während sie langsam davonritten.

Die Herberge, die der Graf auswählte, befand sich unweit des bischöflichen Hauses und war – wie alle anderen Gebäude außer der Kirche – aus Holz und Lehm errichtet. Die meisten Gäste hatten sich vor der Herberge im Gras oder auf hölzernen Bänken niedergelassen, man packte mitgebrachte Lebensmittel aus und sprach dem Wein oder dem Bier zu. Robert führte seine Begleiterin in den Innenraum, der wegen des Feuers und der dampfenden Kessel stickig und heiß war – dafür gab es jedoch einige lange Tische und Bänke, an denen gegessen und getrunken wurde. Der Wirt, ein feister Mann mit rot verschwitztem Gesicht, eilte dienstbeflissen herbei, um dem »Schwarzen Grafen« und seiner Begleiterin einen guten Platz am Kopfende eines der Tische zuzuweisen und gleichzeitig die übrigen, weniger hochgestellten Gäste am anderen Ende des Tisches zusammenzuschieben. Robert orderte Wein und sah belustigt zu, wie Reina ihr Getränk mit einer großen Menge Wasser vermischte. Schade – er hätte sie gern ein wenig betrunken gemacht, dann wäre sie möglicherweise auch leichter von ihrem lächerlichen Vorhaben abzubringen.

Kurz darauf löffelten sie eine Mahlzeit aus Bohnen, Speck und gekochtem Fleisch, die auf einem großen Brotfladen serviert wurde. Reina machte sich hungrig darüber her, aß Bohnen und dicke Brotbrocken, die mit dem Fleischsaft getränkt waren – das Fleisch selbst ließ sie unberührt.

Robert stocherte nur widerwillig in seiner Portion herum – er bevorzugte gebratenes Wild und auserlesene, fein gewürzte Speisen, die Küche einer Herberge konnte ihn nur wenig befriedigen. Dafür beobachtete er Reina umso schärfer und goss ihr heimlich Wein nach. Wie unbefangen sie sich dem Genuss dieser Mahlzeit hingab. Hin und wieder hob sie den Kopf und blinzelte durch den Rauch zu dem Wirt und seinen Mägden hinüber, sah aufmerksam zu, wie sie schwitzend in den Töpfen rührten, Weinfässer anzapften und die frischen Brote herbeischleppten. Alles, was sie sah, schien ihr großes Vergnügen zu bereiten. Er konnte sich entsinnen, dass sie als Kind überall in der Burg herumgestromert war, ein schmales, wuseliges kleines Mädchen mit einem Wust dunkler Locken, die sich immer wieder aus dem langen Zopf herausstahlen. Es war ohne Zweifel ein Fehler gewesen, sie ins Kloster zu stecken.

»Wir werden noch Gewürze und Kerzen einkaufen«, sagte sie, als sie die letzten Brotkrümel vertilgt hatte. »Gisela hat mich darum gebeten.«

Er nickte. Sie hing wie eine Klette an ihrer älteren Schwester, auch die Zeit im Kloster hatte daran nichts geändert. Eine Tatsache, mit der er sich abfinden musste.

»Hör zu, Reina«, sagte er leise. »Ich habe kein gutes Gefühl dabei, diesen Sklaven zu kaufen. Er ist ein Wikinger, das sieht man auf den ersten Blick.«

Sie trank einen Schluck Wein und beobachtete entzückt zwei schwarz-weiße Kätzchen, die in einer Ecke des Gastraumes herumtollten.

»Mag sein«, meinte sie gleichgültig. »Aber diese Zeiten sind doch vorüber.«

Er schüttelte den Kopf über ihre Naivität und verfluchte die Nonnen von St. Emilien, die scheinbar der Meinung gewesen waren, je weniger man über die Schrecken dieser Welt wusste, desto besser für eine Klosterfrau.

»Es ist gerade neun Jahre her, dass Rouen von den Wikingern verwüstet und niedergebrannt wurde«, meinte er und nahm einen tiefen Zug aus seinem Becher. »Die Kerle sind immer noch in der Gegend – südlich von Rouen auf einer Halbinsel haben sie ein Winterlager eingerichtet.«

Das hatte sie nicht gewusst, und sie schien für einen Moment nachdenklich, dann beugte sie sich mit einem leisen Aufschrei zur Seite, denn eines der Kätzchen hatte sich in ihrem Gewand verfangen.

»Nun«, meinte sie lächelnd. »In diesem Fall ist es doch gerade besonders klug, einen Wikinger zum Sklaven zu haben, nicht wahr? Vielleicht kann er uns Ratschläge geben, wie man seinen Landsleuten beikommen kann.«

Er sah sie verblüfft an – diese junge Frau schien tatsächlich nicht von dieser Welt zu sein. Einen Moment lang war er versucht, ihr die Gräuel zu schildern, die die Nordmänner in fränkischen Klöstern angerichtet hatten, doch er beherrschte sich. Der Wein hatte ihre Wangen gerötet und ihren Augen einen samtigen Glanz verliehen. Wie voll und frisch ihre Lippen waren. Wenn sie lächelte, zeigten sich zwei bezaubernde Grübchen in ihren Wangen. Sie war sieben Jahre jünger als ihre Schwester, und trotz des dunklen Nonnengewandes und des Schleiers schien sie vor Jugend und Lebendigkeit zu sprühen.

»Das glaube ich kaum«, meinte er düster. »Höchstens,

dass man ihn als Geisel benutzen könnte. Pass auf: Ich gebe dir einen Monat. Wenn der Kerl nicht arbeitet und nur Probleme macht, wird er wieder verkauft. Einverstanden?«

Sie lächelte erleichtert, und er begriff, dass sie die ganze Zeit über keineswegs so ruhig und sicher gewesen war, wie er angenommen hatte. Fast bereute er jetzt, so rasch nachgegeben zu haben – aber gesagt war gesagt.

»Falls er überhaupt noch zu haben ist«, fügte er hoffnungsvoll hinzu, leerte seinen Becher und warf dem Wirt ein paar Silbermünzen zu, die dieser mit tiefer Verbeugung in Empfang nahm.

Reina verging fast vor Unruhe, während sie sich zum Aufbruch aus der Herberge rüsteten. Himmel – warum benötigten die Knechte so lang, um herbeizukommen? Wieso hatte man die Pferde abgesattelt und brauchte jetzt eine Ewigkeit, um sie wieder für ihre Reiter bereit zu machen? Und noch dazu hatte Robert wieder einmal die Zügel ihres Pferdes genommen und zwang sie, in unendlich langsamem Schritttempo durch die Reihen der Stände zu schleichen. Gewürze wurden begutachtet, probiert und umständlich verhandelt, sie musste ihren Rat dazu geben und über die zu kaufenden Mengen entscheiden. Kerzen wurden ausgewählt, etliche für die Burg, andere für das Kloster. Sie musste die Preise aushandeln und feilschte um jeden Denier, denn sie sah darauf, dass die Mittel ihres Klosters nicht verschwendet wurden.

Während die Knechte die Waren gemächlich und umständlich auf die Packpferde luden, wäre sie am liebsten schon losgeritten.

Immer wieder sah sie zum Flussufer hinunter, musterte die von dort zurückkehrenden Käufer mit besorgtem Blick –

erleichtert, den Sklaven nicht bei ihnen zu entdecken. Am meisten störte sie das beständige Grinsen im Gesicht ihres Schwagers, der nur allzu gut wusste, dass sie vor Ungeduld brannte und sich nach Kräften bemühte, alle möglichen Vorwände zu finden, um schneller voranzukommen.

Als man die Pferde endlich zum Sklavenmarkt hinüberlenkte, klopfte ihr vor Aufregung das Herz bis zum Hals. Wenn der Mann nicht mehr dort sein sollte, dann war es Gottes Wille, denn sie hatte Ihm die Entscheidung überlassen. Dem Willen Gottes hatte sie sich trotz aller Enttäuschung zu fügen.

Der Sklave saß noch an derselben Stelle wie zuvor, er war jetzt der Einzige auf dem Podest, alle anderen waren bereits verkauft. Der Blick seiner hellen Augen hatte sich gewandelt, die Kühle war daraus gewichen, er sah Reina aufmerksam und voller Neugier an, und einen Moment lang war sie versucht zu glauben, er habe auf sie gewartet.

Man wurde sich bald über den Preis einig und sogar Reina begriff, dass der Händler froh war, die Ware losgeschlagen zu haben. Der Sklave stamme aus dem Norden und sei ein ausgezeichneter Arbeiter, behauptete der Händler kühn. Der Herr Graf könne auf dem ganzen Markt keinen besseren finden. Sein Name sei Halvdan.

Die Kette wurde gelöst, und der Mann richtete sich langsam aus der sitzenden Position auf. Ohne Hast dehnte und streckte er sich, rieb sich den Fußknöchel, den das Eisen wundgescheuert hatte, und stieg von dem hölzernen Podest. Er war so groß, dass Roberts Knechte gegen ihn wie halbwüchsige Knaben wirkten, und es schien ihn zu erheitern, dass die Männer vor ihm zurückwichen.

Robert befahl schlechtgelaunt, dass er während des Heimwegs vor den Pferden herlaufen sollte, die Packtiere hätten schon genug zu tragen.

❖

Wie ein dichter, gleißender Schleier fiel die Nachmittagssonne in die Lichtung. Hohe gelbe Königskerzen erhoben sich aus dem Gras, gelbe Ringelblumen und weißer Schierling leuchteten. Im grauen Fels, der schrundig wie ein urtümliches Ungeheuer in die Lichtung ragte, blitzten winzige Quarzkristalle wie kleine Feuerfünkchen.

Gisela, die durch das grünliche Dämmerlicht des Waldes hierher geritten war, musste die Augen zusammenkneifen, um die Gestalt der Frau auf der hellen Lichtung ausmachen zu können. Roxana saß unbeweglich am Fuße des Felsens. Die Augen der Hexe waren halb von den dünnen Lidern bedeckt und schimmerten grau wie das Gestein hinter ihr.

»Du willst in die Grotte?«, fragte sie die Gräfin und verzog die Lippen zu einem höhnischen Grinsen. »Haben die Gebete deines Priesters nicht geholfen?«

Gisela spürte die Verzweiflung wieder in sich aufsteigen. Ihre Not war so groß geworden, dass sie alles getan hätte, um Hilfe zu finden. Die alten Götter der Vorzeit gehörten der Hölle an, und doch wusste jeder, dass sie ihre Macht nicht ganz verloren hatten.

»Kein Gebet und kein Bittgang«, sagte sie leise mit geneigtem Kopf. »Ich habe im Kloster Saint Vandrille vor der Heiligen Jungfrau gekniet und den Eremiten auf dem Felsen Clochemare um Hilfe angefleht. Doch ich habe immer noch kein Kind empfangen.«

Roxana machte ihr schweigend ein Zeichen, vom Pferd

zu steigen und sich zu ihr zu setzen, und Gisela gehorchte. Während sie vor der Hexe im Gras kauerte, spürte sie, wie die tiefe Kluft zwischen der hochgeborenen Gräfin und der Geächteten dahinschmolz. Hier, unter der gleißenden Lichtkuppel und flirrenden Sonnenglut zu Füßen des vorzeitlichen Felsbrockens, herrschten die alten Götter, und Roxana, die sie mit steinernem Blick ansah, war ihre Priesterin.

»Wie lange nicht?«

»Seit der zweiten Tochter, die wieder tot zur Welt kam. Das war vor drei Jahren.«

»Besucht dein Mann dich?«

Giselas Lippen zitterten, als sie antwortete: »Im letzten Jahr kam er nur selten.«

Die Hexe musterte sie mit Blicken, die mühelos durch ihre Kleider zu dringen schienen.

»Hat er eine andere Frau?«

Gisela zuckte zusammen, obgleich sie die Frage erwartet hatte. Sie hatte sie sich selbst häufig gestellt, doch immer wieder verworfen, weil sie ihre angstvollen Ahnungen nicht wahrhaben wollte.

»Er geht zu den Mägden«, wich sie aus.

Roxanas Züge blieben unbeweglich.

»Der Zauber der Grotte lässt sich nicht erzwingen«, sagte sie, ohne den Blick von der Gräfin zu wenden. »Den Starken bringt er Segen, den Schwachen bösen Fluch. Bist du wirklich entschlossen, dich dieser Prüfung zu stellen?«

Gisela lächelte, sie glaubte verstanden zu haben.

»Ich will alle Schmerzen gern aushalten – wenn ich nur ein gesundes Kind auf die Welt bringe. Einen Sohn.«

Roxana lachte kurz auf, es klang wie das Krächzen eines Vogels.

»Folge mir.«

Die Hexe erhob sich, raffte den zerschlissenen Mantel um den Körper und schlug einen schmalen Pfad ein, der sich durch das zerklüftete graue Gestein aufwärtswand. Giselas Herz hämmerte nicht nur wegen des steilen Aufstiegs, sondern auch weil sie wusste, wohin dieser Weg führte. Schweißbedeckt erreichte sie die Kuppe des Felsens und spürte erleichtert den Wind, der ihr feuchtes Gesicht kühlte und ihr durchs Haar fuhr, dann glitt ihr Blick hinab zu dem blaugrün schimmernden Teich. Dort unten war die Grotte.

Der Abstieg dauerte nur kurze Zeit, ihre erhitzten Körper tauchten in den kühlenden Waldschatten ein und das Rieseln des Wassers wurde zu lautem Rauschen. Unablässig flossen Rinnsale aus dem Fels in den kreisrunden Quelltopf und verbargen die Grotte mit einem glitzernden Vorhang aus Wasserfäden.

Gisela erschauerte, als sie den felsigen Grund um den Quellteich betrat. Braune, bizarre Steinbrocken lagen umher wie gebannte Erdgeister. Hier an diesem Ort hatten die Heiden ihren Göttern Tänze und Opfer gebracht, und die Frauen waren durch das herabtriefende Wasser in die Grotte gegangen, um von der Quellgöttin Fruchtbarkeit zu erlangen.

Roxana zog unter ihrem Mantel einen Beutel aus hellem Ziegenleder hervor, der mit seltsamen Zeichen bestickt war. Langsam löste sie die Schnüre, griff hinein und brachte ein kleines, in Stoff gewickeltes Bündel zum Vorschein.

»Gieße Wein auf das Kraut und lass es eine Nacht lang einziehen. Nimm es wieder heraus und gib den Wein deinem Mann zu trinken – dann wird er zu dir kommen«, sagte sie.

Gisela empfing das Bündel, spürte die knisternden, trockenen Kräuter darin und steckte es mit zitternder Hand in ihren Ärmel. Sie war erleichtert – es war viel einfacher, als sie gedacht hatte. Nur ein Kraut, das sie in Wein auflösen musste.

»Und nun geh in die Grotte«, sagte die Hexe, die sie lauernd unter halb gesenkten Lidern betrachtet hatte.

»Aber … die Kräuter …«

Roxana stieß ein dunkles Lachen aus, das der Fels vielfach zurückwarf.

»Was nutzt der Same, wenn das Feld nicht bereitet ist? Er trinkt die Kräuter umsonst, wenn du nicht auch deinen Teil erfüllst.«

Es half nichts. Sie hatte sich darauf eingelassen und würde den Weg bis zum Ende gehen müssen. Angstvoll sah sie zu dem rauschenden, gleißenden Wasservorhang hinüber, hinter dem die Grotte der Quellgöttin tief ins Gestein führte. Man hatte unheimliche Dinge über diese Höhle erzählt, bocksfüßige Teufel wohnten darin, gehörnte Götter mit großen Mäulern und langen Zungen und bucklige Zwerge, denen schwarzlockiges Fell auf dem Körper wuchs.

»Zieh deine Kleider aus!«, befahl die Hexe. »Du musst nackt in die Grotte gehen, so wie Tausende Frauen es vor dir getan haben.«

Gisela zog die Schuhe aus weichem Leder aus und löste die Spange, die den leichten Tuchmantel zusammenhielt. Umständlich zog sie sich die lange seidene Tunika über den Kopf und ließ sie auf den Felsboden gleiten. Das knielange Hemd hatte sich bereits mit hochgestülpt, und sie streifte es mit einer raschen Bewegung vom Körper.

Die Hexe warf einen kurzen Blick auf den hellen, üppigen Leib der Gräfin und lächelte.

»Du bist schön. Dein Mann ist ein Dummkopf, wenn er zu einer anderen geht.«

»Was muss ich tun?«, fragte Gisela ungeduldig. Sie wollte diese Angelegenheit so rasch wie möglich hinter sich bringen.

»Steck diese Wurzel in den Mund und kaue sie.«

Das schrumplige Ding war nicht größer als ein Kieselstein und schmeckte nach bitterer Süße, als sie es in den Mund schob. Sie spürte einen leichten Schwindel und ihr Herz klopfte rascher.

»Nun steige in den Teich und geh in die Grotte hinein …«

Sie vernahm die Worte der Hexe plötzlich wie aus weiter Ferne, sie schienen sich zu vervielfachen und von dem Felsgestein auf sie zurückzustürzen.

»Ja …«, flüsterte sie und spürte, wie ein seltsamer Sog sie erfasste. Hitze stieg von ihren Füßen bis zu ihren Hüften auf und sammelte sich pochend zwischen den Beinen.

»In der Grotte findest du einen Stein, der schwarz aus der Wand herausragt …«, ertönte Roxanas Stimme mit tausendfachem Echo.

»Ja …«, stammelte Gisela verzückt.

Sie hörte ihre eigene Stimme fremd und wie ein leises Keuchen. Die Hitze wirbelte über ihren Bauch und brachte ihr Herz zum Pochen. Es fühlte sich an wie ein eingesperrtes kleines Tier in ihrer Brust.

»Umfange den Stein mit beiden Armen und küsse ihn …«

Die Worte tosten in ihren Ohren, und sie spürte jetzt, wie das kühle blaue Quellwasser ihre Knie umspülte. Sie war in den Teich gestiegen, ohne sich dessen bewusst zu sein, und die herabperlenden Rinnsale umhüllten sie und schimmerten in allen Regenbogenfarben wie ein Vorhang aus farbigem Edelstein.

Nie hatte sie einen Ort so sehr ersehnt und gefürchtet wie die abgeschiedene, dunkle Felshöhlung, die sich hinter diesem glitzernden Spiel verbarg. Sie spürte, wie das kühle Wasser bereits ihre Schenkel berührte, ihren Schoß kitzelte und die erhitzten Hüften benetzte. Die Wurzel quoll in ihrem Mund auf, und sie schluckte gierig den bittersüßen Saft, der die Hitze und Sehnsucht noch steigerte. Sie streckte die Arme nach dem leuchtenden Farbenspiel aus, wollte es mit den Fingern leicht berühren. Da erfasste sie die Gewalt des herabprasselnden Wassers mit unerwarteter Heftigkeit, riss sie fast zu Boden und schleuderte sie in die Finsternis der Grotte hinein.

Dunkelheit umgab sie und das Rauschen des Wasserfalles hinter ihr, und sie vernahm ihren keuchenden Atem. Sie stand bis zu den Hüften im Wasser und streckte die Arme aus, um den feuchten Fels abzutasten. Zackiges Gestein glitt unter ihren Fingern vorüber, kleine Einschüsse waren zu spüren, sanfte Buckel, dann stieß sie an einen Vorsprung. Hart und wuchtig wölbte sich der glatte Fels ihr entgegen und sie umschlang den Stein mit beiden Armen. Kühl und feucht spürte sie die Oberfläche an ihren Brüsten, sie beugte den Kopf und berührte den Fels mit den Lippen.

Ein vielstimmiges Summen erfüllte ihre Ohren, ein Ton von solcher Süße, wie sie ihn noch nie vernommen hatte. Der Fels erwachte zum Leben, strebte auf sie zu, drängte sich mit Macht an ihren Leib, und sie verspürte eine unbändige, nie erlebte Lust. Sie hörte, wie ihre Schreie sich mit dem tiefen, heiseren Ton des Felsengottes vermischten, und ein endloser, dunkler Schlund zog sie in sich hinein.

Als sie erwachte, lag sie vollkommen angekleidet neben dem Quellteich, dessen Wasser jetzt glasklar war und den grauen, kahlen Felsgrund zeigte. Ihr Pferd wartete an einem engen Steig zwischen Büschen und Gestein.

Roxana war spurlos verschwunden, doch in ihrer Hand hielt die Gräfin das kleine Stoffbündel, das leise knisterte, wenn sie mit den Fingern darauf drückte.

❖

Wenn Schwester Afranasia doch wenigstens leise singen würde! Aber nein, sie musste die Psalmen zum Morgenlob des Herrn mit ihrem lauten, falschen Gebrumm verderben. Zweimal schon hatte die junge Äbtissin sie mit missbilligenden Blicken bedacht – doch Afranasia brummelte fröhlich weiter, sie merkte nicht einmal, dass sie die richtigen Töne verfehlte.

Reina beendete das Morgenlob mit der Bitte um den Segen des Herrn für diesen Tag und entließ die acht jungen Nonnen, die sich an die ihnen zugewiesenen Aufgaben machten. Bis zur Terz waren zwei Stunden Arbeit angesagt, die in Küche, Vorratskammer oder in dem kleinen, neu angelegten Klostergarten zu erledigen waren. Eilig trippelten die Nonnen aus dem Refektorium, und Reina wusste recht gut, dass sie eifrig zu schwatzen beginnen würden, sobald sich die Pforte hinter ihnen geschlossen hätte.

Sie musste sich allerdings eingestehen, dass auch ihr selbst heute früh die nötige Andacht fehlte – vielleicht lag es daran, dass sie in der Nacht allerlei wirres Zeug geträumt hatte und immer wieder aus dem Schlaf hochgefahren war. Während des Morgenlobs hatte sie, statt ihre Gedanken auf die Güte und Allmacht Gottes zu richten, immer wieder auf die Geräusche gelauscht, die von der Baustelle herüberdrangen –

die hellen Hammerschläge auf dem Stein, das Knarren der hölzernen Wagenräder und die Stimmen der Männer, die mit der Zeit immer lauter und ungehaltener geworden waren.

Sie hatte kaum die Altarkerzen ausgeblasen, da klopfte es an der Pforte, und Odemar, der Bauleiter, ein kleinwüchsiger Mensch mit rötlichem Haar und Bart, trat schüchtern ins Refektorium.

»Was gibt's?«, fragte sie ahnungsvoll.

Odemar schien seinen Auftrag nur ungern zu erfüllen und zupfte an seinem staubigen braunen Kittel herum.

»Verzeiht, Herrin«, murmelte er verlegen. »Es ist nur – der Kerl will nicht arbeiten.«

Sie hatte es schon befürchtet. Ärgerlich schob sie den Schleier zurecht, der heute immer wieder verrutschen wollte, und stieg die Altarstufen hinunter.

»Ich komme.«

Der rothaarige Bauleiter senkte den Kopf und beeilte sich, der entschlossen voranschreitenden Äbtissin hinterherzutrotten.

»Wir sollten einige bewaffnete Männer vom Grafen erbitten, Herrin«, meinte er mit bedenklicher Miene. »Mit gutem Zureden ist diesem Starrsinnigen nicht beizukommen, glaubt mir.«

Man hatte um die Fundamente der neuen Kirche einige Bauhütten errichtet, in denen die Knechte wohnten und die Werkzeuge untergestellt wurden. Dort hockte der blonde Sklave am Boden, den Rücken an die Wand der Hütte gelehnt, das rechte Knie hochgezogen und den Arm darauf gestützt. Unter seinem zerrissenen Kittel trug er ein seltsames Kleidungsstück, das einer Bruoche ähnelte, jedoch länger und an den Beinen enger war. Gelassen sah er zu, wie die

Knechte sich mit dem harten Gestein abmühten, während er grinsend auf einem Grashalm kaute.

Reina platzte fast vor Ärger. Sie hatte diesen Kerl gekauft, um sein Los zu erleichtern, man hatte ihm ein Dach über dem Kopf, zu essen und sogar einen halben Becher Wein gegeben. Und was war der Dank? Er hockte faul auf dem Boden herum und überließ die Arbeit den anderen. Dabei hätte er bei seiner Körperkraft längst jenen dicken Granitbrocken gespalten, mit dem die übrigen Knechte schon seit dem frühen Morgen kämpften.

Zwei der jungen Knechte ließen ihre Arbeit im Stich, als sie die junge Herrin herbeilaufen sahen, und eilten ihr entgegen.

»Geht nicht zu dicht an diesen Teufel heran, Herrin«, warnte sie einer der beiden. »Er ist gefährlich.«

»Macht euch nicht lächerlich, ihr Hasenfüße«, fuhr sie die jungen Burschen an. »Er ist ein Sklave und hat zu gehorchen.«

»Er ist ein Heide«, murmelte der junge Knecht leise. »Er hat keinen Respekt vor der heiligen Kirche und vielleicht auch nicht vor Eurem Nonnengewand.«

»Nun aber Schluss!«, schalt sie, schob die beiden zur Seite und ging geradewegs auf den Sklaven zu.

Er blieb in der gleichen Haltung sitzen und wartete, bis sie dicht vor ihm stand. Die Knechte, die herbeigekommen waren, um ihrer Herrin notfalls gegen diesen Goliath beizustehen, stellten fest, dass der Sklave immerhin aufgehört hatte zu grinsen und die Äbtissin mit ernstem, aufmerksamem Blick empfing.

»Halvdan«, sagte sie und bemühte sich, einen entschlossenen, zornigen Befehlston anzunehmen. »So heißt du doch, oder?«

Er lächelte – es war nicht zu glauben. Er spuckte den Grashalm zur Seite und streckte lässig das angewinkelte Bein aus. Scheinbar gefiel es ihm, sich so vor der Herrin im Gras zu lümmeln.

»Halvdan«, wiederholte er mit tiefer, kräftiger Stimme, die geeignet war, das Brausen der Wellen und des Sturmes zu übertönen. Dabei wies er mit dem Finger auf seine breite Brust. Halvdan, das war sein Name.

Die Knechte zuckten die Schultern und sahen hilflos drein.

»Er versteht unsere Sprache nicht«, erklärte Odemar. »Was man ihm auch sagt – es kümmert ihn nicht.«

Reina war der Meinung, dass dieser Zustand leicht geändert werden konnte. Er würde schon Fränkisch lernen, wenn er nur einsähe, dass es notwendig war. Dumm schien er nicht zu sein, nur bildete er sich aus irgendeinem Grund ein, nicht arbeiten zu müssen. Sie presste die Lippen zusammen, schluckte ihren Ärger hinunter und beschloss, es mit Geduld und Freundlichkeit zu versuchen.

»Habt ihr ihm zu essen gegeben?«

Die Knechte grinsten. Der große Kerl hatte drei Schalen mit Gerstengrütze verspeist, dazu einiges von dem Fisch, den man gestern gefangen hatte, und ein ganzes rundes Brot. Der Hunger konnte ihn jedenfalls nicht quälen.

Immer noch blickte der Sklave lächelnd auf die junge Äbtissin, fast schien es, als sei er neugierig, was sie als Nächstes tun würde. Seine Augen hatten jenes leuchtende Blau, das ein Gewässer annimmt, das von der Sonne beschienen wird.

Reina hütete sich, diesen Blick zu erwidern, denn sie ahnte, dass er sie aus der Fassung bringen würde. Hier, inmitten ihrer Knechte, musste sie energisch und sicher auftreten.

Schließlich war sie als Äbtissin trotz ihrer Jugend eine Respektsperson.

»Steh auf«, befahl sie und begleitete die Aufforderung mit einer deutlichen Handbewegung. »Komm mit!«

Zur Überraschung aller Umstehenden erhob sich der Sklave langsam, rückte seinen ledernen Kittel zurecht und klopfte Staub und Grashalme von der eng anliegenden Bruoche. Man trat einige Schritte zurück, denn die breiten Muskelpartien seiner Schultern und Arme, die bei jeder Bewegung anschwollen, stimmten auch den stärksten Franken bedenklich. Auch war zu erkennen, dass seine Beine ähnlich kraftvoll ausgestattet waren – welcher Teufel hatte den Grafen nur geritten, solch einen Sklaven für das Kloster zu kaufen?

Er folgte der jungen Äbtissin brav wie ein Lamm, doch sein federnder Gang ließ eher an ein Raubtier denken, das auf dem Sprung war. Reina blieb bei einem der dicken Granitbrocken stehen, die zur Spaltung vorbereitet wurden.

»Sieh hin!«, befahl sie dem Sklaven und wies mit dem Finger auf die beiden Löcher, die die Knechte während der vergangenen Stunden mit großer Mühe in den Stein hineingetrieben hatten. Es waren immer zwei Männer dazu nötig, einer trieb den Meißel mit kräftigen Hammerschlägen in den Granit, während der andere den Meißel nach jedem Schlag ein wenig drehte. Hatte man eine Reihe Löcher nebeneinander in den Stein geschlagen, so wurden dicke Eisenkeile in die Vertiefungen getrieben, bis der Stein auseinanderbarst.

»Das ist deine Arbeit«, erklärte sie. »Es wird dir sicher nicht schwerfallen. Nimm den Meißel.«

Sie griff eines der Werkzeuge, das überraschend schwer aufzuheben war, und reichte es ihm. Dabei stellte sie fest, dass sie zu ihm aufsehen musste, denn er war um fast zwei Köpfe größer als sie.

Langsam streckte er den Arm aus und nahm den stählernen Meißel aus ihrer Hand, wog ihn wie ein leichtes Stöckchen und sah sie fragend an. Hatte er wirklich nichts begriffen, oder trieb er nur sein Spiel mit ihr? Unter seinen hellen Augen hatten sich winzige Fältchen gebildet. Lachte er sie aus?

»Da steckst du den Meißel hinein«, erklärte sie und wies auf eines der beiden Löcher im Steinbrocken. »Und hier ist der Hammer.«

Sie wies vorsichtshalber nur mit der Hand auf das schwere Werkzeug, denn sie war sich nicht sicher, ob sie es würde aufheben können. Halvdan, der Sklave, beugte sich über den Granit, besah sich aufmerksam die beiden Löcher, fuhr mit dem Finger hinein, um ihre Tiefe zu messen, und richtete sich dann wieder auf. Er zog die blonden Augenbrauen hoch, schob den Mund vor und nickte fachmännisch. Ja, sie hatten zwei schöne, wenn auch nicht sehr tiefe Löchlein in den Stein gehauen.

Reina spürte, wie die Wut in ihr hochstieg. Dieser unverschämte Kerl wagte es, sich über sie lustig zu machen. Deutlich erkannte sie jetzt die Lachfältchen unter seinen Augen, er trieb sein Spiel mit ihr und stellte sich dumm, um sie vor ihren Knechten lächerlich zu machen.

»Arbeiten sollst du!«, fuhr sie ihn an. »Stell dich nicht so blöd, du verstehst mich sehr gut. Glaubst du, ich füttere dich durch, wenn du hier faul herumsitzt und Grashalme kaust?«

Seine Züge zeigten breite Heiterkeit. Es war keine Häme darin, keine Bosheit – es schien ihn nur köstlich zu amüsieren, wie die kleine, schwarz gekleidete Frau ihn beschimpfte und sogar mit dem bloßen Fuß auf den Boden stampfte. Sie hatte hübsche, zierliche Füße, diese Fränkin, die Körper und Haar vor ihm verhüllte.

Reina war jetzt so außer sich, dass sie ihm fast an die Gurgel gefahren wäre. Er lachte sie tatsächlich aus, dieser dreckige Heidensohn. Was für eine bodenlose Frechheit! Allein dafür hätte sie ihn auspeitschen lassen müssen.

»Wenn du glaubst, dass du den Idioten spielen kannst, um nicht arbeiten zu müssen, dann täuschst du dich!«, fauchte sie. »Von heute ab bekommst du keinen Krümel mehr zu essen, Sklave. Und auch nichts zu trinken. Wir werden ja sehen, ob du arbeiten wirst oder nicht!«

Er war überrascht, denn er hatte nicht gewusst, wie zornig sie werden konnte. Wie eine kleine Furie tobte sie, blitzte ihn böse aus dunklen Augen an, und obgleich er die Worte nicht verstand, begriff er sehr wohl, dass sie ihm drohte.

Er warf den Meißel ins Gras und verschränkte die Arme vor der Brust.

»Halvdan… Sklave… nein!«, sagte er, mühsam nach fränkischen Worten suchend. »Halvdan… König.«

Die Wirkung seiner Worte war völlig anders, als er erwartet hatte. Die Knechte blickten sich mit offenen Mündern an und begannen zu grinsen. Einer tippte sich mit dem Zeigefinger an die Stirn.

»Ein König«, feixte er. »Der will ein König sein! Der hat ja Stroh im Kopf.«

Gelächter machte sich breit. Der Kerl war ein Spinner. Wahrscheinlich war er tatsächlich zu blöde, um zu begreifen, was er arbeiten sollte.

»Ein König!«, foppte ihn einer der jungen Knechte. »Wo

ist denn dein Königreich? Wohl draußen auf dem Meer, wie?«

Reina stand fassungslos da, unsicher, ob sie weiter schimpfen oder besser lachen sollte. Als sie die Verblüffung und den Ärger auf Halvdans Zügen entdeckte, entschied sie sich dafür, ihn auszulachen.

»Hast du vielleicht auch eine Königin, mein großer König?«, witzelte sie und machte eine kleine höhnische Verbeugung vor ihm. »Sitzt sie auf einem Thron aus Eis da oben im Land der Nordmänner?« Dann stimmte sie mitleidlos in das Gelächter ihrer Knechte ein.

Im nächsten Augenblick spürte sie seine harten Hände, die sich um ihre Taille schlossen, und sie schrie laut auf vor Entsetzen, als ihre Füße den Halt verloren. Der Sklave hatte sie blitzschnell hochgehoben und mit leichtem Schwung auf einen der kleineren Granitbrocken gestellt.

Zitternd vor Schrecken stand sie dort und starrte entgeistert in sein zorniges Gesicht. Ihr Herz vollführte einen solchen Wirbel, dass ihr schwindelig zu werden drohte. Dann vernahm sie plötzlich laute Rufe, das Getrappel herannahender Pferdehufe, und im nächsten Augenblick hatte eine Gruppe Krieger sie umringt.

»Packt ihn!«, brüllte Graf Robert. »Legt ihn an die Kette.«

Ein wildes Getümmel entstand, als die Krieger sich auf den Sklaven warfen, der sich entschlossen gegen die bewaffneten Männer wehrte. Reina sah, wie er seine Angreifer immer wieder mit kräftigen Armen zurückwarf und sich der Übermacht schließlich doch ergeben musste. Als er zu Boden gerissen wurde und die Peitsche herniedersauste, wandte sie sich entsetzt ab.

»Du hast noch viel zu lernen, meine Liebe«, sagte Graf

Robert und reichte ihr die Hand, um ihr von dem Stein herunterzuhelfen. Aus seinen Augen sprach der Triumph, und sie hasste ihn dafür.

❖

»Leiser?«

Schwester Afranasias Augen waren groß und erstaunt auf die Äbtissin gerichtet. Reina spürte ihr schlechtes Gewissen – sie hatte keinen Grund, ihren Ärger an dieser sanften, wenn auch in ihrer Einfalt anstrengenden Nonne auszulassen.

»Jede von uns dient dem Herrn mit den Gaben, die Er uns verliehen hat«, sagte sie bemüht freundlich. »Der Garten, den du mit Schwester Benedicta angelegt hast, ist wunderschön, und wir alle freuen uns an den vielen Kräutern und Blüten.«

Afranasias Gesicht hellte sich auf– der Garten war ihr ganzer Stolz.

»Er wird im kommenden Jahr noch viel reicher blühen, ehrwürdige Mutter. Ich habe verschiedene Pflanzen gesetzt, die erst anwachsen müssen. Das Johanniskraut und die Mariendistel sind …«

»Sehr schön«, unterbrach Reina sie ungeduldig. »Was ich dir jedoch sagen will, ist Folgendes: Ich wünsche, dass du deine Stimme bei unseren Gesängen zurücknimmst.«

»Ja, ehrwürdige Mutter«, sagte Afranasia gehorsam. »Verzeiht mir – ich liebe unsere Gesänge so –, es geht einfach mit mir durch.«

Reina unterdrückte einen Seufzer. Afranasias naiver Begeisterung war einfach nicht beizukommen. Wahrscheinlich würde sie weiter brummeln zum Lobe des Herrn.

Sie machte ihr ein Zeichen, dass sie gehen dürfe. Afranasia verbeugte sich und verließ eilig trippelnd das Refektorium, um ihren Garten zu gießen.

Bis zur Abendandacht dauerte es noch einige Zeit, und Reina beschloss, hinüber zur Baustelle zu gehen, um zu sehen, wie weit die Arbeit inzwischen fortgeschritten war. Sie spürte, dass dieser Entschluss ihr Herzklopfen bereitete, und sie schalt sich innerlich eine Närrin. Er hatte sie ausgelacht und vor ihren Knechten bloßgestellt, dieser unverschämte Kerl. Es geschah ihm nur recht, dass er den ganzen Tag über an einen Baum angebunden in der heißen Sonne hatte hocken müssen, ohne Nahrung und ohne einen Tropfen Wasser. Roberts Warnung hatte sich leider als richtig erwiesen – dieser Sklave, den sie unbedingt hatte kaufen wollen, war bockbeinig und machte eine Menge Ärger. Dennoch hatte sie Roberts Vorschlag, den Sklaven gleich auf dem nächsten Markt wieder loszuschlagen, mit Empörung zurückgewiesen. Nein – so rasch gab sie sich nicht geschlagen. Sie würde diesen widerspenstigen Gesellen schon so weit bringen, dass er tat, was sie ihm befahl.

Mit Schaudern spürte sie immer noch den Griff seiner kräftigen Hände um ihre Taille. Nie hatte bisher ein Mann gewagt, sie an dieser Stelle zu berühren – und dieser Kerl war nichts als ein Sklave. Sie schüttelte die peinliche Erinnerung ab, kniff die Lippen zusammen und ballte die Fäuste. Noch einmal würde sie sich nicht von ihm beleidigen und demütigen lassen. Von nun an würde sie hart und mitleidslos sein.

Als Reina aus der Tür trat, sah sie eine Reiterin, die auf das Kloster zuhielt. Die Abendsonne ließ das helle, wehende Gewand ihrer Schwester fast rosig erscheinen. Diese winkte ihr schon aus der Entfernung zu und ließ ihren Schimmel ein Stück galoppieren.

»Gisela! Ich hatte dich schon vermisst«, rief Reina und eilte herbei, um die Stute am Zaum zu halten, während eine der Nonnen herbeilief, um Gisela zum Absteigen einen Schemel zurechtzustellen.

»Robert hat solche schrecklichen Dinge berichtet, dass ich mir Sorgen um dich gemacht habe«, sagte Gisela und nahm Reina in die Arme. »Was hast du da nur wieder angestellt, du Dickschädel?«

Reina stellte fest, dass Gisela ungewöhnlich heiter und redselig war, und sie freute sich darüber. Gar zu oft gab ihre Schwester sich ihrem Kummer hin, saß stundenlang bei ihr im Refektorium und klagte darüber, dass ihre Schönheit dahinschwinde und ihr Mann sie nicht mehr begehre. Dass sie zwei tote Mädchen zur Welt gebracht habe und Gott ihr kein lebendiges Kind und schon gar keinen Sohn schenken wolle.

»Meine Güte, Gisela«, meinte Reina lächelnd. »Du musst nicht alles glauben, was Robert dir erzählt.«

»Das tue ich auch nicht«, gab Gisela keck zurück.

»Dennoch muss dieser Sklave ein ganz schrecklicher Bursche sein.«

»Überhaupt nicht«, log Reina und betrachtete das rosige, aufgeregte Gesicht ihrer Schwester. »Ich wollte sowieso gerade hinüber zur Baustelle – komm mit mir, dann zeige ich dir dieses Ungeheuer. Du wirst sehen – es ist völlig zahm.«

Gisela lachte ein helles, kindliches Lachen, das Reina schon lange Zeit nicht mehr von ihrer Schwester gehört hatte. Genaugenommen seit ihrer beider Kindheit nicht mehr.

»Du bist heute so glücklich gestimmt«, sagte sie und nahm

die Schwester bei der Hand, während sie über den gepflasterten Klosterhof gingen. »Hat das einen besonderen Grund?«

Gisela wurde wieder ernst und seufzte. Doch es schien Reina eher ein wohliger Seufzer zu sein – wie der Nachhall eines schönen, beseligenden Erlebnisses.

»Muss so etwas immer einen Grund haben?«, meinte Gisela achselzuckend. »Ich bin einfach gut gelaunt, weil diese Tage so warm und fruchtbar sind, und der Himmel ist so wolkenlos klar.«

Reina schmunzelte und verbot sich weitere Fragen. Konnte es gar sein, dass Gisela wieder ein Kind unter dem Herzen trug? Ach, wie sehr würde sie der Schwester wünschen, dass sie endlich Mutter wurde.

»Da drüben hockt er«, sagte sie und wies mit dem Arm zu den Steinblöcken hinüber, die neben den Fundamenten aufgehäuft lagen.

Sie mussten die Augen zusammenkneifen, denn die Abendsonne schien ihnen geradewegs ins Gesicht. Man hatte dem Sklaven die Hände auf dem Rücken zusammengebunden, und von seinem rechten Fuß führte eine eiserne Kette zu einem abgestorbenen Baum, um den das Ende geschlungen war. Es musste quälend sein, den ganzen Tag so in der brennenden Sonne zu sitzen. Als sie näher herangingen, erkannte Reina zu ihrem Schrecken, dass Kittel und Bruoche des Sklaven in Fetzen hingen, er musste sich wie ein Berserker gegen die Übermacht der Krieger gewehrt haben. Streifen von eingetrocknetem Blut zogen sich über seine Schultern und über die Brust.

»Gütiger Herrgott«, entfuhr es Gisela. »Was für ein Mann!«

»Wie meinst du?«

Reina war bei dem begeisterten Ausruf ihrer Schwester zusammengefahren.

»Ich meine …«, stammelte Gisela, der diese Entgleisung bereits peinlich war. »Ich meine, er ist schon ein sehr ungewöhnlicher Sklave. Wie groß er ist und was er für breite Muskeln an den Schultern hat. Und dieses helle Haar – er sieht fast aus wie der heilige Michael, der den Drachen getötet hat.«

Reina fühlte sich peinlich daran erinnert, dass sie noch gestern beim Anblick dieses Sklaven ähnliche Gedanken gehabt hatte. Inzwischen hatte sie jedoch leider erkennen müssen, wie dumm und blauäugig sie gewesen war. Er war nichts als ein bockiger, halsstarriger Kerl, der sie vor ihren Knechten auf schandbare Weise bloßgestellt und ausgelacht hatte.

»Ein Heiliger ist dieser Heide ganz sicher nicht«, meinte sie mürrisch. »Er ist eher ein wenig verrückt. Heut früh hat er behauptet, ein König zu sein.«

»Ein König?«

»Nun – er kennt die fränkische Sprache nicht. Er wollte wahrscheinlich etwas anderes sagen«, bemerkte Reina leichthin. »Auf jeden Fall war es sehr komisch.«

»Wie ein Sklave schaut er nicht aus«, meinte Gisela, die den Sklaven noch immer eingehend musterte. »Vielleicht ist er tatsächlich ein besiegter König, den man in die Sklaverei verkauft hat. Solche Dinge kommen vor …«

»Jetzt hör endlich auf damit«, rief Reina ärgerlich und legte den Arm um die Schwester. »Lass uns hineingehen, ich habe Wein aus Aquitanien – er wird dir guttun.«

Doch Gisela lehnte ab. Sie wolle sofort zurück zur Burg reiten, denn sie habe noch Vorbereitungen zu treffen.

»Du willst nicht zur Abendandacht bleiben?«, fragte Reina enttäuscht, während sie zum Klosterhof zurückgingen.

»Heute nicht, Reina. Bete für mich – versprich es mir!«

Gisela setzte schon den Fuß auf den hölzernen Schemel, um auf den Rücken ihrer Stute zu steigen, und Reina musste das Tier beruhigen, denn es spürte die Aufregung seiner Reiterin.

»Ich schließe dich immer in meine Gebete ein, Gisela«, meinte Reina besorgt, während Gisela sich im Sattel zurechtsetzte.

»Heute zur Nacht musst du für mich beten«, flüsterte die Schwester ihr vom Pferd herab zu. »Flehe den Segen des Herrn auf mich herab.«

Reina versprach es, denn das Gesicht ihrer Schwester glühte vor Hitze. Sie trieb die Stute an und wollte davonsprengen, hielt dann jedoch inne und wandte sich noch einmal um.

»Nimm dich in Acht vor diesem Mann dort, Reina«, sagte sie leise zu ihrer Schwester. »Er ist … gefährlich. Auf eine Art, die du nicht kennst und die du niemals kennenlernen solltest.«

Reina sah ihr verblüfft nach, während sie davonritt. Sie fühlte sich verletzt, denn sie spürte deutlich, dass ihre Schwester Geheimnisse vor ihr hatte. Was mochte in dieser Nacht so Aufregendes und Wichtiges bevorstehen, dass sie für ihre Gisela beten sollte? War sie am Ende doch nicht schwanger?

Während der Abendandacht war die junge Äbtissin zerstreut, und sie musste sich sehr zusammennehmen, keinen Fehler zu machen. Sie segnete die Schwestern zur Nacht, und die Nonnen begannen, ihre Schlafstätten herzurichten. Das Refektorium diente momentan noch gleichzeitig als Dormitorium, denn auch das Nonnenhaus musste noch ausgebaut und erweitert werden.

Reina begab sich in die kleine Seitenkammer, in der sie – abgesondert von den übrigen Frauen – ihr Nachtlager hatte. Sie hätte müde sein müssen, doch sie fühlte sich hellwach und aufgewühlt. Durch das kleine, vergitterte Fenster hoch oben in der Mauer schien ein runder, glänzender Mond auf ihr Lager und störte sie zusätzlich beim Einschlafen. Ärgerlich schob sie ihren Strohsack zur Tür hinüber, doch nun traf der bleiche Mondschein dicht neben ihr auf den Boden und zeichnete geheimnisvolle Muster auf die Dielenbretter. Sie setzte sich auf, zog die Knie an den Körper und stützte die Arme darauf.

Er ist gefährlich – auf eine Art, die du nicht kennst und niemals kennenlernen solltest. Was für ein Unsinn, dachte sie und ärgerte sich über ihre ältere Schwester, die sie immer noch wie ein Kind behandelte und über gewisse Dinge nur in dunklen Andeutungen redete. Er sitzt dort unten, gefesselt und geprügelt, und ist überhaupt nicht gefährlich. Sie dachte daran, dass er sie an diesem Morgen hätte töten können, wenn er es nur gewollt hätte. Er hatte es nicht getan und sie stattdessen wie ein kleines, lästiges Mädchen auf einen Stein gehoben. Aber hätte er vielleicht noch anderes mit ihr getan, wenn Robert mit seinen Kriegern nicht in diesem Moment angekommen wäre?

Sie stellte sich das Gesicht des Sklaven vor, seine hellen

blauen Augen, die kräftige, ein wenig stumpfe Nase, die weißen Zähne, die er beim Lachen sehen ließ. Sein Lachen hatte sie verletzt, doch wenn sie recht überlegte, so war es nicht boshaft gewesen. Es war laut und dröhnend und schien tief aus seiner Brust zu kommen. Fast hatte es gutmütig geklungen.

Der heilige Michael, der Drachentöter! Was für eine Idee! Sie lächelte vor sich hin und ihre Gedanken verwirrten sich. Der Tag war heiß gewesen, er musste schrecklich durstig sein. Sein Körper war voller blutiger Striemen, die niemand versorgte …

Schließlich war er doch ihr Besitz, ihr Sklave, für den sie verantwortlich war.

Die Nonnen im Refektorium schnarchten leise vor sich hin – nur wenige Stunden trennten sie noch von dem Frühgebet, das noch vor Tagesanbruch abgehalten wurde. Reina schlich leise zwischen den Schlafenden hindurch, machte sich in einer Kammer zu schaffen und ging dann hinaus auf den Klosterhof. Der Mond beschien den kleinen Ziehbrunnen und ließ das Wasser tief unten aufleuchten, als sie leise den Eimer hineintauchte. Ihr Atem ging rasch und hastig. Mondschatten erschreckten sie auf ihrem Weg, ein dunkler Vogel flatterte von dem Kirchenbau auf und glitt hinüber zum Wald, und dicht vor ihrem Fuß huschte eine Maus über den Weg und verschwand unter einem Stein.

Das Mondlicht war so hell, dass sie den Sklaven deutlich erkennen konnte. Er war an den Baum herangerutscht, um den Rücken daran zu lehnen, seine Augen waren geschlossen. Dennoch hatte sie das Gefühl, dass er sie bemerkt hatte, und sie näherte sich ihm zögernd und mit großer Vorsicht.

»Halvdan?«

Sie war einige Schritte entfernt stehen geblieben und hatte seinen Namen nur geflüstert. Doch er öffnete die Augen ein wenig und blinzelte sie an. Seine Züge blieben unbeweglich, sodass sie nicht erraten konnte, ob er überrascht war oder sie vielleicht sogar schon eine Weile beobachtet hatte.

Sie hatte eine kleine, hölzerne Schale mitgebracht, die sie jetzt in den Eimer tauchte und mit Wasser füllte. Langsam ging sie auf ihn zu, blieb dicht neben ihm stehen und beugte sich hinab, um ihm die Schale an den Mund zu halten. Er trank das Wasser in durstigen Zügen bis zum letzten Tropfen und lehnte den Kopf dann zurück, um sie anzusehen. Seine Augen glänzten im Mondlicht ungeheuer hell, und sie spürte, dass sie zitterte.

»Hast du noch mehr Durst?«

»Durst …«, wiederholte er flüsternd.

Sie tauchte die Schale zum zweiten Mal in den Eimer und kniete sich neben ihn, um sie ihm an den Mund zu halten. Er trank, und sie sah, wie ein glitzernder Tropfen durch seinen Bart rann und auf seine Brust fiel. Plötzlich fühlte sie die Wärme, die von seinem Körper ausging, und ein seltsamer Sog erfasste sie, sich an ihn zu schmiegen und diese wulstigen Muskeln an seinen Schultern mit ihren Händen zu berühren. Sie erschrak vor sich selbst und stellte die geleerte Schale neben ihn ins Gras.

»Ich habe das nicht gewollt«, sagte sie, unsicher, ob er sie verstehen würde. »Du bist selbst schuld daran.«

Er sah ihr aufmerksam ins Gesicht und schien sie zumindest teilweise verstanden zu haben, denn er runzelte unzufrieden die Stirn. Neugierig sah er zu, wie sie eine kleine hölzerne Dose aus dem Ärmel zog und den Deckel öffnete.

»Ich werde deine Wunden mit dieser Salbe einschmieren«,

erklärte sie und hielt ihm die Dose vor die Nase. Er schnupperte kurz daran und nickte. Er kannte diese Kräuter. Vielleicht kurierte man in seiner Heimat die Wunden mit ähnlichen Mitteln.

»Halt still!«

Sie nahm sich zuerst seinen Rücken vor, strich vorsichtig über die kräftig gewölbten Muskeln und spürte dabei erschauernd, wie glatt und fest seine Haut war und welch seltsames Prickeln sie erfasste, wenn ihre Finger darüberfuhren. Er saß ruhig, ohne sich zu bewegen und ohne einen Laut von sich zu geben, obgleich das Einreiben sicher schmerzhaft war. Sie bemühte sich mit aller Kraft, daran zu denken, dass sie seine Wunden versorgte, wie es von alters her die Aufgabe der Benediktinerinnen gewesen war. Es war ihre heilige Pflicht als Klosterfrau und ein Dienst an einem Geschöpf des Herrn. Sie schob ihn sacht ein wenig zurück, um die Striemen einzuschmieren, die sich über seine Brust zogen. Ihre Hände wurden fahrig, denn sie wusste, dass er sie dabei ansah, und sie wagte nicht, den Blick zu heben. Wieder spürte sie die machtvolle Anziehung dieses großen Männerkörpers, und sie bemühte sich, ihm zu widerstehen. Sie heilte einen Verwundeten, nichts weiter.

Sie wollte die Dose schon wieder schließen, da entdeckte sie an seinem rechten Knie einen breiten Riss und sie rutschte hinüber, um auch diese Wunde noch mit Salbe zu bedecken. Wenn schon, dann wollte sie ihre Sache gründlich machen.

Doch kaum hatte sie den Finger in die Dose getaucht, da spürte sie plötzlich, wie ein fester Griff ihr Fußgelenk umschloss, und sie erstarrte.

Er hatte es – wie und wann auch immer – geschafft, seine

Armfesseln loszuwerden. Mit eisenharter Hand hielt er ihren Knöchel und zog sie langsam zu sich heran. Das Gewand rutschte dabei hoch, ihre bloße Wade wurde sichtbar, dann ihr Knie. Sie versuchte sich zu wehren, zappelte, krallte die Hände in den Grasboden, um sich zu halten, doch gegen seinen kräftigen Arm hatte sie keine Chance.

»Ich schreie, wenn du mich nicht loslässt«, keuchte sie verzweifelt. »Hör auf damit! Ich will dir helfen – ist das der Dank?«

»Still!«, sagte er leise. »Nicht Angst.«

Das Grinsen auf seinem Gesicht war nicht bedrohlich, sondern eher spitzbübisch. Mit wild hämmerndem Herzen spürte Reina, wie seine Finger über ihren nackten Fuß strichen, jede einzelne ihrer Zehen berührten und dann über den Rist langsam aufwärts bis zu ihrem Knie glitten. Seine Hand lag einen Augenblick warm auf ihrer Kniescheibe, dann blickte er in ihr blasses, angstverzerrtes Gesicht.

»Nicht Angst …«, wiederholte er leise mit seiner tiefen Stimme.

So plötzlich, wie er sie erfasst hatte, gab er sie wieder frei. In wilder Panik raffte sie sich auf, griff geistesgegenwärtig die Dose, die neben ihr im Gras lag, und hastete davon.

Erst als sie mit fliegendem Puls und keuchendem Atem vor dem Nonnenhaus stand, fiel ihr ein, dass sie Eimer und Schale vergessen hatte. Doch nichts in der Welt hätte sie dazu bewegen können, jetzt noch einmal den Weg zurückzulaufen.

Behutsam goss Gisela den Sud in eine Kanne, über deren breite Öffnung sie ein Tuch gelegt hatte. Ein seltsam berauschender Duft stieg auf, der ihren Herzschlag beschleunigte und erregende Bilder vor ihren Augen erstehen ließ. Sie hatte alle Mägde aus dem Zimmer gewiesen, dennoch sah sie sich erschrocken um, als sie eine Bewegung neben der Fensteröffnung wahrnahm. Es war ein leichter Wind, der den gestickten Wandbehang flattern ließ, so als habe ein großer Vogel seine Schwingen entfaltet.

Sie musste sich zwingen, die Handgriffe ruhig zu vollführen, um nichts von dem kostbaren Getränk zu verschütten. Sie hatte nur eine kleine Menge Wein mit den Kräutern der Hexe gewürzt, die Wirkung sollte stark und nachhaltig sein. Vorsichtig umfasste sie das Tuch, in dem die Kräuter zurückgeblieben waren, und presste es aus, sodass der Wein in die Kanne lief, und wickelte den Stoff dann zu einem kleinen Bündel zusammen, das sie in einer der schweren, hölzernen Truhen verbarg. Morgen würde sie es in die Erde eingraben, sodass niemand es finden konnte.

Sie nahm zwei bläuliche Glasbecher aus einer Wandnische und stellte sie auf den Tisch, den sie zuvor mit einem bunten Seidentuch bedeckt hatte. Die schräg einfallenden Strahlen der untergehenden Sonne fanden den Weg durch die enge Fensteröffnung und ließen die Gefäße aufblitzen. Gisela erschrak, als sie meinte, das Zeichen eines Kreuzes in dem gleißenden Licht zu erkennen. War das ein Zeichen für nahendes Unglück? Wollte der Himmel ihr Strafe androhen, weil sie Hilfe bei einer heidnischen Hexe gesucht hatte?

Wirf die Kanne samt Inhalt ins Feuer, sagte ihr eine innere Stimme. Was ist, wenn die Kräuter ein Gift enthalten, das Robert einen qualvollen Tod bereitet? Kann es nicht sein, dass die Hexe sich an uns rächen will, weil die Priester zornig gegen sie reden und sie verfolgen lassen?

Sie starrte auf die Gläser, doch das Zeichen wollte nicht mehr auftauchen. Die Sonne war gesunken; sie lag nun als rote Scheibe auf der dunklen Silhouette des Waldes und hatte den Himmel in Flammen gesetzt.

Langsam trat Gisela an den Tisch, fasste die Kanne und goss etwas von dem Sud in eines der Gläser. Wenn es tatsächlich ein Gift war, dann sollte es nicht Robert sein, der daran starb. Sie hatte diesen Trank gebraut, sie würde ihn auch kosten und die Folgen tragen.

Als sie das Glas an die Lippen hob, stieg ihr wieder, stärker noch als zuvor, der seltsam erregende Duft in die Nase, betäubend und verlockend zugleich. Der Wein schmeckte süßlich, obgleich sie keinen Honig zugefügt hatte, und rann warm durch ihre Kehle. Sie hustete, hätte sich fast verschluckt und stellte das Glas rasch wieder auf den Tisch zurück. Einen Augenblick lang stand sie ruhig da und spürte nichts als eine angenehme Wärme, die durch ihren Körper rieselte. Dann erfasste sie ein Schwindel; sie taumelte durch den Raum, stieß einen Schemel um und stützte sich dann mit beiden Armen gegen die Wand, um nicht den Halt zu verlieren.

Wenn dies der Tod war, der jetzt in ihrem Körper brannte, dann war das Sterben etwas unglaublich Süßes und Schönes. Ihr Atem flog, ihr Blut strömte wie flüssige Glut durch die Adern und sammelte sich zu einem köstlichen Wirbel zwischen ihren Beinen, der sie fast besinnungslos werden ließ vor Sehnsucht. Es war die eine Empfindung, die sie bisher nur aus seltenen Träumen kannte und die sie schamhaft vor aller Welt verschwieg. Sie spürte, wie ihre Brüste sich aufrichteten, wie die Spitzen so hart wurden, dass sie gegen den Stoff des Kleides stießen, und sie grub die Zähne in die Unterlippe, damit ihr kein Laut entschlüpfte. Ja, es war das gleiche Empfinden, das sie bei der Berührung mit dem dunklen Stein tief in der Grotte gehabt hatte. Es war Lust, tiefe, heftigste Lust bei der Begegnung mit einem Mann.

Sie war mit knapp fünfzehn Jahren verheiratet worden und hatte zwei Geburten gehabt – niemals jedoch hatte sie in den Armen ihres Mannes Genuss empfunden. Der Beischlaf war ihre Pflicht als Ehefrau, der Beweis dafür, dass ihr Mann sie liebte und achtete, und sie hatte ihn zu erdulden, denn sie wollte ihm Kinder gebären.

Es ist heidnisch, dachte sie und grub eine Hand zwischen ihre Schenkel, um den Aufruhr dort zu besänftigen. »Ein tückischer Heidenzauber. Niemals darf eine christliche Ehefrau so etwas empfinden. Heilige Lukrezia – beschütze mich vor der Sünde.«

Es nutzte wenig – im Gegenteil, durch die Berührung mit ihrer Hand wurde die Erregung ihrer Sinne immer noch stärker. Schon spürte sie, wie ein wohliges Zucken durch ihren Schoß zog – da hörte sie im Treppengang plötzlich einen spitzen Schrei.

Sie schrak zusammen. Es war eine Frau, die geschrien hatte, und der Laut war unvermittelt abgebrochen, so als habe sich eine Hand über ihren Mund gelegt.

Gisela kannte solche Geräusche nur allzu gut. Lange genug hatten sie ihr Kummer bereitet, sie hatte hilflos zuhören müssen, wie Robert den Mägden nachstellte, sie hatte nutzlose Tränen vergossen und nächtelang in Verzweiflung durchwacht. Jetzt würde alles anders werden. Sie spürte, wie ihr Denken sich klärte und der Körper wieder zur Ruhe kam. Die Entscheidung war nahe.

Sie stieß sich von der Wand ab, richtete den feinen Schleier und glättete ihr Kleid. Dann schritt sie zur Tür und riss sie auf.

»Mein Gemahl?«

Robert stand gebückt auf einem Treppenabsatz, und in der Dämmerung konnte sie den dunklen Umriss zweier Körper wahrnehmen. Er hatte eine der Mägde von hinten umfasst, war wohl schon dabei, ihr das Kleid hochzuschieben, aber jetzt hielt er inne und richtete sich auf. Die Magd entschlüpfte seinem Griff und rettete sich die Treppe hinauf in den oberen Raum des Wohnturms, wo die Wächter ihren Dienst versahen.

»Gisela? Ich dachte, du schläfst schon…«, sagte er mürrisch, während er mit einer Hand unter der knielangen Tunika seine Bruoche richtete.

»Es ist noch früh«, gab sie mit sanfter Stimme zurück. »Ich habe uns einen Abendtrunk gerichtet.«

Etwas an ihrer Haltung und Stimme erschien ihm anders als sonst, auch hatten sie die Gewohnheit, am Abend gemeinsam beim Wein zu sitzen, schon seit vielen Jahren nicht mehr gepflegt.

»Ich habe keinen Durst«, knurrte er.

»Mir zuliebe«, sagte sie lächelnd. »Es wäre schade um den Trunk, er ist vortrefflich gewürzt.«

In der Tat wehte ein seltsamer Duft aus dem Wohnraum in den Treppenaufgang herüber, ein Geruch, der ihn schnuppern ließ und seinen Pulsschlag erhöhte.

»Nur einen Becher«, gab er nach. »Ich muss gleich noch einmal die Runde machen. Der neu gekaufte Hengst hat einen der Stallknechte getreten, und ich will nachsehen, ob man das Tier fest genug angebunden hat.«

»Ist der Knecht schlimm verletzt? Soll ich mich um ihn kümmern?«, fragte sie erschrocken.

Er trat auf sie zu und atmete den süßen Duft tief ein. Tatsächlich schien sie verändert. Ihre Wangen glühten und aus ihren Augen sprach ein unbekanntes Feuer. Fast glich sie ihrer Schwester.

»Mach dir keine Mühe, es geht ihm gut«, murmelte er. »Was ist mit deinem Haar passiert?«

Sie legte lachend den Kopf zurück und schüttelte das lange, blonde Haar, das sie unter dem Schleier offen trug. Er konnte sich nicht beherrschen und griff hinein, so wie er es früher immer getan hatte, wühlte in den hellen Flechten, wickelte sie um seine Hand, bis er ihren Nacken noch weiter nach hinten biegen konnte. Ihre sonst schmal zusammengepressten Lippen waren heute voll und wölbten sich ihm entgegen.

Er widerstand der Versuchung, sie zu küssen, denn er wollte es nicht zu weit treiben. Immer noch steckte der Ärger in ihm – er war so nahe am Ziel gewesen, hatte schon die prallen Schenkel der Magd gespürt und seine Männlichkeit war so erregt gewesen, dass es gar nicht einfach gewesen war, sie wieder unter der Bruoche zu verstauen.

»Was für ein Gewürz ist das?«, meinte er schnuppernd und ließ ihr Haar los. »Wo hast du es her? Ich habe noch nie zuvor so etwas gerochen.«

Lächelnd sah sie, wie seine Nüstern sich weiteten, und sie wusste genau, was in ihm vorging.

»Ein Händler auf dem Markt in Rouen hat es mir verkauft«, log sie und goss ihm ein. »Es ist ein fremdes Gewürz aus dem Land der Sarazenen, das man aus Blüten und der Rinde eines Baumes gewinnt.«

Seine Augenbrauen zuckten, als er den Becher an die Lippen führte, dann, während er den ersten Schluck trank, spürte sie seinen durchdringenden Blick, und sie erschauerte vor Sehnsucht nach ihm.

Wie schön er ist, dachte sie zärtlich. Wie glücklich bin ich, die Ehefrau dieses Mannes zu sein. Seine dunklen Brauen, die helle Stirn und sein sinnlich geschwungener Mund …

Ihr Körper zwang sie, sich noch anderes auszumalen, das sie sonst nie zu denken wagte. Seine kräftigen, nackten Arme und die dunkel behaarte Brust, die nach Schweiß und Männlichkeit roch. Seine schmalen, muskulösen Lenden und das harte Glied, das er meist so rasch und ungestüm in sie hineinstieß, dass sie vor Schmerz aufschrie. Jetzt begehrte sie diese Stöße mit heftiger Wollust.

»Was für ein Trunk«, stöhnte er und wischte sich mit dem Handrücken über die feuchten Lippen. »Ich glaube gar, du willst mich besoffen machen, Frau.«

»Das würde mir schwerfallen«, erwiderte sie lachend und nippte an ihrem Glas. »Du bist ein standhafter Trinker, Robert.«

Ein wollüstiger Zug erschien auf seinem Gesicht, er fuhr mit der Hand über den Tisch und fasste ihr Kleid vor der Brust.

»Du bist schön heute«, lallte er und zerrte so fest, dass der Stoff am Halsausschnitt einriss. »Komm her zu mir!«

»Du wirst das Kleid zerreißen«, wehrte sie sich.

»Was schert mich das verdammte Kleid! Her zu mir, oder ich reiße es dir vom Leibe!«

Er war rot vor Begierde und schien nicht mehr zu wissen, was er tat. Der Stoff gab nach, und bald hing ihr Gewand in Fetzen. Gisela versuchte, wenigstens ihr Hemd zu retten, doch auch das weiße Leinen zerriss unter seinen wütenden Händen. Keuchend drang er auf sie ein, riss an ihrem Haar, vergrub das Gesicht zwischen ihren bloßen Brüsten und schob sein steifes Glied zwischen ihre Beine.

»Auf das Lager mit dir! Mach schon! Oder willst du, dass ich dich im Stehen nehme wie eine Hure?«

Er stieß sie hinter die Vorhänge, die das eheliche Lager vor neugierigen Blicken abschirmten, fiel über sie her, wühlte mit den Händen in ihrem weichen Körper und suchte den Weg zwischen ihre Schenkel…

Gisela gab sich wohlig dem Rausch hin, spürte, wie ihr das Blut in den Ohren toste, und hob ihren Schoß begierig, um ihn endlich zu spüren. Erst nach einer kleinen Weile begann sie, auf sein Murmeln zu achten.

»Mein starrsinniges, wildes Nönnchen… Mir gehörst du jetzt, fromme Verführerin…«

Eisige Kälte durchfuhr mit einem Schlag ihren Körper.

»Herunter mit dem Nonnenschleier, du Süße. Reina… Reina…«

Sie hörte sich schreien, stieß mit den Knien, krallte die Nägel in seine Wangen, wand sich unter ihm hervor und stürzte ans andere Ende des Raumes.

»Raus mit dir! Du Satan! Du Geist der Hölle! Wage es nicht, mich je wieder anzufassen! Weg mit dir!«

Diese kreischende, sich überschlagende Stimme schien nicht ihr zu gehören. Sie warf mit allem, was ihre Hände zu fassen bekamen. Klirrend zersprangen die Gläser, die bronzene Kanne traf den Verblüfften an der Schulter, Stühle folgten, Tücher, hölzerne Kästchen, Öllampen aus Metall, ein Schürhaken für den Ofen…

Robert hatte sich schwankend inmitten der Wurfgeschosse erhoben, sein Gesicht war dunkelrot, die Augen schienen hervorzuquellen. Er machte zuerst Miene, sich auf sie zu stürzen, dann jedoch hielt er inne und wandte sich zur Tür.

Als er draußen war, sank sie wie betäubt in sich zusammen. Unten im Treppenaufgang war der Schrei einer Magd zu hören – Gisela vernahm ihn wie aus weiter Ferne.

Er liebte ihre Schwester Reina! Ein schlimmeres Unglück hätte kaum geschehen können.

❖

Er war fort! Der Platz neben dem Baum, wo er noch am Abend gesessen hatte, war leer. Reina starrte durch eine der Fensteröffnungen des Refektoriums auf die Stelle, wo sein Körper das Gras niedergedrückt hatte. Lange konnte es nicht her sein, dass der Sklave geflohen war, die Halme lagen immer noch am Boden.

Hinter ihr kamen die acht Nonnen ins Refektorium, noch ein wenig schlaftrunken, denn es war kurz nach Sonnenaufgang. Im Winter würden sie Laudes und Prim bei Kerzenlicht in eisiger Kälte singen müssen. Dann würde man die Rundbogenfenster mit Brettern und Tüchern verschließen, zum Schutz vor Schnee und Sturm.

Reina grüßte ihre jungen Mitschwestern mit einem freundlichen Kopfnicken und schritt langsam an der Fensterfront des Refektoriums entlang, scheinbar um nachzuprüfen, ob der Bauleiter Odemar und die Knechte bereits an der Arbeit waren.

In Wahrheit suchte sie mit den Augen die Baustelle, die umliegenden Wiesen und den Waldrand ab, um eine Spur des geflohenen Sklaven zu entdecken. Die drei Pferde auf der Weide waren noch da – war er zu Fuß geflüchtet? Wollte er sich im Schutz der Wälder bis an die Seine durchschlagen, um dann per Schiff zurück in seine Heimat zu reisen?

Sie hörte, wie Schwester Benedicta den Feuerstahl schlug, um zuerst die Öllampe und danach die Kerzen auf dem Altar zu entzünden. Gleich würde sie die Morgenandacht leiten müssen und ihre Gedanken irrten immer noch umher wie ein Schwarm aufgescheuchter Stare.

Vor allem war sie zornig auf sich selbst. Warum war sie gestern Abend davongelaufen, um sich in ihrer Zelle zu verstecken? Stattdessen hätte sie den Bauleiter und die Knechte in den Hütten wecken müssen, damit man den Sklaven wieder festband. Ärgerlich schlug sie mit der Faust auf den Fenstersims. Wie dumm sie gewesen war! Sie hatte seine Wunden behandelt, sich von ihm demütigen lassen und ihm dann auch noch die Flucht ermöglicht. Nun würde Robert ihr natürlich vorhalten können, dass er recht behalten hatte, und ihr Schwager würde sich weiterhin in die inneren Angelegenheiten des Klosters einmischen. Es ärgerte sie maßlos, denn sie setzte ihren Ehrgeiz darein, selbst über Wohl und Wehe ihrer kleinen Klostergemeinschaft zu bestimmen.

Auf der anderen Seite war es vielleicht gut, dass der Sklave fort war. Auch wenn sie es vor sich selbst nicht gern zugab: Er war ihr unheimlich gewesen.

»Wir sind bereit, Mutter Äbtissin …«

Sie wandte sich um, überflog ihre Schar mit kurzem Blick und begann mit dem Vortragen der Psalmen. Sie hatte sich eine eigene Litanei erdacht, bei der sie die Texte teils sprach, teils aber auch sang. Ihre Stimme war kräftig und schön, sie hatte große Freude daran, die heiligen Worte der Bibel durch ihre selbst erdachten Melodien zum Klingen zu bringen, und die Frauen fielen an bestimmten, von der Äbtissin festgesetzten Stellen, in ihren Gesang ein. Keine der Nonnen verstand Latein, doch Reina, die Lesen und Schreiben gelernt hatte und auch die lateinische Sprache ein wenig beherrschte, hatte ihnen erklärt, wovon ihre Gesänge erzählten. Sie sangen von Gott dem Herrn, der Himmel und Erde erschaffen hatte, von seinem Sohn Jesus Christus, der einem jeden von ihnen den Weg zum Paradies bereitet hatte, und von der Jungfrau Maria, die sich all ihrer Sorgen und Nöte annahm. Die Nonnen waren glücklich über diese Erklärungen, und sie sangen die Texte mit Inbrunst so laut sie konnten.

Nach einiger Zeit schien es Reina, als mischten sich schräge Klänge in den schönen Gesang. Auch die Nonnen wurden unruhig, sie rutschten auf ihren Plätzen hin und her und warfen neugierige Blicke aus den Fenstern. Helle, metallische Schläge klangen zu ihnen herauf, das war zwar nicht ungewöhnlich, doch diese Schläge waren rascher und fester als alle, die man bisher vernommen hatte.

Wer hämmerte da mit solcher Kraft auf den Steinen herum? Keiner der Knechte war in der Lage, den Hammer so gewaltig und schnell zu führen. Reina wäre am liebsten zum Fenster gelaufen, um hinauszusehen – doch sie bewahrte eisern die nötige Haltung und brachte auch ihre Nonnen durch zornige Blicke wieder zur Ruhe. Während sie die Litanei zu Ende sang, grübelte sie darüber nach, ob Schwager Robert am Ende bereits früh am Morgen mit seinen Männern zum Kloster geritten war, um den rebellischen Sklaven mit sich zu nehmen und dafür andere Arbeiter hergebracht hatte. Aber Robert war kein Mensch, der gern früh am Morgen unterwegs war – es sei denn, er ritt zur Jagd.

Kaum hatte sie den letzten Ton gesungen und die Andacht mit einigen kurzen Segensworten beendet, da stürzten die

Frauen schon zu den Fenstern. Unten im Hof standen Odemar und die Knechte. Sie starrten zur Baustelle hinüber und flüsterten miteinander. Ihre Gesichter zeigten ungläubige Angst.

Auf der Baustelle stand der Wikinger, schwang munter den Hammer und trieb das Eisen in den Granit, dass die Funken stoben. Drei große Steinbrocken waren bereits auseinandergeborsten, der vierte würde unter den raschen, harten Schlägen nicht lange mehr widerstehen.

Reina starrte verblüfft auf das Schauspiel, und ihre Augen saugten sich geradezu an dem Körper des Mannes fest, der außer der kurzen, zerfetzten Bruoche völlig nackt war. Kräftige Muskelstränge spielten auf seinen Armen und Schultern, und wenn er sich mit einem Fuß gegen den Stein stemmte, schwollen die Oberschenkel an, und Reina musste unwillkürlich an die Geschichte von Simson denken. Kein Franke kam diesem Sklaven an Größe und Stärke gleich, er war in der Lage, einen Granitbrocken allein mit der Kraft seiner Füße voranzuschieben, und die Wunden, die noch immer deutlich auf Brust und Rücken zu sehen waren, schienen ihn bei seiner Arbeit nicht im Mindesten zu stören.

Sie wurde sich plötzlich bewusst, dass ein solcher Anblick für eine Klosterfrau nicht statthaft war, und sie wandte sich rasch vom Fenster ab. Schließlich war sie für ihre Nonnen verantwortlich.

»Was gibt's da hinauszustarren?«, schalt sie. »Geht an eure Arbeit. Und vergesst dabei nicht das Gebot der Schweigsamkeit!«

Ganz sicher war dieses Gebot für die Nonnen am schwersten zu befolgen, denn Reina hörte sie bereits auf der Treppe aufgeregt miteinander flüstern.

»Schön wie ein Gott!«

»Bist du verrückt? Eher wie Satan, der uns verlocken will.«

»Wie seine helle Haut in der Morgensonne glänzt!«

»Er ist ja auch fast nackt!«

»Psst – Schwester Afranasia. Wenn die Äbtissin dich hört…«

»Aber es ist die Wahrheit…«

Als Reina auf der Treppe erschien, verstummten sie rasch, zogen die Köpfe ein und eilten davon. Unten im Hof standen die Knechte um den Bauleiter herum, unsicher, ob man sich auf die Baustelle wagen sollte. Noch gestern Abend war der Kerl fest angebunden gewesen. Welchen Zauber hatte er wohl benutzt, um sich seiner Stricke zu entledigen?

»Einfältige Kerle«, schimpfte Reina. »Er wird die Stricke an der scharfen Kante eines Steines durchgeschabt haben. Geht und schaut nach.«

Tatsächlich brachte einer der Knechte gleich darauf die zerscheuerten Stricke und einen Bruchstein, der auf einer Seite gesplittert war. Der Sklave musste ihn mit dem linken Bein zu sich herangezogen und anschließend mit Geschicklichkeit und viel Geduld die Stricke an den Händen durchgeschabt haben. Dumm war er nicht, der Bursche.

Aber weshalb er jetzt wie ein Wilder arbeitete – das vermochte niemand zu erklären.

Egal, dachte Reina. Die Hauptsache ist doch, dass er willig ist und seine Aufgabe erfüllt. Ihre Stimmung hob sich. Jetzt würde Schwager Robert nicht über sie triumphieren können – der Sklave war fleißig und arbeitete tatsächlich für drei.

Es versprach, ein heißer Sommertag zu werden, und Reina

blickte immer wieder mit leichter Besorgnis zur Baustelle hinüber, wo der Sklave unermüdlich den Meißel in das harte Gestein schlug. Sie hatte die Nonnen angewiesen, ihm eine Sonderration Gerstenbrei mit Erbsen und frischem Brot zu bringen, auch wurde er mit reichlich frischem Wasser, das mit ein wenig Essig gemischt war, versorgt. Doch die wenigen Bäume boten kaum Schutz gegen die glühende Sonne, und er schien nichts von Pausen und vom Ausruhen zu halten. Gerade überlegte sie, dass sie gleich nach der Mittagsandacht zur Baustelle hinübergehen würde, um nach seinen Wunden zu sehen – da hörte man Pferdehufe auf dem harten Boden des ausgetrockneten Weges. Reina beschattete die Augen mit der Hand und erkannte zu ihrer Freude ihre Schwester Gisela, die von zwei Reitern begleitet auf das Kloster zuhielt.

Staubwolken stiegen von dem trockenen Boden auf und hüllten die Beine der Pferde ein, sodass man aus der Entfernung meinen konnte, Reiter und Tiere schwebten über dem Boden dahin. Giselas heller Schleier bauschte sich im Wind.

»Immer kommst du, wenn die Andacht gerade beendet ist!«, rief Reina ihr mit leichtem Vorwurf entgegen. »Ich glaube fast, du magst unsere Gesänge nicht leiden.«

Gisela wartete, bis ihre Begleiter von den Pferden gestiegen waren, um ihr aus, dem Sattel zu helfen.

»Lass uns hineingehen«, bat sie, ohne auf Reinas Vorhaltung einzugehen. »Es ist schrecklich heiß heute und der Staub bringt mich fast um.«

Reina stellte fest, dass ihre Schwester heute sehr ernst war, die glückliche Stimmung, die sie bei ihrem letzten Besuch gezeigt hatte, schien verflogen. Mitleid erfasste sie – wie schwer war es doch, den Aufgaben einer Ehefrau gerecht zu werden.

Ganz sicher hatte Gisela gehofft, ein Kind zu tragen, und war nun enttäuscht worden.

»Komm«, meinte sie sanft und nahm Giselas Arm. »Im Refektorium ist es wunderbar kühl, da kannst du dich erholen.«

Sie schickte eine ihrer Nonnen aus, um Brot, in Honig eingelegte Früchte und frisches Brunnenwasser zu bringen, und stieg mit Gisela die Treppen hinauf. Ihre Schwester atmete keuchend, einmal blieb sie sogar stehen, um nach Luft zu ringen, und Reina wurde langsam ernsthaft besorgt.

»Du bist doch nicht etwa krank, Gisela?«

»Ich muss mit dir sprechen, Reina.«

Sie ließen sich auf zwei Schemeln in der Nähe einer der gewölbten Fensteröffnungen nieder, und Reina sah schweigend zu, wie ihre Schwester gierig das kühle Brunnenwasser trank. Die Ärmste musste ja wirklich halb verdurstet sein.

»Wie geht es Robert?«, erkundigte sie sich dann höflich.

Giselas Züge waren plötzlich hart, sie presste die Lippen zusammen und ihr Gesicht verlor allen Liebreiz.

»Er hat lange geschlafen an diesem Morgen. Ich habe ihn noch nicht gesehen.«

Reina fragte nicht weiter. Doch es war offensichtlich, dass Robert die Nacht nicht auf dem ehelichen Lager verbracht hatte. Obwohl sie im Kloster erzogen worden war, wusste Reina doch, dass solches vonnöten war, wenn ein Ehepaar ein Kind haben wollte. In Gedanken gab sie Robert an Giselas Unglück die Schuld – ihre Schwester Gisela war der sanfteste Mensch auf Erden. Eigentlich konnte Robert froh und glücklich sein, eine solche Frau zu haben.

»Ich habe eine schlimme Sünde begangen, Reina«, sagte Gisela unvermittelt in ihre Gedanken hinein.

»Du?«

»Ich habe bei Roxana Hilfe gesucht, um ein Kind zu empfangen.«

Reina starrte sie mit aufgerissenen Augen an. O Gott – war es möglich? Roxana war eine heidnische Teufelin, vor der alle Priester und Bischöfe immer wieder warnten, denn sie wollte die unsterbliche Seele der Menschen der Hölle zuführen. Immer wieder hörte man von Frauen aus den Dörfern, die zu ihr gingen, um in der heidnischen Grotte die falschen Götter anzubeten. Einige der Frauen waren sogar exkommuniziert worden. Und nun gestand ihr die eigene Schwester …

»Das kann nicht sein, Gisela …«, flüsterte sie entsetzt.

Gisela senkte den Blick nicht, sondern sah ihrer Schwester offen ins Gesicht. Sie hatte lange Stunden über das Geschehen nachgedacht. Roxana hatte ihre Worte anders gemeint, als sie, Gisela, sie damals verstanden hatte. Die Grotte brachte Segen oder Fluch. Fluch brachte sie derjenigen, die schwach war, und Gisela hatte die ganze Nacht darüber gebrütet, ob sie nun schwach oder stark gewesen war, als sie sich ihrem Mann verweigerte. Jetzt wusste sie, dass sie beides war. Segen würde ihr in diesem Leben nicht mehr zuteil werden – doch sie würde stark genug sein, um den Fluch abzuwehren.

»Ich habe es getan, weil es kein anderes Mittel mehr gab, die Liebe meines Mannes zurückzugewinnen«, sagte sie langsam und eindringlich, denn Reina war vor Entsetzen noch wie gelähmt und schien kaum fähig, ihre Worte zu begreifen.

»Wie konntest du nur …«

»Höre mich an!«

Reina hatte Mühe, ihre Aufregung zu beherrschen. Am liebsten hätte sie die Schwester bei den Schultern genommen und geschüttelt. Doch Gisela hatte heute einen ungewohnt energischen Ton, sodass Reina überrascht schwieg.

»Gott hat mir eine Strafe für meine Sünde geschickt – ich werde niemals wieder ein Kind auf die Welt bringen. Niemals wieder werde ich die Pflichten erfüllen können, die die Ehe von mir fordert. Mein Schicksal ist damit entschieden – ich habe keine Hoffnung mehr. Aber du, Reina, du sollst von all diesem Unglück verschont bleiben.«

»Du musst diese schwere Sünde beichten, Gisela«, sagte Reina unglücklich. »Nur wenn Gott dir verziehen hat, wirst du wieder Glück und Zufriedenheit in deiner Ehe finden …«

»Dazu ist es zu spät«, gab Gisela düster zurück.

Sie hatte nicht die Absicht, ihrer Schwester die Wahrheit zu sagen, denn das hätte sie nur unnötig verwirrt. Aber sie würde alles daransetzen, um Reina vor Unheil zu bewahren.

»Du bist jung, Reina«, sagte sie und fasste Reinas Hand. »Du hast das bessere Los gewählt – eines Tages wirst du eine bedeutende Äbtissin sein. Aber das wird sich nur erfüllen, wenn du in das Kloster St. Emilien zurückkehrst, wo du auch erzogen wurdest. Hier ist kein Ort für dich.«

Reina runzelte verständnislos die Stirn. Was redete Gisela heute nur für ein Zeug? Sie war hier mit großem Ehrgeiz dabei, ihre kleine Klostergemeinschaft zu mehren, die Kirche zu erbauen, Dörfer und Gemeinden dazuzugewinnen und vielleicht sogar eines Tages eine bedeutende Reliquie zu erwerben, sodass Büßer und Wallfahrer an diesen Ort strömen würden.

»Schwöre mir, dass du von hier fortgehen wirst!«, drängte Gisela. »Wenn du es nicht tust, werden schlimme Dinge geschehen, glaub mir.«

Reina betrachtete prüfend das erhitzte Gesicht ihrer

Schwester. Schweiß stand auf Giselas Stirn und perlte in kleinen Tröpfchen die Schläfen hinab. Ihre Augen waren gerötet und voller Angst auf Reina gerichtet. War Gisela heute einfach zu lange in der Sonne gewesen? Oder hatte sie ein Fieber? Das würde vielleicht den Unsinn erklären, den sie redete.

Ja, dachte Reina. Sie ist krank, und die ganze schreckliche Geschichte mit Roxana und der Grotte war nichts als ein böser Fiebertraum. Sie fasste die Hand ihrer Schwester und stellte fest, dass deren Finger eiskalt waren.

»Du musst dich hinlegen, Gisela. Schwester Benedicta wird dir etwas gegen das Fieber geben. Mach dir keine Sorgen – alles wird wieder gut. Du hast nur geträumt …«

Doch Gisela erhob sich abrupt und stieß ihre Hand von sich. Ihre Stimme klang auf einmal schrill.

»Ich habe weder ein Fieber noch habe ich geträumt, Reina. Ich weiß, was ich sage. Folge meinem Rat, oder du wirst es schwer bereuen!«

Jetzt wurde Reina langsam ungehalten. Schließlich war sie kein kleines Mädchen mehr, sondern die Äbtissin dieses Klosters, und sie hatte nicht vor, sich in dieser Weise von ihrer Schwester herumkommandieren zu lassen.

»Ich denke nicht daran!«, gab sie zurück und blitzte Gisela angriffslustig an. »Hier ist mein Ort, und dieses Kloster ist meine Aufgabe. Ich werde nicht von hier weichen.«

Gisela verließ sie ohne Abschied, und Reina tat das Herz weh, als sie den Reitern nachblickte, die sich rasch entfernten. Noch eine ganze Weile sah sie Giselas hellen Schleier, der hinter ihr herflatterte, dann vermischten sich die Silhouetten von Reitern und Pferden mit den aufgewirbelten Staubwolken des Weges.

Ihre arme Schwester musste sehr unglücklich sein.

Am Nachmittag klopfte Odemar, der Bauleiter, an die Tür des Refektoriums. Reina saß mit der kleinen, rundlichen Schwester Benedicta auf dem Fußboden, um sie herum waren Wollstoffe ausgebreitet, aus denen Mäntel für den Winter zugeschnitten und genäht werden sollten. Reina hatte die Schnittlinien mit weißer Kreide vorgezeichnet und Benedicta führte mit hochrotem Gesicht die Schere durch den Stoff.

»Was gibt's, Odemar?«, fragte Reina etwas ungehalten, denn sie wollte die Arbeit bis zur Vesper beendet haben.

»Verzeiht, Herrin«, sagte Odemar und atmete tief ein und aus, so als müsse er Mut fassen, um sein Anliegen vorzubringen. »Es ist etwas mit dem Sklaven …«

»Mehr zu mir herüber, Benedicta«, kommandierte die Äbtissin. »Siehst du nicht, dass du den weißen Strich verloren hast?«

»Mir verschwimmt alles vor den Augen, Mutter Äbtissin«, jammerte die Nonne und hielt mit Schneiden inne.

»Dann schau einen Moment aus dem Fenster, um deine Augen auszuruhen. Danach wird es besser gehen.«

»Ja, Mutter Äbtissin. Es tut nur leid, dass ich so ungeschickt bin.«

Reina legte die Kreide zur Seite und seufzte. Die Mädchen waren zwar sehr willig, aber Hirn hatte keine einzige von ihnen und geschickt waren sie auch nicht. Es war gut, dass jemand für sie sorgte und sie anleitete.

»Was ist mit dem Sklaven? Arbeitet er etwa nicht mehr?«

Odemars Gesicht und Bart waren grau vor Staub, und als er sich mit den Fingern durchs Haar fuhr, rieselten kleine Steinchen auf die Holzdielen des Refektoriums.

»Er arbeitet, Herrin. Nur zum Essen hat er eine Pause gemacht, und hin und wieder trinkt er etwas Wasser.«

»Dann ist doch alles in Ordnung«, gab Reina ungeduldig zurück und überlegte schon, ob man aus dem übrig gebliebenen Stoff vielleicht noch wärmende Beinlinge für kalte Wintertage nähen könnte.

»Leider nicht, Herrin«, fuhr Odemar zögernd fort. »Es ist leider so, dass er niemandem gehorcht. Er tut einfach, was er will.«

Das war allerdings keine gute Nachricht.

»Was tut er denn?«

Odemar zuckte die Schultern.

»Er hat eine Menge Blöcke gespalten und dann begonnen, die Steine zurechtzuschlagen.«

»Aber das ist doch sehr vernünftig, oder?«, meinte Reina mit gerunzelter Stirn.

Odemar kratzte sich im Genick. Er hatte ja gewusst, dass es schwierig sein würde, seiner Herrin die Lage zu erklären.

»Natürlich, Herrin. Es ist nur widersinnig, dass dieser Sklave arbeitet, ohne dass man es ihm befiehlt.«

Reina sah überrascht in sein zerfurchtes Gesicht und fand die Verwirrung darin außerordentlich komisch. Mit Mühe gelang es ihr, ein lautes Auflachen zu unterdrücken.

»Nun ja – das mag daran liegen, dass er kein Fränkisch versteht«, versuchte sie den Bauleiter zu beruhigen.

»Er versteht mehr, als wir glauben«, gab Odemar düster zurück. »Herrin – dieser Kerl ist uns allen unheimlich, und keiner von meinen Knechten hat Lust, sich mit ihm anzulegen.«

»Das ist auch nicht nötig, Odemar. Der Sklave tut doch genau das, was er tun soll. Weshalb beschwerst du dich eigentlich?«

Odemar machte eine hilflose Geste mit den Händen –

scheinbar wollte seine Herrin ihn nicht verstehen. Dieser Kerl tat einfach aus eigener Machtvollkommenheit, was notwendig war. So etwas ging nicht an, das war wider alle Ordnung. Wer war denn hier noch Herr und wer Sklave?

»Ich werde mich darum kümmern, dass er unsere Sprache lernt, Odemar«, meinte Reina leichthin. »Dann wird alles leichter werden.«

Odemar senkte gehorsam den Kopf, überzeugt war er keineswegs. Dieser bockbeinige Wikinger würde ihnen ganz sicher noch eine Menge Kummer bereiten.

Nach der Vesper saßen die Knechte vor den Bauhütten und warteten darauf, dass die Nonnen sie mit Brot, Gerstenbrei und gekochtem Gemüse versorgten. Sie erhielten ebenso einen Krug Wein, den sie mit Wasser vermischten, und als Zugabe eine Schale Nüsse. Die Arbeit war rasch vorangekommen an diesem Tag, doch zeigten die Gesichter darüber weder Zufriedenheit noch Stolz.

»Wo ist der Wikinger?«, wollte die junge Äbtissin wissen, die gemeinsam mit zwei Nonnen die Mahlzeit ausgeteilt hatte.

»Unten am Bachlauf«, sagte Odemar missmutig. »Der Kerl planscht im Wasser herum, als sei er ein Fischlein.«

»Diese Nordmänner sind doch alle mit Flossen zwischen den Zehen geboren«, witzelte einer der Knechte und stopfte sich einen Löffel Brei in den Mund. »Schwimmen im Meer herum wie Walrosse. Und ihre Schiffe gleiten durchs Wasser wie Meeresdrachen.«

»Schweig von den Drachenbooten, Kerl«, fuhr Odemar den Knecht an. »Ist noch nicht lange her, da kamen die verfluchten Heiden in Scharen die Seine herauf. Wer da nicht davongelaufen ist, den haben sie gemeuchelt. Alle Kirchen und Klöster haben sie beraubt, Männer, Frauen und Kinder in die Sklaverei verkauft, und wer nicht Tribut zahlte, dessen Haus wurde ihm über dem Kopf angesteckt.«

Reina machte große Augen. Robert hatte zwar ein paar Andeutungen gemacht, doch mehr hatte sie in ihrer klösterlichen Abgeschiedenheit nicht über diese Gräuel erfahren. Die Äbtissin hatte es wohl nicht für nötig gehalten, die ihr anvertrauten Novizinnen mit solchen Dingen zu ängstigen.

»Nun – falls sie kommen sollten, haben wir wenigstens eine Geisel«, meinte einer der Knechte großspurig, denn der Wein hatte seinen Mut gehoben.

»An so etwas darfst du nicht einmal im Traum denken!«, knurrte Odemar und nahm dem jungen Kerl den Weinkrug fort.

Reina blieb eine Weile unschlüssig stehen, dann wandte sie sich zum Klosterhof, wo zwei Nonnen damit beschäftigt waren, mit einem Eimer Wasser und dem Reiserbesen die neu verlegten Steinplatten zu säubern. Sie setzte sich unter einen Baum und betrachtete nachdenklich den lang gezogenen Bau des Nonnenhauses, der bis auf das Strohdach vollkommen aus Stein bestand. Sie war zunächst ungehalten gewesen, als ihr Schwager Robert darauf bestand, das Kloster statt aus Holz aus dem grauen und rötlichen Granit der Gegend zu errichten, denn die Steinbrocken mussten mühsam herbeitransportiert werden und der Bau hatte lange Zeit in Anspruch genommen. Jetzt aber war sie froh darüber. Diese Mauern würden jedem Angriff trotzen, man konnte sich in ihrem Schutz sicher und geborgen fühlen.

Ob die Wikinger tatsächlich so grausam waren? Vermutlich hatte Odemar, dieser Hasenfuß, wieder einmal schrecklich übertrieben. Krieger waren immer grausam – auch

Robert war ein Krieger und besaß Schwert, Rüstung und Lanze. Ganz sicher wusste er diese Waffen auch zu benutzen.

Und doch war es seltsam, dass ihr Sklave ausgerechnet ein Wikinger sein musste. Ob er wohl schon als Sklave geboren war, oder ob jemand ihn gefangen und in die Sklaverei verkauft hatte? Hatte er nicht behauptet, ein König zu sein? Nun – dieses Rätsel würde sich gewiss lösen, wenn er ein wenig Fränkisch gelernt hatte.

Immer noch war nichts von ihm zu sehen. Wollte er gar unten am Bach übernachten? Das gefiel ihr wenig – seinen merkwürdigen Eigensinn würde sie ihm schon noch austreiben. Er hatte, genau wie die anderen Arbeiter, in einer der Bauhütten zu schlafen und Extrarationen würde es ab heute auch nicht mehr geben. Je früher er das begriff, desto besser.

Entschlossen erhob sie sich und ging gemessenen Schrittes den Wiesenpfad zum Bach hinunter. Das Bachbett lag in einer Senke, niedrige Bäume und Gesträuch wuchsen an den steilen Ufern, nur an wenigen Stellen gab es schmale Sandbänke, die den Zugang zum Bachlauf ermöglichten. Formlose, von den Frühlingsfluten ausgewaschene Steinbrocken lagen dort verstreut, die von den Nonnen oft genutzt wurden, um darauf die Wäsche zu klopfen und zu reiben.

Angenehme Kühle umfing Reina, als sie in den Schatten der Bäume trat und das Rauschen des Gewässers hörbar wurde. Schwärme von Mücken tanzten unter den Bäumen, die ekstatisch sirrende Feier ihres kurzen Lebens. Der Tag war ungewöhnlich heiß gewesen und auch jetzt noch lag eine drückende Schwüle über der ausgetrockneten Landschaft. Der Bach führte jetzt nur wenig Wasser, sodass das Geröll an beiden Ufern zutage trat, und nur in der Mitte strömte ein breites Rinnsal eilig über das Gestein.

Reina kniff die Augen zusammen, denn die schrägen Sonnenstrahlen, die durch das Blätterdach fielen, spiegelten sich gleißend im Wasser. Der Wikinger war nicht da – hatte er sich eine andere Stelle gesucht? Warum wurde man aus diesem Kerl niemals klug?

Das munter dahinströmende Wasser lockte. Vorsichtig sah sie sich um – sie war allein. Das lange, schwere Nonnengewand und der Schleier waren eine rechte Plage bei dieser Hitze. Wenigstens die Füße ein wenig kühlen, mit den heißen, staubigen Zehen die kitzelnde Strömung des Bachwassers spüren. Reina konnte nicht widerstehen. Sie stieg über das lockere Geröll, rutschte ein paar Mal aus, denn die Steine waren glatt, dann netzten die ersten kleinen Wellen und Wirbel ihre Füße. Wohlig aufseufzend streckte sie einen Fuß vor, hielt ihn der Strömung entgegen und genoss das kühle Prickeln an ihrer Fußsole. Dann wurde sie mutiger, hob das lange Gewand bis zu den Knien an und stieg tiefer in den Bachlauf hinein. Kalt umschäumten die Wellen ihre Waden, spritzten hinauf bis zu den Knien und netzten sogar ihre Oberschenkel unter dem Kleid. Sie musste lachen und wurde wieder zu dem kleinen Mädchen, das vor Jahren im kurzen Hemd in den Bach gestiegen war und die große Schwester, die sie hatte herausziehen wollen, unbarmherzig nass gespritzt hatte. Sie schwenkte das Kleid, sprang von Stein zu Stein, jauchzte auf, als sie fast den Halt verlor, und rettete sich, indem sie mit einer Hand einen überhängenden Zweig packte.

Vom Ufer her erklang ein lautes, tiefes Lachen aus männlicher Kehle. Reina erschrak so sehr, dass sie das mit einer Hand geraffte Kleid losließ, dann erst drehte sie sich um.

Der Wikinger stand breitbeinig am Ufer, die Arme in die

Seiten gestemmt, nur mit der Bruoche bekleidet, die jetzt noch dazu nass war und sich eng an seinen Körper legte. Er lachte so heftig, dass Reina die Muskelbänder an seinem Bauch hüpfen sah.

»Wasser ... gut ... kalt ...«, sagte er und suchte weiter nach passenden Worten, doch es fielen ihm keine ein. Stattdessen wurde ihm klar, wie sehr sein Gelächter sie erschreckt hatte, denn sie stand wie erstarrt mitten im Bach, während die Strömung am Saum ihres langen Gewandes zerrte.

»Nicht ... Angst. Halvdan ... helfen.«

Bevor sie recht begriff, was er tun wollte, war er in den Bach gestiegen und hatte sie ohne Vorwarnung blitzschnell auf seine Arme genommen.

»Nein! Nicht!«

Er scherte sich wenig um ihre empörten Abwehrversuche, sondern trug die Zappelnde mit raschen, sicheren Sprüngen zum Ufersand. Erschauernd fühlte Reina seine harten Arme unter ihren Kniekehlen und in ihrem Rücken, für einen Moment lag ihr Kopf an seiner bloßen Brust, ihre Wange berührte seine warme Haut und sie spürte seinen Atem.

Er hielt sie noch einen Moment lang fest, als er längst am Ufer stand, nur langsam senkte er den Arm, sodass sie sich wieder auf die eigenen Füße stellen konnte. Wie benommen stand sie vor ihm, rang nach Luft und hatte das beschämende Gefühl, sich schrecklich lächerlich gemacht zu haben.

So rasch wie er gehandelt hatte, so umgehend zahlte sie es ihm heim. Die Ohrfeige traf ihn völlig unvorbereitet, zwar hielt der Bart einiges ab, aber der Schlag saß gut.

»Tu das nie wieder!«, fauchte sie ihn an. »Hast du verstanden? Wage niemals wieder, mich anzufassen!«

Er kniff die Augen böse zusammen und fuhr sich mit der

Hand an die Wange. Vermutlich hatte er nicht erwartet, dass eine zierliche Fränkin einen solchen Schlag am Leibe hatte.

»Es wird höchste Zeit, dass du etwas dazulernst!«, fuhr sie zornig fort und schüttelte den klatschnassen Saum ihres Gewandes. »Setz dich dorthin!«

Sie trat vorsichtshalber einige Schritte zurück und wies mit der Hand auf einen der Steinbrocken, die aus dem Sand herausragten. Er runzelte die Stirn, unschlüssig, ob er ihren Willen tun oder sie einfach stehen lassen sollte. Verflucht, dieses Mädchen war schön und ihre anmaßende Art reizte ihn. Aber er hatte auch große Lust, sie übers Knie zu legen.

»Du wirst jetzt unsere Sprache lernen!«

In seinem Kopf formte sich eine Ahnung dessen, was sie vorhatte. Sie wollte ihm Fränkisch beibringen. Er hatte nichts dagegen.

»Lernen!«, sagte er mit energischer Betonung und setzte sich brav auf den Stein.

Unter dem erwartungsvollen Blick seiner kühlen blauen Augen wurde es Reina ein wenig unheimlich. Auch wäre vieles leichter gewesen, wenn er wenigstens einen Kittel angehabt hätte, denn sein mächtiger Körper und das Spiel seiner wulstigen Muskeln verwirrten sie schrecklich. Mehr aber noch die Wölbung, die sich jetzt recht deutlich unter dem nassen Stoff der Bruoche zwischen seinen Schenkeln abzeichnete.

Sie riss sich zusammen und begann mit dem Unterricht.

»Bach«, sagte sie und wies auf das Gewässer.

»Bach«, wiederholte er.

»Baum.«

Auch dies verstand er und sprach es nach. Seine Aussprache war seltsam hart, doch man konnte die Worte verstehen.

Fisch, Gras, Stein, Blätter, Halme, Wasser, Sonne, Zweige – sie nahm, was ihr gerade vor Augen kam und er erfasste rasch den Sinn.

»Du – Mann.«

Er nickte. Mann. Dann lächelte er sie an.

»Du – Frau«, behauptete er.

Sein Lächeln hatte etwas, das sie vollkommen durcheinanderbrachte.

»Nein«, sagte sie abwehrend. »Nicht Frau. Nonne.«

»Nonne«, wiederholte er. »Was ist Nonne?«

»Eine Nonne lebt im Kloster und heiratet nicht. Kein Mann – verstehst du? Eine Nonne hat keinen Ehemann.«

Er grinste vergnügt.

»Du kein Mann, der dich besitzt. Gut.«

Sie bekam langsam das Gefühl, dass er doch mehr verstand, als er zugab. Sie ließ ihn alle Worte wiederholen und stellte fest, dass sein Gedächtnis ausgezeichnet war.

Abgesehen von einigen schlechten Angewohnheiten, die sie ihm noch austreiben würde, war der Kerl recht brauchbar.

❖

Robert war mit dumpfem Schädel erwacht, als die Sonne schon fast im Mittag stand, und er versuchte sich mühsam zu erinnern, was in der Nacht geschehen war. Er musste zu viel gesoffen haben, in seiner Erinnerung schwebte noch ein seltsam süßlicher Duft – gewürzter Wein. Das reine Teufelszeug, sein Hirn war leer und sein Mund staubtrocken.

Eine junge Magd saß neben dem Lager, die Augen ängstlich auf ihn gerichtet, als erwarte sie, geprügelt zu werden.

»Gib mir Wasser!«, herrschte er sie an.

Er trank durstig in langen Zügen und fühlte sich gleich besser.

»Wo ist die Herrin?«

»Im Garten mit den Mägden, Herr. Wir ernten Erbsen und jungen Kohl... Auch die Selleriestauden sind hoch gewachsen und die Knollen schon dick...«

»Lass mich damit zufrieden!«, knurrte er und die Magd schwieg erschrocken. Sie hatte von der Gräfin den Befehl erhalten, am Lager des Herrn zu wachen, doch sie fürchtete sich schrecklich vor ihm. Er war in der Nacht wie ein wildes Tier über die Frauen hergefallen und hatte dabei immer einen Namen gemurmelt. Doch den zu nennen, hatte die Herrin bei strengster Strafe verboten.

»Bring mir frische Kleider!«

Seine Toga und das Hemd waren in beklagenswertem Zustand, ganz zu schweigen von den fehlenden Beinlingen und der zerfetzten Bruoche. Zu seinem nicht geringen Ärger konnte er sich jedoch an kaum etwas erinnern.

Während er die neuen Kleider anlegte, grübelte er darüber nach, ob man ihm am Ende ein Gift gegeben hatte. Immer noch war sein Kopf leicht umnebelt, sein Herz klopfte unruhig, auch fühlte er sich ein wenig schwindelig.

Wer könnte so etwas getan haben? Einer seiner Gefährten? Etliche von ihnen waren ehrgeizige Kerle, kamen aus Adelsfamilien der Umgebung und wollten hoch hinaus. Es wäre nicht das erste Mal, dass so einer seinen Herrn vergiftete, um später die Witwe und den Grafenthron zu erheiraten.

Er zog den ledernen Gürtel fest und starrte zum Tisch hinüber. Für einen Augenblick tauchte ein versunkenes Bild in seinem Kopf wieder auf: ein buntes, seidenes Tuch, darauf eine schlanke Kanne und zwei Becher aus bläulichem Glas.

Er hatte sechs von diesen Bechern einem Händler aus dem Süden abgekauft, der im vergangenen Jahr mit seinen Waren auf die Burg gekommen war. Kein einziger davon stand noch in der Wandnische, wo Gisela die kostbaren Trinkgefäße aufbewahrte.

Gisela! Konnte es sein, dass die sanfte, stille Gisela versucht hatte, ihn zu vergiften?

Gleich darauf verschwand die Erinnerung wieder und er fragte sich, weshalb er wie ein Blödsinniger im Raum stand und auf die leere Wandnische starrte.

Er gab sich einen Ruck und stieg hinunter in den Hof, um dort nach dem Rechten zu sehen. Ein paar junge Burschen hockten müßig herum und spielten mit Würfeln – sie bekamen seine schlechte Laune zu spüren und wurden mit Maulschellen an die Arbeit getrieben. Das Dach in einem der Nebengebäude war undicht, er kümmerte sich selbst um die Instandsetzung, legte mit Hand an und keiner der Knechte konnte es ihm recht machen.

Als er erfuhr, dass seine Frau, ohne ihn davon in Kenntnis zu setzen, zum Kloster geritten war, schäumte er vor Wut. Was hatte sie dort nur ständig zu suchen? Es gefiel ihm wenig, wenn die beiden Schwestern zusammensteckten, er würde Gisela solche Ausflüge in Zukunft verbieten.

Am Abend sahen sie sich nur kurz, denn er zog es vor, das Mahl in Gesellschaft seiner Gefährten einzunehmen. Gisela nahm sein hastig ausgesprochenes Verbot schweigend hin und zog sich sofort in den Wohnturm zurück. Er hatte wenig Lust auf das eheliche Lager und verbrachte die Nacht im Gesindehaus.

Die Mägde, die scheu vor ihm zurückwichen, lockten ihn in dieser Nacht wenig. Dafür waren seine Träume mit süßen

Bildern erfüllt, die ihn vor Verlangen zum Stöhnen brachten. Es war schwere Sünde, sich an einer Nonne zu vergehen, das war ihm wohl bewusst und er fürchtete die Strafe, die der Erzbischof von Rouen über ihn verhängen würde, käme die Sache an die Öffentlichkeit.

Auf der anderen Seite würde sie keine Wahl mehr haben, wenn er sie erst entjungfert hatte. Mit ihren ehrgeizigen Plänen, ein bedeutendes Kloster zu schaffen, Reliquien zu erwerben und eine Wallfahrtsstätte zu gründen, wäre es dann endgültig vorbei, wenn ihre Schande im ganzen Land bekannt würde. Reina würde sich ohne Zweifel nach dem ersten Schrecken besinnen, und er würde ihr Schweigen mit Zuwendungen und Dotationen für das Kloster belohnen. Natürlich würde sie sich jede einzelne dieser Gunstbezeugungen »verdienen« müssen. Das Kloster stand auf seinem Grund, er war ihr Herr und er würde dafür sorgen, dass dies so blieb.

Die Vorstellung erregte ihn bis aufs Blut. Welch ein Genuss, diesen jungen, widerstrebenden Leib immer wieder zu erobern. Sie würde sich wehren, die Fäuste gebrauchen, verzweifelt sein ob der schlimmen Sünde, ihn um Schonung anflehen – all dies würde seine Wollust nur steigern. Das war etwas anderes als die demütige Hingabe seiner sanften Gisela, deren üppiger, weißer Körper ihn längst unsäglich langweilte.

Er verbrachte zwei Tage damit, sich einen Plan zurechtzulegen. Er würde sie zu einem Marktbesuch einladen – Wünsche hatte sie ja immer für ihr Kloster, und der Markt in Rouen schien ihr mächtig gefallen zu haben. Er würde ein paar Leute anwerben, die ihnen am Waldrand auflauerten und einen Überfall vortäuschten. Während seine Begleiter sich mit den Burschen herumschlugen, würde er mit Reina im Wald verschwinden. Natürlich um sie vor den Angreifern zu retten. Wenn er sie dann zur Burg zurückführte, würde die Pforte zwischen ihren Beinen geöffnet sein. Doch sie würde auch begriffen haben, dass sie darüber zu schweigen hatte.

Früh am nächsten Morgen ließ er ein Pferd satteln und ritt ohne Begleitung nach Rouen. In der Hafengegend, wo die Händler ihre schweren Kähne anlegten, trieb sich immer allerlei Volk herum. Diebe und Wegelagerer waren darunter, Söhne aus dem niedrigen Adel, die bei der Erbteilung der väterlichen Lande nichts abbekommen hatten und für ein paar Deniers zu allem bereit waren, Unfreie, die ihrem Herrn davongelaufen waren, Bettler, Herumtreiber, Galgenvögel.

Der schwarze Graf hatte ein gutes Auge – er suchte sich einen jungen Kerl aus, der nicht schlecht gekleidet und auch bewaffnet war – ohne Zweifel der Bastard eines Adeligen, der zu Lebzeiten seines Vaters noch bessere Tage gesehen hatte. Man wurde rasch handelseinig. Nicht mehr als zehn Männer, kräftige Burschen, die verstanden, welches ihr Auftrag war. Bettler und Kranke konnte er nicht gebrauchen, auch keine Krüppel.

Der junge Kerl grinste, als Robert ihm die Sache erklärte, scheinbar hatte er den geheimen Sinn der Aktion begriffen. Doch er nahm schweigend die schmale Vorauszahlung, die bei erfülltem Auftrag verdreifacht werden würde.

»Ich sende einen Boten, der dir die genaue Zeit mitteilt!«, raunte der Graf dem Burschen zu und gab dann seinem Pferd die Sporen.

Es war bereits Abend, als vor ihm das steinerne Nonnenhaus inmitten der blühenden Wiesen auftauchte und er spürte, wie eine erregende Spannung ihn erfasste. Die schrägen Sonnenstrahlen ließen das graue Gebäude rötlich erscheinen, hie und da blitzte ein im Granit eingeschlossenes Kristall im Licht auf, so als sprühe der Stein helle Fünkchen. Weithin waren die Gesänge der Vesper zu vernehmen, und er glaubte, Reinas helle, kräftige Stimme herauszuhören. Was für verrückte Ideen dieses Mädchen hatte. Nirgendwo hatte er bisher solch melodische Gesänge gehört, die Mönche in Rouen brummelten zwar hin und wieder einige Psalmen, doch klang dies eher monoton und gelangweilt.

Wie gewohnt stand Odemar mit den Knechten im Hof, um von hier aus andächtig an der Vesperandacht teilzunehmen. Auch dies hatte Reina eingeführt – sie legte Wert darauf, dass auch die Knechte und sogar die adeligen Gäste sich der Klosterordnung fügten. Eigentlich wäre sie eine gute Gräfin geworden – wie schade, dass er damals nicht Gisela ins Kloster gesteckt und Reina geheiratet hatte.

Als er näher herangeritten war, stellte er fest, dass nicht alle Knechte die Arbeit ruhen ließen. Auf der Baustelle war ein Mann beschäftigt, schwere Granitquader zurechtzuschlagen und zu einer Mauer zusammenzufügen. Graf Robert kniff die Augen zusammen und beschattete sie gegen die Sonne: Es war der Wikinger.

Sie hatte es also geschafft, den Kerl an die Arbeit zu bringen. Es ärgerte ihn, denn er hatte gehofft, diesen unangenehmen Burschen möglichst bald wieder loswerden zu können. Wie er jetzt sehen konnte, hatte sie ihm wohl sogar einen kurzen Kittel nähen lassen und ihn mit Gürtel und Lederschuhen ausgestattet. Was dachte sie sich dabei? Hatte er die Stoffe für das Kloster gekauft, damit sie sie für die Kleidung eines Sklaven verschwendete?

Er ritt in den Hof ein, nickte Odemar kurz zu, der ihn

untertänig grüßte, und wartete zu Pferd, bis die Vespergesänge beendet waren und die Nonnen wie ein kleiner Spatzenschwarm zwitschernd die Treppe hinuntergelaufen kamen.

Reina schritt ihm lächelnd entgegen und griff nach dem Zaum seines Pferdes, um es zu halten, während er abstieg.

»Zu spät zur Vesper«, schmollte sie. »Ich fürchte fast, du nimmst es mit den Pflichten eines Christenmenschen nicht so genau.«

»Würde ich dann ein Kloster erbauen lassen?«, gab er schmunzelnd zurück. »Außerdem komme ich aus Rouen, staubbedeckt und müde wie ein armer Reisender.«

Sie hatte einen Augenaufschlag, der verzaubern und Wünsche wecken konnte. Daran konnte nicht einmal dieser lästige Nonnenschleier etwas ändern, der ihr Haar und einen Teil des Gesichts verbarg.

»Dann komm herein und lass dich mit Speis und Trank verwöhnen, müder Reisender.«

Das tat er ausgesprochen gern. Innerhalb kürzester Zeit hatten ihre Nonnen im Refektorium den Tisch für sie beide gedeckt, frisch gebackenes Brot, Gemüse und kleine Dinkelküchlein herbeigetragen und auch eine Kanne Wein bereitgestellt. Sie hatte ihre Frauen im Griff, das musste er ihr lassen.

»Wie geht es Gisela?«, fragte Reina besorgt und nippte an ihrem Becher, der nur klares Brunnenwasser enthielt.

Robert berichtete von der Erntearbeit im Garten und fragte dann, was es Neues im Kloster gäbe.

»Nun – der Kirchenbau schreitet mit Riesenschritten voran!«

Auch ihm war aufgefallen, dass die Mauern um ein gutes Stück gewachsen waren. Bald würde man die Rundbögen für die Fenster anlegen können. Fast ein Wunder in dieser kurzen Zeit.

»Es ist der Wikinger, Robert. Er ist nicht nur ein großartiger Arbeiter, er versteht auch ganz genau, was Odemar geplant hat. Er hat ihn heute Nachmittag ausgefragt und sich alles erklären lassen.«

Robert spülte ein Dinkelküchlein mit einem Schluck Wein hinunter und musste dabei mehrfach schlucken.

»Wie – ausgefragt? Er kann doch unsere Sprache gar nicht.«

Reina setzte ein stolzes Lächeln auf und wirkte dabei ein wenig naseweis.

»Ich lehre sie ihn, Robert. Er kann schon eine ganze Menge Wörter und er lernt schnell. Einstweilen reden wir zwar immer noch mehr mit Händen und Füßen, aber wir verstehen einander. Du wirst es nicht glauben, aber die Knechte, die zuerst schreckliche Angst vor ihm hatten, tun inzwischen bereitwillig, was er anordnet. Und auch Odemar …«

»Moment mal«, unterbrach der Schwager ihren begeisterten Redeschwall. »Sagtest du eben, die Knechte tun bereitwillig, was er anordnet?«

»Natürlich«, sagte sie und nickte zur Bestätigung. »Halvdan weiß mindestens so gut wie Odemar, wie man eine Kirche baut.«

Das war ungeheuerlich. Dieser Wikinger schien sich inzwischen zum Bauleiter aufgeschwungen und auch Reina für sich eingenommen zu haben. Eifersucht stieg in Robert hoch. Wenn er seinen Plan erst einmal umgesetzt hatte, würde seine erste Forderung sein, dass dieser Kerl wieder nach Rouen auf den Sklavenmarkt befördert wurde. Besser noch allerdings wäre es, ihn einfach im Schutz der Nacht aus dem Weg zu räumen.

»Und es stört dich gar nicht, dass er die Vesper nicht einhält, sondern einfach weiterarbeitet?«

Reina hob die Schultern und seufzte ein wenig.

»Nun ja – er ist eben leider Gottes ein Heide. Aber wenn er unsere Sprache besser spricht, werde ich ihn bekehren und zum Christen machen. Er ist stark wie Simson und wird dem Kloster und auch der ganzen Christenheit gute Dienste leisten.«

Robert stellte fest, dass ihre Wangen sich rosig gefärbt hatten und ihre Augen glänzten. Dabei trank sie nur Brunnenwasser, während er schon den dritten Becher Wein in sich hineinschüttete.

»Wie ich höre, stehen die Dinge ja zum Besten«, meinte er scheinbar erfreut. »Ich glaube, es wäre an der Zeit, an die Ausstattung der Kirche zu denken. Kostbare Stoffe für ein Altartuch, Silbergerät für die Heilige Messe, Stickgarn für schöne Wandteppiche… Die Kirche soll einen würdigen Rahmen abgeben, wenn der Erzbischof von Rouen sie weihen wird.«

Sie war sofort Feuer und Flamme. Natürlich – sie würde sofort mit ihren Frauen an die Arbeit gehen. Ein Altartuch aus weißer Seide mit breiten Borten und schönen Stickereien geschmückt. Abendmahlgeräte aus Silber und vielleicht auch ein Kreuz. Wandleuchter und ein Teppich, der vor dem Altar auf dem Boden ausgebreitet läge…

»Ich nehme an, dass du die Dinge gern selbst auswählen möchtest, liebe Schwägerin…«

»Natürlich. Das ist mir sehr wichtig…«

Er schmunzelte zufrieden. Noch heute Nacht würde er den Boten nach Rouen schicken.

»Lass uns morgen früh zum Markt nach Rouen reiten«,

schlug er vor. »Ich hoffe, dass du mir als dem Stifter des Klosters auch ein kleines Mitspracherecht einräumen wirst.«

Sie lachte vergnügt, und er sah ihr an, dass sie am liebsten vor Freude im Raum herumgetanzt wäre. Wie viel Leben doch in ihr steckte. Er würde ohne Zweifel noch viel Spaß mit ihr haben.

»Ich werde Halvdan mitnehmen«, verkündete sie strahlend. »Er ist stark und kann viele Lasten tragen. Auch wird er uns gegen Wegelagerer beschützen.«

»Lass den nur an der Kirche weiterbauen«, wehrte er rasch ab. »Wir werden Knechte und genügend Packpferde bei uns haben. Und falls uns jemand überfallen sollte, dann werde ich es sein, der dich verteidigt, meine kleine Schwägerin.«

Sie schien ein wenig enttäuscht, nickte aber schließlich zum Einverständnis. Sicher, Halvdan war auf der Baustelle am besten aufgehoben.

❖

Die Arbeit machte ihm Spaß. Nie zuvor hatte Halvdan gesehen, dass man ein Haus aus Stein errichtete, denn die Häuser in seiner Heimat waren alle aus Holz. Ein hölzernes Haus konnte viel schneller gebaut werden, doch es wurde auch rascher schadhaft, ständig musste es repariert werden, und man musste sich mit dem Herdfeuer höllisch vorsehen.

Ein steinernes Haus konnte nicht abbrennen, das leuchtete ihm ein. Außerdem würde es feindlichen Angriffen standhalten – sofern die Türen und Fenster gut verschlossen und verriegelt waren. Es hatte seine Vorteile.

Halvdan hatte sich eine Weile eingeredet, dass es seine Neugier war, die ihn an diesem Ort festhielt. In seiner norwegischen Heimat war viel über die Franken geredet worden. Vor allem jene, die ausgezogen waren, um Beute zu machen, hatten bei ihrer Rückkehr von den unermesslichen Schätzen der Franken erzählt. Sie hatten Münzen, Schmuck und seltsame Geräte aus Silber mitgebracht, auch Waffen und Helme, die sie im Kampf erbeutet hatten. Die Schwerter der Franken waren aus einem Stahl, der hart war und nicht so rasch schartig wurde wie die Waffen der Wikinger. Aber sie hatten auch andere Dinge mitgebracht. Kleine Kästchen, die mit Edelsteinen und Elfenbein geschmückt waren, Gewänder aus bunten Stoffen, die leicht wie die Luft waren, sowie Becher aus durchsichtigem Glas. Er hatte auch dicke Bündel von beschriebenem Pergament gesehen, die in goldgeschmücktes Leder eingebunden waren …

Und sie bauten Häuser aus Stein für ihre Götter. So groß, dass eine ganze Sippe darin hätte wohnen können. Nun, im Winter würde der Gott ganz hübsch darin frieren müssen, Steinhäuser waren kalt.

Die Franken waren nicht leicht zu begreifen und es reizte ihn, mehr über sie zu lernen. Doch das war nicht der Grund dafür, dass er immer noch an diesem Ort verweilte. Er hätte längst fliehen müssen, um seine Rache zu vollenden. Der hinterhältige Betrug, dem er zum Opfer gefallen war, konnte nur mit Blut vergolten werden, und er würde die Achtung all seiner Freunde verlieren, wenn er nicht seine Rache vollzog.

Es war diese Frau, die ihn hielt. Wie ein Blitz hatte es ihn getroffen, als er sie das erste Mal sah. Wie hochmütig sie ihn mit dunklen, seidig bewimperten Augen vom Pferd herab gemustert hatte, als er dort auf dem Sklavenmarkt festgebunden saß, wie eine Ware zum Verkauf geboten. Seitdem hielt ein Zauber ihn gefangen und bannte ihn an diesem Ort fest.

Eine Fränkin! Nie hätte er geglaubt, dass ihm eine solche Frau einmal gefallen könnte. Seit er ein Mann war, hatte er viele Frauen gehabt, meist Sklavinnen, hie und da aber andere, die sich ihm anboten. Er gefiel den Frauen, vor allem aber war er der älteste Sohn und Nachfolger seines Vaters Ragnar. Er hatte sich schließlich für Solveig entschieden, Ereks Tochter. Nicht aus Liebe, sondern aus Klugheit. Doch es war nicht mehr zu einer Hochzeit gekommen.

Er hatte überlegt, ob diese Fränkin ihn verhext haben könnte. Wie konnte es sein, dass er Tag und Nacht an sie dachte, dass er sogar von ihr träumte? Lag es daran, dass sie sich fast vollkommen vor ihm verhüllte, nicht einmal ihr Haar zeigte, das ohne Zweifel dunkel war wie ihre Augenbrauen? Er hatte ihren Fuß berührt, ihr Knie gefühlt – mehr nicht. Und schon das hatte sie so unglaublich geängstigt, dass sie wie eine Wilde davongelaufen war. Er hatte sie auf seinen Armen aus dem Wasser getragen und gespürt, wie zart und leicht ihr Körper war. Ihr Rücken war schlank und geschmeidig, ihre Schenkel fest, und er hatte sich unzählige Male vorgestellt, wie ihre Brüste beschaffen sein mochten. Vermutlich waren sie wie kleine, runde Äpfelchen, und er spürte eine unbändige Begierde, sie mit seinen Händen zu berühren.

Sie glich kein bisschen jenen blonden, üppigen Frauen, die er bisher gehabt hatte. Sie war hochmütig und zugleich fürsorglich, gebärdete sich herrisch und war doch so leicht zu ängstigen, sie war aufregend schön und doch versteckte sie diese Schönheit vor allen Männern. Ein Rätsel war sie. Ein Geheimnis, das ihn nicht loslassen wollte. Vielleicht eine Hexe.

Ja, sie musste ihn verhext haben. Weshalb sonst ließ er sich gefallen, dass sie ihm Befehle gab? Dass sie jeden Abend wie eine gestrenge Lehrerin vor ihm saß und ihn die fränkischen Worte abfragte, die er gelernt hatte. Verdammt, er lernte diese Sprache allein deshalb, um sie ausfragen zu können.

Was er bisher von ihr begriffen hatte, war lächerlich. Sie war eine Nonne und würde niemals die Frau eines Mannes werden. Ihr ganzes Leben lang würde sie in diesem steinernen Haus wohnen, ihre Frauen und Knechte befehligen und dem Gott dienen, dessen Haus er, Halvdan, gerade erbaute.

Er hatte überlegt, was er wohl getan hätte, wäre er als Krieger in dieses Land gekommen, um sich hier Beute zu erwerben. Ganz sicher hätte er sie als seine Sklavin mit sich genommen. Doch er war sich nicht ganz sicher, was er dann mit ihr getan hätte. Er hatte eine Scheu davor, ihr Schmerz zuzufügen, er wollte sie nicht mit Gewalt nehmen, sondern ihr Rätsel entschlüsseln und sie endlich für sich gewinnen.

Dies alles würde bald ein Ende nehmen. Er musste seinen Racheschwur erfüllen und sich das Land, das ihm zustand, zurückerobern. Solange dies nicht geschehen war, stand ihm nicht zu, über eine Frau nachzudenken.

Als er an diesem Abend in den großen Raum der Nonnen trat, um von Reina wieder einige Worte Fränkisch zu erlernen, war sein Entschluss gefasst. Morgen, noch vor Tagesanbruch, würde er verschwunden sein. Der Fluss war nicht weit, dort würde er ein Boot finden und zum Meer gelangen. Dieser Abend war sein letztes Zusammentreffen mit der Fränkin, er würde noch einmal ihre Stimme hören, in ihre schönen, dunklen Augen blicken, und er würde stark genug sein, um ihrem Zauber zu widerstehen.

Sie schien sehr glücklich an diesem Abend und begrüßte ihn sogar mit einem Lächeln, was ungewöhnlich war, denn normalerweise bemühte sie sich, streng dreinzuschauen, wenn sie ihn unterrichtete. Ihr Lächeln besaß einen großen Liebreiz, und er spürte, dass es ihn in Bedrängnis brachte.

Er wappnete sich, setzte sich – wie von ihr angeordnet – auf den Boden zu ihren Füßen und wartete. Sie hatte die Gewohnheit angenommen, in ganzen Sätzen zu sprechen und ihm die Worte, die er nicht verstand, zu erklären. Dabei bemühte sie sich regelmäßig, Worte, die er bereits kannte, wieder einzuflechten, um so sein Gedächtnis zu üben. Außerdem stellte sie Fragen, die er beantworten musste.

»Welche Arbeit hast du heute verrichtet?«

Er radebrechte herum, versuchte zu erklären, dass er hölzerne Gerüste gebaut hatte, um Fensterbögen zu setzen, dass eines der Fenster bereits fertig war und man jetzt neue Steine zurechtklopfen müsse, um weiterzuarbeiten. Dass er an diesen Arbeiten von nun an nicht mehr teilnehmen würde, sagte er nicht.

Sie nahm die Gelegenheit wahr, einige neue Worte einzuführen, und er sah schmunzelnd zu, wie sie sich mit Gesten und Mimik bemühte, ihm ihren Sinn deutlich zu machen. Sie konnte sehr lebhaft und witzig sein, diese Frau, die keinem Mann gehören wollte. Während er sie beobachtete, dachte er darüber nach, was sie heute wohl so fröhlich gestimmt haben mochte. Er hatte einen Verdacht. Obwohl es ihm eigentlich gleichgültig sein konnte.

»Der Mann – Robert – dein Bruder?«

Sie schüttelte den Kopf und war über die Frage etwas ungehalten.

»Er ist mein Schwager. Der Mann meiner Schwester Gisela. Und er ist ein Graf. Graf Robert.«

Er verstand. Dieser Mann war ein Jarl, und vermutlich gehörte dieses Land ihm. Also auch das Kloster.

»Dein Vater – auch ein Graf? Wo ist er?«

Reina wunderte sich, wie neugierig ihr Schüler heute war. Eigentlich ging es ihn ja nichts an – aber sie hatte vor, ihn zu bekehren, und daher fand sie es wichtig, sein Vertrauen zu gewinnen.

»Mein Vater ist tot. Schon seit zehn Jahren. Er war ein Graf und wohnte in der Burg, in der jetzt Graf Robert herrscht.«

Sie zeigte ihre zehn Finger und er nickte. Ihr Vater lebte nicht mehr, und dieser Robert hatte ihre Schwester geheiratet und damit Burg und Land erworben. Damit war Graf Robert auch Reinas Herr. Der Gedanke gefiel ihm wenig. Ihr Schwager war vorhin bei ihr gewesen und musste ihr Dinge gesagt haben, die sie glücklich gemacht hatten. Halvdan hasste ihn dafür, dieser Mann war ein Lügner und Schmeichler, und die Blicke, mit denen er Reina betrachtete, verrieten noch Schlimmeres. Wieder spürte er, dass es nicht leicht sein würde, von hier fortzugehen.

»Und du? Wo ist dein Vater?«, fragte sie.

Er sah sie prüfend an. Wollte sie das wirklich wissen, oder stellte sie die Frage nur, damit er neue Worte übte?

»Mein Vater tot. Vor fünf Monden.«

Zu seiner Überraschung zeigte ihr Gesicht jetzt tiefes, ehrliches Mitgefühl.

»Bist du traurig darüber, dass er starb?«

Er verstand nicht alle Worte, aber er begriff den Sinn der Frage.

»Ja«, gab er zu. »Mein Vater Ragnar starker Mann, guter Mann. Ich bin traurig.«

»Das verstehe ich«, sagte sie und nickte.

Ihr Blick war jetzt weich, sie hatte Augen wie dunkler

Samt. Halvdan spürte, wie der Zauber ihn wieder packen wollte, und er wehrte sich dagegen.

»Halvdan sein Sohn und ein Graf«, erklärte er mit Stolz.

Wenn er sie schon verließ, sollte sie wissen, dass er kein niedriger Sklave, sondern ein Herrscher war. Sein Rang war keineswegs geringer als der ihre.

»Ein Graf?«, meinte sie spitz, und der weiche Ausdruck schwand aus ihren Zügen. »Zuerst hast du behauptet, ein König zu sein. Jetzt bist du ein Graf. Am Ende wirst du vielleicht einsehen, dass du einfach ein Sklave bist.«

Er runzelte die Stirn, denn ihr Spott tat weh und weckte seinen Zorn. Nun – sie machte ihm den Abschied leicht.

»Aber das ist nicht wichtig, Halvdan«, sagte sie tröstend. »Du wirst ein guter Christenmensch werden, und allein das ist bedeutsam. Denn nur so wirst du nach deinem Tod ins Himmelreich gelangen.«

Das Himmelreich, das sie ihm bereits in den schönsten Farben beschrieben hatte, war ihm herzlich gleichgültig. Was für ein langweiliger Ort. Kein Vergleich zu Wallhall, wo die toten Krieger sich versammelten, um zu kämpfen und zu jagen. Doch er verstand ihre Sprache zu schlecht, um mit ihr zu streiten.

»Morgen«, sagte er. »Halvdan heute müde. Viele Arbeit und heiße Sonne.«

Sie schien ein wenig enttäuscht, nickte aber und ließ ihn gehen.

»Schlaf dich aus, Halvdan. Morgen ist auch noch ein Tag.«

Er erhob sich und schritt aus dem Raum, ohne sich noch einmal umzuwenden.

»Er wird schon auftauchen. Geht einfach an eure Arbeit!«

Odemar senkte gehorsam den Kopf, doch Reina sah ihm an, dass er bedrückt war. Man hatte beim Aufwachen festgestellt, dass das Lager des Wikingers neben der Bauhütte leer war, und auch zum Frühstück war er nicht erschienen, obgleich er ein stets hungriger Esser war.

Odemar befahl den Knechten, die Mahlzeit zu beenden, und gab seine Befehle. Doch die rechte Überzeugung fehlte ihm dabei – er hatte sich daran gewöhnt, dass der Wikinger die Arbeit leitete. Dieser große Kerl ging stets mit solchem Eifer zu Werk, dass alle mitgerissen wurden, mit wenigen Gesten und Worten konnte er sich verständlich machen und alles, was er anstellte, war klug und durchdacht. Es würde nicht einfach sein, ohne ihn zu arbeiten.

Reina blieb auf dem Klosterhof zurück, sah zum Himmel hinauf, der sich düster bewölkt hatte, und die frohe Stimmung, die sie noch während der Frühandacht beseelt hatte, sank in sich zusammen. Schon wieder eine dieser Eigenmächtigkeiten! Dabei hatte sie gerade während der letzten Tage den Eindruck gewonnen, dass Halvdan sich mit seinen Aufgaben und Pflichten endlich angefreundet hatte. Und jetzt erlaubte sich dieser Kerl, einfach zu verschwinden.

Sie ließ eines der drei Reittiere satteln und schickte Schwester Benedicta hinauf, um ihren Mantel zu holen, denn es sah nach Regen aus. Ach, sie hatte sich so auf den Marktgang in Rouen gefreut, und jetzt hatte er ihr alles verdorben!

Was war nur in ihn gefahren? Noch gestern Abend hatten sie miteinander geredet, und sie hatte sogar noch lange über das Gespräch nachdenken müssen. Noch nie hatte er etwas über seine Gefühle preisgegeben. Doch gestern hatte er ihr gestanden, traurig über den Tod seines Vaters zu sein, und sie hatte sich ihm plötzlich sehr nahe gefühlt. So nahe, dass sie ein wenig vor sich selbst erschrocken war. Gleich darauf hatte sie sich bemüht, ihm eine spöttische Antwort zu geben. War er vielleicht beleidigt? Wahrscheinlich war es das. Er war ärgerlich und versteckte sich irgendwo am Bach, um sie herauszufordern. Nun – da konnte er lange warten. Sie würde heute nach Rouen reiten, um Waren einzukaufen, und erst am Abend von dort zurückkehren.

Am Horizont tauchten jetzt einige Reiter auf, dunkle Silhouetten inmitten der grünenden Fluren. Staub umwölkte sie und schien sich mit dem schweren, immer dunkler werdenden Himmel zu vereinigen. Robert hatte Gefährten und Knechte aufgeboten, außerdem einige Packpferde, die man mit Lederriemen an die Sättel der Reiter gebunden hatte. Reina schmunzelte zufrieden. Es sah danach aus, als würde Robert einen sehr umfangreichen Einkauf planen, was ihr nur recht sein konnte.

Roberts Augen glänzten, als er sie grüßte. Er hatte den Bart gestutzt und auch das Haupthaar zurückgeschnitten, was ihm recht gut zu Gesicht stand. Insgeheim fand Reina es lustig, dass ihr Schwager sich für den Markt so fein machte – nun, ihre Schwester hatte einmal gesagt, Männer seien eitle Pfauen, und damit hatte sie wohl recht.

Sie hatte Cidre und frisches Brunnenwasser zurechtstellen lassen, auch reichten die Nonnen den Reitern Haferküchlein mit Nüssen als kleine Stärkung. Man nahm den Imbiss zu Pferde ein, denn Robert hatte erklärt, sich nicht lange aufhalten zu wollen. Es gälte, frühzeitig auf dem Markt zu sein, damit niemand ihnen die besten Waren vor der Nase wegschnappte.

Zum Glück schien Robert die Abwesenheit des Wikingers

nicht zu bemerken, denn er stellte keine Fragen. Reina war es nur recht so – die Sache war ärgerlich, und sie wollte nicht, dass Robert ihr mit genüsslichem Grinsen erklärte, er habe ja gleich gesagt, dass dieser Kerl nur Schwierigkeiten machen würde.

Stattdessen fragte sie Robert über Gisela aus. War sie gesund? Warum kam sie nicht zu Besuch ins Kloster?

»Ist sie am Ende immer noch ärgerlich auf mich?«, fragte sie Robert mit kummervoller Miene. »Wir hatten einen kleinen Streit, als sie von mir ging.«

Er beruhigte sie. Gisela sei mit dem Einmachen und Trocknen des Gemüses beschäftigt, zudem sei eine Magd erkrankt, die ihre Pflege benötige. Sie lasse Reina herzlich grüßen und bitte sie, auf dem Markt einige hübsche Fibeln und Spangen für sie auszuwählen.

»Frauen haben da den feineren Blick«, scherzte er. »Ich würde einfach die erstbeste Nadel kaufen, ganz gleich, wie sie ausschaut.«

»Es wäre besser, wenn Gisela mit uns ritte«, meinte Reina traurig. »Ich hätte mir sehr gewünscht, die Stoffe für Kirche und Kloster mit ihr gemeinsam auszuwählen.«

»Es tut mir leid«, gab er kühl zurück. »So wirst du nur mit mir vorliebnehmen müssen.«

Sie lachte fröhlich auf und trieb ihr Pferd an. Ein leichter Wind hatte sich erhoben, blies den Reitern entgegen und presste die Gewänder an ihre Körper. Robert lenkte sein Pferd neben Reinas Tier und konnte sich kaum sattsehen an den festen Rundungen ihrer Brüste, die sich unter ihrem Kleid abzeichneten.

Der Regen setzte ein, kaum dass sie das Kloster verlassen hatten, doch niemand dachte an Umkehr. Die Tropfen malten runde, dunkle Flecken auf den ausgetrockneten Boden, die sich rasch miteinander verbanden, bald flossen Rinnsale in den Fahrrinnen des Weges und ein Geruch von nassem Staub dampfte zu den Reitern empor. Reina zog sich den Mantel eng um die Schultern, um ihr Kleid vor Nässe zu schützen, doch sie genoss diesen Ritt durch den Regen und sog die feuchte Luft gierig in ihre Lungen. Wie schön wäre es, das Pferd zum Galopp anzutreiben, gegen Wind und Regen anzureiten und dabei ohne den lästigen Nonnenschleier ihr Haar flattern zu lassen. Aber auch so war es wunderbar, den warmen Regen im Gesicht zu spüren und dabei den köstlichen Duft der aufquellenden Erde einzuatmen.

Robert hingegen fluchte ein ums andere Mal über das gottverdammte Wetter, das ihnen tagelang nichts als glühende Hitze und ausgerechnet heute diesen lästigen Regen beschert hatte. Unbarmherzig trieb er die Pferde an, sodass das schlammige Wasser ihnen bis an die Bäuche hinaufspritzte und Schuhe und Stiefel der Reiter in Mitleidenschaft gezogen wurden.

»Hör auf, so zu fluchen«, tadelte ihn Reina kopfschüttelnd. »Denkst du gar nicht an dein Seelenheil?«

»Ich sorge mich viel eher darum, dass wir nass wie gebadete Ratten in Rouen ankommen werden«, knurrte er.

»Dann sollten wir vielleicht Schutz in einem Gehöft suchen, bis sich der Regen gelegt hat«, schlug sie vor.

Doch er schüttelte den Kopf. Er hatte die Leute, die den Überfall fingieren sollten, an eine Stelle beordert, die auf halbem Weg zwischen dem Kloster und Rouen lag, und er sorgte sich, die Kerle könnten am Ende keine Lust haben, allzu lange im Regen zu stehen, und unverrichteter Dinge wieder davonreiten. Die Sache musste so rasch wie möglich erledigt werden, die Prügelei im nassen Wald würde für seine ahnungslosen Gefährten kein Spaß sein. Er würde Reina auf feuchtem Moos zwischen tropfnassem Farn und klebrigem Vorjahreslaub entjungfern – eine trockene Unterlage wäre ihm allerdings wesentlich lieber gewesen. Am besten würde es sein, ihr Mantel, Kleid und Hemd auszuziehen und die Kleidungsstücke als Unterlage zu benutzen. Außerdem würde sie ihm ganz sicher nicht davonlaufen, wenn sie nackt war.

Trotzdem würden sie beide völlig durchweicht und tropfnass am Abend wieder zurückkehren und möglicherweise würden die Nonnen sich über die Erd- und Moosflecken in Reinas Gewändern ihre Gedanken machen. Nun – sie war nicht dumm und würde ihren Weibern schon die Mäuler stopfen.

Er hatte mit Absicht vermieden, dass sie auf den breiten Fahrweg einbogen, der an mehreren größeren Gehöften vorbei nach Rouen führte. Stattdessen wählte er einen schmalen Viehweg, der sich durch die Wiesen schlängelte und dann dem Waldrand folgte. Hier war es ziemlich unwahrscheinlich, dass sie einem Händler oder Reisenden begegneten.

Umso erstaunter war er, als unweit vor ihnen eine Schar Männer aus dem Wald trat und nach kurzem Zögern direkt auf sie zuhielt. Der verabredete Treffpunkt lag noch weit entfernt – hatten die Kerle etwa beschlossen, die Sache abzukürzen und ihnen entgegenzulaufen?

Doch schon bald begriff er, dass es sich auf keinen Fall um die Erwarteten handeln konnte. Dazu war die Zahl viel zu groß, auch waren die unbekannten Männer von ungewöhnlich hoher und kräftiger Gestalt und – wie er beim Näherkommen erkannte – bestens bewaffnet.

»Gott steh uns bei«, hörte er einen seiner Gefährten flüstern. »Das sind Wikinger.«

Reina spürte, wie ihr Herz vor Schreck aussetzte. Wikinger. Jene erbarmungslosen Nordmänner, die Männer, Frauen und Kinder mordeten.

»Das kann doch nicht sein«, stammelte sie. »Was sollten sie hier zu suchen haben? Sagt man nicht, sie kommen auf Schiffen und suchen die Hafenstädte heim?«

Inzwischen war die Schar nähergekommen und Robert fluchte, als er die hellen Haare und struppigen Bärte der Kerle erkannte. Sie schritten breitbeinig aus, hatten Streitäxte und kurze Schwerter an den Gürteln hängen, und einige trugen runde Helme mit schmalem Nasenschutz auf den Köpfen. In ihrer Mitte stach eine breite, hochgewachsene Gestalt hervor, ein rothaariger Hüne, der als Einziger ein fränkisches Langschwert an der Seite trug.

»Wir haben keine Chance«, murmelte einer von Roberts Gefährten. »Reiten wir davon – sie sind zu Fuß und werden uns nicht einholen können. Schneidet die Packpferde los – sie behindern uns nur!«

Robert sah ein, dass dieser Rat vernünftig war. Er fasste den Zügel von Reinas Pferd, um es zu wenden, doch in diesem Augenblick erklang auf Seiten der Wikinger ein wildes, unheilverkündendes Gebrüll, sodass das erschrockene Tier mit den Vorderhufen emporstieg und Reina von seinem Rücken rutschte.

Sie schrie erschrocken auf, landete unsanft auf dem nassen Boden und war einen kleinen Augenblick lang wie betäubt. Undeutlich sah sie Pferdehufe dicht an sich vorübersausen, Männer brüllten, Pferde wieherten, ein Arm streckte sich nach ihr aus, sie versuchte, ihn zu fassen, doch ihre nasse

Hand glitt ab. Dann gelang es ihr, sich auf die Knie zu erheben, sie kroch auf allen vieren durch den Matsch, spürte, wie Schlamm und Nässe durch ihr Kleid drangen, und begriff erst dann, dass sie ohne Pferd den Angreifern hilflos ausgeliefert war.

»Heilige Mutter Gottes – tu ein Wunder und hilf mir«, flehte sie verzweifelt, doch das markerschütternde Geschrei der heranstürmenden Krieger übertönte ihre Stimme. Sie starrte in die wilden, gierigen Gesichter, sah Streitäxte aufblitzen, Männer, die einander beiseitedrängten, um als Erster die Beute zu erwerben, und sie erwartete nichts anderes als das Ende.

Dann geschah das Wunder. Ein Reiter riss sie vom Boden auf, warf ihren Körper bäuchlings über den Rücken seines Pferdes und jagte mit ihr davon, eine Hand fest in den Stoff ihres Kleides gekrallt, um sie vor sich auf dem Pferd zu halten.

Hinter ihnen her brüllte die zornige Meute, eine Streitaxt zischte dicht an ihrem Kopf vorbei, dann spürte sie, wie ihr Bewusstsein schwand und alles sich in Dunkelheit hüllte.

❖

Sie saß auf dem großen Apfelbaum, der nahe der Burg ihres Vaters am Bach stand. Der Sturm zerrte am Gezweig, riss den Baum hin und her, sodass sie sich an einen breiten Ast klammern musste, um nicht hinabzufallen. Der Baum stöhnte unter den Angriffen des Windes, unreife Äpfelchen prasselten auf die Wiese wie kleine Geschosse, und losgerissene Zweige flogen mit dem Sturm davon. Sie hatte Angst.

Unten auf der Wiese stand Gisela, winzig klein, ihr Haar flatterte wie ein gelblicher Wimpel. Sie hatte das Kleid mit beiden Händen nach vorn gezogen, als wolle sie Äpfel auflesen.

»Spring herab, Reina. Ich fang dich auf.«

Es war viel zu hoch, niemals würde sie heil dort unten ankommen. Der Baum begann zu schwanken, sie hörte ihn ächzen und knarren, seine Äste griffen nach ihr, packten sie an den Schultern, rissen an ihrem Haar, schlangen sich um ihre Taille. Sie wehrte sich, rang nach Luft, doch die Zweige wollten sie nicht freigeben. Sie rankten sich stattdessen immer enger um ihren Leib und wollten sie ersticken.

»Still! Nicht Angst.«

Die Stimme des Baumes war tief und rau, sie drang zwischen dem Sausen und Schwirren der Äste deutlich an ihr Ohr und vibrierte in ihrem Schädel. Der Boden tief unten bewegte sich in rasender Schnelligkeit von ihr fort, die knorrigen Wurzeln des Apfelbaums wurden aus der Erde gezogen und schliffen über die Wiese dahin; der Sturm hob den großen Apfelbaum empor, riss ihn mit sich fort in die eisigen Lüfte, trieb ihn hin und her, sodass er taumelnd herumwirbelte. Ihre Hände glitten ab, sie verlor den Halt und stürzte in rasender Geschwindigkeit tief hinunter.

»Reina! Nicht schlafen, Reina!«

Alles schwankte. Jemand strich über ihre Wangen, ihre Stirn, verweilte einen Moment bei ihren Augenbrauen, fuhr dann sanft durch ihr Haar. Etwas Heißes berührte ihren Mund, umschloss ihn ganz, drängte ihre Lippen auseinander und saugte an ihnen.

»Reina! Komm. Nicht schlafen. Reina…«

Eine feste Ohrfeige traf ihre linke Wange. Sie schrie auf, wollte weitere Schläge abwehren, doch jemand hielt ihre Arme umklammert. Ein nasses, bärtiges Gesicht war über sie gebeugt, helle, blaue Augen, von blonden Wimpern umgeben, sahen sie forschend an. Halvdan grinste zufrieden, als er bemerkte, dass sie zum Leben zurückgekehrt war.

»Gut. Jetzt leicht. Halt dich fest, Reina.«

Sie saß vor ihm auf einem Pferd, er hielt ihren Körper mit der Linken an sich gepresst, während seine Rechte die Zügel hielt. Sie ritten rasch voran, Regen peitschte ihnen entgegen, ihr Kleid und Hemd waren völlig durchnässt und klebten an ihrem Körper.

»Halvdan«, murmelte sie, ohne zu begreifen.

Dann kehrte die Erinnerung mit brutaler Wucht zurück, Entsetzen packte sie, und sie begann zu zappeln, um sich seinem Arm zu entwinden.

»Die Wikinger! Wo ist Robert? Wo sind die anderen?«

»Still!«, befahl er und hielt sie nur umso fester. »Du fällst!«

Doch sie war so in Panik, dass sie wie eine Verzweifelte kämpfte und sogar versuchte, ihm in die Hand zu beißen.

»Nimm deine dreckigen Finger von mir, verdammter Wikinger! Lass mich los! Ich will absteigen! Wo ist Robert?«

Er lockerte tatsächlich seinen harten Griff, doch durch die heftigen Abwehrbewegungen kam sie ins Rutschen und wäre vom Pferd gestürzt, wenn sie sich nicht rasch an ihm festgeklammert hätte.

»Gut«, sagte seine dunkle Stimme dicht an ihrem Ohr. »Festhalten. Ganz fest. Nicht fallen, Reina.«

Sie kam wieder zu sich, setzte sich zurecht, griff in die Mähne des Tieres und war fast froh, dass er sie immer noch mit einem Arm stützte. Was – um Gottes willen – war geschehen? Wieso saß sie mit ihm auf diesem Pferd?

»Wo bist du gewesen? Warum warst du nicht auf der Baustelle? Wie kommst du überhaupt hierher?«

Sie erhielt keine Antwort. Ein entsetzlicher Verdacht stieg in ihr auf.

»Die Wikinger«, stammelte sie. »Das waren deine Freunde.«

»Kein Freund. Feind.«

Das Grauen vor der heranstürmenden Horde erfasste sie aufs Neue, und sie versuchte mühsam, sich zu erinnern. Tat sie ihm Unrecht? Hatte er sie am Ende vor diesen Männern gerettet? Aber wie?

»Woher hast du dieses Pferd?«

»Dein Pferd. Du nicht im Sattel. Ich springe auf…«

Natürlich. Es war ihr Pferd, auf dem sie beide saßen. Warum hatte sie das nicht gleich bemerkt? Sie war noch völlig durcheinander, alles war wie ein böser Traum, den sie gern von sich abgeschüttelt hätte.

»Wo ist Robert? Wohin reiten wir überhaupt? Wo sind die Wikinger? Wieso treiben die sich hier herum? Warum sind sie deine Feinde? Du bist doch auch ein Wikinger…«

Er legte die Hand auf ihren Mund, sodass sie gezwungen war, zu schweigen.

»Viel Fragen«, sagte er. »Nicht jetzt. Sie noch hinter uns.«

Entsetzt versuchte sie, an ihm vorbei nach hinten zu spähen. Sie ritten durch ein lichtes Wäldchen, die Nässe zog die Zweige der Bäume tief herab, niedriges Gesträuch wuchs zu Füßen der Buchen und Eichen, dazu erschwerte der strömende Regen noch zusätzlich die Sicht. Hinter jedem Baum, jedem Busch konnten diese Bestien in Menschengestalt auf sie warten – waren die Kerle nicht auch vorhin aus dem Wald aufgetaucht, als hätten sie sich dort verborgen gehalten, um die kleine Reisegruppe abzupassen?

Gleich darauf beschlich sie wieder Misstrauen. Konnte es nicht auch sein, dass nicht die Wikinger, sondern Robert und seine Gefährten ihnen folgten? War Halvdan schon in der Nacht aus dem Kloster geflohen und hatte diese brutalen Wikingerkrieger herbeigeholt, um gemeinsam mit ihnen Überfälle und Plünderungen zu unternehmen? Aber warum ritten sie dann allein? Wo waren seine Spießgesellen? Hatte Robert mit seinen tapferen Männern die Wikinger schon besiegt? War Halvdan als Einziger entkommen?

Es konnte nur so gewesen sein. Halvdan hatte ihr Pferd gestohlen, um vor Robert zu fliehen, und sie, Reina, hatte er als Geisel mitgenommen. Ihre Fantasie ließ schreckliche Visionen vor ihr erstehen. Ohne Zweifel würde Halvdan drohen, sie zu töten, falls Robert und seine Männer ihn einholten. Und was würde er tun, wenn seine Flucht gelang? Würde er sie dann am Ende nach Haithabu schleppen und als Sklavin ins Land der Sarazenen oder Waräger verkaufen?

Nein, dachte sie. Das ist alles Unsinn. Halvdan, der so bereitwillig ihre Kirche erbaut und an den Abenden gehorsam zu ihren Füßen gesessen hatte, um fränkische Worte zu erlernen – er konnte niemals solch ein hinterhältiger Verräter sein. Und doch erschien er ihr völlig verändert, herrisch umklammerte er sie, verbot ihr zu sprechen und zwang ihr seinen Willen auf. Sie begann, in den nassen Kleidern zu frieren, auch bemerkte sie erst jetzt, dass sie ihren Schleier verloren hatte, sodass ihr Haar vor Wasser triefte und in Strähnen über ihre Schultern hing.

Ein schreckliches Gefühl der Hilflosigkeit überkam sie. Alles, was ihr bisher im Leben Schutz und Geborgenheit gegeben hatte, war weit entfernt: die Burg ihres Vaters, die steinernen Mauern des Klosters, Robert und seine Krieger. Sie war diesem Wikinger ausgeliefert, und sie hatte keine Ahnung, was er mit ihr vorhatte.

Halvdan blickte aufmerksam um sich, überflog Wald und Buschwerk mit prüfenden Blicken und lenkte das Pferd immer wieder in eine andere Richtung. Einmal hielt er das Tier im Schutz der Bäume an, lauschte eine Weile in den rauschenden Regen hinein und wagte erst dann, eine Lichtung zu überqueren. Das regenschwer Gras bog sich unter den Tritten des Pferdes, und sie hinterließen einen schmalen, dunklen Pfad, der jedoch bald wieder unsichtbar wurde.

Reina saß starr und völlig verkrampft auf dem Pferd, sie wagte kaum zu atmen und glaubte sogar, ihren eigenen lauten Herzschlag zu hören. Nur hin und wieder warf sie einen kurzen Blick in Halvdans Gesicht, doch sie stellte fest, dass er sie kaum mehr beachtete. Alles an ihm war Aufmerksamkeit, der kühle Wille, kein Zeichen zu übersehen, sich in keine Falle locken zu lassen, klüger zu sein als der Feind.

Aber wer war dieser Feind? Wenn sie das doch nur gewusst hätte. Wenn Robert ihnen folgte, dann wäre es klug von ihr gewesen, eine Spur zu legen. Hin und wieder einen der überhängenden Zweige abzubrechen, das kleine silberne Kreuz, das sie um den Hals trug, zu lösen und hinabzuwerfen oder vielleicht einen ihrer Schuhe zu verlieren.

Doch falls es die Wikinger waren, die hinter ihnen herjagten, wären solche Dinge reiner Selbstmord gewesen.

Gegen Mittag hörte es auf zu regnen, die Wolkendecke brach auseinander, unzählige Tröpfchen auf Gräsern und Blättern funkelten im Licht der Sonne. An einem Bachlauf hielt Halvdan das Pferd an, stieg ab und reichte ihr die Hand, um ihr hinunterzuhelfen. Doch sie rutschte von ihrem Sitz, ohne auf seine Geste zu achten.

Gleich darauf musste sie die Zähne zusammenbeißen, um nicht laut zu stöhnen, denn sie spürte erst jetzt die Folgen ihres Sturzes. Die ganze linke Seite tat höllisch weh, das Gehen fiel ihr schwer und die wenigen Schritte zum Bachufer waren schmerzhaft und mühsam. Doch sie war viel zu stolz, um sich auch nur einen einzigen Schmerzenslaut entschlüpfen zu lassen. Stattdessen kniete sie nieder, schöpfte etwas Wasser mit der Hand und trank ein paar Schlucke. Es schmeckte sandig, denn der Bachlauf war vom Regen angeschwollen und das Wasser führte den aufgewühlten Schlamm mit sich.

»Hunger?«, fragte Halvdan gelassen.

Sie wandte sich um und stellte fest, dass er ein Bündel an seinem Gürtel befestigt hatte, das er nun aufknotete. Ein Brot kam zum Vorschein, eindeutig eines der Brote, die im Kloster gebacken wurden, denn sie erkannte das mit dem Finger eingedrückte zweifache Kreuzzeichen auf dem flachen Fladen. Also doch! Er hatte seine Flucht sorgfältig geplant und sogar Lebensmittel aus dem Kloster als Wegzehrung gestohlen. Er war ein gemeiner Verräter – jetzt hatte sie den Beweis dafür.

Ohne auf ihren starren Blick zu achten, brach er das Brot und reichte ihr die Hälfte. Als sie ablehnend den Kopf schüttelte, zuckte er die Schultern und begann zu essen.

Sie sah ihm eine Weile dabei zu und bekämpfte das nagende Hungergefühl in ihrem Magen, denn sie hatte am Morgen nur eine kleine Schale Gerstenbrei zu sich genommen. Aber nicht um alles in der Welt hätte sie diesen Dieb um ein Stück Brot gebeten, das eigentlich ihr, der Herrin des Klosters, gehörte. Stattdessen sammelte sie ihre Gedanken. Es war ganz offensichtlich, dass Halvdan Übles mit ihr vorhatte. Also waren ihre Verfolger keineswegs die Wikinger, sondern es konnte nur Robert sein. Sie musste ihm ein Zeichen hinterlassen, auch wenn die Hoffnung gering war, dass man es finden würde – sie musste alles versuchen, um aus den Händen dieses Wikingers befreit zu werden.

Er hatte seine Brothälfte inzwischen aufgegessen, wischte sich die Krümel aus dem blonden Bart und kniete nun seinerseits nieder, um Wasser aus dem Bachlauf zu schöpfen. Hastig band sie die Kette von ihrem Hals ab und warf sie über ein Gebüsch. Das Geschmeide verfing sich im Gezweig und das blanke Silberkreuz blitzte in der Sonne – gut so!

Gleichmütig richtete sich Halvdan auf, trocknete die Hände an seinem Kittel ab und machte sich daran, den Beutel wieder zu verschnüren und an seinem Gürtel zu befestigen. Dann sah er zu ihr hinüber und lächelte.

»Du schön, Reina. Langes Haar – schön.«

Sie fuhr sich ärgerlich mit der Hand durch das dunkelbraune, lockige Haar, das in der Sonne schon fast getrocknet war, und versuchte es zu glätten. Wie boshaft er war. Genügte es ihm nicht, dass sie nass und schmutzig vor ihm saß, dass sie am ganzen Körper Schmerzen hatte und ihr Magen fürchterlich knurrte? Nein – er musste sich auch noch über sie lustig machen, weil sie ihren Schleier eingebüßt hatte.

»Wohin reiten wir?«, wiederholte sie trotzig ihre Frage von vorhin.

»Dort, wo Sonne untergeht. Dort großer Fluss. Seine.«

Wenigstens schien er beschlossen zu haben, ehrlich zu sein. Er wollte mit ihr zur Seine reiten und dort vermutlich per Schiff weiter nach Norden bis zum Meer gelangen. Nun, sie würde sich alle Mühe geben, seine Pläne zu vereiteln.

Inzwischen hatte er beschlossen, die Rast zu beenden. Er zog das Pferd herbei und machte eine auffordernde Geste in Reinas Richtung.

»Du jetzt auf Pferd«, sagte er herrisch. »Ich laufe.«

Es war eigentlich ein selbstloses Angebot, doch sie war wenig begeistert davon, sich schon wieder auf den harten Pferderücken setzen zu müssen. Viel lieber wäre sie noch eine Weile hier am Bachufer sitzen geblieben, uni sich auszuruhen. Außerdem wusste sie nicht, wie sie ohne Hilfe auf das Pferd steigen sollte; im Kloster benutzte sie dazu einen Schemel, und an anderen Orten war stets ein Knecht zur Stelle gewesen, um ihr zu helfen.

Überhaupt war es sicher nicht schlecht, die Reise ein wenig zu verzögern. Umso mehr Zeit würde Robert haben, sie einzuholen. Gerade wollte sie einwenden, dass sie sehr erschöpft sei und noch ein wenig ausruhen müsse, da merkte sie, wie sich seine Augen verengten. Gleich darauf sprang er dicht an ihr vorbei und griff mit der Hand ins Gebüsch.

»Dein Silber!«, stieß er heiser hervor und hielt ihr das kleine Kreuz unter die Nase. »Warum Zeichen für Feind? Willst du sterben?«

Nie hatte sie ihn so zornig gesehen, eisblau funkelte sein Blick sie an, und sein Mund war wütend verzerrt. Großer Gott – würde er sie jetzt prügeln?

»Wikinger Frau mitnehmen. Schöne Frau ist Beute. Nicht gehorcht – sie stirbt«, herrschte er sie an.

Trotz ihrer Angst wurde auch sie jetzt wütend. Dieser verdammte Heuchler! Tat er nicht selbst gerade das Gleiche?

»Was redest du da?«, schimpfte sie und wich vor ihm zurück. »Es sind doch gar nicht die Wikinger, die uns folgen. Es ist Graf Robert, der dich einfangen und zum Kloster zurückbringen wird. Denkst du, ich falle auf deine Lügen herein?«

Er stutzte, und sein Zorn legte sich ebenso rasch, wie er ausgebrochen war. Langsam schloss sich seine große Hand um das silberne Kreuzchen, bis es ganz und gar in seiner Faust verschwunden war. Dann öffnete er die Schnüre des Bündels und ließ den Schmuck hineingleiten.

»Du bist dumm!«, sagte er voller Verachtung. »Robert reitet davon. Flieht wie Hase. Er nicht kommt.«

»Das ist nicht wahr!«, rief sie verzweifelt. »Und du weißt es ganz genau. Warum sollten die Wikinger dich verfolgen? Du bist doch einer von ihnen.«

Er blickte sie entgeistert an, schien einen Augenblick lang nicht zu begreifen, was sie meinte, dann wurde seine Miene düster und feindselig.

»Wikinger mein Feind. Schlimmer Feind. Knut – mein Bruder.«

Sie verstand nichts. Wenn sein Bruder dabei gewesen war – dann waren diese Kerle doch nicht nur seine Freunde, sondern sogar seine Verwandten. Also hatte sie recht gehabt.

Aber sein Mienenspiel zeigte ihr deutlich, dass er die Wahrheit sprach. Eine bittere Wahrheit. Diese Männer waren seine Feinde.

Er wandte sich ohne weitere Erklärungen um, nahm das Pferd am Halfter und führte es dicht neben sie. Sie hatte nicht einmal die Zeit, seine Hilfe abzulehnen, denn er umschloss blitzschnell ihre Taille mit den Händen und hob sie wie ein leichtes Bündel auf den Rücken des Tieres.

❖

Er schien nicht müde zu werden. Unentwegt zog er das erschöpfte Pferd hinter sich her, zwang es durch hohes Gestrüpp und zwischen engstehenden Stämmen hindurch, führte es durch reißende Wasserläufe und über bemoosten

Fels. Reina stand tausend Ängste aus, wenn er sie mitten im Wald verließ, um den Weg zu erkunden, und sie glaubte, in dem Knacken und Knistern der Äste die Tritte eines Bären oder Luchses zu hören. Nie zuvor war sie so tief in einen Wald eingedrungen, niemand, den sie kannte, tat dies, denn die Franken fürchteten die Wälder. Der Wikinger schien jedoch in dieser Wildnis zu Hause zu sein, er fürchtete weder wilde Tiere noch Dämonen und wusste genau, in welcher Richtung sie reiten mussten, um das Ufer der Seine zu erreichen.

Nur zweimal gestattete er eine kurze Rast, damit das müde Pferd sich ausruhen und etwas grasen konnte, dann zwang er sie weiter mit sich fort und kümmerte sich wenig darum, dass die tiefhängenden Äste der Reiterin ins Gesicht schlugen und ihr Gewand zerrissen.

Erst als die untergehende Sonne ihre Strahlen wie schrägfallende gelbe Schleier durch das dichte Blattwerk sandte, verlangsamte er den Schritt.

»Warte …«, flüsterte er Reina zu und warf den Zügel des Pferdes zu ihr hinauf.

Er umfasste einen Stamm mit beiden Händen und sah prüfend daran empor, dann machte er sich daran, hinaufzuklettern. Reina sah verblüfft zu, wie geschickt er die Knoten und Astgabeln nutzte, um die Füße darauf zu setzen, wie leicht er sich mit den Armen an kräftigen Ästen emporzog. Unglaublich – dieser Waldschrat kletterte wie ein Eichhörnchen immer höher hinauf und war schon nach kurzer Zeit kaum noch zu sehen. Wa er wohl dort oben wollte? Die unreifen Eicheln herabschütteln?

Doch sie begriff rasch, dass er einfach nur die Gegend überblicken wollte. Gewandt ließ er sich von seinem hohen

Aussichtsplatz wieder herab, sprang auf den Boden und verschwand gleich darauf im dichten Gestrüpp.

Schon wieder! Ängstlich sah Reina sich um, denn der Wind fuhr rauschend durch die Baumkronen und ließ die hohen Stämme leise knarren. Auch ihr Pferd liebte den Wald nicht, es stand da mit erhobenem Kopf und geweiteten Nüstern und schien nun, da es die energische Führung des Wikingers nicht mehr spürte, nicht übel Lust zu haben, sich auf eigene Faust einen Weg aus dem Wald zu suchen. Reina klopfte ihm beruhigend auf den glatten Hals und überlegte einen Augenblick, ob das Pferd möglicherweise ihre Rettung sein könnte. Wie, wenn sie ihm einfach die Zügel ließ? Es würde bald dunkel werden, vielleicht würde Halvdan sie ja nicht mehr finden?

Allerdings konnte es ebenso gut sein, dass das Tier sich verirrte und sie beide im nächtlichen Wald den wilden Tieren anheimfielen. Immerhin schien Halvdan ein erfahrener Waldgänger zu sein und würde sie beschützen.

Das Warten zerrte an ihren Nerven. Langsam, aber stetig zogen sich die Lichtstrahlen zusammen, ließen nur noch hie und da einen bemoosten Stamm oder einen hellgrün belaubten Zweig aufschimmern, bis sie endlich nur noch als schwacher, milchiger Schein in den Baumkronen hingen. Zugleich wuchsen aus allen Richtungen seltsam geformte Schatten wie eine Armee düsterer Geister, die den Wald lautlos eroberten.

Ein Zittern durchlief den Körper der Stute, das Tier wandte den Kopf und Reina sah, wie das Weiße im Auge des Tieres hervorquoll. Dann erblickte auch sie für einen Moment den schmalen, grauen Schatten, der aus dem Gebüsch aufgetaucht war und nun rasch wieder verschwand.

Ein Wolf! Ein eisiger Schreck erfasste sie, sodass sie kaum

in der Lage war, das scheuende Pferd zu beruhigen. Ein Wolf kam selten allein, wahrscheinlich war ein ganzes Rudel hinter den Büschen verborgen und wartete nun die Dunkelheit ab, um über sie herzufallen. Was konnte das arme Pferd gegen zehn oder zwölf hungrige Biester mit messerscharfen Zähnen ausrichten? Hatten nicht die Bauern oft genug geklagt, dass diese grauen Räuber in ihre Ställe eingebrochen waren, um Schafe, mitunter sogar Kühe zu reißen? War nicht auch die Rede davon gewesen, dass ein kleiner Bub, der die Schafe hüten sollte, von Wölfen zerrissen am Bach gelegen hatte?

Aus der Verzweiflung stieg die Wut in ihr hoch. Sie würde kämpfen, freiwillig überließ sie weder ihr armes Pferd noch sich selbst diesen gierigen Fressern. Energisch fasste sie einen Ast und mühte sich, ihn abzubrechen, dann riss sie das überflüssige Gezweig von dem Prügel und pfiff damit durch die Luft.

»Seht euch vor!«, rief sie laut. »Hier gibt's ordentlich was auf die Schnauze!«

Ein grauer Schatten stieg im Gezweig dicht vor ihr auf und sie hob schon mutig den Prügel, um zuzuschlagen, da erkannte sie erleichtert, dass es Halvdan war, der endlich zu ihr zurückkehrte.

»Mut!«, sagte er anerkennend, ohne sich eines kleinen Grinsens erwehren zu können. »Du hast Mut. Mir gefällt Frau, die Mut hat.«

»Da… da sind Wölfe«, stammelte sie und wies mit der Hand auf die Stelle, wo vorhin noch der graue Schatten zu sehen gewesen war.

Halvdan lachte dröhnend auf; griff einen losen Stein und feuerte das Geschoss ins Gebüsch. Ein lautes Knacken war zu hören, offensichtlich hatte der Wurf großen Eindruck auf die Wölfe gemacht, und sie stoben in wilder Flucht davon.

»Wölfe Angst vor Mensch«, sagte er und griff seelenruhig den Zügel des immer noch zitternden Pferdes. »Im Winter, wenn kalt und Wölfe sehr hungrig, dann Gefahr. Nicht jetzt.«

Sie erwiderte nichts, spürte nur, dass sie unendlich froh war, wieder unter seinem Schutz zu stehen, und ließ geschehen, dass er das Pferd hinter sich herzog.

Der Wald versank in tiefer Dämmerung. Das Gewirr der grünen Zweige wurde zu einem grauen Gespinst, schwarze Stämme, knorrig wie uralte Erdgeister, tauchten aus der Düsternis auf; bewegten sich scheinbar auf sie zu, griffen nach ihren Haaren und rissen an ihrem Kleid. Endlich blieb Halvdan stehen und trat neben das Pferd, um ihr beim Absteigen zu helfen. Sie war so erschöpft, dass sie ohne Umschweife in seine Arme rutschte und spürte, wie er sie an seiner breiten Brust auffing und festhielt.

»Haus«, sagte er leise. »Kein Dach, aber Mauer. Schützt vor Tier.«

Er hatte ein verlassenes Gebäude entdeckt und die Ruine vermutlich erst einmal vorsichtig untersucht, bevor er zurückkehrte, um Reina dorthin zu führen. Nur undeutlich erkannte sie jetzt einen breiten Eingang, aus dicken Balken zusammengefügt, dahinter war es dunkel, doch er fasste ihre Hand und zog sie mit sich in die Düsternis hinein. Der Boden war uneben, sie meinte, weiches Gras zu spüren, dann wieder stieß sie an Gesträuch, herumliegende Balken, Steine, einmal knirschten Tonscherben unter ihren Füßen.

»Niemand hier wohnt«, murmelte er mit tiefer Stimme. »Holz vor Tür schieben. Sicher schlafen.«

Es war nicht einfach, das widerspenstige Pferd durch den Eingang zu schieben, das Tier schnaubte und strebte immer wieder nach rückwärts, erst als der Mond aufging und das Innere des verfallenen Gebäudes in ein mildes Licht tauchte, gab das Tier den Widerstand auf.

Auch Reina fühlte sich nun, da sie ihre Umgebung erkennen konnte, sehr viel wohler. Das Haus war stabil aus kräftigen Balken und Hölzern erbaut, es schien jedoch bereits eine ganze Weile verlassen, denn aus dem Lehmboden strebten junge Bäumchen zum Himmel hinauf, und das Stroh, mit dem einst das Dach gedeckt gewesen war, lag als dichter, verrottender Teppich auf dem Boden. Kahl ragten einige schwarze Dachbalken in den Nachthimmel, nur in einer Ecke war noch ein kleiner Rest des Strohdachs erhalten, doch war ihm anzusehen, dass schon der nächste Sturm es vollends abdecken würde.

Wer hatte solch ein großes, stabiles Haus mitten in den Wald gebaut, überlegte Reina verwirrt. Und warum hatten die Bewohner es wohl verlassen?

Halvdan achtete nicht auf sie, er hatte einige der herabgestürzten Dachbalken aufgehoben und verbarrikadierte mit ihnen den Eingang. Reina konnte nicht umhin, seine Kraft und Geschicklichkeit zu bewundern; mit zäher Anstrengung hob er die schweren, langen Hölzer vom Boden auf und setzte sie so geschickt ineinander, dass sie sich gegenseitig stützten. Sie wollte nicht nachstehen, musterte den Boden unter dem Dachrest und hob ein paar Steine auf, die dort im Weg lagen. Dann sammelte sie Scherben und die Reste einer geflochtenen Trennwand auf und warf alles beiseite. Wenn sie doch wenigstens ein Fell oder auch nur ihren Mantel als Unterlage gehabt hätte. Aber wie die Dinge lagen, würde man wohl zwischen allerlei Kräutern und Gräsern auf dem nackten Boden nächtigen müssen.

Er hatte inzwischen die Balken zu seiner Zufriedenheit zurechtgerückt, rüttelte noch einmal daran und nahm dann dem Pferd Sattel und Zaumzeug ab.

»Kein Feuer«, sagte er. »Wikinger sieht Feuer. Riecht Rauch.«

Sie nickte. Sie hätte sowieso nicht gewusst, wie sie die Hölzer ohne Feuerstahl hätte anzünden können. Dann wurde ihr bewusst, dass sie diese Nacht hier in der Wildnis mit ihm gemeinsam verbringen würde, ohne die schützenden Mauern ihrer Zelle, ohne eine Tür zwischen ihnen, die sie hätte verschließen können.

Er schien sich über diese Tatsache wenig Gedanken zu machen, denn er setzte sich ohne Umschweife neben sie auf den Boden und knotete die Schnüre seines Beutels auf. Sie zog sich in eine entfernte Ecke zurück, ließ sich dort im Gras nieder und bemühte sich, in eine andere Richtung zu schauen. Ihr Magen zog sich vor Hunger bereits schmerzhaft zusammen, doch sie hatte sein Angebot vorhin stolz zurückgewiesen und würde auch jetzt auf keinen Fall untertänig um ein Stück Brot bitten. Lieber würde sie vor Hunger umfallen, als sich so vor ihm zu erniedrigen.

Er schien zu erraten, was in ihr vorging, denn er sah ernst zu ihr hinüber, überlegte kurz, dann reichte er ihr die übrig gebliebene Brothälfte.

»Dein Teil«, sagte er kurz. »Iss. Sonst schwach vor Hunger.«

Sie zögerte. Das Angebot war verlockend, und sie wollte schon den Arm ausstrecken, dann hielt sie inne. »Wie viele Brote hast du mitgenommen?«

Er schüttelte den Kopf, scheinbar wollte er die Frage nicht verstehen.

»Was wirst du essen?«, beharrte sie.

»Dein Brot«, sagte er eigensinnig. »Morgen neues Brot. Iss!«

Er wollte ihr tatsächlich das letzte Stück Brot geben und selbst hungern. Es rührte sie – eigentlich konnte er doch kein schlechter Kerl sein. Aber wer wurde schon aus diesen Wikingern schlau? Vielleicht wollte er sie nur füttern, damit sie unterwegs nicht krank wurde und ihm Probleme bereitete.

Langsam streckte sie den Arm vor und nahm die Brothälfte aus seiner Hand. Dann brach sie das Stück in zwei Teile und reichte ihm den größeren zurück.

»Wir essen beide davon«, sagte sie energisch. »Oder ich werfe es fort.«

Er grinste breit und schien einverstanden, denn er stopfte sich gleich darauf den Mund voll. Etwas Regenwasser, das in einem halb zerbrochenen Tontopf geblieben war, krönte die karge Mahlzeit, und Reina lauschte neidisch auf das Mahlen der Pferdezähne, die Gras und Kräuter eifrig abrupften und zerkauten.

»Jetzt schlafen«, erklärte Halvdan. »Morgen, wenn Sonne kommt, wir reiten zum Fluss.«

Sie sah im Mondlicht, wie er sich rücklings auf dem Boden ausstreckte, den Sattel unter den Kopf schob und scheinbar ohne weitere Erklärungen einschlafen wollte. Es passte ihr nicht. So erschöpft sie eben noch gewesen war – jetzt brannte sie vor Unruhe und Neugier. Sie wollte endlich wissen, woran sie war.

»Halvdan?«

Er brummte leise zur Antwort – also schlief er noch nicht.

»Stimmt es wirklich, dass einer dieser Wikinger dein Bruder war?«

Er schwieg. War er doch schon eingeschlafen? Sie ärgerte sich. Hatte er nicht heute früh gesagt, er würde ihre Fragen später beantworten. Jetzt war später.

»Warum hast du dann gesagt, dass die Wikinger deine Feinde seien?«

Er grunzte unmutig und setzte sich auf. Wahrscheinlich war er jetzt wütend, dass sie ihn nicht in Ruhe einschlafen ließ.

»Mein Vater Ragnar – zwei Frau«, setzte er zur Erklärung an.

»Zwei Frauen?«, entfuhr es Reina entsetzt. »Ein Wikinger kann zwei Frauen haben?«

»Still«, knurrte er. »Du hast Frage – ich rede.«

Das sah sie ein, er hätte es allerdings auch etwas freundlicher sagen können.

»Mein Vater hat Frau: Gunthild. Sie einen Sohn: Halvdan.«

Er deutete auf seine Brust, und sie verstand.

»Gunthild ist deine Mutter.«

Er nickte und wiederholte das Wort. Mutter.

Unglaublich. Er hatte sie entführt, einen ganzen Tag lang durch den Wald geschleift, und jetzt hockten sie beide in dieser Ruine, um die inzwischen wohl die Wölfe und Bären schlichen. Aber immer noch bemühte sie sich darum, ihm Fränkisch beizubringen. Sie musste den Verstand verloren haben. Es war vermutlich gar nicht gut, wenn dieser Strolch die fränkische Sprache beherrschte. Wer weiß, was er damit noch anrichtete!

»Meine Mutter Gunthild tot«, fuhr er fort. »Ragnar andere Frau: Estrith. Estrith Mutter von Knut.«

»Also ist Knut dein Halbbruder. Aber warum ist er dein Feind?«

Er schwieg eine Weile, und sie glaubte schon, er habe jetzt beschlossen, nicht mehr zu antworten. Doch dann redete er weiter, langsam und mühsam nach Worten suchend.

»Mein Vater Ragnar tot. Halvdan ist Graf. Aber Knut kein Frieden. Knut will sein Graf.«

»Aber du bist doch der ältere Sohn, oder?«

»Halvdan erster Sohn. Aber Knut kein Frieden. Halvdan geht allein mit Waffen in Wald, will töten Vogel, Tier …«

»Du bist zur Jagd gegangen …«

»Jagd«, wiederholte er. »Knut kommt mit Männern. Viele Männer. Halvdan allein – sie viele. Haben Stricke …«

»Sie haben dich überwältigt und gefangen genommen?«

»Gefangen«, murmelte er. »Gebunden mit Strick. Gefahren über das Meer. In Haithabu Halvdan wird Sklave …«

»Das ist ja unfassbar!«, rief sie entsetzt. »Dein eigener Bruder hat dich überfallen, verschleppt und als Sklave verkauft? Was für ein hinterhältiger, gemeiner Verräter! Ich schwöre dir: Gott der Herr wird ihn für dieses Verbrechen in der finstersten Hölle schmoren lassen.«

»Wikinger nicht wartet auf Gott«, sagte Halvdan und streckte sich wieder am Boden aus. »Wikinger tötet Feind.«

»Aber … aber er ist doch immerhin dein Bruder«, wandte sie unsicher ein. »Vielleicht könntet ihr euch auch miteinander versöhnen. Wenn du ihm vergibst, was er getan hat …«

Sie spürte bald, dass sie ins Leere redete, denn Halvdan bewegte sich nicht mehr, auch hatte er seine Augen geschlossen.

»Tu, was du für richtig hältst«, sagte sie leise. »Aber ich möchte, dass du mich zurück ins Kloster bringst. Ich habe nichts mit deinen Familiengeschichten zu tun, Halvdan.«

»Knut ist dort. Du besser hier.«

»Aber das ist doch Unsinn! Was sollten die Wikinger im Kloster suchen? Es gibt dort nichts zu erbeuten …«

»Still. Jetzt schlafen!«

Nun war an Schlaf erst recht nicht mehr zu denken. War es tatsächlich möglich, dass diese grauenhaften Kerle ihr Kloster verwüsteten? Über ihre Mitschwestern herfielen?

»Herr des Himmels – schütze sie«, flehte sie leise und legte die Hände zum Gebet zusammen. Dann fiel ihr ein, dass sie den ganzen Tag über keine einzige Andacht eingehalten hatte, und der Mut sank ihr.

Am Himmel über ihr funkelten zahllose Sterne, die wie winzige Lichtlein auf einem schwarzen Meer dahintrieben.

❖

Reinas Schlaf war unruhig und voller angsterregender Träume. Sie erwachte von dem widerwärtigen Gefühl, dass ein kleines, pelziges Wesen mit harten Füßen über ihre Beine lief, und fuhr erschrocken hoch, um ihr Kleid zu schütteln. Angewidert zog sie den Stoff eng um den Körper, kauerte sich zusammen und schlang die Arme um die angewinkelten Knie. Dann erst kam ihr wieder ins Bewusstsein, wo sie sich befand, und sie begann zu frieren.

Es war noch dunkel, doch der Morgen konnte nicht mehr fern sein. Dicht neben sich hörte sie regelmäßige Atemzüge – Halvdan lag noch in tiefem Schlaf. Die Luft war kühl und feucht, sie roch nach modrigem Stroh, nach Erde und Kräutern, hie und da wehte der Geruch des Pferdes zu ihr herüber.

Aber da lag noch etwas anderes in der Luft. Sie schnüffelte

und hatte plötzlich das Gefühl, den großen Fluss riechen zu können.

Es war seltsam, doch sie war sich fast sicher. Damals, in St. Emilien, als sie noch ein kleines Mädchen war, hatte sie auch morgens oft wach gelegen und den Geruch des großen Stromes wahrgenommen, der nicht weit vom Kloster entfernt vorüberfloss. Vielleicht hatte sie ja recht und die Seine war ganz in der Nähe. Das würde auch erklären, weshalb hier ein Haus stand. Der Besitzer hatte sicher ein Stück Wald am Flussufer gerodet, Garten und ein paar Felder angelegt, zugleich aber auch im Fluss gefischt. Als er und seine Familie das Haus verließen, hatte der Wald es wieder eingeschlossen.

Vielleicht hat er das Haus auch gar nicht freiwillig verlassen, überlegte sie. Kann es nicht sein, dass die Wikinger vor neun Jahren hier eingefallen sind und ihn mitsamt seiner Familie getötet haben? Schreckliche Bilder gingen ihr durch den Kopf, wilde Gesellen, die dem Bauern den Schädel mit der Streitaxt spalteten, Mutter und Töchter fesselten und mit sich fortschleppten, kleine Kinder, die in der Wiege erdrosselt wurden… Ganz sicher hatte man die Opfer hier in der Nähe begraben – was für ein furchtbarer Ort!

Sie fröstelte noch mehr und sehnte sich zurück in die sichere Geborgenheit ihres steinernen Klosters. Leise erhob sie sich und sprach ein Gebet für die Seelen der Toten, dann horchte sie wieder auf die gleichmäßigen Atemzüge des Wikingers. Nein, auf keinen Fall wollte sie sich weiter von ihm verschleppen und in seine blutigen Rachegeschichten verwickeln lassen. Noch schlief er, und es war dunkel – wenn sie eine Chance hatte, ihm zu entkommen, dann jetzt.

Tastend bewegte sie sich voran, bemüht, so leise wie möglich über Steine und Strohhaufen zu steigen, auf keinen Fall auf eine der herumliegenden Tonscherben zu treten. Das Pferd, das die Bewegung gespürt hatte, schnaubte leise, und sie erstarrte. Doch Halvdan schlief weiter. Ihre Hände stießen an die Balken, mit denen er den Eingang verschlossen hatte, und sie hob das Kleid an, um vorsichtig darüberzusteigen. Der Wikinger hatte die Balken so fest ineinander verkeilt, dass sie ihrem Gewicht standhielten, vielleicht würde es ja möglich sein, auf diese Weise über die hölzerne Wand zu klettern.

Ein schwacher, milchiger Schein überzog jetzt den Himmel, sodass sie die dunklen Umrisse der Hauswand erkennen konnte. Sie war niedriger, als sie geglaubt hatte, und leicht zu übersteigen. Auf der anderen Seite halfen ihr die Zweige einer jungen Buche beim Abstieg, sie handelte sich zwar einen Riss im Kleid und ein paar Hautabschürfungen an den Beinen ein, doch sie gelangte sicher auf den Boden.

Der erste, vorsichtige Vogelruf erklang über ihr in einer großen Eiche, und sie zuckte erschrocken zusammen. Ein anderer Vogel antwortete, schon ein wenig selbstbewusster, dann meldete sich ein dritter mit seinem Gesang, der beiden beweisen wollte, dass er ganz gewiss der Stärkste und Lauteste war.

O weh! Gleich würde Halvdan erwachen. Sie musste nach Osten laufen, dorthin, wo jetzt der schwache Lichtschein durch die Zweige schimmerte, in dieser Richtung musste der Fluss liegen. Wenn sie es bis zur Seine schaffte, würde sie einem vorüberfahrenden Boot oder Schiff winken und vielleicht nach Rouen mitgenommen werden, wo sie beim Erzbischof um Hilfe bitten würde. Ganz sicher würde er Nachricht davon haben, was auf Roberts Burg und in ihrem Kloster geschehen war. Er würde sie aufnehmen und ihr –

wenn die Lage ruhig war – eine Eskorte seiner Krieger zur Verfügung stellen, unter deren Schutz sie wieder in ihr Kloster zurückkehren konnte.

Der Wald erwachte im kühlen Morgenlicht, Tautropfen rollten von den Blättern und netzten ihr Gewand, wenn sie sich durch das dichte Gezweig drängte. Kleine Wesen huschten über das Moos, raschelten im Laub, ein müder Nachtvogel strich so nah an ihr vorüber, dass sein dunkler Flügel ihre Schulter streifte. Dann, urplötzlich, erhob sich dicht vor ihr eine Vielzahl dunkler Leiber, es knackte, Zweige zerbarsten, kleine Hufe trommelten über den Boden, und sie presste sich zitternd vor Angst an einen Baumstamm. Doch es war nur ein Rudel Rehe, die nach der morgendlichen Äsung wieder in den Wald zurückkehrten. Ohne Scheu liefen die Tiere an ihr vorüber, so als sei sie nur ein Teil des Baumstammes, gegen den sie sich lehnte.

Sie haben in der Flussaue gegrast, dachte sie. Ich muss nur ihrem Pfad folgen, er führt sicher geradewegs zum Wasser hinab.

Sie täuschte sich nicht. Schon nach kurzer Zeit wurde der Wald lichter, und das helle Band des Flusses schimmerte durch die Stämme. Als sie sich endlich durch das Gebüsch gekämpft hatte und in das feuchte Gras der Aue trat, blieb sie überwältigt stehen. Der Himmel über dem Fluss schien von einer gleißenden Feuersäule gespalten, blendend helles Licht drängte die dunklen Wolken auseinander, durchbrach sie, zerfetzte sie zu zarten, weißen Wollfäden und ließ sie gleich darauf rosig aufglühen. Dann stieg siegreich die glühende Sonnenscheibe aus dem Fluss und trat ihre Herrschaft über den Tag an.

Sie blinzelte, die Augen tränten ihr, denn sie hatte zu lange ins Licht gestarrt, doch sie erkannte deutlich die Form eines kleinen Bootes, das auf dem Wasser flussabwärts trieb. Aufgeregt lief sie durch das hohe Gras zum Ufer hinunter. Ja, sie hatte sich nicht getäuscht – das Boot war mit Waren beladen, über die man Häute gespannt hatte, um sie vor Regen und Wind zu schützen. Zwei Männer bemühten sich, das Schiff auf Kurs zu halten, einer saß an den Rudern, der andere stand am Heck und mühte sich mit dem Steuerruder.

Ganz sicher würde die Fahrt nach Rouen gehen, um die Waren dort auf dem Markt umzuschlagen. Was für ein Glück sie hatte – von dem Wikinger war noch nichts zu sehen. Sicher schlief er noch sanft und selig in der Ruine, müde von den Anstrengungen des vergangenen Tages.

Sie winkte, hüpfte am Ufer herum, rief den Männern zu, dass sie Hilfe brauche. Der Mann am Steuer sah zu ihr hinüber, dann sah sie, dass er sich vornüberbeugte, um seinem Gefährten einige Worte zuzurufen.

»Hilfe!«, rief sie, so laut sie konnte. »Man hat mich überfallen. Helft mir um Gottes willen. Ich werde verfolgt…«

Die Männer redeten miteinander, zuckten die Schultern und lachten. Verzweifelt glaubte sie schon, der Kahn würde vorüberziehen, doch dann bemerkte sie, dass der Mann am Steuer heftig arbeitete, um das Ufer zu erreichen.

»Hier herüber!«, brüllte der Ruderer und deutete flussabwärts, wo ein umgestürzter Baum in den Fluss hineinreichte.

Sie verstand, raffte in der Aufregung ihr Kleid bis hoch zu den Knien und rannte so schnell sie es vermochte, um die Hilfe ja nicht zu verpassen. Mehrfach wäre sie fast gestürzt, dicke Steine lagen am Ufer, dorniges Gebüsch und angeschwemmte Hölzer mussten überwunden werden, an einer Stelle mündete ein schmaler Bachlauf in den Fluss, den sie durchwaten musste. Völlig außer Atem, das Haar zerzaust, das Gesicht verschwitzt und gerötet, langte sie bei dem umgestürzten Stamm an, wo die Schiffer sich mühten, ihr in der Strömung rasch dahintreibendes Boot zu vertäuen.

»Nehmt mich um Gottes willen mit!«, rief sie hinüber. »Ich will für eure Seelen beten. Nehmt mich mit nach Rouen.«

Die beiden schienen von ihrer verzweifelten Bitte erheitert, sie grinsten sich an und wechselten ein paar Worte, die Reina nicht genau verstehen konnte, da das Wasser sich an dem Baumstamm brach und rauschend an dem Hindernis zerrte.

»Wenn du klettern kannst – herüber mit dir!«, brüllte man ihr zu.

Sie begriff, dass es keine andere Möglichkeit gab – sie musste über den glitschigen Stamm bis hinüber zu dem Boot steigen, das heftig in den Wellen schaukelte. Doch die Angst, wieder in die Gewalt des Wikingers zu geraten, gerade jetzt, da die Hilfe so nah war, gab ihr den Mut, das Wagnis einzugehen.

Vorsichtig setzte sie einen Fuß auf den Stamm, spürte, wie er unter der Strömung erzitterte und wie glatt die über ihn dahinbrausenden Wellen das Holz geschliffen hatten. Doch sie stieg hinauf, breitete beide Hände aus, um das Gleichgewicht besser zu bewahren, und fühlte zugleich, wie der Wind ihr Kleid erfasste und daran zerrte. Rechts und links wühlten die braunen, schlammigen Wogen des Flusses, drängten schäumend gegen das Holz, dicke Äste standen von dem toten Stamm ab, mussten geschickt überstiegen werden, wobei sie das flatternde Kleid anhob, sonst wäre es an den Zweigen hängen geblieben. Je weiter sie sich vom Ufer entfernte, desto heftiger schwankte das tote Holz unter ihr, denn die Wellen waren hier stärker und hatten bereits die kleineren Äste abgerissen und fortgespült. Nicht lange und der ganze Wipfel würde wegbrechen und den Fluss hinabtreiben.

»Bravo Mädchen! Weiter so!«, brüllten die Männer.

Sie standen im schwankenden Kahn, die Arme in die Seiten gestemmt, und schienen an ihrem gefährlichen Gang großen Spaß zu haben. Erst kurz bevor sie das Boot erreichte, verlor sie das Gleichgewicht, fasste hilflos nach einem hochstehenden Ast und wäre in den Fluss gestürzt, wenn sich nicht einer der Männer rasch vornübergebeugt hätte, um sie am Kleid zu fassen.

»Halt sie fest«, brüllte der andere, der zur gegenüberliegenden Seite des Bootes eilte, denn das Schifflein neigte sich bedenklich.

Reina war bis zur Taille in die Wogen getaucht, doch die kräftigen Arme des Mannes zogen sie über den Bootsrand, wo sie erschöpft in sich zusammensank.

»Das wäre um ein Haar danebengegangen, meine Hübsche«, sagte der Mann. »Wir riskieren eine ganze Menge für dich. Hoffentlich wirst du uns die Mühe auch anständig lohnen!«

Sie richtete sich vorsichtig zum Sitzen auf und zog verschämt das nasse Kleid hinab, das sich bis an die Oberschenkel hochgeschoben hatte. Sie hatte ihre Schuhe eingebüßt, doch das schien ihr im Augenblick völlig unwichtig. Sie hatte es geschafft – Halvdan würde sie nun ganz gewiss nicht mehr einholen, denn die beiden Männer steuerten das Boot sogleich wieder in die Strömung hinaus.

»Ich werde für euch beten«, sagte sie und versuchte, das im Wind flatternde Haar zu glätten. »Ich bin Äbtissin des Klosters St. Antoine, das im Besitz des Grafen Robert ist. Mit meiner Rettung habt ihr euch die Dankbarkeit meines

Schwagers, des Grafen Robert, verdient und ebenso die des Erzbischofs von Rouen, dem mein Kloster untersteht.«

Zu ihrer namenlosen Verblüffung erfolgte ein hemmungsloses Gelächter auf diese Ankündigung. Verunsichert betrachtete sie ihre Retter nun aus der Nähe. Der Mann, der das Steuerruder bediente, war untersetzt und stämmig, unter seinem kurzen Gewand wölbte sich ein feister Bauch. Sein Gesicht war breitflächig, von einem dunklen, krausen Bart fast zugewachsen, die Nase jedoch schmal und ein wenig gebogen.

Er mochte um die dreißig sein, der andere war jünger und wirkte fast noch wie ein Kind, denn sein blasses Gesicht war bis auf ein paar schüttere Härchen am Kinn völlig bartlos. Der Blick seiner grünlichen Augen war unstet, auch hatte er die seltsame Gewohnheit, mit den Lidern zu zucken, als müsse er eine vorwitzige Mücke abwehren. Trotz seiner Jugend waren seine langen Arme sehnig, und der Griff, mit dem er Reina aus dem Wasser gezogen hatte, war grob und schmerzhaft gewesen.

»Eine Äbtissin!«, grölte der Ältere, klemmte das Ruder mit einem Arm am Körper fest und deutete höhnisch eine Verneigung an.

»Verzeiht, ehrwürdige Mutter, dass wir Euch nicht mit gebührender Ehrfurcht begegnet sind. Auf die Knie, Hanfried. Leg deine Beichte ab, du Sünder. Aber fasse dich kurz dabei, die Dame möchte bei der Liste deiner Untaten nicht in Ohnmacht fallen!«

Der Jüngere grinste dümmlich und fuhr fort, die Ruder kräftig zu führen. Doch der Blick, mit dem er Reina maß, traf ganz bestimmte Stellen ihres Körpers so durchdringend, dass sie errötete und die Arme über der Brust kreuzte. Mit einem Schlag wurde ihr bewusst, dass sie sich in die Gewalt von zwei Unbekannten gegeben hatte.

»Ich kann gut verstehen, dass ihr verwundert seid«, sagte sie, bemüht, ihre Angst nicht zu zeigen. »Man hat mich überfallen und verschleppt, ich habe meinen Schleier verloren und sehe deshalb nicht wie eine Nonne aus. Doch ich schwöre bei Gott dem Herrn, dass ich die Wahrheit rede…«

»Schon gut, Mädchen«, erwiderte der Ältere und gab ihr einen Klaps auf den Rücken. »Du bist also eine fromme Äbtissin – das gefällt mir. Jede hat ihre Masche. Aber ich warne dich – wenn du allzu viel herumzappelst, kann das Boot kentern, also leg dich hübsch auf den Rücken und warte ab, bis wir beide uns geeinigt haben.«

Sie wusste wenig von der Welt, denn man hatte sie früh ins Kloster gegeben. Doch sie ahnte, was diese beiden Männer mit ihr vorhatten – etwas, das so schlimm war, dass sie niemals wieder in ihrem Leben dem Kloster als Äbtissin würde vorstehen können.

»Wenn ihr das wagt, dann werdet ihr vor Gericht gestellt werden«, rief sie zornig. »Die Schändung einer Äbtissin wird mit dem Tod bestraft. Mein Schwager Robert wird dafür Sorge tragen, dass das Urteil vollstreckt wird, das schwöre ich euch!«

Der untersetzte Mann am Steuer verzog ärgerlich das Gesicht und machte sich daran, das Ruder mit einem Riemen festzubinden.

»Jetzt reicht's langsam«, knurrte er und bewegte sich breitbeinig auf sie zu. »Soll ich dir sagen, wer du bist? Eine ganz gewöhnliche Hure, eine von denen, die auf den Booten der Händler mitfährt und sich mit ihnen zwischen die Fässer und Kisten legt. Du hast herumgezickt, und sie haben dich ausgesetzt, du neunmalschlaues Weibsbild. Hör zu, wir machen einen ehrlichen Handel. Wir bringen dich nach Rouen und dafür machst du für uns die Beine breit, wie du es immer machst. Aber sonst ist für dich nichts drin, meine Kleine. Sei froh, dass wir dich aufgelesen haben, wir hätten dich auch am Flussufer verhungern lassen können.«

Der Schreck über diesen entsetzlichen Irrtum lähmte sie, sodass sie zunächst kein Wort hervorbringen konnte. Doch der Mann war auch nicht gewillt, ihre Antwort abzuwarten. Er ließ sich auf die Knie nieder, umfasste Reinas bloße Füße und zog sie daran unerbittlich zu sich heran. Sie zappelte und trat nach ihm, da warf sich der schwere Mann mit plötzlicher Wucht auf ihren Körper, sodass das Boot heftig zu schwanken begann, und gleich darauf spürte sie seinen heißen, stinkenden Atem im Gesicht.

»Wenn du nicht willst, dass ich dir ein paar Zähne ausschlage, dann halt jetzt still, Hure. Ich habe keine Lust, wegen dir meine Ladung zu verlieren.«

Verzweifelt versuchte sie sich aufzubäumen, doch der massige Körper drückte sie fest an die Schiffsplanken. Sie hörte ihn grunzen und wohlig stöhnen und spürte voller Entsetzen, dass er mit einer Hand ihr Kleid hochzog und mit harter Pranke über ihre bloßen Schenkel strich.

»Jungfrau«, stöhnte er genüsslich. »Äbtissin … Nonne …«

Sie schrie so laut, dass es ihr selbst in den Ohren gellte und ihre Stimme überschnappte. An ihrer Hüfte spürte sie einen harten Gegenstand, ähnlich einem Stock, der sich fest an sie presste und ihr wehtat, dann setzte er sein dickes Knie zwischen ihre Beine und drängte sie unerbittlich auseinander, während seine Hände ihr das Kleid bis zum Hals hochrissen.

»Hör auf!«, rief eine Stimme, die dem jüngeren Mann gehörte. »Lass die Dirne jetzt. Schau dir das an!«

Der Mann jedoch war wie im Rausch, seine Hände bearbeiteten ihre bloßen Brüste, der dicke Stock berührte ihre Schenkel, während das Boot wild hin und her schaukelte. Erst als sein Kamerad ihm einen festen Stoß versetzte, ließ er von Reina ab und starrte den anderen mit wutverzerrtem, rotem Gesicht an.

»Bist du verrückt? Du kommst ja gleich an die Reihe, Grünschnabel!«

»Schau dich um, verdammt!«, keuchte der junge Kerl und deutete nach rückwärts.

»Blitz und Donner«, murmelte der andere und erhob sich so hastig, dass er versäumte, sein steifes Glied wieder unter die Bruoche zu stecken. »Der rudert ja wie der Teufel in seinem winzigen Kahn. Was will der von uns?«

»Ein verfluchter Pirat, wenn du mich fragst. Der hat es auf unsere Ladung abgesehen. Ich habe noch nie einen Mann gesehen, der ein Boot so rasch über das Wasser bewegen kann.«

»Nun mach dir nicht gleich in die Hose, Kleiner«, gab der Dicke zurück, eilte jedoch zu den Rudern. »Er ist allein im Boot und wir sind zu zweit. Wenn er uns entert, bekommt er als Erstes eins mit dem Ruder übergezogen.«

»Dann musst du dich beeilen – er hat uns gleich«, brüllte der junge Kerl angstvoll und stolperte ebenfalls zum Bug, um eines der Ruder zu fassen.

Reina hatte sich zusammengekauert und war fest entschlossen, den Augenblick zu nutzen, um über Bord zu springen. Lieber wollte sie als unversehrte Jungfrau im Fluss ertrinken, als die Schande zu ertragen, vergewaltigt zu werden. Doch sie hatte kaum ihr Kleid um sich gerafft und sich zum

Sitzen aufgerichtet, da wurde das Boot so schwer erschüttert, dass sie gegen die Warenballen geschleudert wurde und darin versank.

Getümmel erhob sich, wütendes Geschrei aus rauen, männlichen Kehlen. Flusswasser schwappte über ihre Beine, ein schwerer Körper fiel dicht neben sie, wurde wieder emporgerissen, dann klatschte etwas Schweres ins Wasser, ein zweites Klatschen folgte.

»Fluss will zum Meer«, sagte eine wohlbekannte, tiefe Stimme. »Gut schwimmen – gut Reise!«

Sie lag unbeweglich, wartete zitternd darauf, dass er sie aus den Häuten und Warenballen herauszerren und seinen Zorn an ihr auslassen würde. Doch nichts geschah.

Das Boot kämpfte mit der Strömung, Wellen schlugen gegen die Bordwand, schwankend und widerwillig schien es einer neuen Führung zu gehorchen, die es zu einem schwierigen Manöver zwang. Reina lag zwischen Häuten und mit Tüchern eingeschlagenen Paketen, ein Bündel zusammengeschnürter Felle lag auf ihr, die so scheußlich rochen, dass sie kaum Atem holen konnte.

Vielleicht hat er mich ja gar nicht bemerkt, dachte sie hoffnungsvoll. Er hat einfach nur dieses Boot in seine Gewalt bringen wollen. Er konnte mich ja gar nicht sehen, weil ich am Boden lag…

Es wurde ihr übel, das Entsetzen saß noch tief in ihr, ihr Magen rebellierte und sie versuchte, die Felle ein wenig beiseitezuschieben, um wenigstens frische Luft zu atmen. Warum schwankte dieses Boot nur so stark? Erst nach einer

Weile spürte sie, dass das Schiff sich unter kräftigen Ruderschlägen wieder vorwärtsbewegte. Nach dem Zischen und Rauschen der sich brechenden Wellen, das vom Bug her zu hören war, schien es nun jedoch flussaufwärts zu gehen.

Neue Angst befiel sie. Was hatte er vor? Wieso ruderte er jetzt flussaufwärts? Sie hatte geglaubt, dass er an Rouen vorbei zum Meer reisen wollte – doch sein Ziel schien ein anderes zu sein.

Natürlich, dachte sie. Warum sollte er zurück in seine Heimat fahren? Er will sich an seinem Bruder rächen, und der befindet sich hier im Reich der Franken.

Plötzlich hörte sie ihn singen. Mit tiefer, ein wenig kehliger Stimme sang er im Takt seiner Ruderschläge eine fremde Melodie. Es klang ruppig, auch waren die Worte seltsam, bestanden aus harten Lauten, so als schlüge jemand kleine Steinchen aufeinander. Immerhin war sie verblüfft, dass diese Heiden offensichtlich Gesänge kannten. Zumindest etwas, das einem Gesang ähnlich war.

Als sie genauer hinhörte, glaubte sie, ein fränkisches Wort in diesem Singsang gehört zu haben. Doch das war gewiss eine Täuschung gewesen.

»Langes Haar… schönes Haar…«

Was für eine seltsame Sprache die Wikinger hatten. Es klang hin und wieder fast wie fränkisch.

»Lauf davon… mit Wind… mit Schiff…«

Sie lauschte mit klopfendem Herzen. Was sang er da?

»Schöne Frau… Augen wie Nacht… dumm im Kopf… Frankenbeute…«

Dieser Mistkerl sang Spottlieder auf sie! Es wurde ihr heiß unter der drückenden Last der Felle und Tücher. Was für eine hinterhältige Gemeinheit! Er wusste ganz genau, dass sie auf dem Boot war, doch anstatt sie aus ihrem Versteck zu zerren, sie zornig anzubrüllen oder gar zu schlagen, machte er sich über sie lustig. Nun, da ihre Flucht so jämmerlich fehlgeschlagen war, hatte er gut lachen.

Dabei hatte sie einfach nur Pech gehabt. Ihr Plan hätte genauso gut gelingen können – sie war einfach an die Falschen geraten.

»Kleines Mädchen… verbirgt sich vor Mann… kein Mut… große Angst…«, sang er, und dieses Mal bestand sein Lied nur aus fränkischen Worten.

Wütend schälte sie sich aus den Fellen, warf das Zeug so heftig zur Seite, dass eines davon über Bord ging und mit dem Strom davonschwamm.

»Ich habe überhaupt keine Angst vor dir!«, fauchte sie. »Du hältst dich wohl für ganz besonders schlau, wie? Dabei hast du nicht einmal bemerkt, dass ich über deine albernen Balken geklettert und davongelaufen bin. Sogar das Pferd hat es gemerkt, aber der neunmalschlaue Wikinger, der alles so gut kann und weiß – der hat geschlafen wie ein Stein!«

Ärgerlich erhob sie sich und wollte ihr nasses, zerknittertes Kleid mit den Händen glätten, doch das Schiff schwankte so heftig, dass sie ihr Vorhaben aufgab und sich rasch wieder hinsetzte. Großer Gott – dieses scheußliche Auf- und Niederschaukeln war für ihren Magen gar nicht gut. Zumal er momentan wieder einmal völlig leer war.

Halvdan saß von der Morgensonne angeleuchtet auf der Ruderbank, er hatte den Kittel abgelegt und trug nichts als die Bruoche am Körper, und das faszinierende Spiel seiner Schulter- und Armmuskeln zog ihre Blicke wie magisch an. Auf seinem Gesicht lag ein verschmitztes Grinsen, für das sie ihn hätte ohrfeigen können.

»Halvdan gut Schlaf«, sagte er und nickte dazu mit dem Kopf. »Reina leise wie Katze. Mann kann nicht riechen und hören wie Pferd. Mann hat Schlaf, weil müde.«

Diesen Kerl konnte wohl nichts aus seiner Ruhe bringen. Sie zupfte Fusseln von ihrem Kleid, versuchte einige Flecken herauszureiben und beobachtete zwischendurch die Flussufer. Die Auen waren hier schmal, der Flusslauf schlängelte sich in engen Windungen durch dichte Wälder. Struppiges Gras, Buschwerk und kleine Bäume säumten die Ufer. Buntes Entenvolk saß hie und da zusammengeschart unter den Büschen, schaukelte im Wasser, kopfüber und kopfunter, graue, langbeinige Reiher standen an den wenigen seichten Stellen und tunkten die Schnäbel in die Flut, und Flussmöwen jagten in kühnem Flug dicht über der Wasseroberfläche.

»Warum du fort von Halvdan?«

Er hatte sie eine Weile mit seinen hellen Augen beobachtet, nachdenklich und abwartend, und jetzt schien ihm die Zeit für diese Frage gekommen.

»Das fragst du noch?«, empörte sie sich. »Du schleppst mich gegen meinen Willen in diese Wildnis! Du kümmerst dich kein bisschen um meine Wünsche. Du machst einfach, was du willst, und verlangst von mir, dass ich dir folge! Lass dir gesagt sein, Wikinger: Ich denke gar nicht daran, deinen Willen zu tun! Du bist mein Sklave, ich habe dich gekauft, und du bist es, der zu gehorchen hat!«

Seine Züge blieben unbeweglich, nur das Grinsen verschwand langsam.

»Was will Reina?«, fragte er ruhig. »Was soll Halvdan tun?«

Sie holte Luft, denn sie hatte eigentlich Widerspruch erwartet, stattdessen erkundigte er sich nach ihren Wünschen.

Ob er tatsächlich bereit war, ihr zu gehorchen? Oder wollte er sie einfach nur vorführen?

»Ich will, dass du mich zurück in mein Kloster bringst!«

Das war das Mindeste. Eigentlich erwartete ihn als weggelaufener Sklave eine böse Strafe, doch sie würde natürlich dafür sorgen, dass ihm nichts geschah. Die Hauptsache war, dass er weiterhin ihr Kloster baute.

»Gut«, sagte er. »Aber nicht diesen Tag. Später. Jetzt Gefahr von Wikinger.«

Sie fuhr ungeduldig mit den Händen durch die Luft.

»Aber das ist doch völliger Unsinn! Was sollen denn die Wikinger in meinem Kloster? Es gibt dort nichts zu holen für sie!«

»Was ist Unsinn?«, wollte er wissen.

Immer dieser Lerneifer. Warum bemühte er sich nicht vielmehr, ihre Argumente zu begreifen, anstatt immer nur nach fränkischen Worten zu fragen.

»Unsinn ist, wenn jemand dumm ist. Sinnlose Dinge tut, wenn er ohne Verstand handelt wie ein Narr.«

»Gut«, sagte er und nickte zufrieden.

Er zog ohne Unterlass die Ruder, und der Anblick dieses mächtigen arbeitenden Körpers nahm sie so gefangen, dass sie ihn schweigend anstarrte. Erst als der Blick seiner hellen Augen sie traf und sie sein Lächeln bemerkte, fuhr sie zusammen und wandte sich errötend zur Seite.

»Knut will Burg von Robert«, sagte er. »Wenn er Burg nimmt – er hat auch Kloster.«

Sie erschrak zutiefst.

»Niemals wird es diesem Verräter gelingen, Roberts Burg einzunehmen. Robert hat seine Krieger, die die Burg verteidigen. Sie haben Waffen und werden die Wikinger besiegen!«

Halvdan sah kurz nach rückwärts über die Schulter, um die Fahrtrichtung einzuschätzen, dann wandte er sich wieder Reina zu.

»Robert schwach«, verkündete er mit vollkommener Überzeugung. »Feigling. Reitet davon und schützt Reina nicht. Knut besiegt Robert leicht.«

»Nein!«, rief sie aufgeregt. »Du täuschst dich. Nur weil er dein Bruder ist, ist er doch nicht gleich unbesiegbar. Robert wird die Burg verteidigen…«

»Knut nimmt Burg. Nimmt auch Kloster. Frauen Beute als Sklavin. Hässliche Frau – gut für arme Mann. Schöne Frau – gut für Graf und König…«

»Schweig!«, rief sie und hielt sich verzweifelt die Ohren zu. »Ich will nichts mehr hören. Das ist alles nicht wahr. Niemand wird meine Frauen aus dem Kloster rauben…«

Er sagte nichts, sah eine Weile zu ihr hin, und auf seinen Zügen spiegelte sich Mitleid. Geduldig wartete er ab, bis sie sich wieder gefasst hatte.

»Du, Reina, schöne Frau. Sehr schöne Frau. Robert dich nicht schützt. Du musst heiraten Mann, der stark ist. Mann, der schützen kann gegen Feinde. Nicht Robert.«

Das fehlte gerade noch. Erst machte er ihr mit seinen boshaften Lügen Angst, und jetzt wollte er ihr einreden, sie brauche einen starken Ehemann, der sie verteidigen könne.

»Wie oft soll ich dir das noch erklären?«, fuhr sie ihn ungeduldig an. »Ich bin eine Nonne und sogar eine Äbtissin. Und außerdem bin ich überhaupt nicht schön, und ich will es auch nicht sein!«

Er lächelte wieder, nicht spöttisch, sondern in einer ganz neuen Weise, die sie verwirrte. Dieser Kerl konnte mit Blicken streicheln. Sie spürte, wie ihr Herz plötzlich hämmerte und etwas in ihrem Körper durcheinander geriet. Hastig fasste sie ihr Haar, das ihr wild über die Schultern hing, drehte es am Hinterkopf zusammen und versuchte, es in den Halsausschnitt des Kleides zu stecken. Es gelang nur unvollständig, ein großer Teil der dunklen, lockigen Haarflut flatterte nach wie vor im Wind.

»Ich bin nicht schön, und ich werde auch niemals heiraten. Weil eine Nonne nun einmal keinen Ehemann hat, sondern im Kloster lebt.«

»Das Unsinn!«, kam es prompt zurück.

Unglaublich! Das hatte sie nun davon, dass sie ihm fränkische Worte beibrachte. Er warf sie ihr schonungslos an den Kopf, dieser dreiste Wikinger!

»Dumm und ohne Verstand«, fuhr er fort. »Reina braucht Schutz, und Halvdan dich schützt.«

Sie wollte aufbegehren, ihm erklären, dass sie keineswegs auf Schutz angewiesen sei, schon gar nicht auf den eines weggelaufenen Sklaven – doch der Ausdruck seines Gesichts war jetzt abweisend und der Blick seiner hellen blauen Augen kühl. Er hatte keine Lust mehr zu streiten.

Missmutig brütete sie vor sich hin. Wozu redete sie überhaupt mit ihm? Er machte ja doch, was er wollte. »Wohin fahren wir?«

»Zu Insel. Dort Wikinger. Halvdan braucht Männer, zu kämpfen gegen Knut.«

Insel? Was für eine Insel? Er konnte doch nur eine der vielen Flussinseln meinen. Wieso bildete er sich ein, dort Wikinger zu finden? Gütiger Himmel – waren diese Kerle denn schon überall im Frankenreich?

»Was ist mit meinem Pferd?«

»Pferd frisst Gras an Ufer. Viel Schiffe auf Fluss. Wird

kommen Mann und nehmen Pferd. Gutes Pferd. Wir finden andere.«

Er hatte ihr Pferd einfach zurückgelassen, und es störte ihn wenig, dass irgendein Händler oder Gauner sich ihres Besitzes bemächtigen würde.

Er sah ihr empörtes Gesicht und versuchte, ihr seine Gründe zu erklären.

»Halvdan sieht Reina auf Boot. Läuft an Fluss entlang. Dort ist anderes Boot. Halvdan nimmt Boot und fährt auf Wasser. Pferd kann nicht tragen Mann in Fluss.«

Er hatte sie also zuerst am Ufer verfolgt, dann ein Boot gestohlen und die beiden Händler damit eingeholt. Natürlich konnte ihm ein Pferd dabei nicht viel nutzen. Also ließ er das Tier einfach stehen.

Immerhin hatte er sie mit dieser Aktion aus einer schlimmen Lage gerettet, das musste sie ihm zugute halten. Es war nicht anständig, weiterhin zornig auf ihn zu sein. Zumal sie im Augenblick sowieso auf ihn angewiesen war.

»Es ist gut, was du getan hast, Halvdan«, sagte sie gepresst, denn es fiel ihr nicht leicht. »Du hast mir geholfen und ich bin dir dankbar dafür. Ich werde dafür beten, dass du eines Tages ein guter Christ sein wirst und der Herr auch dich segnen wird.«

Er gab keine Antwort, sah sie mit ernsten Augen an, nur ein leichtes Zucken in seinem blonden Bart ließ darauf schließen, dass er Lust hatte, zu grinsen. Doch er unterließ es.

»Schiff schwer, viele Kisten. Wir nicht alles brauchen. Werfen in Fluss, was zu viel.«

Unsicher blickte sie in das Durcheinander der verrutschten Ladung. Felle und Häute, verschlossene Krüge, verschnürte Bündel und Holzkisten lagen auf dem Schiffsdeck herum.

»Aber die Sachen gehören uns nicht ...«

»Gehören Männern. Schlechte Männer ...«

Irgendwo hatte er recht. Diese beiden Mistkerle hatten es verdient, Schiff und Ladung einzubüßen. O Himmel – was war nur aus ihr geworden? Sie begann schon wie ein Wikinger zu denken.

Sie erhob sich vorsichtig, stellte fest, dass sie sich langsam an das Schaukeln und Schwanken gewöhnte, und machte sich daran, die verschnürten Ballen zu öffnen. Stoffe waren darin, billige Wollstoffe, schlechtes Leinen, grob und mit Fehlern gewirkt. In den Krügen war Wein, auch dieser keine gute Qualität, er roch fast wie Essig. Besser war schon ein Bündel, in dem geräuchertes Fleisch und einige Würste lagen, in einem weiteren Bündel entdeckte sie sogar leckere Honigwaben, die noch fest mit dem Wachs der Bienen verschlossen waren.

»Ich glaube, wir werden nur die Lebensmittel behalten. Und einige Häute und Felle. Der Wein taugt nichts, man bekommt nur Kopfschmerzen davon«, entschied sie schließlich.

Halvdan war mit ihrer Auswahl zufrieden und sah zu, wie sie die restlichen Gegenstände über Bord warf. Dann entdeckte sie die begehrlichen Blicke, die er auf die Würste warf, und musste lächeln.

»Wenn du essen willst, musst du aufhören zu rudern.«

»Nein«, entschied er nach kurzem Nachdenken. »Erst du isst. Dann du mit mir rudern und Halvdan hat eine Hand für Essen.«

Sie stemmte die Arme in die Hüften und sah ihn empört an.

»Rudern soll ich? Noch dazu in einer Richtung, in die ich gar nicht fahren will, weil sie mich immer weiter von meinem Kloster entfernt? Ich denke nicht daran!«

Er grinste schief und seine blauen Augen maßen sie von unten herauf, spöttisch und zugleich bittend. Er hatte etwas von einem kleinen Jungen, der genau weiß, dass er bekommt, was er haben will. Sie ärgerte sich und machte sich entschlossen über eine der Würste her.

»Es schmeckt himmlisch!«

Sie drehte die Augen zum Himmel und leckte sich genießerisch die Finger.

»Ich glaube dir.«

»Du bekommst nichts, wenn du nicht aufhörst zu rudern.«

»Dann Halvdan wird sterben wegen Hunger.«

»Sturer Kerl!«

»Was ist stur?«

»Du!«

Sie schwiegen eine Weile, Reina aß weiter, aber es schmeckte ihr nicht mehr, denn seine hungrigen Blicke störten sie. Schließlich rutschte sie seufzend zur Ruderbank hinüber, wo er sofort zur Seite rückte, um ihr Platz zu machen.

»Ich warne dich – ich kann nicht rudern.«

»Du lernst. Wikinger guter Lehrer. Die Hand so, die andere so.«

Das Boot schlingerte, denn er hatte die Ruder eingezogen. Er nahm ihre Hände und legte sie sanft in die richtige Position, hielt sie fest und zeigte ihr, wie man das Ruder eintauchte und durch das Wasser zog. Geduldig vollführte er mit ihr die Bewegung mehrere Male, dann gab er ihre Hände frei und nahm die leckere Wurst, die sie auf die Ruderbank gelegt hatte.

»Jetzt du allein. Mit Kraft.«

Er aß in großen Bissen, stopfte sich voll, während er gleichzeitig mit einer Hand versuchte, ihre ungeschickten Ruderschläge auszugleichen. Reina mühte sich, keuchte bald vor Anstrengung, doch das Ruder tat nur selten das, was sie mit ihm vorhatte.

»Nicht in Luft rudern«, meinte er grinsend mit vollem Mund. »In Wasser rudern.«

Er fasste rasch zu, als ihr das Ruder beinahe aus der Hand geglitten wäre.

»Ich kann das nicht!«, stöhnte sie. »Verdammt noch mal, das kann doch nicht so schwer sein!«

Gleich darauf schämte sie sich unendlich. Gütiger Himmel – anstatt dass sie ihn zum Christentum bekehrte, begann sie nun schon selbst wie ein Heide zu fluchen.

»Nur weiter. Du lernst gut. Noch einmal!«, kommandierte er unverdrossen, stopfte den letzten Wurstzipfel in den Mund und bewegte ihr Ruder, sodass sie wieder in den Rhythmus kam. Tatsächlich schien es jetzt leichter zu werden, sie begriff, dass sie sich mit den Füßen abstützen musste, und erwischte den rechten Augenblick, das Ruder einzutauchen. Das Boot machte wieder Fahrt, die Gegenkraft der Strömung war überwunden, und langsam bekam sie Spaß an der Sache.

»Schiff in Wasser wie Vogel. Fliegt mit Wind«, summte seine tiefe Stimme an ihrem Ohr.

Sie sah, wie die Ufer rechts und links an ihnen vorüberzogen, spürte den Wind, der in ihrem Haar wühlte, und plötzlich berauschte sie das Gefühl, dieses Schiff aus eigener Kraft gegen den Strom zu treiben, das Rauschen der Bugwellen zu hören und die Gischt zu spüren, die ihr Kleid benetzte.

Sie ruderten jetzt im gleichen Takt, und es war lange nicht mehr so anstrengend wie zu Beginn. Nur hin und wieder gelang es ihr nicht, das Ruder tief genug einzutauchen, doch

Halvdan glich die Bewegung geschickt aus, ohne dass das Boot dadurch ins Schlingern kam.

»Es ist wirklich ein wundervolles Gefühl«, sagte sie. »Weißt du, dass ich immer schon gegen den Wind laufen wollte, so lange, bis ich vor Erschöpfung umfalle? Auf einem Pferd galoppieren, bis es müde ist. Fliegen, hoch in der Luft, wie ein Vogel…«

Sie hörte ihn lachen, doch es war ein gutmütiges, zufriedenes Lachen.

»Schiff von Wikinger wie Fisch in Meer«, sagte er stolz. »Dies Boot nur klein und schwach. Aber Wikinger macht es galoppieren wie Pferd, fliegen wie Pfeil…«

Sie gab sich völlig der Bewegung hin, genoss es, ihre Muskeln ausarbeiten zu können, spürte die immer schneller werdende Fahrt, genoss den Wind, der ihr Kleid bauschte, ihren Körper streichelte.

Erst nach einer Weile bemerkte sie, dass er den freien Arm um ihre Schulter gelegt hatte. Langsam strich seine große Hand über ihren Rücken, fasste ihr Haar, fuhr sanft über ihre Schulter und legte sich in ihren bloßen Nacken. Dort verweilte er einen Moment, genoss die Berührung mit ihrer warmen Haut, und als sie unwillig den Kopfschüttelte, zupfte er sie leicht am Ohrläppchen.

»Nicht böse«, hörte sie ihn murmeln. »Vogel fliegt in Himmel.«

»Unsinn«, gab sie kopfschüttelnd zurück.

Sein Lachen dröhnte an ihr Ohr. Tief und kehlig, wie ein Wikinger lachte.

Am Nachmittag steuerte er das Boot in einen schmalen Seitenarm des Flusses, wo schlankes Weidengebüsch bis tief ins Flussbett hineinwuchs. Halvdan sprang ins Wasser und schwamm mit wenigen Stößen wie ein Otter an Land. Dort vertäute er das Schiff an einem Baumstamm, prüfte sorgfältig den Knoten und kehrte, nass und triefend, wieder an Bord zurück.

»Wir müde von Rudern«, erklärte er und griff nach dem Bündel mit den Würsten und dem Trockenfleisch. »Jetzt essen und kurz schlafen. Dann weiter.«

Er schob sich ein paar Felle zurecht und streckte sich ohne Umschweife auf dem Rücken aus, die Beine breit, den rechten Arm angewinkelt in den Nacken geschoben. Ohne sich um Reina zu kümmern, aß er sich satt, schöpfte dann Flusswasser, um seinen Durst zu stillen, und legte sich anschließend wieder bequem zurück.

Reina hockte auf der Ruderbank und hatte das Gefühl, am ganzen Körper zerschlagen zu sein. Nach der Begeisterung über die rasche Fahrt war jetzt maßlose Erschöpfung über sie gekommen. Noch nie zuvor hatte sie sich so anstrengen müssen. Dagegen erschienen ihr jetzt die Arbeiten der Nonnen – Wassertragen, Holzspalten oder das Umgraben und Jäten im Garten – wie harmlose Spielereien. Stöhnend versuchte sie, sich mit den Armen beim Aufstehen abzustützen, und spürte zugleich, dass ihre Knie und Oberschenkel sich weich wie Hafergrütze anfühlten.

Halvdan hatte die Augen geschlossen und schien eingeschlafen. Ahnte er, wie es um sie stand? Machte er sich deshalb keine Sorgen darum, dass sie einen neuen Fluchtversuch wagen könnte, weil er wusste, dass sie nach dieser elenden Anstrengung kaum mehr fähig war, einen Fuß vor den anderen zu setzen? Natürlich, es konnte gar nicht anders sein. Dieser hinterhältige Wikinger hatte sie nicht umsonst auf die Ruderbank gesetzt, er hatte genau gewusst, was er tat.

Sie blieb auf der Ruderbank hocken und starrte verdrossen zu dem großen Kerl hinüber, der seinen nassen Körper der Nachmittagssonne darbot. Es war tatsächlich kein Anblick für eine Jungfrau, denn die Bruoche hatte sich voll Wasser gesogen und klebte so eng an seinem Leib, dass sich das prächtig gewölbte Gemächt deutlich zwischen seinen Beinen abzeichnete. Sie schluckte und spürte, wie ihr Pulsschlag sich beschleunigte und ein seltsamer Wirbel in ihrem Bauch entstand, der sich weiter hinab zwischen ihre Schenkel zog.

Das muss ein Dämon sein, der mich versuchen will, dachte sie erschrocken.

Sie hatte dieses Gefühl in manchen Nächten verspürt, wenn sie – halb wach, halb träumend – von verführerisch süßen Bildern heimgesucht wurde, die ihr Blut in Wallung brachten und – das hatte sie nur allzu deutlich gespürt – ganz sicher unzüchtig waren. Doch trotz allen Bemühens gelang es ihr nicht, den Blick von dem vor ihr ausgestreckten Männerkörper zu wenden. Wie seine helle Haut im Licht schimmerte. Kleine Wassertröpfchen blitzten zwischen dem hellen Kraushaar auf seiner Brust, glitzerten vielfarbig im Sonnenlicht auf seinem harten Bauch und rollten von seinen Lenden auf die Schiffsplanken, wo sie zu dunklen Flecken wurden.

Plötzlich hatte sie das Gefühl, dass seine geschlossenen Lider zuckten – schlief er am Ende gar nicht? Unsicher starrte sie auf sein Gesicht, doch es erschien ihr ruhig und entspannt. Sicher hatte sie nur der Schatten eines Weidenzweigs getäuscht.

Oder doch nicht? Als ihr Blick jetzt wieder neugierig über seinen Körper glitt, stellte sie fest, dass sich etwas verändert hatte. Die Wölbung unter seiner Bruoche war angeschwollen und schien zu seinem Bauch hinaufzuwachsen. Reina glaubte, vor Schreck sterben zu müssen, doch zugleich verspürte sie ein unbändiges und ganz sicher teuflisches Verlangen, dieses unzüchtige Ding unter seiner Bruoche mit ihren Händen zu berühren, darüberzustreichen und herauszufinden, wie hart und fest sich dieser Beweis seiner Männlichkeit anfühlte.

»Kurzer Schlaf– schöner Traum«, brummte seine tiefe Stimme unvermittelt.

Sie fuhr zusammen, tat, als suche sie mit den Augen das Weidengebüsch ab, und begann vor Verlegenheit, ihr Haar zu einem dicken Zopf zu flechten. Er rekelte sich, setzte sich auf, und als sie jetzt scheu zu ihm hinübersah, hatte sein Gesicht einen spitzbübisch-zufriedenen Ausdruck. Sie wagte es nicht, den Blick noch einmal auf die bewusste aufregende Stelle seines Körpers zu lenken, sondern wickelte einen Faden um das Zopfende und bemühte sich, gleichmütig auszusehen.

»Ich jetzt rudere«, verkündete er. »Reina ausruhen.«

Es passte ihr nicht, denn sie ärgerte sich über ihre Schwäche. Aber sie sah ein, dass er recht hatte, und fügte sich. Während der restlichen Fahrt lag sie auf den Fellen, starrte in den Himmel und lauschte auf die gleichmäßigen, kräftigen Ruderschläge des Wikingers. Die Bemerkungen, die er hin und wieder machte, beantwortete sie einsilbig. In ihrem Inneren herrschte ein solcher Wirrwarr von Gedanken und fremden Gefühlen, dass sie kaum wusste, wie sie damit fertig werden sollte.

Die Sonnenstrahlen zogen bereits einen schrägen, gleißenden Streifen über das Wasser, als die schmale, dunkel bewaldete Spitze der Insel vor ihnen auftauchte. Halvdan steuerte das Boot daran vorbei, ruderte eine Weile am Inselufer entlang, um eine passende Anlegestelle zu finden, und sprang endlich in den Fluss, um das Boot ins seichte Wasser zu ziehen, wo er es vertäute.

»Hier wir schlafen«, entschied er, noch im Wasser stehend. »Du komm von Boot. Ich helfe.«

»Nein«, wehrte sie energisch ab, denn er streckte die Arme nach ihr aus.

»Du allein an Land – Kleid nass«, erklärte er.

»Ich will überhaupt nicht an Land. Ich mag nicht im Wald schlafen. Viel lieber bleibe ich die Nacht über auf dem Boot.«

Er stand immer noch mit ausgestreckten Armen, geduldig, ohne eine Miene zu verziehen.

»Auf Insel wir Feuer machen, und aus Fellen ich baue Haus.«

»Ich brauche kein Haus und auch kein Feuer«, erklärte sie stur. »Ich bleibe auf dem Boot.«

Er zog leicht die Augenbrauen in die Höhe, was ihm den Ausdruck eines spöttischen Besserwissers gab.

»Du brauchst Feuer für Mücken und Haus für Donnerwolken.«

Mücken? Da konnte er recht haben, denn die Biester umschwärmten sie jetzt schon in sirrenden Scharen. Aber Donnerwolken? Sie sah zum Himmel auf und entdeckte nur einige seltsam zerfaserte, rosige Abendwölkchen am Horizont.

»Ach Unsinn«, murmelte sie.

»Gut!«

Er zog sich geschickt am Bootsrand hoch, packte ein paar

Häute und Felle zusammen, wickelte sein Bündel und den Kittel darin ein und trug alles ans Ufer. Dort suchte er einen Lagerplatz nahe am Wasser, sammelte trockene Hölzer für ein Feuer und brach dann einige kräftige Äste von den Bäumen, die er zu einem merkwürdigen Gerüst zusammenfügte. Darüber legte er die Häute, klemmte sie zwischen den Ästen fest und polsterte die kleine Hütte mit den Fellen aus.

Reina sah ihm fasziniert bei seinen Tätigkeiten zu. Tüchtig war er, das musste man ihm lassen. Sie wehrte die lästigen Mücken ab und machte sich daran, die übrig gebliebene Nahrung in zwei Teile aufzuteilen. Für heute Abend und morgen früh würde es wohl noch ausreichen – allerdings hatte sie diese einseitige Kost schon ziemlich satt. Im Kloster bekam sie in einem ganzen Jahr nicht so viel Fleisch, wie sie hier an einem einzigen Tag gegessen hatte. Noch dazu Fleisch von vierfüßigen Tieren, das eigentlich verboten war. Aber Not kannte kein Gebot – auch die Klosterregel gestattete Ausnahmen bei besonderen Anlässen.

Als sie wieder zu ihm hinübersah, stellte sie fest, dass er mit einem Messer an einem Stock herumschnitzte. Er hatte also auch ein Messer aus dem Kloster gestohlen, dieser Dieb. Und dazu Stein und Feuerstahl, denn das Feuerholz brannte schon, dünne, helle Rauchschwaden zogen durch die Bäume zum Himmel auf. Scheinbar fürchtete er hier nicht, von neugierigen Augen entdeckt zu werden.

Sie erschlug eine Mücke, die auf ihrer Hand gelandet war, und fasste sich gleich darauf in den Nacken. Was für eine Plage! Drüben beim Feuer würden diese lästigen Sauger sicher nicht so aufdringlich sein.

Halvdan würdigte sie keines Blickes mehr, er war vollständig mit eigenen Dingen beschäftigt. Jetzt war er ins seichte

Wasser gewatet, stand dort eine kleine Weile unbeweglich, dann stieß er blitzschnell mit dem angespitzten Stock zu und zog einen Fisch heraus.

Aha – er sorgte für Abwechslung auf seinem Speiseplan. Aber das konnte ihr gleichgültig sein – sie würde ebenfalls nicht verhungern. Ärgerlich biss sie in eine der Würste, kaute missmutig auf dem Bissen herum und beobachtete, wie er einen zweiten und dann auch noch einen dritten Fisch erjagte. Glückte diesem Kerl eigentlich alles?

Ein leises Grollen war in der Ferne zu hören und sie sah erschrocken zum Himmel hinauf. Das harmlos erscheinende, rosige Abendwölkchen hatte sich inzwischen grau gefärbt und den gesamten Himmel übersponnen. Von Westen her erhob sich ein schwarzes Wolkengebirge, das mit erschreckender Geschwindigkeit in die Höhe wuchs. Ein Blitz zuckte darin wie eine zackige Feuerlinie.

Großer Gott – es würde ein Gewitter geben, sicher auch regnen. Sie hasste Gewitter, besonders wenn der Donner so laut krachte, dass man sich die Ohren zuhalten musste. Vorsichtig schaute sie hinüber zum Ufer, wo Halvdan sich – ungerührt von dem herannahenden Unwetter – seine Fische an Stöcken über dem Feuer briet.

Ein Donnerschlag krachte in unmittelbarer Nähe, und sie fuhr zusammen. Das schwarze Wolkengebirge hatte sich über die Himmelskuppel geschoben und sie vollständig eingenommen. Erste Regentropfen klatschten ins Wasser und auf das Deck des Bootes.

Sie hatte keine Lust, schon wieder klatschnass zu werden. Hastig zog sie ihr Kleid über den Kopf, behielt nur das lange Leinenhemd am Körper und stieg über den Bootsrand ins Wasser, das Bündel mit ihrem Kleid mit den Händen über dem Kopf haltend. Das Wasser war dem Wikinger bis zum Bauch gegangen, ihr ging es bis zur Brust, und sie hatte Mühe, gegen die leichte Uferströmung anzukämpfen. Es war fast dunkel geworden, Blitze ließen Fluss und Gesträuch geisterhaft in grellem Licht auftauchen und sogleich wieder in der Dämmerung versinken. Kurz bevor sie das Ufer erreichte, spürte sie eine Hand, die ihren Arm fasste und ihr das Bündel abnahm. Ein tagheller Blitz beleuchtete die große Gestalt des Wikingers. Dicht vor ihr stehend, zog er sie ans Ufer.

Triefend vor Nässe erreichte sie den Unterstand und kroch hinein, während der Regen bereits auf die Häute trommelte. Sie spürte, wie Halvdan sich dicht neben ihr niederließ, und zitterte vor Aufregung. Jedes Mal, wenn die Blitze vor ihr aufzuckten, schloss sie ängstlich die Augen.

»Was ist stur?«, hörte sie seine hinterhältige Frage, dicht neben ihrem Ohr.

»Du!«, zischte sie wütend zurück.

Dann krachte ein gewaltiger Donnerschlag über ihnen, der den Himmel in zwei Teile zu spalten schien, und sie hielt sich die Ohren zu. Trotzdem hörte sie gleich darauf seine leise, tiefe Stimme.

»Nicht Angst, Reina. Donnergott Freund von Wikinger.«

»Es gibt keinen Donnergott«, fuhr sie ihn an.

Er war so dicht neben ihr, dass sein Bart ihre Wange kitzelte. Über ihnen schien das Firmament zu zerbersten.

»Und was ist das?«, wollte er wissen.

»Ein… Gewitter«, flüsterte sie.

»Gewitter«, wiederholte er gewissenhaft. »Gut.«

Sie spürte, dass er den Arm um sie gelegt hatte und sie an sich zog. Eigentlich hätte sie sich wehren müssen, doch sie brachte es nicht fertig. Dieser große Körper strahlte eine solche Wärme und Sicherheit aus, dass sie sich unwillkürlich an ihn schmiegte, und als der Donnergott oben am Himmel wieder lärmte, spürte sie, wie Halvdan vorsorglich seine Hände auf ihre Ohren legte.

»Du kalt«, murmelte er. »Zieh Kleid an.«

»Das… das geht nicht…«

»Du keinen Mut, Reina.«

Seine Hände tasteten nach dem Saum des Hemdes, das nass an ihrem Körper klebte, und schoben den Stoff behutsam nach oben. Sie wehrte sich nicht, spürte zitternd die sachte Berührung seiner Hände und konnte nicht begreifen, dass diese harten Pranken so zart und vorsichtig sein konnten. Fast unmerklich führte er den Stoff bis über ihre Oberschenkel, zog ihn weiter hoch, bis er ihr das Hemd über den Kopf streifen konnte, und ließ es hinter ihr zu Boden fallen. Sie kauerte sich zusammen, legte die Hände über ihre Brüste und ließ geschehen, dass seine Arme sie nun ganz und gar umschlossen wie ein schützender, wärmender Mantel.

»Nicht Angst«, hauchte er ihr ins Ohr.

Sie atmete den Geruch seiner bloßen Haut, spürte die weichen, kitzelnden Brusthärchen an ihrem Arm und seinen heißen, raschen Atem an ihrem Hals. Zärtlich strich seine Hand über ihren nackten Rücken, folgte der schmalen Vertiefung der Wirbelsäule, glitt über ihre Hüfte, strich sanft über die Außenseite des Oberschenkels, hielt inne und fuhr ein kleines Stück an der Innenseite nach oben. Sie zuckte erschreckt zusammen und spürte gleich darauf seinen heißen Mund auf ihrer Schulter. Seine Lippen saugten begierig an ihrer weichen Haut, dann fühlte sie die feuchte Zunge wie einen brennenden Pfeil und sie schrie auf.

»Mein… mein Kleid. Bitte!«

Er atmete keuchend, und sie konnte sein Herz hämmern hören. Einen Augenblick lang legte er seinen Kopf an ihre Schulter, und sie spürte, wie sein mächtiger Brustkorb arbeitete. Dann fuhr sein Arm zur Seite, er nahm das Kleid, suchte den Halsausschnitt und zog es ihr behutsam über den Kopf.

»Donnergott reist weiter am Himmel«, sagte er heiser.

Reina zupfte sich das Kleid zurecht und zog es weit herunter, bis auch die Füße bedeckt waren, dann lauschte sie den Regentropfen, die gegen die aufgespannten Häute trommelten. Halvdan hatte recht – der Donner war leiser geworden, das Gewitter verzog sich.

Sie legte sich hin, zog die Knie an den Körper und spürte jetzt plötzlich wieder, dass ihr die Arme scheußlich wehtaten. Halvdan schien im Sitzen schlafen zu wollen, und er berührte sie nicht mehr.

Der Schlaf kam schnell und zog sie für lange Stunden in sein dunkles, erlösendes Reich, erst gegen Morgen überfielen sie beunruhigende Träume, sodass sie sich auf ihrem Lager hin- und herwarf. Sie sah den lang gezogenen Bau des Nonnenhauses vor sich, in den Fensteröffnungen loderten rote und gelbe Flammen, sie hörte die Schreie ihrer Mitschwestern, dann brach plötzlich das hölzerne Dach des Hauses ein und eine riesige Feuersäule schoss aus der Ruine zum Himmel empor.

»Benedicta ... Afranasia ... Sophia!«, hörte sie jemanden verzweifelt rufen.

Sie riss die Augen auf und gleißendes Sonnenlicht traf schmerzhaft ihre Pupillen, sodass sie rasch die Hände vors

Gesicht schlug. Sie glaubte, vor Hitze verglühen zu müssen, das wirre Haar klebte an ihrem Gesicht und ihr ganzer Körper war in Schweiß gebadet.

Sie blinzelte und stellte fest, dass die Sonne in den Unterstand hineinschien – es musste bereits heller Vormittag sein, sie hatte sehr lange geschlafen. Eine neugierige Biene summte über ihrem Kopf, stieß ein paarmal gegen die aufgespannten Häute und flog wieder davon. Reina richtete sich auf und sah sich um: Das vertäute Boot schaukelte sanft in der Uferströmung, in einiger Entfernung rauchten die Reste eines kleinen Lagerfeuers, und auf einem glatten Stein lagen drei Fische, die offensichtlich auf einem Stecken gegart worden waren.

»Halvdan?«

Sie erhielt keine Antwort. Wo steckte er nur? Neben ihr lag sein Bündel, in dem er die gestohlenen Gegenstände aus dem Kloster verwahrte – weit konnte er also nicht sein. Wahrscheinlich würde er gleich auftauchen und sich darüber lustig machen, dass sie nun ebenfalls wie ein Stein geschlafen hatte und erst lange nach Sonnenaufgang erwacht war. Sie krabbelte aus dem Unterstand heraus, schüttelte das Kleid und seufzte, denn es war voller Risse und Flecken. Dann entdeckte sie ihr langes Hemd, das er an einem Ast befestigt hatte, wo es im leichten Wind trocknete.

Sie verspürte Erschrecken und Scham, als ihr die Vorgänge des gestrigen Abends wieder einfielen, doch sie verdrängte das unangenehme Gefühl und machte sich stattdessen über die gebratenen Fische her. Dieser Wikinger war wirklich sehr brauchbar – der Fisch war ausgesprochen lecker, sie verspeiste einen nach dem anderen, trank dazu einige Hände voll Flusswasser und streckte sich dann wohlig in der Morgensonne aus. Arme und Beine taten immer noch weh – sie war das Rudern eben nicht gewohnt, doch sie war entschlossen, es bald wieder zu versuchen. Wo aber war Halvdan geblieben? Wenn er sich tatsächlich versteckt gehalten hätte, uni sie zu überraschen, wäre er doch längst aufgetaucht.

Sie grübelte. Hatte er nicht gesagt, er wolle irgendwelche Wikinger auf der Insel treffen, die er als Kämpfer gegen seinen Bruder gewinnen wollte? Wahrscheinlich hatte er sich aufgemacht, um seine Wikingergenossen zu suchen. Es gefiel ihr wenig – einer von der Sorte war schon schlimm genug. Nicht auszudenken, wenn er mit einer ganzen Horde zurückkehrte und sie dazu zwang, gemeinsam mit diesen wilden, unheimlichen Nordmännern weiterzuziehen.

Immerhin hatte er versprochen, sie zu ihrem Kloster zurückzubringen. Darauf würde sie ihn festnageln.

Vorläufig jedoch war sie allein, was ihr überhaupt nicht gefiel. Sie ging unruhig hin und her und lief zum Ufer, um den Flusslauf zu beobachten, doch als ein schwerer, beladener Kahn vorübertrieb, versteckte sie sich rasch im Gesträuch. Die schlimme Erfahrung des gestrigen Tages steckte ihr noch tief in den Knochen, so schnell würde sie sich sicher keinem Fremden mehr anvertrauen.

Oh, wie sie dieses nutzlose Warten hasste! Warum ging er einfach fort, ohne ihr Bescheid zu sagen? Sie wühlte in seinem Bündel herum und stellte fest, dass er das Messer an sich genommen hatte. Plötzlich bekam sie Angst um ihn. War es überhaupt sicher, dass diese Wikinger auf der Insel ihn freundschaftlich aufnehmen würden? Wer sagte denn, dass sie nicht längst mit seinem Bruder im Bunde waren? Oder sonst irgendwelche Gründe hatten, ihn feindlich zu empfangen? Wenn schon Brüder und Verwandte untereinander blutige Kämpfe austrugen – dann würden diese Heiden sich wahrscheinlich auch aus anderen, völlig nichtigen Gründen gegenseitig meucheln.

Nein, sie hatte keine Lust, hier zu sitzen und zu warten, während Halvdan vielleicht gerade von diesen Heiden erschlagen wurde. Entschlossen packte sie den angespitzten Stecken – die einzige Waffe, die ihr zur Verteidigung dienen konnte –, sprach ein kurzes Gebet zum Himmel und suchte sich einen Weg durch das Gestrüpp ins Innere der Insel.

Es war angenehm kühl und schattig im Wald, und sie entdeckte bald, dass Halvdan Spuren hinterlassen hatte. Hier ein abgebrochener Zweig, dort der Abdruck seines Fußes im feuchten Boden – es war leicht, ihm zu folgen. Sie hatte die Angst vor den dichten Wäldern verloren, und zumindest jetzt, bei hellem Tag, drohte sicher keine Gefahr.

Das Dickicht lichtete sich, und sie gelangte auf einen schmalen Pfad, der unweit des Ufers in südlicher Richtung zur Inselmitte führte. Ganz sicher war er von den Bewohnern der Insel angelegt worden, und es war zu vermuten, dass Halvdan ihm gefolgt war, um sich ihnen zu nähern. Hohe Eichen und Buchen standen längs des schmalen Weges, vereinigten ihre Kronen über dem Pfad und beschatteten ihn; dazwischen wuchs dichtes, wildes Gestrüpp, das keinen Durchblick gestattete.

Sie zögerte. Leicht konnte sich jemand dort im Gebüsch verbergen, um über den ahnungslosen Fremden herzufallen. Die Wikinger – falls sie überhaupt auf der Insel waren – befanden sich im Feindesland und würden gewiss auf der Hut sein. Ob es nicht sicherer wäre, am Ufer entlangzugehen? Aber nein – dort würde man sie vermutlich noch viel leichter bemerken.

Ein leises Knacken im Gebüsch ließ sie zusammenzucken, doch es war nur ein Vogel, der erschrocken aufflatterte und sich auf einen Baum rettete. Die Sonne stand jetzt schon hoch am Himmel, blitzte zwischen den Baumkronen hindurch und zeichnete kleine, helle Flecken auf den Pfad. Der vom Regen noch feuchte Waldboden dampfte die Nässe aus, Schweißperlen standen Reina auf der Stirn, und das grobe Gewand, das sie sonst nie direkt auf dem Körper trug, fühlte sich kratzig an.

Sie folgte dem Pfad – was auch immer geschähe, der Herr würde sie beschützen. Hastig und mit wild klopfendem Herzen eilte sie voraus, sah aber immer wieder scheu zur Seite, jederzeit gegenwärtig, dass ein Heide mit struppigem Bart und geschwungener Streitaxt auf sie zustürzen könnte.

Der Pfad endete unvermittelt nach einer scharfen Biegung, und sie blieb erschrocken stehen. Vor ihr waren hölzerne Palisaden aufgestellt, grobe, kaum beschlagene Baumstämme, die man dicht nebeneinander in den Erdboden gerammt hatte. Eine Burg? War es schon so weit, dass die verfluchten Heiden sich im Frankenland Burgen bauten? Oder war es eine fränkische Festung? War Halvdan in die Falle gelaufen?

Was konnte sie tun? Unschlüssig stand sie da und starrte auf die Stämme, die höher und stärker waren als die Palisaden der väterlichen Burg. Kein Wohnturm ragte hinter ihnen hervor – war es vielleicht gar keine Burg, sondern eine harmlose Siedlung? Aber wozu dann dieser mächtige Schutz?

Gleich darauf gab es keinen Zweifel mehr, wer die Herren dieser Festung waren, denn aus einem schmalen Durchlass zwischen den Palisaden, den sie bisher gar nicht bemerkt hatte, trat ein Mann. Kein Irrtum war möglich – dies war ein Wikinger, denn er trug eine seltsame, halblange Bruoche als Beinkleid und sein halblanges, verfilztes Haar war rötlich blond.

Er schien von dieser unverhofften Begegnung ebenso überrascht wie sie selbst, dann überzog ein erfreutes Grinsen sein bartloses Gesicht, und er machte einen Schritt auf sie zu. Reina spürte, wie ein Ruck durch ihren Körper ging – eine wilde Entschlossenheit erfasste sie – niemals wieder würde sie sich kampflos von einem Mann überwältigen lassen. Wie eine Wildkatze krümmte sie sich zusammen, stieß einen hellen Schrei aus und stürzte sich mit erhobenem Stecken auf den verblüfften Wikinger.

Er hatte diesen Angriff nicht erwartet, sondern ganz andere Gedanken in seinem Kopf bewegt. Erschrocken wich er zurück, geriet mit dem Rücken gegen die Palisade und der Schlag mit dem Stecken traf ihn auf die linke Schulter. Er machte eine unsichere Bewegung, um sein Gesicht zu schützen, vermutlich war er noch nie in seinem Leben dem Angriff einer zornigen Frau ausgesetzt gewesen, denn er drehte sich um und flüchtete hinkend ins Innere der Palisadenfestung.

Reina stand keuchend auf der Stelle, völlig überrascht von dem eigenen Mut und der feigen Flucht dieses wilden Gesellen. Dann hörte sie seine lauten Rufe hinter der Palisade, und sie ahnte, dass ihr Sieg nicht von langer Dauer sein würde.

Sie hatte nicht mehr die Zeit, im Dickicht unterzutauchen, denn plötzlich war sie von Männern umringt, wurde von groben Händen am Kleid und an den Armen gepackt, und jemand griff mit harter Faust in ihr Haar und riss ihr den Kopf in den Nacken. Unverständliche Laute drangen auf sie ein, Gelächter wurde laut – man zerrte sie durch den schmalen Eingang in die Festung hinein.

»Lasst mich los!«, kreischte sie und versuchte sich gegen

ihre Gegner anzustemmen. Es war umsonst, ihre Füße schleiften über den Boden, und man stieß sie hierhin und dorthin, sodass sie taumelnd gegen die lachenden Kerle stürzte, von ihnen aufgefangen und wieder fortgestoßen wurde, als sei sie ein Spielzeug, das man sich gegenseitig zuwarf.

Schließlich stürzte sie zu Boden und sah sich von haarigen Männerbeinen umgeben, dicht wie eine lebendige Palisade, aus der es kein Entkommen gab. Bärtige Gesichter beugten sich zu ihr herab, die Münder zu grölendem Gelächter verzogen, und sie begriff, dass sie verloren war.

»Ich will zu Halvdan!«, rief sie laut. »Halvdan, versteht ihr nicht? Ich gehöre zu ihm! Holt ihn her!«

Das Gelächter dauerte fort, bis einer der Männer, ein rothaariger Kerl, dem ein Stück der Nase fehlte, mit entschiedener Geste Einhalt gebot.

»Halvdan?«

Er sagte noch einige Sätze, die in ihren Ohren wie klappernde Dachschindeln klangen, doch die anderen horchten auf und sahen sich fragend an.

»Halvdan!«, wiederholte sie hoffnungsvoll. »Er ist hier. Holt ihn her.«

Der Rotschopf kniff die Augen zusammen, offensichtlich hörte er den Namen Halvdan nicht besonders gern, doch er sagte einige leise Worte zu dem jungen Kerl, der neben ihm stand, und streckte den Arm aus. Der junge Wikinger lief hinkend in die angegebene Richtung, und Reina sah, dass dort Reihen niedriger Holzhäuser standen, die den Wikingern als Unterkunft dienten. Jetzt erst erkannte Reina auch den jungen Kerl wieder – es war der Mann, den sie angegriffen und in die Flucht geschlagen hatte. Er war noch ein halbes Kind, auch wenn sein Körper recht kräftig war, und er schien eine Verwundung zu haben, denn sein linkes Bein war steif.

Man schien sich damit abgefunden zu haben, das Ergebnis dieser Botschaft abzuwarten. Reina wagte nicht aufzustehen, aus Furcht, man könne sie dann leichter packen und fortzerren, stattdessen blieb sie auf dem Boden sitzen und betrachtete mit klopfendem Herzen die Gestalten und Gesichter der Männer.

Sie waren fast alle Graubärte, das Kopfhaar gelichtet, viele trugen die Spuren wüster Kämpfe. Lange Narben zogen sich über Schultern und Brust, einer hatte das rechte Auge eingebüßt, einem anderen hing der Arm schlaff herunter, ein dritter hatte eine verkrümmte Hand. Dennoch waren ihre Körper sehnig und muskulös, und es war zu vermuten, dass sie einst wilde Kämpfer gewesen waren.

Der Rotschopf mit der halben Nase war einer der wenigen jüngeren Männer; auch er hatte eine breite Narbe an der Schulter, doch die schien ihn wenig zu stören. Der Blick, mit dem er Reina musterte, war der eines Jägers, der die Beute bereits sicher in seinen Händen weiß.

Reina spürte, wie sie innerlich erzitterte. Langsam begriff sie, dass das Spiel, das diese wilden Kerle mit ihr getrieben hatten, eher gutmütiger Natur gewesen war. Sie waren nun einmal ruppige Gesellen und machten sich gern einen Spaß. Dieser aber, der sie so eindeutig mit stechenden grauen Augen musterte, hatte Schlimmes mit ihr vor.

Eine laute, tiefe Stimme erklang plötzlich, und Reina spürte namenlose Erleichterung, als sie sie erkannte. Er war hier – es ging ihm gut –, er würde die Lage jetzt ganz sicher mit ein paar Worten klären.

Halvdan schob zwei der umstehenden Graubärte zur Seite

und sah auf Reina hinab, die immer noch am Boden hockte. Sein Blick war so zornig, wie sie ihn noch nie gesehen hatte.

Er machte eine Geste in ihre Richtung und warf dem Rotschopf einige – für Reina völlig unverständliche – Worte zu. Doch der schüttelte den Kopf und setzte zu einer energischen Erwiderung an, die Halvdan mit zorniger, drohender Gebärde unterbrach.

Gespannt sahen die umstehenden Männer auf die Streitenden, die Lust am Kampf flackerte in ihren Augen auf; einige hatten die Hände an den Gürtel gelegt, um das Messer oder die Streitaxt zu lockern, andere warteten neugierig ab, wie die Sache sich entwickeln würde.

Reina begriff entsetzt, dass sie das Objekt der Auseinandersetzung war. Wie schrecklich. Wie auf einem Sklavenmarkt wurde um sie gefeilscht und gestritten – jetzt verstand sie erst, wie Halvdan sich damals in Rouen gefühlt haben musste.

Die Reden wurden heftiger, wechselten rascher hin und her, und die umstehenden Männer begannen, Partei zu ergreifen, wobei Reina nicht so recht unterscheiden konnte, wer nun zu wem hielt. Ein wüstes Durcheinander entstand, der Rotschopf fuhr mit der Hand zur Streitaxt, die an seinem Gürtel blitzte, während Halvdan, der bis auf das kleine Messer waffenlos war, seine Fäuste ballte und sein Gegenüber mit Blicken zu durchbohren suchte.

Reina verwünschte jetzt ihre Vorwitzigkeit. Anstatt Halvdan zu unterstützen, hatte sie ihn und sich selbst nur in eine schwierige Lage gebracht.

Dann ging alles sehr rasch. Völlig unvermittelt sprang Halvdan über sie hinweg, packte seinen Widersacher beim Bart, und seine Faust sauste gegen die Schläfe des Rotschopfes. Reina starrte noch auf den in sich zusammensinkenden Mann, da fühlte sie sich um die Taille gefasst und hochgerissen.

Sie schrie und zappelte mit Armen und Beinen. Doch Halvdan – respektlos wie ein gottverlassener Heide – hatte sich ihren Körper bäuchlings über die linke Schulter geworfen und eilte mit ihr durch den Wald davon.

❖

Er kümmerte sich wenig um ihren verzweifelten Widerstand, eisenhart hielten seine Hände ihre Kniekehlen umfasst, und ihr zorniges Geschrei verhallte ungehört.

»Lass mich runter! Hast du nicht gehört? Das tut weh!«

Sie versuchte, an seinem Haar zu reißen, trommelte mit den Fäusten auf seinen bloßen Rücken, kratzte mit den Fingernägeln, doch ohne Erfolg. Halvdan eilte in raschen Sprüngen den Pfad entlang, schleppte sie dann durchs Gebüsch, ohne Rücksicht darauf, dass die Zweige an ihr vorbeipeitschten, sich in ihren Haaren verfingen und daran rissen. Erst als sie an dem Lagerplatz anlangten, neigte er sich ein wenig nach vorn und setzte sie auf die Füße.

Sie brachte zuerst kein Wort heraus vor Empörung, sondern stand mit hochrotem Gesicht vor ihm und versuchte mit zitternden Händen das wild zerzauste Haar zu bändigen. Er würdigte sie keines Blickes, wandte sich ab und begann den Lagerplatz zu räumen. Diese offensichtliche Missachtung brachte sie wieder zu sich. Sie holte tief Luft.

»Du hast wohl den Verstand verloren?«, keifte sie ihn an. »Wie kannst du es wagen, so mit mir umzugehen? Ist das die Art, wie ihr Nordmänner mit euren Frauen umspringt? Kein

Wunder, dass man überall von euch als plumpe, sittenlose Heiden redet!«

Er riss die Häute, mit denen er den Unterstand bedeckt hatte, von den Büschen, schüttelte die Felle aus und rollte sie zusammen. Trotz des kurzen Bartes konnte sie sehen, wie sein Unterkiefer sich spannte – doch er schwieg verbissen.

»Du glaubst wohl, dass du immer deinen sturen Willen durchsetzen wirst«, schimpfte sie weiter. »Aber ich schwöre dir – das hast du das letzte Mal mit mir gemacht!«

Ein graue Aschewolke staubte dicht neben ihr auf, Halvdan trat mit dem bloßen Fuß in die noch warme Feuerstelle und stieß die verkohlten Äste auseinander. Dann warf er die zusammengerollten Häute und Felle mit kräftigem Schwung auf das Boot und nahm sein Bündel über die Schulter.

»Gut!«, sagte er und sah sie mit kühlem Blick an.

Er stieg ins Wasser, ging seelenruhig zum Schiff hinüber und zog sich an der Bordwand hoch. Ohne sich nach ihr umzusehen, begann er, die Ruder zurechtzulegen, dann untersuchte er das festgebundene Steuer und machte sich schließlich an dem Strick zu schaffen, mit dem das Boot an einem Baumstamm vertäut war.

Wollte er tatsächlich ohne sie abfahren? Reina mochte das nicht glauben – wozu hatte er sie dann aus dem Wikingerlager bis hierher geschleppt? Nein – dieser boshafte Geselle wartete nur darauf, dass sie durchs Wasser steigen musste und triefend nass auf sein Boot kletterte. Nachdem er sie wie einen Hafersack durch den Wald geschleppt hatte, setzte er sie hier am Ufer ab, damit sie beim Besteigen des Schiffs ordentlich nass würde und er sein Vergnügen hätte. Oh, dieser hinterhältige Kerl – das würde sie ihm nie verzeihen.

Sie angelte das Hemd von dem Zweig herunter, wo es

immer noch im Wind wehte, knüllte es zusammen und stieg dann mit Todesverachtung ins Wasser. Er dachte nicht daran, ihr die Hand zu reichen oder sonst eine Hilfestellung zu geben, sondern sah seelenruhig zu, wie sie mehrfach wieder vom Bootsrand abrutschte und nur mit viel Mühe endlich an Bord kletterte. Kaum hatte sie sich hingesetzt, um wenigstens den langen Rock auszuwringen, sprang er wieder ins Wasser, löste die Vertäuung, stieg zurück aufs Schiff und griff zu den Rudern. Zu ihrer Überraschung vollführte er ein Wendemanöver – die Fahrt ging nun flussabwärts. War das ein gutes Zeichen? Wollte er sie jetzt endlich zurück in ihr Kloster bringen?

Keiner von beiden sprach ein Wort. Reina hockte nass wie eine gebadete Maus auf dem Deck und starrte auf das rasch vorüberziehende Ufer, Halvdan trieb das Boot in wuchtigen Ruderschlägen mit der Strömung voran. Der Wind riss an ihrem Haar, sodass sie es sich mit der Hand aus dem Gesicht halten musste – dieses Mal empfand sie kein Glücksgefühl bei der raschen Fahrt. Ab und zu sah sie aus den Augenwinkeln zu ihm hin – sein Gesicht war finster, und wenn er zu ihr aufsah, war sein Blick kalt.

Trotzig fuhr sie fort, ihr nasses Kleid auszuwringen, dann umfasste sie die angezogenen Knie mit den Armen und brütete vor sich hin. Wieso war er so wütend auf sie? Sie war ihm nachgelaufen, weil sie sich Sorgen um ihn gemacht hatte – eine fürchterliche Dummheit, das war ihr längst klar geworden. Der Ärger über diese Erkenntnis machte sie jedoch keineswegs friedfertiger. Schön, sie hatte sich ungeschickt benommen, sich leichtfertig in Gefahr begeben. Aber wer hatte sie denn überhaupt in diese lebensgefährliche Lage gebracht? Er doch, Halvdan, der Wikinger, der sich bisher beharrlich geweigert hatte, sie endlich zurück in ihr Kloster zu bringen, und der sie stattdessen auf diese elende, von feindlichen Heiden bewohnte Insel geschleppt hatte. Dazu war er am Morgen wieder einmal verschwunden gewesen, ohne ihr von seinem Vorhaben Mitteilung zu machen. Wozu hatte sie ihm eigentlich Fränkisch beigebracht? Damit er allerlei Unsinn schwatzte, aber dann, wenn es nötig gewesen wäre, zu reden, sein Maul hielt?

Schließlich hielt sie das Schweigen nicht mehr aus, wandte sich ihm zu und forderte ihn heraus.

»Wieso hast du die Richtung gewechselt? Wohin fahren wir?«

Sein Blick war nach wie vor eisig, es lag verhaltener Zorn darin.

»Fluss will zum Meer«, sagte er kurz angebunden.

Sie presste ärgerlich die Lippen aufeinander. Das war keine Antwort auf ihre Frage. Sie, Reina, wollte keineswegs zum Meer, das wusste er ganz genau.

»Warum hast du mir nicht gesagt, wohin du gehst?«

Jetzt blitzten seine Augen plötzlich wütend, und der zurückgehaltene Zorn brach aus ihm heraus.

»Du hast Schlaf. Halvdan lässt dir Boot, Felle, sein Stahl, um Feuer zu machen. Du nicht dumm. Weißt, dass Halvdan kommt zurück!«, schimpfte er.

Vor Ärger zog er die Ruder so gewaltig, dass die Bugwelle bis zu Reina hinüberspritzte. Feindselig starrte sie ihn an.

»Woher hätte ich das wissen sollen?«, fauchte sie. »Du tust doch immer nur, was dir einfällt. Genauso gut hättest du längst mit deinen Wikingern davongezogen sein können.«

Er nahm diese Antwort mit düsterer Miene zur Kenntnis, und sie freute sich darüber, ihn getroffen zu haben. Nicht um alles in der Welt hätte sie ihm ausgerechnet jetzt eingestanden, dass sie Angst um ihn gehabt hatte. Wahrscheinlich hätte er sich dann über sie totgelacht.

»Warum du zornig?«, sagte er dumpf »Wenn Halvdan fort – Reina frei und kann gehen, wohin sie will.«

Sie schwieg verbissen. Wie gemein er war. Erst brachte er sie in diese Wildnis, setzte sie seinen ungehobelten Landsleuten aus, und dann hielt er ihr vor Augen, dass sie ohne seinen Schutz so gut wie verloren war. Er hatte ganz offensichtlich einen teuflischen Spaß daran, sie zu demütigen.

»Du hast völlig recht. Ich wünschte wirklich, ich hätte dich nie gesehen. Warum habe ich dich auf diesem Sklavenmarkt nicht einfach sitzen lassen und einen anderen Sklaven gekauft?«

Er gab keine Antwort, zog stattdessen die Ruder ein und ließ das Boot treiben. Einen Moment lang glaubte sie, einen Anflug von Kummer auf seinen Zügen zu erkennen, doch das konnte nur eine Täuschung gewesen sein.

»Du, Reina, vielleicht besser Wikinger Tore gekauft – starke Mann mit kurze Nase und Haar wie Feuer«, stichelte er. »Ist großer Freund von schöne Frau.«

Natürlich – jetzt musste er ihr unter die Nase halten, dass er sie vor diesem widerlichen Rotschopf im Wikingerlager gerettet hatte. Darauf hatte sie nur gewartet.

»Ich bin nicht schön«, giftete sie zurück.

»Dann hässlich – Tore behält trotzdem!«

Was fiir eine Frechheit! Das Laster der Eitelkeit lag ihr fern – aber das ließ sie sich nicht ungestraft sagen.

»Tore – Knut – Halvdan!«, rief sie wütend und trat mit dem Fuß gegen die zusammengerollten Felle. »Ihr seid doch alle die gleichen ungehobelten, grobklotzigen Heiden. Ich will endlich zurück in mein Kloster und niemals wieder etwas mit euch zu tun haben!«

»Gut!«

Sie drehte ihm den Rücken zu, damit er nicht sah, dass sie vor lauter Hilflosigkeit Tränen in den Augen hatte. »Gut«, hatte er gesagt. Sie kannte das schon. Immer wenn er keine Lust zu antworten hatte, sagte er »gut«. Und dann tat er, was er sich vorgenommen hatte, stur und dickköpfig, ohne Rücksicht auf sie.

Das Schweigen lastete schwer auf ihr, denn sie spürte, dass sie ihn in ihrem Zorn sehr verletzt hatte. Verbittert starrte sie auf den Fluss, dessen kleine Wellen im Sonnenschein silbrig aufblitzten, und das gleißende Licht schmerzte in ihren Augen. Kleine und größere Schiffe kamen ihnen entgegen, die meisten waren mit hellen, viereckigen Segeln ausgestattet und mit Waren beladen, andere waren einfache Fischerboote, die gerudert oder mit Stangen vorangetrieben wurden. In einem der größeren Boote saßen zwei Frauen unter einem Baldachin, sie trugen bunte, seidene Gewänder und kostbar bestickte Schleier – wahrscheinlich waren es Angehörige eines adeligen Herrn, die mit großer Begleitung nach Rouen reisten, um dort Verwandte zu besuchen. Sie dachte an ihre Schwester Gisela, die ganz gewiss in großer Sorge um sie war, und einen Augenblick lang war sie versucht, den Frauen zu winken und sie um ihren Schutz zu bitten. Doch dann hielt sie irgendetwas davor zurück, ein dummes und völlig überflüssiges Gefühl, das mit dem Mann zu tun hatte, der hinter ihr saß und das Schiff voranruderte und der so unglaublich zornig auf sie war. Es wäre ihm nur recht geschehen, wenn man ihn als davongelaufenen Sklaven gefangen genommen und seiner Strafe zugeführt hätte. Er hatte es redlich verdient, ausgepeitscht und eingesperrt zu werden. Aber sie zögerte und ließ das Boot vorüberfahren, ohne auch nur die Hand zu heben.

Am Nachmittag erreichten sie den Ort, an dem sie gestern zu den beiden Männern ins Boot gestiegen war, und sie spähte aufgeregt zum Ufer hinüber. Doch von ihrem Pferd war nichts zu sehen – entweder war es weiter flussabwärts gelaufen oder es hatte inzwischen einen neuen Besitzer gefunden. Bekümmert ließ sie die Hand sinken, mit der sie die Augen beschattet hatte – was nützte ihr auch das Pferd? Halvdan hatte sowieso nicht die Absicht, hier an Land zu gehen. Er wollte zum Meer – warum auch immer.

Doch sie täuschte sich. Kurze Zeit später bemerkte sie, dass der Wikinger das Boot aus der Strommitte herauslenkte und das linke Flussufer ansteuerte. An einer seichten Stelle setzte er das Schiff auf Grund und zog die Ruder ein. Gleich darauf erschrak sie heftig, denn seine schwere Hand legte sich von rückwärts auf ihre Schulter.

»Nicht Streit.«

Seine tiefe Stimme war jetzt warm, wenn auch noch ein wenig heiser.

»Halvdan nicht klug. Sagt dir nicht, wohin er geht. Es tut mir leid, Reina.«

Sie war so überrascht von diesem plötzlichen Eingeständnis, dass sie zuerst reglos dasaß, kaum fähig, ein Wort hervorzubringen. Dann fiel alle Verbitterung auf einen Schlag von ihr ab, und sie wandte sich zu ihm um.

Er hockte hinter ihr, immer noch nur mit seiner kurzen Bruoche bekleidet; seine Haut glänzte vor Feuchtigkeit und seine Augen schienen ihr dunkel. Langsam fasste sie seine breite, harte Hand, die auf ihrer Schulter ruhte.

»Nein, ich war es, die nicht klug war«, sagte sie erleichtert. »Es war dumm von mir, dir einfach nachzulaufen. Es war nur… ich dachte… ich glaubte, du seiest in Gefahr. Das war ziemlich albern, nicht wahr?«

Sie wandte sich um und sah sein Gesicht aufleuchten. Plötzlich hatte er wieder jenen spitzbübischen Zug um den Mund, der zu dem großen Kraftpaket gar nicht so recht passen wollte.

»Was ist albern?«, wollte er wissen.

Leicht machte er es ihr nicht gerade!

»Wenn man über jemanden lachen muss, weil er sich töricht benimmt.«

Er begriff und sah sie ernst an.

»Nein«, sagte er. »Nicht albern. Viel Mut, Reina.«

»Ich habe dir nur Schwierigkeiten gemacht.«

»Tore hat Schlag verdient. Kein Freund. Andere Männer Freunde von Halvdan.«

Sie beschloss, da er nun endlich redselig wurde, rasch einige Fragen zu stellen, um die Lage der Dinge zu erforschen.

»Hast du dein Ziel erreicht? Werden die Männer in der Festung mit dir gegen deinen Bruder kämpfen?«

Er löste sich aus der unbequemen Hockstellung und setzte sich dicht neben sie auf das Schiffsdeck. Immer noch lag seine Hand schwer und warm auf ihrer Schulter, es hatte etwas Besitzergreifendes, doch sie spürte keinen Widerwillen. Es gefiel ihr sogar.

»Männer in Festung alt oder von Kampf krank. Sie nur Wachen für Festung. Wikinger mit Schiff nach große Stadt Paris. Dort sie nehmen Tribut, viel Silber und Gold.«

Sie starrte in sein heiteres Gesicht und musste erst einmal ihre Gedanken sortieren. Die Kerle in der Festung waren also nur die Wächter gewesen, Männer, die zu alt zum Kampf oder verwundet waren und deshalb auch den Sommer über im Lager zurückblieben. Die anderen hatten die Fahrt nach Süden angetreten, um die Bewohner von Paris dazu zu zwingen, ihnen Tribut zu zahlen. Dumm waren sie nicht, diese Nordmänner. Wer eine Stadt gleich niederbrannte, konnte nur einmal Beute machen. Wer die Stadt jedoch verschonte und für diese Gnade Tribut kassierte, der konnte mehrmals ernten.

»Knut, mein Bruder – mit ihnen fort«, sagte er in ihre Überlegungen hinein.

»Dein Bruder ist unterwegs nach Paris?«

»So Männer mir gesagt.«

Sie sah ihn mit großen Augen an, und eine schwache Hoffnung stieg in ihr auf.

»Aber warum ruderst du dann flussabwärts zum Meer? Warum hast du das Boot hier festgemacht?«

Er lächelte sie an, seine Hand bewegte sich streichelnd auf ihrer Schulter, fasste dann in ihr Haar und wickelte die dunklen Locken spielerisch um seine Finger.

»Halvdan hält Versprechen. Bringt dich zurück in Kloster.«

Sie sah ihn ungläubig an und konnte kaum fassen, dass er es wirklich ernst meinte.

»Halvdan schützt – du keine Gefahr«, versicherte er ihr.

❖

Kurz darauf war sie schon wieder zornig auf ihn. Halvdan hatte seinen Kittel übergestreift und den Gürtel umgebunden, dann hatte er ihr erklärt, für kurze Zeit fortgehen zu müssen.

»Du nicht nachlaufen – Halvdan kommt zurück!«

»Was hast du vor?«

»Halvdan kommt zurück. Warte!«

Er machte eine gebieterische Geste und trabte davon. Sie stand kopfschüttelnd da, sah ihn zwischen den hohen Eichen verschwinden und grübelte darüber nach, was er jetzt wohl schon wieder im Sinn haben mochte.

Immerhin konnte sie die Zeit dazu nutzen, um ungesehen das Kleid abzulegen, damit sie das lange Leinenhemd darunterziehen konnte. Der Stoff war so hart und kratzig, dass sie ihn erst eine gute Weile zwischen den Händen reiben musste, bevor sie ihn überstreifte. Kaum war sie wieder vollständig angezogen, da drang das Knacken trockener Äste an ihr Ohr, Laub raschelte, und zwischen den Bäumen wurden die dunklen Umrisse eines Reiters sichtbar.

Halvdan lächelte triumphierend und stieg aus dem Sattel, während sie das schöne, fuchsrote Tier verdutzt musterte. Sie hatte zuerst geglaubt, er habe ihr eigenes Pferd wieder aufgetrieben, doch es war ein völlig fremdes Tier, eine edle Stute, zierlich und doch sehnig, auch das Sattelzeug war aus gutem Leder und mit Stickerei verziert.

»Woher hast du das Pferd?«, fragte sie atemlos. »Du hast es doch nicht etwa … gestohlen?«

Er zog unwillig die Augenbrauen in die Höhe und machte Anstalten, ihr in den Sattel zu helfen. Sie hatten noch ein gutes Stück Wegs vor sich bis zum Kloster und sie besaß nur noch einen Schuh.

»Große Stadt Rouen nicht weit«, bequemte er sich zu einer Erklärung. »Viele Händler und Reiter auf Weg. Ich nehme Pferd, weil Reiter stark und hat gute Stiefel. Kann mit Füßen gehen.«

Er hatte es tatsächlich gestohlen. Noch dazu ein so kostbares Tier. Dieser Wikinger war ein elender, gewissenloser Dieb.

Wütend schüttelte sie den Kopf und stieß die Hand, mit der er ihr in den Sattel helfen wollte, zurück.

»Ich reite nicht auf einem gestohlenen Pferd! Diebstahl ist eine schlimme Sünde, Halvdan. Du solltest dich schämen, einem armen Mann das Pferd zu nehmen!«

Auch er wurde jetzt ärgerlich, verstand nicht, weshalb sie sich so anstellte. Schließlich hatte er das Pferd nicht für sich selbst, sondern für sie beschafft.

»Nicht armer Mann. Viel schönes Gewand und dicke Bauch. Braucht nicht dieses Pferd, hat andere!«

»Es gibt keine Entschuldigung für einen Diebstahl. Bring das Pferd sofort zurück!«

So etwas Albernes hatte er noch nie zuvor gehört. Niemand gab eine Beute freiwillig zurück, es sei denn, er war ein Narr.

»Warum zurück? Du hast Pferd gelassen auf Wiese – hat andere Mann genommen. Wir lassen Boot hier an Ufer – wird kommen Mann und sich nehmen. Und dafür wir jetzt haben diese schöne Pferd. Wo ist Diebstahl? Nur Tausch.«

»Tausch?«, rief sie empört. »Du glaubst, dich auf diese spitzfindige Art herausreden zu können?«

Er stemmte die Arme in die Seiten und sah sie mit zusammengekniffenen Augen an.

»Weite Weg mit nur ein Schuh – Füße krank«, stellte er fest. »Wir nur können langsam gehen – Nacht im Wald schlafen.«

So ganz unrecht hatte er nicht. Mit wunden Füßen würden sie nicht rasch vorankommen und die Nacht im Wald verbringen müssen. Bei der Vorstellung, noch einmal dicht an ihn gedrängt in einem winzigen Unterstand zu schlafen, bekam sie Herzklopfen. Vielleicht war die Sünde des Diebstahls ja noch das geringere Übel im Vergleich zu jener Todsünde, der sie sich bei einer Übernachtung im Wald an seiner Seite aussetzte. Die Erinnerung an den gestrigen Abend war noch frisch und verursachte ihr Gewissensbisse. Vor allem deshalb, weil sie immer noch süße, erregende Wirbel zwischen den Beinen spürte, wenn sie sich an die Berührung seiner festen und doch so sanften Hände erinnerte.

»Also gut. Aber nur, wenn du das Pferd hinterher seinem Besitzer zurückgibst.«

Bevor sie es verhindern konnte, hatte er rasch den Arm um ihre Körpermitte geschlungen und sie in den Sattel gehoben.

»Ich schenke dir Pferd«, sagte er großspurig. »Gib zurück, wenn du magst.«

»Du kannst mir das Pferd nicht schenken«, murrte sie, während er das Tier schon am Zügel hinter sich herzog. »Es gehört dir ja gar nicht.«

»Gut«, beendete er das Gespräch in gewohnter Weise.

Sie hätte Mühe gehabt, den Weg zu finden, doch Halvdans Ortssinn war untrüglich, vermutlich würde dieser Wikinger noch mit geschlossenen Augen und verstopften Ohren sein Ziel erreichen. In der Abenddämmerung lichtete sich das Waldgebiet, die ersten strohgedeckten Hütten der Siedlungen und Gehöfte, von Wiesen und Äckern gesäumt, waren zu sehen, und endlich tauchte vor ihnen auf einer felsigen Anhöhe die Burg auf. Schwarz ragten Palisaden, Wehrtürme und der viereckige Wohnturm gegen die untergehende Sonne empor, und Reina hatte für einen Augenblick das irrwitzige Gefühl, als drohe ihr von diesem Ort, den sie so liebte und an dem sie schon als Kind gelebt hatte, eine unbestimmte Gefahr.

Man sah sie kommen, sie hörten die lauten Rufe der Wächter auf den Wehrtürmen, und die Männer mühten sich, das breite Tor, das bereits geschlossen war, wieder zu öffnen. Als Reina in der Begleitung ihres Sklaven Halvdan die hölzerne Brücke überquerte, die über den ausgetrockneten Burggraben führte, schallten ihr laute Jubelschreie entgegen.

»Gepriesen sei der Herr. Sie ist den Wikingern entkommen!«

»Die Äbtissin ist zurück! Das Kloster hat die Herrin wieder.«

»Seht doch, was für ein schönes Pferd sie reitet!«

»Sie hat sogar den Sklaven mitgebracht.«

Mägde und Knechte waren aus den kleinen Hütten herbeigelaufen und scharten sich hinter den Palisaden um den hohen Wohnturm, Hunde kläfften begeistert, Hühner flatterten erschreckt davon, und ein dickes braunes Schweinchen quiekte, weil jemand es aus Versehen getreten hatte.

Reina erspähte Roberts Gesicht an einer der schmalen Fensteröffnungen des Wohnturms, es zeigte ungläubige Verblüffung. Dann sah sie Gisela, die mit flatterndem Gewand über den Hof lief, das Pferd am Zügel fasste und dann schluchzend Reinas Beine umklammerte.

»Reina! Meine kleine Schwester. Wie habe ich für dich gebetet!«

»Es ist ja alles gut, Gisela«, sagte Reina gerührt. »Es ist mir nichts geschehen. Sei ganz ruhig …«

Doch auch ihr selbst liefen jetzt die Tränen über die Wangen, und als sie vom Pferd herabgerutscht war, umschlang sie die Schwester, weinend vor Glück.

»Die Wikinger«, stieß Gisela hervor. »Was haben sie dir angetan? Wie bist du ihnen entkommen?«

»Halvdan hat mich gerettet, Gisela.«

»Dein Sklave? Aber er ist doch selbst ein …«

Reina löste sich aus ihren Armen und wischte sich die Tränen ab. Sie war entschlossen, Halvdans Verdienste hoch in den Himmel zu heben, was auch immer sie selbst darüber dachte. Schließlich sollte er ihre Kirche bauen. Er sollte auf keinen Fall für sein Weglaufen bestraft werden.

»Ich werde dir alles erzählen. Aber zuerst brauche ich ein Bad und andere Kleider, Gisela. Lass uns hineingehen.«

»Großer Gott – du hast recht«, rief Gisela halb lachend, halb erschrocken. »Ich stehe hier und frage dich aus, und du bist sicher völlig erschöpft und brauchst Pflege. Himmel – wie schmutzig und zerrissen dein Gewand ist. Und wo ist dein Schleier? Dein Haar sieht fürchterlich aus …«

Am Eingang des Wohnturms trat ihnen Robert entgegen, und Reina war einen Moment lang verwirrt, denn er starrte sie mit durchdringendem Blick an, als sei sie nicht seine Schwägerin, sondern eine Fremde.

»Wie ist das möglich?«, stieß er hervor. »Wir mussten dich doch zurücklassen …«

Er sprach den Satz nicht zu Ende, doch wenn Reina noch Zweifel an der Wahrheit von Halvdans Schilderungen gehabt hätte – jetzt hatte sie den endgültigen Beweis, dass er die Wahrheit gesprochen hatte. Robert hatte sie nicht gegen die Wikinger verteidigt. Er hatte sich und seine Männer gerettet und sie, Reina, ihrem Schicksal überlassen.

»Ich verdanke Halvdan mein Leben«, sagte sie kühl. »Er ganz allein hat mich vor der wilden Horde der Nordmänner bewahrt.«

Roberts Gesicht verzog sich zu einer Grimasse, doch Reina hatte wenig Lust, weiter mit ihm zu reden. Sie wandte sich ab und folgte Gisela die schmalen Treppen hinauf zum Wohnraum der gräflichen Familie.

Gisela war vor Freude wie im Fieber. Sie riss die schweren Truhen auf, um Kleidung für Reina herauszunehmen, sie erteilte Befehle, trieb die Mägde an, ließ Tücher quer durch den Raum aufspannen und den hölzernen Badezuber aufstellen. Reina genoss den Trubel, der um ihre Person veranstaltet wurde, sie setzte sich zu der Schwester an den Tisch, trank Wein und aß von den Speisen, die die Frauen in aller Hast auftrugen.

»Wie erschöpft du aussiehst«, klagte Gisela. »Iss nur in aller Ruhe, wir reden später. Nimm von diesem Beerenkompott, er ist mit Honig gemacht. Und probiere von den Mandelküchlein ...«

Reina kaute genießerisch, solche Leckerbissen bekam sie auch im Kloster nur selten zu sehen. Morgen würde sie wieder die gewohnt magere Klosterkost zu sich nehmen, aber heute glaubte sie, ein wenig Völlerei verdient zu haben. Während sie kaute, betrachtete sie besorgt die Schatten im Gesicht ihrer Schwester. Gisela war fahrig, redete durcheinander, eine gefüllte Schale wäre ihr fast auf den Boden gefallen, wenn eine Magd nicht rasch zugegriffen hätte. Die Sorge um sie, Reina, hatte ihre Schwester sicher an den Rand des Krankenlagers gebracht.

Plötzlich fiel Reina der Wikinger ein, den sie vor lauter Wiedersehensfreude völlig vergessen hatte, und sie stand auf, um aus der Fensteröffnung auf den Hof hinunterzusehen. Unten herrschte ein buntes Gewimmel. Mägde erhitzten einen Kessel mit Wasser auf dem Feuer, andere standen am Brunnen, um die Eimer zu füllen – man bereitete das Bad vor. Ein Knecht war beschäftigt, das Pferd abzusatteln, das vor ihm scheute und mit den Hinterhufen ausschlug. In einer Ecke stand eine Gruppe junger Männer aus Roberts Gefolgschaft beieinander, sie gestikulierten aufgeregt und schienen über irgendetwas erbost. Neugierige Knaben versuchten, sich zwischen die Männer zu schieben, wurden weggeschickt und verfolgten die Reden aus der Entfernung mit offenen Mündern.

Von Halvdan war nichts zu sehen. Hatte er die Burg am Ende verlassen? Tiefe Enttäuschung erfasste sie, denn sie war fest davon überzeugt gewesen, er würde bleiben, um weiter an ihrer Kirche zu bauen. Hatte er nicht erzählt, sie beschützen zu wollen? Nun war er fortgelaufen – seiner Rache hinterher.

Er hätte sich wenigstens von mir verabschieden können, dachte sie bitter und wandte sich vom Fenster ab. Aber so ist er nun einmal – er fragt nicht, erklärt nichts, er tut einfach, was er will.

Inzwischen hatten die Mägde den Zuber gefüllt, und Gisela wühlte aufgeregt in einer Truhe, um das Bad mit Kräutern anzureichern. Reina seufzte, trat hinter die Tücher, die den Badezuber vor allen neugierigen Blicken verbargen, und zog ihre Kleider aus. Ein wohltuender Duft nach Rosmarin und Kamille stieg aus dem Bottich auf, sie prüfte die Temperatur mit dem Zeh, fand sie angenehm und stieg ins Wasser hinein.

Sie tauchte ganz unter, sodass sich das lange Haar wie ein dunkler Schleier auf der Wasseroberfläche ausbreitete, prustete dann genüsslich und rieb sich das Gesicht. Gisela, die mit einer Kanne neben ihr stand, um bei Bedarf heißes

Wasser nachzugießen, lachte belustigt auf, als sie sah, wie sehr Reina das Bad genoss.

»Du bist noch immer das kleine Mädchen von damals«, meinte sie liebevoll. »Weißt du noch, wie wir im Bach gebadet haben und ich alle Mühe hatte, dich aus dem Wasser zu bekommen?«

»Stimmt«, sagte Reina nachdenklich und schöpfte das warme Badewasser mit der Hand über ihre Schultern. »Damals lief ich noch im kurzen Kittel herum, und du warst ein dünnes, schlaksiges Mädchen mit viel zu langen Armen.«

Sie lachten beide, und Gisela nahm einen Lappen, um ihr den Rücken zu waschen. Reinas Körper war schlank und fest; ihre runden Brüste hatten im Wasser harte, rosige Spitzen bekommen, ihre Hüften gingen in weichem Schwung in die Schenkel über, und lockend schimmerte das dunkle Dreieck ihrer Scham im unruhigen Wasser. Gisela betrachtete den Körper ihrer Schwester ohne Neid, dennoch zog der Kummer um das eigene Unglück ihr das Herz zusammen.

»Weißt du noch, was ich dir vor einigen Tagen gesagt habe?«, fragte sie.

Reina hatte die Augen geschlossen, um sich ganz dem wohltuenden Bad und Giselas sanft reibender Bewegung hinzugeben.

»Du hast mir erzählt, ich sollte nach St. Emilien zurückgehen«, sagte sie und blinzelte nach der Schwester. »Aber ich sehe überhaupt nicht ein, weshalb.«

»Ich kann es dir nicht erklären, Reina«, flüsterte Gisela gequält. »Aber ich flehe dich beim Herrn des Himmels an, meinem Rat zu folgen…«

Reina wollte eine unwillige Antwort geben, doch in diesem Augenblick wurde die Tür des Wohnraums aufgerissen und man hörte schwere Schritte. Eine Magd stieß einen leisen Schrei aus, dann wurde eines der Tücher abgerissen, die den Badezuber vom Rest des Raumes abteilten.

Vor ihnen stand Graf Robert, breitbeinig, das Gesicht bleich, die Augen starr auf das badende Mädchen gerichtet.

Reina schrie auf und bedeckte die bloßen Brüste mit beiden Händen, dann stürzte Gisela herbei und trat ihrem Mann entgegen, am ganzen Körper zitternd vor Empörung.

»Was suchst du hier? Verlasse diesen Raum!«

Er lachte wild auf, fasste sie an der Schulter und wollte sie beiseiteschieben, doch sie krallte sich wie eine Besessene in sein Gewand, und ihre Hand fand den Griff des Dolches in seinem Gürtel.

»Geh – oder ich töte dich!«, schrie sie mit schriller Stimme.

Er schlug ihr die Waffe aus der Hand und stieß sie grob zu Boden; dabei gab er wieder sein höhnisches, irrsinniges Lachen von sich, das Reina grausam in den Ohren klang, und taumelte einige Schritte zurück.

»Mich töten willst du, Weib? Für eine Hure?«

Die Frauen erstarrten.

»Eine Wikingerhure«, wiederholte er an der Tür.

Dann warf er sie donnernd hinter sich zu.

»Achte nicht auf ihn«, stammelte Gisela, am ganzen Körper bebend. »Er ist betrunken.«

Die Mägde liefen herbei, um der Gräfin zu helfen; mühsam richtete Gisela sich auf, ihr Gesicht war blass wie der Tod. Mit fahrigen Händen hielt sie Reina ein Tuch entgegen, damit sie sich abtrocknen konnte. Reina hüllte sich hastig darin ein, stieg aus dem Bottich, und die Mägde beeilten sich, ihr die Kleidung zu reichen. Reina war unfähig zu sprechen. Roberts irrwitziger Hass und die Niedertracht seiner Beleidigung waren durch nichts zu erklären. Sie war nur froh, wieder Kleider am Leib zu haben, wenigstens diese schützende Hülle um sich zu spüren, auch wenn es ein Kleid war, das Gisela gehörte und das für eine Nonne viel zu kostbar war.

Gisela redete ohne Unterlass, doch sie schien kaum zu wissen, was sie sagte. Ihr Gesicht war gerötet, die Augen weit, ihre Lippen zitterten leicht.

»Er trinkt schon eine ganze Weile viel zu viel. Tagsüber sitzt er mit seinen Getreuen zusammen, da wird gelärmt und Bier getrunken bis spät in den Abend. Und auch in der Nacht spricht er dem Wein zu, frag nur die Mägde, die wissen davon zu berichten. Neulich ist er auf der Treppe gestürzt, weil er sich kaum mehr auf den Beinen halten konnte, und er hat...«

Reina hörte kaum zu. Sie hatte sich auf einen Schemel gesetzt, denn ein plötzlicher Schwindel hatte sie erfasst. Wikingerhure hatte er gesagt. Was für eine infame Beschuldigung! Und doch – sie war drei Tage und zwei Nächte mit Halvdan allein unterwegs gewesen. Er hatte ihr nichts getan – aber wer würde ihr das glauben?

»Glaube mir, Reina«, schwatzte Gisela weiter. »Er weiß nicht, was er tut. Du darfst ihn nicht ernst nehmen...«

Wut schoss in Reina hoch. Gerade Robert hatte am allerwenigsten Ursache, sie zu beschimpfen. War er es nicht gewesen, der sie feige im Stich ließ, als die Wikinger sie angriffen? Sein Verdienst war es wahrhaft nicht, dass sie noch unversehrt und am Leben war. Wie sehr hatte sie sich in diesem Menschen getäuscht, den sie einmal für einen selbstlosen Freund und Förderer gehalten hatte.

»Jetzt siehst du hoffentlich ein, dass du nach St. Emilien gehen solltest, Reina. Ich habe dich doch schon so oft darum gebeten …

Reina ließ ihre Schwester reden. Es war zwar nur sinnloses Zeug, doch es schien ihr gutzutun.

Schon früh am nächsten Morgen ließ sie sich ein Pferd satteln und ritt völlig allein zu ihrem Kloster. Sie hatte wenig geschlafen in dieser Nacht, die sie neben ihrer Schwester auf einem engen Lager verbracht hatte. Der Zorn über die demütigende Beleidigung saß noch tief in ihr, und sie tat endlich, was sie immer schon hatte tun wollen. Sie setzte sich wie ein Mann auf das Pferd, trieb es zu wildem Galopp an und jagte über die taufeuchten Wiesen. Es tat unsagbar wohl, den Wind auf den heißen Wangen zu spüren, und es war ihr herzlich gleichgültig, dass ihr Gewand sich bis weit über die Knie hochbauschte und der Schleier flatterte. Erst als das Tier ermüdet wieder in eine langsamere Gangart fiel, setzte sie sich auf dem Sattel so hin, wie eine Frau zu sitzen hatte, ordnete ihr Gewand und zog den Schleier zurecht, denn sie wollte ihren Nonnen mit der Würde der Äbtissin entgegentreten.

Der Empfang war völlig anders, als sie erwartet hatte. Die Frauen standen am Eingang des Nonnenhauses beieinander wie eine Schar ängstlicher Hühnchen, sie flüsterten miteinander und sahen ihr mit scheuen Blicken entgegen. Auf der Baustelle lungerten die Knechte untätig herum, und von Odemar, dem Bauleiter, war nichts zu sehen.

Sie hielt das Pferd im Hof an und wartete, bis Schwester Afranasia endlich den Mut fasste, ihr beim Absteigen behilflich zu sein.

»Dem Herrn sei Lob und Dank«, flüsterte die Nonne. »Er hat Euch das Leben erhalten. Wir haben Tag und Nacht für Eure Seele gebetet.«

Auch die anderen wagten jetzt, sich Reina zu nähern, doch nur zögerlich, und als sie ihnen die Hand zum Kuss reichte, berührten sie sie kaum mit ihren Lippen. Reina meinte zu wissen, was der Grund dafür war, und sie gab sich Mühe, sich ihren Zorn darüber nicht anmerken zu lassen. Gerüchte verbreiteten sich rasch und konnten auch treue Seelen vergiften. Die Mädchen waren schlichten Gemüts und dazu vollkommen verschüchtert, denn sie waren drei Tage lang ohne Führung gewesen.

»Der Himmel hat mich bewahrt«, sagte sie und lächelte. »Wie Daniel aus der Löwengrube, so ging auch ich unbeschadet aus allen Gefahren hervor.«

Nur Afranasia erwiderte ihr Lächeln, die anderen blickten ungläubig, in einigen Gesichtern spiegelte sich Mitleid. Die Frauen, für die sie so viel getan hatte, um die sie sich Tag und Nacht gemüht hatte – sie glaubten ihr nicht.

Dann also nicht, dachte sie verbittert. Sie sollen mich kennenlernen, diese einfältigen Hennen. Dies ist mein Kloster, und wenn sie mir schon nicht vertrauen, dann haben sie mich wenigstens zu respektieren.

»Wo ist Odemar? Warum arbeitet niemand auf der Baustelle?«

Odemar hatte ihre Abwesenheit angeblich dazu genutzt, seine Familie aufzusuchen, die in einer Siedlung unweit der Burg lebte. Empört über diese Eigenmächtigkeit, rief sie einen der Knechte herbei und schickte ihn als Boten zu ihrem Bauleiter. Er habe auf der Stelle im Kloster zu erscheinen und seine Arbeit wiederaufzunehmen.

Dann machte sie die Runde im Nonnenhaus, fand die Lagerstätten der Frauen, die sie nicht wie üblich zusammengeräumt hatten, schalt über das Stroh, die Nussschalen und Brotkrümel, die im Refektorium auf dem Boden herumlagen, regte sich über vergessene Tonbecher und ungewaschene Schüsseln auf und entdeckte zuletzt, dass die Frauen viel mehr von den Vorräten verbraucht hatten, als gestattet war. Ein heilloses Donnerwetter entlud sich über den gesenkten Köpfen der Nonnen, die mit ängstlich-verschreckten Mienen Besserung versprachen. Dann zog sich Reina in ihre Zelle zurück, kleidete sich in das dunkle Nonnengewand und steckte sich Gesichts- und Kopfschleier fest, wie es der Kleiderordnung der Benediktinerinnen entsprach.

Die Morgenandacht dehnte sich in ungewohnter Länge, die Äbtissin hatte zusätzliche Texte und Gesänge eingefügt, denn sie war der Meinung, dass ihre Frauen einiges nachzuholen hatten. Natürlich waren auch die regelmäßigen Gebete und Gesänge, die den Tagesablauf der Nonnen einteilten, nicht in der gewohnten Ordnung eingehalten worden. Reina nahm sich vor, Schwester Benedicta, die noch die Gescheiteste war, von nun an in der Leitung der Andachten zu unterweisen, damit solche Nachlässigkeiten in Zukunft nicht mehr vorkämen. Immerhin konnte sie, Reina, einmal krank sein oder durch wichtige Besorgungen von ihrer Pflicht abgehalten werden.

Doch auch Benedicta schien heute ausgesprochen unaufmerksam – anstatt auf die heiligen Texte zu hören und im richtigen Moment in die Gesänge einzusetzen, schaute sie immer wieder unruhig zu den Fensteröffnungen hinüber.

Odemar erschien erst am späten Nachmittag, als im Kloster bereits die Abendmahlzeit eingenommen wurde. Reina hatte Milde walten lassen und den Frauen neben der üblichen Gerstengrütze auch Käse und eine Schale Trockenfrüchte gestattet. Die verschüchterten Mädchen, die sich jetzt ganz verzweifelt bemühten, alle ihre Wünsche zu erfüllen und ja nichts dabei falsch zu machen, taten ihr inzwischen leid. Sie waren für die Verwirrung, die in ihren Köpfen und Herzen herrschte, kaum verantwortlich zu machen.

Der Bauleiter war zu Reinas Überraschung mit einem leeren Karren gekommen, vor den er zwei kräftige Pferde gespannt hatte. Wagen und Pferde gehörten zum Besitz des Grafen Robert, seines Herrn.

Reina ließ ihn ins Refektorium hinaufsteigen und empfing ihn mit einer leichten, unfreundlichen Kopfneigung.

»Du kommst spät!«, stellte sie fest. »Was soll der Wagen?«

Odemar hatte seine Kappe vom Kopf genommen und zerknüllte sie nervös mit den Händen.

»Verzeiht mir, Herrin. Ich bin zuerst zur Burg geritten, um den Befehl des Grafen einzuholen …«

»Wozu das?«, unterbrach sie ihn ungehalten. »Du hast den Befehl, hier an meiner Kirche zu bauen. Wie kannst du es wagen, dich ohne Erlaubnis von der Baustelle zu entfernen?«

Der Bauleiter begann zu schwitzen, er wischte sich mit dem Ärmel über die Stirn und sah Reina mit unglücklichen Augen an. Er mochte diese junge Frau, er bewunderte und verehrte sie, aber zugleich hatte er seinem Herrn zu gehorchen.

»Die Sache ist so, dass Graf Robert vorgestern früh hier im Kloster erschien und uns allen sagte, dass Ihr, meine Herrin, niemals zurückkommen würdet.«

Er hatte nicht einmal daran gedacht, sie suchen zu lassen, dieser elende Feigling. Er hatte sie einfach totgesagt!

»Herrin, wir waren alle wie vor den Kopf geschlagen, das müsst Ihr mir glauben«, fuhr er fort. »Die Frauen haben laut geweint und wollten sich nicht trösten lassen. Auch wir, Eure Knechte, haben Tränen vergossen.«

»Aber nun bin ich zurückgekehrt«, sagte sie, gerührt von seiner Treue. »Es wird alles wieder so sein wie zuvor.«

Doch er schüttelte bekümmert den Kopf.

»Deshalb bin ich ja heute, gleich nachdem Euer Bote bei mir eintraf, zur Burg geritten. Der Graf hatte mir befohlen, heute Nachmittag mit Pferd und Wagen zum Kloster zu fahren, um die Frauen abzuholen, denn er hatte verfügt, sie zum Kloster St. Emilien bringen zu lassen.«

Reina riss die Augen auf.

»Der Graf wollte das Kloster auflösen? Aber aus welchem Grund?«

»Das habe ich nicht gefragt, Herrin.«

»Nun – dieser Befehl ist ja nun nichtig, Odemar. Ich bin zurück und das Kloster St. Antoine wird unter meiner Führung weiter bestehen und gedeihen.«

»Ich weiß nicht, Herrin. Der Graf hat seinen Befehl auch heute nicht zurückgenommen«, sagte Odemar in leisem Ton. »Ich bin gekommen, um die Frauen auf die Burg zu bringen. Morgen werden wir die Reise nach St. Emilien antreten.«

Sie starrte ihn mit weit aufgerissenen Augen an. Das konnte nicht sein. So boshaft konnte Robert doch nicht gegen sie handeln. Das Kloster war ihre Lebensaufgabe, all ihre Kraft, all ihre Hoffnungen waren darauf gerichtet.

»Es tut mir sehr leid«, murmelte er zerknirscht. »Aber ich muss gehorchen.«

Sie verschränkte die Arme vor der Brust und lehnte sich mit dem Rücken gegen die Mauer.

»Ich gebe meine Frauen nicht frei. Nicht, solange ich am Leben bin.«

Er hatte schon erwartet, dass sie sich widersetzen würde, und er verfluchte insgeheim den Grafen, der ihn zum Unglücksboten ausersehen hatte.

»Ich habe auch die Anweisung, Euch selbst zur Burg zu geleiten, Herrin.«

Darauf hatte sie nur gewartet. Er nahm ihr die Nonnen fort, löste ihr Kloster auf, und jetzt würde er auch noch über sie selbst verfügen. Wahrscheinlich schickte er sie ebenfalls nach St. Emilien zurück, wo sie dann alle ihre Hoffnungen und Pläne endgültig begraben konnte.

»Du kannst dem Grafen mitteilen, dass ich nicht gewillt bin, seinem Wunsch Folge zu leisten. Mein Platz ist hier in meinem Kloster, ich werde nicht von diesem Ort weichen!«

»Es war nicht der Graf, der mir dies befahl, Herrin…«

Erstaunt blinzelte sie ihn an.

»Wer dann? Etwa meine Schwester Gisela?«

Zu ihrer Überraschung glitt jetzt ein schwaches Grinsen über seine eben noch zerknirschten Züge.

»O nein, Herrin. Es war Halvdan, der Wikinger.«

Jetzt hätte sie um ein Haar die Fassung verloren. Halvdan? Den hatte sie bereits weit fort in Paris gewähnt.

»Er ist ein Teufelskerl!«, sagte Odemar schmunzelnd. »Vergebt das böse Wort, Herrin. Aber Halvdan hat einen Bund mit dem Grafen geschlossen. Er wird uns lehren, die Burg zu verteidigen, wenn die Wikinger uns angreifen. Und ich schwöre Euch, Herrin: Ich habe noch keinen gesehen, der das Schwert und die Streitaxt so zu führen weiß wie Halvdan, der Sklave.«

Sie brauchte einige Augenblicke, um die Neuigkeiten zu

verdauen. Halvdan machte also mit Robert gemeinsame Sache. Einen Bund hatten sie geschlossen. Ihr Kloster sollte aufgehoben werden. Wie war das möglich gewesen? Doch nur, weil dieser Lump inzwischen Fränkisch sprach, sonst hätte er sich mit Robert doch gar nicht verständigen können. Sie hatte sich die eigene Grube geschaufelt!

»Wenn er den Wunsch hat, mich in der Burg zu sehen«, sagte sie boshaft, »dann soll der Sklave Halvdan selbst kommen, um mich dorthin zu geleiten. Sag ihm das!«

Odemar verneigte sich mehrfach und ging dann schweren Schrittes die Stufen hinunter in den Hof. Unten im Wagen saßen bereits alle acht Frauen, jede ein Bündel mit einigen Habseligkeiten auf dem Schoß. Reina hörte sie kläglich weinen und schluchzen, als der Karren sich in Bewegung setzte, doch sie hatte nicht die Kraft, ihnen Lebewohl zu sagen.

❖

Die Nornen hatten ihre Fäden gesponnen und Halvdan wusste, dass weder Gott noch Mann sich gegen ihren Willen auflehnen konnte. Urd, Skuld und Werdandi hielten das Schicksal in ihren Händen und sie hatten diese Frau für ihn bestimmt.

Er hatte Reina verlassen wollen, um seine Rache zu vollziehen, doch die Göttinnen hatten anderes im Sinn gehabt: Sie führten beide über seinen Weg, Reina und Knut, den Verräter. In diesem Augenblick hatte er gewusst, dass Liebe und Rache miteinander verschlungen waren. Die schöne Fränkin war der Preis, den er erwarb, wenn es ihm gelang, Knut den Verräter zu töten.

Er brach auf, kaum dass der Karren in den Burghof eingefahren war, denn er sah auf den ersten Blick, was er gleich vermutet hatte: Reina war nicht unter den Frauen. Odemars stotternde Entschuldigungen unterbrach er mit einer ungeduldigen Geste, dann suchte er sich eines der Pferde aus und schwang sich auf dessen Rücken, um zum Kloster zu reiten.

Er hatte gehofft, ihr die veränderte Lage selbst erklären zu können, doch Robert hatte gestern dafür gesorgt, dass er sie nicht zu sehen bekam, und als er heute am frühen Morgen nach ihr suchte, sagte man ihm, die Äbtissin sei bereits fortgeritten. Er war ärgerlich gewesen, denn nun war sie vom Gang der Dinge vollkommen überrumpelt worden, und er konnte sich gut vorstellen, wie zornig sie war. Aber sie würde sich fügen müssen, dafür würde er sorgen.

Er hatte sich auf ein gefährliches Spiel eingelassen, als er sich mit Graf Robert verbündete, denn er sah auf den ersten Blick, dass dieser Mann nicht nur feige, sondern auch falsch wie die Nacht war. Robert fürchtete die Wikinger, war vor ihnen wie ein Huhn geflüchtet, und seitdem nagte die Angst an ihm, sie könnten zurückkehren, um seine Burg anzugreifen. Eine Sorge, die zweifellos berechtigt war, denn Knut war nicht aus Zufall in der Gegend gewesen. Er hatte nach lohnender Beute gespäht, und die Tatsache, dass er die Burg nicht sofort angriff, bewies nur, dass er glaubte, mehr Krieger dafür zu brauchen. Vermutlich war er deshalb auf der Insel gewesen und hatte sich dann erst einmal dem großen Heerzug der Wikinger nach Paris angeschlossen, denn diese Unternehmung versprach eine märchenhaft reiche Beute. Doch wenn er zurückkehrte, würde er ganz sicher Roberts Burg nicht vergessen haben – schon deshalb nicht, weil er ihn, Halvdan, hier in der Nähe vermutete. Knut würde nach ihm suchen und bei dieser Gelegenheit Roberts Burg berauben und niederbrennen – so wie man zwei Mücken mit einer Hand erschlägt.

Halvdan konnte zu wenig Fränkisch, um Robert diese Dinge zu erklären, und er wollte es auch nicht. Es genügte, dass Robert begriff, dass er, Halvdan, seine einzige Chance war, sich erfolgreich gegen den Ansturm der Nordmänner zu behaupten. Halvdan hatte sich bereit erklärt, ihm die Kriegslisten und Angriffsweise seiner Landsleute zu verraten. Er würde mit Roberts Männern die Burg besser befestigen und die Krieger im Kampf gegen die Wikinger unterweisen. Robert war zuerst misstrauisch gewesen, wahrscheinlich hatte er vermutet, Halvdan wolle ihn betrügen und die Burg heimlich an seine Wikingerkameraden verraten. Doch als Halvdan seine Forderung stellte, war Robert klar geworden, dass der Wikinger es ernst meinte.

Halvdan forderte Reina. Er wollte sie heiraten, denn er sei kein Sklave, sondern selbst ein Graf.

Er war sich nicht sicher, ob Robert dieser Behauptung Glauben schenkte, doch zu seiner Überraschung willigte er ohne Zögern in die Bedingung ein. Dann aber hatte Halvdan im Gesicht des Franken den abgrundtiefen Hass erkannt, und er begriff, dass nicht nur die Demütigung, zu diesem Handel gezwungen zu sein, dahinter stand. Robert verspürte Eifersucht – er hatte selbst ein Auge auf die Schwester seiner Frau geworfen.

Robert hatte sich beherrscht und dem Vorschlag zugestimmt, denn seine Angst vor den Wikingern war größer als seine Gier nach der schönen Schwägerin. Aber Halvdan wusste genau, dass auf diesen Bund kein Verlass war – wie auch immer der Kampf ausgehen würde –, Graf Robert blieb sein Feind und würde versuchen, ihn zu betrügen.

Vor allem aus diesem Grund war es wichtig, Reina nicht aus den Augen zu verlieren. Allein im Kloster war sie schutzlos, Robert war fähig, sie entführen und in ein Versteck bringen zu lassen. Deshalb würde er, Halvdan, sie auf die Burg zurückholen, wo er sie unter seiner Aufsicht hatte.

Sie war für ihn bestimmt – dessen war er sich sicher. Niemand konnte dem Willen der Nornen entgehen. Er war vom ersten Augenblick an von dieser dunkelhaarigen Schönheit verzaubert gewesen, hatte für sie an ihrem Kloster gebaut, nur um ihr gefällig zu sein, um sie täglich sehen zu können. Er hatte sie in seinen Armen gehalten, nackt, schutzlos seinem Willen preisgegeben, und die Begierde, sie zu nehmen, war so unbändig gewesen, dass er glaubte, verbrennen zu müssen. Doch er hatte es nicht getan, denn er spürte ihre Angst und er wollte sie nicht zwingen.

Nie zuvor hatte ein Weib seine Sinne so beherrscht, und er hatte sich immer wieder gefragt, ob sie selbst dabei kalt blieb oder ob auch sie von diesem mächtigen Rausch erfasst worden war. Sie konnte kühl und hochmütig sein, sie hatte versucht, ihm davonzulaufen, hatte ihn angekeift und ihm den Rücken zerkratzt. Aber sie hatte auch das letzte Stück Brot mit ihm geteilt. War das nur ihr Sinn für Gerechtigkeit gewesen? Eine Weile hatte er daran geglaubt, hatte weiter gezweifelt, doch dann, als sie ihm gestand, aus Angst um sein Leben in das Lager der Wikinger gelaufen zu sein, war er sich sicher gewesen.

Sie hatte ihm eine Menge Ärger bereitet mit ihrer unbedachten Suche – es war nicht gut, im Streit von Tore zu scheiden, denn er hatte schon Feinde genug. Aber er hatte dabei die Erkenntnis gewonnen, dass sie ihn liebte. Das war mehr wert als der Sieg über tausend Feinde.

Die Mittagssonne brannte heiß auf die Landschaft hernieder. Auf den Wiesen standen gelbe und violette Blüten in dichten Flecken, von Insekten umschwärmt, die unwillig summend aufflogen, wenn die Hufe seines Pferdes gegen die Pflanzen strichen. Nicht das leiseste Lüftchen regte sich, starr ragten die Eichen und Buchen am Waldrand in den taubenblauen Himmel, eine schmale weiße Wolke zog vorüber, die Ähnlichkeit mit einem Schiff hatte, das seine Bahn über ein glattes, wellenloses Meer zog.

Er ritt auf geradem Weg zum Kloster, denn er hatte nicht die Absicht, sie zu überraschen und wie eine Gefangene zur Burg zu schleppen. Er wollte ihr Vertrauen zurückgewinnen und sie dazu bringen, ihm freiwillig zu folgen.

Der Klosterhof war leer, heiß brannte die Sonne auf das graue Gestein, der viereckige Schatten des Nonnenhauses zeichnete sich schmal und dunkel auf dem Hofpflaster ab. Ein rascher Blick belehrte ihn darüber, dass sich auf der Baustelle seit seinem Weggang nichts Entscheidendes mehr getan hatte.

Er stieg ab, band das Pferd neben dem Wassertrog an und stellte fest, dass die hölzerne Tür des Nonnenhauses geschlossen war.

»Reina?«

Niemand antwortete. War Graf Robert am Ende schneller gewesen und hatte sie bereits in seine Gewalt gebracht? Er versuchte die Tür zu öffnen, doch sie war von innen fest verriegelt. Erleichtert trat er einen Schritt zurück und spähte hinauf zu den schmalen Fensteröffnungen des Refektoriums. Sie hatte sich eingeschlossen – gar nicht so dumm.

»Reina!«, rief er, nun schon energischer.

Er glaubte, eine Bewegung hinter den Fenstern wahrzunehmen, doch das Innere des Raums war zu dunkel, um Genaueres zu erkennen. Falls sie dort oben war, dann hatte sie offensichtlich wenig Lust, sich ihm zu zeigen.

Ärgerlich rüttelte er an der Tür – sie war aus harten Eichenbohlen gearbeitet und auch der Riegel gut geschmiedet. Er erreichte nichts weiter, als dass ein Höllenlärm entstand und der Staub aus der Türritze quoll.

»Du kannst gegen die Tür schlagen, so fest du willst«, hörte er jetzt ihre Stimme aus einem der Fenster über ihm. »Es wird dir nicht gelingen, in dieses Haus einzudringen. Je früher du dies einsiehst, desto besser für dich.«

Er trat einige Schritte zurück, um sie besser sehen zu können, und stellte fest, dass sie sich wieder ganz und gar verhüllt hatte. Diese Verrücktheit, eine Nonne sein zu wollen und niemals zu heiraten, würde er ihr auch noch austreiben müssen.

»Halvdan nicht will Gewalt. Will reden. Du allein hier – Gefahr. In Burg du bist sicher, wenn Feind kommt.«

Sie lachte höhnisch auf und neigte sich ein wenig zu ihm hinab.

»Den Feind möchte ich sehen, der diese Mauern niederbricht. Hier bin ich sicherer als in der Burg.«

Er verwünschte seine mangelnde Kenntnis der fränkischen Sprache, denn er hätte ihr gern vieles erklärt, das er aber nicht ausdrücken konnte.

»Wikinger werden kommen«, sagte er. »Steigen in Fenster, brennen Dach mit Feuer. Du besser auf Burg, wo Männer verteidigen.«

Sie schnaubte ärgerlich und schob sich den verrutschten Gesichtsschleier zurecht.

»Denkst du, ich glaube deine Lügen? Du und Robert – ihr beide habt beschlossen, mein Kloster aufzuheben. Meine

Frauen habt ihr schon weggeschleppt, und nun wollt ihr auch mich noch von hier fortbringen. Aber ich werde mein Kloster nicht verlassen, und wenn ich hier zugrunde gehen muss. Der Herr hat mich an diesen Ort gestellt, und ich werde nicht weichen, verstehst du das, du Heide?«

»Ich will nicht Kloster aufheben. Nur Schutz für Reina.«

»Für wie dumm hältst du mich eigentlich!«, fauchte sie. »Verschwinde von hier! Geh zurück zu deinem Freund, dem Grafen. Ihr beide seid ein großartiges Paar, einer so hinterhältig wie der andere!«

Langsam hatte er genug von ihrem Gekeif und den ungerechten Vorwürfen. Warum Graf Robert offensichtlich beschlossen hatte, das Kloster aufzuheben, das hatte auch er nicht begriffen. Aber es war im Moment keine schlechte Idee, denn die Frauen waren in der Burg sicherer.

»Du klug werden, Reina«, versuchte er es noch einmal mit Ruhe. »Nachdenken, was Halvdan gesagt. Ich warten.«

Ein Tonkrug flog aus dem Fenster, und er konnte gerade noch zur Seite springen, sonst hätte der Wurf seine Schulter erwischt.

»Da kannst du warten, bis du alt und verschimmelt bist!«

Er stieß einen langen Fluch in seiner Heimatsprache aus, der dem Feind ein Bad im giftigen Geifer der Midgardschlange herbeiwünschte, und rammte die Tür mit der Schulter. Es hatte keinen Zweck, der Riegel war zu stark, er würde einen Rammbock benötigen. Wütend trat er mit dem Fuß gegen das hölzerne Tor und hörte, wie Reina oben in höhnisches Gelächter ausbrach.

»Wüte nur, Wikinger. Dies Haus ist aus Stein gebaut und das Tor aus festem Holz«, rief sie triumphierend. »Du wirst dir nur die Fäuste blutig schlagen.«

Er vergaß alle guten Vorsätze und verspürte das heftige Verlangen, diese freche Person übers Knie zu legen, das Kleid hochzustreifen und ihren bloßen Hintern zu versohlen. Dazu jedoch musste er sie erst einmal haben.

Er ließ den Blick an der Wand des Hauses emporschweifen und verfluchte den Einfall des Grafen, das Nonnenhaus aus Granit zu erbauen. Stattdessen hätte er besser seine Burg mit einem steinernen Wall befestigt, dieser Dummkopf. Die Palisaden der Burg waren für eine Wikingerarmee nur ein Spiel mit Kinderhölzchen.

Die Fenster des Refektoriums befanden sich gut zwei Mann hoch über ihm, außerdem waren sie recht schmal, und er war sich nicht sicher, ob er hindurchpassen würde. Aber sein Zorn war inzwischen so gewachsen, dass er sich sogar durch ein Mauseloch gezwängt hätte, um diese höhnisch gackernde Person dort oben in seine Finger zu bekommen.

Er ging zur Baustelle hinüber und kehrte schwer beladen zurück. Die behauenen Steine waren von der Sonne aufgeheizt, sodass er sich die Hände fast daran verbrannte, auch war ihr Gewicht derart, dass die Arbeiter sie auf einem Karren zum Bau schoben. Schwitzend schleppte er Stein um Stein, schichtete sie zuerst nebeneinander, dann übereinander, sodass eine feste Treppe entstand.

»Denkst du etwa, dass du damit etwas erreichst?«, schimpfte sie oben am Fenster. »Dein alberner Steinhaufen wird gleich zusammenbrechen.«

Doch sie verfolgte sein Tun mit immer besorgteren Blicken, und ihre höhnischen Beschimpfungen wurden seltener. Schließlich setzte er den letzten Stein, trat noch einmal prüfend gegen sein Machwerk und stemmte zufrieden die Arme in die Seiten.

»Du schon Bündel packen. Ich gleich bei dir«, sagte er grinsend und wischte sich den Schweiß von der Stirn.

»Das wagst du nicht!«, rief sie wütend und warf mit einem Holzteller nach ihm, den er leicht mit der Hand abwehrte. Dann stieg er langsam die Stufen hinauf, hangelte sich am Fenstersims hoch und quetschte sich mühsam durch die schmale Öffnung.

Er hatte erwartet, dass sie versuchen würde, ihn am Hereinklettern zu hindern, doch sie war zurückgewichen, und er konnte hören, dass sie die Tür zum Treppenhaus geöffnet hatte. Hastig eilte er ihr nach, erwischte sie noch an einem Zipfel ihres Schleiers, doch er behielt nur das Tuch in den Händen, Reina entschlüpfte ihm und lief flink wie ein Wiesel die Treppe hinab.

Befriedigt vernahm er, wie sie verzweifelt an dem Riegel der Eingangstür riss, der sich durch sein heftiges Rütteln verbogen hatte und nicht mehr bewegen ließ. Sie war gefangen.

Er näherte sich ihr langsam, seine Wut war so groß, dass er schon überlegte, sie an Händen und Füßen zu fesseln, um sie sicher zur Burg zu bringen. Doch als er vor ihr stand, fiel plötzlich aller Zorn in sich zusammen.

Sie hatte ihn kommen hören und sich umgewendet, stand mit ausgebreiteten Armen, den Rücken an die Tü gepresst, und starrte ihn mit großen, hilflosen Augen an. Dunkel und voller Geheimnisse waren diese Augen, es lag tiefes Entsetzen und Furcht darin, zugleich jedoch eine unbestimmte, große Sehnsucht.

»Halvdan… bitte… bitte nicht…«, stammelten ihre Lippen.

Gebannt trat er auf sie zu, bis er dicht vor ihr stand, und hob die Hand, um in ihr Haar zu fassen, das aufgelöst über ihre Schultern hing. Er spürte, wie sie erzitterte, wie ihre Lippen sich öffneten, als wollten sie sich ihm entgegenwölben, und im gleichen Augenblick stürzte er sich auf sie, um sie wie ein Besessener zu küssen.

Sie überließ sich ihm vollkommen, er hörte sie leise seufzen vor Wonne und spürte ihre Arme, die sich um seinen Nacken schlangen. Sein Herz hämmerte vor Glück, sein Blut rauschte in unbändiger Begierde, und er schob seine Hände unter ihr Gewand, um ihre bloßen Schenkel zu fühlen. Sanft fuhr er an ihnen entlang, genoss die weiche Wölbung ihrer Hüften, glitt über ihren festen, runden Po und ließ die Hand darauf kreisen. Sie schmiegte sich bebend an ihn, spürte den Liebkosungen nach und stieß gurrende Laute aus wie eine kleine Taube. Sein Glied war so steif, dass es ihm fast die Bruoche zerriss, er glitt mit der Hand zwischen ihre Schenkel, strich das weiche, lockige Schamhaar beiseite und spürte ihre Feuchte.

»Du gehörst Halvdan«, murmelte er. »Mein Besitz – nur mein.«

Sie gab keine Antwort, ihre Augen waren geschlossen, die Lider zitterten leicht.

Er hätte sie nehmen müssen in diesem Moment, später schalt er sich einen Dummkopf, weil er es nicht getan hatte, denn er hatte ihre Hingabe nur allzu deutlich gespürt. Doch er wollte mehr. Sie sollte später nicht behaupten, er habe sie mit Gewalt genommen. Er würde sie dazu bringen, selbst zu ihm zu kommen und ihn um seine Liebe zu bitten. Erst dann würde er sie endgültig besitzen.

Mit einer wütenden Bewegung riss er den schweren Riegel auf, hob sie auf seine Arme und trug sie zu seinem Pferd.

Sie hatten kaum den Klosterhof verlassen, da überkam ihn schon die Reue. Plötzlich schien all ihre süße Hingabe verflogen, sie blickte ihn mit entsetzten Augen an, als habe er ihr Gewalt angetan, und schien überhaupt nicht zu begreifen, wie schwer es ihm gefallen war, sie zu verschonen.

»Mein Schleier!«, jammerte sie. »Ich brauche meinen Schleier.«

Diese alberne Angewohnheit der Nonnen, nicht nur ihr Haar, sondern auch einen Teil des Gesichts zu verbergen, fand er schon lächerlich genug. Doch der Schleier, den Reina trug, war doppelt, der untere verhüllte Hals und Stirn, der obere lag schwer auf ihrem schönen Haar. Er schwor sich, ihr diese Sitte so bald wie möglich abzugewöhnen, denn er wollte, dass sie ihre Schönheit zeigte, vor ihm, ihrem Ehemann, und auch vor allen anderen. Er würde stolz auf sie sein und sie zu verteidigen wissen.

»Wozu Schleier?«, murrte er, ohne stehen zu bleiben. »Sonne ist heiß und Schleier schwarz. Macht dich schwitzen.«

»Ich werde nicht ohne meinen Schleier auf die Burg reiten. Lieber bleibe ich hier auf der Wiese sitzen.«

Sie machte tatsächlich Anstalten, vom Pferd zu rutschen, und er war einen Augenblick lang versucht, sein ursprüngliches Vorhaben doch noch auszuführen, nämlich sie an Händen und Füßen zu binden und so auf die Burg zu schleppen. Doch er riss sich zusammen und warf ihr verärgert den Zügel des Pferds zu.

»Du warten. Ich hole Schleier«, erklärte er unfreundlich.

Während er im halb dunklen Flur des Nonnenhauses nach den verfluchten Tüchern suchte, überlegte er, ob er vielleicht nicht doch einem Hexenbann erlegen war. Bisher hatte es nur einen einzigen Menschen gegeben, dessen Willen er sich freiwillig fügte, und das war sein Vater gewesen. Nun aber kroch er hier im Dunkeln herum, um den Nonnenschleier einer Fränkin zu finden, weil die Dame beschlossen hatte, nicht ohne Schleier zu reiten.

Sie hatte brav auf ihn gewartet, saß kerzengerade auf dem Tier und starrte Löcher in die Luft. Als er ihr die Tücher missmutig zuwarf, schüttelte sie den Staub heraus und machte sich eilig daran, Haar, Stirn und Hals vor ihm zu verbergen.

Vielleicht ist es besser so, sagte er sich und dachte an Graf Roberts geheime Gelüste. Allerdings war er sich keineswegs sicher, ob diese Verhüllung auf den Grafen nicht eine ähnliche Wirkung hatte wie auf ihn selbst. Sie löste Neugier und Verlangen aus.

Reina sprach während des Rittes kein einziges Wort mehr; steif saß sie auf dem Pferd und brütete vor sich hin. Was gerade mit ihr geschehen war, ließ sie immer noch innerlich erzittern, und sie war fest davon überzeugt, dass sie eine schwere, unverzeihliche Sünde begangen hatte. Schlimmer noch: sie war verloren. Satan hatte sie fest in seiner Gewalt, denn sie hatte sich dem Ansturm dieses Mannes ohne Gegenwehr hingegeben, ja, sie hatte seine Berührungen unsagbar genossen und sich für einen Augenblick nichts sehnlicher gewünscht, als dass er niemals damit aufhören möge.

Ja, ihr Schwager Robert hatte vollkommen recht gehabt, sie zu beschimpfen. Sie war eine Hure. Eine Wikingerhure. Es war schrecklich, diese Schande vor sich selbst eingestehen zu müssen, und doch war sie davon überzeugt, dass nur absolute Ehrlichkeit und der ernsthafte Wille zur Umkehr ihr jetzt noch helfen konnten. Von jetzt ab würde sie dieser Versuchung widerstehen, sie würde diesen Mann meiden, wann immer es möglich war, und jener süßen, leidenschaftlichen Sehnsucht, die er in ihr erweckte, niemals wieder verfallen. Mit aller Kraft, die ihr zu Gebote stand, würde sie dagegen ankämpfen.

Es war schrecklich, so vor aller Augen von ihm in die Burg geführt zu werden. Spürte er denn nicht, was er ihr damit antat? Keineswegs. Ein rascher Seitenblick belehrte sie darüber, dass Halvdan geradezu stolz darauf zu sein schien, die widerspenstige Nonne wie eine Beute auf dem Burghof zu zeigen. Alle Knechte und Mägde waren herbeigelaufen, um sie mit offenen Mündern anzustarren, die jungen Kerle, die ihr Schwager um sich scharte, glotzten zu ihr herüber, und in ihren Blicken spiegelte sich sowohl Neid als auch Begierde. Nie hatten diese Männer bisher gewagt, sie in dieser frechen Art anzusehen. Sie stießen sich in die Seiten, flüsterten sich leise Bemerkungen zu, und einer von ihnen verzog den Mund zu einem schamlosen Grinsen.

Sie spürte, wie ihr eiskalt wurde, Häuser, Wohnturm und die wimmelnden Menschen begannen um sie zu kreisen. Plötzlich sah sie nur noch schadenfrohe Gesichter vor sich, höhnisches Gelächter schien den Burghof zu erfüllen, Männer und Knaben machten zweideutige Gesten, zerrten an ihrem Kleid, an ihrem Schleier, wollten ihr das Nonnengewand vom Leibe reißen und sie in den Staub stoßen …

Dann erschien Halvdans bärtiges Gesicht dicht vor ihr, seine Augen waren dunkel wie ein tiefes Gewässer, in das sie hineinzustürzen drohte.

»Reina!«, hörte sie seine raue, tiefe Stimme. »Reina! Was ist?«

Sie stürzte. In rasender Geschwindigkeit sank sie durch

einen engen Schlund, an dessen Ende sie kühle Dunkelheit aufnahm.

❖

Als sie aus der Ohnmacht erwachte, war Gisela bei ihr. Sie spürte die zärtliche Gegenwart ihrer Schwester, noch bevor sie die Augen aufschlug, und seufzte leise.

»Sie kommt zu sich«, hörte sie Giselas Stimme. »Bringt Wein und etwas zu essen. Hier, nimm die Schale und fülle sie mit frischem Brunnenwasser…«

Ein feuchtes Tuch lag auf ihrer Stirn, das Gisela jetzt vorsichtig abnahm, um es wieder in kühles Wasser zu tauchen.

»Du hast uns fürchterlich erschreckt, Reina«, sagte Gisela lächelnd, als Reina die Augen aufschlug. »Aber es war nur eine Ohnmacht. Kein Wunder, bei all den schlimmen Dingen, die dir widerfahren sind, meine arme kleine Schwester. Sei ganz ruhig – hier bist du in Sicherheit, du wirst bald wieder bei Kräften sein.«

Reina sah sich erstaunt um, denn sie befand sich nicht im Wohnturm der Burg, wie sie zuerst geglaubt hatte. Man hatte ihr ein weiches Lager aus Decken und Fellen in einem der strohgedeckten Nebengebäude errichtet, in dem normalerweise die Mägde schliefen. Gisela hatte ihr den Schleier abgenommen und das schwere, dunkle Gewand ausgezogen, und nun trug sie nur noch das lange weiße Leinenhemd und die Schuhe aus weichem Leder.

»Trink einen Schluck Wein, das wird dir guttun.«

Gisela hielt ihr den Becher an die Lippen, und Reina tat gehorsam einige tiefe Züge. Es war schön, so umsorgt zu werden, genau so hatte Gisela ihr früher die Milch eingeflößt, als sie noch zu klein war, um selbst den Becher zu halten. Müde ließ sie sich zurücksinken und spürte, wie der Wein ihr Blut wieder rascher durch den Körper trieb.

»Besser?«

»Ja, Gisela. Danke.«

Sie schwiegen eine kleine Weile. Vom Hof her waren laute Kommandos zu hören, in die sich metallische Klänge, Keuchen und kämpferische Rufe mischten. Reina erkannte Halvdans Stimme, und sie setzte sich abrupt auf ihrem Lager auf.

»Was machen die da draußen?«

»Sie üben sich im Waffengang. Du weißt ja, wie Männer sind…«

Reina erinnerte sich an das, was Odemar ihr erzählt hatte, und es wurde ihr übel. Mit Unbehagen sah sie zur offenstehenden Tür hinüber, das Sonnenlicht, das in den Raum fiel, wurde immer wieder von den Schatten der herumspringenden Kämpfer durchschnitten. Hin und wieder blitzte eine Waffe auf, stach ihr blendend in die Augen und verschwand wieder.

»Er hatte große Sorge um dich«, sagte Gisela leise und sah die Schwester dabei forschend an.

»Wer?«

»Halvdan, der Wikinger. Er fing dich auf, als du vom Pferd gefallen bist, und ordnete an, dass man dich hier unterbringen und pflegen solle…«

Reina spürte, wie ein warmes Gefühl in ihr hochstieg, und sie kämpfte heftig mit sich selbst, um die Versuchung zu überwinden.

»Er hat angeordnet?«, fragte sie und zog die Augenbrauen in die Höhe. »Du willst sagen, dass Robert diesen Befehl gab, nicht wahr?«

»Nein. Es war der Wikinger«, gab Gisela lächelnd zurück. »Es ist eine seltsame Sache mit ihm – aber seit heute früh scheint er es zu sein, der in der Burg herrscht.«

Reina flimmerten jetzt die vorbeigleitenden Schatten der Kämpfenden draußen vor den Augen, und sie griff nach dem Becher, um noch etwas Wein zu trinken. Es half jedoch nicht viel, die Schatten schienen nun zu tanzen, und sie glaubte auf einmal, nur noch Halvdans Stimme zu hören. Sie klang hart und seine Befehle waren knapp, doch es lag eine seltsame Kraft darin, die Begeisterung und Mut weckte.

»Was redest du da?«, meinte sie kopfschüttelnd zu Gisela. »Er ist ein Sklave, das weißt du so gut wie ich.«

Gisela lächelte sanft, aber Reina sah ihr an, dass sie ihr etwas verheimlichte.

»Sagte er nicht einmal, dass er ein König sei«, meinte Gisela leichthin. »Nun – was immer er damit gemeint hat –, dieser Mann ist der geborene Anführer. Schon jetzt hat er die Herzen der Krieger hier auf der Burg erobert, und sie üben willig mit ihm den Kampf. Sogar die Hunde begrüßen ihn schwanzwedelnd, wenn er vorübergeht, und auch die Frauen und Mägde…«

»Hör auf«, wehrte Reina ab. »Ich kenne dich nicht wieder, Gisela. Warst du es nicht, die mich vor diesem Menschen gewarnt hat? Und jetzt hebst du ihn in den Himmel, erklärst sogar, er sei der wahre Herr der Burg! Lass das nur Robert nicht hören!«

Gisela sah sie mit einem höchst merkwürdigen Blick an – halb hoffnungsvoll und zur anderen Hälfte bekümmert.

»Niemand weiß, was Gott mit uns vorhat, Reina. Ich habe geglaubt, dieser Mann könne dir schweres Unheil bringen, aber inzwischen denke ich anders. Vielleicht ist Halvdan, der

Wikinger, unser aller Rettung, und für dich, Reina, könnte er großes Glück bedeuten …«

Eine Streitaxt donnerte gegen die offenstehende Tür, und die beiden Frauen fuhren erschrocken zusammen. Gleich darauf war ein kräftiger, behaarter Arm zu sehen, und die Axt wurde wieder aufgehoben.

»Mit Auge werfen – nicht mit Kraft. Schnell wie Blitz und sicher wie Hammer von Thor.«

»Hast du das gehört?«, rief Reina aufgeregt. »Er redet von seinen heidnischen Göttern. Was, glaubst du, werden unsere Krieger von ihm lernen? Sein gottverfluchtes Heidentum wird er ihnen in die Herzen pflanzen. Ich kann nicht begreifen, dass dir das gefällt. Bist du nicht die Burgherrin? Wie kannst du dich darüber freuen, dass Halvdan den Platz deines Mannes einnimmt?«

Reina wusste recht gut, wie es um die Ehe ihrer Schwester stand, und auch sie selbst hatte allen Grund, Robert zu hassen. Und dennoch war es Halvdan, den sie mehr fürchtete als jeden anderen Mann.

»Aber wir brauchen ihn, Reina. Er wird uns lehren, die Burg gegen die Wikinger zu verteidigen. Ohne ihn sind wir verloren.«

Reina riss ärgerlich ihr Nonnenkleid an sich und zog es über den Kopf. Um keinen Preis wollte sie von diesem Kerl nur im Hemd gesehen werden.

»Du glaubst doch nicht im Ernst, dass ein Wikinger gegen seine eigenen Landsleute kämpfen wird?«, sagte sie zu Gisela, die ihr half, in das Kleid zu schlüpfen.

»Ich dachte, er hätte einen Grund dazu«, meinte Gisela vorsichtig. »Du musst es doch besser wissen …«

Reina zuckte zusammen, denn sie verstand die leise Andeutung sehr wohl. Doch sie hätte nicht einmal vor sich selbst zugegeben, was sie insgeheim ahnte und sogar erhoffte: dass Halvdans Einsatz für diese Burg etwas mit ihr, Reina, zu tun haben könnte. Stattdessen schimpfte sie zornig weiter.

»Was für einen Grund sollte er wohl haben, außer dass er uns betrügen will? Hat er nicht Robert dazu überredet, mein Kloster aufzulösen? Oh, ich fürchte, alles Unheil rührt daher, dass Robert den rechten Glauben verloren hat. Ich werde für ihn beten, Gisela. Ich werde dafür beten, dass der Herr ihn erleuchten möge und er mir meine Nonnen wiedergibt, damit wir unsere Aufgaben im Kloster fortführen können. Wenn wir das tun, dann wird der Herr unsere Burg ganz sicher vor den Wikingern bewahren.«

»Halvdan hat Robert nicht überredet, dein Kloster aufzulösen. Es war allein Roberts Idee …«

»Und wenn schon! Er ist ein Wikinger – was bedeutet ihm schon mein Kloster!«

Gisela neigte den Kopf und schwieg. Sie hielt Reina noch für viel zu schwach, als dass sie die Wahrheit jetzt schon hätte erfahren dürfen. Ach, ihre arme Schwester würde niemals in ihr Kloster zurückkehren.

❖

Die Tage vergingen, das Grün der Wälder schien dunkler zu werden, hie und da trug der Wind ein gelbes Blatt über den Burghof, das unbeachtet in einer Ecke liegen blieb. Immer noch war es bedrückend heiß, nur selten zogen sich Wolken am Himmel zusammen, um für kurze Zeit erquickenden Regen zu bringen. Nach den Regenfällen dampften die Strohdächer unter der Sonnenhitze und die Schweine stürzten sich auf die Pfützen, um sich darin zu suhlen, solange das köstliche Schlammbad noch nicht wieder ausgetrocknet war.

Reina verbrachte die meiste Zeit in dem kleinen Nebengebäude, das nun zu ihrer ständigen Wohnung geworden war, denn sie verspürte wenig Lust, oben im Wohnturm zu schlafen, im gleichen Raum, in dem Robert und Gisela ihr Lager hatten. Sie hielt streng die vorgeschriebenen Andachten ein – an denen auch die beiden Mägde, die Gisela zu ihrer Bedienung beordert hatte, teilzunehmen hatten –, und sie fastete tagelang und betete um Erlösung von der Versuchung. Giselas inständigen Bitten, doch endlich Speisen zu sich zu nehmen, widersetzte sie sich hartnäckig, sie ernährte sich nur von ein wenig Gerstenbrei, Nüssen und Wasser.

Halvdan war gleich am ersten Abend in ungewohnter Aufmachung bei ihr erschienen. Er trug eine Toga aus grünem Tuch, und ein kurzer blauer Mantel war über der rechten Schulter mit einer runden Fibel befestigt. Auch der breite, schön gearbeitete Ledergürtel, in dem ein kurzer Dolch steckte, und die schmalen braunen Schuhe waren neu – vermutlich hatten Roberts Gefolgsleute ihn mit Kleidung ausgestattet. Außerdem stellte sie fest, dass er sich sorgfältig gewaschen hatte, denn sein blondes Haar war noch feucht und kräuselte sich an Stirn und Schläfen.

Sie zeigte sich mehr als kühl, beantwortete seine besorgten Fragen nur einsilbig und bemühte sich, an ihm vorbeizusehen. Er begriff rasch und war verletzt – sie bemerkte, wie eine kleine blaue Ader an seiner rechten Schläfe anschwoll, und fürchtete schon, er würde zornig werden und sie boshafterweise daran erinnern, dass sie noch vor wenigen Stunden voller Hingabe in seinen Armen gelegen hatte. Doch er sagte nichts dergleichen, stattdessen erhob er sich und ging wortlos hinaus.

Sie spürte einen brennenden Schmerz in ihrer Brust, doch sie war sich sofort darüber im Klaren, dass dies Satans erneuter Angriff auf ihre Keuschheit war, und so besiegte sie tapfer das Verlangen, Halvdan nachzulaufen und ihm zu sagen, was sie fühlte.

Schließlich hatte sie alle Ursache, zornig auf ihn zu sein. Jeden Morgen, gleich nachdem sie die Andacht gehalten hatte, saß sie schweigend auf ihrem Lager und zählte sich die Gründe auf, weshalb sie Halvdan hassen und verachten musste. Er hatte sie entführt, sie größten Gefahren ausgesetzt, er hatte ihr Gewand und ihren Schleier missachtet, er arbeitete nicht mehr an ihrer Kirche und hatte sie sogar gezwungen, das Kloster zu verlassen, er war stur, sagte niemals, was er vorhatte, und obendrein hatte er einen sehr zweifelhaften Bund mit ihrem Schwager geschlossen … Am Ende der Liste standen die Dinge, die am schwersten aufzuzählen waren, die sie sich jedoch keinesfalls ersparen wollte. Der Wikinger hatte ihr das Kleid ausgezogen und sie völlig nackt in seinen Armen gehalten, er hatte sie geküsst und ihren Körper an Stellen berührt, an der ein Mann niemals eine Jungfrau berühren durfte. Dennoch war seine Macht über sie so groß gewesen, dass sie unkeusche Lust dabei empfunden hatte.

Dieser letzte Teil ihrer Liste war tückisch, denn sobald sie sich daran erinnerte, wie zart die großen, harten Hände des Wikingers sie gestreichelt hatten und wie heiß die Lust bei diesen Berührungen in ihr emporschoss, begann ihr Herz rascher zu schlagen, zwischen ihren Beinen zuckte es, und sie verspürte eine warme Feuchtigkeit zwischen ihren Schenkeln.

Sie war noch lange nicht von der Versuchung geheilt, doch sie ließ in ihren Bemühungen nicht nach und war überzeugt, dass sie auf dem besten Wege war, alle bösen Gedanken zu besiegen. Wenn sie auf ihrem Lager lag und vor sich hinträumte, stellte sie sich vor, wieder in ihrem Kloster zu sein: Die Kirche war fertiggestellt und kostbar ausgestattet, der Erzbischof von Rouen und andere Würdenträger zogen feierlich in das Gebäude ein, und die Nonnen sahen mit andächtigem Staunen auf die geistlichen Würdenträger in ihren prächtigen Gewändern, und sie selbst, die Äbtissin, kniete inmitten ihrer Frauen, um den Segen des Erzbischofs zu empfangen.

Es war eine wundervolle Vorstellung, die der Teufel leider immer wieder tückisch störte, denn unversehens mischte sich die hohe, breite Gestalt des Wikingers in den festlichen Zug der Geistlichen, und sein bärtiges Gesicht grinste sie spöttisch an.

In Wirklichkeit schien Halvdan sie völlig vergessen zu haben. Kein einziges Mal erschien er mehr in ihrem Häuschen, er hatte ganz offensichtlich Wichtigeres zu tun, als sich mit ihr herumzustreiten. Sie war erleichtert darüber, denn sich fürchtete sich davor, ihm gegenüberzustehen und dabei in seine meerblauen Augen zu sehen, die so dunkel werden konnten, wenn er traurig oder zornig war. Ja, es war viel besser, wenn er sich von ihr fernhielt.

Erst nach Tagen gestand ihr eine der Mägde, dass Halvdan seinen Schlafplatz für die Nacht auf der Schwelle ihres Häuschens aufgeschlagen hatte. Doch er legte sich erst sehr spät zur Ruhe und war längst wieder verschwunden, wenn sie am Morgen erwachte. Zuerst beunruhigte sie diese Nachricht, doch später sagte sie sich, dass es ihr eigentlich gleich sein konnte, wo er schlief, die Hauptsache war, dass er sie in Ruhe ließ.

Trotz aller Zurückhaltung siegte hin und wieder die Neugier, und Reina trat vor das kleine Haus, um zu schauen, was draußen im Hof geschah. Rastlose Tätigkeit war in das beschauliche Leben der Burg eingebrochen, man hatte Bäume gefällt, um die Palisaden zu verstärken, die Männer schwitzten, um den Burggraben tiefer auszuheben, selbst Frauen und Kinder beteiligten sich an den Arbeiten.

»Krieger nicht nur mit Waffen kämpft«, hörte sie Halvdans Stimme. »Krieger baut Burg, arbeitet mit Knecht.«

Es war ungewohnt für die jungen Männer, die sich in Roberts Umgebung bisher nur dem Waffengang und der Jagd gewidmet hatten, ansonsten aber jegliche Arbeit den Knechten überließen. Jetzt packten sie gemeinsam mit diesen beim Bau der Palisaden an, sie bearbeiteten das Holz mit den Äxten, gruben die Stämme in die Erde und zogen an dicken Seilen, um sie aufzurichten. Dafür hatten sie das Privileg, von Halvdan nach getaner Arbeit die Kampfweise der Wikinger zu erlernen, sie übten, die Axt zu werfen, sich im Nahkampf mit dem kurzen Dolch zu verteidigen, und sie warfen die Speere auf einen mit Stroh gefüllten Sack, auf den Halvdan mit Kohle einen kleinen Kreis gemalt hatte.

Gisela besuchte sie täglich und verbrachte lange Stunden bei ihr in dem kleinen Gebäude. Sie berichtete, dass Robert ruhelos im Turm hin- und herwanderte, sich meist oben bei den Wächtern aufhielt und von dort auf das Treiben hinabstarrte.

»Er ist fast irrsinnig vor Zorn«, berichtete Gisela sorgenvoll. »Doch er wagt es nicht, dem Wikinger Einhalt zu gebieten.«

Reina schwieg, denn sie wollte Gisela nicht verletzen, doch die Schwester sprach aus, was beide dachten.

»Er ist ein Feigling. Unser Vater hat mich mit einem Weiberhelden verheiratet, der zugleich ein Schwächling ist. Warum hat er das nicht gesehen? Kannte er die Menschen so wenig?«

»Man kann nicht jedem ins Herz hineinsehen«, gab Reina leise zurück. »Unser Vater war damals schon sehr krank, und er wollte noch seine Enkel sehen.«

»Er hat keinen einzigen zu sehen bekommen«, sagte Gisela bitter.

Reina strich ihr tröstend über die Wange.

»Es war Gottes Wille – es wird sicher ein Sinn darin liegen.«

Gisela nickte ohne Überzeugung und wischte sich die Tränen ab. Sie wollte ihre Schwester nicht mit ihrem Gejammer belasten und ging daher rasch zu einem anderen Thema über.

»Halvdan hat Späher ausgesandt, damit uns die Ankunft der Wikinger rechtzeitig bekannt wird«, berichtete sie. »Die meisten sind im Osten postiert, wo die Seine fließt. Doch einige hat er auch an andere Stellen geschickt.«

»Wie klug«, meinte Reina spöttisch.

»Er hat auch alle Bauern in der Umgebung der Burg angewiesen, ihr Bündel zu packen und mit Kind und Kegel auf die Burg zu ziehen, sobald sie seine Botschaft erhalten.«

»Großer Gott«, regte sich Reina auf. »Wo sollen wir die alle unterbringen? Und wie werden wir sie ernähren?«

»Er wird sich schon etwas ausgedacht haben. Ich glaube wirklich, dass es uns mit seiner Hilfe gelingen wird, den Ansturm der Feinde abzuwehren.«

»Wenn sie überhaupt kommen«, murmelte Reina müde.

»Ich fürchte, sie werden kommen«, meinte Gisela nachdenklich. »Gestern waren fremde Händler auf der Burg. Sie haben erzählt, dass die Wikinger Paris angegriffen haben und danach wieder seineabwärts gezogen sind.«

Im Hof hatten sich jetzt die Männer zur Abendmahlzeit versammelt, die im Freien, neben den Feuern sitzend, eingenommen wurde. Die Frauen hatten Fleisch gekocht, dazu Erbsen und Bohnen, kleine Zwiebeln und Hirsebrei. Gisela erhob sich, um hinüber zu den Feuern zu gehen, denn sie pflegte bei der Verteilung des Essens zugegen zu sein.

»Ich lasse dir eine Schüssel Fleisch mit Gemüse bringen«, sagte sie über die Schulter zu ihrer Schwester. »Du musst endlich vernünftig essen, Reina.«

»Das ist überflüssig, Gisela. Du weißt, dass ich am Abend nichts mehr zu mir nehme.«

Reina begleitete sie zur Tür und folgte ihr mit den Blicken. Die Männer waren staubig und verschwitzt, doch alle schienen trotz der Mühen guter Dinge zu sein. Halvdan stand mitten unter ihnen, schon beim ersten Blick an seiner Größe zu erkennen, und Reina musste wider Willen lächeln, als sie sah, welche Portionen die Frauen ihm auf den hölzernen Teller häuften. Ja, er aß gern und viel, der Wikinger. Und sie hatte auch gesehen, dass er eine gute Menge Wein vertragen konnte, ohne dass er taumelte oder schwankte. Jetzt hob er den Becher und sprach einige Worte in die Runde, die sie nicht verstehen konnte, doch es klang fröhlich und voller Zuversicht. Die Männer jubelten, reckten die Arme und tranken ihm zu, die Knaben taten es ihnen nach, auch die Frauen riefen laute Worte in seine Richtung, und Reina konnte sehen, dass die Mägde glänzende Augen hatten und sich mit den Ellbogen anstießen.

Ärgerlich wandte sie sich ab, schloss die Tür und lehnte sich mit dem Rücken dagegen. Es passte ihr nicht, dass man diesen Kerl verehrte wie einen Heerführer. Was hatte er eigentlich geleistet? Bisher gar nichts. Er hatte nur das große Wort geführt und alle herumkommandiert. Und dafür machten die Weiber ihm jetzt auch noch schöne Augen.

Sie grübelte. Warum tat er das überhaupt? Ihretwegen? Ganz sicher nicht. Er tat es, weil er seine Rache vollenden wollte. Er hatte auf der Insel keine Bundesgenossen gegen seinen Bruder gefunden und suchte sie jetzt hier bei den Franken.

Was machte Halvdan aber so sicher, dass die Wikinger Roberts Burg angreifen würden? Wusste sein Bruder Knut am Ende, dass Halvdan sich hier befand? Würde er kommen, um Halvdan zu töten? Es konnte nur so sein – Halvdan wollte seinem Bruder eine tödliche Falle stellen, um so seine verdammte Rache zu vollziehen.

Sehr gut. Sie konnte ihrer Liste einen weiteren Punkt hinzufügen. Halvdan, der Wikinger, war dabei, die Burg und alle, die darauf lebten, seiner Rache zu opfern.

Vermutlich war es ihm völlig egal, was mit den Franken auf dieser Burg geschah – sie waren ihm nützlich, weil er mit ihrer Hilfe seinen Bruder vernichten konnte.

Und wenn es anders kommen würde? Wenn es Knut war, der den Bruder tötete?

Reina ballte die Fäuste und verdrängte das dumme Zittern, das in ihr aufsteigen wollte. Ganz gleich, wie die Sache ausging – die Menschen hier auf der Burg waren diejenigen, die am meisten darunter leiden mussten. Halvdan, der Wikinger, war ein elender Betrüger, der nur den eigenen Vorteil im Sinn hatte – oh, wie sie ihn jetzt hasste!

Sehr gut! Sie machte Fortschritte!

Draußen vor ihrer Tür hörte sie auf einmal ein leises Klappern. Ihre beiden Mägde hatten sich ihre Schüsseln mitgenommen, aßen Gemüse und Hirsebrei mit den geschnitzten Holzlöffeln und schwatzten dabei miteinander. Reina war viel zu erregt, um ihrem Gespräch zu folgen – was interessierte sie auch das Gerede ihrer Mägde? Die eine war füllig und schon über dreißig Jahre alt, ihr Haar war dünn, doch sie war recht geschickt und packte die Arbeit gut an. Die andere war noch sehr jung, schmal wie ein Fädchen und schaute mit großen, verträumten Augen in die Welt.

»Was für ein Mann«, hörte Reina die Jüngere schwärmen. »Er ist stärker als alle Franken. So stark und groß wie ein Riese. Seine Haut ist ganz hell – er wird in der Sonne nicht bronzefarben wie unsere Männer.«

»Was zerbrichst du dir den Kopf über diesen Kerl? Iss deine Schüssel leer – wer weiß, ob wir noch Zeit zu essen haben, wenn diese verfluchten Wikinger erst hier sind.«

»Wir werden sie ganz bestimmt besiegen. Halvdan wird alle seine Feinde besiegen, das sieht man ihm an. Er ist wunderschön, findest du nicht? Ob er schon eine Frau hat?«

Jetzt hatte Reina wider Willen doch ein wenig gelauscht, und sie musste über das naive Gänschen schmunzeln.

Auch die ältere Magd schien amüsiert, sie lachte so heftig, dass sie sich verschluckte und eine Weile husten musste.

»Du machst mir Spaß, Mädchen. Natürlich hat er eine Frau. Das heißt: er wird bald eine haben.«

Reina stand völlig unbeweglich und spitzte die Ohren. Oh, es war eine böse Angewohnheit, anderer Leute Gespräche zu belauschen, selbst wenn es nur ein Schwatz zwischen zwei

Mägden war. Man hörte doch immer nur Dinge, die man besser nicht gehört hätte.

»Wenn er uns den Sieg bringt, dann wird Halvdan, der Wikinger, dafür die Schwester der Burgherrin zur Ehefrau erhalten. Das haben sie so abgemacht.«

»Die Äbtissin? Aber das geht doch gar nicht.«

»Warum sollte das nicht gehen? Er ist ein Wikinger, und es ist ihm völlig gleich, ob sie Nonne oder gar Äbtissin ist.«

»Aber wie kann Gott der Herr zulassen, dass ein Wikinger sich mit einer Nonne verheiratet …?«

»Dummes Ding! Iss endlich auf, damit wir die Schüsseln spülen können …«

Den Rest des Gesprächs hörte Reina nicht mehr, denn die Frauen entfernten sich. Sie hätte sowieso nicht mehr viel davon mitbekommen, denn sie hockte mittlerweile auf dem Boden, und in ihrem Kopf lärmte ein ganzer Schwarm von Spechten, als wollten sie in ihrem Hirn ein Wetthämmern veranstalten.

❖

Robert hatte sie an Halvdan verschachert. Der Bund, den die beiden miteinander geschlossen hatten, ging noch sehr viel weiter, als sie bisher geglaubt hatte. Sie, Reina, war mitinbegriffen, sie war der Lohn für die Dienste des Wikingers, und dabei war es Robert völlig gleichgültig, dass sie eine Nonne war und der Welt entsagt hatte.

Er glaubt ja sowieso, dass ich eine Wikingerhure geworden bin, dachte sie verzweifelt. Alle glauben das, sogar meine eigene Schwester.

Sie erhob sich langsam aus der kauernden Stellung und

spürte, dass ihre Knie zitterten. Ein boshaftes Komplott war hinter ihrem Rücken geschmiedet worden, und niemand, nicht einmal Gisela, hatte gewagt, ihr die Wahrheit zu sagen.

Sie ging ein paar Schritte, versuchte sich gerade aufzurichten, und das laute Rauschen und Klopfen in ihrem Hirn beruhigte sich. Andere Geräusche drangen an ihr Ohr – im Hof hatte man Gesänge angestimmt, es klang kriegerisch, und die Frauen schlugen dazu mit hölzernen Löffeln auf die Tonschüsseln. Halvdans kräftige Singstimme war deutlich herauszuhören, er war der Vorsänger, und die anderen fielen in seine kurzen Melodien ein.

Jetzt singen sie schon die Lieder der Heiden, dachte sie, und ein Schauder lief ihr über den Rücken. Der Wikinger hatte die Burgbewohner dazu gebracht, seine heidnischen Götter im Mund zu führen, er lehrte sie kämpfen wie Heiden, und jetzt sangen sie sogar seine unchristlichen Lieder. Es war doch sonnenklar, dass er sie allesamt zu Heiden machen wollte. Die Krönung seiner Bemühungen würde sein, dass er sie, Reina, die Äbtissin des Klosters St. Antoine, auf sein Ehelager zwang. Aber bevor dies geschah, würde sie lieber sterben.

Trotz der abendlichen Schwüle verspürte sie plötzlich Eiseskälte und sie verschränkte die Arme vor der Brust. Da war sie, die Strafe des Himmels für ihre Sünde. Es gab keine Vergebung, nur der Tod konnte ihre Verfehlungen sühnen, so hatte die Vorsehung es beschlossen.

Sie würde sterben. Nur wenige Stunden blieben ihr noch, bevor sie in das dunkle Reich des Todes eintrat. Nichts von all dem, das sie auf dieser Erde geliebt hatte, würde sie jemals wiedersehen. Nicht ihre Schwester Gisela, nicht ihre Frauen, und auch nicht…

Sie würde niemals mehr über die blühenden Wiesen reiten, nie mehr den Wald im prächtigen Schmuck des farbigen Herbstlaubes sehen, die zarten Schneeflocken, die auf glitzernde, weiße Fluren sanken – vorbei für immer.

Sie würde sich selbst den Tod geben, bevor Halvdan sie ins Brautbett zerrte. Sie würde ihnen zeigen, wozu sie fähig war. Auch wenn alle sich miteinander gegen sie verschworen hatten, würden sie ihr Ziel nicht erreichen.

Sie stellte sich eine prächtige Hochzeit vor: Sie selbst war als Braut geschmückt, man überhäufte sie mit Glückwünschen, man aß und trank, die Mägde tanzten, die Männer trugen ihre Kampfspiele aus zu Ehren von Braut und Bräutigam. Sie selbst aber würde bleich und stumm zwischen den Frauen sitzen, und sie würde Halvdans triumphierenden Blicken mit Schweigen und Kälte begegnen. Spät am Abend würde man sie auf das eheliche Lager führen, Blüten über sie streuen, ihr Segen und Kinderreichtum wünschen, dann ließe man sie allein. Halvdan würde nicht auf sich warten lassen, sattgegessen und trunken vom Wein würde er sich ihr nähern, sie sah sein bärtiges Gesicht vor sich, die hellen Augen, die Lippen, die sich im Gelächter schmal verzogen, die wulstigen Muskelstränge an Brust und Armen, die harte, längliche Wölbung unter seiner Bruoche. Sie erschauerte bei dieser Vorstellung, denn sie war süß und weckte große Sehnsucht in ihr.

Nun – er würde eine Tote finden. Kalt und leblos würde sie auf dem Brautbett zwischen den Blumen und duftenden Kräutern liegen, einen Dolch im Herzen.

Er würde entsetzt sein, verzweifelt versuchen, sie wieder zum Leben zu erwecken, sie in seine Arme reißen, ihre Wangen küssen. Er würde sich Vorwürfe machen und Tränen über ihren Tod vergießen. Die Vorstellung dieser Einzelheiten war erregend, und sie spielte diesen Moment in ihrer Fantasie mehrmals durch, immer ein wenig anders.

Schließlich fand sie das Ganze abgeschmackt. Warum sollte sie eigentlich die ganze Zeit über schweigen, um Halvdan schließlich als Tote im Brautbett zu überraschen? Das war nicht anständig. Nein, so etwas lag ihr gar nicht, sie würde ehrlich sein.

Sie straffte sich wieder und atmete tief durch. Noch heute Abend würde sie ihm erklären, dass sie lieber sterben würde, als seine Frau zu werden.

Sie ging entschlossen zur Tür und riss sie auf. Lange Schatten lagen auf dem Burghof, ein paar Strohdächer schimmerten noch rötlich im Schein der Abendsonne, als stünden sie in Flammen. Reina suchte Halvdan mit den Blicken, entdeckte ihn in einer Gruppe Männer, die offensichtlich Befehle von ihm erhielten, denn einige liefen bereits eilig davon, während andere erwartungsvoll zu ihm aufschauten. Es war ihr gleich, was er jetzt wieder plante – er würde ihr zuhören müssen.

Eine Gruppe Frauen lief eilig über den Hof, sie trugen hölzerne Eimer in den Händen, eine schleppte eine Leiter, mit der sie Reina fast umriss.

Sie drängte sich durch die Frauen und prallte gleich darauf mit einem halbwüchsigen Knaben zusammen, der blind vor Eifer zur Palisadenwand stürzte und dort in einem der Türme verschwand. Andere folgten ihm, ihre Gesichter waren blass, ihre Mienen entschlossen.

»Was ist denn los?«, murmelte sie.

»Die Wikinger!«, sagte eine der Mägde, die einen Eimer Wasser schleppte. »Sie sind unterhalb von Rouen an Land gegangen und in den Wald eingedrungen …«

»Die Späher haben gesagt, dass sie noch vor Dunkelheit hier sein können ...«

»Geht in das Haus zurück, Äbtissin. Dort seid Ihr sicher.«

Sie stand wie erstarrt und wollte es nicht begreifen. Die Wikinger? Ausgerechnet jetzt kamen sie?

Um sie herum herrschte plötzlich hektische Betriebsamkeit. Männer, Frauen und Kinder rannten an ihr vorbei, jeder schien zu wissen, was er zu tun hatte, nur sie allein stand untätig auf dem Fleck, wurde angerempelt und erhielt Püffe von Eimern, Brettern oder Stangen, die man an ihr vorüberschleppte. Pferde wurden aus dem Stall geführt, in aller Eile gesattelt, die Männer hoben den schweren Riegel, der das Burgtor verschloss, und zogen die Türflügel auf. Die Hufe der Pferde schlugen hart auf die hölzerne Brücke, die Boten trieben die Tiere an, dass der Staub hoch aufwirbelte, um die Menschen in den Dörfern und Gehöften rechtzeitig warnen zu können.

»Du mit Frauen Wasser über Strohdach gießen«, sagte Halvdans tiefe Stimme so dicht neben ihr, dass sie zusammenfuhr. »Knut schießt mit feurige Pfeil. Dach nass – Stroh nicht brennt.«

Er überblickte die Vorbereitungen mit wachsamen Augen und schien ihre Empörung kaum zu bemerken. »Ich soll mit den Mägden ...«

»Du willst leben – also du arbeiten!«, herrschte er sie an und ließ sie stehen, uni den Männern, die sich auf Türmen und Wehrgängen drängten, Befehle zu geben. Die meisten hatten bereits ihre Waffen an sich genommen, einige trugen Kettenhemden und Helme, andere nur ein ledernes Wams, das die Brust schützte. Reina beobachtete, wie Halvdan sie zu ihren Aufgaben einteilte und vor allem die Knaben auf die Türme stellte.

»Knabe hat scharfes Auge«, hörte sie ihn sagen. »Sieht Feind eher als Mann.«

Reina zögerte einen Moment, dann wurde auch sie von der allgemeinen Aufregung angesteckt und sie nahm einen Eimer, um beim Wassertragen zu helfen. Niemand schien sich darüber zu wundern, die Frauen hoben einen Eimer nach dem anderen aus dem Brunnen und gossen das Wasser über die Strohdächer, bis sie tropfnass waren.

Als die Sonne tiefrot über dem Wald unterging, trafen die ersten Bauernfamilien auf der Burg ein. Sie kamen mit Pferden und kleinen Karren, auf denen Frauen und Kinder hockten, neben ihnen Säcke mit Gerste und Hafer, Hühner flatterten über den Hof, braun getüpfelte Schweinchen quiekten, hie und da blökte ein Lamm, das die Bauern den Wikingern nicht hatten überlassen wollen. Bald herrschte ein fürchterliches Gedränge auf dem Burghof, und Reina sah ihre Schwester Gisela rastlos bemüht, jeder Familie einen Ort anzuweisen, wo sie die Nacht verbringen konnte. Auch in dem Häuschen, das Reina bisher mit ihren Mägden bewohnt hatte, wurden zwei Familien einquartiert, zehn Menschen drängten sich auf engstem Raum, und doch zeigte niemand darüber Unmut oder Ärger. Alle, auch die Kinder, nahmen zufrieden entgegen, was man ihnen bieten konnte, und fügten sich. Man hatte gehört, wie die Wikinger andernorts gehaust hatten, und war froh, hinter den hohen Palisaden der Burg Schutz zu finden.

Während die Menschen sich noch in der Enge einrichteten, war Halvdan schon bemüht, auch die Bauern und ihre Frauen zur Verteidigung der Burg heranzuziehen. Reina staunte darüber, wie rasch er sich den Menschen verständlich machen konnte und wie gehorsam jeder Einzelne den Anweisungen folgte. Man hatte Steine als Wurfgeschosse in die Burg geschleppt und dicht bei den Palisaden aufgeschichtet. Sie mussten den auf den Wehrgängen stehenden Werfern angereicht werden, dazu galt es, die Pfeile, die die Feinde in die Burg geschossen hatten, einzusammeln, damit den Bogenschützen nicht die Geschosse ausgingen.

Reina hatte längst vergessen, dass sie eigentlich sterben wollte. Stattdessen beteiligte sie sich jetzt fieberhaft an den Vorbereitungen, half Gisela, die Menschen unterzubringen, erfasste rasch, wer zu welchen Aufgaben taugte, sorgte dafür, dass die kleinen Kinder nicht im Weg standen, und ersetzte die erschöpften Frauen am Brunnen durch andere, die noch bei Kräften waren.

Die Nacht war mondhell und der Himmel übersät mit leuchtenden Sternen.

»Wikinger nicht gern bei Nacht kämpfen«, sagte Halvdan. »Aber Knut listig – darum Wächter aufpassen. Wir alle schlafen leicht wie Hund, Augen zu, aber Ohren wach.«

Langsam kehrte eine angespannte Stille ein, die Menschen legten sich nieder, einige schliefen ein, die meisten jedoch dämmerten unruhig auf ihrem Lager dahin. Krieger saßen zu Füßen der Palisaden und des Wohnturms, lehnten mit dem Rücken an das Holz, hatten die Augen geschlossen und doch alle Sinne geschärft, um den Beginn des Kampfes nicht zu verpassen. Hin und wieder wechselten die Wachen, flüsterten sich leise Worte zu und gingen auf ihre Posten. Manchmal weinte ein Kind, das rasch von der Mutter aufgenommen und getröstet wurde.

Reina hatte Mühe gehabt, einen Schlafplatz zu finden,

denn alle Häuser und auch der Wohnturm waren voller Menschen. Schließlich kroch sie in einen schmalen Durchgang zwischen zwei Gebäuden, scheuchte die Hühner beiseite, die sich dort niedergelassen hatten, und versuchte, auf dem harten Boden eine einigermaßen bequeme Schlafstellung einzunehmen. Kaum hatte sie sich ein wenig eingerichtet, da hörte sie leise Schritte, und eine große Gestalt zwängte sich zwischen die Hütten.

Lautlos schob sich Halvdan dicht neben sie und streckte sich auf dem Boden aus. Sie versuchte aufzustehen, um ihm auszuweichen, doch er fasste ihre Hand und hielt sie fest.

»Nicht fort«, murmelte er. »Dies guter Platz zu schlafen.«

»Lass mich sofort los«, zischte sie. »Ich schlafe, wo ich will!«

»Leise«, flüsterte er, ohne sie loszulassen. »Nacht hat Augen und Ohren.«

Sie spürte die Wärme seines großen Körpers, und ihr Herz klopfte so wild, dass sie Angst bekam, er könne es hören.

»Du solltest wissen, dass ich nicht die Absicht habe, deine Frau zu werden!«, flüsterte sie. »Lieber sterbe ich!«

»Gut«, sagte er.

»Was meinst du mit ›gut‹?«, fauchte sie wütend.

»Wir später reden. Jetzt Zeit für Kampf – nicht für Streit.«

»Ich streite nicht. Ich teile dir meine Entscheidung mit!«

Er schwieg. Immer noch hielt er ihre Hand fest in der seinen, und sie sah im Mondlicht, wie er den Kopf drehte und ihr sein Gesicht zuwandte. Seine Augen waren von hellem Blau und schienen zu leuchten wie die Augen eines Nachttieres.

»Er wird kommen mit erstem Morgenlicht«, flüsterte er. »Viel Krieger werden fallen, viel Blut, viel Tod. Nur einer kann haben Sieg – Halvdan oder Knut.«

Sie zitterte und ihr Blick verfing sich in seinen hellen Nachtaugen. Plötzlich spürte sie nichts als eine riesengroße Furcht, er könnte morgen im Kampf gegen seinen Bruder sterben.

»Nicht Angst«, sagte er leise und lächelte. »Glauben an Sieg, dann wir werden leben.«

Er löste seinen Griff um ihre Hand, drehte sich wieder auf den Rücken, legte einen Arm unter den Kopf und schloss die Augen. Er wollte über sie wachen in dieser Nacht, genau so, wie er es schon seit Wochen jede Nacht getan hatte.

Das silbrige Mondlicht lag auf seinem Gesicht, beschien die geschlossenen Lider, die dichten Augenbrauen und schimmerte in seinem lockigen Haar. Seine Lippen waren jetzt weich und entspannt, fast kam es ihr vor, als würde er lächeln.

Unwillkürlich spürte sie das Verlangen, ihn zu berühren, mit der Hand durch sein Haar zu streichen, zärtlich über seine Wangen zu fahren und mit dem Finger ganz sacht die Form seiner Lippen nachzuspüren.

Es muss das Mondlicht sein, das mir solche Gedanken eingibt, dachte sie beschämt und schloss rasch die Augen. Dennoch drehte sie sich in seine Richtung, um seine Wärme zu spüren, die so erregend und beruhigend zugleich war.

Sie konnte noch nicht lange geschlafen haben, als eine leise, aufgeregte Knabenstimme hörbar wurde.

»Sie kommen! Schlüpfen aus dem Wald, einer nach dem anderen. Es sind viele!«

Halvdans Körper spannte sich, und in einem einzigen Sprung, einer großen Raubkatze gleich, schnellte er auf die Füße, und lautlos war er auf und davon. Reina saß auf dem Boden, ihr Herz hämmerte vor Aufregung, doch zu ihrer Überraschung verspürte sie keine Angst. Es war Zeit zu kämpfen, und sie brannte darauf, ihren Teil dazu beizutragen.

Keine Fackel wurde entzündet, kein Öllämpchen brannte – die Krieger eilten schweigend auf ihre Stellungen, verbargen sich auf dem Wehrgang hinter den Palisaden und starrten durch die kleinen Schlitze zwischen den Stämmen auf den vorrückenden Feind. Man hörte ihre leisen Fußtritte auf den Leitern, das Schleifen der langen Speere gegen die Kettenpanzer, das Knarren der hölzernen Balken, die die Wehrgänge trugen.

Atemlos war die Anspannung – die Wikinger sollten nicht ahnen, dass die Verteidiger der Burg gewarnt waren und sie empfangen würden. Bauern trugen Stangen herbei, mit denen die Leitern und Stämme der Feinde von der Palisade gestoßen werden konnten, Frauen standen bereit, um verletzte oder gefallene Krieger wegzutragen, damit sie den Kämpfenden nicht im Weg waren. Niemand sprach ein Wort, nur hier und da weinte leise ein Kind, das aus dem Schlaf erwacht war und seine Mutter vermisste.

Reina mischte sich unter die Frauen, die bei den Wasserkesseln standen und auf das Zeichen warteten, die Feuer zu entzünden. Dann würde man das kochende Wasser eimerweise zum Wehrgang hinaufreichen, um die Feinde damit abzuwehren. Ein Gefühl der Zusammengehörigkeit war unter den Menschen in der Burg entstanden, jeder arbeitete jedem zu, Bauer, Krieger oder Adeliger – sie alle wussten, dass sie nur überleben würden, wenn sie gemeinsam handelten.

Reina erblickte jetzt auch Robert, der in voller Rüstung auf einem der Palisadentürme kniete.

»Sie sind am Burggraben angelangt«, meldete flüsternd ein Knabe.

»Sie zögern, über die Brücke zu gehen. Schicken Späher voraus.«

Die Zeit schien sich ins Unendliche zu dehnen. Im Osten schimmerte matt das erste Morgenlicht und ließ die Gesichter der Menschen totenblass erscheinen. Die Bogenschützen hielten sich bereit, hatten den Pfeil schon an die Sehne gesetzt und warteten auf Halvdans Zeichen.

»Die Späher sind zurückgekehrt«, wisperte der Knabe. »Sie beraten sich mit dem Anführer. Ein riesenhafter Kerl mit rotem Haar und einem …«

Eine Hand legte sich auf den Mund des übereifrigen jungen Wächters, einer der Krieger schob ihn zur Seite und zog ihn strafend am Ohr.

Warum gab Halvdan nicht das Zeichen zum Angriff? Reina ahnte es. Er wartete geduldig, bis ein großer Teil der Wikinger die Brücke betreten hatte und dort ein gutes Ziel bot.

»Jetzt!«

Blitzschnell erhoben sich die Bogenschützen zu voller Größe und ein Hagel von Pfeilen ergoss sich über die ahnungslosen Angreifer. Man hörte Wutgeschrei, Speere wurden auf die Schützen geschleudert, doch sie blieben wirkungslos, denn Halvdan hatte Bauern zwischen sie postiert, die sie mit den hohen Schilden abschirmten.

Die Krieger oben auf den Laufgängen und Türmen jubelten, als sei der Sieg schon errungen, doch Halvdan dämpfte die vorzeitige Begeisterung.

»Kommen wieder. Köpfe unten halten – gleich Pfeile. Kein Schrecken – lautes Geschrei.«

Er hatte kaum ausgesprochen, da erzitterte die Burg unter einem markerschütternden Gebrüll, als stürme draußen eine Horde blutgieriger wilder Tiere gegen die Tore.

»Gott schütze uns«, stammelte eine junge Magd neben Reina. »Das sind Teufel und Dämonen – kein Mensch kann solche Laute ausstoßen.«

Reina blieb keine Zeit zur Antwort, denn eine Flut von Pfeilen zischte über die Palisaden und bohrte sich in Dächer und Wände der Gebäude. Verwundete stöhnten, Kinder schrien, Hühner flatterten erschreckt auf. Die Krieger auf den Wehrgängen erwiderten den Pfeilhagel und schleuderten Speere und Steine auf die Angreifer. Der Kampf hatte begonnen.

Er tobte bis in die Mittagsstunden. Immer wieder zogen sich die Wikinger blitzschnell zurück, sammelten sich dort, wo die Pfeile sie nicht erreichen konnten, und planten neue Angriffe. Bäume wurden gefällt und über den Burggraben gelegt, um die Anlage von mehreren Seiten gleichzeitig angehen zu können. Stämme, gegen die Palisaden gelehnt, dienten als Leitern. Gewandte Krieger, die kurzen Dolche zwischen den Zähnen, versuchten, die schützenden Palisaden zu überwinden. Doch es gelang den Verteidigern immer wieder, die Gefahr zu bannen.

Reina und ihre Schwester Gisela ließen die Verwundeten in den Wohnturm ins unterste Stockwerk tragen, wo sonst die Krieger schliefen. Dort versuchten die Frauen eilig, Blutungen zu stillen und Wunden zu versorgen. Bäuerinnen beteiligten sich an dieser Arbeit, viele von ihnen waren kräuterkundig und leisteten gute Hilfe.

Gegen Mittag endlich kehrte Ruhe ein. Die Wikinger hatten viele ihrer Kämpfer eingebüßt – sie zogen sich zurück bis zum Waldrand und schleppten ihre Verwundeten mit sich fort. Halvdan ließ sie gewähren.

»Ist es vorbei?«, fragte Gisela hoffnungsvoll.

Reina schwieg. Wer konnte das wissen?

Sie drückte einem jungen Bauern ein Stück Stoff auf eine klaffende Wunde, während eine alte Bäuerin ihm einen betäubenden Trank einflößte, der ihm die Qualen lindern sollte. Es half nur wenig, der arme Kerl stöhnte gotterbärmlich und wand sich vor Schmerz.

Niemand jubelte, kein Siegestaumel machte sich breit. Die Menschen in der Burg waren von der pausenlosen Anstrengung noch wie gelähmt, manche sackten dort zusammen, wo sie gerade standen, andere schleppten noch immer Steine und Stangen herbei, obgleich niemand mehr kämpfte. Die Krieger hockten auf den Wehrgängen und starrten hinüber zum Waldrand, wo die Schar der Wikinger sich versammelt hatte und offensichtlich darüber beriet, ob man abziehen oder die Burg belagern sollte. Manche Kämpfer bemerkten erst jetzt, dass sie verwundet waren, und befühlten ihre Glieder, um festzustellen, wie schlimm es um sie stand.

»Bleib du hier bei den Verwundeten – ich kümmere mich darum, dass etwas zu essen ausgeteilt wird!«

Reina eilte über den Hof, sammelte einige Frauen um sich, und bald wurden Körbe mit Brot und Käse herumgereicht. In aller Eile kochten die Frauen Fleisch und Gemüse in den gleichen Kesseln, die kurz zuvor noch zum Erhitzen des Wassers gedient hatten. Wein, mit Brunnenwasser gemischt, machte die Runde, die Menschen hatten seit dem vergangenen Abend nichts mehr zu sich genommen und lebten auf, als sie Speis und Trank erhielten.

Reina sah erschrocken, wie sehr die Reihen der Kämpfer sich gelichtet hatten, auch diejenigen, die noch kämpfen konnten, waren meist verwundet. Nur Robert, den sein langer Kettenpanzer, die Halsberge und ein Spangenhelm schützten, schien unversehrt.

Halvdan hatte eine leichte Verletzung am Arm durch einen Pfeil erlitten, doch das störte ihn wenig, und er griff hungrig zu, als Reina ihm den Korb reichte.

»Du klug, Reina«, sagte er kauend. »Mann muss essen, wenn kämpft.«

Sie lächelte. Trotz all dieser Gefahren und Schrecknisse schien er guter Dinge zu sein.

»Gisela soll deine Verwundung verbinden«, meinte sie und wies auf seinen linken Arm, an dem das Blut herablief.

Seelenruhig langte er nach einem großen Stück Käse und schüttelte den Kopf.

»Nicht jetzt. Erst wenn Kampf vorbei.«

»Ist er denn noch nicht vorbei?«

Er kaute unverdrossen und nahm vorsichtshalber noch ein Stück Brot an sich.

»Kampf beginnt«, gab er zurück.

Sie runzelte die Stirn, denn das klang wenig ermutigend. Doch sie konnte nicht ewig bei ihm stehen bleiben, auch andere waren hungrig, und so ging sie weiter, um die Speisen auszuteilen. Niemand nahm sich viel Zeit zum Essen, alle verschlangen die Lebensmittel so rasch wie möglich, um bereit zu sein, wenn es wieder losging.

Auch Robert griff in den Korb und zog ein Stück Brot heraus. Sein Gesicht war rot und schweißüberströmt, er schien erschöpft, denn der Kettenpanzer war schwer. Er blickte sie nicht an, als sie ihm den Korb reichte, und sie spürte fast Mitleid mit ihm, denn sein Ansehen unter seinen Getreuen war tief gesunken. Niemand erwartete Befehle von dem Mann, der noch vor einigen Wochen Herr der Burg gewesen war. Halvdans Zauber über die Männer war groß.

Man hatte nur wenige Wachen auf Turm und Wehrgängen postiert – jetzt wurden dort oben Rufe laut.

»Sie haben etwas vor! Der Anführer kommt herüber, von nur wenigen Männern begleitet.«

Sofort ließen alle Kämpfer Brot und Wein stehen und bestiegen wieder den Wehrgang. Aufgeregt brachten sich die auf dem Hof Sitzenden in Sicherheit, denn es war möglich, dass wieder Pfeile und Lanzen geschleudert wurden.

Doch nichts dergleichen geschah.

Eine tiefe, raue Stimme rief unverständliche Worte, die Reina seltsam bekannt und zugleich fremd erschienen. Die Sprache der Wikinger, die nur ein Einziger der Verteidiger sprechen und verstehen konnte.

Halvdan stand hochaufgerichtet auf dem Wehrgang, völlig ungeschützt bot er seinen Körper den Feinden dar. Er antwortete, und Reina erkannte plötzlich, dass die beiden Stimmen sich ähnelten. Der Sprecher auf der anderen Seite musste Knut sein, Halvdans Bruder – der Mann, an dem Halvdan seine Rache vollziehen wollte.

Das Gespräch war kurz und wenig freundlich, doch schien man zu einer Übereinkunft gekommen zu sein. Halvdan stieg vom Wehrgang herab und ging ohne Eile über den Hof, umringt von den neugierigen Menschen, die wissen wollten, wie über ihr Schicksal entschieden worden war.

»Zwei Männer kämpfen um Sieg«, verkündete er laut. »Wenn Knut siegt – Burg ist verloren. Wenn Halvdan siegt – Knut ziehen davon.«

Entsetzen verbreitete sich auf diese Nachricht hin. Niemand konnte verstehen, wozu solch ein Zweikampf gut sein sollte. Hatte man die Burg nicht großartig verteidigt? Wozu solch ein Risiko eingehen? Und wer würde ihnen garantieren, dass die Wikinger tatsächlich abzogen, wenn Halvdan seinen Gegner besiegt hatte?

Reina schwieg.

Was sie auch sagte, sie würde Halvdan nicht umstimmen können. Wahrscheinlich hatte er diese Entwicklung schon von vornherein so geplant. Er würde seine Rache vollziehen oder sterben.

Unglücklich betrachtete sie ihn, wie er lächelnd versuchte, die aufgeregten Menschen zu beruhigen. Er verdeutlichte ihnen, dass die Verteidigung zwar für einige Stunden gelungen sei, eine längere Belagerung durch die Wikinger aber eine ganz andere Sache sei. Ohne ihren Anführer aber würden die Feinde rasch aufgeben. Er lechzte nach diesem Kampf, hatte sich seit Monaten danach gesehnt, endlich Vergeltung üben zu können.

Halvdan erhielt unerwartete Hilfe bei seinen Überzeugungsversuchen – Robert, der sich seit Wochen vollkommen im Hintergrund gehalten hatte, trat zwischen die Männer und redete Halvdan das Wort.

»Hört auf den Wikinger!«, rief er in die Runde. »Er hat uns bisher gut beraten und wird es auch weiterhin tun. Ich vertraue auf Halvdan – er wird für uns siegen.«

Reina spürte, wie ihre Schwester Gisela sie am Arm fasste, und sie tauschten erstaunte Blicke. Doch die Männer waren sich inzwischen einig geworden.

Vorsicht war geboten, man würde die Krieger in Bereitschaft halten, falls die Wikinger wortbrüchig würden. Halvdan versicherte jedoch, dass kein nennenswerter Angriff mehr zu erwarten sei, wenn Knut gefallen wäre.

»Und wenn Halvdan fallt?«, flüsterte Gisela. »Was wird dann sein?«

Reina hatte die Arme vor der Brust gekreuzt, und sie spürte, wie ihr Herz klopfte.

»Dann gnade uns Gott«, sagte sie leise.

Halvdan bewaffnete sich mit Schwert und Dolch, auf Kettenpanzer oder Schild verzichtete er, denn auch Knut kämpfte ohne Rüstung.

»Halvdan bereit. Thor kämpft mit mir!«

Er wählte fünf Männer zu seiner Begleitung aus und gab Befehl, die Tore zu öffnen. Zwei Knechte hoben den schweren, eisernen Riegel an, man zog die Torflügel nach innen, sodass ein schmaler Durchlass entstand. Ein Streifen helles Sonnenlicht flutete in den Hof und blendete die Augen, dann erst erkannte man die Kämpfer der Wikinger. Sie standen im Halbkreis, unbeweglich, in ihrer Mitte ein rothaariger Hüne, der alle überragte.

Halvdan ging seinen Begleitern voraus, ohne sich auch nur ein einziges Mal umzusehen.

❖

»Schließt die Tore! Den Riegel vor!«

Es war Graf Robert, der diesen Befehl gab, und Reina fuhr zusammen, als sie seine scharfe Stimme vernahm. Die Knechte zögerten keinen Augenblick, mit hartem, metallischem Klang fiel der Riegel wieder in die eiserne Halterung. Halvdan und seine fünf Begleiter waren auf sich allein gestellt.

Alle wollten den Kampf sehen, der über ihr Schicksal entscheiden würde. Man drängte sich auf den Wehrgängen und Palisadentürmen, und wer dort nicht mehr unterkam, versuchte, im oberen Teil des Wohnturms einen Platz an einer Fensternische zu ergattern. Einige stiegen sogar auf die Strohdächer der Nebengebäude, setzten sich rittlings auf den Dachfirst und beschatteten die Augen mit den Händen, um deutlicher sehen zu können.

Reina war zusammen mit Gisela und einigen Frauen in den Wohnraum der gräflichen Familie hinaufgestiegen. Hier standen sie dicht aneinandergedrängt an den Fensteröffnungen und blickten gebannt hinaus. Die Streitmacht der Wikinger befand sich immer noch nahe des Waldrandes; man sah, dass sich einige Männer um die Verwundeten bemühten, während die meisten, genau wie die Franken in der Burg, eifrig das Geschehen mit den Blicken verfolgten. Keiner von ihnen hatte die Waffen abgelegt, sie schienen sicher, dass ihr Anführer den Kampf gewinnen würde, und hielten sich bereit, auf sein Zeichen hin die Burg einzunehmen.

Knut erwartete seinen Gegner jenseits des Burggrabens. Einer seiner Männer hatte mit dem Schwert einen Kreis in den Wiesenboden gezogen, und dort hinein traten die beiden Kämpfer, während die Begleiter sich außerhalb des Kreises gruppierten und ein wachsames Auge auf die Gegenpartei hielten.

Reina spürte, wie ihre Hände eiskalt wurden, während es in ihren Schläfen pochte. Die beiden Kämpfer zogen sich die Kittel vom Körper und standen sich jetzt mit entblößtem Oberkörper gegenüber – einer so groß wie der andere, beide mit kräftigen Muskelpaketen an Armen, Schultern und Beinen ausgestattet, das blonde Haar des einen leuchtete goldfarbig in der Sonne, das Haupt des anderen schien in rötlichen Flammen zu stehen.

Der Kampf schien zunächst mit Worten geführt zu werden, denn man hörte die zornigen Stimmen der beiden, die sich mit jedem Wortwechsel weiter in Rage redeten. Knut war der Erste, dessen Hand an den Griff des Schwertes fasste, um es aus der Scheide zu ziehen, und Halvdan versäumte nicht, es ihm nachzutun.

Hell schlugen die Klingen aufeinander, einer vereitelte den Angriff des anderen und wurde dann selbst am entscheidenden Schlag gehindert. Reina begriff sehr bald, dass Knut seinem Bruder Halvdan an Kraft gewachsen war, doch zeigte sich Halvdan als der Wendigere und Einfallsreichere. Immer wieder forderte er Knut mit neuen Attacken heraus, versuchte, ihn zu Unvorsichtigkeiten zu verleiten, und reizte ihn mit Beleidigungen, die ihre Wirkung nicht verfehlten. Knuts Gesicht war bald dunkel vor Wut und seine Schwerthiebe gingen immer häufiger ins Leere.

Von Seiten der Wikinger wurde an aufmunterndem Gebrüll nicht gespart. Die Kerle schlugen mit den Schwertern an ihre runden Schilde, fuchtelten mit den Streitäxten in der Luft herum und stießen immer wieder langgezogene Kampfschreie aus. Auch die Franken feuerten ihren Kämpfer an, riefen immer wieder Halvdans Namen, und die Frauen stießen schrille, trillernde Schreie aus.

Reina brachte keinen einzigen Laut über die Lippen, sie krallte die kalten Finger in die Brüstung der Fensternische und versuchte zu beten, doch sie fand keine Worte. Neben ihr stand Gisela, am ganzen Körper zitternd, den Arm um die Schwester gelegt, als wolle sie sie stützen, während sie sich selbst doch kaum auf den Beinen halten konnte.

Ein Aufschrei ging durch die Reihen der Franken – Knuts mächtiger Hieb hatte Halvdans Oberschenkel gestreift, Blut floss an seinem Bein herab –, die Wikinger drüben am Waldrand brachen in Jubel aus. Doch während die Nordmänner noch begeistert brüllten, erwiderte Halvdan den Schlag schneller, als Knut erwartete, sein Schwert blitzte in der Sonne auf, und der Gegner stürzte schwer zu Boden. Der Hieb hatte die rechte Schulter getroffen, und Knut war das Schwert aus der Hand geglitten.

Ruhig bückte sich Halvdan, hob das Schwert auf und warf es dem Bruder zu, der fing es mit der Linken und richtete sich taumelnd auf, um den Kampf fortzusetzen, doch schon nach wenigen wütenden Hieben sackte er wieder in sich zusammen.

Reina sah, wie Halvdan ihm näher rückte, immer noch gab Knut sich nicht verloren, keuchend und unter wüsten Beschimpfungen führte er das Schwert, bis Halvdan es ihm mit einem wuchtigen Schlag aus der Hand schmetterte. Halvdan hob die Waffe ein letztes Mal, um seine Rache zu vollenden.

Reina legte die Hände über die Augen – sie wollte nicht sehen, wie Halvdan seinen eigenen Bruder tötete –, es war zu schrecklich, was auch immer jener ihm angetan hatte. Da ertönte ein vielstimmiger entsetzter Schrei, und sie blickte zwischen den Fingern hindurch auf die Kampfstelle.

Halvdan lag unbeweglich am Boden, dicht neben seinem Bruder. Das Schwert war seiner Hand entglitten, und in seinem Rücken steckte ein Pfeil.

Verblüffung lag in den Gesichtern der Männer, die die Kämpfer begleitet hatten, zwei von Halvdans Getreuen knieten jetzt neben dem Leblosen, die anderen starrten zur Burg hinüber.

»Runter von den Wehrgängen! Auf die Pferde. Die Tore auf! Wir greifen sie an!«, schallte Roberts Stimme über den Burghof.

Wie betäubt richteten sich die Krieger auf und konnten noch kaum glauben, was sie gesehen hatten, dann folgten sie dem Befehl. In Windeseile wurden Pferde gesattelt, einige der Männer stiegen auf, die anderen fassten ihre Waffen und nahmen vor den Torflügeln Aufstellung.

Halvdan, der Wikinger, war tot – Graf Robert war der Burgherr, dem jeder Gehorsam schuldete.

Als sich die Burgtore öffneten, begriffen Knuts Getreue die Lage blitzschnell, sie hoben ihren leblosen Anführer auf die Schultern und trugen ihn im Laufschritt davon. Ihre Kameraden hielten stand, bis die Gruppe sie erreicht hatte, dann wichen sie dem Ansturm der Franken und verschwanden im Wald.

»Sie haben ihren Anführer verloren und laufen wie die Hasen davon!«

»Sieg! Wir haben gesiegt!«

Begeisterung verbreitete sich unter den Bauern und Knechten in der Burg, man stieg auf die Wehrgänge, was sonst nur den Kriegern vorbehalten war, reckte drohend die Fäuste zum Wald hinüber, und einige schleuderten Steine in den Burggraben, wo sich jetzt aber kein einziger Feind mehr befand.

Drüben am Waldrand stürmten jetzt die fränkischen Krieger den fliehenden Wikingern nach, die jedoch im dichten Gestrüpp rasch entkamen.

»Wir müssen ihn in die Burg tragen«, rief Reina und rüttelte die Schwester am Arm. »Seine Wunde versorgen.«

Gisela, die eben noch gejubelt hatte, hielt nun inne und

sah hinüber zu dem reglos liegenden Wikinger, aus dessen Rücken das Ende des Pfeils herausstach.

»Wir werden ihm nicht mehr helfen können, Reina«, sagte sie beklommen. »Er hat für uns gestritten wie ein Held, er hat unsere Burg gerettet …«

»Und aus eben jener Burg wurde ein verräterischer Pfeil auf ihn geschossen!«, rief Reina zornig. »Nun komm schon – sonst gehe ich allein.«

Noch waren die Kämpfe hinten am Waldrand nicht beendet, und man hatte die Tore vorsichtshalber wieder geschlossen, doch auf den Befehl der Burgherrin zogen die Knechte die schweren Torflügel ein Stück auseinander, sodass ein Mensch hindurchschlüpfen konnte.

»Bringt ein großes Tuch!«

Gisela schritt mit Reina über die Brücke, gefolgt von zwei Mägden, die immer wieder ängstlich zum Waldrand hinübersahen, ob dort nicht etwa einige versprengte Wikinger auftauchten, die mordgierig über sie herfallen wollten.

Halvdan lag auf dem Bauch, sein Gesicht war zur Seite gewendet, die Augen geschlossen. Nur wenig Blut war aus der Pfeilwunde geflossen, doch als Reina sich neben ihn auf den Boden kniete, erkannte sie, dass seine Brust arbeitete. Er atmete noch.

»Er lebt. Legen wir ihn vorsichtig auf das Tuch.«

Sein Körper fühlte sich warm an, als sie ihn anhoben und das Tuch unter in schoben, doch er regte sich nicht, und auch seine Augen blieben geschlossen.

»Wie schwer er ist!« Sie trugen den Verletzten langsam über die Brücke, die er vor kurzer Zeit noch so siegessicher überschritten hatte, und als sie mit ihm in den Burghof traten, herrschte bekümmertes Schweigen unter den Menschen.

»Wer hat den Pfeil geschossen?«, hörte Reina es flüstern.

»Niemand hat es gesehen.«

»Schaut doch – es ist der Pfeil eines Wikingers!«

»Was sagt das schon? Wir haben sie massenhaft in der Burg aufgesammelt und wieder verschossen.«

Einige hatten Tränen in den Augen, andere wandten sich ab, denn man hatte begriffen, dass es nicht klug war, seine Trauer allzu deutlich zu zeigen. Schon kehrten einige der siegreichen Krieger wieder in die Burg zurück, um zu verkünden, dass man die Feinde noch eine Weile durch den Wald verfolgt und so manchen von ihnen erschlagen habe. Sie brachten Schilde und Lanzen mit, die die Wikinger auf der Flucht verloren hatten, einer hatte sogar ein Schwert erbeutet, ein zweiter brüstete sich, seinem Gegner den langen Bart ausgerissen zu haben.

Sie trugen Halvdan in den Turm, legten ihn zwischen den Verwundeten nieder und berieten sich mit den Frauen, was zu tun sein.

»Der Pfeil steckt tief gleich neben dem Knochen«, sagte eine alte Frau. »Er wird sterben, wenn wir versuchen, ihn herauszuziehen.«

»Aber wir können ihn doch nicht einfach in seinem Körper lassen«, rief Reina. »Wir müssen etwas tun.«

Die alte Frau sah zu ihr auf und lächelte.

»Ihr könnt für ihn beten, Äbtissin. Auch wenn er ein Heide ist, so hat er uns doch alle gerettet. Vielleicht wird der Herr ihn ja vor der Hölle verschonen, wenn Ihr für seine Seele bittet.«

Reina wandte sich ungeduldig ab. Beten konnte man immer noch – jetzt schien es ihr nötiger, zu handeln. Halvdan war schwer verwundet, doch er lebte. Es musste doch einen Weg geben, ihm zu helfen.

»Leg ihm Kräuter auf. Koche ihm einen Sud, damit er wieder zur Kräften kommt und wir ihm den Pfeil herausziehen können!«, ordnete sie an.

Aber auch eine andere Bäuerin, die herbeigelaufen war, schüttelte bekümmert den Kopf.

»Wir können versuchen, ihm vorsichtig etwas Wasser einzuflößen«, meinte sie unsicher. »Dann müssen wir abwarten, ob die Wunde zu bluten beginnt.«

»Zu nichts zu gebrauchen seid ihr«, schimpfte Reina und ließ sich neben dem reglosen Körper nieder. »Verschwindet – ich kümmere mich allein um ihn.«

Die Frauen wandten sich anderen Verwundeten zu, und auch Gisela lief hinaus, denn soeben war der Großteil der Krieger in die Burg eingeritten, Graf Robert mitten unter ihnen, und seine Befehle hallten über den Burghof.

Reina war einerlei, was draußen geschah. Sie beugte sich über den leblosen Körper des Wikingers und strich ihm die schweißnassen Locken aus der Stirn. Dann nahm sie einen Lappen, tauchte ihn in eine Wasserschüssel und säuberte damit die Stelle um die Pfeilwunde. Immer noch regte er sich nicht. Sie berührte seine Augenbrauen und fuhr sacht mit dem Finger an dem goldenen Halbbogen seiner Wimpern entlang. Hatten seine Lider gezittert?

»Halvdan?«, flüsterte sie. »Halvdan! Ich bin hier, Reina. Ich bin bei dir.«

Da hoben sich seine Lider ein winziges Stück, und sie sah für einen Moment einen Streifen seiner hellblauen Augen.

»Reina …«

Sein Mund formte ihren Namen, doch sie hörte nur einen leisen Hauch, kaum zu verstehen.

»Du wirst wieder gesund werden, Halvdan«, wisperte sie.

»Ich sorge dafür, das schwöre ich. Ich werde dich nie verlassen. Nie in meinem Leben …«

Er bewegte sich nicht mehr, hörte ihr aufgeregtes Flüstern nicht, war wieder hinabgesunken in das Dunkel der Bewusstlosigkeit zu den Pforten des Todes. Sie beugte sich tiefer zu ihm hinab und berührte mit dem Mund seine Lippen. Sie waren so kühl, dass sie erschrak.

Draußen wurde laut gebrüllt und gejubelt – Graf Robert ließ sich als Sieger über die Wikinger feiern, und wer vorher ein begeisterter Anhänger von Halvdan gewesen war, dem wurde jetzt endgültig klar, dass schlechte Zeiten auf ihn warteten.

»Reina!«

Gisela eilte so rasch durch den Raum, dass ihr Gewand flatterte. Sie fasste die Schwester am Arm und zog sie von Halvdans Seite.

»Du musst von hier fort. Schnell. Komm mit mir hinauf in die Wohnräume!«

Sie zerrte Reina so heftig am Arm, dass es wehtat, und Reina wehrte sich. Hier war ihr Platz, hier neben Halvdan. Sie musste bei ihm bleiben, um sein Leben zu bewahren.

»Bist du verrückt, Gisela? Lass mich los!«

»Schnell!«

Gisela winkte einige Mägde herbei, die Reina umringten und der Burgherrin halfen, die heftig widerstrebende Schwester mit sich fortzuziehen. Reina wurde in eine Ecke des Raumes gedrängt, und die Frauen stellten sich vor sie wie eine dichte, lebendige Schutzwand.

Schwere Schritte waren zu hören, und Krieger traten in den Raum. Reina vernahm ihre Stimmen, doch sehen konnte sie nichts, denn die Frauen verstellten ihr den Weg.

»Hier ist er. Hoch mit ihm.«

»Vorsicht!«

»Wozu? Der ist ja doch bald hinüber.«

»Ein Wikinger war's. Schaut den Pfeil.«

»Klar. Der Pfeil eines dreckigen Wikingers.«

Reina wollte schreien, mit aller Macht den schützenden Kreis der Frauen durchbrechen und sich den Kriegern entgegenwerfen. Doch die Frauen hielten sie fest gegen die Wand gepresst, und Giselas Hand legte sich auf ihren Mund.

»Still«, flüsterte sie. »Robert hat es so befohlen, und du bist die Letzte, die ihn daran hindern könnte.«

Reina wand sich wie ein Aal, trat mit den Füßen und krümmte sich zusammen, doch Gisela hatte sich mit dem ganzen Gewicht ihres Körpers gegen sie gestemmt und hielt die Schwester fest umschlungen, als gälte es, ihr Leben zu verteidigen.

Erst als die Männer den Raum verlassen hatten, gelang es Reina, sich ihrem Griff zu entwinden, und Gisela lehnte sich keuchend gegen die Wand.

»Wohin schleppt ihr ihn, ihr feigen Kerle?«, rief Reina den Männern mit halb erstickter Stimme nach.

»Still! Um Himmels willen, Reina! Sie bringen ihn ins Verlies.«

»Ins Verlies?«

Reina starrte die Schwester mit weiten, entsetzten Augen an. Das Burgverlies befand sich unter dem Raum, in dem sie sich gerade aufhielten, eine steinerne Treppe führte in einen Kellerraum, in dessen Mitte sich eine tiefe Grube befand. Sie war so eng, dass ein Mensch dort nur sitzen, jedoch nicht liegen konnte.

»Das ist sein Tod«, stöhnte sie. »Niemand wird ihn dort versorgen, er wird sterben.«

Giselas Gesicht war voller Mitgefühl; sie richtete ihren verrutschten Schleier und eilte auf Reina zu, um sie in die Arme zu schließen.

»Du musst an dich selbst denken, Reina«, flüsterte sie ihr ins Ohr. »Du musst von hier fort, so schnell wie möglich. Ich gebe dir zwei meiner Knechte und eine Magd mit, es sind Leute, auf die ich vertrauen kann. Sie werden dich nach St. Emilien geleiten…«

»Fängst du schon wieder damit an?«

Reina stieß die Schwester zornig von sich und eilte aus dem Raum. Der Keller war nur durch eine kleine Tür an der Nordseite des Turms zugänglich, und dort standen jetzt die Knechte, die ihren Auftrag bereits ausgeführt hatten; einer von ihnen schob sorgfältig den eisernen Riegel vor.

»Wie konntet ihr das tun?«, rief sie wütend und fasste den Vordersten am Kittel. »Fürchtet ihr nicht die Strafe des Himmels für einen solchen Verrat?«

»Der Herr hat es befohlen«, sagte der Mann und sah an ihr vorbei zu Boden. »Wir haben zu gehorchen, Mutter Äbtissin. So hat es Gott der Herr auf Erden eingerichtet.«

Sie ließ ihn los, und die Männer gingen an ihr vorbei in den Burghof, die Köpfe gesenkt, die Gesichter verschlossen. Der Knecht hatte die Wahrheit gesprochen: Der Niedere schuldete dem über ihm Stehenden Gehorsam, der Bauer hatte dem Adeligen zu dienen, der Adelige diente dem König. Ein unfreier Knecht stand noch unter dem Bauern – wie hätte er sich dem Befehl eines Grafen widersetzen dürfen?

Sie fasste unwillkürlich an ihren verrutschten Schleier und richtete ihn, dann ließ sie die Arme sinken, als habe sie etwas

Unsinniges getan. Zum ersten Mal in ihrem Leben zweifelte sie an der Ordnung der Welt. Der Befehl, den Robert gegeben hatte, war ungerecht und grausam – wie konnte es da sein, dass alle ihn widerspruchslos befolgen mussten? Das konnte doch unmöglich der himmlische Wille sein!

Gisela kam ihr entgegen, sie war der Schwester nachgelaufen und versuchte ängstlich, Reina in den Turm hineinzuziehen.

»Lass dich jetzt nicht sehen«, redete sie auf sie ein. »Bleib hier und kümmere dich um die Verwundeten, ich werde meine Frauen überall in der Burg verteilen, damit sie mir melden, wenn dir Gefahr droht. Heute Nacht wird eine von ihnen den Torwächter ablenken, damit du fliehen kannst.«

»Warum sollte ich fliehen?«, wehrte sich Reina stur. »Ich werde mich dafür einsetzen, dass sie den Wikinger aus dem Verlies herausziehen. Ich will mich um ihn kümmern und ihn pflegen – das kann Robert mir unmöglich abschlagen.«

Aber Gisela fasste sie jetzt so fest am Handgelenk, dass sie vor Schreck leise aufschrie.

»Hast du denn immer noch nichts verstanden?«, zischte sie ihr ins Ohr. »Robert ist verrückt nach dir. Er will dich als seine Kebse in sein Bett zwingen.«

Reina fuhr zurück und starrte die Schwester entsetzt an. Gisela war selbst erschrocken über das, was sie nun endlich so unmissverständlich gesagt hatte. Himmel – Reina war doch sonst nicht so dumm, warum hatte sie diese Dinge nicht schon längst geahnt?

»Er hat dieses Kloster nur bauen lassen, um dich in seine Nähe zu ziehen«, fuhr sie fort. »Die ganze Zeit über hat er auf eine Gelegenheit gelauert, dich zu seiner Geliebten zu machen.«

»Du träumst, Gisela«, stammelte Reina. »Warum hätte Robert mich dann an Halvdan verheiraten wollen?«

»Das hatte er nie ernsthaft vorgehabt. Er wollte den Wikinger von Anfang an betrügen. Halvdan wird sterben, er ist bereits jetzt so gut wie tot. Aber du, Reina, du kannst dich retten. Und ich werde dir dabei zur Seite stehen.«

In Reinas Kopf drehte sich alles. Ja, sie spürte jetzt nur allzu deutlich, dass die Schwester recht hatte. Alles war nur Betrug und Täuschung gewesen – Roberts Bereitschaft, ihr ein Kloster zu bauen, sie zur Äbtissin zu machen, seine Versprechungen, seine Freundlichkeit – alles hatte nur einem einzigen Zweck gedient. O Gott, er hatte sie schmählich hintergangen, und all ihre eitlen Hoffnungen zerbröckelten zu Staub. Ein unbändiger Zorn stieg in ihr hoch, und sie ballte die Fäuste. Konnte Robert tun und lassen, was er wollte, nur weil er Herr dieser Burg war?

»Ich gehe nicht von hier fort«, sagte sie entschlossen. »Es sei denn, Halvdan geht mit mir.«

»So nimm doch Vernunft an, Reina!«, flehte Gisela unglücklich.

Aber Reina ließ sie stehen und lenkte ihre Schritte in den Burghof. Es konnte doch nicht sein, dass alle die Männer, die noch vor wenigen Stunden voller Begeisterung Halvdan gedient hatten, jetzt feige vor Graf Robert kuschten. Sie brauchte Helfer, wenn sie Halvdan aus dem Verlies befreien und mit ihm fortgehen wollte. Und sie war sich sicher, dass wenigstens einige der Männer dem Wikinger die Treue halten würden.

Auf dem Burghof herrschte inzwischen ein aufgeregtes Durcheinander. Bäuerinnen jammerten und hielten ihre Kinder an sich gepresst, ihre Männer beluden kleine Karren, andere standen beieinander, verbissenen Zorn und Verzweiflung in den Gesichtern. Die Knechte des Grafen liefen zwischen ihnen hin und her, sie trieben die Zögernden zur Eile an, und Mägde halfen, die Bündel auf die Karren zu heben. Hier und da zeigte sich einer der Getreuen des Grafen, noch immer in Wehr und Waffen, dieses Mal jedoch galt die Bedrohung nicht den feindlichen Wikingern, sondern einigen jungen Bauernburschen, die lautstark Beschwerde einlegten.

»Wir können noch nicht zurückkehren! Die Wikinger sind in die Wälder geflohen, sie werden uns in den Dörfern überfallen und töten.«

»Halt dein Maul, Bauer. Der Graf hat's befohlen, und wer sich widersetzt, der darf die Peitsche schmecken.«

»Dann lasst uns wenigstens das Getreide und die Früchte, die wir mitgebracht haben!«

»Die gehören dem Grafen zum Lohn für den Schutz, den er euch in der Burg geboten hat!«

Reinas Blicke glitten über die unglücklichen Menschen, und sie presste die Lippen zusammen, um nicht vor Zorn über diese neue Bosheit aufzuschreien. Er schickte diese Menschen ins Verderben, jeder konnte sich an seinen fünf Fingern abzählen, dass die Wikinger noch in der Gegend waren und sich an den Dörfern und Gehöften schadlos halten würden.

»Warum tust du das?«, fauchte sie einen Krieger an, der sein Schwert gegen einen jungen Bauern gezückt hatte. Der Bauer wich erst, als der blanke Stahl ihm schon den Kittel geritzt hatte.

Schweigend steckte der Krieger sein Schwert in die Scheide und wandte Reina den Rücken zu. Er hatte nicht die Absicht, seine Handlungsweise zu erklären, schon gar nicht einer Frau, auch wenn sie eine Nonne war.

Die beiden Flügel des Burgtores öffneten sich weit, und der Tross der Bauern zog über die schmale Holzbrücke. Sie mussten Hals über Kopf gehen und auch die Zugtiere antreiben, denn hinter ihnen im Burghof standen die Krieger, die sie unerbittlich aus den schützenden Palisaden hinaustrieben. Angst und Verzweiflung stand den Menschen ins Gesicht geschrieben, einige stießen Verwünschungen aus und hoben drohend die Fäuste, andere stierten vor sich hin und setzten einen Fuß vor den anderen, ohne zu wissen, wohin sie gehen sollten.

Halvdan hätte niemals so gehandelt, dachte Reina unglücklich.

Er hat die Menschen in die Burg geholt, um sie zu schützen, und hätte sie erst wieder fortgeschickt, wenn die Gefahr vorüber war. Aber Halvdan konnte nichts mehr ausrichten – er war selbst in Todesgefahr und würde sterben, wenn sie nicht für ihn kämpfte.

Sie betrachtete die Gesichter der Krieger. Einer von ihnen war der Verräter, der den Pfeil auf Halvdan abgeschossen hatte. Aber wer konnte diese Gemeinheit begangen haben? Es waren einige Männer darunter, die schon ihrem Vater gedient hatten, doch die meisten waren junge Kerle, die hier auf der Burg im Waffengang ausgebildet worden waren und Robert bisher immer die Treue gehalten hatten. Bis zu jenem Tag, als der Wikinger die Herrschaft auf der Burg übernahm und sie alle in seinen Bann zog.

Reina sah nicht nur Zustimmung in den Mienen der Männer. Einige blickten düster drein, hier und da schien ihr sogar, als sähe sie Mitleid in ihren Blicken. Sie sah auch Odemars bleiches Gesicht, und er schlug die Augen nieder, als er ihren Blick spürte.

Wie feige sie sind, dachte sie erbittert. Genauso feige wie Gisela ist, die mich heimlich aus der Burg schaffen will. Ein einziger Mann zwingt ihnen allen seinen Willen auf, und niemand stellt sich ihm entgegen.

Sie überlegte, wie sie, ohne Aufsehen zu erregen, mit dem einen oder anderen dieser Männer sprechen könnte. Vielleicht war ja doch ein Rest von Mut in ihnen geblieben, vielleicht konnte sie einige Helfer für ihren Plan gewinnen. Doch während sie noch dastand und nachdachte, trat plötzlich Graf Robert aus dem Wohnturm, umgeben von drei seiner Getreuen. Helm und Kettenhemd des Grafen blitzten in der Sonne, und seine rechte Hand lag auf dem Griff des Schwertes, das an seiner Seite hing.

Er rief die Krieger zusammen, ließ sie im Halbkreis vor sich Aufstellung nehmen und begann zu ihnen zu sprechen.

Jetzt wird er sich als Sieger über die Wikinger feiern lassen, dachte Reina. Dieser hinterhältige Kerl will den Ruhm ernten, der eigentlich Halvdan gebührt.

Doch Graf Robert hatte anderes im Sinn.

Er ließ die fünf Männer vortreten, die den Wikinger zu seinem Zweikampf begleitet hatten, und befahl ihnen, Waffen und Wehr zu seinen Füßen niederzulegen. Die Männer ahnten, was kommen würde, und widersetzten sich, doch die gezückten Schwerter ihrer Kampfgefährten ließen ihnen keine Wahl. Entwaffnet standen sie vor dem Burgherren, der sie mit boshaftem Lächeln musterte.

»Verräter sind es nicht wert, Waffen zu tragen«, verkündete er laut. »Von heute an seid ihr vogelfrei – Männer ohne Schutz und Ehre. Jeder im Land kann mit euch verfahren, wie es ihm beliebt. Öffnet die Tore und jagt die Kerle aus der Burg!«

Die Männer nahmen das Urteil schweigend zur Kenntnis. Sie waren diejenigen gewesen, denen der Wikinger am meisten vertraute, er hatte sie zu seiner Begleitung ausgewählt, und sie waren stolz darauf gewesen, mit ihm gehen zu dürfen. Dafür mussten sie nun büßen.

Niemand setzte sich für sie ein; diejenigen, die kurz zuvor noch an ihrer Seite gekämpft hatten, wagten nicht, ihre Stimme zu erheben, aus Furcht, ein ebensolches Schicksal erleiden zu müssen. Bitterer Hass stand den Ausgestoßenen ins Gesicht geschrieben, als sie durch das Tor schritten. Ihnen war nichts geblieben als das, was sie auf dem Leibe trugen, und auch ihr Schicksal war ungewiss.

Als sie die Brücke hinter sich gelassen hatten, wandte sich einer von ihnen um und blickte mit unverhohlener Wut durch die offenen Tore in den Burghof hinein, wo Krieger und Knechte, Mägde und Kinder standen und ihnen nachstarrten.

»Der Graf selbst ist der Verräter«, rief er laut und schwang die Faust. »Er hat den Pfeil auf den Wikinger abgeschossen – wir alle haben es gesehen.«

Reina spürte, wie ein Ruck durch die Menschen ging – wer bisher noch gezweifelt hatte, der war spätestens jetzt davon überzeugt, dass das Gerücht der Wahrheit entsprach. Der Graf selbst hatte auf Halvdan geschossen.

»Auf den Wehrgang! Besetzt die Türme!« Roberts Stimme überschlug sich und klang fast wie das Gebell eines Hundes. »Wo sind die Bogenschützen? Stopft ihm das freche Lügenmaul!«

Die Getreuen des Grafen schienen wie aus einer Betäubung zu erwachen, einige rafften Bogen und Pfeile an sich und schickten sich an, dem Befehl Folge zu leisten.

Die fünf Männer hatten zu laufen begonnen, doch es war ihnen nicht gelungen, aus der Reichweite der mannshohen Bögen zu gelangen. Einige Pfeile schwirrten an ihnen vorüber, die meisten blieben jedoch weit hinter ihnen im Gras stecken oder schlugen gegen die Felsbrocken, die auf den Wiesen lagen.

Reina hörte Roberts wütende Flüche, und sie begriff, dass die Schützen absichtlich vorbeigezielt hatten.

◈

Kurz darauf sich hatte der Burgherr wieder in der Gewalt. Ruhig befahl er, Wachen aufzustellen, die Spuren, die der Kampf im Inneren der Burganlage hinterlassen hatte, so gut es ging zu beseitigen und eine Mahlzeit zu kochen. Schweigend verrichteten Mägde und Knechte die Arbeit, während die Krieger ihre Waffen ablegten und sich im Burghof niederließen. Auch sie hatten wenig Lust zu reden, einige sahen nach ihren Verwundungen, andere hockten apathisch da und starrten düster vor sich hin. Erst als Graf Robert Wein ausschenken ließ, belebte sich die Stimmung, man begann wieder von seinen Heldentaten im Kampf gegen die Wikinger zu erzählen, hie und da wurde auch Gelächter laut, das rasch wieder verebbte.

Reina stand im Schatten einer Hütte und verfolgte beklommen das Geschehen im Burghof. Sie redeten von ihren großen Taten, diese Feiglinge, aber keiner von ihnen hatte den Mut, von Halvdan zu sprechen – der Wikinger kam in ihren Geschichten nicht vor. Robert hatte sein Ziel erreicht: Seine Männer taten, als habe es Halvdan nie gegeben.

Reina hob trotzig das Kinn. Sie würde es auch ohne diese Memmen schaffen. Nur rasch musste es gehen, jeder Augenblick war kostbar.

Die Abendsonne warf bereits lange, schmale Schatten über Strohdächer und Burghof, ein leichter Wind hatte sich erhoben, und belebende Kühle strich über die vom Wein erhitzten Gesichter. Doch trotz der ungeheuren Anstrengungen dieses Tages zeigte niemand Lust, sich schlafen zu legen.

Gisela hatte Tische aufstellen lassen, Bänke und Schemel wurden herbeigetragen, und die Getreuen des Grafen ließen sich an der Tafel nieder. Robert wählte für sich selbst einen Platz in der Mitte, um die Gespräche zu beiden Seiten der Tafel hören zu können, dann wurden die Speisen aufgetragen. Einen Augenblick lang fürchtete Reina, Robert könnte auf die Idee kommen, auch sie an die Tafel zu laden, doch er schien sie völlig vergessen zu haben. Dafür ließ Gisela sich an der Seite ihres Mannes nieder, um ihrer Pflicht als Burgherrin zu genügen.

Reina trat von einem Fuß auf den anderen. Das Licht des Tages nahm ab, schon lag die Sonnenscheibe glühend rot über dem Wald, während von der anderen Seite des Himmels die Nacht heraufzog. Wollte denn dieses Trinken und Schmausen gar kein Ende nehmen?

Roberts Züge waren jetzt aufgedunsen, er redete nicht viel, verfolgte jedoch aufmerksam alle Gespräche und trank einen Becher nach dem anderen leer.

Hoffentlich besäuft er sich und schläft dann ein, dachte Reina. Tatsächlich schien es ihr, als sei er müde, denn er stützte bereits den Kopf mit beiden Händen ab. Als die letzte Glut am Himmel versunken war und nur noch die beiden Feuerstellen den Hof schwach erleuchteten, erhob sich der

Burgherr und gab damit das Zeichen, dass es Zeit war, sich zur Ruhe zu legen.

Die Männer schienen erleichtert, denn niemand hatte sich so recht wohlgefühlt bei diesem Siegesmahl. Fast alle hatten mehr getrunken, als sie gewohnt waren, und einige hatten Mühe gehabt, nicht unversehens von der Bank zu kippen. Jetzt suchte sich jeder einen Platz zum Schlafen, man hörte einige Mägde unwillig schelten, dann einigte man sich und es wurde still.

»Reina?«

»Ich bin hier.«

Gisela huschte wie eine große Fledermaus über den Hof, zwei ihrer Mägde folgten ihr, eine von ihnen trug ein dickes Bündel.

»Der Torwächter ist bei einer meiner Mägde«, flüsterte Gisela. »Rasch – wir satteln jetzt ein Pferd für dich.«

»Ein Pferd und einen Karren, Gisela. Darauf eine weiche Unterlage. Und das Tuch, auf dem Halvdan gelegen hat.«

Gisela prallte zurück vor Entsetzen.

»Du bist wahnsinnig, Reina. Wir können ihn nicht aus dem Verlies holen. Man wird uns bemerken.«

»Ich gehe nur mit ihm gemeinsam oder gar nicht!«

Gisela rang die Hände, doch es war jetzt nicht die Zeit, sich zu streiten. Sie schickte eine der Frauen zu den Pferden, die andere erhielt den Auftrag, das Tuch herbeizuschaffen, dann gingen sie dicht an den Häusern entlang zum Wohnturm.

Eine breite Mondsichel hatte ihren Platz am Himmel eingenommen, hell genug, dass die Wächter auf den Palisadentürmen den Burghof überblicken konnten. Doch sie sahen nur selten ins Innere der Burganlage, denn ihre Aufgabe war, zum Waldrand hinüberzuspähen.

Man hatte es nicht für nötig befunden, einen Wächter vor die Kellertür zu stellen, nur der eiserne, ziemlich verrostete Riegel machte Schwierigkeiten. Als er sich endlich mit deutlichem Knirschen bewegte und die Tür aufsprang, drückten sich alle drei Frauen erschrocken gegen die Wand des Wohnturms.

Es blieb still.

Leise zog Reina die Tür auf und ertastete mit dem Fuß die Stufen. Es war vollkommen dunkel, ein muffiger Kellergeruch schlug ihnen entgegen, dann huschte ein kleines Tier über ihren Fuß und sie zuckte zusammen. Sie erinnerte sich, dass ihr Vater damals streng verboten hatte, diese Tür zu öffnen.

»Pass auf, dass du nicht in die Grube stürzt«, flüsterte Gisela. »Sie ist nur zwei Schritte von der Treppe entfernt.«

Reina ließ sich auf die Knie nieder, kroch voran und spürte bald den gemauerten Rand der viereckigen Vertiefung.

»Gib mir das Tuch!«

Sie band sich einen Zipfel des Tuchs um das Handgelenk.

»Wie tief ist es?«

»So tief wie zwei Männer, sagt man.«

»Lasst mich hinunter.«

Gisela hielt alles, was Reina tat, für vollkommenen Irrsinn, doch sie hatte es aufgegeben, zu widersprechen. Je früher Reina feststellte, dass der Mann dort unten tot war, desto eher würde sie Vernunft annehmen.

Langsam rutschte Reina über den Rand der Ummauerung in die Grube hinein. Wenn sie nach oben sah, erkannte sie jetzt die angespannten Gesichter ihrer Schwester und der jungen Magd, denn die Tür oben stand einen Spalt offen, und das Mondlicht beleuchtete die steinernen Stufen.

»Langsam!«

Sie bemühte sich, dicht an der Lehmwand entlangzugleiten, um Halvdan nicht zu berühren, fand Grund unter den Füßen und kam zum Stehen. Dicht neben sich spürte sie einen Körper, sie bückte sich und streckte dann zögernd die Hand vor, um ihn zu berühren. Ihr Herz hämmerte – Halvdan durfte nicht tot sein, sie wollte, dass er lebte, sie wollte es mit all ihrer Kraft und mit ihrer ganzen Seele.

Das Erste, was sie ertastete, war der Pfeil in Halvdans Rücken. Der Wikinger lag zusammengekrümmt auf der Seite, sie spürte seine bloße Schulter, seinen Nacken, ihre Finger fuhren durch sein wirres Haar. Namenlose Erleichterung erfasste sie – sein Körper war warm. Sie betastete seine Brust und fühlte, wie das Herz schlug. Es schien ihr langsam zu schlagen, aber es stand nicht still. Sie setzte ihre Erkundungen fort, folgte seinem Arm, berührte die Lenden, den Bauch und fand seine Hand. An seinen Handgelenken waren noch die Stricke befestigt, mit denen man ihn ins Verlies hinabgelassen hatte.

»Halvdan!«, raunte sie, den Mund dicht an seinem Ohr. »Du musst mir helfen, Halvdan.«

Er atmete schneller, sie fühlte, wie seine Brust sich hob und senkte.

»Halvdan! Aufwachen. Ich schaffe es nicht ohne dich!«

Ungeduldig begann sie, an seinem Bart zu zupfen, rieb seine Schläfen, schließlich verpasste sie ihm eine sanfte Ohrfeige.

»Reina … nicht wild … Halvdan Schlaf …«

Sie fasste ihn unter dem Arm und versuchte, ihn hochzuziehen. Es war nahezu unmöglich, denn sein Körper war schwer wie ein Sack Bleikugeln.

»Jetzt steh endlich auf, verdammt«, fauchte sie. »Bei Thor oder bei wem du willst. Hoch mit dir!«

Er bewegte sich und rappelte sich mühsam ein Stück weit vom Boden auf. Sie lauschte angstvoll seinem keuchenden Atem und hielt seine Schultern von der Wand fern, damit der Pfeil nicht noch tiefer in seinen Rücken gerammt würde. Dann beeilte sie sich, das Tuch von ihrem Handgelenk zu lösen und stattdessen die Enden der Seile an Halvdans Händen an einen Tuchzipfel zu knoten.

»Hochziehen!«

Das Tuch war viel rascher oben als gedacht, denn die Frauen glaubten, Reina hinge daran, und zogen aus Leibeskräften.

»Die Seilenden. Daran müsst ihr ihn hochziehen!«

»Großer Gott. Wie sollen wir das schaffen?«

»Ich schiebe von unten. Nun macht schon!«

Der Anfang war leicht, denn Reina stützte den Wikinger, sodass er sich zum Stehen aufrichten konnte. Er schwankte und hatte große Mühe, sich auf den Beinen zu halten, doch er schien wieder bei Bewusstsein zu sein. Was dann kam, war schwere Arbeit, und mehrfach glaubte Gisela, nun endgültig am Ende ihrer Kräfte zu sein. Erst als es Reina gelang, sich unter Halvdans Füße zu kauern, sodass er Halt fand und sich abstützen konnte, wurde es einfacher. Seine Hände tauchten aus der Grube auf, seine Arme und Schultern, dann sahen die beiden Frauen den Pfeil, der aus seinem Rücken ragte.

»Er ist oben.«

Gisela saß schwer atmend auf dem Boden, auch die junge Magd, die grobe Arbeiten gewohnt war, schnaufte. Vor ihnen, halb auf den Treppenstufen, lag der mächtige Körper des Wikingers, und sie erkannten im einfallenden Mondlicht deutlich, dass sein Brustkorb heftig arbeitete.

Er lebt, dachte Gisela verzweifelt. Ein Unglück kommt selten allein.

»Und was ist mit mir?«, sagte Reina unten im Loch. Die erschöpften Frauen fuhren auf und beeilten sich, ihr ein Ende des Tuches hinabzulassen. Noch einmal musste gezogen werden, und Gisela spürte, wie ihr Rücken sich verkrampfte, dann erschien Reinas Kopf in der viereckigen Ummauerung, und gleich darauf kroch sie aus dem Verlies.

»Wir müssen ihn auf das Tuch legen, damit wir ihn tragen können.«

»Du glaubst doch nicht, dass du mit ihm aus der Burg gelangen wirst? Sollen wir ihn vielleicht quer über den Hof schleppen?«

»Nun mach schon! Soll er hier liegen bleiben?«

Gisela war davon überzeugt, dass dies die beste Lösung gewesen wäre, doch sie schwieg und tat, was Reina anordnete.

Langsam und unter großen Mühen trugen sie den schweren Körper die steinernen Treppenstufen hinauf. Dabei versicherten sie sich, dass niemand in der Nähe war, und schleppten ihre Last im Schatten des Wohnturms bis zu einem der kleinen Nebengebäude.

Ein Hund knurrte, sie erstarrten und warteten eine kleine Weile. Gisela dachte angstvoll darüber nach, ob ihre Magd tatsächlich ein Pferd vor einen Karren gespannt hatte, oder ob sie einfach davongelaufen war. Die kleine Einfriedung, auf der sich die Pferde befanden, war nur noch einige Schritte entfernt, doch es war kein Karren zu sehen.

Sie entdeckten Magd, Pferd und Karren, als sie um die

nächste Hausecke bogen. In diesem Augenblick jedoch erhob sich ein Schatten direkt vor ihnen, und aus der Dunkelheit heraus wuchs die Gestalt eines Mannes.

»Du elende Metze!«

Robert fasste Schleier und Haar seiner Frau und riss sie zu sich heran, denn in seinem Rausch war er der Meinung, sie schliche mit einem Liebhaber um die Häuser. Die Magd flüchtete, und Gisela stürzte mit einem lauten Schrei zu Boden. Er wollte sich schon bücken, um sie zu schlagen, doch in diesem Augenblick erblickte er Reina und neben ihr einen in ein Tuch gehüllten Körper, der sich bewegte.

Trotz seines Weinrausches begriff er sofort, was da geschah.

»Deinen Liebhaber hast du dir geholt, Wikingerhure!«, keuchte er und zog den Dolch aus dem Gürtel. »Aber daraus wird nichts – du gehst jetzt mit mir!«

»Nein! Lass sie in Ruhe!«

Verzweifelt umklammerte Gisela seinen Fuß, doch er befreite sich mit einem festen Tritt und ging langsam auf Reina zu. Sie blieb unbeweglich vor ihm stehen, hielt seinem Blick stand und wich nicht von der Stelle.

»Nicht solange ich lebe«, sagte sie ruhig. »Töte mich, wenn du den Mut dazu hast!«

Er stutzte, denn er hatte panische Angst, nicht aber diese feste Entschlossenheit erwartet. Er hatte die Magd von seinem Lager gescheucht, weil sie ihn langweilte, und sich auf die Suche nach Reina gemacht, denn der Wein hatte seine Sinne erregt. Die kleine Hure war also ihrem Wikinger treu und hatte die Stirn, sich ihm, Robert, zu versagen. Was machte sie so dreist?

»Du glaubst wohl, dein Halvdan wird dich beschützen?«,

zischte er höhnisch und zog seinen Dolch. »Hoffe nicht darauf!«

Er wollte sie beiseitestoßen, um sich auf den Wikinger zu werfen und ihn endgültig zur Hölle zu schicken. Doch Reina wich seinem Stoß aus, duckte sich und sprang ihn an wie ein Luchs, der eine Beute anfällt. Er musste stehen bleiben, um sich ihrer zu erwehren, und brüllte auf vor Wut und Schmerz, als sie ihre Fingernägel in seine Wangen krallte und an seinem Bart riss. Der Wein hatte ihn seiner Standfestigkeit beraubt, sodass er rückwärtstaumelte, doch dann gelang es ihm, ihre Handgelenke zu fassen und sich zu befreien. Sein Gesicht war blutüberströmt, der Mund verzerrt – er glich eher einem Dämon als einem Menschen.

»Das sollst du büßen«, keuchte er. »Peitschen lasse ich dich, Hure. Nackt vor aller Augen sollst du angebunden stehen, und jeder, der vorbeigeht, wird dich nehmen dürfen.«

Er fasste Reinas Kleid vorn am Halsausschnitt und riss es ihr herunter, auch der Stoff des leinenen Hemdes wurde zerfetzt, sodass sie fast nackt vor ihm stand. Sie schrie und trat nach ihm, doch er lachte höhnisch auf und packte sie an ihrem langen Haar, das unter dem Schleier hervorquoll.

»Her zu mir!«, brüllte er. »Bindet die Metze an die Palisaden. Ich schenke sie euch – macht mit ihr, was ihr wollt.«

In diesem Augenblick prallte er zurück, denn eine große Gestalt hatte sich wie aus dem Nichts vor ihm erhoben, eine eisenharte Faust zuckte vor und traf seine Schulter, ein zweiter Schlag streckte ihn zu Boden.

»Halvdan …«, flüsterte Reina zitternd, denn sie glaubte zu träumen.

Der Wikinger starrte auf seinen betäubten Gegner, taumelte dann und sackte langsam in die Knie. Blut floss über seinen Rücken, der Schaft des Pfeiles war abgebrochen, die Wunde dabei aufgerissen.

Der Lärm hatte die Menschen in der Burg aus dem Schlaf geweckt, und Mägde und Knechte kamen mit hastig entzündeten Fackeln herbeigelaufen. Einige von Roberts Getreuen torkelten schlaftrunken über den Hof und glotzten mit weit aufgerissenen Augen auf das Geschehen.

Reina nahm niemanden wahr, sie war ganz und gar mit Halvdan beschäftigt. Der Verletzte war zur Seite gekippt – nach der übergroßen Anstrengung war er nun nahe daran, wieder das Bewusstsein zu verlieren. Sie kniete neben ihm am Boden und riss sich das Hemd vollends herunter, um die heftig blutende Wunde zu stillen, dabei redete sie leise auf ihn ein. Halvdans Augen waren weit geöffnet, doch er gab ihr keine Antwort.

»Was steht ihr herum?«, rief Gisela den Knechten zornig zu, während sie sich vom Boden aufraffte. »Bringt Pferd und Wagen herbei! Tragt den Burgherrn in den Turm auf sein Lager. Rasch!«

Sie fasste den Mantel eines der Krieger, zog ihm das Kleidungsstück von der Schulter, um ihre Schwester damit vor den Blicken der Männer zu verhüllen. Immer noch waren die Knechte unentschlossen und sahen mit bedenklichen Mienen zu dem Burgherren hinüber, der jetzt Arme und Beine bewegte und einen unsicheren Versuch machte, sich aufzusetzen. Niemand eilte herbei, um ihm behilflich zu sein.

Es war Odemar, der als Erster Giselas Befehl ausführte, dann folgten auch die anderen und zogen eilig Pferd und Karren heran. Eine Magd trug Gewänder, Polster und Decken herbei, und man hob den Wikinger auf das vorbereitete Lager. Ohne Anweisung erhalten zu haben, öffneten die Knechte das Burgtor und machten den Weg frei. Gisela umarmte hastig ihre Schwester.

»Der Weg nach St. Emilien ist weit, aber die heilige Jungfrau wird euch beschützen. Ich bete für dich, Reina.«

Reina trieb das Pferd hinaus in die Nacht.

❖

Wolken schoben sich immer wieder vor den Mond. Unwillig, halb noch im Schlaf, trottete das Pferd voraus. Als sie den Waldrand erreichten, spürte Reina, wie die Angst ihr die Kehle zuschnürte. Wie schwarze Spukgestalten erwarteten sie die hohen Bäume; ein leiser Wind ließ die Zweige flüstern wie eine Schar Dämonen, und selbst das Pferd scheute zurück. Der Weg zum Kloster St. Emilien führte über die Fahrstraße nach Rouen, dann ein Stück weit in nördlicher Richtung am Fluss entlang. Selbst bei Tage war es gefährlich, als Frau allein zu reisen – jetzt, da die Wikinger sich noch in den Wäldern herumtrieben, schien es purer Wahnsinn. War es doch der gleiche Weg, auf dem jene wilden Nordmänner sie damals überfallen hatten.

Ratlos zügelte sie das Pferd und überlegte, ob sie nicht besser einen anderen Pfad suchen sollte, da löste sich eine dunkle Gestalt aus dem Gewirr der knorrigen Stämme und fasste das Zaumzeug ihres Pferdes.

»Ich führe Euch, Herrin. Seid ruhig.«

Die Gestalt sprach nur im Flüsterton, sie war unförmig, in ein weites Tuch gehüllt, doch an ihrem Gang erkannte Reina, dass es eine Frau sein musste. Wer war sie? Eine der Bäuerinnen, die sich aus Furcht vor den Wikingern im Wald verbargen? Wohin führte sie sie?

»Ich will … ich will nach St. Emilien«, sagte sie leise. »Wisst Ihr einen Weg jenseits der Fahrstraße?«

»Seid unbesorgt, Herrin.«

Das Blätterdach des Waldes ließ das Mondlicht nur an wenigen Stellen eindringen, doch die Frau ging eilig und schien den Pfad sogar bei Dunkelheit zu kennen. Mehrfach war das Gestrüpp so dicht, dass das Gefährt stecken zu bleiben drohte, dann stieg Reina ab, um den Karren anzuschieben, bis der Engpass überwunden war.

Reina hatte bald keine Ahnung mehr, wo sie sich befand, und es wurde ihr unheimlich. War es gut, sich der Führung dieser Unbekannten so bereitwillig anzuvertrauen? Sie kannte sie nicht, wusste nicht einmal, ob sie ein Mensch oder ein Dämon war. Hin und wieder schien es Reina, als huschten Gestalten an ihr vorüber, und sie erschauderte. Mehrfach blieb ihre Führerin stehen, und Reina hörte leises Flüstern, dann wurde das Pferd von einer anderen, dunkel vermummten Frau weitergezogen, immer tiefer in den Wald hinein. Der Karren schwankte über Steine und knorrige Wurzeln, der Wikinger wurde hin- und hergestoßen, und sie hörte sein leises, unterdrücktes Stöhnen. Er war bei Bewusstsein, bewegte sich und versuchte hin und wieder sogar, sich aufzurichten.

Sie kroch zu ihm, tastete nach seinem Körper und streckte sich neben ihm aus. Er hatte sich auf die Seite gedreht, und sie umschlang ihn, um die Erschütterungen von ihm abzuhalten. Sein warmer Atem berührte ihre Schulter, und sie wurde sich erst jetzt bewusst, dass der Mantel, in den Gisela sie gehüllt hatte, weit auseinandergeglitten war. Darunter trug sie nichts, nicht einmal mehr ihr Hemd. Ihr Busen rieb sich an dem krausen Haar auf seiner Brust, und als sie erschrocken spürte, wie die Spitzen ihrer Brüste davon hart wurden und ein sehnsüchtiges Feuer sie durchströmte, presste sie sich fest an ihn, um nicht von diesem süßen Kitzeln überwältigt zu werden. Sein Atem floss jetzt tiefer, und sie hörte ihn leise brummen wie einen schlummernden Bären, dann schloss sich sein Arm um ihren Rücken und hielt sie fest.

»Halt durch, Halvdan«, flüsterte sie und streichelte seinen Nacken. »Nur noch ein kleines Stück. Wir schaffen es.«

Plötzlich glänzten seine hellen Augen dicht vor ihrem Gesicht, und sie spürte, wie seine Lippen über ihre Wange glitten und dann ihren Mund fanden. Sie wehrte sich nicht, ließ zu, dass seine Zunge in ihren Mund eindrang, und erbebte unter dem Ansturm ihres eigenen Körpers, der plötzlich wie im Fieber erglühte. Und unwillkürlich umspielte ihre Zunge leidenschaftlich den Eindringling, umkreiste ihn, forderte ihn heraus und focht mit ihm einen zärtlichen Kampf.

»Reina«, hauchte er, als sie ihre Lippen voneinander lösten. »Leben fließt fort. Du gibst mir neues.«

Sein Knie schob sich sanft zwischen ihre bloßen Schenkel, bis es ihre Scham berührte, und verweilte dort, während die Stöße des Wagens sie erschütterten. Die warme Feuchte aus ihrem Schoß netzte sein Knie. Sie barg ihr Gesicht an seiner Schulter und legte ihre Arme wie schützend um ihn.

Erst als die Erschütterungen des Karrens ausblieben, wurde ihr bewusst, dass niemand mehr das Pferd führte. Erschrocken löste sie sich von ihm und setzte sich auf.

Pferd und Wagen standen verlassen auf einer Waldlichtung. Wie ein schwarzes Gespinst lagen die Mondschatten über dem silbrig schimmernden Gras, und die verstreut liegenden dunklen Gesteinsbrocken schienen zu atmen wie schlafende Tiere.

Ein Fels erhob sich zwischen den Bäumen – unförmig und

schrundig zeichnete sich seine Form im blassen Licht ab. Zu seinen Füßen hockte ein grauer Schatten, ein Wesen, das weder Mensch noch Tier zu sein schien.

Reina spürte, wie die feinen Härchen in ihrem Nacken sich aufrichteten. Das war nicht das Kloster St. Emilien. Die Frauen hatten sie betrogen und in die Irre geführt, dieser Ort war heidnisch. Sie war verloren.

Das Schattenwesen rührte sich nicht, es war, als sei es mit dem Fels verwachsen und selbst ein Teil des grauen Granitgesteins. Reina starrte mit klopfendem Herzen hinüber und überlegte, ob sie das Pferd rasch wenden sollte, um diesem gottverfluchten Ort zu entfliehen. Dann vernahm sie weit in der Ferne das Rauschen eines Wasserfalls, und plötzlich begriff sie, wohin man sie geführt hatte.

Die Hexe hatte Zugang zum Reich der Dämonen, und wer sich mit ihr einließ, dem drohte ewige Verdammnis. Aber Roxana konnte auch Kranke heilen und Sterbende vor dem sicheren Tod bewahren.

Langsam rutschte Reina von dem Karren herunter; sie raffte den Mantel eng um den Körper und ging mutig quer über die schwarzen Schattenmuster auf die reglos dasitzende Frau zu.

Als sie nur noch wenige Schritte von ihr entfernt war, hob die Hexe ihr Gesicht, und Reina blickte in ihre steingrauen Augen, in denen sich die helle Mondsichel spiegelte. Der Blick war kalt, es lag Verachtung und Bosheit darin, und die schmalen Lippen öffneten sich nur einen Spalt, als sie sprach.

»Nicht deinetwegen werde ich ihm helfen, Äbtissin. Seinetwegen tue ich es. Und um der Frauen willen, die mich darum baten.«

Sie erhob sich mit erstaunlicher Gelenkigkeit, ging dicht an Reina vorbei zum Karren und kletterte darauf.

»Nimm dem Pferd das Geschirr ab!«

Reina beobachtete voller Misstrauen, wie die Hexe Halvdans Körper befühlte, seine Wunde besah, die Brust abtastete und die Finger seitlich an seinen Hals legte. Ärger regte sich in ihr – wie kam diese Heidin dazu, ihr Befehle zu erteilen?

Roxana stieg wieder vom Karren, ohne Reina auch nur einen einzigen Blick zu gönnen, und ging an ihr vorbei, um irgendwo im Fels zu verschwinden. Vermutlich gab es dort eine Höhle, in der sie hauste.

Würde sie versuchen, die Pfeilspitze aus Halvdans Wunde zu schneiden? Ja, vermutlich würde sie das tun. In diesem Fall war es besser, das Pferd auszuschirren, damit der Karren ruhig stand. Reina atmete tief ein und aus, denn der Entschluss fiel ihr nicht leicht, doch dann machte sie sich daran, das Gewirr der Riemen und Ösen zu lösen. Sie hatte noch nie zuvor ein Pferd ausgespannt, und es dauerte eine Weile, bis sie damit zurechtkam.

Als sie sich nach getaner Arbeit umsah, hockte Roxana schon wieder neben Halvdan auf dem Karren, stützte seinen Kopf mit dem Arm und flößte ihm einen Trank aus einer irdenen Schale ein. Sie hatte eine Fackel entzündet und dicht neben dem Karren in die Erde gesteckt. Der flackernde Schein ließ seltsam geformte Schatten über der Lichtung tanzen, und Reina dachte schaudernd daran, dass die Menschen von Roxana sagten, sie sei Priesterin der alten Heidengötter.

»Komm her und hilf mir!«

Der harte Ton war beleidigend. Priesterin oder nicht – Reina hätte die Alte am liebsten wütend zurechtgewiesen, doch dazu war jetzt nicht der richtige Augenblick. Sie stieg auf den Karren und sah, dass die Hexe sich bemühte, den schweren Körper des Wikingers in die Bauchlage zu drehen. Halvdans Kopf war in den Nacken gefallen, im Mondlicht sah seine Haut bleich und wie durchsichtig aus, und seine Augen waren geschlossen.

»Wirst du ihn retten?«, fragte Reina bang.

Roxana gab keine Antwort. Ein kleines Messer blitzte im Fackelschein auf, und ihre Hand betastete die Wunde in Halvdans Rücken, um die Lage der Pfeilspitze zu erforschen.

»Halt ihn fest!«

Krampfhaft umklammerte Reina die Schultern des Wikingers; sie spürte, wie sich seine Muskeln anspannten, und obgleich sie verzweifelt versuchte, ihn ruhig zu halten, war sie seinen Kräften doch nicht gewachsen.

»Still, Halvdan. Bitte halt still. Es ist gleich vorbei…«, flehte sie und wusste zugleich, dass er sie nicht hören würde.

Doch seine Anspannung löste sich, er fiel in sich zusammen, und Reina sah die Pfeilspitze in der Hand der Hexe. Nun musste sie Roxana trotz allem bewundern, denn sie hatte nur wenige Augenblicke gebraucht, um die tief in der Wunde sitzende Pfeilspitze herauszuschneiden.

Schweigend sah sie zu, wie Roxana Moos und Kräuter auf die Wunde legte und mit einem Tuch festband. Ihre Bewegungen waren rasch und geschickt, und sie versorgte ganz sicher nicht zum ersten Mal eine Pfeilwunde. Ohne sich um Reina zu kümmern, stieg sie dann wieder von dem Karren herab und brachte einen Krug Wasser und einen Becher.

»Gib ihm zu trinken, wenn er erwacht. Und sorge dafür, dass er sich nicht umwendet.«

Sie zog die niedergebrannte Fackel aus der Erde, löschte

sie vollends aus, dann verschwand sie zwischen den Felsen und überließ Reina die Sorge um den Kranken.

Sie hätte uns wenigstens etwas zu essen bringen können, dachte Reina missgünstig. Gastfreundschaft scheint kein hohes Gut in ihrem heidnischen Waldversteck zu sein.

Halvdan lag jetzt still, doch sein Atem ging unruhig, und Reina glaubte zu sehen, dass er hin und wieder die Augen öffnete. Was mochte sie ihm eingeflößt haben? Irgendein Rauschmittel? Tollkirschen? Pilze? Es hatte ihm den Schmerz nicht ganz genommen, doch im Augenblick schien er nicht zu leiden, sondern eher anregende und schöne Träume zu haben.

Es gefiel ihr wenig. Ganz sicher hätte die Mutter Äbtissin in St. Emilien ihm die Pfeilspitze auch herausschneiden können, doch sie hätte ihm nicht solch heidnisches Zeug eingeflößt. Die Nonnen von St. Emilien hatten schon so manchen Kranken mit den Kräutern aus ihrem Garten kuriert. Würde er den Sud dieser Hexe überhaupt überleben? Sie konnte es nur hoffen.

Todmüde schmiegte sie sich an ihn und schlummerte für kurze Zeit ein. Doch immer, wenn er sich bewegte, erwachte sie, gab ihm zu trinken und sah nach seinem Verband. Erst in den Morgenstunden wurde sein Atem gleichmäßig, und sie schliefen beide, Wange an Wange, den Schlaf tiefster Erschöpfung.

Die Zeit hatte keine Bedeutung mehr. Licht und Dunkel lösten einander ab, ohne dass Reina die Tage zählte. Auf flirrende Hitze folgte erlösende Kühle, auf den Gesang der Tagvögel das lautlose Gleiten der Fledermäuse, die in den Höhlen der Hexe ihre Wohnung hatten.

Roxana zeigte sich selten und überließ Reina die Pflege des Kranken, der zu Anfang stark fieberte. Manchmal erwachte Reina aus kurzem Schlaf und erblickte die Hexe, die sich über den Wikinger beugte, seine Wunde untersuchte, neue Verbände anlegte und ihm zu trinken gab. Niemals sprach sie mit Reina, doch ab und zu standen Brot, Früchte und Honig für sie bereit, auch ein Gewand für den Wikinger lag eines Tages daneben, ohne dass sie wusste, woher die Gaben kamen. Erst nach einer Weile bemerkte sie, dass Roxana regelmäßig Besuch erhielt. Frauen huschten in den Nächten über die Lichtung, sprachen flüsternd mit der Hexe, stellten Körbe ab und empfingen kleine Stoffbeutel von ihr, die sie rasch unter den Gewändern verbargen, bevor sie wieder in der Dunkelheit verschwanden. Reina wurde klar, dass nicht nur die Bäuerinnen diesen Ort kannten – auch die Mägde in der Burg, die ja aus den Dörfern stammten, glaubten noch an die Zauberkraft der alten Götter. Ja, sogar ihre eigene Schwester hatte die Hexe aufgesucht. Es war schrecklich – nie hätte sie sich träumen lassen, dass diese Heidin eine solche Macht besitzen könnte. Vermutlich trug man ihr auch alle Neuigkeiten zu, sodass sie mehr wusste als der Bischof in Rouen oder die Äbte in den Klöstern.

Halvdan genas, bald war er wieder bei klarem Bewusstsein, und Reina zog es vor, nicht mehr an seiner Seite zu schlafen, sondern auf dem Boden neben dem Karren. Sie hatte eines der Kleider übergezogen und ihr Haar mit einem Tuch bedeckt – je weniger Sorge sie um sein Leben haben musste, desto mehr erinnerte sie sich daran, dass sie eine Nonne war.

Noch fiel es ihm schwer, die Arme zu bewegen, und Reina musste ihn energisch daran hindern, sich zu viel zuzumuten, denn er war voller Ungeduld.

»Halvdan hat gehandelt wie Dummkopf«, schalt er sich selbst. »Ich wusste, dass Robert Verräter. Aber Rache an Knut war stärker.«

»Warum denkst du immer nur an deine Rache?«, warf sie ihm vor.

»Knut lebt, und Halvdan wird ihm folgen und töten.«

Sie fand das hirnverbrannt. Er hatte seinen Bruder doch besiegt und verwundet – reichte das nicht aus?

»Du solltest ihm verzeihen und dich mit ihm versöhnen«, schlug sie vor.

Halvdan lachte kurz auf, dann verzog er das Gesicht, denn seine Wunde schmerzte bei der Erschütterung.

»Du Robert verzeihen?«, fragte er.

Reina schwieg einen Augenblick betroffen. Sie hasste ihren Schwager abgrundtief, nie hatte ein Mensch sie so schändlich behandelt – und doch war der Hass eine schlimme Sünde.

»Ich würde es zumindest versuchen«, sagte sie unsicher.

Seine Augen wurden schmal, und sein Blick war drohend.

»Wenn Reina Robert verzeiht – Halvdan sie verachtet!«

»Und wenn Halvdan sein Leben lang nur hinter seiner albernen Rache herlaufen will – dann tut er mir leid«, gab sie ärgerlich zurück.

»Was bedeutet: er tut mir leid?«

»Nichts, was ein Wikinger verstehen könnte«, meinte sie hochnäsig. »Es bedeutet, dass du traurig darüber bist, wenn jemand etwas Schlimmes widerfährt oder wenn er sich selbst im Weg steht.«

Er nickte und ließ den Blick missbilligend über sie gleiten.

»Halvdan ist traurig über Reina. Trägt Schleier und will mir nicht zeigen ihr Haar.«

Sie fuhr zusammen und zog das Tuch ein wenig weiter ins Gesicht hinein.

»Wie oft soll ich dir noch sagen, dass ich eine Nonne bin?«

»Was ist Nonne? Nur Unsinn. Du gehst mit Halvdan, Schicksal es so entschieden.«

»Was für ein Schicksal?«, rief sie ärgerlich. »Nur Gott allein entscheidet über das Leben der Menschen.«

»Er hat entschieden. Und Nornen unter großer Esche wissen. Auch Halvdan weiß«, entgegnete er ruhig.

»Und ich sage dir, dass ich mein Leben im Kloster verbringen werde, weil ich eine Nonne bin!«, beharrte sie dickköpfig.

»Reina tut mir leid …«

Er wandte sich ab und langte in den Korb mit frischem Brot und Äpfeln, den sie bei Tagesanbruch neben dem Karren gefunden hatten. Inzwischen hatte er schon wieder einen ordentlichen Appetit entwickelt, und Reina war klar, dass es ihn nicht mehr lange an diesem Ort halten würde.

Einerseits war sie froh, dem Bannkreis der Hexe zu entkommen – auf der anderen Seite spürte sie eine große Traurigkeit. Sie würde selbstverständlich auf dem schnellsten Weg nach St. Emilien reisen, um dort im Kloster Zuflucht zu finden. Nichts anderes kam für sie in Frage. Eines Tages würde sie Äbtissin von St. Emilien sein – auch ohne Roberts Unterstützung würde ihr das gelingen. Sie würde für Halvdan beten. Gewiss, das würde sie, auch wenn er ein Heide war. Mehr war nicht möglich.

Die kleine Lichtung schien die Mittagshitze in sich hineinzusaugen, matt summten ein paar Insekten zwischen den hohen Blüten, und die winzigen Kristalle im grauen Fels warfen im Sonnenlicht bunte Feuerfünkchen. Halvdan lag im Schatten des Karrens bäuchlings im Gras, den Kopf auf die zusammengelegten Hände gestützt, und brütete vor sich hin. Reina saß an einen Gesteinsbrocken gelehnt und blinzelte in das Ästegewirr der Baumwipfel. Doch das Licht war so gleißend, dass es ihr vor den Augen flimmerte, und so senkte sie den Blick auf den ausgestreckten Körper des Wikingers. Die Wunde war schon fast wieder geschlossen und nur noch als dunkelroter Strich in der Mitte des Rückens sichtbar. Noch glaubte sie, ihn nur aus Sorge um seine Genesung so genau zu betrachten. Sie ließ die Augen über die breiten Muskelstränge seines Rückens wandern und besah dann aufmerksam die beiden festen Wölbungen, die unter der lockeren Bruoche hervortraten. Doch bald spürte sie, wie ihr Herz zu klopfen begann, und sie erhob sich rasch, um ein paar Schritte zu gehen.

Sie hatte die Lichtung bisher nicht verlassen, schon gar nicht in Richtung zu dem grauen Fels hin, wo Roxanas Höhlenwohnung sein musste. Jetzt aber glaubte sie, in der flirrenden Hitze verbrennen zu müssen, und das leise Geräusch des Wassers, das irgendwo in der Ferne über einen Fels rauschte, erschien ihr unendlich verlockend. Langsam, wie eine Schlafwandlerin, näherte sie sich dem schrundigen Gestein, fand einen schmalen Pfad und stieg bergan.

Der aufgeheizte Fels strahlte die Sonnenwärme zurück, und ihr war, als ginge sie durch einen glühenden Ofen. Der dunkle, schwere Kleiderstoff klebte an ihrem schweißnassen Körper, und das Tuch auf ihrem Kopf schien eine solche Last, dass ihr schwindelig wurde. Der Pfad wand sich in engen Kehren den Fels hinauf und zwang sie, ihr Kleid hochzuraffen und über zerklüftetes Gestein zu klettern. Bald keuchte sie vor Anstrengung, es hämmerte in ihren Schläfen, und in ihren Ohren war ein seltsames Rauschen, in das sich leise, helle Töne mischten wie der Klang kleiner Glöckchen.

Als sie die Kuppe des Felshügels erreicht hatte, blieb sie schwer atmend stehen und spürte den Wind auf ihrem schweißnassen Gesicht. Sie streifte das Tuch ab und genoss die Kühle, dann schüttelte sie den Kopf, sodass ihr Haar sich löste und im Lufthauch flatterte. Tief unter sich sah sie den blaugrün schimmernden, kreisrunden Quelltopf, und die Klänge in ihren Ohren schwollen an zu einer betäubenden Musik, so als stießen Hunderte kleiner Glasscherben aufeinander.

Einen kurzen Augenblick kehrte das Bewusstsein zurück, und sie ahnte, dass sie in den Bann einer dämonischen Macht geraten war, doch es war zu spät zur Umkehr. Viel zu stark war die Sehnsucht nach diesem blaugrün schillernden Juwel, das dort unten am Fuß des Felsens auf sie wartete. Sie stieg den Pfad hinab und staunte darüber, wie leicht und rasch sie sich ihrem Ziel näherte, dann tauchte sie in den Schatten der hohen Buchen ein und spürte bald feine, kühlende Tröpfchen auf ihrer Haut.

Vor ihr stürzte das Gebirgswasser über einen breiten Felsvorsprung in den Quelltopf hinein, zerriss dabei in unzählige, vielfarbig glitzernde Wasserfäden, die wie feine Saiten einer Harfe zu klingen schienen. Langsam, wie im Traum, trat sie an den Rand des Teiches und erblickte auf der gekräuselten Wasserfläche ihr eigenes Spiegelbild. Sie sah ihre dunklen Augen groß und voller Sehnsucht, das lange Haar in wirren Locken um ihre Schultern, und es schien ihr, als sähe eine Fremde von dort unten zu ihr auf, eine jener schönen Quellnymphen, die in alten Zeiten die Gewässer hüteten.

Ich bin wahnsinnig, dachte sie, als sie begann, das schwere Kleid vom Körper zu streifen. Sie zog es über den Kopf und warf es neben sich auf den Felsboden. Ein Windhauch wehte den feuchten Dunst des Wasserfalls zu ihr herüber, zarte Kühle hüllte ihren nackten Körper ein wie ein feiner Schleier. Sie spürte, wie ein Prickeln ihre Haut überlief, wie die kleinen Härchen an Nacken und Armen sich aufstellten und die rosigen Spitzen ihrer Brüste sich zusammenzogen. Dann tauchte sie den Fuß in das kalte Quellwasser und stieg in den Teich.

Es nahm ihr zuerst fast den Atem, dann jedoch begann ihr Herz zu rasen, das Wasser netzte ihre Schenkel, drang kitzelnd zwischen ihre Beine und berührte ihre heiße Scham, stieg über den Po, die Hüften und erreichte dann in kleinen Wellen und liebkosend ihre Brüste. Da hatte sie den gleißenden, rauschenden Vorhang erreicht, fühlte den Strudel, den das fallende Wasser im Teich verursachte, und kämpfte sich vor, bis sie die glitzernden Fäden mit den Händen berühren konnte.

Sie jauchzte, als das Wasser mit kräftigem Pochen auf ihre Handflächen schlug und ihr entgegenspritzte, dann, als sie schon neugierig versuchte, zwischen den Wasserströmen hindurchzugleiten, um in die dunkelgrün schimmernde Grotte zu gelangen, hörte sie hinter sich einen tiefen, zornigen Ruf.

Am Rand des Quellteiches stand der Wikinger, nackt, wie seine Götter ihn erschaffen hatten, den breiten Oberkörper leicht nach vorn geneigt, als wolle er sich ins Wasser stürzen. Reina schrie auf vor Schrecken und versuchte, sich vor ihm in die Grotte hineinzuretten, doch die Wirbel des herabströmenden Wassers waren plötzlich unüberwindlich, drohten ihr die Beine unter dem Körper wegzureißen und drängten sie zum Ufer ab.

Sie spürte hilflos, wie sie sich ihm näherte, sah sein zornrotes Gesicht, die blitzenden Augen, die die blaugrüne Farbe des Quells angenommen hatten, und jeder Versuch, dem Sog des Wassers zu entkommen, verursachte nur ein weiteres Nähertreiben in seine Richtung.

Er verharrte unbeweglich, sah sie langsam aus dem Wasser auftauchen, und sein heißer, gieriger Blick brachte ihren Körper zum Glühen. Es war, als sei sie mit unsichtbaren Fäden an ihn gebunden, als zöge er sie auf magische Weise zu sich heran, genösse mit unendlichem Verlangen den Anblick ihrer Nacktheit, und sie spürte nur allzu deutlich, dass auch er dabei wie im Fieber war. Als das Wasser das dunkle Dreieck ihrer Scham freigab, sah sie ihn langsam auf die Knie sinken, die Schenkel weit gespreizt, dazwischen erhob sich das harte, steil aufgerichtete Glied.

Er wartete. Bot sich ihr mit der ganzen Verlockung seines mächtigen Körpers, zeigte ihr sein heftiges Atmen, die harten Muskeln seiner gespreizten Schenkel, und ließ sie sehen, wie seine Männlichkeit vor Gier nach ihr zitterte. Der Rausch erfasste sie mit solch unwiderstehlicher Macht, dass sie die letzten Schritte zu ihm fast lief, taumelnd erreichte sie das Ufer, sank vor ihm nieder und fühlte, wie seine Arme sie auffingen.

Er küsste sie mit wilder Leidenschaft, wühlte in ihrem Haar und saugte an ihren Lippen. Sein heißer Mund glitt über ihre Stirn, ihre Wangen, sie spürte seine Zunge, die sich besitzergreifend in ihren Mund bohrte, seine Hände, die über ihre bloßen Schultern und ihren Rücken kreisten. Er murmelte leise Worte, die sie nicht verstehen konnte und die in ihren Ohren wie geheimnisvolle Beschwörungen klangen. Dann fühlte sie, wie seine harte Männlichkeit verlangend gegen ihren Bauch stieß, und sie schrie leise auf vor Schrecken und Sehnsucht.

»Nicht Angst«, sagte seine dunkle Stimme. »Du meine Herrin – Halvdan dir gehorcht.«

Er ließ sie sanft zurückgleiten, bis sie ausgestreckt auf dem warmen, felsigen Untergrund lag, kniete über ihr und strich zart über ihre Brüste, umschloss sie mit seinen großen Händen, ließ die schwellenden Nippel tanzen, berührte sie kitzelnd mit dem Finger und lachte dunkel auf, als sie dabei leise gurrte. Dann fassten seine Lippen gierig nach den harten Nippelchen, umschlossen sie so fest, dass sie aufstöhnte, und sie spürte seine heiße Zunge, die wollüstig darüberstrich.

Ihr Blut schien zu kochen, es rauschte in ihren Ohren, strömte mit Macht zwischen ihre Schenkel und ließ ihre Scham feucht werden. Er schien ihre Hitze zu spüren, und ihr leises Seufzen erregte ihn so sehr, dass er sich aufbäumte und heftig atmete, um nicht zu früh seine Lust zu stillen. Er hatte lange und geduldig auf diesen Augenblick gewartet, hatte oft geglaubt, vor Sehnsucht umkommen zu müssen, und sich dennoch beherrscht. Nun war sie es, die zu ihm gekommen war, die sich ihm endlich hingab, und er würde jeden Moment dieser süßen Erfüllung auskosten.

Er sah, wie sie vor Erregung zitterte, ihm ihren Leib entgegenhob, die weißen Schenkel leicht spreizte, um ihm verlockend ihre Scham zu zeigen, und er spürte, wie sein Glied sich spannte und die heiße Woge über ihm zusammenschlagen wollte. Er beugte sich verlangend über sie, massierte ihre Brüste, glitt hinab zu ihrem Bauch, küsste die kleine

Vertiefung ihres Nabels und näherte seinen Mund dem dunklen Vlies, in dem die Umrisse ihrer weichen Schamlippen zu erkennen waren. Sie bäumte sich heftig auf, als seine heiße Zunge sich in ihren Spalt schob, dann fiel sie zitternd zurück und ließ geschehen, dass er gierig zwischen ihre Lippen drang, sie mit der Zunge erforschte, kitzelte und endlich die kleine, harte Perle fand und sein Spiel mit ihr trieb. Triumphierend hörte er sie wimmern vor Lust, fühlte, wie ihr Leib ihm in kleinen, sehnsuchtsvollen Stößen entgegenkam, und er war darauf bedacht, sie nur so weit zu erregen, wie er es wollte. Sie war heißblütig, seine süße Frau, und sie sollte lernen, den Gipfel aller Lüste mit ihm gemeinsam zu erleben. Als er bemerkte, dass ihre Scham zu zucken begann, ließ er von ihr ab, bedeckte ihre Blöße mit heißen Küssen, ließ die Hände weich über ihre Lenden gleiten, umfasste ihren Rücken und zog sie zum Sitzen auf. Sie atmete keuchend, ihre Augen glänzten wie dunkler Samt, die halbgeöffneten Lippen waren feucht, und er strich ihr zärtlich das nasse Haar aus dem erhitzten Gesicht.

»Reina mir befiehlt«, flüsterte er. »Halvdan ihr Sklave.«

Sie hob die Hand und berührte sacht seine Lippen, strich über seinen Nacken und grub die Finger in seine wulstigen Muskeln, dann, als er sie schon voller Verlangen dicht an sich ziehen wollte, senkte sich ihre Hand hinab und umfasste vorsichtig seine aufgerichtete Männlichkeit. Aufstöhnend warf er den Oberkörper zurück und fühlte, wie ihre neugierigen Finger über sein hartes Glied tasteten, die zarte Haut rieben, über die aufgewölbte Eichel strichen und sie liebkosend umkreisten.

»Halt ganz still«, befahl sie.

Ahnte sie, was sie auslöste? Er spürte, wie das Blut durch

seine Adern schäumte und seine Begierde ins Unendliche wuchs, doch er gehorchte. Sie umschloss seinen Penis mit beiden Händen und rieb ihn zärtlich, entdeckte die helle Feuchtigkeit an seiner Spitze und verrieb sie mit dem Finger auf der erregten Eichel. Er stieß tiefe, brummende Töne aus und wand sich vor Wollust, doch sie war noch längst nicht zufrieden. Ihre Hände glitten an dem steifen Glied hinab bis in das krause Vlies und begannen, das geschwollene Säckchen zu reiben und zu kneten, bis er endlich glaubte, sich nicht mehr beherrschen zu können, und laut aufkeuchend nach vorn sank.

»Befiehl mir!«, stöhnte er verzweifelt. »Befiehl mir. Halvdan bittet dich …«

Sie lachte leise, dann fasste sie seinen harten, wollüstig zitternden Penis und lenkte ihn zwischen ihre Schenkel.

»Besiege mich, Wikinger«, flüsterte sie. »Besiege mich, ich will es so.«

Langsam schob sich sein Glied zwischen ihre feuchten Schamlippen, verweilte dort mit kurzen, aufgeregten Stößen, berührte immer wieder ihre harte, empfindliche Perle, und sie wand sich hin und her vor Sehnsucht. Endlich hielt er es nicht mehr aus, suchte voller Gier die Öffnung ihrer Weiblichkeit und bemühte sich, sie nicht gar zu heftig zu verletzen, als er sich in sie hineinschob. Sie hob sich ihm entgegen, stöhnte auf, als er jetzt ihr Hinterteil mit beiden Händen umfasste und ihr Becken fest gegen seinen Unterkörper presste, wobei sein Glied immer tiefer in sie eindrang. Er knirschte mit den Zähnen, um nicht wie ein Stier vor Lust zu brüllen, zog sich ein wenig zurück und stieß dann in wilder Erregung immer heftiger zu, hörte sie wimmern und keuchen, spürte, wie sie die Finger in seinen Rücken grub und den Rhythmus noch beschleunigte. Dann hörte er sie leise seinen Namen flüstern, und in diesem Augenblick war er mit seiner Beherrschung am Ende. Mit einem dunklen Aufstöhnen gab er sich seiner Lust vollends hin, glühende Feuerströme schienen sich über den Fels zu ergießen und sie beide mit sich fortzureißen.

Heftig atmend lag er über ihr, strich ihr das Haar aus der Stirn und sah forschend in ihre weit geöffneten Augen.

»Was haben wir getan?«, flüsterte sie.

»Schicksal ist mächtig«, sagte er. »Du meine Frau – für immer.«

❖

Reina lag einen Moment wie betäubt da. In ihrem Körper tobte noch die Hitze der leidenschaftlichen Erregung, zugleich begann ihr Geist sich wieder zu klären, und sie begriff, dass etwas Unfassbares geschehen war.

»Ich – deine Frau«, stammelte sie. »Aber nein!«

»Reina hat es so gewollt.«

Er lächelte und wollte sie küssen, doch sie drehte den Kopf zur Seite und versuchte, sich unter seinem schweren Körper hervorzuwinden. Er machte einen leisen Versuch, sie festzuhalten, als sie jedoch in heller Verzweiflung um sich schlug, gab er sie frei.

»Ich hätte das gewollt?«, rief sie entsetzt und versuchte, ihre Brüste vor ihm mit den Händen zu verbergen. »Gar nichts habe ich gewollt. Es war die Hitze, diese verrückte Musik, dieses blaugrüne Wasser …«

Er sah sie entgeistert an, ungläubig wie ein Mensch, der sich nach langer Hoffnung endlich am Ziel wähnte und dem sein Glück nun plötzlich unter den Händen zerrinnt.

»Reina hat es gewollt«, beharrte er mit aufkommendem Zorn. »Reina hat gebeten, mir befohlen – Halvdan hat gehorcht.«

Sie raffte ihr Kleid an sich und wollte hineinschlüpfen, fand jedoch vor Aufregung den Halsausschnitt nicht gleich. Vor allem deshalb, weil er sie die ganze Zeit dabei anstarrte.

»Das ist eine infame Lüge!«, schimpfte sie und spürte, dass sie gleich in Tränen ausbrechen würde. »Du hast… du hast einfach… ich will nichts mehr wissen. Ich will sofort nach St. Emilien in mein Kloster.«

Wütend erhob er sich, mit schmalen Augen blitzte er sie so drohend an, dass sie fast Angst bekam.

»Kloster? Du meine Frau! Nicht Kloster! Reina gehört mir!«

»Nie im Leben!«

Sie wollte ihr Tuch vom Boden aufheben, doch er trat mit dem Fuß darauf, sodass sie den Versuch aufgeben musste. Zornig wollte er nach ihr greifen, doch sie entwischte ihm und flüchtete auf die andere Seite des Quelltopfes.

»Wage es ja nicht, mich anzufassen!«, kreischte sie, am ganzen Körper zitternd.

Sein höhnisches Lachen wurde von der Felswand zurückgeworfen und dröhnte in ihren Ohren.

»Ich Reina anfassen. Überall ich meine Hände auf ihr. Du meine Frau ganz und gar. Für immer.«

»Nein! Nein!«

Sie hielt sich die Ohren zu und schrie verzweifelt, doch sie konnte seine Worte nicht übertönen, denn sie klangen auch in ihrem Inneren. Sie hatte sich ihm hingegeben, sie war keine Jungfrau mehr. O wie boshaft er war, ihr das so deutlich zu sagen.

»Lieber sterbe ich, bevor ich die Frau eines Wikingers werde!«

Sie sah, wie tief diese Beleidigung ihn traf, fast besinnungslos vor Zorn sprang er vor, um sie an sich zu reißen, und sie flüchtete den Hang hinauf. Mehrfach war er dicht hinter ihr, hatte fast schon einen Zipfel ihres Kleides gefasst, doch die Angst schien ihr Flügel zu verleihen, und es gelang ihr immer wieder, sich durch eine rasche Wendung zu retten. Atemlos erreichte sie die Bergkuppe, sah ihn auftauchen, das Gesicht wutverzerrt, die hellen Augen weit geöffnet, und sie eilte in wilder Panik den Pfad hinab.

»Reina!«

Es klang gebieterisch, gerade so, wie er den Männern in der Burg seine Befehle erteilt hatte, und das machte sie wütend. Zu ihrer Überraschung schien er die Verfolgung aufgegeben zu haben, denn sie hörte seinen keuchenden Atem nicht mehr, auch rieselten keine Steinchen oder kleines Geröll von oben auf sie herab. Dafür kam sie mehrfach ins Straucheln auf ihrer eiligen Flucht, denn der Weg zur Lichtung hinunter war steil und die Kehren unübersichtlich. Einmal fiel sie sogar hin und wäre fast einige Meter den Berg hinuntergestürzt, nur die schlanken Zweige eines Buschs, an die sie sich klammerte, verhinderten, dass sie sich den Hals brach.

Als sie die Lichtung unter sich sah, war sie nahezu am Ende ihrer Kräfte und blieb keuchend stehen, denn ihr Verfolger schien endgültig von ihr abgelassen zu haben.

Ungläubig kniff sie die Augen zusammen und glaubte zuerst, das flimmernde Licht ließe sie Schatten sehen, doch es waren zwei menschliche Gestalten, die dort unten standen und zu ihr hinaufsahen. In Roxanas Gesicht spiegelte sich leiser Hohn. Neben ihr stand Odemar.

»Herrin! Gott sei gelobt!«, entfuhr es ihm, dann sah er ängstlich zu Roxana hin, die jedoch keine Miene verzog.

Odemar war in einem fürchterlichen Zustand. Sein Gewand war zerrissen und blutbefleckt und sein Haar schwarz versengt.

Reina vergaß bei diesem Anblick alles andere und stieg hastig zur Lichtung hinunter.

»Odemar! Was ist geschehen? Wie siehst du aus?«

Er sank vor ihr auf die Knie und fasste ihr Kleid, um den Saum zu küssen. Sie ließ es geschehen, obgleich ihr voller Scham zum Bewusstsein kam, dass sie diese Huldigung, die der Äbtissin galt, nicht mehr verdient hatte.

»Sie sind über uns hergefallen, Herrin«, stammelte er, als er sich wieder aufrichtete. »Im Schutz der Morgendämmerung haben sie die Palisaden erklettert, die Wachen erschlagen und das Tor geöffnet. Es war furchtbar – sie haben gewütet wie die Teufel. Alles haben sie davongeschleppt und zuletzt noch die Burg in Brand gesetzt. Es ist uns nichts geblieben …«

Seine Worte gingen in ein haltloses Schluchzen über, der Schrecken saß noch tief in ihm, so dass er nicht weitersprechen konnte.

Reina fasste seinen Kittel und riss daran.

»Was ist mit Gisela? Was ist mit meiner Schwester?«, schrie sie ihn an.

»Sie haben … sie haben sie mitgenommen … Alle Frauen, die sich nicht verstecken konnten, haben sie gefesselt und davongeschleppt. Auch die jungen Männer und die Knaben … und alles Silber, das der Graf in den Truhen hatte …«

»Gisela! Gütiger Himmel!«, flüsterte sie und ihr wurde schwarz vor Augen.

Hinter ihnen war ruhig die große Gestalt des Wikingers herangetreten. Halvdan war immer noch vollkommen nackt, und Odemar starrte ihn mit gelinder Verblüffung an. Doch der Wikinger kümmerte sich nicht darum.

»Wo Graf Robert?«, wollte er wissen.

Odemar senkte den Kopf, sodass man nicht erkennen konnte, welche Gefühle ihn bewegten.

»Er starb«, sagte er dumpf. »Man sagt, die Feinde hätten ihn auf seinem eigenen Lager erschlagen, wo er mit einer der Mägde schlief. Ich habe es nicht gesehen, Herr. Aber ich weiß, dass er viel Wein getrunken hat in der Nacht.«

Halvdan zeigte keine Regung auf diese Nachricht hin.

»Wachen nichts bemerkt? Sie geschlafen?«, fragte er scharf.

»Niemand weiß es, Herr. Sie sind tot und können nichts mehr berichten. Doch mir scheint, dass niemand da war, sie einzuteilen …«

»Wer war Feind? Du sie erkannt?«

Odemars Blick glitt rasch über Reinas Gesicht, so als müsse er ihre Erlaubnis einholen. Doch sie war immer noch fassungslos und schwieg.

»Es waren die Gleichen, Herr. Ihr Anführer war der Mann, gegen den Ihr gekämpft habt.«

Halvdan nickte zufrieden, als habe er eine gute Nachricht gehört, dann wandte er sich ab und begann, seine Kleidung anzulegen.

»Was ist mit den Menschen, die den Überfall überlebt haben?«, frage Reina leise. »Wo sind sie?«

»In der Burg ist niemand mehr, Herrin. Wer sich retten konnte, der hat in den Dörfern Unterschlupf gefunden. Ich selbst bin auf dem Weg nach Rouen, um dort Hilfe zu finden …«

Er unterließ es zu erwähnen, dass er dort dem Erzbischof Bericht erstatten wollte, doch Reina wusste es.

»Ich habe ein Pferd, Herrin, und könnte Euch dorthin geleiten…«

Nach Rouen! In Reinas Kopf drehte sich alles. Ja, nach Rouen, zum Erzbischof, er würde Rat wissen. Ins Kloster St. Emilien, wo sie Zuflucht finden würde…

Roxana hatte kein Wort gesprochen, schweigend sah sie Reina ins Gesicht. In ihrem Blick war keine Freundlichkeit, doch auch kein Hohn mehr zu erkennen, wohl aber Neugier.

Halvdan hatte inzwischen einen knielangen Kittel angelegt und sich mit einem Lederriemen gegürtet, die Schuhe an die Füße gezogen und die langen Lederbänder um die Waden geknotet. Jetzt trat er gemächlich auf Roxana zu und tat etwas völlig Unerwartetes: Er ließ sich vor ihr auf die Knie nieder.

»Halvdan dankt dir«, sagte er und sah lächelnd zu ihr auf. »Du mir Leben neu gegeben. Halvdan bleibt dein Freund.«

Verblüfft sah Reina, wie die Hexe ihre Hände hob und über seinem Kopf seltsame Zeichen machte, was er ohne Scheu geschehen ließ. Heiden, dachte sie. Sie alle beide sind Heiden. Sie wechselte einen raschen Blick mit Odemar und nickte ihm zu.

»Ich bin bereit«, sagte sie. »Reiten wir.«

Doch bevor Odemar eine Antwort geben konnte, stand der Wikinger vor ihr, fasste sie hart um die Körpermitte und hob sie auf den Karren.

»Reina geht mit Halvdan!«

Erschrocken wich Odemar zurück, gegen den energischen Willen dieses Mannes wagte er nichts einzuwenden. Reina allerdings versuchte zornig, wieder aus dem Karren zu steigen, doch Halvdan verstellte ihr den Weg.

»Ich denke gar nicht daran, mit dir zu gehen!«, fauchte sie. »Ich reite nach Rouen.«

»Nein«, sagte er schlicht. »Reina folgt mir in meine Heimat.«

Sie wagte nicht, vom Karren zu steigen, aus Angst, er könne sie packen und wieder hinaufheben. Was er ohne Zweifel getan hätte.

»Einem Wikinger?«, schimpfte sie. »Einem dieser Kerle, die unsere Burg beraubt und zerstört haben? Die uns Franken in die Sklaverei führen? Lieber sterbe ich!«

»Du willst Gisela finden?«

Sie schwieg hilflos und starrte ihn an. Gab es wirklich eine Hoffnung, ihre Schwester wiederzufinden? Würden die Wikinger sie nicht töten oder gleich bei der nächsten Gelegenheit als Sklavin verkaufen?

»Halvdan wird finden Knut. Dort auch deine Schwester. Du gehst mit mir!«

Es ist Wahnsinn, dachte sie. Er lügt mich an. Wie will er Knut dazu bringen, Gisela freizugeben? Wenn er sie überhaupt noch bei sich hat.

Und doch war es eine winzige Hoffnung, ihre Schwester lebend wiederzusehen.

Reina blieb reglos auf dem Karren stehen und sah zu, wie Halvdan das Pferd einspannte und einige Dinge auflud, während Odemar aufstieg und davonritt. Schließlich setzte sie sich, vergrub das Gesicht in den Händen und versuchte zu beten. Doch es gelang nicht, zu viel ging ihr im Kopf herum, zu schlimm waren die Dinge, die geschehen waren.

Er hat recht, dachte sie bitter. Ich bin keine Nonne – ich habe mich ihm hingegeben, tiefe, sündige Lust dabei empfunden, und zur Strafe wurde mir meine Schwester Gisela genommen. Ich tauge nicht zu einer Braut des Herrn, ich habe versagt, für mich selbst ist nichts mehr zu erhoffen. Aber vielleicht kann ich wenigstens Giselas Los erleichtern …

Als das Pferd sich ins Geschirr legte und der Karren über die Lichtung rumpelte, sah sie noch einmal zurück zu jenem verhängnisvollen Ort, der ihr so viel Unheil gebracht hatte. Die Hexe hatte sich wieder an ihren gewohnten Platz dicht vor dem Fels gesetzt, ihr Gesicht war von dem Tuch halb verhüllt, und doch schien es Reina, als lächle sie. Ganz sicher war es ein hämisches Lächeln, denn sie hatte mit ihrer verfluchten Zauberkraft bewirkt, dass eine Nonne sich der Unzucht ergab. Der Zauber war so stark, dass Reina erzitterte, als oben auf der Kuppe des Hügels das Sonnenlicht auf einen Bergkristall traf und sich in einem Feuerwerk bunter Fünkchen widerspiegelte.

Der Wikinger ging dicht neben dem Karren her, trieb das Pferd an und riss Zweige von den Bäumen, um den Weg frei zu machen. Sein Gesicht war verschlossen. Hin und wieder sah sie, wie sich seine Kaumuskeln anspannten, dann wurden seine hellen Augen schmal und sie bekam fast Angst vor ihm.

Ganz sicher dachte er über die Rache nach, die er zu vollenden hatte.

❖

Wieder staunte sie, wie sicher er sich zurechtfand. Schon bald erreichten sie den Fahrweg, der nach Rouen führte, und einige Stunden später erschienen die Umrisse der Bischofskirche im rötlichen Abendlicht. Um das steinerne Gebäude herum drängten sich strohgedeckte Häuser, von Zäunen und

Palisaden geschützt, und weiter unten zum Hafen hin sah man kleine Hütten und Lagerhallen. Breite Handelsschiffe, mit Waren beladen, lagen vor Anker und schaukelten in der sanften Strömung, die Ruder eingezogen, die viereckigen Segel gerefft.

Halvdan hatte kein einziges Wort an Reina gerichtet, und auch sie hatte wenig Lust, mit ihm zu sprechen. Doch das Schweigen lastete auf ihr. Mit beklommenem Herzen sah sie hinüber zum Flussufer – dort, ganz in der Nähe des Hafens, war damals der Sklavenmarkt gewesen. Sie erinnerte sich daran, wie hartnäckig sie darum gekämpft hatte, unbedingt diesen Sklaven zu kaufen. Hatte sie ihr eigenes Unglück damit heraufbeschworen? Was wäre geschehen, wenn sie Halvdan nicht erworben hätte?

Wenn sie ehrlich war, dann musste sie sich klarmachen, dass sie in diesem Fall entweder in die Netze ihres Schwagers gegangen oder von den Wikingern als Sklavin verschleppt worden wäre. Wahrscheinlich sogar beides.

Halvdan hielt den Wagen am Waldrand an, suchte einen bequemen Platz zum Lagern und verstaute dort das Bündel.

»Steig aus!«, sagte er kurz angebunden.

»Was hast du vor?«

»Du wartest. Halvdan kommt!«

Der Ton war kalt, dagegen hatten seine Befehle an die Krieger der Burg noch freundlich geklungen. Beleidigt hockte sich Reina unter den Baum, umschlang die angewinkelten Knie mit den Armen und sah zu, wie er mit Pferd und Karren davonzog.

Er blieb lange fort. Als es dunkel wurde, band sie das Bündel auf, nahm einen kleinen Apfel und ein Stück Brot heraus und begann langsam zu essen. Warum wartete sie eigentlich auf diesen herrischen Kerl? Wäre es nicht viel klüger, nach Rouen hinunterzulaufen und dort um den Schutz des Erzbischofs zu bitten?

Doch sie blieb. Es ging um ihre Schwester, die sie mehr als jeden anderen Menschen auf der Welt liebte. Nur um Giselas Los zu erleichtern, würde sie diesem Wikinger folgen. Aus keinem anderen Grund. Aus gar keinem.

Sie brauchte eine Weile, um die hinterhältige Stimme tief in ihrem Inneren zum Schweigen zu bringen. Es wäre beschämend und geradezu lächerlich, sich einzugestehen, dass sie diesem Mann folgte, weil sie an ihm hing.

Halvdan kehrte erst spät in der Nacht zurück, legte sich in einiger Entfernung von ihr auf den Boden, und gleich darauf hörte sie seine regelmäßigen Atemzüge. Erst jetzt konnte auch Reina endlich einschlafen.

Früh am Morgen weckte er sie, indem er sie unsanft an der Schulter rüttelte.

»Iss!«

Er wies auf das geöffnete Bündel, in dem sich noch etwas Obst und Brot befanden. Dann wandte er sich ab, um hinüber zur Stadt zu spähen, scheinbar war es ihm gleich, ob sie nun aß oder nicht. Pferd und Karren waren verschwunden – also hatte er gestern Abend beides in der Stadt verkauft. Reina blinzelte zu ihm hinüber, verletzt von seinem ruppigen Ton und seiner Kälte. Trotzig schnürte sie das Bündel zu, ohne auch nur einen Krümel Brot daraus genommen zu haben, dann stand sie auf und klopfte ihr Kleid ab.

»Ich bin bereit.«

Er drehte sich nicht einmal um, sondern marschierte los, sicher, dass sie ihm folgen würde. Ärgerlich bemühte sie sich, mit ihm Schritt zu halten, und verkniff sich die Frage, was er denn nun vorhabe, denn er hätte ihr vermutlich doch keine Antwort gegeben. Es war auch nicht schwer zu erraten – er würde jetzt ein Schiff aussuchen, das sie nach Norden bringen sollte.

Aufder Fahrstraße war trotz der frühen Stunden schon allerlei Volks unterwegs. Bäuerinnen schleppten Körbe mit Früchten und Gemüse, Trödler zogen ihre Karren hinter sich her, und hin und wieder überholte sie ein Ochsengespann, das einen knarrenden Wagen, beladen mit schweren Fässern, zog. Zum Hafen hin wurde das Gewimmel immer dichter, Träger schleppten die Waren von den Schiffen hinüber zum Markt, Händler und bewaffnete Diener begleiteten sie, und so mancher Kerl bedachte Reina mit begehrlichen Blicken.

»Nicht schlafen! Wir eilig!«

Halvdan war stehen geblieben, um sich nach ihr umzusehen. Seine Miene war ärgerlich, und sie begriff, dass ihn die Blicke der Männer störten.

»Ich kann nicht so schnell laufen wie du!«, beschwerte sie sich.

»Aber Fels klettern geschwind wie Ziege!«, knurrte er.

Sie grinste frech, und sein Blick wurde noch düsterer. Er streckte den Arm aus und wies auf eines der breit gebauten, flachen Handelsboote, das gerade mit Kisten und Fässern beladen wurde. Es besaß eine stattliche Menge an Rudern und ein großes, viereckiges Segel, das bereits munter im aufkommenden Wind flatterte. In der Mitte des Bootes wurden die Waren gestapelt und mit Riemen festgezurrt, und zwei Männer waren beschäftigt, über dem Warenlager Häute zu spannen, um sie vor Nässe zu schützen.

»Das unser Schiff«, sagte er und winkte ihr, ihm zu folgen.

»Aber … aber das ist doch voller Waren. Wo sollen wir da noch Platz finden …?«

Er hörte gar nicht zu, sondern hatte ein Gespräch mit einem dickleibigen blonden Kerl begonnen, der am Ufer stand und das Beladen des Schiffes überwachte. Als Reina zögernd näher trat, bedachte der Mann sie mit einem langen Blick, worauf sich ein breites Grinsen über sein Gesicht zog, und er sagte etwas zu Halvdan, das sie nicht verstehen konnte. Doch die Laute kamen ihr bekannt vor, sie klangen genauso rau wie die Sprache der Nordmänner. Konnte es sein, dass dieser friedlich aussehende Händler ebenfalls ein Wikinger war?

Halvdan ließ ihr keine Zeit, sich lange zu wundern, sondern er hob sie auf die Arme und trug sie durch das seichte Uferwasser bis hinüber zum Boot, wo er sie über die Reling stemmte. Er vermied es, sie dabei anzusehen, gab sich auch keine Mühe, sorgsam mit ihr umzugehen, sondern kippte sie auf die Schiffsplanken, als sei sie ein Ballen Wolle oder ein Sack Hafer. Dann zog er sich selbst am Schiffsrand hoch und hob eine der Häute, die über die Waren gespannt waren, ein wenig an. Zwischen zwei Kisten befand sich der Mast, dadurch war in der Ladung eine Lücke entstanden, in die gerade ein Mensch hineinpasste, wenn er sich nicht allzu breit machte.

»Da Platz für dich«, sagte er. »Kein Regen, kein Wasser von Meer. Du ruhig schlafen.«

Sie verkniff sich eine Antwort, denn sie war viel zu stolz, um sich zu beklagen, doch sie dachte mit Wehmut an das Schiff, das sie einmal auf dem Fluss gesehen hatte. Dort hatten die Frauen auf weichen Polstern unter einem Baldachin aus rotem Tuch gesessen. Aber diese Nordmänner hausten vermutlich in Höhlen und hielten ihre Frauen in Weidenkäfigen.

Die Überfahrt war das Schrecklichste, was sie bisher erlebt hatte. Bis zur Flussmündung quälte sie nur die Hitze und der scheußliche Gestank nach getrocknetem Fleisch, der aus einigen der Kisten drang. Auch das Wasser, das man aus einem großen Fass schöpfte, war warm und schmeckte schal. Sie blieb die meiste Zeit in ihrem engen Verschlag und döste vor sich hin, denn an Deck liefen die Männer hin und her, wechselten sich an den Rudern ab, richteten das Segel aus oder angelten nach Fischen. Halvdan sah kein einziges Mal nach ihr, er lachte und schwatzte mit den Männern, deren Sprache er offensichtlich gut verstand, und legte hin und wieder Hand an, wenn es galt, das Segel zu richten. Und natürlich war er es, der einen riesigen Flussbarsch aus dem Wasser zog. Er schien sich großartig mit der Mannschaft zu verstehen, was ihn nicht daran hinderte, die Nächte vor ihrem Verschlag liegend zu verbringen.

Dann aber erreichten sie das offene Meer, und Reina begriff, dass es einen Unterschied zwischen den sachten Wellen des Flusses und den Wogen des Meeres gab. Zuerst glaubte sie noch, dass ihr von dem ständigen Auf- und Niedersteigen des Bootes nur schwindelig wurde, als dann aber kleine Brecher über den Bootsrand schlugen und die Kommandostimmen der Männer lauter und schroffer wurden, drehte sich ihr der Magen um. Kurze Zeit später war ihr so schlecht, dass sie glaubte, sterben zu müssen. Alles war ihr jetzt gleichgültig, die Reise in den Norden, ihre zerstörten Hoffnungen, die quälende Erinnerung an den blaugrünen Quelltopf, ja sogar ihre Schwester Gisela. Es gab nur noch das beständige Heben und Senken des Schiffes, das Schlingern und Rütteln, das

Rauschen der Wogen und das leise Knarren und Ächzen der Kisten neben ihr.

Zu allem Unglück war das Wetter umgeschlagen; ein kräftiger Wind riss an dem Segel über ihr und ließ es knattern, kühler Regen klatschte auf die aufgespannten Häute, mischte sich mit der Gischt und den aufspritzenden Wellen und durchnässte sie sogar noch in ihrem engen Verschlag. Lange versuchte sie, sich zu beherrschen, doch dann begann sie zu würgen und kroch ohne Rücksicht auf die hin- und herlaufenden Männer aus ihrem Versteck, hielt den Kopf über den Bootsrand und erbrach sich.

Jemand packte sie von hinten am Kleid und riss sie hoch, brüllte ihr etwas ins Ohr und stieß sie zurück in das enge Loch.

Sie würgte noch immer, denn ihr Magen wollte keine Ruhe geben, und als man sie mit festen Riemen an den Mast band, versuchte sie sich zu wehren, doch sie war so schwach, dass sie kaum die Arme heben konnte. Die Welt schien über ihr zusammenzubrechen, der Himmel war auf das Meer gestürzt und begrub es unter sich. Nur das widerwärtige Auf- und Niedersteigen des Schiffes wollte nicht enden, es riss an ihr, schüttelte sie, die Riemen schnitten sich in ihren Bauch und in die Arme, und dazu brausten die Meereswogen so gewaltig, dass sie nicht einmal mehr die Stimmen der Männer vernahm.

Sie litt Höllenqualen, glaubte zeitweise, bereits gestorben und der Verdammnis anheimgefallen zu sein, doch endlich, nach einer ganzen Ewigkeit, wurde das Schaukeln sanfter, und sie begann langsam, die Dinge um sich herum wieder wahrzunehmen.

Sie lag auf dem Rücken, den Kopf höher gebettet, und ein

bärtiges Gesicht war über sie gebeugt. Dunkelblaue Augen, in der Farbe des Meeres, blickten besorgt auf sie herab.

»Trink.«

Halvdan hielt ihren Kopf auf seinem Schoß und bemühte sich, ihr ein wenig Wasser einzuflößen, doch kaum hatte sie es geschluckt, begann sie wieder zu würgen. Er strich ihr sanft über die Stirn, wischte ihr das Gesicht ab und murmelte mit seiner tiefen Stimme leise Worte, die sie nicht verstand, die sie aber beruhigten.

Kurze Zeit später ging es von Neuem los. Sie hörte die Männer fluchen, den Mast ächzen, ein Ruder brach und schoss dicht an ihrem Verschlag vorbei, schäumende Brecher zerrten an der Ladung, trieben ihr grausames Spiel mit dem Boot und schienen nichts anderes vorzuhaben, als es zu zerschmettern und zum Meeresgrund hinabzureißen.

Als sie nach mehreren Tagen und Nächten endlich in eine breite, ruhige Bucht einfuhren, stand sie auf wackligen Beinen auf dem Schiffsdeck, klammerte sich mit beiden Händen an den Riemen fest, die die Häute spannten, und starrte mit sehnsüchtigen Augen zu den Ufern hin. Sie waren dicht bewachsen mit Büschen und kleinen Bäumen, dahinter erstreckte sich Ackerland, und weit in der Ferne sah sie auf Berge, die ihr bald grau, bald bläulich erschienen.

Halvdan war neben sie getreten, sah hinüber zu dem Gebirge und lächelte.

»Das mein Heimat«, sagte er mit Stolz.

Reina nickte nur. Sie fühlte sich grauenhaft. Ihr Kopf schmerzte, die Augen brannten wegen des Salzwassers, dazu hing ihr das Haar in einem Wust verfilzter Locken über den Rücken. Wie auch immer dieses Land sein mochte, es war auf jeden Fall besser, als auf dem schwankenden Schiff zu stehen.

Die Männer ruderten das Boot bis zu einem Ort, den Halvdan »Skiringsal« nannte und der ein wenig dem Hafen von Rouen ähnelte. Nur dass die Hütten gröber und ärmlicher, die Männer und die herumlaufenden Kinder schmutziger aussahen, und zwischen den Hütten lagen hölzerne Bohlen, damit man nicht im Schlamm versank.

Dieses Mal trug Halvdan sie behutsam ans Ufer und ließ sie erst aus seinen Armen, als er mit ihr einen kleinen Hügel erstiegen hatte. Dort setzte er sie langsam ab und hielt sie fest, bis sie wieder sicher auf den Füßen stand.

»Du meine Heimat lieben«, sagte er. »Du sehen, wie schön Berge und Wasser, Täler und Wald... Groß alles hier und wild, viel anders, als du kennst.«

Sie sah die Hoffnung in seinen Augen und brachte es nicht übers Herz, ihn zu enttäuschen.

»Ja«, sagte sie. »Es wird mir sicher gefallen.«

Es klang nicht sehr überzeugend, doch er begriff, dass sie sich noch ziemlich schwach auf den Beinen fühlte und außerdem fröstelte, denn der Wind war kühl.

»Du jetzt essen und Bier trinken«, entschied er. »Dann Leben kommt zurück.«

»Ich habe keinen Hunger.«

Kurz darauf saß sie in einer der Hütten am wärmenden Feuer, eine Decke um die Schultern und eine Schale Gerstenbrei mit Honig in den Händen. Lautes Stimmengewirr herrschte um sie herum, zwei Frauen, eine jüngere und eine weißhaarige Alte, rieben ihr den Rücken, kämmten ihr Haar und schwatzten auf sie ein. Ein grauhaariger Kerl mit buschigen Augenbrauen schenkte ihr Bier ein. Halvdan hatte Bekannte getroffen, die ihn zuerst voller Bestürzung, dann jedoch mit überschäumender Freude begrüßten.

Reina kuschelte sich wohlig in die Decke, löffelte süßen Brei und lächelte ihre Gastgeberinnen dankbar an. Wie war es nur möglich, dass diese wilden Nordmänner so fürsorgliche und liebe Frauen hatten?

❖

Sie wusste später nicht mehr, wer sie auf das Lager gehoben hatte, irgendwann noch während des Abends war sie eingeschlafen. Ihr Schlaf war tief, nur hin und wieder unterbrochen von unruhigen Träumen, in denen sie wieder auf dem Schiff zu sein glaubte und das Brüllen und Toben des entfesselten Meeres spürte. Als sie erwachte, fand sie sich auf Fellen gebettet dicht neben einer erloschenen Feuerstelle, und durch eine weit geöffnete Tür drang Sonnenlicht ein, sodass sie blinzeln musste.

»Reina schläft wie Stein«, sagte die tiefe Stimme des Wikingers. »Ganze Nacht und halben Tag.«

Er saß auf einem Schemel am anderen Ende des langen Raumes, und sie konnte sehen, dass er zufrieden grinste. Sie streckte sich wohlig und gähnte.

»Ich habe Hunger«, vermeldete sie.

»Gut!«

Er ging nach draußen, und gleich darauf erschienen die beiden Frauen, um sie mit gekochtem Fleisch, Gemüse und Brot zu bewirten. Reina aß ungeahnte Mengen und überlegte dabei, ob diese Frauen wohl Verwandte von Halvdan waren. Oder wurde jeder Gast hier so bereitwillig und freundlich versorgt?

Nicht lange danach standen zwei kräftige Pferde samt Sätteln und Gepäck für sie bereit, und Reina staunte noch mehr.

Man hatte Halvdan mit neuer Kleidung ausgestattet, auch hatte er sich Haar und Bart gestutzt, und in seinem Gürtel steckte ein Dolch mit schön gearbeitetem Silbergriff.

»Wohin reiten wir?«, fragte sie, als er ihr auf eines der Pferde half.

»Nach Norden.«

Das Land war hügelig und mit spärlichem Gras bedeckt, an einigen Stellen trat Felsgestein zutage, von Moosen bunt überwachsen. Allerorten durchschnitten schmale und breitere Wasserläufe das Land, und ausgewaschenes Gestein an ihren Ufern bewies, dass sie im Frühling zu reißenden Bächen wurden. Reina genoss den Ritt. Es war ein wundervolles Gefühl, sich auf festem Boden zu befinden, und sie betrachtete die karge Landschaft mit großer Neugier. Dies also war seine Heimat, auf die er so stolz war – nun, es war nicht gerade ein fruchtbares Land, aber es atmete Freiheit, und das gefiel ihr.

Erst nach einer Weile brach er das Schweigen.

»Wir reiten zu Erek. Vater von Solveig Ereksdottir. Das meine Braut.«

Sie verspürte einen Stich im Herzen, so als habe jemand sie verletzt, und sie rang um Fassung.

»Ich wusste gar nicht, dass du eine Braut hast«, gab sie mit gespielter Gleichgültigkeit zurück.

Er hatte die Wirkung seiner Worte aus den Augenwinkeln beobachtet und lächelte nun vor sich hin.

»Solveig mir versprochen, als Ragnar, mein Vater, lebt. Dann Halvdan verkauft. Jetzt Solveig Frau von Knut.«

Man hatte dieses Mädchen mit ihm verlobt, doch dann hatte sein Bruder ihn heimtückisch überfallen und die Braut selbst geheiratet.

»Das tut mir leid für dich«, sagte sie beklommen. »Sicher hast du sie geliebt.«

»Solveig schöne Frau. Groß und stark, helles Haar wie Sonne, arbeitet ganze Tag, kocht Essen und spinnt Wolle…«

»Die richtige Frau für einen Wikinger«, bemerkte sie spitz.

Er schien sie gar nicht zu beachten, sondern sah weit in die Ferne, wo sich in dunklem Grau eine Bergkette abzeichnete.

»Halvdan liebt Solveig. Aber Solveig glaubt falsche Zungen. Heiratet Knut. Halvdan kalt für Solveig.«

Sie sah schräg zu ihm hinüber und überlegte, ob er die Wahrheit sagte. Er hatte diese Frau geliebt, verdammt, warum tat ihr das so weh?

»Sie hat vermutlich geglaubt, dass du tot bist…«, wandte sie vorsichtig ein.

»Dann sie gewusst, dass Knut ein Mörder. Halvdan kalt für Solveig. Keine Liebe, kein Zorn – nur Eis.«

Seine Entschiedenheit erleichterte sie, aber zugleich kam sie sich dabei auch lächerlich vor. Ging es sie etwas an, ob er eine Braut hatte oder nicht?

»Nun – die Liebe ist eine schwierige Sache«, meinte sie verlegen.

»Sie ist!«, gab er düster zurück. »Halvdan hat Herz an andere Frau gegeben. Kleine Frau mit dunklem Haar und Augen wie braune Nuss. Kann nicht kochen, nicht spinnen, kein Stoff weben. Aber fauchen wie Katze und zischen wie Gans…«

Sie riss die Augen auf und setzte sich im Sattel aufrecht, zornig und glücklich zugleich.

»Soll das ein Scherz sein?«

»Nicht Wikinger – Fränkin. Nicht Frau – Nonne. Aber das alles nicht schlimm.«

»Nicht schlimm?«, rief sie empört, während ihr Herz heftig klopfte.

»Schlimm nur eines: Sie nicht liebt Halvdan.«

Er sah ihr jetzt gerade ins Gesicht, und sie spürte, wie sie erglühte. Ihre Lippen zitterten, doch sie war unfähig zu sprechen und wandte den Blick ab. Schweigend ritten sie weiter.

Schroffe Felsen erhoben sich jetzt vor ihnen, ragten grau und zerklüftet aus den Nadelwäldern heraus, und schmale Wasserfälle zogen sich wie weiße Fäden senkrecht an ihnen entlang. In den Wäldern hatten Bachläufe tiefe Rinnen in das bemooste Gestein gegraben, Farnkraut streckte ihnen die vielgliedrigen Blättchen entgegen, dazwischen lagen helle runde Kieselsteine. Hin und wieder schimmerte ein hellblauer Bergsee zwischen den Fichten, und wenn sie näher ritten, sahen sie Bäume und Ufergebüsch auf der glatten Oberfläche gespiegelt, so als läge unter dem stillen Wasser eine zweite Welt, die der ersten vollkommen glich. Von Zeit zu Zeit machten sie Rast, um die Pferde grasen und trinken zu lassen, teilten die Vorräte, und Reina entdeckte am Seeufer eine Unmenge roter und dunkelvioletter Beeren, die sie vergnügt sammelte und die Lippen und Zungen blau färbten.

Das Land war einsam, die Täler weit und von breiten mäandernden Flussläufen durchzogen, und über ihnen zogen Adler und Bussarde ihre Kreise in den hoch gewölbten Himmel hinauf. Nur selten sahen sie eine schmale Rauchsäule, die auf ein Gehöft hindeutete, doch Halvdan schien wenig Lust zu haben, die Gastfreundschaft der Bewohner in Anspruch zu nehmen.

Er erschien ihr jetzt verändert, ruhiger, von einer erstaunlichen Zuversicht erfüllt, und sie spürte, dass er in seinem Wesen ein Teil dieses einsamen und wilden Landes war.

Sie ritten fast drei Tage, übernachteten in den Wäldern, wo sie ohne Scheu ein Lagerfeuer entfachten, um die Mücken fernzuhalten. Halvdan berührte sie niemals, legte sich einige Schritte von ihr entfernt nieder und war stets als Erster wieder auf den Beinen.

Am Abend des dritten Reisetages erreichten sie ein Dorf, unweit eines Sees gelegen, eine Ansammlung lang gezogener, strohgedeckter Holzhäuser, deren Dächer mit einer Reihe schräg stehender Pfosten von außen abgestützt wurden. Zwischen den Gebäuden waren Pferche für das Vieh errichtet, und Wege, mit hölzernen Bohlen bedeckt, führten von einem Haus zum anderen.

»Hier lebt Erek«, sagte Halvdan. »Er guter Freund von mein Vater – auch Halvdan guter Freund.«

Sie betrachtete das lebhafte Treiben zwischen den Häusern, wo Schafe, Ziegen, Hühner und Kinder munter durcheinanderturnten und einige Frauen sich jetzt zusammenscharten, um die Ankömmlinge ins Auge zu fassen. Erek war immerhin inzwischen der Schwiegervater seines Bruders. Wieso war Halvdan sich so sicher, dass dieser Mann noch sein Freund war?

Halvdans Erscheinen löste große Unruhe aus. Man sah die Frauen sich umwenden und andere herbeirufen, junge Kerle und graubärtige Männer tauchten auf, und die Kinder ließen ihre Spiele sein, um ihre Köpfe voller Neugier über die Zäune zu strecken. Als sie in das Dorf einritten, sah Reina sowohl lachende als auch staunende Gesichter. Von dem, was man Halvdan zurief, und seinen Antworten verstand sie kein einziges Wort. Nur seinen Namen. Halvdan Ragnarsson. Und das Wort Jarl. Das bedeutete so viel wie Graf.

Vor dem Eingang des größten Gebäudes, das sogar über

einen Vorbau verfügte, stand ein breit gebauter grauhaariger Mann, in einen hellblauen, wadenlangen Kittel gekleidet, mit einem Gürtel aus silberbeschlagenem Leder, den Reina auf den ersten Blick als fränkisch erkannte. Der Mann war nicht schön anzusehen, seine Gestalt zu gedrungen und das Gesicht zu grob, doch unter den buschigen Augenbrauen glänzten helle blaue Augen, die mit unverkennbarer Freude auf Halvdan gerichtet waren.

Halvdan genoss die Überraschung, die er auslöste. Erst nach einem kurzen, scheinbar heiteren Wortwechsel stieg er vom Pferd, und Reina sah erstaunt, wie die beiden Männer sich in den Armen lagen. Dann erst musterte Erek Halvdans Begleiterin, und Reina ärgerte sich über seinen abschätzenden Blick. Freund oder nicht – dieser Dieb trug einen fränkischen Gürtel, also war auch er in fränkischen Landen auf Raubzügen unterwegs gewesen.

Halvdan war ihren Augen gefolgt; jetzt streckte er die Hand aus, um ihr vom Pferd zu helfen, und sagte: »Erek mein Freund und auch dein Freund. Wir seine Gäste.«

Sie hatte sich zu fügen, obgleich es ihr wenig gefiel, Gast im Hause dieses Räubers zu sein. Immerhin kam man ihr freundlich entgegen, die Frauen und Kinder umringten sie, schoben vor dem Haus einen Hocker für sie zurecht, deckten einen bunten Teppich darüber – war der vielleicht ebenfalls ein Beutestück aus ihrer Heimat? – und brachten ihr eine Schale mit süßlich-bitter riechendem Bier. Sie zwang sich, einige Schlucke von dem Zeug zu trinken, und fand es gar nicht so übel.

Halvdan hatte inzwischen neben Erek Platz genommen, andere Männer gesellten sich dazu, und Reina hörte ihre aufgeregten Reden. Vermutlich berichtete Halvdan jetzt über den Anschlag seines Bruders, und allem Anschein nach löste sein Bericht Aufregung und Zorn aus. Besonders Erek schien außer sich zu sein. Er führte immer wieder laut das Wort, ballte die Fäuste, und seine Augen blitzten kampflustig. Hin und wieder schien es Reina fast, als müsse Halvdan den Aufbrausenden beruhigen, denn Erek griff ein ums andere Mal an seinen Gürtel, um den Dolch zu ziehen.

Die Gastfreundschaft war überwältigend. Lange Tischplatten wurden ins Haus getragen und eine Tafel errichtet, Kinder und Frauen brachten Teller und Schüsseln herbei, Becher und Trinkhörner wurden bereitgestellt und die Festtafel mit grünen Zweigen geschmückt. Über dem Feuer in der Mitte des langen, fensterlosen Raumes hing ein eiserner Kessel, in dem das Fleisch brodelte, dazu gab es Suppe aus Ziegenmilch, Fisch, der in steinernen Töpfen in die Glut gestellt wurde, um zu garen, dazu Zwiebeln und rote Karotten. Die Tafel schien sich unter der Last der Speisen zu biegen, Beeren mit Honig und wilde Kirschen wurden aufgetischt, und die Mengen an Bier und Met schienen unerschöpflich zu sein.

Am Kopfende der langen Tafel saß Erek und gleich zu seiner Rechten Halvdan. Reina wurde ein Platz an seiner Seite angewiesen, und er bemühte sich redlich, ihr dieses und jenes zu erklären, das ihr unverständlich erschien. Zwischen den Erklärungen verdrückte er erstaunliche Mengen an Speisen, beriet sich mit Erek und seinen Männern, und Reina schien es, als habe sie ihn noch nie zuvor so ausgelassen und zufrieden erlebt.

Ihr selbst drehte sich bald der Kopf, nicht nur wegen des Bieres, das sie getrunken hatte, sondern auch wegen des Lärms, denn das gesamte Dorf, Jung und Alt, nahm an der

Feier teil. Vor allem der vierschrötige Erek wurde immer lebhafter, grölte mit kräftiger Stimme irgendwelche Lieder und zog schließlich eine schmale weiße Flöte hervor.

Die Melodie, die er zustande brachte, war einfach, aber sehr flott und in einem wirbelnden Rhythmus gespielt, den die anderen bald begeistert mitklatschten. Das Gelächter wurde lauter, Reina sah singende und lachende Münder und blitzende Augen, einige der Männer stießen die Schemel mit den Füßen fort und begannen zu tanzen, warfen die Köpfe zurück, breiteten die Arme aus und drehten sich um sich selbst.

Plötzlich war auch Halvdan unter den Tanzenden; er hüpfte zu der Musik auf und nieder, sprang sogar über das noch glimmende Feuer, und sofort taten andere es ihm nach. Auch einige der jungen Frauen und Kinder nahmen jetzt an dem Spaß teil, und Reina war einen Moment lang versucht, auch mitzutun, doch dann erinnerte sie sich daran, dass sie schließlich keine Heidin war.

Als man sich müde getanzt hatte und keuchend innehielt, um zu trinken, packte Erek Halvdan am Arm, und beide rannten mit wildem Gebrüll hinaus. Aus dem Gekreisch der Frauen und dem Gelächter der Männer wurde Reina nicht schlau, doch dann hörte sie, wie zwei Körper ins Wasser klatschten. Halvdan und sein Freund hatten das Gelage mit einem kühlen Bad im See abgerundet.

Man bereitete ihr ein weiches Lager aus Fellen gleich neben der Feuerstelle, dennoch wurde sie in der Nacht wach, weil sie fröstelte. Es war dunkel im Raum, denn man hatte die Tür geschlossen, und nur das glimmende Feuer verbreitete einen schwachen rötlichen Schein. Um sie herum lagen andere Schläfer, sie vernahm leises Husten und ein kräftiges Schnarchgeräusch, das ohne Zweifel von Erek herrührte. Plötzlich erinnerte sie sich an ihre Kindheit, als sie noch mit den Eltern und der großen Schwester gemeinsam im Turmzimmer schlief. Wie sicher und geborgen hatte sie sich damals gefühlt. Später, als die Eltern gestorben waren und man sie ins Kloster gab, hatte sie die erste Zeit bitteres Heimweh empfunden.

Sie zog eines der Felle über ihren Körper und suchte noch die rechte Schlafposition, da spürte sie, wie jemand an ihrem Lager zupfte. Ein blondes Mädchen, wohl kaum drei Jahre alt, stand im langen weißen Hemd vor ihr. Das strähnige Haar klebte an ihren tränenfeuchten Wangen, denn sie hatte geweint und schniefte noch leise.

»Hast du schlecht geträumt?«

Reina fiel auf einmal wieder ein, dass sie selbst als Kind immer schreckliche Albträume gehabt hatte. Meist hatte sie sich dann zu den Eltern aufs Lager geflüchtet, manchmal aber auch zur großen Schwester.

Die Kleine verstand nichts, aber sie nickte, denn Reinas Stimme klang mitfühlend.

»Na komm«, flüsterte Reina schmunzelnd und hob das Fell an einer Seite an. Das kleine Mädchen zögerte keinen Augenblick; sie krabbelte zu Reina unter die Felldecke, kuschelte sich dicht an ihren warmen Körper, schnaufte ein paarmal tief auf und schlief dann ruhig ein. Reina wischte sich die kitzelnden Haarsträhnen der Kleinen aus dem Gesicht, zugleich vernahm sie ein dunkles, gedämpftes Lachen aus dem Hintergrund, und sie hätte schwören können, dass es Halvdans Kehle entstammte. Wieso schlief er noch nicht? Genug gezecht hatte er allemal.

Am Morgen war die Kleine verschwunden. Man hatte die Tür des Hauses weit geöffnet, und die Frauen waren damit beschäftigt, die Reste des gestrigen Festgelages aufzuräumen. Der Raum wurde gekehrt, frisches Stroh auf die Holzdielen gestreut, und von draußen erklang Kinderlachen und das helle Klingen eines Hammers, der auf den Amboss schlug. Neugierig lief Reina nach draußen und stellte fest, dass am Ende des kleinen Dorfes ein Schmiedefeuer loderte. Daneben kniete ein älterer Mann, um die Flammen anzufachen, während ein anderer munter mit dem Schmiedehammer zugange war. Halvdan hatte seinen Kittel abgelegt und einen ledernen Schurz umgebunden, sein Oberkörper war rußbeschmiert, und das glühende Eisenstück auf dem Amboss verformte sich rasch unter seinen wuchtigen Schlägen.

Reina war sofort von Kindern umringt, die auf sie einplapperten, bewundernd in ihr lockiges braunes Haar fassten, und schon bald hatte sie eine Reihe holzgeschnitzter, bunt bemalter Puppen im Arm. Reina bekam erklärt, welche Puppe welchem Kind gehörte, und musste deren Namen lernen. Bald kreischten die Kleinen vor Vergnügen, weil die fremde Frau die Namen der Kinder und Puppen ständig durcheinanderwarf, und Reina bemühte sich redlich, das Spiel mitzumachen. Erst als Halvdan erschien, schwarz wie ein Köhler und breit grinsend, löste sich die Kindergruppe auf, und alles rannte auf ihn zu. Er hob einen der kleinen Buben in die Höhe und knurrte ihn an, als wolle er ihn ungebraten verspeisen. Als der blonde Winzling jedoch keinerlei Respekt zeigte, setzte er ihn sich auf den schmutzigen Rücken und galoppierte mit ihm eine Strecke über den Bohlenweg. Laut jubelnd folgte ihnen die Kindermeute, doch zu ihrem großen Verdruss war Halvdan unter keinen Umständen bereit, auch allen anderen als Reitpferd zu dienen. Stattdessen kehrte er zu Reina zurück, die es sich zwischen den Hühnern auf dem Boden bequem gemacht hatte und ihr Gesicht in die Morgensonne hielt.

»Erek reitet Skärgart zu treffen Knut«, verkündete er.

Sie begriff nicht gleich.

»Skärgart ist große Hof von Jarl Ragnar, mein Vater. Oben an Fjord.«

Knut war also zurückgekehrt und befand sich auf dem Stammsitz des Jarl. Und Erek war aufgebrochen, um ihn dort zu treffen.

»Wird Erek deinem Bruder berichten, dass du hier bist?«, fragte sie besorgt.

Halvdan lächelte grimmig.

»Erek schweigt. Aber Knut bald weiß, dass Halvdan hier und will Rache. Leute von Skiringsal es überall erzählt.«

Reina wurde es unbehaglich zumute. Das Leben hier im Dorf war ihr so beschaulich erschienen, man arbeitete, feierte, die Kinder spielten fröhlich. Fast hätte sie darüber vergessen, dass Halvdan gekommen war, um blutige Rache an seinem Bruder zu üben.

»Was will Erek dort?«

»Knut bringt große Beute. Er gibt Waffen und Silber an Vater von Solveig.«

Na großartig! Dieser Erek nannte sich Halvdans Freund, aber er nahm von dessen Todfeind Geschenke an. Sie würde diese Wikinger wohl niemals verstehen.

»Waffen und Silber, das er im Land der Franken geraubt hat«, sagte sie bitter. »Hat Erek nicht schon genug Diebesgut in seinem Haus? Woher stammt sein Gürtel, die Teppiche, das versilberte Trinkhorn? Ganz sicher ist er auch auf Raub ausgezogen, als er noch jung war.«

Halvdan sah zu Boden, und sie spürte deutlich, dass dieses Thema ihm unangenehm war.

»Wir nicht streiten darum, Reina«, bat er. »Erek fünf Sohn und ein Tochter, Solveig. Können nicht leben fünf Sohn von einem Hof. Vier gefahren über das Meer nach Westen und nach Süden. Erster Sohn, Ole, ist geblieben, ihm Erek wollte geben Hof. Aber Ole starb jung. Kein Sohn kommt zurück übers Meer. Erek allein.«

Sie zog die Mundwinkel schief und verkniff sich die Bemerkung, dass die vier Abenteurer und Räuber ihre gerechte Strafe gefunden hatten. Natürlich war es traurig, dass der älteste Sohn gestorben war und Erek nun ohne Nachfolger dastand. Aber gierig, wie der Alte war, ritt er schon wieder los, um ja nicht seinen Anteil an der Beute einzubüßen.

»Du solltest dich waschen«, meinte sie ablenkend. »Du schaust aus, als hättest du dich in der Herdasche gewälzt.«

»Reina auch im See baden. Kleid schmutzig und Haar wie Nest von Vogel.«

Er lachte fröhlich auf und zupfte sie an einer ihrer wilden Locken. Als er dabei leise ihre Wange berührte, zuckte sie erschrocken zurück, und er wurde plötzlich sehr ernst.

»Nicht Angst«, sagte er leise und sah ihr in die Augen. »Bade mit Frauen – Halvdan reitet fort.«

Ihre Gefühle verwirrten sich noch mehr. Eben hatte sie noch innerlich zitternd an jenes beschämende und zugleich so süße Geschehen am Quellteich der Hexe gedacht. Jetzt beherrschte sie die Angst, er könne davonreiten und niemals zurückkehren.

»Wohin willst du?«

Seine Augen blickten zärtlich, denn er hatte ihre Besorgnis bemerkt.

»Halvdan reitet zu Freunde. Braucht viel Freunde, um zu führen Rache.«

Sie seufzte. Wenn alle seine Freunde von der Art dieses Erek waren, dann sollte er sich besser nicht auf sie verlassen. War nicht zu vermuten, dass Knut seinen Schwiegervater mit reichen Gaben aus seinem Beutesatz bestach und ihn damit auf seine Seite zog? Ach, der eigene Bruder hatte Halvdan in die Sklaverei verkauft – was war von Freundschaft und Familiensinn hierzulande überhaupt zu erwarten? Doch dann fiel ihr ein, dass auch ihr eigener Schwager sie schamlos betrogen und sogar zu seiner Geliebten hatte machen wollen, und sie schwieg. Sie hatte keinen Grund, den Stab über diese Menschen zu brechen. Betrüger und Verräter gab es überall auf der Welt.

Ihr Herz zog sich zusammen, als sie Halvdan davonreiten sah. Er wandte sich im Sattel noch einmal um, winkte ihr frohgemut zu, dann trieb er sein Tier an und verschwand zwischen den Fichten.

Sie wollte nicht in Kummer versinken, darum versuchte sie, sich nützlich zu machen. Die Frauen nahmen das Angebot gern an, denn man hatte vor einigen Tagen die wenigen Kornfelder, die hinter dem Dorf lagen, abgeerntet, und die Gerste wurde zwischen zwei runden Mühlsteinen zu Mehl zermahlen, um daraus flache Brote zu backen. Später ging sie einer weißhaarigen Alten zur Hand, die vor ihrem Haus einen Webstuhl aufgestellt hatte, und Reina war stolz darauf, das Handwerk gründlich zu beherrschen, denn auch im Kloster St. Emilien hatten die Nonnen ihre Wollstoffe selbst gewirkt. Halvdan sollte ja nicht glauben, sie könnte nichts als singen und beten.

Immer wieder sah sie mit klopfendem Herzen zum Wald hinüber, doch weder Erek noch Halvdan zeigten sich. Dafür schienen die Frauen ihre häufigen Blicke zu bemerken, denn sie flüsterten miteinander, lachten leise, und schließlich näherten sich ihr drei junge Frauen, zupften an ihrem Gewand und wiesen auf den See.

Gut, dachte sie. Wenn er so lange fortbleibt, will ich wenigstens mein Bad nehmen.

Am Seeufer kleidete sie sich aus, ebenso wie die anderen, und sie verspürte keine Scheu, obgleich die Männer im Dorf zu ihnen hinübersehen konnten. Lachend und kreischend stiegen sie zu viert in den See hinein, bespritzten sich mit dem kalten Wasser, keuchten, jauchzten, planschten herum und wuschen sich gegenseitig das Haar. Reina hatte nicht mehr nackt gebadet, seit sie ein kleines Mädchen war – im Kloster waren solche Dinge streng verboten. Heimlich betrachtete sie ihren eigenen Körper, fühlte mit den Händen über ihre Hüften, strich über ihre Brüste und verglich sich mit den anderen Frauen. Sie waren größer als sie, ihre Haut war blasser, doch schien es Reina, als seien die Linien ihres eigenen Körpers weicher und ihre Brüste zwar kleiner, aber fester. Als sie aus dem Wasser stieg, lagen ein langes weißes Hemd und ein rotes Kleid mit breiten Trägern für sie bereit, ebenso zwei runde silberne Fibeln und ein weißes Kopftuch mit roter Stickerei. Stolz bedeuteten ihre drei Gefährtinnen, wer ihr welches Geschenk machte: Das Kleid hatte Estrith gegeben, Beret die beiden Fibeln, um die Träger des Überkleids zu befestigen, und von Hallgerd stammten Hemd und Tuch.

Sie halfen ihr, die neue Kleidung anzulegen, und waren kaum damit fertig, als Reina leise aufschrie und zum Waldrand deutete.

Dort war eine Gruppe von Reitern erschienen, in deren Mitte sich eine Frau befand. Reina starrte hinüber und glaubte für einen Moment, die schrägen Strahlen der Abendsonne spielten ihren Augen einen Streich.

»Gisela!«, flüsterte sie ungläubig.

Dann raffte sie Kleid und Hemd und rannte wie eine Besessene zum Dorf hinüber. Außer Atem und in Tränen aufgelöst fiel sie ihrer Schwester in die Arme, küsste sie, streichelte ihre Wangen und hielt sie dann wieder fest an sich gepresst, als wollte sie sie nie wieder loslassen.

»Meine kleine Schwester«, sagte Gisela zärtlich. »Dass wir uns wiederhaben …«

Sie bemerkte erst nach einer Weile, dass das ganze Dorf sie umringte, man wischte sich die Augen, lächelte und war tief gerührt.

»Gut Überraschung?«, sagte Halvdans tiefe, warme Stimme.

Sie löste sich von Gisela und sah in seine hellen blauen Augen, die vor Stolz strahlten. Da warf sie sich im Überschwang ihres Glücks an seine Brust und spürte, wie seine Arme sie sanft und vorsichtig umschlangen.

»Du kleingläubig«, murmelte er. »Erek gute Freund.«

Sie schmiegte sich an ihn und begriff, dass er Erek nur allein aus diesem Grund zu seinem Bruder geschickt hatte. Gisela war die Beute, die Erek von Knut zu fordern hatte – und er hatte sie bekommen.

»Ach, Halvdan – warum hast du mir nicht gesagt, was ihr vorhabt?«

Er lachte. Sie spürte, wie seine Brust und sein Bauch dabei bebten, und sie ließ ihn rasch wieder los, denn sie wurde sich bewusst, dass er diese Umarmung freudiger Dankbarkeit ganz falsch verstehen könnte.

»Wir nicht sicher. Reina nicht enttäuscht sein. Jetzt alles gut.«

»Du hinterhältiger Schwindler, du!«

Sie lachte unter Tränen und fasste Giselas Hand, um die Schwester dicht in ihrer Nähe zu wissen.

»Du nie wieder Angst«, sagte Halvdan. »Erek wird nehmen Gisela zur Frau!«

❖

Reina glaubte, nicht recht verstanden zu haben.

»Zu… zu seiner Frau?«, rief sie entsetzt. »Aber – sie ist doch meine Schwester. Sie ist…«

Halvdan schien wenig Lust zu haben, mit ihr über diese Angelegenheit zu streiten, denn er ließ die beiden Frauen stehen und begab sich zu Erek und seinen Männern. Man hatte Hocker vors Haus gestellt und Felle darauf gebreitet, und zwei kleine Mädchen brachten Becher mit Met und Bier, während die Frauen schon das Feuer anzündeten, um das Abendessen zuzubereiten.

»Es ist, wie er sagt, Reina«, meinte Gisela leise zu Reina. »Erek will mich zur Frau nehmen.«

Reina sah sie verzweifelt an. Warum war es immer die arme Gisela, die solch ein Unglück haben musste? War es nicht schlimm genug, was sie schon durchgemacht hatte?

»Sei ganz ruhig«, flüsterte sie ihr zu. »Ich helfe dir, Gisela. Wir stehlen in der Nacht zwei Pferde und fliehen von hier.

Wir schlagen uns nach Westen bis zur Küste durch, dann werden wir ein Schiff finden…«

Zu ihrer größten Verblüffung schüttelte Gisela lächelnd den Kopf.

»Aber nein, Reina. Ich bin ja vollkommen zufrieden.«

Reina sah der Schwester prüfend ins Gesicht. War sie etwa aufgrund der schrecklichen Erlebnisse bereits irrsinnig geworden?

»Setz dich hin und trink einen Schluck von diesem Met«, schlug sie vor und geleitete Gisela zu einem Hocker. »Er ist zwar nicht so gut wie unser Wein, aber er beruhigt.«

Gisela ließ sich ihre Fürsorge gern gefallen.

»Versteh mich, Reina«, sagte sie leise. »Die Gefangenschaft bei den Wikingern war schrecklich, ich kann und will dir nicht schildern, was mir dort alles widerfahren ist. Zuerst hatte ich große Angst vor Erek, der mich unbedingt für sich haben wollte. Und doch hatte ich die schwache Hoffnung, dass es bei ihm besser sein würde als bei jedem anderen dieser Männer. Er hat um mich gekämpft, kannst du dir das vorstellen? Er hat sein Leben dafür eingesetzt, mich zu gewinnen!«

Sie berichtete, dass es in Knuts Haus einen Streit gegeben hatte, denn auch ein anderer Mann, ein junger Kerl, hatte Anspruch auf sie erhoben. Erek hatte sich ihm gestellt, und sie hatten miteinander gerungen.

Reina blickte entgeistert in das erhitzte Gesicht ihrer Schwester, ihre strahlenden Augen, und brauchte nun selbst einen guten Schluck Met.

»Noch nie hat ein Mann um mich gekämpft, Reina«, schwatzte Gisela aufgeregt. »Sein Gegner war kräftig, aber Erek hat ihn besiegt. Oh, er ist stark, auch wenn er nicht mehr jung ist. Ein wenig aufbrausend vielleicht. Aber er hat ehrliche Augen, und auf dem Ritt hierher hat er mich mit Respekt behandelt.«

Reina nippte von dem Met und überlegte, ob sie der Schwester von dem Abkommen zwischen Erek und Halvdan erzählen sollte. Doch sie zögerte. Erek hatte um Gisela gekämpft. Vielleicht weil er durch sein Versprechen Halvdan gegenüber gebunden war. Sicher auch, weil er ein Hitzkopf war und sich gegen den jungen Kerl behaupten wollte. Aber warum hatte er beschlossen, Gisela zur Frau zu nehmen?

»Ich bin ganz sicher, dass er auch ein großartiger Liebhaber ist«, sagte Gisela mit Begeisterung und hielt sich dann erschrocken die Hand vor den Mund.

»Verzeih mir, Reina. Das ist mir so herausgerutscht. Ich weiß ja, dass ich dir solche Dinge nicht sagen sollte ...«

Reina lächelte bitter.

»Weil ich eine Nonne bin? Ach Gisela – ich weiß längst, dass ich nicht dazu tauge. Vielleicht war es immer nur mein sündiger Ehrgeiz, der mich dazu trieb, ein Kloster zu bauen und Äbtissin zu sein.«

Gisela schwieg eine Weile, dann seufzte sie und trank einen langen Zug aus ihrem Becher. Sie verzog das Gesicht.

»Brrr – an das Zeug muss ich mich erst gewöhnen. Weißt du was, Reina? Ich habe dich immer maßlos beneidet, weil du in deinem Kloster so sicher vor den Unbilden des Lebens warst. Aber du hast recht: Du bist nicht für das Klosterleben gemacht, Schwesterlein. Du bist schön, und du wirst eines Tages sehr glücklich sein. Genauso glücklich, wie ich es jetzt bin.«

Sie küsste Reina auf beide Wangen und erhob sich, um das Innere des Hauses neugierig in Augenschein zu nehmen.

Im Nu war sie umringt von hilfreichen Frauen, die sie zur Seite zogen und sie bedienten. Man reichte ihr ein neues Gewand, kämmte ihr das Haar, und – Reina glaubte zu träumen – die Frauen umrandeten Gisela sogar die Augen mit dunkler Schminke.

Man schmückt sie wohl schon für das Brautlager, dachte Reina verbittert und ging rasch beiseite, um nicht etwa auch in die Fänge der schminkwütigen Frauen zu geraten.

Vor dem Haus saßen die Männer beisammen, und an Ereks wilden Gesten erriet sie, dass er von seinem Kampf berichtete. Die Zuhörer verfolgten seine Erzählung mit anerkennendem Beifall. Auch Halvdan hockte bei ihnen, steuerte hin und wieder eine scherzhafte Bemerkung bei und erntete Gelächter. Als Reina merkte, dass er sie aus den Augenwinkeln betrachtete, flüchtete sie sich hinter das Haus und hockte sich ins Gras, den Rücken gegen die hölzernen Bretter gelehnt.

Sie hatte wenig Lust auf die große Feier, die nun zu Ehren des Hochzeitspaares gegeben wurde. Überhaupt – was verstanden diese Heiden wohl unter »zur Frau nehmen«? Hatte man ihr nicht einmal erzählt, dass ein Heide mehrere Frauen hatte?

Der Geruch des gekochten Fleisches verursachte ihr Ekel. Als im Haus lärmende Stimmen zu hören waren, weil alle sich ihren Platz an der Tafel suchten, blieb sie stur im Gras sitzen und starrte auf die Felsen, die sich grau und schrundig aus den Fichtenwäldern erhoben. Nein, auch wenn Erek es als Beleidigung auffassen würde – sie würde sich weigern, an diesem Fest teilzunehmen. Sie würde ihnen deutlich machen, dass ihr Magen nicht in Ordnung war.

Sie wartete eine Weile, doch niemand kam, um sie an die

Tafel zu bitten, und das ärgerte sie nun auch wieder. Seltsame Gastfreundschaft, wenn niemand bemerkte, dass ein Gast fehlte. Langsam begann ihr Magen zu knurren, denn sie hatte außer einer Schale Beeren und einigen Nüssen noch nichts gegessen. Drinnen herrschte lautes Treiben; Holzlöffel klapperten, Becher wurden geräuschvoll auf die Tafel gesetzt, und laute Männerstimmen redeten durcheinander. Deutlich erkannte sie Ereks und Halvdans Stimmen, die beiden führten das große Wort. Ab und zu brandete Gelächter auf, einige verschluckten sich sogar und husteten, was neues Gelächter hervorrief.

Man schien sie vollkommen vergessen zu haben. Wahrscheinlich thronte Gisela am Kopfende des Tisches, gleich neben Erek, und Halvdan saß zu ihrer anderen Seite, um ihr das Nötigste zu übersetzen. Nun, sie konnte es nicht erwarten, mit ihrem Erek auf das Ehelager zu kommen. Wie sollte sie da an ihre kleine Schwester denken?

Beleidigt zog Reina die Knie hoch und umschlang sie mit den Armen. Was fand Gisela nur an diesem Wikinger? Nun ja – Robert hätte gewiss niemals um sie gekämpft. Er war ein Feigling und hatte sie damals nur geheiratet, weil er damit Burg und Besitz an sich brachte. War ihr ein wenig Liebesglück mit Erek nicht zu gönnen? Robert hatte sie jahrelang vernachlässigt, gedemütigt, gequält …

Jetzt wurde gesungen, jemand spielte die Flöte, und sie hörte das Getrappel der Tanzenden. Sie hielt sich die Ohren zu, doch es nutzte nicht viel. Gelächter und Händeklatschen erreichten einen neuen Höhepunkt, dann sah sie plötzlich zwei Gestalten, einen Mann und eine Frau, die Hand in Hand zum See hinüberliefen. Sie stiegen in das seichte Uferwasser, und Reina konnte sehen, wie Gisela das Gewand schürzte, damit es nicht nass wurde. Dann bückte sich Erek, schöpfte mit seinen großen Pranken wahre Wasserschwaden und durchnässte sie von oben bis unten. Dabei lachte er wie ein Faun und begann, ihr die Kleider abzustreifen. Reina wandte den Blick ab, denn ihr Herz klopfte wild und sie spürte, wie eine heiße Woge in ihrer Brust emporstieg. Sie begann zu schluchzen und wischte sich – zornig über sich selbst – das Gesicht mit dem Ärmel ab. Doch es nutzte nicht viel, die Tränen liefen unaufhörlich über ihre Wangen und tropften auf ihr Kleid.

»Du nicht Hunger?«, fragte eine tiefe Stimme.

Sie hatte Halvdan nicht kommen hören und erschrak fürchterlich, als er sie anredete. Es war müßig, ihm verbergen zu wollen, dass sie geweint hatte, schließlich hatte er Augen im Kopf.

»Nein«, gab sie heiser zurück und musste sich räuspern.

Er hockte sich neben sie und schien nichts bemerkt zu haben.

»Halvdan schon gedacht. Er sagt allen: Reina nicht mag essen. Nicht Sorge haben – Ruhe lassen.«

»Vielen Dank«, gab sie unfreundlich zurück und schniefte verstohlen.

Da er nichts mehr sagte, wagte sie einen raschen Blick zum See hinüber. Die Sonne ließ die Berggipfel aufglühen und färbte den See rosig. Am Seeufer, zwischen Gräsern und Binsen, lagen zwei Menschen. Was sie dort taten, konnte sie nicht erkennen, aber beide trugen nicht den Fetzen eines Gewandes. Als sie bemerkte, dass er ihrem Blick gefolgt war, errötete sie und runzelte die Stirn.

»Wo ist Ereks Frau? Die Mutter seiner Kinder?«

»Gudrid starb, als erster Sohn, Ole, gestorben.«

»Und Erek hat sonst keine Frau?«

»Nein.«

»Aber er hat Sklavinnen? Er geht zu den jungen Frauen?«

»Wenn ein Mann liebt seine Frau – er geht nicht zu Sklavin.«

Sie verzog den Mund. Das war leicht gesagt.

Er wandte ihr lächelnd das Gesicht zu.

»Wenn Mond rund wird, Erek wird haben Hochzeit mit Gisela.«

»So – Hochzeit«, meinte sie spitz. »Und was tun sie jetzt?«

»Baden.«

»In meiner Heimat heiratet man erst und badet danach!«

Er lachte tief und kehlig und fasste einen Zipfel ihres Kopftuches.

»Reina schön in diese Gewand. Halvdan immer träumt, dich zu sehen wie Frau von Wikinger.«

Sie rutschte zur Seite und entzog sich ihm.

»Ich bin keine Wikingerfrau. Diese Sachen trage ich nur, weil mein Nonnenkleid schmutzig und zerrissen ist.«

Er zog die Augenbrauen hoch und sah sie spöttisch an.

»Ich habe vergessen. Du bist Nonne. Gut. Wenn Halvdan hat geübt Rache und er ist Jarl – er wird bauen Kloster für Reina. Dort sie kann wohnen mit andere Frauen.«

Sie ärgerte sich über seine Bosheit und rutschte noch ein Stück weiter von ihm fort.

»Sehr schön«, sagte sie. »Endlich siehst du es ein. Ich werde Äbtissin sein und euch Heiden das Christentum lehren.«

»Gut. Morgen ist Tag von Entscheidung. Tag von Rache.«

Sie erschrak und sah ängstlich zu ihm hinüber. So bald schon? Es schien ihr plötzlich unsinnig, mit ihm zu streiten. Morgen würde er fortreiten, und vielleicht sah sie ihn nie wieder. Niemals würde er erfahren, was sie in Wirklichkeit fühlte und so ängstlich vor ihm verbarg.

»Du wirst… mit deinem Bruder kämpfen, um ihn zu töten?«, fragte sie beklommen.

»Nein«, gab er ruhig zurück. »Halvdan hat anders beschlossen. Morgen wird sein Thing, das ist große Versammlung von alle Männer. Dort Halvdan wird sagen, was geschah, und auch Knut wird reden.«

Sie starrte ihn verständnislos an. Es gab offensichtlich eine Art von Gericht bei den Wikingern. Eine Versammlung, die Thing genannt wurde.

»Aber was wird dann sein? Werden sie deinen Bruder zum Tod verurteilen?«

»Thing nicht gibt Tod. Thing wird sagen: Verräter muss verlassen Heimat und kehren niemals zurück.«

Sie brauchte einen Moment, um zu begreifen. Dieses Thing würde Knut mit Verbannung bestrafen. Halvdan hatte beschlossen, seinen Bruder am Leben zu lassen.

»Aber… aber du hast doch gesagt, dass du deine Ehre verlierst, wenn du Knut nicht tötest…«, stammelte sie verwirrt.

Da sah er ihr voll ins Gesicht, verschlang sie fast mit dem Blick aus seinen tiefblauen Augen, und sie erzitterte.

»Reina will nicht, dass Halvdan tötet«, sagte er. »Also Halvdan findet andere Weg für Rache. Nicht alle Männer verstehen – aber Halvdan tut, was er muss tun.«

Sie hing an seinem Blick, bewegte die Lippen und brachte doch kein einziges Wort hervor.

Er setzte seine Ehre aufs Spiel! Für sie allein tat er das. Konnte es einen größeren Beweis seiner Liebe geben?

»Halvdan muss kluge Rede führen, kämpfen mit Wort«, sagte er leise. »Wird Reina ihm geben Kraft?«

Sie schluchzte auf, kroch zu ihm hinüber und umschlang ihn.

»Ich liebe dich, Halvdan«, stieß sie heiser hervor. »Ich liebe dich so sehr wie niemanden auf der Welt.«

Er bewegte sich nicht, genoss ihre Umarmung mit geschlossenen Augen, spürte, wie ihre Hände sich in seine Schultern gruben, seinen Nacken massierten und sich in sein Haar wühlten. Sie zog seinen Kopf zu sich herab und küsste ihn mit glühenden Lippen.

»Reina ist stark. Gibt Halvdan Leben«, murmelte er und umschlang sie.

Sie spürte, wie das Leben in ihm emporwuchs, und ihre Hand berührte jetzt ohne Scheu die harte Erhebung, die sie unter seinem Gewand fühlte. Er stöhnte leise auf, bog das Knie und hob sie auf seine Arme.

Er trug sie zum Waldrand hinüber, wo die Kiefern sich in der untergehenden Sonne rötlich färbten, lehnte sich mit dem Rücken gegen einen Stamm und ließ sie langsam aus seinen Armen gleiten. Lächelnd stand sie vor ihm, zog das Tuch von ihren Haaren und löste die Fibeln an ihrer Brust. Das rote Gewand glitt sacht zu Boden, sie stieg hinaus und stieß es mit dem Fuß beiseite.

»Du hast eine Fränkin zur Frau genommen«, flüsterte sie, beugte sich vor und löste seinen Gürtel. »Du wirst sehen, was du davon hast.«

Er lachte wohlig und dunkel und ließ geschehen, dass sie ihm den Kittel abstreifte. Sein Atem beschleunigte sich, als ihre Hände begierig über die breiten Muskelstränge seiner Schultern strichen, jeder einzelnen dieser köstlichen Wölbungen folgten und sie zärtlich kneteten. Dann plötzlich verlor sie alle Scheu und umschlang ihn fest, krallte die Finger in seinen Rücken, und er spürte ihre Zunge auf seiner Haut. In kleinen Kreisen leckte sie über seine Brust, fand seine festen Brustwarzen und reizte sie mit ihren Zähnen, sodass er aufstöhnte.

Mit gespreizten Fingern griff er in ihr Haar, hob ihr Gesicht zu sich empor und küsste ihren vollen, weichen Mund, nach dem er sich seit Wochen sehnte. Sie gab sich dem Kuss vollkommen hin, begegnete seiner Zunge mit Leidenschaft, und er spürte, wie ihr ganzer Körper dabei erbebte.

»Lass Halvdan sehen Fränkin«, murmelte er, seine Lippen von ihr lösend, und hob das lange Hemd auf, um es ihr über den Kopf zu ziehen. Sie half ihm dabei, indem sie ihren Körper hin und her bog, reizte ihn in dieser Bewegung, die etwas Herausforderndes hatte, und er fühlte, wie die Hitze in ihm ins Grenzenlose stieg. Nackt stand sie vor ihm, das Abendlicht ließ ihre Haut rosig erscheinen, dunkel glänzten die harten Spitzen ihrer kleinen, runden Brüste und das verlockende Vlies ihrer Scham.

Er wollte sie begierig an sich ziehen, doch sie ließ sich auf die Knie nieder und begann frech, die Bänder seiner Bruoche zu lösen, befreite sein heftig hervorstrebendes Glied von der störenden Hülle, und er wölbte sich ihr wollüstig entgegen, als ihre Hände seinen harten Penis umfassten. Sie war wie im Rausch, konnte endlich das tun, was sie in ihren Träumen so oft ersehnt und wofür sie sich beim Erwachen so unendlich geschämt hatte. Ihre Hände glitten gierig über die zarte Haut, spürten die Festigkeit, streichelten die angeschwollene Spitze, und sie hörte ihn wollüstig brummen. Aber sie wollte mehr, viel mehr. Die Wünsche, die in ihr aufstiegen, waren so schamlos, sie übertrafen ihre schlimmsten, süßesten Träume, und sie konnte sich nicht erklären, woher diese Fantasien kamen. In unstillbarer Begierde griff sie zwischen seine Beine, umfasste seine prallen Hoden, drückte sanft die Finger hinein, fühlte voll Entzücken die beiden weichen Kugeln in ihrem Inneren, spielte hemmungslos damit wie ein Kind mit der feuchten Tonerde, bis sie spürte, wie die Muskeln seiner Oberschenkel zuckten. Unbekümmert näherte sie jetzt ihren Mund seinem aufstrebenden Lustszepter, hörte, wie er tief die Luft einsog, als ihre Lippen seinen Penis berührten und ihn mit kleinen Küssen betupften. Sie wurde mutiger, ihre Zunge leckte über seine empfindliche Haut, kreiste über der prall gewölbten Eichel und reizte sie mit kleinen, harten Stößen, bis er sich vor ihr mit den Händen schützen musste, denn er konnte sich kaum mehr beherrschen.

»Warte, Reina«, flehte er. »Gib Liebe Zeit …«

Er hatte geahnt, dass sie ihm diesen Wunschtraum erfüllen würde, hatte sich immer wieder vorgestellt, wie er sie dazu bringen könnte, doch nie hätte er zu hoffen gewagt, dass sie es ganz aus eigenem Antrieb tun würde.

Aufkeuchend sank er zu ihr nieder, umfasste ihre Schultern und drückte sie rücklings ins weiche Moos.

»Jetzt du spürst Liebe von Wikinger«, murmelte er und beugte sich über sie.

Er hatte sie langsam und zärtlich erregen wollen, doch als er sie völlig nackt unter sich spürte und der warme Duft ihrer Weiblichkeit zu ihm aufstieg, überwältigte ihn die Leidenschaft. Wie ein Unwetter brach er über sie herein, wühlte in ihren Brüsten, knetete mit harten Händen ihre Hüften, setzte sein Knie zwischen ihre Schenkel und drängte sie auseinander. Sie schrie vor Lust, als er ihre Brustspitzen zwischen Daumen und Zeigefinger rieb und dann gierig mit dem Mund danach schnappte wie ein hungriges Wolfsjunges.

Dann bog er den Oberkörper hoch, kniete über ihr, den Blick auf ihren nackten, erregten Körper gerichtet, und sie sah, wie sein dunkles Glied vor Gier nach ihr zitterte. Voll Sehnsucht wölbte sie sich ihm entgegen, spreizte die Schenkel und strich mit den Händen über das weiche Vlies zwischen ihren Beinen, zog dann die vor Lust angeschwollenen Schamlippen auseinander, um sich ihm ganz und gar zu zeigen.

Sie spürte seinen Blick wie eine heiße Berührung, ein tiefer, kehliger Laut drang aus seiner Kehle, und er warf den Kopf zurück, halb wahnsinnig vor Begierde. Dann beugte er sich über sie, berührte mit der festen Spitze seines Gliedes die verlockende, rosige Muschel, die sie ihm darbot, rieb über die heißen, prallen Lippen ihrer Scham, drängte seinen Penis dazwischen und reizte sie mit immer heftiger werdenden Stößen. Reina stöhnte lustvoll und schob sich ihm ungeduldig entgegen, sodass er unwillkürlich ganz und gar in sie eindrang. Er spürte, wie ihr Körper den Rhythmus ihrer Sehnsucht zu tanzen begann.

Fast besinnungslos vor Gier musste er alle Willenskraft aufwenden, um den Gipfel der Lust so lange wie möglich hinauszuzögern. Sie war entfesselt, seine süße Fränkin; sie gab sich ganz und gar ihren Sinnen hin und tat Dinge, die ihm nahezu den Verstand raubten. Vorsichtig schob er die Arme unter ihren Körper, hielt sie dicht an sich gepresst und blieb tief in ihr, während er sich auf den Rücken drehte.

»Reite«, flüsterte er und umfasste ihre Pobacken mit festen Händen. »Halvdan mit dir reitet bis Ende von Welt!«

Sie begriff, was er wollte, setzte sich auf, stützte die Knie auf den Boden und wiegte sich sanft auf ihm vor und zurück. Lockend beugte sie sich vor, sodass ihre Brüste vor ihm tanzten und er in wütender Lust nach den harten, auf- und niederhüpfenden Spitzen schnappte. Er packte ihren Po fester an, machte den Ritt schneller, hob ihr seinen Unterkörper entgegen, sodass er mit jedem Stoß tief und hart in sie eindrang. Sie schloss die Augen und keuchte leise, folgte willig der Führung seiner Arme, spürte, wie ihre Brüste auf- und niederwogten, wie seine Hände sich in ihren Po gruben und sein steifes Glied ihre Scham so erregte, dass die Feuchte zwischen seine Schenkel lief. Ja, so hatte sie es sich immer gewünscht; sie wollte ihn ganz und gar in sich aufnehmen, seine Stärke tief in sich spüren und sie mit ihrer weichen Öffnung umschließen. Er sollte sie beherrschen und mit ihrem Körper spielen, wie es ihm beliebte, jede, auch die verborgenste, schamloseste Stelle ihrer Haut berühren und sie zum Glühen bringen.

Sie wimmerte, wand den Körper hin und her, das süße Brennen in ihrer Scham wurde immer gewaltiger und füllte sie ganz und gar aus, ließ sie bei jedem Stoß hemmungslos schreien und ihren Körper immer heftiger auf- und niederwiegen.

Als er fühlte, wie es in ihr zu zucken begann, packte er sie um die Taille und zwang sie zu sich herab, um sie ganz und gar zu umschlingen, während er sie besiegte. Der Wald schien in Flammen zu stehen, als sich die lang zurückgehaltene Flut endlich ihren Weg brach. Er hörte seinen eigenen wilden Triumphschrei, spürte, wie sie sich stöhnend an ihm festklammerte, und goss den heißen Strom des Lebens in sie hinein.

Als die Wellen langsam verebbten und Erschöpfung über sie kam, blieben sie lange Zeit dicht aneinandergeschmiegt. Keiner wollte sich vom anderen lösen, so als hätten sie Furcht, einander wieder zu verlieren. Die Sonne war längst untergegangen, das letzte Licht des Tages ließ Bäume, Felsen und See in dunklem Blau erscheinen, am Himmel herrschte schon Nacht, und über den Bergen stand ein durchsichtiger, fast voller Mond. Reinas Kopf lag an der Schulter des Wikingers, und ihr langes Haar hatte sich über seine Brust ausgebreitet; er spielte damit, wickelte sich die Locken um seine Finger und drehte sie zu Spiralen.

»Was war Grund?«, fragte er leise und kitzelte ihr Ohrläppchen mit dem Zeigefinger. »Heiße Sonne? Wasser im See? Mond am Himmel?«

Sie wusste, was er meinte, und kicherte.

»Es muss der Met gewesen sein, den ich gestern getrunken habe.«

Er lachte, und sie spürte die Erschütterung am ganzen Körper.

»Frauen von Wikinger machen guten Met. Zu stark für fränkische Nonne.«

Wohlig seufzend schlang sie die Arme um seinen Nacken und streckte sich auf seinem kräftigen Körper aus. Er brummte tief wie ein Bär, spürte die Berührung ihrer rosigen, harten Brustspitzen und ließ die Hände auf ihrem Körper abwärtsgleiten. Sie hatte hübsche, rundliche Pobacken, die gerade in seine großen Hände passten, und während er sie umfasste und streichelte, stieg schon wieder die Lust in ihm auf.

»Es ist vorbei mit der Nonne«, flüsterte sie und schob die gespreizten Finger durch den hellen Flaum auf seiner Brust.

»Wie schade«, stichelte er. »Halvdan dir wollte Kloster bauen. Große Kloster aus Holz auf Spitze von hohem Berg mit Kopf in Nebel und Wolken …«

Blitzschnell hob sie den Kopf und biss ihn ins Ohrläppchen.

»Hör auf zu spotten!«

Er lachte fröhlich, umschlang sie fester und presste sie an sich.

»Gut«, murmelte er in ihr Haar hinein. »Dann Halvdan baut für Reina große Haus mit Palisade wie Burg von Reinas Vater.«

»Schon besser…«

»Er dir schenkt viel Schmuck von Silber und Bernstein, er gibt dir Gewand von Seide und goldene Kette. Reina wird schön sein, wenn ist Hochzeit.«

Er wartete auf ihre Antwort, und als sie eine Weile schwieg, bog er ungeduldig ihren Kopf zu sich herauf und sah ihr fragend in die Augen.

»Ja«, sagte sie leise. »Ich will deine Frau sein. Aber ich brauche keinen Schmuck und keine kostbaren Dinge.«

»Warum nicht? Halvdan will stolz sein auf schöne Braut.«

»Aber ich bin nicht stolz auf geraubte Schätze. Noch dazu, wenn sie aus meiner Heimat stammen. Solchen Schmuck will ich nicht tragen, verstehst du das nicht?«

Nun war es an ihm zu schweigen. Sie war hartnäckig, seine zarte, süße Frau, und er wollte sie unter keinen Umständen kränken, denn er liebte sie. Aber gewisse Dinge sollte sie einsehen.

»Männer mir gesagt, dass Knut hat gebracht viele Truhen mit Gold und Silber. Er sie gefunden in Burg von Robert. Woher hat Robert Schätze?«

Sie ahnte, worauf er hinauswollte, doch sie sträubte sich, es zuzugeben.

»Die Sachen gehörten meinem Vater.«

»Und woher sie hat dein Vater?«, bohrte er weiter.

»Er hat sie erworben…«

»Wie hat er Schätze erworben?«

Ärgerlich fasste sie ihr Haar und drehte es im Nacken zusammen, denn er konnte es nicht lassen, damit zu spielen.

»Mein Vater war ein treuer Gefährte des Königs Karl, den man den Kahlen nannte. Er hat an seiner Seite gekämpft und sich dabei diese Schätze... ach, lass mich doch in Ruhe mit deinen Spitzfindigkeiten!«

»Mann kämpft und macht Beute«, stellte er ruhig fest. »Das immer so gewesen. Franke oder Wikinger – alle gleich.«

Sie hätte gern widersprochen, doch sie musste einsehen, dass er nicht so ganz unrecht hatte. Ihr Vater hatte oft von seinen Erlebnissen an der Seite des Königs erzählt und sich seiner Taten gerühmt. Aber natürlich, er war ihr Vater, und sie war damals sehr stolz auf ihn gewesen.

»Hör zu, Halvdan: Wenn ich deine Frau werden soll, dann musst du mir versprechen, dass du niemals wieder auf Raub in das Land der Franken ausziehen wirst...«

Er brummte unzufrieden, doch als sie seinen Mund suchte, küsste er sie voller Leidenschaft.

»So ist Reina«, knurrte er. »Ich nicht will töten Knut – aber Reina noch nicht zufrieden. Ich ihr gebe Finger – sie will ganze Hand.«

»Beide Hände will ich«, flüsterte sie zärtlich. »Und auch alles andere. Ganz und gar will ich dich haben, Liebster. Niemals will ich erleben, dass du von mir gehst, um in fremdem Land zu sterben.«

Sein Blick wurde weich, als sie das sagte.

»Das der Grund?«, wollte er wissen.

»Ich liebe dich, Halvdan. Ich habe Angst, dich zu verlieren.«

Er fiel mit wilden Küssen über sie her, bedeckte ihren

ganzen Körper mit Zärtlichkeiten, und sie spürte entzückt, dass seine Männlichkeit schon wieder auf neue Liebesspiele drängte.

❖

Sie schliefen dicht aneinandergeschmiegt in den Tag hinein, und erst als Halvdan sich ein wenig aufrichtete, erwachte auch Reina. Er schnüffelte und grinste dabei zufrieden.

»Frauen haben Essen gekocht – du riechst?«

Sie lachte und wischte sich den Schlaf aus den Augen. Vermutlich würde sie das Kochen erlernen müssen, denn dieser große Kerl schaufelte mit unsagbarem Vergnügen riesige Mengen in sich hinein.

Sie schlüpften in ihre Kleider und begaben sich mit harmloser Miene zu Ereks Haus hinüber, aus dem schon der Rauch der Feuerstelle drang. Tatsächlich, es roch lecker nach Fleisch, Brei und Gemüse, auch Reina verspürte jetzt kräftigen Hunger.

Gisela saß bei den Frauen an der Feuerstelle und half ganz selbstverständlich bei der Zubereitung der Mahlzeit, während Erek, umringt von einer Gruppe erwachsener Männer, vor dem Haus hockte. Reina sah, dass sie ihre Waffen polierten, und es wurde ihr unbehaglich. Hatte Halvdan nicht erzählt, dass dieses Thing so eine Art Gericht sei? Wozu schleppten sie dann diese Menge von Schwertern, Streitäxten und Speeren mit sich? War es vielleicht doch keine friedliche Versammlung, auf der nur geredet wurde?

Gisela erhob sich, um auf sie zuzulaufen und sie zu umarmen. Ihr Gesicht leuchtete.

»Du siehst glücklich aus«, bemerkte Reina.

»Das bin ich auch«, gestand sie. »Ich habe mich nicht getäuscht – Erek wird mir geben, was ich mein Leben lang vermisst habe.«

Sie zog Reina beiseite und berichtete aufgeregt, dass sie schon einige Worte der fremden Sprache erlernt habe und dass Erek allen erklärt hatte, wer die künftige Herrin in seinem Haus sein würde.

»Er hat mich beschenkt wie eine Königin. Schau den Silberschmuck und die Armreifen. Und den roten Stoff aus feinster Wolle …«

Sie öffnete eine kleine Truhe, die an der Schmalseite des Hauses dicht an der Wand stand, und ließ Reina hineinsehen.

»Du musst nicht glauben, dass diese Sachen Beute aus unserer Heimat sind, Reina. Soweit ich verstanden habe, tauscht Erek Felle und Honig gegen diese Sachen ein …«

Reina schwieg dazu, sie wollte Gisela die Freude nicht verderben. Vielleicht stimmte es ja – Ereks Söhne waren nicht zurückgekehrt, woher sollte er Beutegut besitzen? Als Gisela sich stolz eine Kette aus goldfarbigem Bernstein umhängte, nickte sie und meinte, sie stünde prachtvoll zu ihrem blonden Haar.

»Weißt du, weshalb sie draußen ihre Waffen herrichten?«, erkundigte sich Gisela beiläufig. »Ich dachte erst, sie wollten auf die Jagd reiten, aber dazu brauchen sie keine Schwerter.«

»Sie reiten zu einer Versammlung, die Thing genannt wird«, gab Reina zurück und spürte, wie die Unruhe in ihrer Brust sich verstärkte. Mit wenigen Worten erklärte sie Gisela, was Halvdan vorhatte, und war verblüfft, als diese sie bedenklich ansah und den Kopf schüttelte.

»Es ist nicht klug von ihm, Reina«, meinte Gisela leise. »Knut ist nicht wie Halvdan. Er hat ihn einmal betrogen, und er wird es wieder tun. Ich habe ihn kennengelernt, diesen schrecklichen Mann…«

Reina dachte daran, dass Knut und seine Männer ihre Schwester gefangen und verschleppt hatten, und sie wagte nicht zu fragen, was auf der Reise nach Norden mit ihr geschehen war.

»Fändest du es etwa besser, wenn Halvdan blutige Rache an seinem eigenen Bruder vollziehen würde? Und dabei vielleicht selbst stürbe?«

Gisela seufzte und sah ihre Schwester kummervoll an.

»Ich weiß es nicht, Reina. Knut hat von dem Kampf eine tiefe Wunde in der Schulter zurückbehalten und kann den rechten Arm nicht mehr heben. Er ist voller Hass auf seinen Bruder und sinnt auf Vergeltung. Ich kann mir nicht vorstellen, dass ein Gericht ihn dazu zwingen könnte, das Land zu verlassen.«

Reina sah hinüber zu den Männern, die jetzt ihre Waffen beiseitegelegt hatten und die Morgenmahlzeit von hölzernen Tellern aßen. Jeder hockte auf dem Boden und hielt den Teller auf dem Schoß. Die Stimmung war ungewohnt ruhig, alle kauten nachdenklich vor sich hin, und immer wieder wanderten die Blicke zu Halvdan hinüber, der ungerührt seinen Gerstenbrei löffelte. Nicht alle Gesichter schienen zufrieden; es gab auch kritische Mienen, Unverständnis, hin und wieder Kopfschütteln. Halvdans Vorhaben war nicht bei allen Männern auf Zustimmung gestoßen, nur Erek, der neben Halvdan auf einem Hocker saß, wirkte entschlossen.

Wenn schon Ereks Männer nicht überzeugt sind – wie werden erst die anderen denken, fuhr es Reina durch den Kopf. Jetzt verspürte sie plötzlich keinen Appetit mehr, und als Beret ihr schweigend einen Teller mit Fleisch und Gemüse reichte, stellte sie die Mahlzeit unberührt neben sich auf den Boden. Was wusste sie von den Gebräuchen der Wikinger? War Halvdan ein zu großes Wagnis eingegangen?

»Mach dir nicht solche Sorgen«, schwatzte Gisela, der ihre offene Rede jetzt schon wieder leidtat. »Es wird schon alles gut. Ich weiß, dass ihr beide sehr glücklich sein werdet. Ich habe es von Anfang an gesagt.«

»Du hast gesagt, ich solle mich vor Halvdan in Acht nehmen«, murmelte Reina, aber Gisela hörte schon nicht mehr zu, denn in diesem Augenblick war Erek aufgestanden und kam zu ihr hinüber. Er fasste Gisela sanft bei den Schultern, strich mit der Hand über ihre Wange und zog sie dann an sich. Reina wandte die Augen ab, um nicht als neugierig zu erscheinen, doch sie war gerührt, dass dieser vierschrötige, wilde Kerl mit solcher Zärtlichkeit eine Frau küssen konnte. Ja, jetzt begriff sie sehr wohl, dass ihre Schwester glücklich sein konnte, und jäh schoss die Angst in ihr hoch, dass dieses Glück vielleicht durch ihre Schuld sehr rasch wieder zerstört werden könnte. Erek stand treu an Halvdans Seite – er würde mit ihm kämpfen und auch mit ihm sterben …

Die Männer rüsteten sich, legten die kurzen Mäntel über die Schultern und nahmen ihre Waffen an sich. Reina schloss einen Moment die Augen, als ein Sonnenstrahl eines der Schwerter aufblitzen ließ, dann stand plötzlich Halvdan vor ihr.

»Lass mich mit dir gehen«, flehte sie. »Ich will bei dir sein, was auch immer geschieht.«

Er lächelte und legte die Arme um sie. Er hatte dies bisher noch nie vor allen anderen getan, es war das Zeichen, dass Reina seine Frau sein würde, und sie vernahm ringsum zustimmendes Gemurmel.

»Thing nicht für Frau«, sagte er grinsend und küsste ihre Wangen zum Abschied. »Thing nur für Männer in Waffen. Reina wartet auf mich. Halvdan kommt zurück.«

Das kannte sie schon. Sie hasste seine Gewohnheit, einfach davonzugehen und sie im Ungewissen zu lassen.

»Sag mir wenigstens, wo ihr hingeht. Wo wird diese Versammlung abgehalten?«

»Große Lichtung in Wald. Steine dort haben gesehen viele Thing von Anfang der Zeit bis heute. Alle im Dorf kennen Ort, keiner wird dir zeigen. Reina muss haben Geduld, zu warten.«

Geduld war ihre Stärke nicht. Doch sie wollte hier vor allen anderen nicht streiten und auch nicht jammern. Sie wusste, was sie ihm und sich selbst schuldig war.

»Ich bin bei dir«, sagte sie leise. »Ich weiß, dass du klug bist und richtig handeln wirst. Und du weißt, dass ich dich liebe.«

Er küsste ihren Mund mit heißen Lippen, zog sie noch einmal fest an seine Brust und wandte sich dann rasch ab.

Seine Stimme schallte laut und energisch durch das kleine Dorf, und plötzlich war der Zauber, den er auf die Krieger ausüben konnte, wieder da. Zuversicht erschien auf ihren Gesichtern, die Zweifel schwanden, hie und da lachte einer, und seine Augen blitzten. Nicht alle hatten Pferde, sodass einige von ihnen zu Fuß gehen mussten, doch man schritt munter aus, kaum jemand drehte sich nach den Frauen, Greisen und Kindern um, die im Dorf zurückblieben und den Davonziehenden nachblickten.

»Es wird schon gutgehen«, flüsterte Gisela. »Ganz sicher wird alles gut werden.«

Es klang in Reinas Ohren, als müsse sie sich selbst Zuversicht einreden.

Die Stimmung im Dorf war gedämpft. Zwar spielten die Kinder unbefangen wie immer, doch die Frauen hatten sich in ihre Häuser verteilt, Reina sah sie das Vieh füttern und die Ziegen melken, eine weißhaarige Alte stand am Webstuhl und ging schweigend ihrer Arbeit nach. In Ereks großem Langhaus war es leer geworden, die Feuerstelle brannte nieder, und Gisela war damit beschäftigt, die Reste der Mahlzeit in einen kleineren Topf zu schütten, den sie in einer Erdgrube im hinteren Teil des Hauses kühl verwahrte. Reina sah ihr dabei zu und beneidete die Schwester, die ihre Unruhe durch Tätigkeit besiegen konnte. Sie selbst saß zusammengekauert in einer Ecke, starrte auf das verglimmende Feuer und wusste nichts mit sich anzufangen.

»Iss wenigstens«, ermunterte Gisela sie und schob ihr den unberührten Teller zu. »Wir können nichts tun außer warten, aber deshalb musst du ja nicht verhungern.«

Ein Windstoß bewegte die Eingangstür, fegte die Asche der Feuerstelle über die Holzdielen und fachte die Glut wieder an. Seufzend lief Gisela zur Tür und sah hinaus.

»Der Himmel hat sich zugezogen«, meldete sie. »Vielleicht gibt es Regen.«

»Dann wird die Versammlung im Wald wohl ins Wasser fallen«, scherzte Reina mit Galgenhumor.

Sie nahm den Teller und rührte mit dem Holzlöffel lustlos darin herum, aß ein wenig Brei und Gemüse und stellte die Mahlzeit wieder beiseite. Gisela hatte sich einen Eimer mit Wasser geholt und wusch die Teller und Schüsseln sauber. Dabei redete sie unaufhörlich, wie es ihre Art war, und schmiedete Pläne, welche Neuerungen sie in Ereks Haushalt einführen würde: dass man Wände aus Flechtwerk einziehen könnte, ein hölzernes Bettgestell herstellen und bunte

Wandteppiche sticken. Nach einer Weile begann es draußen zu donnern, und Reina hielt es nicht mehr aus.

»Wohin willst du? Es gibt ein Gewitter!«

»Ich brauche etwas frische Luft, Schwesterlein.«

»Du wirst nass werden!«

»Meine Güte – spar dir deine Fürsorge für eure Kinder auf!«

Ärgerlich knallte sie Gisela den halb vollen Teller vor die Nase und lief an ihr vorbei nach draußen. An der Tür herrschte Gedränge, denn Hühner und Ziegen hatten nicht viel für Gewitter übrig und strebten ins sichere Haus, sodass Reina über die Tiere hinwegsteigen musste. Aufseufzend setzte sie sich schließlich dicht neben der Hauswand ins Gras und starrte in die dunklen Wolken, die von jenseits des Sees herüberzogen. Es sah aus, als stiege dort ein gewaltiges Gebirge aus dem Horizont, dessen zackige Gipfel immer wieder zerflossen, um an anderer Stelle größer und bedrohlicher hervorzuwachsen. Gemächlich, aber unaufhaltsam schob sich die schwarze Wand in die Höhe, wie ein immenses Heer dunkler Krieger, das sich über die ganze Himmelskuppel ausbreiten wollte, um Licht und Sonne zu besiegen.

Als der erste Blitz wie eine gleißende Ader über die Schwärze des Himmels zuckte, schloss Reina unwillkürlich die Augen, und ihr Herz hämmerte. Gleich darauf krachte ein Donnerschlag über ihr, als sei ein großer Fels zerborsten, eine Windbö warf einen leeren Eimer um, erfasste ihr Kleid und bauschte ihren Rock. Ringsum war jetzt Bewegung, Frauen und Kinder brachten Schemel, Geschirr und Felle in Sicherheit, die alte Frau schob den Webstuhl mühsam durch die Haustür, Hühner flatterten, und Hunde flüchteten mit eingezogenen Schwänzen in die Häuser.

»Komm jetzt endlich rein! Ich muss die Tür schließen.«

»Mach, was du willst!«, knurrte Reina bockbeinig und blieb hocken. Es war ihr immer noch lieber, draußen vor dem Haus nass zu werden, als drinnen in der Dunkelheit zu sitzen, wo sie Giselas Redseligkeit ausgeliefert war.

Das schwarze Heer hatte jetzt den ganzen Himmel erobert, und die Kämpfe dort oben tobten mit blitzenden Waffen und grollenden Donnerschlägen. Das Wasser des Sees war dunkel, schwere Wellen schlugen gegen die Ufer, Windböen fegten darüber hinweg und bogen die Halme der Binsen. Dann begann es zu regnen, zuerst nur in wenigen, dicken Tropfen, bald jedoch strömten dichte, schräge Regenbänder herab, und Reina drückte sich eng an die Hauswand, um wenigstens durch das überhängende Strohdach ein wenig geschützt zu sein. Es nutzte nur wenig, denn der Regen rann in dichtem Schleier vom Dach herab, spritzte am Boden auf und durchnässte ihr Kleid und ihre Schuhe.

Das Gewitter kam Halvdans Vorhaben nicht gerade entgegen. Wie sollte man überhaupt bei diesem Unwetter eine Versammlung abhalten? Allein der Donner übertönte ja jedes Wort. Vermutlich würden die Männer jetzt Schutz unter den Bäumen suchen und das Ende des Unwetters abwarten. Vielleicht würden sie aber das Gewitter auch als ein böses Zeichen werten, als einen Zornesausbruch ihres Gottes Thor, der ganz sicher der Herr von Blitz und Donner war? Reina überlegte, ob man unter diesen Umständen das Thing sogar auflösen und nach Hause zurückkehren würde.

Es wäre ihr nur recht gewesen. Nach allem, was Gisela über Knut erzählt hatte, war ihre Sorge um Halvdan riesengroß. Wenn er nicht bald wieder zurückkehrte, würde sie losziehen, um ihn zu suchen. Sie würde schon herausbekommen, wo dieser Versammlungsort war – und wenn sie einen der unternehmungslustigen, halbwüchsigen Burschen überreden müsste, sie dorthin zu führen.

Das Gewitter hatte seine Kraft verloren, und der Donner entfernte sich. Die feurigen Linien der Blitze wurden kürzer und zuckten nur noch winzige Augenblicke am Himmel. Nur der Regen rauschte in dichten Fäden hernieder und verwandelte die Wege zwischen den Häusern in reißende Schlammbäche. Plötzlich sah Reina Bewegung zwischen den Fichten; eine Schar Reiter näherte sich, die Gewänder dunkel vor Nässe und die Kappen tief in die Gesichter hineingezogen. Ein freudiger Schreck durchfuhr sie – sie hatte recht gehabt, die Männer kehrten zurück.

Aufgeregt suchte sie mit den Augen Halvdans hohe Gestalt, doch sie entdeckte keinen Reiter, der ihm glich, und Angst erfasste sie. Er war nicht bei ihnen – also war er zurückgeblieben. Warum?

Doch als die Gruppe rasch näher ritt, begriff sie, dass es nicht die Männer aus dem Dorf waren. Keines der Gesichter kam ihr bekannt vor, auch Erek war nicht unter ihnen – sie waren Fremde.

Niemand im Dorf hatte die Ankömmlinge bemerkt, Frauen und Kinder saßen in den fensterlosen Häusern, um vor dem Regen geschützt zu sein. Unruhig erhob sie sich und lief zur Tür, die Gisela von innen verriegelt hatte, damit der Wind sie nicht aufriss.

»Mach auf!«, rief sie aufgeregt und rüttelte an der Tür. »Es kommen Reiter ins Dorf. Wir müssen vorsichtig sein, es sind nicht…«

In diesem Augenblick übertönte das laute Getrappel der Pferdehufe auf den hölzernen Bohlen ihre Stimme. Die Männer ritten in wildern Galopp durch das Dorf, schlammiges Wasser spritzte empor, dann hörte sie einen lauten Ruf aus männlicher Kehle.

Sie verstand kein einziges Wort. Berittene Krieger umringten sie, die Körper der Pferde drängten sie gegen die Hauswand, dann hörte sie Giselas lautes Schreien, und jemand riss sie empor.

Sie hatte nicht die leiseste Chance, sich zu wehren. Bäuchlings über dem Pferderücken liegend, wurde sie davongetragen, dunkles Wasser spritzte zu ihr hinauf, und die Hufe donnerten über die hölzernen Bohlen. Die Krieger jagten zum Wald hinüber und trugen ihre Beute mit sich fort.

❖

Erst als der Ritt langsamer wurde, begann sie zu zappeln, griff in die Mähne des Tieres und versuchte, sich daran hochzuziehen. Doch ein fester Schlag auf den Arm ließ sie vor Schmerz aufschreien und ihre Absicht aufgeben.

Die Männer ritten auf schmalem Pfad zwischen den Fichten hindurch, und nasse Zweige streiften ihren Körper. Längst war ihr das Kopftuch herabgeglitten, und ihr langes Haar verfing sich im Geäst. Sie war schon einmal auf diese Weise entführt worden, doch damals war es Halvdan gewesen, der sie vor sich auf dem Pferd hielt, und er hatte sich bemüht, ihr keinen Schaden zuzufügen. Diesem Mann jedoch schien völlig gleichgültig zu sein, ob die unbequeme Lage ihr Schmerzen bereitete, er sorgte nur hin und wieder dafür, dass sie nicht vorn Pferd rutschte, indem er sie am Arm oder an einem Bein packte und ihren Körper wieder zurechtschob.

Nach einer Weile wurde ihr schlecht. Das Blut stieg ihr

in den Kopf, zudem presste sich die Kante des Sattels in ihren Bauch, und der stetig unter ihr vorüberziehende, nasse Waldboden verursachte ihr Schwindel. Doch sie wagte nicht mehr, sich aufzurichten, aus Furcht, ihr Entführer würde ihr Schlimmeres antun als nur einen Schlag auf ihren Arm.

Verzweifelt grübelte sie darüber nach, wer diese Männer sein konnten und weshalb sie ein friedliches Dorf überfielen. Nach allem, was sie gesehen hatte, waren es Wikinger. War es ein feindlicher Stamm? Aber weshalb war man dann nicht in die Häuser eingedrungen, um sie auszurauben? Hatte man überhaupt noch andere Menschen entführt? Ihr war schwarz vor Augen, und der Schwindel plagte sie, dennoch mühte sie sich, die übrigen Reiter zu betrachten. Sie sah keine weiteren Gefangenen, auch waren weder Klagen noch Wehgeschrei zu hören. Schweigend ritten die Männer durch den Fichtenwald, erklommen immer größere Höhen, bis der Wald endete und sie unter sich nur noch spärliches Gras und graues Felsgestein sah.

Da endlich begriff sie. Man hatte es ganz allein auf sie abgesehen. Diese Männer hatten den Auftrag gehabt, sie, Reina, in ihre Gewalt zu bringen. Und es gab nur einen einzigen Menschen, der solch einen Plan ausgeheckt haben konnte.

Der Schwindel wurde plötzlich so heftig, dass es ihr in den Ohren dröhnte. Ihr Kopf schlug immer wieder an den Pferdekörper, sie spürte die arbeitenden Muskeln des Tiers unter dem glatten Fell, sah die Vorderbeine unablässig vor- und zurückschnellen, und sie glaubte, das Geräusch der Hufschläge auf dem Felsboden nicht mehr ertragen zu können. Dann fiel sie in eine erlösende Bewusstlosigkeit.

Sie erwachte langsam. Der grauenhafte Druck auf ihrem Bauch war nicht mehr da, und sie lag auf dem Boden, dafür hallten Stimmen in ihren Ohren, Wortfetzen, die ihr wohlbekannt waren und die sie doch nicht deuten konnte. Die Sprache der Wikinger. Jemand riss an ihren Armen, zog ihren Oberkörper ein Stück hoch, und sie spürte, wie ihr Kopf kraftlos ins Genick fiel und Dunkelheit sie wieder umhüllte. Eine tiefe, zornige Männerstimme dröhnte über ihr, und andere antworteten. Ihre Worte klangen trotzig, doch sie wurden leiser und verstummten schließlich. Sie wagte es, die Augen einen winzigen Spalt zu öffnen.

Der unstete Schein eines Feuers beleuchtete ein Gesicht, das über sie gebeugt war. Ein bärtiger rothaariger Mann starrte sie mit hellen Augen an, bohrte seine Blicke in sie hinein und murmelte dabei leise Worte. Sie sah eine breite violette Narbe, die quer über seine Stirn lief, und schloss erschrocken die Lider.

Die tiefe Stimme warf einen kurzen Befehl in den Raum, und gleich darauf fasste man sie an Armen und Beinen, sie schwebte über dem Boden, fiel auf ein Lager und blieb ohne Bewegung liegen. Die Stimme hallte noch in ihren Ohren; sie glich Halvdans Stimme, und doch war die Art, in der der Mann redete, eine völlig andere. Die Worte zischten in seinem Mund, waren wie abgehackt, und man hatte das Gefühl, dass er sich ihrer nur unwillig bediente.

Dieser Kerl musste Knut sein, Halvdans Bruder. Der Mann, der Halvdan heimtückisch überfallen und in die Sklaverei verkauft hatte, um selbst Jarl zu werden. Reina ertappte sich bei der Frage, weshalb Knut sich eigentlich so viel Mühe gemacht hatte. Wäre es nicht einfacher und sicherer gewesen, den Bruder zu erschlagen? Oder hatte Knut seinem Bruder ein Schicksal bereiten wollen, das schlimmer war als der Tod? Dann musste er einen abgrundtiefen Hass in sich tragen.

Sie begriff nicht, weshalb ihr jetzt solche Gedanken durch den Kopf schossen. Viel eher sollte sie sich um sich selbst Sorgen machen. Was hatte Knut wohl mit ihr vor? Würde er über sie herfallen und ihr Gewalt antun, um sich für die Niederlage, die sein Bruder ihm zugefügt hatte, zu rächen? Ja, vermutlich würde er das tun.

Ihr war eisig kalt. Sie spürte ihre nassen Kleider, die auf der Haut klebten, und hörte, wie ihre Zähne aufeinanderschlugen. Vorsichtig wagte sie wieder, die Lider ein winziges Stückchen zu öffnen. Der Raum, in dem sie sich befand, war so groß, dass das flackernde Licht des Feuers weder Wände noch Ecken erreichte. Beißender Rauch stieg von der Feuerstelle auf; er durchzog den Raum in dichten Schwaden, reizte die Augen und machte das Atmen schwer. Um das Feuer saßen Männer und Frauen, die hölzerne Schüsseln in den Händen hielten und aßen, während Kinder auf dem Boden herumkrabbelten. Ein Hund näherte sich ihrem Lager, beschnüffelte sie und ging wieder fort, um sich am Feuer einen Happen zu erbetteln.

Sie kämpfte gegen den Hustenreiz an und versuchte, die Gesichter der Menschen zu erkennen. Sie waren nicht heiter wie die Leute in Ereks Dorf; die meisten blickten ohne Regung vor sich hin, auch die Frauen waren ernst, nur eine der jüngeren, die ein Kind auf dem Schoß hielt und es mit Brei fütterte, hatte einen zärtlichen Ausdruck in den Augen.

Ich muss versuchen zu fliehen, dachte sie. Aber wie? Ich müsste ja an allen vorbeilaufen, wenn ich die Tür erreichen wollte. Außerdem war die Tür verschlossen.

Warum war Knut nicht gleich über sie hergefallen? Warum dieses Gebrüll, auf das der andere Mann zuerst trotzig und dann kleinlaut geantwortet hatte? War er zornig gewesen, weil die Gefangene schmutzig und von Ästen zerkratzt zu ihm gebracht wurde? Wollte er seine Rache vielleicht auf-ganz besondere Art genießen? Nicht eine ohnmächtige Gefangene unter sich haben, sondern den Widerstand einer schönen jungen Frau brechen, die einem anderen gehörte?

Sie verwarf diese Gedanken. Dieser widerliche Kerl hatte einfach erst seine Mahlzeit einnehmen wollen, später würde er Met und Bier in sich hineinlaufen lassen und danach über sie herfallen.

Sie beobachtete ihn. Knut saß leicht vornübergebeugt auf einem Schemel, eine Holzschale auf dem Schoß, aus der er sich mit den linken Hand Fleischbrocken nahm, um sie in den Mund zu stopfen. Der rechte Arm hing schlaff an ihm herunter, als gehöre er nicht zu seinem Körper.

Sie lag still und spürte, wie ihr Herz aufgeregt klopfte. Sie musste handeln, und das bald. Solange man sie ohnmächtig glaubte, würde niemand auf sie achten. Wenn das Feuer nur ein wenig weiter niedergebrannt war, würde sie sich leise erheben und in eine Ecke des Raums schleichen. In dem Getümmel, das entstand, wenn man ihr Verschwinden entdeckte, hatte sie eine Chance, durch die Tür zu entwischen.

Während sie noch den Riegel der Haustür musterte, erhob sich eine junge Frau und näherte sich ihrem Lager. Sie kniete neben ihr nieder, und während Reina noch glaubte, sie wollte ihr ein Getränk geben, fasste die Frau ihre Hände und band sie mit einem Riemen fest zusammen. Das Gleiche tat sie mit ihren Füßen. Dann hob sie den Kopf der Gefangenen an, setzte einen Becher mit Wasser an ihre Lippen und ließ sie trinken. Das Wasser schmeckte schal, es war Schlamm darin, und Reina blickte der Frau in die Augen. Sie glaubte Feindseligkeit darin zu erkennen.

Wieso hatte sie einmal geglaubt, die Frauen der Wikinger seien lieb und freundlich? Teufelinnen waren sie.

Jetzt gab es keine Hoffnung mehr – mit diesen Fesseln, die ihr in die Gelenke einschnitten, würden Füße und Hände bald gefühllos werden. Sie hatte die vielleicht einzige, wenn auch sehr kleine Chance auf Rettung verpasst.

Die Frau gab sich wenig Mühe, das Los ihrer Gefangenen zu erleichtern. Kaum hatte Reina einige Schlucke getrunken, da zog sie den Becher schon wieder fort und erhob sich. Reina folgte ihr mit den Blicken. Sie war groß gewachsen, ging aufrecht und wiegte sich beim Gehen ein wenig in den Hüften. Jetzt erkannte Reina auch, dass sie nicht das übliche Gewand der Wikingerfrauen trug, sondern ein dunkelblaues Überkleid aus weichem, dünnem Wollstoff, das mit Borten aus hellblauer Seide gefasst war und das ihr nur bis an die Knöchel ging. Auch das violette Tuch, unter dem sie ihr Haar verbarg, war aus Seide.

Zornig grub Reina die Zähne in die Unterlippe. Sie kannte Gewand und Tuch nur allzu gut, denn sie hatten einst ihrer Schwester Gisela gehört. Nun also schmückte sich diese Wikingerfrau damit. War es Solveig, Ereks Tochter, die von ihrem Mann schöne Gewänder aus der fränkischen Beute erhalten hatte? Wahrscheinlich war sie es, das würde auch ihre Feindseligkeit erklären. Sie musste die Fränkin doch hassen, mit der ihr Mann die Nacht verbringen wollte.

Unbefangen hob sie jetzt den Kopf, um die Menschen am Feuer zu beobachten. War es schon vorhin recht leise zugegangen, so herrschte jetzt vollkommenes Schweigen. Einige der Männer hatten sich erhoben, um das Haus zu verlassen, ihre Frauen und die Kinder folgten ihnen. Andere saßen noch beieinander, tranken Met, ohne zu reden, und starrten dabei ins Feuer. Es schien ihr, als hätten alle Grund, über etwas nachzudenken oder eine wichtige Entscheidung zu treffen.

Solveig näherte sich ihrem Mann, beugte sich zu ihm nieder und sprach einige leise Sätze. Als sie ihre Hand sanft auf seine linke Schulter legte, wehrte er unwirsch ab. Darauf verschwand sie im Dunkel des Raumes ohne ein weiteres Wort.

Reina starrte auf diesen Mann. Knut Ragnarsson, Halvdans Bruder. Er saß noch immer in der gleichen Haltung, regte kein Glied, nur seine hellen Augen glänzten im schwachen Feuerschein. Reina erschauerte. Es waren die gleichen Augen, die sie an Halvdan so liebte. Die Brüder ähnelten sich nicht nur in ihrem Wuchs, auch die Gesichter zeigten deutlich, dass beide den gleichen Vater hatten. Und doch war Knuts Blick stier, fast ohne Leben, und seine Lippen waren schmal, weil er sie fest zusammenpresste. Saß er so seltsam verkrümmt, weil er Schmerzen hatte? Sie sah auf den rechten Arm, der an seinem Körper herabhing, und sie begriff, dass es ein grauenhaftes Schicksal für ihn sein musste, nicht mehr Herr seines Körpers zu sein. Er war zum Krüppel geworden – das Schlimmste, das einem Krieger geschehen konnte, schlimmer noch als der Tod.

Sie schob das aufkommende Mitgefühl beiseite. Dieser Mann hatte Halvdan in die Sklaverei verkauft – er hatte sein Schicksal mehr als verdient. Wie hatte Halvdan nur glauben können, Knut würde sich an die Gesetze der Wikinger halten? Wahrscheinlich war Knut zum Thing gar nicht erst erschienen, sondern hatte stattdessen sie, Reina, in seine Gewalt gebracht.

Was mochte in seinem Kopf vorgehen? Hatte er tatsächlich die Absicht, sie zu vergewaltigen, um sich an Halvdan zu rächen? Oder plante er anderes, viel Ärgeres?

Die Fesseln schmerzten, ihre Hände und Füße begannen, taub zu werden, und sie fühlte, wie ihr ganzer Körper sich vor Angst versteifte. Sie konnte nichts tun und musste völlig hilflos abwarten, was dieser schreckliche Mensch über sie beschlossen hatte. Warum hockte er dort am Feuer, glotzte vor sich hin und unternahm nichts? Worauf wartete er?

Eine Ewigkeit lang geschah nichts. Ihre Anspannung erlahmte, und die Erschöpfung forderte ihren Preis – die Augen fielen ihr zu. Dann, plötzlich, hörte sie Stimmen, und der Schreck durchfuhr sie heiß. Undeutlich erkannte sie die Umrisse eines Mannes neben den glimmenden Resten des Feuers; er war schmal, trug den Mantel um die Schultern und eine Kappe auf dem Kopf. Knut erteilte ihm mit gedämpfter Stimme Befehle, der Mann nickte, öffnete die Tür und ging hinaus. Einen Moment lang fiel das blasse Mondlicht in den Raum, und Reina konnte Knuts Gesicht erkennen. Seine Züge waren verzerrt, doch das Vorgefühl eines kommenden Triumphes lag darin.

Undeutlich hörte sie, wie draußen jemand davonritt.

Er hat einen Boten ausgeschickt, dachte sie, und Verzweiflung überkam sie. Natürlich, das war es, was er plante. Er wollte Halvdan herbeilocken, um ihn zu töten.

Dann sah sie, wie Knut sich mühsam von seinem Hocker erhob und im Dunkel des Raumes verschwand. Starr vor Angst lauschte sie auf jedes Geräusch, das Rascheln der Mäuse, das Tropfen des feuchten Strohdaches, das Husten und Schnarchen der Schläfer.

Doch Knut schien sie völlig vergessen zu haben.

Sie schlief kaum in dieser Nacht, sondern grübelte verzweifelt darüber nach, wie sie das Verhängnis abwenden könnte. Erfolglos versuchte sie, die Fesseln zu lösen, und nur hin und wieder sank sie in einen unruhigen, kurzen Schlummer.

Ein Hahnenschrei weckte sie am Morgen, und durch ein rundes Loch hoch oben an der Giebelseite des Hauses fiel schwaches bläuliches Licht. Die Männer, die sich neben der Feuerstelle niedergelegt hatten, bewegten sich jetzt, setzten sich auf und streckten die Glieder. Dann löste sich die Gestalt einer Frau aus dem Dämmerlicht des Raumes und schritt auf sie zu. Sie war klein und alt, das Gesicht voller Runzeln und der Mund ohne Lippen. In den Händen trug sie eine Schale mit Wasser.

Schweigend kniete sie neben Reina nieder, besah ihre Fesseln, tauchte dann ein Tuch ins Wasser und begann, ihr das Gesicht zu waschen. Als Reina den Kopf drehte, um dem stinkenden Lappen zu entgehen, zischte sie sie wütend an und riss an ihrem Haar. Gleich darauf zog sie einen Kamm aus ihrem Ärmel, zog Reina zum Sitzen auf und machte sich über die dunkelbraune Haarpracht der Gefangenen her. Sie hatte lange damit zu tun, denn das Haar war dicht und an einigen Stellen fast unentwirrbar.

Reina blieb nichts anderes übrig, als sie gewähren zu lassen. Erst als ein kurzer, harter Befehl zu ihnen hinüberschallte, ließ die Alte von ihr ab und humpelte davon. Ein langer, hagerer Kerl mit blassem Gesicht und schütterem, hellem Bart trat auf sie zu, starrte sie einige Augenblicke lang voll Begehrlichkeit an, dann zückte er den Dolch und durchschnitt die Fesseln an ihren Fußgelenken.

Was er sagte, verstand sie nicht, doch seine Gebärde machte deutlich, dass sie aufstehen sollte. Langsam zog sie die Beine an den Körper und spürte, wie das Blut schmerzhaft in die tauben Füße schoss. Und als sie versuchte, sich aufzustellen, knickten ihr die Beine weg.

Ungerührt fasste sie der Mann an den gefesselten Armen, zog sie hoch und stieß sie vor sich her. Taumelnd erreichte sie die offene Tür und wollte sich an den Türrahmen lehnen, doch ein harter Stoß belehrte sie darüber, dass man ihr keine Ruhe lassen wollte. In der noch grauen Morgendämmerung erblickte sie zum ersten Mal das Dorf, in dem sie sich befand. Skärgart, der Wohnsitz des Jarl. Es war viel ausgedehnter als Ereks Besitz, die Häuser waren breiter, auch schien es Werkstätten zu geben, die Schiffe bauten, denn sie erkannte den schwarzen Umriss eines Drachenbootes.

Eine große Anzahl von Männern hatte die Pferde bestiegen; unter ihnen erkannte sie Knut, der jetzt aufrecht im Sattel saß, die Zügel mit der linken Hand haltend. Auch seine Streitaxt hing an der linken Körperseite an einem breiten, mit silbernen Beschlägen verzierten Gürtel.

Man hob sie auf eines der Pferde und bedeutete ihr, wie ein Mann zu Pferd zu sitzen, dann zog man einen Riemen unter dem Bauch des Pferdes durch, der ihre Füße miteinander verband. Die Hände löste man ihr nicht, und einer der Männer zog das Pferd am Zügel hinter sich her.

Man hatte es eilig, selbst als das Gelände felsig wurde und es bergan ging, trieb man die Tiere unbarmherzig zu rascher Gangart an. Reina hatte alle Mühe, sich auf den steilen Wegen im Sattel zu halten, aus den Schluchten seitlich der schmalen Pfade stieg bläulicher Nebel, hüllte die Reiter hin und wieder ein und gab sie dann unvermittelt wieder frei. Noch war die Sonne nicht aufgegangen, und die schroffe Berglandschaft war nur schemenhaft zu erkennen, doch sie erschien Reina schroff und wild wie das Reich eines menschenverschlingenden Bergungeheuers.

Wohin brachte man sie? Angstvolle Fantasien schossen ihr durch den Kopf. Hatte man nicht erzählt, dass die Wikinger Menschenopfer vollzogen? Wollte man sie vielleicht dort oben auf dem Berg ermorden, um ihr Blut dem Donnergott zu opfern?

Sie fröstelte in den noch feuchten Kleidern, an denen der kalte Morgenwind riss. Also deshalb hatte die Alte sie gewaschen und ihr Haar gekämmt. Deshalb war Knut gestern zornig gewesen, dass sie so schmutzig und zerkratzt vor ihn gebracht wurde. Die Götter forderten ihr Opfer heil und unversehrt.

Sie versuchte sich mit fast tauben Fingern an die Mähne des Pferdes zu klammern, denn der Weg wurde immer steiler. Die Pferde hatten jetzt Mühe, auf dem noch regenfeuchten, schrundigen Fels nicht auszugleiten. Vorsichtig setzten sie die Hufe, und Panik erfasste die Tiere, wenn sie nahe am Abgrund ins Rutschen gerieten, und Reina hörte die entsetzten Warnrufe der Männer.

Auf einem schmalen Plateau gab Knut endlich den Befehl abzusteigen. Man ließ einige Männer bei den Pferden, die anderen folgten ihrem Anführer, der zwischen den moosbewachsenen Felsen weiter bergan stieg. Auch Reina wurde vom Pferd gezogen; man stieß sie voran und zwang sie, über das Gestein zu klettern, riss sie wieder hoch, wenn sie strauchelte, und trieb sie mit Schlägen und Stößen den Pfad hinauf.

Das Licht nahm zu, und die Nebelschwaden, die aus der Tiefe stiegen, färbten sich rötlich, doch immer, wenn sie einen Blick nach oben warf, um zu erkennen, wie weit der Weg noch sein mochte, verhüllte dichter Dunst den Fels.

Sie war bald so erschöpft, dass sie nur noch das graue, regenfeuchte Gestein vor sich sah – die wenigen Grasbüschel und die kleinen Birken, die im kargen Fels gewurzelt hatten. Sie dachte an Halvdan und hoffte inständig, dass er kommen und sie retten möge, und zugleich betete sie jedoch auch dafür, dass er es nicht täte, denn er würde in die Falle laufen, die sein Bruder ihm heimtückisch gestellt hatte.

Erst nach einer Weile bemerkte sie, dass die Schar der Männer kleiner geworden war. Die Krieger waren in Gruppen seitlich ausgeschwärmt und hatten sich im Gewirr der Felsen verborgen, um auf den Feind zu warten. Als sie endlich den Berggipfel erklommen hatten, war Knut nur noch von fünf seiner Männer umgeben.

Reina war so erschöpft, dass sie keuchend zu Boden sank, und zu ihrer Überraschung gönnte man ihr eine kurze Ruhezeit. Verstohlen sah sie sich um. Sie befand sich auf einem weiten flachen Felsplateau – eine graue Fläche, wie mit einem riesigen Hobel blankgeschliffen, kein Grashalm, kein Moos war zu sehen, nur der rötliche Nebel wallte hin und her und verbarg die wahren Ausmaße des Felsens.

Noch starrte sie in die dahinziehenden Nebelschleier, da vernahm sie plötzlich heisere Kampfrufe, Waffen klirrten, Felsgestein bröckelte und rollte den Berg hinab. Hoffnung und Verzweiflung stürzten gleichermaßen über sie herein. Es konnte nur Halvdan sein, der sich mit seinen Kriegern zum Berggipfel hinaufkämpfte, um sie zu retten. Man riss sie hoch, und als sie sich weigerte, voranzulaufen, packte sie einer der Männer am Kleid und schleifte sie über den Boden, bis der Fels plötzlich dicht vor ihr senkrecht abbrach.

Kalte, feuchte Luft umwehte sie und ließ ihr Kleid flattern, und ein Zittern durchlief ihren Körper wie eine Warnung vor tödlicher Gefahr. Dann teilten sich die Nebel, die den Abgrund verhüllten, und sie hatte freie Sicht auf die schroffen, steil abfallenden Wände und auf eine eisblaue, scheinbar bewegungslose Fläche von lauernder Schönheit, die sich tief, unendlich tief unter ihr erstreckte.

Sie schrie entsetzt auf und stolperte rückwärts, da hörte sie dicht neben sich das wilde Lachen eines Mannes. Knuts Züge waren zu einer Grimasse verzerrt, seine Augen weit aufgerissen, und er schien wahnsinnig oder im Rausch zu sein.

Er rief ihr mit heiserer Stimme einige Worte zu, dann fasste er mit der Linken seinen rechten, schlaff herabhängenden Arm und hielt ihn in die Höhe. Ein geflochtener Lederriemen war um sein Handgelenk gebunden und bewegte sich vor Reinas Augen sacht im Wind. Eine schreckliche Ahnung durchzuckte sie, und sie machte einen hilflosen Versuch, sich den Männern entgegenzuwerfen, die ihr den Fluchtweg verstellten. Es war umsonst; man packte sie, hielt die Zappelnde fest und band den Riemen an Knuts Arm um ihre gefesselten Hände.

Furchtlos trat Halvdans Bruder dicht an den tödlichen Abgrund heran und zog sie unerbittlich mit sich. Sie warf sich auf den Boden, bäumte sich auf und spürte doch, dass sie seiner Kraft nicht gewachsen war; ihre Knie schleiften über den harten Fels, als er sie zu sich heranriss.

Sie hörte sich in verzweifelter Todesangst Halvdans Namen rufen und wusste doch zugleich, dass es genau das war, was Knut sich erhofft hatte. Wenn es Halvdan gelänge, die von allen Seiten auf ihn und seine Männer eindringenden Krieger zu bezwingen, so würde er dennoch nicht bekommen, wofür er kämpfte. Knut war ein Krüppel, er konnte seinen Bruder nicht mehr besiegen, doch im Todessprung würde er Reina mit sich in die Tiefe reißen und damit einen letzten, grausamen Triumph feiern.

Ein wilder Schrei schallte über den Fels, wurde aus der Tiefe zurückgeworfen, und sie sah, wie Knut die Streitaxt mit der linken Hand aus dem Gürtel zog. Eine kleine Schar Männer erklomm den Fels, und Knuts Gefährten warfen sich ihnen mit aller Kraft entgegen. Reina erkannte Halvdan mitten unter den Kämpfenden, sah, dass er aus mehreren Wunden blutete und dennoch wie ein Besessener um sich schlug. Die Gegner fielen einer nach dem anderen, stürzten rücklings auf den harten Felsboden, und er wollte schon voranstürmen, doch dann hielt er mitten im Lauf inne und erkannte die boshafte Falle, die sein Bruder ihm gestellt hatte.

»Halvdan! Sieh dich vor!«

Knuts Streitaxt sauste durch die Luft, schoss aber an Halvdans Kopf vorüber, der nur eine leichte Bewegung zur Seite machte. Doch fast gleichzeitig warf auch Halvdan seine Axt, die schwirrend die Luft zerteilte und Knut nur um ein winziges Stück verfehlte. Doch nicht Knut war das Ziel dieses Wurfes gewesen – die Klinge zerschnitt das geflochtene Band, das Reina an Knut fesselte.

Aufbrüllend vor Wut bückte sich Knut, um Reina zu fassen und sie mit sich zu reißen, doch da war Halvdan mit wenigen, weiten Sprüngen herangekommen und warf sich über sie.

Sie spürte den heftigen Aufprall seines schweren Körpers, presste die Wange an den Felsboden und vernahm dennoch voller Entsetzen den lauten Aufschrei, mit dem sich Knut seinen Göttern entgegenstürzte.

Bewegungslos verharrten sie – der Abgrund war so tief, dass kein Laut zu ihnen heraufdrang. Stumm verschluckte der eisige Fjord sein Opfer, nahm Halvdans Bruder auf in das kühle Reich des Meergottes.

Dann spürte sie, wie Halvdans Arme sie umschlangen und sein Mund sich ihrem Ohr näherte.

»Reina«, murmelte er. »Reina. Halvdan nicht leben ohne dich.«

❖

Er durchtrennte ihre Fesseln und trug sie auf seinen Armen den Berg hinab wie eine kostbare Beute. Sie saß vor ihm auf dem Pferd, als sie in Skärgart einritten, und die Menschen, die vorher so still und bedrückt gewesen waren, strömten jetzt zusammen, um den rechtmäßigen Jarl willkommen zu heißen. Halvdan nahm die Huldigungen ernst entgegen; er hatte nicht vergessen, dass die gleichen Männer und Frauen noch vor kurzer Zeit Knut gehorcht hatten. Zwar hatten sie es nur widerwillig getan, und viele der Krieger, die Halvdan im Gebirge auflauerten, hatten sich gleich zu Anfang der Kämpfe auf seine Seite geschlagen. Die Nachricht von Knuts Verrat hatte die Runde gemacht, und die meisten waren trotz vieler Geschenke unsicher geworden.

Die Entscheidung des Thing war auch in Abwesenheit von Knut und dessen Anhängern klar und deutlich gewesen: Halvdan war der ältere Sohn, und ihm gebührte der Besitz des Vaters und die Nachfolge. Knuts Bestrafung wurde jedoch Halvdan überlassen.

Noch am gleichen Tag versammelten sich alle Männer und Frauen im großen Langhaus des Jarl, und Halvdan redete zu ihnen. Reina verstand nur wenige Worte, doch sie sah die Begeisterung und Freude in den Gesichtern der Menschen, und sie begriff, dass Halvdan den rechten Ton getroffen hatte. Als er den Arm um ihre Schultern legte und sie an sich zog, wusste sie, auch ohne die Sätze zu verstehen, genau, was er sagte. Er stellte ihnen seine Braut vor, die Frau, die er liebte und die Herrin in diesem Haus sein würde.

Es gab verwunderte Mienen, denn so mancher konnte nicht verstehen, dass der Jarl sich eine Fränkin zur Frau nahm. Auch zeigte sich Enttäuschung im Gesicht so mancher jungen Frau, die vielleicht gehofft hatte, Halvdan möge sie erwählen. Doch niemand sprach dagegen – der Jarl hatte es so beschlossen, und er war nicht der Mann, der sich so leicht umstimmen ließ.

»In zwei Tagen wird sein Hochzeit«, sagte Halvdan zu ihr. »Viele Gäste. Wird sein zwei Hochzeiten.«

Gegen Abend kam Gisela an. Erek hatte keine Ruhe gehabt und war sofort aufgebrochen, um sie nach Skärgart zu holen. Er hatte Solveig mit sich genommen, die schweigend und ohne eine Regung zu zeigen vom Tod ihres Mannes gehört hatte. Sie kehrte zu ihrem Vater zurück, da in Skärgart kein Ort mehr für sie war.

Gisela zeigte sich von ihrer tatkräftigen Seite. Sie sah sich in der großen Halle um, und die beiden Schwestern beschlossen, die Truhen zu öffnen, um zu sehen, was von den Schätzen des Vaters übrig geblieben war. Es war nicht wenig, und unter den bewundernden Augen der Wikingerfrauen holte Reina die schönen Stoffe und Gewänder hervor. Sie breitete die gestickten Wandbehänge aus, stellte die silbernen Geräte auf und zeigte stolz die Fibeln, Ketten und goldenen Ringe herum.

»Das ist unsere Mitgift«, sagte Gisela stolz. »Die Hälfte davon gehört dir, Reina, die andere Hälfte mir.«

»Nein, Gisela«, widersprach sie. »Eigentlich gehört alles dir, weil ich ja…«

»Hör endlich auf mit dem Unsinn. Du bist keine Nonne mehr, sondern die Braut eines Wikingers.«

»Ja schon, aber…«

Ihr Blick traf Halvdan, der mit verschränkten Armen am Eingang des Hauses stand und stirnrunzelnd auf das Getümmel der Frauen sah. Als ihre Augen sich trafen, lächelte er zufrieden und streckte den Arm nach ihr aus.

»Komm«, sagte er. »Halvdan dir zeigt große Schatz.«

Langsam führte er sie durch das Dorf und zeigte ihr im Vorübergehen die Werkstätten, wo Körbe geflochten, Kessel geschmiedet und Häute gegerbt wurden. Er wies auf die Felder, die das Dorf nach Süden hin umgaben, und vergaß auch nicht, ihr zu zeigen, dass seine Männer die schmalen Drachenboote zu bauen wussten, die das Meer besser als jedes andere Boot bezwingen konnten. Dann nahm er den Weg zum Fjord hinab, der unweit des Dorfes seine Wellen gegen felsiges Gestein warf.

Sie stiegen auf einen niedrigen Felsblock, spürten den salzigen Wind auf ihren Gesichtern und sahen auf das blaugrüne, bewegte Wasser. Schmale Schaumkronen trieben zum Ufer hin und zerstäubten zischend und rauschend am dunkeln Gestein zu weißer Gischt. Unzählige Vögel kreisten über dem Wasser oder schossen pfeilgleich über die Wellen und trieben ihr Spiel mit der Kraft des Windes.

»Das mein Schatz«, sagte er und zog sie an sich. »Berg und Wasser, Wald und Äcker, Dorf und Mensch. Kommt der Tag, und du wirst lieben mein Land.«

Sie schmiegte sich an ihn und betrachtete das schäumende Wasser mit schmalen Augen, denn die Überfahrt war ihr in keiner guten Erinnerung. Dennoch spürte sie die unzähmbare Kraft dieses mächtigen Gewässers und die wilde Schönheit der schroffen Felsen, gegen die das Meer seit Jahrhunderten tobte.

»Ich liebe dich«, sagte sie leise. »Und daher werde ich auch dein Land lieben, denn du bist ein Teil von ihm.«

Er küsste sie sanft, und sie spürte, wie glücklich ihr Versprechen ihn machte.

»Nornen es so gewollt, nicht Feind, nicht Gott kommt dagegen an«, murmelte er. »Schicksal gibt mir Frau, die ich liebe.«